지나간
시간들의
광장

지나간 시간들의 광장
—문학의 동시대성과 비평의 정치

펴 낸 날   2022년 3월 7일

지 은 이   강동호
펴 낸 이   이광호
주   간   이근혜
편   집   최지인 이민희 조은혜 박선우 방원경
펴 낸 곳   ㈜문학과지성사
등록번호   제1993-000098호
주   소   04034 서울 마포구 잔다리로 7길 18(서교동 377-20)
전   화   02) 338-7224
팩   스   02) 323-4180(편집) / 02) 338-7221(영업)
전자우편   moonji@moonji.com
홈페이지   www.moonji.com

ISBN 978-89-320-3981-7 03800

이 책은 서울문화재단 '2013 예술창작지원—문학' 지원 사업의 지원을 받아 발간되었습니다.

지나간
시간들의
광장

문학의 동시대성과
비평의 정치

강동호
지음

문학과지성사

지나간 시간들의 광장

이 책의 목차를 확인한 독자들은 여기 수록된 글들의 상당수가 동시대 비평에 관한 논의에 많은 비중을 할애하고 있다는 점에 다소 의아해할지도 모르겠다. 확실히 이 책은 동세대 작품들에 대한 분석과 평가를 목적으로 구성된 비평집의 관례적인 내용과 형식을 배반하고 있다. 특별한 의도가 있었던 것은 아니지만, 지난 시간 동안 나를 사로잡았던 주된 문제의식과 탐구 방식이 자연스럽게 반영된 결과라고 말할 수는 있을 것이다. 요컨대 이 책의 적지 않은 글들이 비평에 관해(혹은 비평을 향해) 씌어질 수 있었던 계기는 2010년대라는 시간을 통과하며 내가 경험하고 고민했던 바들을 그 시기의 전환기적 성격과 결부지어 해명하고 싶다는 이론적 욕망에서 비롯되었다.

내가 본격적으로 비평을 시작하던 2000년대 후반은, 문학의 미래에 관하여 서로 엇갈린 견해들이 충돌하고 공존하던 시기였다. 가라타니 고진(柄谷行人)의 근대문학 종언론으로 대표되는 묵시적 상상력은 문학의 위상 및 역할과 관련하여 중대한 변화가 나타나고 있다고 진단하며, 문학이 당면하게 될 암울한 앞날을 예고하고 있었다. 이러한 의견에 따르면 문학의 동시대적 의의는 근대의 종언과 함께 필연적으로 시효를 다할 수밖에 없으며, 문학에 대한 사회적 관심이 점차 퇴조하는 흐름 역시 그것을 보여주는 단면적 현상에 불과하다. 문학이 현실과의 싸움을 대변하고 더 나은 세계를 향한 비전을 제시할 수 있다는 믿음은 시대착오적인 노스탤지어에 지나지 않다는 것이 이들 주장의 핵심이다.

한편 비평 현장에서는 종말론의 부정적 전망에 대항하는 다양한 담론이 의욕적으로 모색되는 중이었다. 이를테면 '미래파' '뉴웨이브' '장편소설론' '문학과 정치' 등 이 책에서도 주요 분석 대상으로 거론되는 담론들은, 문학의 사회적 영향력이 줄어드는 추세에도 불구하고, 문학만의 고유한 기능과 역할이 건재할 수 있음을 입증하려는 비평의 적극적인 시도를 보여준다. 잘 알려진 것처럼 비평가들은 새롭게 출현하던 젊은 세대 작가들의 작품을 분석하는 데 에너지를 좀더 집중하기 시작했고, 이러한 경향은 평단을 넘어 문학장의 전반적인 분위기로 자리 잡아나갔다. 그 일환으로 문예지들은 동시대 문학의 새로움과 차이를 조명하는 특집을 앞다퉈 마련했고, 출판사들은 한국 문학의 미래를 이끌어갈 작가들을 발굴하는 데 힘을 아끼지 않았으며, 덕분에 나처럼 '젊은' 평론가로 불리던 사람들에 대한 제도적 수요 역시 끊이지 않을 수 있었다. 차이, 실험, 윤리, 실재, 주체, 타자 등 당시 비평가들에 의해 각광받았던 개념적 어휘들은 문학에 드리워진 암담한 현실을 타개하는 한편, 현실의 엄혹한 조건과 환경에 위협받지 않는 문학의 독자적인 미래(문학성)를 발견하려는 선의의 산물일 것이다.

나 역시 적지 않게 영향받고 내면화하고 있던 저 미래의 언어들에 거리를 두기 시작했던 분명한 계기와 시점을 특정하기는 어려울 것이다. 다만, 비교적 선명하게 기억할 수 있는 것은 현장의 주된 분위기 이면에 흐르던 이질적 정서가 다양한 전망론에 대한 의문이 형성되는 데 심리적으로 영향을 주었다는 사실이다. 보이지 않는 곳에서 동료 작가들, 심지어 비평가들조차 정체를 알 수 없는 피로와 권태 그리고 우울을 호소하고 있었는데, 이러한 감정들은 당시 현장을 지배하던 낙관적 분위기와 배치되는 것처럼 느껴졌다. 비평가들이 제시한 담론적 청사진에도 불구하고, 문학과 현실 사이의 괴리는 점점 심화되고 있었고, 문학의 죽음을 둘러싼 불안은 여전히 유령처럼 주변을 배회하고 있었다. 비평가들 사이에서 비평무용론이 자조 섞인 농담처럼 오가기도 했는데, 실제로 재능 있는 동료들 중 적지 않은 사람들이 현장을 떠나기도 했다. 돌이켜보면 이와 같은 현상들은 비평이 꿈꾸는 미래와 실제 현실 사이에서 벌어진 모종의 틈을 호소하는 무언의 목소리였던 것도 같다. 그럼에도 불구하고 평단에서 이러한 징후들이 진지한 토론과 논의의 대상으로 여겨지지는 못했다. 왜 그랬을까. 어쩌면 당시 비평은 스스로가 만들어낸 미래의 이미지에 대한 확신과 신뢰를 거두는 순간 우리의 앞날 역시 동시에 사라질지도 모른다는 막연한 두려움에 물들어 있었는지도 모른다.

그 두려움은 최근 들어 더욱 명확한 형태로 현실화된 것처럼 보인다. 당시 비평이 예측하고 소망했던 미래, 문학만의 독자적인 가치가 효력을 발휘하는 시대는 더 이상 존재하지 않는 것 같다. 최근 몇 년 동안 문학계에서 비화되었던 논쟁적인 사건들을 목도하면서 우리는 문학에 대한 최소한의 신뢰 역시 낭만주의적 환상에 불과하다는, 일종의 탈마법화의 순간을 경험하게 되었다. 얼마 전까지 '문학주의'가 문학이 세속적 가치와 싸우는 최후의 저항적 거점이라는 사실을 대변하는 유력한 이념이었다면, 돌연 그것은 과거의 시대착오적인 세계관을 실어 나르다 예상치 못한 현실에 부딪혀 좌초해버린 난파선의 신세로 전락한 듯하다. 이 과정에서 한국 문학의 제도적 모순을 은폐하는 권력의 정점에 비평가가 있다는 비판이 제기되었고, 문학을 현실로부터 유리된 영역에 가두는 데 특정 비평 담론이 부정적으로 일조했다는 분석이 적지 않은 호소력을 얻기 시작했다. 스스로가 범인임을 뒤늦게 깨닫고 자신의 눈을 찔렀던 오이디푸스처럼 오늘날 비평이 자신들의 책임을 앞다퉈 자백하는 시간을 통과해야만 했던 이유도 그 때문일 것이다.

그렇다면 이것은 과거 문학과 비평의 실패를 의미할까. 그러한 잠정적 결론에 도달할 근거는 충분해 보인다. 어쩌면 훗날의 문학사가들에 의해 2010년대라는 시간은 문학이라는 이름으로 고수되었던 한때의 가치들, 이를테면 자율성·윤리·진정성·미학적 새로움 등과 같은 전통적 이념이 해체되고, 비평이 구사했던 현란한 이론과 개념적 어휘들의 허구성이 드러난 시간으로 기록될지도 모른다. 문학과 비평이 다시 새로운 전환기에 진입하고 있다는 진단과 더불어 과거를 대체하는 새로운 언어를 제시하려는 시도가 호소력을 얻는 이유도 거기에 있을 것이다. 현재 우리는 과거로부터 계승되었던 문학적 유산의 폐해를 인식하는 가운데, 그 한계를 극복하기 위한 대안적 비전과 상상력을 요구해야 하는 시점에 이르렀다. 이 자명한 현실 앞에서 오늘날 문학의 위상과 역할을 근본적으로 재사유하는 일이 비평의 주요 과제로 부각되는 것은 당연해 보인다.

그러나 과거를 실패로 규정하는 것과 그 실패를 낳은 조건과 원인을 이해하는 작업이 의외로 혼동될 수 있다는 사실을 기억하는 것은 여전히 중요하다. 이러한 주장에 내포된 전제는 비평의 주된 행위로 간주되는 판단과 분석이 구별되어야 한다는 점을 가리키고 있다. 비평criticism의 그리스 어원에 해당하는 κρίνω에는 분리, 위기, 선택, 분석, 판단, 비난 등의 다양한 의미가 혼재되어 있는데, 이러한 행위들이 서로 긴밀하게 연관되어 있는 것은 분명하지만 그것들이 서로 정확히 일치한다고 말할 수는 없다. 이를 명료하게 인식하기 위해서는 비평적 판단 행위를 가능하게 하는 인식적, 정치적 조건에 관한 이론적 자기 검토가 수반될 필요가 있다. 우리는 판단을 통해 대상을 이해한다고 생각하지만, 때로 판단 결과의 자명성은 대상에 대한 분석과 탐구가 더 이상 심화될 필요가 없다는 심리적 근거를 제공하기도 한다. 여기서 관건은 주체와 대상 사이에 작용하는 분리의 이중적 기제이다. 주체는 대상들 사이의 분리를 통해 가치의 우열을 판단하지만, 동시에 그것을 실천하는 자기 자신과 대상 사이의 분리를 당연시하면서 판단의 권위와 타당성을 확보하려는 경향이 있다. 이와 같은 이중적 분리를 통해 발생하는 주체와 대상 사이의 거리는 다소 외설적이다. 표면적으로 판단은 대상을 향하지만, 때로 그것은 판단할 수 있는 자기 자신의 위치를 확인하려는 나르시시즘적 의지와 구분되기 어렵기 때문이다.

특히 판단이 주체와 무관하게 느껴지는 몰락한 과거를 대상으로

할 때 사태는 더욱 심화된다. 과거의 몰락과 종언을 선언하고 그러한 사태가 나타날 수밖에 없는 필연성이 존재한다고 단언할 경우, 과거의 실패는 온전히 지나간 것들로 서사화하려는 주체의 의지에 종속된다. 현재와 과거 사이에 발생한 시차적(時差的) 거리를 자명한 것으로 받아들이는 인식 속에서, 과거는 자신이 속한 시대에 당위성을 부여하는 소재로 전용되고, 우리는 현재라는 시간과 지나치게 가까워진다.

주체가 현재와 밀착하는 단계에서 미래라는 마법의 어휘가 다시 소환되는 것은 불가피해 보인다. 확실히 미래라는 단어는 유혹적인 데가 있다. 아직 도래하지 않은, 미실현된 시간을 응시하는 주체는 자기 시대에 대한 확신을 투사할 수 있는 뚜렷한 대안적 과녁을 부재의 형식을 통해 확보할 수 있다. 미래는 친숙하다. 시간의 흐름은 과거를 돌이킬 수 없는 지점으로 멀어지게 하는 반면 미래가 현재를 향해 가까워지고 있다고 느끼게 하며, 마치 과거보다 더 근접한 거리에 미래가 위치한다는 인상을 준다. 무엇보다 미래는 강력하다. 누구도 접근할 수 없지만, 바로 그러한 이유에서 미래에 대한 내밀한 지식을 알고 있다고 주장하는 사람들의 목소리에 힘과 권위를 부여하기 때문이다. 밀란 쿤데라Milan Kundera가 미래에 대한 전망과 관련하여 다음과 같이 냉소적인 논평을 남긴 이유도 거기에 있을 것이다. "예전에는 나 또한 미래를 우리의 작품과 행위에 대한, 유일하게 자격 있는 심판자로 생각했다. 한참 후에야 나는 미래를 갖고 노는 것이 보수주의의 가장 나쁜 짓이며, 강한 자에 대한 비열한 아첨임을 깨닫게 되었다. 미래는 언제나 현재보다 강하니 말이다. 물론 그것은 우리를 심판할 것이다. 분명 아무

자격도 없으면서."[1)]

미래를 전유하는 것이 보수주의의 가장 나쁜 행태 중 하나라는 쿤데라의 지적은 흥미롭다. 이것은 미래론의 이념적 성향과 정치적 효과가 전망의 내용적 성격에서 파생되지 않는다는 점을 알려 준다. 미래를 전유할 수 있다는 태도가 강화될 때 그것에 부합하지 않는 요소들은 부당하게 배제되고, 급기야 미래에 대한 강한 믿음 속에서 혁명과 반동, 퇴행과 진보의 구분이 사실상 불가능해지는 예기치 못한 상황이 펼쳐진다. 토마스 만의 『마의 산』에 등장하는 반동주의자 레오 나프타가 혁명주의자의 다른 얼굴을 가진 역설적 존재로 묘사되는 것은 단순한 우연이 아닌데, 그것은 어떤 방향을 응시하건 다른 시간에 집착하는 강렬한 정서의 근원에서 노스탤지어가 작용하기 때문이다. "노스탤지어적 징후들은 목적론적 진보 사관이 파생시킨 부작용"[2)]이라는 스베틀라나 보임의 지적처럼, 과거에 대한 집착과 미래를 향한 열광은 서로 적대적 공생 관계를 유지하는 경향이 있다. 노스탤지어는 잃어버린 고향으로 되돌아가려는 갈망의 형식이지만, 정작 향수에 시달리는 우울증적 주체는 자신이 상상하는 그 고향에 살아본 적이 없다. 한 번도 존재하지 않았던 시간에 대한 동경이라는 측면에서, 미래는 분명 매혹적인 그리움의 대상이다.

문학이 현재 놓여 있는 전환기적 상황을 이해하려는 시도는 미래라는 개념을 다시 사유하고, 그것이 과거와 현재를 심판하는 힘

1) 밀란 쿤데라, 「세르반테스의 절하된 유산」, 『소설의 기술』, 권오룡 옮김, 민음사, 2013, p. 36.
2) Svetlana Boym, *The Future of Nostalgia*, Basic Books, 2001, p. 10.

을 행사할 수 있게 하는 자격을 의심하는 지점에서 시작되어야 하는지도 모른다. 돌이켜보건대 문학의 미래에 관해 상반된 결론을 제시하는 것처럼 보이는 앞서의 두 시각이 그 내용에 있어서는 대립되지만, 문학의 현재를 의미화하는 데 앞날에 대한 전망과 상상의 형식이 필요하다는 전제를 부정하지는 않았다는 사실은 징후적이다. 결과적으로 두 시각 모두 예단된(혹은 소망하는) 미래를 토대로 현재를 평가하고, 과거와 현재 사이의 비교를 통해 가시화되는 차이를 두 시간 사이의 단절을 증명하는 현상들로 간주해왔다. 현재에 대해 긍정적이든 부정적이든, 우리가 속한 시대의 문학을 판단하는 근거가 미래에 있다는 전제가 의심되지 않을 때, 비평은 자신이 예측하는 미래상에 부합하는 현재의 요소들을 과대평가할 위험이 있다. 이를 경계하기 위해서는 과거의 실패를 반복적으로 확인하려는 욕망을, 그것의 원인을 구조적으로 분석하고 체계적으로 이해하려는 탐구 의지로 대체해야 한다.

역사는 이러한 나의 문제의식을 분석의 단계로 나아가는 과정에서 구체적인 타당성과 방법론을 제공해주었다. 애초에 내가 과거로 점점 눈을 돌린 것은 지난 시간 동안 비평가로서 느꼈던 피로와 불안, 그리고 두려움의 원인이 무엇인지를 규명하고 싶은 개인적 욕구와 관련 있었다. 당시 내가 지녔던 의문은 과연 미래를 지향하는 비평의 언어들이 비교의 대상으로 설정하는 과거의 실제가 정말 그런가에 대한 소박한 궁금증에서 비롯되었다. 역사는 나의 물음을 해결하는 데 도움을 주었는데, 무엇보다 비평이 현재를 이해하고 평가하는 단계에서 과거를 다소 단순하고 평면적으로 묘사하는 경향을 띤다는 사실을 알게 되었다. 물론 과거가 더 우월하거나, 거기에 대단한 비밀이 숨어 있음을 강조하고 싶은 것은 아니다. 다만 내게 흥미롭게 다가왔던 것은 과거와 현재의 차이를 부각함으로써 미래를 전망하는 비평적 사유들이 어떤 패턴과 질서를 띠고, 나아가 문학장의 제도적 재생산을 가능하게 하는 모종의 담론적 체계를 형성한다는 점이었다. 이러한 문제의식은 2010년대를 통과하며 비평이 직면하게 된 어떤 근본적 곤혹스러움 또한 역사적 현상으로 해부될 수 있는, 일종의 비평적 탐구 주제로 제시될 수 있다는 생각으로 연결되었다.

여기서 역사적 사고가 곧 비판의 동의어라는 사실이 드러날 수 있을 것이다. 그런데 내가 말하는 비판이 특정한 주체와 대상, 또는 시대의 한계를 드러내고 단죄하는 일을 목적으로 하지 않는다는 점을 새삼 강조해야 할 것이다. 나의 주된 관심은 내가 속해 있는 현재의 한계를 해명하는 일이었고, 그것을 과거와의 연관 속에서 분석하는 방법과 원리를 탐색하는 일이었다. 관련하여 비판에 대한 미셸 푸코Michel Foucault의 다음과 같은 정의는 나에게 유용한 방법론적 참조점을 제공했다.

오늘날의 비판은 우리가 스스로를 구성하도록 만드는, 우리가 행하고 사유하며 말하는 주체로서 스스로를 구성하도록 만드는, 우리가 행하고 사유하며 말하는 주체로서 스스로를 인지하도록 만드는 사건들을 역사적으로 탐구하는 방식으로 실행된다. 그와 같은 의미에서 이러한 비판은 초월적이지 않으며, 그 목적은 형이상학을 가능하게 만드는 것이 아니다. 오늘날의 비판은 구도에서는 계보학적이며, 방법에서는 고고학적이다. 오늘날의 비판은 모든 앎과 모든 가능한 도덕적 행위로부터 보편적 구조를 끌어내고자 하지 않고, 우리가 사유하고 말하고 행하는 것을 분절하는 담론들을 역사적 사건들처럼 다룬다는 의미에서 초월적이라기보다 고고학적이라 할 수 있다. 또 오늘날의 비판은 현재의 우리로부터 우리가 행할 수 없는 것, 알 수 없는 것을 연역하는 대신에 현재에 우리를 만들었던 어떤 우연성으로부터 우리의 존재와 행위와 사유를 넘어설 수 있는 가능성을 분리해낸다는 의미에서 계보학적이다.[3]

비판은 우리 스스로가 주체로 거듭나게 만드는 주요한 구조적 힘들을 역사적으로 인식하게 하는 과정이다. 그런 의미에서 푸코가 말하는 비판은 타자를 향한 도덕적 판단이 아니라, 자기 자신에 대한 검토와 분석에서 시작될 수밖에 없고, 또 그것으로 귀결될 수밖에 없다. 이른바 비판은 현재의 실패를 과거의 실패와 매개하고, 그 실패 속에서 우리가 서로 연관되어 있음을 깨닫게 해주는 일종의 역사주의적 태도 같은 것이다. 역사적 탐구로서의 비판은 비평의 분석과 판단 역시 역사의 한계 안에서 이루어지는 작업임을 강조하며, 그와 같은 한계에 대한 자각 속에서 자신의 정치적 위치를 재정립하기 위한 단계로서 계보학적 자기 분석을 요청한다.

요컨대 나에게 비평가는 주장하고 판단하고 예견하는 사람이기 전에 분석하는 사람이고, 그것을 위해 자신이 당면하고 있는 역사적 조건과 더불어 스스로가 수행하는 글쓰기의 존재 방식을 응시

3) 미셸 푸코, 「계몽이란 무엇인가」, 『자유를 향한 참을 수 없는 열망』, 정일준 옮김, 새물결, 1999, p. 195.

하는 사람이다. 물론 이러한 역사적 존재로서의 비평이 수행하는 자기 검토가 도덕적, 정치적 책임으로부터의 자유를 의미하지는 않을 것이다. 비평이 직면한 한계는 많은 경우 시대와 구조의 압력으로부터 비롯된 타율성의 산물이지만, 그것이 외부적 요인과 힘에 대한 비평 주체의 수동적 종속을 가리키지는 않기 때문이다. 그런 의미에서 비평의 비판은 해방과 자유의 가능성을 도출하기 위한 대화와 토론의 장소를 마련하려는 시도에 가까워져야 한다. 이 책의 제목 '지나간 시간들의 광장'은, 비평이 실천하는 역사적 탐구가 현재의 한계를 드러내는 정치적 수행성으로 이어지기를 바라는 의도와 목표를 표현하고 있다.

이 책의 1부에 실린 글들은 문학과 비평에 관하여 현재까지의 내 입장을 정리한 일종의 잠정적인 총론에 해당한다. 이 글들을 통해 나는 오늘날의 변화된 환경에서 문학과 비평의 정치적 한계와 가능성을 동시에 모색해보고 싶었다. 한편 2부에 실린 글들은 2010년대에 비화되었던 여러 문학적, 비평적 논쟁에 개입하며 쓴 것들이다. 사람들과의 논쟁을 특별히 선호하는 것은 아니지만, 대화와 토론을 시도하는 것이 동료 비평가에 대한 존중을 표현하는 방법이라는 일념하에 마다하지 않았다. 여기서 다루는 의제들에 대해서는 여러 엇갈린 입장이 공존할 수밖에 없고, 어쨌거나 논쟁적인 분위기 한가운데에서 씌어진 것이기에 지금 돌이켜보면 결과적으로 잘못된 분석과 결론에 도달하는 경우가 적지 않을 것이다. 아울러 오랜 시간에 걸쳐 씌어진 글들이기 때문에 입장과 논리에 있어 글들 사이에 상호 모순적인 지점이 발견될지도 모른다. 가령, 이 글의 어떤 나는 문학주의에 대한 믿음이 야기한 폐해를 비판하고 있지만, 또 다른 나는 한 시대를 풍미했던 문학주의의 의의 자체를 부정하는 탈역사적인 시각에 동의하지 않는다. 이러한 입장과 태도의 차이는 많은 부분 논리적 비일관성에서 비롯되었겠지만, 한편으로는 과거의 내가 직면하고 있던 한계들을 정직하게 반영한 결과이기를 바랐다. 이 과정에서 오스카 와일드의 다음과 같은 비평가에 대한 정의가 나에게 위안을 주었다. "지속적인 변화를 통해, 오직 지속적 변화만을 통해서, 그는 자신의 진정한 일관성을 찾아내게 될 것이야. 그는 자기 견해의 노예가 되는 데 동의하지 않을 것이네."[4]

*

역사와 더불어 이 책에서 자주 등장하는 '동시대성'이라는 단어에 대해서도 몇 마디 덧붙일 필요가 있을 것 같다. 역사와 관계하는 특별한 태도는 오늘날의 문학이 지닌 의미를 규명하는 데 있어서 현재적인 것presentness에 대한 관심과 동시대적인 것 contemporaneity에 대한 추구가 반드시 일치하지 않을 수 있다는 사실을 내게 가르쳐주었기 때문이다. 동시대성을 사유하는 일과 현재에 매몰되는 것은 생각만큼 명료하게 구분되지 않으며, 우리는 자주 이 둘을 혼동한다.

현재적인 것은 과거 또는 미래와의 관계를 통해 강조될 수 있는

4) 오스카 와일드, 「예술가로서의 비평가」, 『일탈의 미학』, 최경도·원유경 옮김, 한길사, 2008, p. 342.

시간 표상이다. 연속의 관점에서 현재를 바라본다면 우리 시대는 과거로부터 전해지는 힘들의 필연적 결과로 묘사될 수 있으며, 미래 역시 그 흐름의 연장으로 간주될 것이다. 단절의 시각에서 현재를 파악한다면 우리 시대는 과거와의 차이를 통해 특화될 수 있고 현재는 앞날에 펼쳐질 미래의 과거, 즉 도래할 것들의 기원으로 재정립될 수 있을 것이다. 어떤 결론으로 나아가든, 과거와 미래에 이름을 부여하는 거점에 현재가 서 있다는 점은 동일하다. 연대기적 시간 속에서 현재는 과거와 미래 사이에 있지만, 서사적 층위로 볼 때 과거의 기원이자 미래의 결과라는 역설적인 위상을 통해 그 가치가 표명될 수 있다.

반면 동시대성이라는 단어가 강조하는 의미와 맥락은 조금 다르다. 동시대성은 현재와의 일치를 가리키지 않으며, 새로움이나 진화 또는 발전과 같은 미래의 형상으로 표상될 수 있는 성격의 것도 아니다. 그것은 과거와 미래를 설명하고 예측하는 기점으로서 현재가 발휘하고 있는 위력에 대한 불만, 더 나아가서는 현시대와의 불일치를 호소하는 목소리들 틈에서 발견될 수 있다. 그런 의미에서 동시대성은 현재를 위기로 인식하는 시각을 포괄하되, 현재라는 개념 자체의 근본적인 불확실성 속에서 해명되어야 한다. 가령 피터 오스본은 우리 시대가 직면하게 된 특수한 위기, 더 정확히 말해 근대 이후 야기된 과거와 미래의 동시적 몰락의 원인을 파악하기 위해서는 현재의 과잉을 우선적으로 이해하는 것이 필요하다고 주장한다. "근대성이 현재를 어떤 지평 너머를 향한 영원한 전환의 과정으로 투사한다면, 동시대contemporary는 그러한 전환의 순간을 이질적인 것들이 절합되는 시간 속에서, 혹은 가장 극단적인 경우 현재적 순간들의 내전 속에서 그것을 고정하고 감싸 안는다. 그러한 현재성은 이미지에 의한 시간성의 소멸에서 자신의 재현적 형식을 찾는다."[5]

이것은 익숙한 역사철학적 종말론의 변주에 해당할까. 일견 그런 뉘앙스가 없지는 않다. 오스본에 따르면 우리가 진입하게 된 (근대와 구별되는 의미에서의) 동시대라는 특수한 역사적 지평에서 현재는 더 이상 과거와 미래를 나누는 결정적 기준점으로 제시되지 않는다. '과거-현재-미래'라는 발전적 서사가 불가능하기에, 그것을 대신하는 것은 동일한 평면에서 병렬 공존하는 시간들, 나아가 적대적 응축이란 형식 속에서 펼쳐지는 혼전의 상태이다.

과거와 미래의 동시적 몰락과 영원한 현재의 부상은 우리 시대 예술이 처한 근본적 난맥을 설명하는 하나의 유력한 이론적 모델을 제시해주는 것처럼 보인다. 이제 전위와 실험을 현대 예술의 징표로 내세우고, 현실과의 비타협적 관계를 통해 미래를 예견하는 미학적 서사는 중대한 반론에 직면할 수밖에 없다. 여기서 회의되는 것은 새로움의 속성이 아니라 기능 또는 효과이다. 영원한 현재, 혹은 현재성의 내전으로 묘사될 수 있는 동시대의 시공간 속에서 새로움은 가능하지 않으며, 설령 새로운 것이 출현한다고 하더라도 그것은 미래를 위한 저항과 직접적으로 연동되지 않는다. 이 때 미래의 위기가 전통적 가치와 권위의 붕괴를 초래하는 것은 거의 필연적이다. 미래 자체가 몰락해버리면 과거는 한때 존재했었

---

5) Peter Osborne, *Anywhere or Not at All: Philosophy of Contemporary Art*, Verso, 2013, p. 24.

으나 이제는 생명력을 잃은 형상들이 전시되어 있는, 일종의 자연
사 박물관에 불과할 것이기 때문이다.

누군가는 과거와 미래가 도대체 무슨 소용인가 반문할지도 모
른다. 차라리 주어진 현재에 충실한 것이 우리에게 남겨진 유일한
길이라고 주장하는 사람들도 없지 않을 것이다. 그러나 현재주의
presentism라고 부를 수 있는 이러한 태도는 현시대를 설명해주는
유일한 형식적 질서인 자본과 시장에 대한 저항의 원리를 도출하
지 못하며, 결과적으로는 현재의 지속을 정당화하는 유사 전망들
의 물신화된 형상들에 매혹될 우려가 있다. 그렇다면 과거와 미래
를 바라보는 태도와 관련해 동시대적인 것을 추구하는 노력은 현
재주의와 구별되어야 하며, 수많은 유사 전망 가운데 전혀 다른 성
격의 비전을 발견할 수 있어야 한다.

한나 아렌트Hannah Arendt는 현재와 구분되는 의미의 동시대성을
모색하는 단계에서 역사에 대한 사유가 특별한 통찰의 원천이 될
수 있음을 우리에게 알려준다. 그런데 그가 생각하는 역사에 예외
적인 의미가 담겨 있다는 사실이 중요하다. 그에게도 역사는 실제
일어났던 과거의 진실을 지칭하지 않으며, 우리가 유산처럼 물려
받은 찬란한 전통을 가리키는 것도 아니다. 역사적 사유는 현재에
가해지는 적대적 힘들의 (과거와 미래에서 발원하는) 양가적 기원
을 이해하되, 그것에 온전히 포섭되지 않을 잠재적 가능성을 찾기
위한 일종의 거리 감각에 가깝다.

「과거와 미래 사이의 간극The Gap Between Past and Future」이라는
글에서 아렌트는 카프카의 신비로운 우화에 등장하는 수수께끼 같
은 인물 '그'에 주목하며, 동시대인에 대한 흥미로운 비유적 형상

을 제시한 바 있다.[6] 여기서 아렌트가 발견했던 것은 '과거-현재-미래'라는 연속적 흐름을 끊어내는 현재의 중간in-between적 성격이다. 과거와 미래라는 형식으로 양분된 두 힘에 온전히 지배받지 않는 시공간을 재발견해야 한다는 것, 그리고 그것을 통해 동시대성을 사유해야 한다는 것이 아렌트의 비전이다.

시간은 '그'가 서 있는 가운데 지점에서 끊어져 있다. '그'가 서 있는 자리는 우리가 일반적으로 이해하는 현재가 아니다. 그것은 차라리 '그의' 지속적 투쟁, 즉 그가 과거와 미래에 대적하여 '그의' 자리를 구축하려는 노력을 통해 자신의 존재를 유지하고 있는 시간 속의 틈새이다. [……] 만약에 역사적 혹은 전기적 시간에 적용된다면 거기서는 시간의 틈이 발생하지 않기 때문에 이런 은유들 가운데 어떤 것도 의미를 갖지 못할 것이다. 오직 사유하는 한, 그리고 나이를 먹지 않는 한에서만—카프카가 '어떤 사람'이라고 말하지 않고 적절하게 '그'라고 지칭한—인간은 자기의 구체적인 있음의 온전한 현실태로서 과거와 미래 사이의 틈새에서 살아간다. 나는 이 틈이 근대

6) 카프카의 우화에 등장하는 '그'는 다음과 같이 묘사되고 있다. "그에게는 두 명의 적이 있다. 첫번째 적은 뒤에서, 그러니까 그의 기원에서 그를 압박하는 중이다. 반면 두번째 적은 앞으로 나 있는 길을 가로막고 있다. 그는 둘 모두와 전투를 벌이는 중이다. 그런데 첫번째 적은 그가 두번째 적과 싸울 때 그의 싸움을 후원한다. 왜냐하면 그를 앞으로 밀어내고 싶어 하기 때문이다. 동일한 방식으로 두번째 적은 그가 첫번째 적과 싸울 때 도움을 주는데, 물론 그를 뒤쪽으로 몰아내고 싶어 하기 때문이다. 그런데 이것은 순전히 이론적으로나 그렇다. 왜냐하면 현재에는 두 명의 적만 있는 것이 아니라 그 자신도 존재하기 때문이다. 그렇다면 누가 과연 그의 진정한 의도를 헤아릴 수 있겠는가?" Franz Kafka, "He-Aphorisms form the 1920 diary", *The Great Wall of China and Other Short Works*, trans. Malcolm Pasley, Penguin Books, 2002, p. 106.

적 현상이라고 생각하지 않으며, 역사적 자료는 더더욱 아니라고 생각한다. 그러나 이것은 인간이 지구상에 현존하는 것과 동시에 발생한다. 시간 속의 틈은 아마도 정신의 영역이거나, 아니면 차라리 사유함에 의해 마련된 통로라고 말하는 게 더 나을 것이다. 사유 활동이 필멸할 인간의 시-공간 속에 설치한 이 협소한 비-시간non-time의 선로로 사유, 기억, 기대의 수송 열차가 역사적이고 전기적인 시간의 폐허에서 만난 것들을 실어 온다. 우리가 태어나는 세계나 문화 공동체와는 달리, 시간의 심장부에 마련되는 이 작은 비-시간-공간non-time-space은 단지 암시될 수 있을 뿐, 과거로부터 계승하거나 물려받을 수 없다. 모든 새로운 세대는 말할 것도 없고, 무한한 과거와 미래 사이에 자신을 틈입시킴으로써 새로 태어나는 모든 인간은 이 통로를 발견해야 하고 꾸준히 새롭게 닦아야 한다.[7]

카프카가 묘사하는 '그'는 과거와 미래를 향한 두 종류의 전투를 동시에 수행 중이다. 이때 그가 과거와 미래에 대적하며 만들어낸 "시간 속의 틈"은 그가 존재하기 위해 노력했던 흔적을 표상하고, 그 노력이 창출했던 모종의 효과를 일컫는다.

여기서 카프카의 그가 지닌 동시대적 성격이 드러나는데, 그것은 과거 또는 미래와의 지속적 투쟁을 통해 스스로가 구축하려는 자리의 익명적 성격과 중첩될 수 있다. 기원으로서의 과거와 전망으로서의 미래 사이에서 벌어지는 충돌, 그리고 그 전투를 통해 가

7) 한나 아렌트, 「과거와 미래 사이의 틈」, 『과거와 미래 사이』, 서유경 옮김, 푸른숲, 2005. pp. 19~23.

시화되고 있는 일시적 무대로서의 간극은 과거를 향한 보수적 노스텔지어와 미래라는 전망에 내포되어 있는 목적론의 한계를 동시에 노출한다. 과거의 어떤 사실도 현재의 그를 완벽하게 해명하지 못하며, 미래에 대한 어떤 말도 그의 앞날을 온전히 예견하지 못한다. 그렇다고 해서 익명성이 그가 시대로부터 초월한 추상적이고 비현실적인 존재라는 사실을 나타내지도 않는다. 과거와 미래를 모두 거부하는 행위가 심화될수록 그의 정체를 지시할 수 있는 언어들이 불투명해진다고 이해하는 게 오히려 타당할 것이다.

관련하여 자연스럽게 이런 의문이 제기될 수 있다. 그가 과거나 미래에 속하지 않고, 현재에도 기거하지 않는다면, 그가 존재한다고 단언할 수 있는 근거는 어디에 있는가. 만약 그의 싸움이 설명될 수 없고 존재 자체가 해명 불가능하다면, 그가 벌였던 싸움이 과연 규정되고 기억될 수 있겠는가.

아렌트 역시 그 점을 염려했던 것으로 짐작된다. 카프카가 묘사하는 간극이 "역사적 혹은 전기적 시간"에서 발견될 수 없고, 과거로부터 계승될 수 없다고 거듭 반복해 말하는 이유도 그 때문일 것이다. 주류 역사에 등재되지 않고 실제 현실 앞에서 승리하는 모습을 보여주지 못하기에 이러한 간극들은 자주 망각되고, 대부분 주변화되기 마련이다. 그러나 기억나지 않는다는 것과 존재하지 않는다는 것이 동일시될 수 없다는 사실이 여전히 중요하며, 어쩌면 그것이 핵심인지도 모른다. 존재의 근거를 현재의 기억 여부에서 찾는다면, 우리는 결국 그가 세상과의 대결에서 철저하게 패배하는 장면들만 사후적으로 확인하거나, 아니면 그가 패배했다는 사실 자체도 인지하지 못할 것이다.

반면 동시대인이 주장하는 바는 다음과 같다. 미래에 대한 수많은 약속을 제안했던 근대적 사고는, 그 비전에 부합하지 않는 무수히 많은 현재들을 배제하고 망각하는 일을 정당화했다. 역사는 당시에 존재했지만, 미래주의에 의해 희생당한 수많은 지나간 현재들이 묻혀 있는 무덤이다. 동시대인은 우리가 살고 있는 시대가 바로 그 무덤이라고 호소한다. 이러한 주장은 비관주의가 아니라, 자신의 현재와 과거의 실패가 중첩되는 자리에서 스스로의 존재를 구축하려는 역사적 태도에서 비롯된다. 동시대인의 눈은 과거를 향하고 있는데, 그것은 과거를 우월하다고 생각해서가 아니라 현재를 과거의 실현되지 못한 미래로 바라보기 때문이다. 같은 의미에서 동시대인이 응시하는 것은 여전히 현재인데, 그것은 망각과 소멸의 형식으로 존속하고 있는 과거 속의 현재에 더욱 일체감을 느끼기 때문이다.

동시대인은 망명자와 유사해 보이지만 자신이 돌아가야 할, 혹은 도달해야 할 진정한 시공간이 따로 있다고 주장하지 않는다. 그것은 자신이 속한 현재와의 불화 속에서, 그리고 그 싸움이 창출하는 어긋난 시간성 안에 아직 머물러 있다. 결과적으로 동시대인의 비전은 다소 시대착오적인 측면이 있는데, 그것은 그가 시대로부터 뒤떨어져 있기 때문이 아니라 패배를 예감하면서도 현재와의 불화를 멈추지 않기 때문이다. 사정이 그러하기에 그가 벌이는 싸움, 전투에 비견될 수 있을 법한 불화와 투쟁 가운데 발견되는 시간적 간극이 그를 압박해 들어가는 세상의 적들을 드러낸다는 사실이 관건이고, 그 패배 속에서 역설적으로 그의 미약한 존재가 사후적으로 증명된다는 점이 중요하다. 카프카는 그가 벌이는 싸움의 의미와 원리를 이렇게 요약하고 있다. "그가 증명할 수 있는 것은 자기 자신 외에 아무것도 없다. 그의 유일한 증명 대상은 자기 자신뿐이다. 그의 적들은 단번에 그를 압도해버린다. 그러나 그를 완전히 부인하는 방식이 아니라(그는 부인 불가능한 존재다) 적들이 자기 자신의 정체를 드러내는 방식으로 그것을 해낼 뿐이다."[8]

나는 이것이 오늘날의 역사적 현실 앞에 서 있는 문학에 대한 흥미로운 비유이자, 문학의 동시대성에 접근할 수 있는 원리를 형상화하고 있다고 생각한다. 이 책의 3부에 실린 글들은 그러한 측면들을 구체화하는 작품들을 이해하려는 노력 속에서 씌어졌다. 여기서 내가 주목하고 있는 작품들은 하나같이 자신이 속한 세계와의 어긋난 시간을 고통스럽게 호소하고 있었다. 하지만 내가 좀더 눈여겨보고 싶었던 부분은, 이들이 구체적인 전망이 부재하는 현실을 냉정하게 받아들이면서도, 더 나은 세상에 대한 비전을 포기하지 않는다는 점이었다. 미래에 대한 낙관적인 전망이 허용되지 않는 세계에서도, 무언가가 지속되는 것은 여전히 가능한가. 만약 가능하다면, 그것은 어떤 언어로 설득력 있게 설명될 수 있을까. 나는 과거와 현재 사이의 만남 속에서 현시되는 변화에 대한 감각이 중요하다는 것을 강조하고, 그러한 변화를 이끌어낼 수 있는 원리에 희망이라는 이름을 부여하고 싶었다.

물론 문학이 세상의 변화를 이끌 수 있는 것은 아니다. 변화의 대상이 현실에 맞춰지고 그 실현 여부의 기준이 현실의 실질적 개선으로 한정된다면, 카프카의 단언대로 문학은 세계라는 적들에

8) Franz Kafka, *ibid.*, p. 109.

24

의해 압도되고 결국 그 대결에서 패배할지도 모른다. 그러나 패배했다고 해서, 그들에 대한 부정이 영원히 지속될 수 있는 것은 아니다. 아렌트의 말처럼, 인간이 사유를 포기하지 않는 한 변화의 가능성을 내장한 시간들의 간극은 앞으로도 다양한 영역에서 지속적으로 발생할 것이기 때문이다. 그 간극은 대개 아주 짧은 순간에 예기치 못한 방식으로 나타나고, 따라서 사람들이 그것을 전혀 눈치채지 못할지도 모른다. 그러나 문학이 가시화하는 간극의 소진 불가능성을 믿는 사람에게는, 그 작은 계기야말로 세상의 한계를 드러내고, 그것의 변화를 촉구하는 거대한 잠재적 공간으로 비춰질 것이다. 문학의 역사는 그 소진될 수 없는 간극의 목소리를 증언하고, 서로 다른 시간에 걸쳐 형성된 변화의 계기들 사이의 연대를 가능하게 해주는 언어들의 광장이다.

차례

3부 동시대성—불능, 시대착오, 희망

1부
— 한계―문학, 이론,
정치

문학의 정치
—재현 · 잠재성 · 민주주의

1. 문학과 현실의 이분법

최근 비평은 문학과 현실의 관계에 대한 새로운 사유와 상상력을 요청하는 중이다. 이 같은 요청은 그동안 비평이 문학과 현실에 관한 자동화된 인식에 안주해왔다는 반성적 자기 성찰에서 비롯되는 것처럼 보인다. 과거의 문학이 모종의 자족적이고 폐쇄적인 영역에 유폐되어버렸다는 진단은 그 비판의 핵심에 해당한다. 현실로부터 유리된 문학, 독자의 삶과 욕망에 무관심한 문학이라는 형상은 과거의 문학을 비판적으로 사유하는 최근 인식의 강력한 전제를 구성한다.

현실에 대한 문학의 우위를 당연시한 관행의 시대착오성을 의제화한 조연정의 글[1]을 전후로, 양자 사이에 설정된 위계 관계를 재

---

1) 조연정, 「문학의 미래보다 현실의 우리를: 문학의 정치적 올바름에 대하여」, 〈문장웹

조정하려는 비평적 대화가 활발하게 전개되는 이유도 거기에 있을 것이다.[2] 비록 구체적인 진단과 방법에 있어서 다양한 의견 차이가 드러난 바 있으나, 이러한 문제의식의 정당성은 비교적 분명하게 확인될 수 있다. 관련하여 문학의 자율성에 토대를 둔 비평적 담론이 특정한 주체, 이를테면 '이성애자-비장애인-지식인-남성'이라는 일부 주체들에 의해 과잉 대변되었다는 비판은 시사적이다. 문학이라는 개념이 역사적으로 구성된 제도적 산물이라는 전제에 동의한다면, 그것의 가치와 기능에 대한 합의와 규준 역시 역사적 제약과 한계로부터 자유로울 수 없다. 이때 문학의 자율성은 문학의 정치적 영향력을 부인하고, 스스로 설정한 한계에 방어적으로 안주하려는 일부 주체들의 신화적 알리바이였다는 사실이 밝혀진다.

이 글의 목적은 현장에서 제출되었던 동료 비평가들의 다채로운

진〉 2017년 8월호.

2) 가령 서영인은 "문학에 멈추지 않고 문학을 통과하여 현실을 재현하는 과정을 상상해보자"고 주문하며 문학을 매개로 한 현실 탐구의 가능성을 강조한다(서영인, 「문학에서 멈추지 않고, 문학을 통과하여 현실로」, 『문학과사회 하이픈』 2018년 겨울호, p. 18). 한편 백지은은 "'(문학) 텍스트'를 읽는 것과 현실을, 삶을, 세상을 읽는 것이 근본적으로 다르지 않(아야 한)다고 생각한다"고 주장하며 문학과 현실 사이를 통합하는 독법을 제시한다(백지은, 「텍스트를 읽는 것과 삶을 읽는 것은 다르지 않다」, 『문학과사회 하이픈』 2018년 여름호, p. 18). 양경언은 "최근 비평들이 제출하는 뜨거운 논의가 허무하게 깨뜨려지지 않고 다음의 차원으로 진전되기 위해서라도" 문학과 현실 사이의 이분법을 극복해야 한다는 원론적인 방향성을 제안하기도 한다(양경언, 「소설의 자기수용감각: 문학/현실의 이분법을 넘어」, 『문학 3』 2018년 1호, p. 75). 한편 페미니즘과 여성문학의 역사를 오랫동안 탐구했던 심진경은 문학의 "현실에 대한 즉자적 반응의 방식이어선 곤란하다"고 경고하며, 문학과 현실 사이의 모종의 매개가 필요함을 온건하게 지적한다(심진경, 「새로운 페미니즘 서사의 정치학을 위하여」, 『창작과비평』 2017년 겨울호, p. 56).

논의와 진지한 고민 위에서 다음과 같은 질문을 제기하는 데 있다. 문학과 현실을 분리된 실체로 규정하는 이분법적 시각을 극복할 수 있는 방법과 원리는 무엇일까. 문학과 현실 사이의 구분을 매개로 정립되었던 문학의 제한적 역량을 향한 역설적 믿음, 즉 문학의 자율성이라는 이념은 단지 무용한 신화에 불과할까. 문학과 현실 사이의 왜곡된 위계 관계를 재조정하는 과정에서 문학적인 것, 즉 문학성이라고 일컬어지는 요소들은 필연적으로 폐기될 수밖에 없는가. 만약 문학을 문학으로 존재할 수 있게 하는 정치적 원천이 부재하지 않는다면, 그것은 어떻게 재정의되고, 재발명될 수 있을까.

이러한 질문을 생산적으로 이어가기 위해서는 우선 과거로부터 반복되어왔던 문제틀의 구조적 동일성을 인식하는 지점에서 논의를 출발할 필요가 있다고 생각한다. 문학을 둘러싼 오래된 이념적 불화는 내용과 형식, 순수와 참여, 예술성과 정치성, 자율성과 타율성, 미학과 정치 등의 다양한 의제로 변주되어왔다. 이러한 문제틀problematic은 문학과 현실을 서로 분리된 실체로 전제하고, 무엇을 더 중시할 것인가라는 이념적 양자택일을 강요하는 측면이 있다. 어떤 입장을 제시하든, 비평은 결과적으로 이분법적 대립 전선을 강화함으로써 문학과 현실이 분단된 실체라는 인식을 수행적으로 승인한다. 그렇다면 자연스럽게 이 오래되고 자연화된 대립 관계를 생산하는 기제가 무엇인지를 질문해야 한다.

이 글에서는 그것을 '재현 체제representative system'라는 가설적 이름으로 지칭하고자 한다. 재현 체제는 문학과 현실에 관한 이념적 대립의 두 층위를 검토하기 위한 분석적 개념으로서 다음과 같이 활용될 예정이다. 1) 재현은 문학과 현실을 인식론적으로 식별 가능한 대상으로 분리하는 언표 기능이다. 2) 재현 체제는 이분화된 문학과 현실을 메타적으로 지시하는 언어들의 존재론적 조건을 제공하면서, 문학적 통치 이데올로기의 작동을 가능하게 하는 주체화의 기제를 가리킨다. 그러므로 관건은 문학이라는 언표를 중심으로 형성되었던 담론 체계가 실정화되는 계기를 가시화하는 것, 다시 말해 재현 체제 속에서 무/의식적으로 창출되는 배제와 포섭의 권력을 비판적으로 분석하는 일이다.

2. 흔들리지 않는 재현 체제

문학과 현실 사이의 이분화된 대립을 낳는 기제를 검토하기 위해 '재현representation'이라는 개념적 어휘에 주목하는 것은 필연적인 단계처럼 보인다. '문학이 무엇을(내용) 어떻게(형식) 재현할(재현할 수 있을) 것인가'라는 물음은, '문학이란 무엇인가' '문학은 무엇을 할 수 있는가' '문학은 가치 있는가'와 같은 질문의 이론적·역사적 기원을 구성하며, 문학의 정치성을 둘러싼 이념적 스펙트럼을 낳는 주된 근거에 해당한다. 가령, 최초의 시론이 담겨 있는 『국가』에서 플라톤은 시의 재현(미메시스)적 역량의 파급력을 우려했기에 자신이 구상한 이상적 공화국에서 시인을 추방해야 한다고 결론 내릴 수 있었다. 문학의 정치적 효과를 극대화하려 했던 사르트르는 산문 언어의 지시성과 시적 언어의 사물성(비재현성)을 엄격히 구분함으로써, 문학의 자율성과 정치성을 동시에 보존하려 했던 고전적인 사례를 대표한다. 요컨대, 문학적 언어의 재현 역량을 두고 벌어지는 이론적 전투는 문학의 가치와 역할에 관련된 이념적 분할선을 그어왔으며, 현재까지도 문학과 현실 사이에서 나타나는 비평적 교착상태를 복잡하게 반영하는 중이다.

최근 비평들이 공통적으로 재현의 문제를 다시금 의제화하는 이유도 거기에 있을 것이다. 이를테면, "무엇을 재현할 것인가와 어떻게 재현할 것인가의 문제 중 지금 우리에게 더 시급히 요청되는 것은 무엇일까"[3]라는 조연정의 물음은 재현에 관한 비평적 논의와 동시대성의 인식이 긴밀하게 연계되어야 함을 요구하고 있다. 한편 과거의 문학이 "재현/표상의 임계에 대한 고민과 직접적으로 닿아 있는 시도였으나, 재현 가능성에 대한 의지보다 의심을, 재현 불가능성에 대한 극복보다 체념을 더 키우고 말 여지가 없지 않았다"[4]는 백지은의 진단은 2000년대 문학의 한계가 재현에 관한 비평의 실정적 인식에서 초래되었다고 분석한다. 이때 재현 불가능성의 강조는, 여성·퀴어 등의 주변화된 삶을 재현한 서사를 미학적·정치적으로 저평가하고 배제하도록 만든 주된 이데올로기적 심급에 해당한다. 한편 심진경은 새로운 재현적 서사로서 페미니즘과 퀴어 문학의 중요성을 인정하면서도, 여전히 재현의 한계를 간과할 수 없다고 충고한다. "중요한 것은 여성혐오적 현실에 대한 생경한 반영에 그치기보다 재현의 대상과 재현 주체 사이의 거리를 인정하고 재현의 한계를 인정하는 데서 출발하는 것이다."[5]

3) 조연정, 같은 글.
4) 백지은, 「'K문학/비평의 종말'에 대한 단상(들)」, 〈문장웹진〉 2017년 2월호.
5) 심진경, 같은 글, pp. 56~57.

여기서 재현의 역량 및 한계에 대한 비평적 입장 차를 어떤 적대의 전선으로 환원시키지 않는 것이 중요하다. 재현의 역량(가능성)과 한계(불가능성)로 분화된 논쟁 속으로 들어가게 되면, 결과적으로 재현 (불)가능한 대상으로서의 현실과 재현 (불)가능한 주체로서의 문학이라는 분리의 기제를 자연화하게 될 위험이 있기 때문이다. 이때 관건은 문학과 현실의 분리를 정당화하는 언어들이 여전히 재현적 언표 체계에 이중적으로 의존할 수밖에 없다는 사실이다. 이러한 의존의 이중성을 조명하기 위해서는 재현에 관한 논의가 문학작품과 현실이라는 양자 관계뿐만 아니라, 이 관계를 인식하고 설명하고 평가하는 담론적 체제를 형성하는 데에도 관여한다는 것까지도 염두에 두어야 한다. 일차적으로 재현은 텍스트로 구현되는 현실과 실제 현실의 관계를 식별하고 분리하고 규제하는 수행적 언표로 기능한다. 한편 언표로서의 재현은 '재현 (불)가능성'이라는 어휘하에 배치되는 다양한 텍스트를 생산하고 통치하는 메타적 언어들의 작동을 가능케 하는 순환적 조건, 즉 재현적 최종 어휘final vocabulary에 다름 아니다. 재현을 매개로 변주되는 이분법적 인식은 문학과 현실 사이의 분단 체제를 강화하는 한편, 그것이 발휘하는 이데올로기적 효과를 은폐하기도 한다. 관련해서 2000년대 문학과 비평이 처해 있었던 이론적 곤궁과 딜레마는 그와 같은 교착 상태를 반영하는 흥미로운 역사적 사례로 검토될 수 있을 것이다.

2000년대의 주요 비평적 쟁점 중 하나인 '시와 정치' 논쟁이 점화되는 과정에서 랑시에르의 미학 이론이 "먼 친척 아저씨가 보내온 달콤한 과자상자"[6]처럼 수용되었던 현상은 징후적으로 분석될 필요가 있다. '사회참여와 참여시 사이에서의 분열'을 사유하는 진은영의 진지한 고민을 전후로 거론되기 시작했던 랑시에르의 미학론은, 잘 알려진 것처럼 '시학적–재현적 체제'와 '미학적–감성적 체제'의 구별이라는 문제틀에 기초한 것이다. '감각적인 것의 나눔'으로 대변되는 랑시에르의 정치적 미학론이 각광받았던 데 나름의 당위성이 있었다는 것을 부인할 수는 없다. 문학의 사회적 영향력 감소, 문학 텍스트의 공적 발화 기능 약화 및 공통 의제에 대한 무관심, 라캉주의로 대변되는 포스트 구조주의의 이론적 확산 등은 자연스럽게 재현에 의존하지 않는 당대 텍스트의 가치를 해명해야 한다는 과제를 비평에게 부과했던 것이다. 이 과정에서 랑시에르는 재현에 대한 부담과 강박으로부터 문학과 비평이 자유로워질 수 있다는 이론적 근거와 더불어, 미학과 정치의 동시적 실험이 가능하다는 신념의 토대를 제시하는 것처럼 읽혔던 것이다.

그런데 랑시에르의 명쾌하고 매력적인 도식이 전유되는 과정에서 모종의 딜레마에 직면하게 될 여지가 있다는 사실을 지적하는 것은 이론적으로도 중요하다. 원저자의 의도와 달리 '재현적 체제'와 '미학적 체제'라는 방법론적 '구분'이 예술사적 '전환'과 '이행'이라는 연속적 모델로 활용될 경우, '재현적인 것'과 '미학적인 것' 사이의 위계 관계가 고착될 뿐만 아니라, 다음과 같은 이중적 딜레마가 초래될 수 있기 때문이다.

첫째, 재현 불가능성을 대변하는 언어들의 현재적 가치는 재현

---

6) 진은영, 「감각적인 것의 분배: 2000년대 시에 대하여」, 『창작과비평』 2008년 겨울호, p. 70.

가능한 언어라는 과거와의 시간적 분리·단절 관계를 통해 스스로의 정당성을 정립할 수 있다. 언어의 불가능성을 증명하는 담론들의 반복이 가능하기 위해서는, 재현 가능성이 일종의 이론적 카운터 파트너로서 사실상 소멸될 수 없는 언데드undead의 형태로 거듭 부활해야 한다. 시간적 단절의 논리를 바탕으로 텍스트는 재현 가능성의 여부하에 범주화되고, 재현 (불)가능한 대상으로서의 현실과 재현 (불)가능한 주체로서의 문학이라는 이데올로기적 분단 체제가 강화되는 식이다. 랑시에르가 재현불가능성이 야기하는 "사변적 과장"[7]을 다음과 같이 비판하는 이유도 거기에 있다. "재현 불가능성을 주장하는 사람들은, 어떤 것들은 어떤 유형의 형식으로만 재현될 수 있다고, 그것들의 예외성에 적합한 언어의 유형에 의해서만 재현될 수 있다고 주장한다. 엄격한 의미에서 이런 관념은 공허하다. 이것은 그저 소망을 표현할 뿐이다"(p. 235).

재현 불가능성이 초래하는 층위의 딜레마는 "사실의 합리와 픽션의 합리 사이의 재현적 분리"(pp. 216~17)를 가능하게 하는 언어들이 결과적으로 재현의 문법에 포섭되어 있다는 지점에서 더욱 극적으로 드러난다. 다시 말해 재현 불가능성을 주장하는 언어들이 한층 문제적인 이유는, 그것이 논리적인 자기모순을 내포한 공허한 관념과 소망에 불과하기 때문만이 아니다. 여기서 우리는 재현 불가능성을 반복적으로 확인하는 비평을 일컬어 재현 체제를 재생산하는 일종의 메타 재현 기계에 비유할 수 있을 것이다.

---

7) 자크 랑시에르, 「재현 불가능한 것이 있는가」, 『이미지의 운명』, 김상운 옮김, 현실문화, 2014, p. 227. 이하 인용 출처는 본문에 쪽수만 표기.

"이 염원은 그 원칙에 있어서 모순되는 까닭에, 반-재현적인 예술과 재현 불가능한 것의 예술 사이의 헛된 등식을 보증하기 위해 예술의 한 체제 전체를 신성한 공포의 기호 아래에 두는 과장 속에서만 실현될 수 있다. 내가 보여주려 노력했던 것은, **이 과장 자체가 스스로 고발하고 있다고 주장하는 합리화의 시스템을 완벽하게 할 뿐이라는 점이다**"(p. 235, 강조는 인용자). 랑시에르가 제기하는 비판의 핵심은 메타 재현 기계로서의 비평 담론이 스스로 비판하고 있다고 주장하는 합리화의 시스템(재현 체제)을 오히려 완벽하게 함으로써, 당대 문학장을 재생산하는 권력의 네트워크를 강화한다는 사실이다.

"실재에의 열정에 대한 열정"(김홍중) 또는 "무한의 주인"(박상수)이라는 아이러니한 형상은 2000년대의 문학 담론이 재현 체제로부터 벗어나지 못했을 뿐 아니라, 오히려 그 체제의 강고한 생명력을 증명하는 부정신학적 징후에 가깝다는 사실을 환기한다.[8] '문학 텍스트는 현실을 재현하지 않는다(재현할 수 없다)'라는 재현적 명제가 반복됨에 따라, 현실로부터 자유로운 문학이라는 형상, 즉 문학의 자율성은 그것을 은폐하고 망각시키는 '텅 빈 기표'이자 물신화된 이념으로 변모하고, 1990년대 이후 구축된 문학주의의 통치성을 구성하는 이데올로기적 정점을 차지하게 된다.[9] 신의 죽음을 설파하는 무신론자가 오히려 신에게 종속되는 역설을

---

8) 이에 대해서는 김홍중, 「실재에의 열정에 대한 열정 ─ 미래파의 시와 시학」, 『마음의 사회학』, 문학동네, 2009; 박상수, 「무한(無限)의 주인 ─ 신형철의 '윤리 비평'과 2000년대 "뉴웨이브"를 둘러싼 외설적 보충물에 관하여」, 『귀족예절론』, 문예중앙, 2012.
9) 이에 대한 구체적인 분석은 이 책의 6~7장에서 확인할 수 있다.

일컬어 라캉은 '무신론의 진정한 공식은 신은 죽었다가 아니라, 신은 무의식이다'라고 말한 바 있다. 그의 말을 비틀어 적용해본다면, 우리는 재현이야말로 문학의 통치성을 작동시키는 비평의 무의식이라고 공식화할 수 있는지도 모른다. 재현에 비판적이든 우호적이든, 비평이 문학과 현실의 분할을 정당화하는 재현 체제에서 좀처럼 벗어날 수 없었던 이유도 그 때문이다.

3. 경합하는 현실들의 형식: 미학과 정치적 올바름 사이의 간극

그런가 하면 최근 비평은 재현 불가능성 담론이 지닌 이데올로기적 성격을 비판하는 가운데, 다시 재현 가능성을 적극적으로 탐구할 계기를 확보해 나가는 경향을 보이고 있다. '재현의 귀환'을 모색하는 비평의 정당성은 이러한 변화된 인식을 가능하게 한 힘의 원천이 텍스트와 문학 제도 바깥의 현실에 존재한다는 반성적 공감에서 마련되는 것 같다. '표절 사태' '문단 내 성폭력' '미투 운동' '강남역 살인 사건' 등 그간 문학이라는 이름의 구성적 외부로 배제되었던 삶에 대한 인식이 공유되면서 비평이 문학 바깥의 현실로, 삶으로, 광장으로 나아가는 것은 당연한 수순처럼 여겨질 수 있다.

이와 같은 최근의 경향과 흐름에 어떤 논쟁적인 지점들이 내재해 있다는 사실을 검토하는 작업은 중요하다.[10] 다만 이 글은 다양한 의견 가운데 재현 체제 속에서 유지되는 문학과 현실, 미학성과 정치성 사이의 적대와 분리를 해체하는 몇몇 주목할 만한 작업들에 근거하여 논의를 조금 더 구체화하고자 한다.

관련해서 『82년생 김지영』을 둘러싼 문학적 논쟁이 처해 있는 근본적 오인 구조를 지적하고 있는 허윤의 「로맨스 대신 페미니즘을!: '김지영 현상'과 '읽는 여성'의 욕망」[11]은 주목될 필요가 있다. 그는 '김지영 현상'의 의미가 '정치적 올바름'과 '미학적 결함'이라는 익숙한 적대 구조를 통해서는 밝혀질 수 없다고 주장하고, '정치적 올바름'이라는 관용어가 지닌 이데올로기적 식별 구조를 해체하는 방향으로 논의를 전개한다. 이를 위해 그가 제시하는 것이 '어떻게'의 문제라는 사실은 새삼 강조될 수 있을 것이다. "소재를 중심으로 문학의 정치를 판단하면, 남는 것은 소재를 두고 벌이는 경쟁뿐이다. 더 약자를, 더 소수자를 재현하는 것만으로는 정치적으로 올바른 텍스트가 될 수 없다. **문학이 정치적 올바름을 사유하기 위해서는 어떻게 재현할 것인가의 문제를 놓쳐선 안 된다.** 최근 한국 문학의 탈출구를 페미니즘 문학이나 퀴어 문학으로 호명하려는 시도가 놓인 곤경이 여기에 있다. 여성과 퀴어가 등장한다는 소재 차원에서 접근하는 것만으로는 정치적으로 올바른 문학이

---

10) 최근의 비평이 문학을 다시금 정치의 도구로 환원하거나, 미학성의 문제를 부차적인 요소로 방기하는 것 같다는 일각의 비판은 최근 비평의 문제의식을 지나치게 단순화하거나 과소평가할 우려가 있다고 생각한다. 오히려 이 글이 강조하고 싶은 인식론적 한계에 관해서는 강보원이 다음 글에서 날카롭게 분석한 바 있다. 강보원, 「아주 조금 있는 문학」, 〈크리틱-칼〉 2020년 7월. (http://www.critic-al.org/?p=519905)

11) 허윤, 「로맨스 대신 페미니즘을!: '김지영 현상'과 '읽는 여성'의 욕망」, 『문학과사회하이픈』 2018년 여름호. 이하 인용 출처는 본문에 쪽수만 표기.

될 수 없다"(p. 50, 강조는 인용자).

　이와 같은 지적이 단지 텍스트가 바깥의 현실을 '어떻게' 재현하고 있는가를 둘러싼 미학과 정치의 익숙한 이항 대립에 한정되지 않는다는 사실에 주목해야 한다. 『82년생 김지영』의 문제성은 텍스트가 여성의 현실을 얼마나 정확히, 정치적으로 올바르게 재현하고 있는지 여부에서 발생하지 않는다. '김지영 현상'의 미학적 정치성은 텍스트가 선재하는 현실을 재현하고 반영하는 데에서 머물지 않고, 독자가 역으로 텍스트를 재현하고 대변하는 적극적 주체로 거듭날 수 있다는, 일종의 전회 가능성에서 발견된다. 허윤이 "『82년생 김지영』은 정치적으로 올바른 텍스트가 아니다"(p. 51)라고 평가하는 이유는, 해당 테제가 '정치적으로 올바르지만(내용) 미학적으로 태만한(형식)'이라는 익숙한 적대와 분리를 고착시키고, 텍스트라는 내부의 영역과 실제 삶이라는 외부 현실 사이의 인과적 선후 관계를 반복적으로 재생산하기 때문일 것이다. 다시 말해, 관건은 해당 텍스트에 내재되어 있는 미학적 가치를 증명함으로써, 정치적 올바름의 내용적 정당성을 증명하는 일에 있지 않다. 검토해야 할 사안은 독자가 '어떻게' 텍스트를 사후적으로 발견하고, 생산하고, 의미화하는지, 그리고 그 과정에서 실천되는 욕망을 정치적으로 '어떻게' 분석할 수 있는지와 연계될 것이다. 이러한 문제틀의 전환 속에서 『82년생 김지영』이라는 텍스트와 독자, 그리고 문학과 현실 사이의 관계에 어떤 위상학적 변화가 발생할 여지가 개입되며, 해당 텍스트의 미학적·정치적 성과와 한계가 동시에 분석될 수 있다.[12]

　이때 '어떻게'에 관한 사유가 '형식'에 대한 고민과 맞닿아 있지만, 그것이 비단 텍스트의 미학적 구조의 문제에 국한되지 않는다는 사실을 거듭 강조할 필요가 있다. '형식'이라는 개념은 오랫동안 미학의 전유물, 예술성을 지시하기 위한 개념으로 부당하게 오용된 측면이 있다. 최근 새로운 형식 이론을 전개하고 있는 캐롤라인 레빈Caroline Levin의 작업이 강조하는 바도 동일하다. 그에 따르면 "형식은 미학적 담론의 전유물이 아니었다. 형식의 기원은 미학이 아니다. 예술은 가장 오래된 또는 가장 방대한 형식의 역사에 대한 소유권이 없다."[13] 형식은 소재적 내용과 그것이 표현되는 방식을 구분하는 식별 단위에 한정되지 않는다. 형식 개념의 확장이 시도되어야 하는 이유는 예술성과 정치성의 중첩되는 양태를 분석하고, 그것을 가능하게 하는 형식적 원리를 탐구하는 과정에서 새로운 정치적 비판 가능성이 확보될 수 있기 때문이다. "정치에 관심을 가진 비평가들이 이제는 형식주의자가 되어야 한다고 말하고 싶다. 서로 갈등하는 형식의 논리들은 우리의 삶을 조직하고 해체하며, 끊임없이 박탈의 고통을 가하면서도 예기치 못한 기회를 제공한다. 형식주의자가 되어야 그 형식의 논리에 개입할 수 있다" (p. 73).

이처럼 미학성과 정치성을 분리하는 기제를 철폐하는 방법적 통로로 형식을 활용할 때, 문학과 현실이라는 적대적 이분법이 초래

---

12) "『82년생 김지영』은 정치적으로 올바른 텍스트가 아니"라는 허윤의 이중적 평가는 텍스트의 의미를 생산하는 독자들의 동일화 기제에 내포되어 있는 나르시시즘적 보수성을 (다소 우회적인 뉘앙스로) 지적하고 있다.
13) 캐롤라인 레빈, 『형식들』, 백준경·황수경 옮김, 앨피, 2021, p. 30. 이하 인용 출처는 본문에 쪽수만 표기.

하는 논쟁의 공허함이 드러난다. 우선 형식은 세계와 예술을 규제하고 제한하는 "요소들의 배열, 즉 질서화, 패턴화, 형태화를 가리킨다"(p. 30). 이때 형식은 질서를 부여하려는 인간의 욕망이 형성한 존재론적·인식론적 패러다임에 가깝다. 하지만 아무리 강력한 형식이라도 인간의 삶을 완전히 규제하고 지배하는 경우는 없다. 세계를 지배하는 단 하나의 형식은 가능하지 않으며, 오히려 "다양한 배열들이 서로 충돌하여 전혀 새로운 효과를 빚어내는 모습을, 작은 형식들이 큰 형식들을 파열하고 변경하는 모습"(p. 62)을 탐색하는 것이 중요한 것도 그 때문이다. 그런 의미에서 "문학적 형식은 선행하는 정치적 현실을 그대로 반영하거나 담지 않는다"(p. 59). 하지만 이 말은 문학이 정치와 무관하다는 뜻으로 읽혀서는 안 될 것이다. 정치적 현실이 문학에 선재하는 것도 아니며, 문학이 정치로부터 완벽하게 이탈하는 것이 불가능한 이유도 바로 저 형식의 불투명성과 비고정성에서 기인한다. 형식은 문학과 정치적 현실의 교차 가능성과 더불어 양자 관계의 고정 불가능성을 동시에 함축한다. '어떻게'에 대한 분석적 질문을 통해, 문학은 선행하는 현실을 그대로 재현하고 반영하는 인과적인 모델에서, 서로 다른 형식들이 투쟁하고, 경쟁하고, 충돌하는 장소로 전환될 수 있다.

정치적으로 올바른(내용) 작품은 미학적으로 태만하고(형식), 미학적으로 맹목적인(형식) 작품은 정치적으로 공허하다는(내용) 식의 익숙한 구분과 분열이 지닌 한계도 거기에 있다. '어떻게'로 대변되는 형식성은 텍스트의 담론이 생성되는 자체의 논리를 조명하면서, 그것의 정치적 효과를 생산하는 사회적·문화적·정치적 조건과 맥락을 동시에 질문할 수 있게 하는 근거로 인식되어야 한다. 그렇다면 비평은 다음과 같은 원론적인 명제를 제시하는 것이 가능해진다. 미학적으로 맹목적인 작품은 정치적으로도 맹목적이다. 정치적으로 공허한 작품은 미학적으로도 공허하다. 확장된 형식에 대한 탐구 속에서 미학성과 정치성은 중첩되며, 양자 사이의 선후 관계와 위계질서는 고정되지 않는다. 이러한 고정 불가능성에 적극적으로 기여하는 것은 당연히 텍스트와 독서 행위 사이의 고정 불가능한 관계이다. 그리고 이러한 고정 불가능성은 특정한 텍스트의 미학적·정치적 가치의 고정성 자체를 와해시키는 역사적 근거로 사용될 수 있다.

4. 문학의 통치성과 대의제 정치

형식의 문제를 조금 더 확장해간다면, 문학적 재현에 관한 언표들의 형식적 체제에 대한 정치적 탐구로 나아갈 수 있다. 그것은 앞서 언급했던 문학과 현실의 분리를 정당화하는 언어들이 여전히 재현적 언표에 이중적으로 의존할 수밖에 없다는 사실을 분석 가능한 지평으로 전환하는 작업으로도 연결된다. 그리고 그것은 메타 재현 기계로서 비평이 산출하고 있는 이데올로기적 효과를 향한 정치적 문제제기로도 이어질 수 있다.

관련해서 오혜진의 「지금 한국 퀴어 문학장에서 '퀴어한 것'은 무엇인가 (1) 한국 퀴어 서사의 퀴어 시민권/성원권에 대한 상상과 임계」[14]는 재현 기계로서의 비평이 처한 정치적 한계를 꼼꼼하게 논박하고 있다는 점에서 주목될 필요가 있다. '시민권'과 '성원권'이라는 정치학적 용어를 통해, 오혜진은 최근의 한국 문학장에서 퀴어 문학이 어떻게 조명되고, 해석되고, 가시화되는지를 비판적으로 검토한다. 여기서 우리가 발견할 수 있는 것은 최근의 문학과 비평이 보여주고 있는 소재주의적 한계가 모종의 이데올로기적 효과와 긴밀하게 연동되어 있다는 사실이다. 오혜진에 따르면 "'퀴어 문학'을 고정적이고 규범화된 범주로 사고"(p. 81)하는 경향성, 즉 (이 글의 용어로 변주하자면) 퀴어 문학을 포섭하는 재현적 비평 언어 체제의 작동은, 한국 문학장을 규제하는 거대한 이념 체제의 통치성을 강화하는 데 기여한다. 즉, "퀴어 문학을 정치적으로 독해하려는 경향보다는 '퀴어 문학'이라고 간주되는 그 모든 것을 (게이/레즈비언 문학에게 강박적으로 부여된 혐의인) '당사자주의' 혹은 '정체성 정치'로 환원함으로써 탈정치화하려는 의지가 더 지배적"(p. 82)이라는 오혜진의 진단은, 정상성을 비판하려는 선의로 퀴어 문학을 독해하는 일부 비평들이, 도리어 정상성의 체제 원리를 기묘하게 모방하는 역설에 직면하는 이유가 무엇인지를 날카롭게 드러낸다.

오혜진이 "'퀴어'라는 범주의 지시 대상이 고정적이지 않다는 것"(p. 84)을 이론적으로 강조하는 이유 역시 그 때문일 것이다. 이러한 전제에는 '퀴어 문학'이라는 범주를 명확하게 지시하려는 가시성의 욕망을 향한 이론적 비판이 함축되어 있다. 아울러 가시

---

14) 오혜진, 「지금 한국 퀴어 문학장에서 '퀴어한 것'은 무엇인가 (1) 한국 퀴어 서사의 퀴어 시민권/성원권에 대한 상상과 임계」, 『문학과사회 하이픈』 2018년 겨울호. 이하 인용 출처는 본문에 쪽수만 표기.

성의 욕망의 체제에 대한 물음으로 확장한다면, 우리는 문학과 현실을 분할하는 논의들을 가능하게 하는 어떤 근본적인 체제를 향한 질문에 도달할 수 있다.

어떤 현실을 재현할 것인가라는 문제의식을 바탕으로 재현 가능한 현실의 영역을 넓히는 일은 필요하다. 그 과정에서 우리는 현실이라는 이름으로 무언가를 가시화하는 모종의 재현 체제가 지닌 권력적 힘을 비판적으로 해체하는 작업에까지 도달할 수도 있다. 재현을 둘러싼 식별 체제하에서 비평은 어떤 텍스트가 재현될 만한 가치가 있는가를 적극적으로 판별하는데, 이러한 판단의 정치적 성격을 검토하지 않을 경우, 특정 텍스트에 시민권과 구성권을 부여하는 문학적 주류 시스템의 통치성이 근본적으로 사유될 수 없다. 그것이 망각될 때 비평은 문학이라는 텅 빈 이름으로 텍스트를 생산하고, 주체화하고, 관리하는 통치 기계로서의 소임을 적극적으로 수행하게 될 위험에 노출된다. 이러한 시스템은 "비규범적 세계가 기존의 규범화된 앎의 세계로 편입되거나 번역될 때에만 그것에 문학적 시민권을 발급하겠다는 이 의지"와 구별되기 어려우며, "비규범적 성별 정체성과 성적 실천에 대한 혐오를 정당화하는 오랜 인식론적 기제와 그리 멀지 않다"(p. 98).

그러므로 퀴어가 고정적으로 지시될 수 없다는 통찰은 단순히 퀴어의 재현 불가능성을 강조하는 소극적 의미로 한정될 수 없다. 퀴어에 대한 독해가 정치적 의미를 확보하기 위해서는, 정상성의 권력을 지탱하는 재현 체제의 분할과 배제의 조건을 심문하고, 그것을 가로지르는 힘의 효과를 정치적으로 재해석해야 한다. 그러한 독해는 "차별과 낙인을 정당화하는 룰로서 작동하는 이 사회의 정상성, 즉 이 공동체가 정한 시민권citizenship과 성원권membership 의 조건 및 그것의 정당성과 임계에 대한 문제 제기다. 그렇게 읽을 때, 퀴어 문학은 성 소수자만이 아니라 이 사회를 사는 모든 이를 '당사자'로서 소환한다"(p. 87). 퀴어적인 것의 정치적 재현은 협소한 의미의 당사자성이 근거하고 있는 재현적 일치 모델을 무화하며, 우리 모두를 그러한 가시성의 체제 안에서 주체화되고, 통치되는 당사자로 재호명한다. 따라서 '재현의 한계'에 대해 말할 수 있으려면, 그것은 미학적 층위에서의 형식에 관한 논의로 문제가 축소되거나, '재현 불가능성'이라는 관습적 언명을 통해 실천되는 패배주의적 정치로 반복될 수 없다. 즉 '재현의 한계'라는 전제는, 언어를 매개로 세계를 재현하려는 모든 텍스트에 내재된 불가피한 조건이면서, 동시에 텍스트들을 가시화하는 문학적 통치성의 정치적 기제에도 동일하게 적용될 수 있어야 한다.

이때 문학적 재현 체제와 현대 민주주의의 근본 체제라고 할 수 있는 대의제representative system가 유사한 원리에 토대하고 있다는 사실은 단순한 우연이 아니다. 메타 재현 기계로서의 비평이 형성한 담론적 질서와 체계 속에서 문학성을 지녔다고 평가되는 문학 텍스트들은 다양한 제도적 호명을 통해, 당대의 문학을 대변하는 사례들로 재현되고 대표되어왔다. 이때 문학의 자율성이라는 언표는 (어떤 역사적 문턱을 계기로) 대의제를 재생산하는 데 핵심적인 가치인 '텅 빈 기표'로 활용되었으며, 문학장의 재생산 과정을 사후적으로 정당화하는 이념으로 기능하기 시작했다. 이러한 대의제적인 재생산 체제에서 모종의 배제가 발생하는 것은 불가피하다. 더욱 문제적인 것은 이 같은 배제의 기제가 '억압'이라는 전통적인 권력 비판 모델로 충분히 해명될 수 없다는 데 있다. 문학의 자율성은 일각에서 주장하는 것처럼 특정한 주체와 현실을 단순히 억압하고 배제하는 이념으로만 작동하지 않는다. 오히려 그것은 문학이라는 이름으로 생산되고, 관리되고, 평가될 수 있는 가시성의 장, 즉 문학적 주체화의 담론적 조건에 해당한다. 문학이라는 이름으로 행해지는 자율성의 장 안에서, 문학과 비평은 무언가를 억압하고 지배하는 관계가 아닌, 서로에 의해 통치되고 관리되는 관계 속에서 주체화의 계기를 상호적으로 부여한다. 그런 의미에서 문학의 자율성은 그것을 진심으로 믿는 비평가나 제도권 세력에 의해서나, 어떤 물신화된 이론적 원리에 의해서만 유지되는 것이 아니다. 문학의 자율성은 재현 체제에 기반한 문학적 대의제 시스템 하에서 실천되는 언표들의 순환을 거쳐 끊임없이 호명되고 의미화되고 생산되는 텍스트들의 담론적 네트워크를 가리킨다.

이러한 맥락에서 김미정이 「흔들리는 재현·대의의 시간: 2017년 한국소설 안팎」에서 제기한 문제의식은 조금 더 사유될 필요가 있다. 부제에서 적시하고 있듯, 해당 글은 미투와 촛불혁명 전후로 생성되었던 문학적 변화의 움직임을 독려하기 위해 씌어진 글이다. 김미정은 당시 독자들이 『82년생 김지영』에 호응하게 된 계기에 적극적으로 의미를 부여하면서, 재현과 대의 체계의 균열이 나타나고 있다고 판단한다. "안정되고 잘 작동되었던 재현 체계가 여기저기에서 흔들리기 시작한다."[15]

---

15) 김미정, 「흔들리는 재현·대의의 시간: 2017년 한국소설 안팎」, 『문학들』 2017년 겨울호, p. 48.

그런데 현 시점에서 우리가 다시 고찰해야 할 것은 문학 제도와 독자 사이의 위계를 강화하는 재현 체계의 일시적 흔들림이 재현 체제라는 좀더 거대한 통치성의 원리를 해체하는 지점으로 나아가지는 못했다는 사실이다. 물론 문학적 세대 교체와 점차 양적으로 증가하는 여성·퀴어 서사가 기존의 한국 문학이 의존하고 있는 재현 체계의 변화와 확장을 가능케 하는 중요한 힘들이라는 것을 부인할 수는 없다. 하지만 그와 같은 변화와 확장의 정치성을 극대화하기 위해서는 새로운 텍스트들을 가시화하는 원리로서의 문학적 통치성, 즉 문학장의 대의제 시스템이 지닌 이데올로기적 한계까지도 동시에 질문해야 한다. 최근 부활하고 있는 2030 남성 주체에 관한 퇴행적 담론들, 일부 정치 세력에 의해 조장되고 있는 젠더적 적대와 분열 전선이 토대로 하는 문법 역시 재현과 대의의 원리라는 것은 단순한 우연이 아니다. 그것은 누군가의 삶과 언어가 특정한 재현적 기표로 대변될 수 있고, 나아가 그 대의의 형상이 실제 현실과 일치할 수 있다는 물신적 상상력을 반영한다. 이러한 퇴행적이고 반동적인 논의들과 구별되기 위해서는 재현 체계의 흔들림으로 등장하는 새로운 주체와 현실을 주목하는 가운데, 여전히 강력하게 작동하고 있는 저 대의제적 원리에 기반한 재현 체제를 근본적으로 비판해야 한다. 나아가 '재현의 한계'라는 언어적 조건속에서 형상화되는 문학적 역량의 동시대성을 활성화하기 위해서도 우리는 다시, 재현 체제가 포섭할 수 없는 시공간의 잠재성을 발견해야 한다.

5. 동시대 예술의 정치적 조건들

독일의 영상 작가이자 이론가인 히토 슈타이얼Hito Steyerl의 '다큐멘터리즘'에 대한 사유는 문학과 현실, 나아가 예술의 재현적 역량과 기능에 관한 우리의 논의를 이어나가는 데 생산적인 영감을 제공해준다. 그는 다큐멘터리 장르에서 기대되는 리얼리티와 진실성이 처한 동시대적 역설에 주목하며 "다큐멘터리 이미지를 그림자처럼 따라다"니는 "괴로운 불확실성"[16]을 본격적으로 사유한다. 사람들은 대개 다큐멘터리라는 장르를 통해 상영되는 이미지에 진정한 삶이 담겨 있다고 믿는 경향이 있다. 다큐멘터리는 픽션이 아니며, 해당 장르 특유의 아우라는 그것이 전달하는 내용의 진실성과 형식적 직접성에서 비롯된다. 하지만 흥미롭게도 슈타이얼은 다큐멘터리적 이미지와 실제 삶 사이의 일치를 통해 드러나는 '진실성'의 이념에 의문을 표한다. 이처럼 다큐멘터리적 이미지 형상의 진실성을 해체하는 이유는, 그가 실제 현실과 다큐멘터리의 형상 사이에서 발생할 수밖에 없는 필연적 간극과 불일치를 강조하고, 그러한 간극의 시대적 의미망 속에서 다큐멘터리 이미지의 픽션성(예술성)과 정치적 가능성을 동시에 구제하기 위해서이다.

삶을 있는 그대로 다큐멘터리로 포착한다는 것은 당연하게도 전혀 불가능하기 때문이다. 삶은 그렇게 '있는 그대로' 그림 속에 들어

---

16) 히토 슈타이얼, 『진실의 색: 미술 분야의 다큐멘터리즘』, 안규철 옮김, 워크룸프레스, 2019, p. 16. 이하 인용 출처는 본문에 쪽수만 표기.

갈 수 없다. 삶이 이미지가 되는 순간, 그것은 삶 자체이기를 포기하고 스스로의 타자가 된다. 그것은 진짜이면서도 섬뜩하고, 원본이면서도 복제이고, 현실적이면서도 초현실적인 스스로의 도플갱어이다. 있는 그대로의 다큐멘터리의 삶은 다른 모든 것이 될 수는 있어도 삶 자체만은 될 수 없다. (p. 166)

삶이 예술적 이미지로 형상화되는 과정에서, 그것은 삶과 유사하지만 더 이상 삶과 일치될 수 없는 도플갱어의 위치를 부여받는다. 그런데, 이때 삶과 예술 사이의 존재론적 위계에 역전이 발생한다. 있는 그대로의 삶은 실재의 형상으로 존재할 수 없으므로, 리얼리티에 대한 믿음 속에서 그것과 유사해 보이는 예술적 형상이 도리어 삶을 대리하고, 결국 삶의 자리를 차지한다. "왜냐하면 삶이 이미지 속에 포획되고 증언되기 때문에, 오직 삶 자체가 아닌 삶만이, '있는 그대로'일 수 있기 때문이다"(p. 168). 삶과 유사해 보이는 예술의 형상적 이미지는 단순히 삶에 대한 충실한 모방이나 재현에 그치는 것이 아니라, 오히려 삶에 대한 인식과 감각의 구조적 조건으로 기능할 수 있는 것이다.

이러한 역설에 슈타이얼이 각별히 주목하는 이유는 그와 같은 전환에 내포되어 있는 동시대의 미학적·정치적 딜레마를 강조하기 위해서이다. 예술 이미지와 삶 사이의 역설적 관계가 단순히 과거에 유행했던 '재현 불가능성'의 테제나 포스트모더니즘적 아나키즘으로 읽힐 수 없는 이유도 거기에 있다. 동시대인들이 현재 직면한 딜레마는 '재현 불가능성'이나 '언어의 한계'에서 기인하지 않는다. 오히려 상황은 정반대에 가깝다. 현재 구축되고 있는 국제적 미디어 네트워크 속에서 모든 사태는 잠재적으로 재현 가능한 대상으로 포섭되는 중이다. 동시대 예술이 직면하고 있는 난제, 일각에서 '포스트-트루스post-truth'라고 지칭하는 사태는 가짜 정보들이 범람하는 데에서 야기되는 것이 아니라, 너무나 많은 이미지가 '진정한 삶' 혹은 '삶의 진실성'을 참칭하는 지점에서 발생한다. 리얼한 것, 진정한 것에 대한 믿음과 욕망은 진짜가 아닌 삶을 구분하는 이데올로기적 식별 체계의 정점을 구성하며, (이 글의 용어로 표현하자면) 재현 체제 안에서의 악무한적 적대의 전선을 확장시킨다. 리얼한 것에 대한 오늘날의 욕망이 이념적 내용과 무관하게, 형식적으로는 보수적일 수밖에 없는 이유도 거기에 있다. 예술적 형상 이미지를 통해 실제의 삶과 접촉할 수 있다는 믿음이 무비판적으로 확산될 경우 '진정한 삶', 혹은 '삶의 진정성'이라는 예술적 환영 이미지는 마침내 이데올로기적 권력과 조우할 가능성을 내포하게 될 것이다.[17]

17) 이에 근거하여, 『82년생 김지영』의 미학성과 정치성에 관한 추가적 설명이 가능하다. 분명 기존의 관례적인 문학적 재현 체제하에서 『82년생 김지영』은 미학적으로 많은 결함을 지닌 텍스트처럼 재현되고 판명될 것이다. 하지만 이 텍스트의 가치는 허윤을 비롯한 많은 비평가가 공통적으로 지적했듯 기존의 재현 체제하에서는 포착될 수 없는 정치적 가능성, 다시 말해 '김지영'이라는 형상이 발휘하는 수행적 층위의 소구력에 있었을 것이다. 이러한 소구력이 해당 텍스트의 형식과 결부되어 있다고 분석하는 것 역시 가능하다. 레빈의 지적처럼 "사회적 재현 형식의 논리가 소설 속으로 들어와, 문학적 형식과 충돌하기도 하고 함께 작용하기도 하면서 예상 밖의 정치적 결과를 생산하는 양상을 추적하는 독법"(『형식들』, p. 113)이 가능하기 때문이다. 관련해서 『82년생 김지영』의 주인공인 김지영이 소설 인물에 기대되는 고전적인 덕목으로서의 예외성이 발견되지 않는다는 사실이 중요한데, 그것은 최소한 이 텍스트의 정치성과 관련해서는 미학적 결함으로 작용하지 않는다. 김지영의 익명성은 해당 서사가 어떤 예외적 전형성이라는 대의제적 재현과 구별될 수 있는 가능성을 내포하게 된 형식적 근거라고 할 수 있다. 익명적 존재로서의 김지영은 바로

진정한 것들의 범람이 초래하는 딜레마 앞에서 예술은, 그리고 문학은 무엇을 할 수 있는가? 문제는 이같은 상황에서 진짜와 가짜를 가려내는 전통적 비판이 정치적으로 무력하다는 사실이다. 슈타이얼이 동시대 다큐멘터리의 진실에 대한 논점이 "더 이상 다큐멘터리 이미지가 현실과 일치하느냐 하는 문제가 아니"(p. 26)라고 주장하는 이유, 다시 말해 "세계 자체를 지배하고 있는 불확실성의 생생하고 정확한 표출"(p. 26)에 집중하는 이유도 거기에 있다. 이때 그가 "표현Repräsentation 대신 표출Ausdruck"(p. 27)이라는 개념을 선호하는 이유 역시 비교적 명확하다. 예술의 정치성은 우리에게 진정한 삶과 유사한 무언가를 보여주는 데 있는 것이 아

　　그와 같은 특징으로 인해 오히려 수많은 유령적 목소리를 복화술로 발화할 수 있는 역량을 부여받는다. 허윤의 표현을 빌리자면, 여기서 이 텍스트의 '교활함'이 드러나는데, 그것은 김지영이라는 익명의 존재가 그것을 읽는 독자들의 무수히 많은 삶과 다양한 욕망을 표출하는 매개로 재활용될 수 있는 형식적 진원지이기 때문이다. 물론 『82년생 김지영』이라는 텍스트가 지닌 미학적, 정치적 한계 역시 동일한 '교활함'에서 비롯될 것이다. 관련해서 해당 텍스트가 착한 여성이라는 상상적 이미지에 대한 동일시 욕망을 강화할 여지가 있다는 허윤의 지적은 의미심장하다. 그것은 문학적 이미지와 실제 현실 사이의 거리가 필연적 간극에 해당하지만, 다른 한편으로는 그 간극 역시 독자들의 독서 행위에 수행적으로 의존한다는 사실을 보여준다. 다시 말해 이러한 욕망이 그 자체로 물신화되어버렸을 때, 독자들의 욕망은 김지영이 내포할 수 있는 익명적 가상성을 잠식하며, 다시 김지영을 보편적인 여성의 삶을 대변하는 재현 체제의 틀 내부로 복속시켜버릴 우려가 있다. 『82년생 김지영』이 영화화되는 과정에서 이는 좀더 분명하게 드러난다. 영화 텍스트로서의 「82년생 김지영」의 정치적·미학적 보수성은 연출과 서사적 각색뿐만 아니라, 매체적·장르적 한계에서 기인한다고 분석될 수 있다. '김지영'이라는 문자로 존재하던 익명적 주체가 배우 정유미가 구현하는 구체적인 이미지 '형상'을 확보하게 되었을 때, 시각화된 이미지는 재현적 대리를 가능케 하는 진실의 형상으로 고정되어버린다. 물론 영화를 통해 발생하는 동일시는 정치적 영향력을 강화할 계기를 제공하지만, 영화라는 시각적 매체의 특성으로 인해 김지영의 가상성과 잠재성이 소멸되고, 결과적으로 그 익명성의 힘이 포기되는 것이다.

니라, 진짜 삶과 예술적 재현 사이에서 해소될 수 없는 간극으로부터 생성되는 것이다. "세계에 대한 응시를 다시금 허용하는 다큐멘터리의 간격Distanz은 어떻게 재획득될 수 있는가?"(pp. 27~28)라는 슈타이얼의 물음은 그런 의미에서 예술의 정치성뿐만 아니라, 예술을 예술로 존재할 수 있게 하는 핵심 요소로서의 가상성에 대한 탐구가 별개의 작업이 아니라는 점을 가리킨다. 왜 가상성인가? 예술의 가상성은 특수와 보편의 위계를 적나라하게 드러내고, 완벽한 대의가 가능하다는 환상이 구축하는 적대의 전선을 해체하는 간극의 형상을 발견하는 일, 그리고 그것을 인식하게 하는 거리 감각을 사유하는 비판적 근거지이기 때문이다. "다큐멘터리 예술은 어떤 경우든 자신과 삶 사이의 섬세한 경계선, 유사한 것 Ähnlichkeit과 진실Wahrheit이 갈라지는 섬세한 경계선을 계속 새로 긋는다. 거의 알아챌 수 없는 이 경계선은, 다큐멘터리즘에서 유일하게 뚜렷한 진실은 불가능성을 제시하는 것, 삶과 예술의 일치의 불가능성을 제시하는 것임을 우리에게 보여준다. 이 경계선은 진짜echt가 아니다. 그것은 실제wirklich이다. 어떠한 권력의 주장이나 대표성의 주장도 그것을 근거로 삼을 수 없다"(p. 178).

예술의 가상성과 정치적 역량에 관한 슈타이얼의 사유는 동시대적 재현 체제 속에서 문학의 정치적 가능성을 복원할 수 있는 전략을 창안하는 데에도 적지 않은 도움을 준다. 아울러 그것은 문학이 현실로부터의 퇴각도, 혹은 현실로의 완벽한 접근도 동일한 이유에서 불가능하다는 사실의 존재론적 전제를 구성한다. 문학은 현실과 유사하지만, 현실과 완벽히 일치할 수는 없다. 그런데 그것은 단지 문학의 한계에 그치는 것이 아니라, 문학적 가상성과 픽션성의 소진되지 않는 원천을 해명해준다. 사정이 그러하기에, 문학의 허구성과 가상성은 창작자의 영감이나 창조력에서 비롯되는 것으로 소박하게 간주될 수 없다. 그것은 문학과 현실 사이의 해소 불가능한 간극에서 발생하는 것이며, 필연적으로 가시화될 수밖에 없는 저 불일치에 대한 응시와 사유 속에서 비판적으로 보존될 수 있는 것이다.

이것이 흔히 언급되어왔던 재현 불가능성과 다른 맥락을 지닌다는 것도 강조되어야 한다. 재현의 한계에 대한 인식은 단순히 문학의 한계에 대한 패배주의적 승인을 위한 명제가 아니다. 그것은 한계 자체를 경험의 대상으로 전환하기 위한 전제, 다시 말해 한계에 대한 감각 속에서 확보되는 거리 감각으로 이해되어야 하며, 재현 체제하에서 작동하는 오늘날의 무수한 정치적 대의-진실을 해체하기 위한 전략적 근거지로 수정되어야 한다. 그런 맥락에서 재현 불가능성이라는 말은 정치적으로 무기력한데, 오히려 동시대 문학이 마주하는 정치적 곤궁은 '재현 불가능한 것은 없다'는 사실을 받아들이는 지점에서 드러나고, 이를 표출하는 형상에 대한 비판적 분석을 통해 가시화될 수 있기 때문이다.

문학의 가상성과 정치성은 지금까지 대의되지 못했던 주변화된 존재들을 다시 재현 지평으로 복권하는 일만으로는 충분히 마련되지 않는다. 그것을 통해 진짜 삶이, 어떤 보편적 진실이 전달될 수 있다고 믿어버릴 때, 문학의 가상성은 소멸되고 정치적으로 보수화될 여지를 내포하게 될 것이다. 양자 사이의 거리가 소멸되고 문학 텍스트와 현실이 등치된다는 신념이 강화될 경우, 결과적으로 우리는 그것이 야기할 수 있는 어떤 섬뜩한 폭력 앞에서 이론적으로 무기력해질 수밖에 없다. 그러므로 재현의 한계 속에서, 문학이 현실과 일치하지 않는다는 명제는 현실에 대한 문학의 우위도, 반대로 문학이 현실에 종속된다는 주장도 동시에 거부한다. 이러한 이중적 거부는 문학과 현실의 일치 불가능성을 역으로 양자 사이의 관계의 변화 가능성으로 전환시키는 데 기여한다. 이러한 변화는 미학적이면서 동시에 정치적이다. 왜냐하면 그것은 미학의 역사에서 등장하는 새로운 예술적 형상들을 이해하는 내적 근거를 제공하며, 동시에 기존의 질서 자체를 해체함으로써 등장하는 예술적 형상들의 정치적 원동력을 제시하기 때문이다. 관련하여 랑시에르는 이렇게 말한다. "그것은 재현으로부터 유사성의 해방이며, 재현적인 비례와 어울림의 상실이다. [······] 이제부터 위대한 것도 왜소한 것도, 중대한 사건도 변변찮은 에피소드도, 인간도 사물도, 모든 것이 똑같은 차원에 있다. 모든 것은 평등하며, 동등하게 재현 가능하다. 그리고 이 '동등하게 재현 가능하다'는 것은 재현적 시스템의 붕괴를 뜻한다. 말(하기)의 가시성이라는 재현적 무대와 대립되는 것은 담론을 침략하고 행위를 마비시키는 '볼 수 있는 것'의 평등이다."[18] 이처럼 재현적 시스템의 자연스러운 붕괴를 이루어내는 문학의 세속적 실천은 문학이 수행하는 비판적 역량의 핵심을 구성하며, 문학적 형상을 더 많은 사람이 공통적으로 사용할 수 있는 원리의 근간을 이룬다.

18) 자크 랑시에르, 같은 글, p. 214.

6. 문학의 민주주의: 잠재성의 광장

재현 시스템의 붕괴가 어떻게 평등한 재현의 감각과 더불어 정체를 알 수 없는 해방감을 부여할 수 있는지를 잘 보여주는 범례 가운데 하나가 박솔뫼의 소설일 것이다. 잘 알려진 것처럼 박솔뫼 소설이 제공하는 낯선 감각은 구어와 문어, 꿈과 현실, 서술자와 인물, 과거와 현재 등의 경계가 분명하지 않은 데에서 비롯되는 것처럼 보이는데, 이와 같은 경계의 불투명성은 박솔뫼 소설이 보여주는 주된 풍경의 독특한 성격과 연결될 수 있을 것이다. 그의 말들이 보는 것, 보여주는 것은 하나의 분명한 형상적 진실이 아니라, 다양한 진실들이 중첩되는 과정에서 형성되는 "복수성의 평면"[19]에 가깝다. 여기서 박솔뫼 소설의 독특성은 실험, 위반, 파괴 등으로 대변되는 고전적 모더니즘의 원리로 해명되지 않는데, 그것은 박솔뫼 텍스트에서 현시되는 경계의 혼란이 서사를 구성하는 담론적 체제의 와해와 더욱 긴밀한 관련이 있기 때문이다. 그런 맥락에서 박솔뫼 소설이 선사하는 낯섦의 근원은, '오래된 것'과의 비교 속에서 의미화될 수 있는 '새로움' 등의 어휘로 밝혀지지 않는다. 오히려 그것은 비교를 가능케 하는 사물들 사이의, 언어들 사이의, 주체들 사이의 위계가 무너지는 자리, 즉 재현 시스템의 붕괴로 인해 가시화되는 어떤 공통성의 시공간에서 표출되는 징후적 감각이라고 해야 한다.

19) 강보원 해설, 「지나가기 혹은 영원히 남아 있기」, 『우리의 사람들』, 창비, 2021, p. 239.

최근 박솔뫼가 상재한 『우리의 사람들』(창비, 2021)에서 살펴볼 수 있듯, 박솔뫼의 글쓰기는 그와 같은 시공간을 향해 걸어가는 말에 비유될 수 있다.[20] 목적지를 정해두지 않고, 마치 산책을 연습하듯 이어나가는 박솔뫼의 말-걸음은 다양한 인물, 풍경, 텍스트, 대화, 그리고 상상과의 조우 속에서, 자신의 말이 가닿을 수 있는 한계 지점을 정확히 구체화한다. 박솔뫼의 걸어 다니는 화자는 자주 "말을 하려고 들면 마음이 무겁고 괴롭고 이건 아닌 것 같다는 생각에서 빠져나올 수 없었다"(p. 39)고 토로하지만 그가 말을 부정하거나, 무언가를 재현할 수 없다는 생각에 사로잡혀 있는 것은 아니다. 걸어가는 말은 그 과정에서 듣고, 만나고, 알게 된 타자의 말들을 자신의 말로 아카이빙하는 과정, 더 나아가서는 과거나 현재에 현실화되지 못했던 말들의 소외된 삶을 상상하는 시간까지도 수용하는 일을 가리킨다. 눈여겨볼 것은 말들의 움직임 속에서, 그 누구도(심지어 화자 자신까지도) 소설의 중심을 차지하지 않는 것처럼 느껴진다는 사실이다. "무언가를 중요해 보이게 만들고 사람들을 집중시키는 일을 이 영화감독은 지겨워하는 것이다"(p. 202). 박솔뫼의 독자라면, 이 문장이 작가 자신에게도 적용될 수 있다는 점에 어렵지 않게 동의할 수 있는데, 그것은 무언가가 중요하다는 위계의 원리에 따라 사람들을 배치하고 규정하는 일을 이 작가 역시 지겨워하고 있기 때문일 것이다. 그의 소설에서 밥을 먹고, 잠을 자고, 누군가와 만나서 이야기를 나누는 등의 소소한 일상적 행위들이 역사적인 사건과 아무렇지 않게 동일한 차원에서 그려질

---

20) 이하 인용 출처는 본문에 쪽수만 표기.

수 있는 것도 그러한 위계의 부재와 무능력에서 기인한다. 박솔뫼의 소설은 모든 것이 평등하고 동등하게 재현될 수 있는 세계, 중요한 것과 사소한 것이 무차별하다는 원리가 실제로 구현되고 감각되는 세계, 풍부한 잠재성의 세계를 표출하는 익명적 파롤들의 형식이다.

이처럼 박솔뫼의 산책하는 글쓰기는 말을 매개로 이루어지는 주체와 타자, 꿈과 현실, 과거와 현재의 분리가 명료하게 작동하지 않는 세계로 나아간다. 하지만 기억해야 할 것은 이러한 불명료함이 양자 사이의 동일시를 뜻하지 않는다는 점이다. 수많은 일상 사이의 위계가 철폐되는 말의 풍경 속에서, 박솔뫼는 양자 사이의 일치로 종합될 수 없고, 소멸될 수 없는 이상한 픽션성의 영역을 계속해서 발견해나간다. "어디에서는 무엇이 보이고 또 그곳에서는 다른 것이 보이고 무언가를 보기 위해 높은 곳으로 오르고 숨기 위해 창문을 닫는다. 그런데 어떤 장면은 아무것도 남지 않는다. 그런 것은 찍을 수도 찍힐 수도 없었다. 보는 사람은 있었을까 그것조차 알 수 없다"(p. 165).

관련해서 강조해야 할 것은 그의 픽션이 안내하는 시공간이 모종의 초현실적이고 탈역사적인 장소일 수 없다는 점이다. 박솔뫼의 소설이 광주의 비극, 부산미문화원 방화사건, 여성 살해 등의 실제 역사적 현실을 향한 관심, 그리고 그와 관련된 알려지지 않은 사람과 장소에 대한 생각에 깊이 연루되어 있다는 사실은 각별히 중요하다. 박솔뫼의 경계 없는 소설에서 결정적인 장면은 결국 "그때 그들이 그곳에 있었다면이 아니라 그때 그곳에 누군가가 있었다는 사실"(p. 177)을 확인하는 일에서 시작된다. 그러나 그러한 사실을 확인하는 일과 그것을 하나의 진실된 형상으로 복원하는 일이 동일시될 수 없다는 인식 역시 동시적으로 공존 가능하다. "어떤 상이 조정되고 맞춰져 하나의 모습이 될 일은 아니다"(p. 205). 박솔뫼의 소설에서 존재의 확실성과 형상의 불투명성은 분리되지 않고, 역사적 사실과 소설적 상상은 서로를 부정하지 않는다. 환상이나 실재의 영역으로 환원될 수 없는 가상성의 세계. 그것은 픽션의 정치적 가능 조건에 해당하는 잠재성의 이념이 보존되어 있는 공간이다. 박솔뫼의 픽션적 정치성은 그러한 공간을 누구도 온전히 점유할 수 없다고 말하는 것, 그러면서도 더 많은 사람이 그 공간에 연루될 수 있도록 인도하는 과정에서 확보되는 것처럼 보인다.

그러고 보면 그때 극장에서 빈자리가 아니라고 누군가 앉아 있는 사람이 있다고 의심하는 내게 몇 번이나 빈자리예요 하고 설명해주던 그 사람에게 나는 여기 패딩 입은 사람이 있다고 말했는데 그 사람은 어둠 속에서 팔을 뻗어 부드럽게 내 팔을 잡고 여기예요 하고 빈자리를 만져보게 하였다. 나는 털 있는 모자가 달린 패딩을 입은 여자를 왜 눈앞에서 보고 있다고 그렇게 두 번이나 말을 했느냐면 그 사람 역시 거기에 있었기 때문인 것이다. 확실하게 그곳에 있던 사람들. 그 자리에 앉아 이미 시작된 영화를 보던 사람들. 그럼에도 나를 안심시키며 내 팔을 붙잡던 사람 그 사람은 내 팔을 붙잡았지만 강압적이고 강제적인 느낌이 조금도 들지 않았다. 나는 고맙다는 말도 하지 못했다. 그 사람은 빈자리가 맞지요? 하고 웃었다. 그 순간이 여러 번 반복될 수 있다면, 몇몇 극장에서는 그럴 수 있다고 생각하지만 나는 온양관광호텔에 누워 그 사람이 아닌 그 사람을 '이 커피를 드세요 강제적이지 않은 방법으로 나를 붙잡고 당기는 여러 목소리들을 이걸 찾으셨지요. 그 목소리들이 쏟아지는 것을 흰 이불을 덮고 눈을 감을 때 듣게 되리라고 생각한다. (pp. 22~23)

박솔뫼의 소설 극장에서 가시화되고 있는 '빈자리'는 인간의 소진될 수 없는 잠재성과 픽션적 가상성이 서로 구별되지 않는다는 사실을 알려준다. "여기 패딩 입은 사람이 있다고 말"하는 일과 "빈자리를 만져보"는 일이 서로 대립되지 않는 이유도 거기에 있다. 마찬가지 의미에서, 박솔뫼의 '빈자리'는 "확실하게 그곳에 있던 사람들"에 대한 역사적 증언과 "그 사람이 아닌 그 사람"을 생각하는 상상적 작업이 중첩될 수 있도록 만드는 픽션적 가능성을 가리킨다. "그 사람이 아닌 그 사람"은 그 사람이라고 지칭되면서 동시에 그 사람으로 환원될 수 없는 인간의 조건을, 즉 실재의 인간과 언어화된 인간 사이에서 발견되는 간극을 주장한다. "농구를 하는 사람이 농구만 하는 것일까. 농구를 하는 사람은 자전거도 타고 오래 걷기도 할 것이다. 여러 가지를 하는 농구를 하는 사람" (p. 79). 인간은 행위를 통해 자신의 존재를 세계에 드러내 보이지만, 그 행위에 온전히 지배받지 않는다. 박솔뫼의 '빈자리'는 본질이나 특수성으로 해명될 수 없는 인간의 모호성을, 즉 다양한 가능성 앞에 무차별하게 노출될 수 있는 인간의 비본질적 임의성을 증언한다. 중요한 것은 재현의 위계가 무너짐으로써 현시될 수 있는 이 임의적인 것들의 장소가 타자와의 연대를 상상하는 정치적 시공간과도 연결된다는 사실이다. 화자에게 빈자리를 상기시키며 그곳에 앉기를 권하는 사람들, "강제적이지 않은 방법으로 나를 붙잡고 당기는 여러 목소리들"은 특정한 속성으로 규합된 공동체가 아닌, 임의적인 것들 사이의 연대에 함의된 정치적 잠재성을 다정하게 표출한다. 요컨대 박솔뫼의 '빈자리'는 재현 시스템의 붕괴 이후에 가시화될 수 있는, 눈에 보이지 않는 정치적 광장이다. "결국에는 모인다. 그렇게 모인 사람들이 있다. 그러면 그 사람들은 광장을 이해하는 사람이 될 것이다. 광장을 만든 사람이 될 것이다. 그렇게 생각되면 광장됨은 일시적인 것이고, 물리적인 광장과 광장됨은 일치하지 않을지도 모른다. 하지만 광장은 만들 수 있는 것일지 모른다"(p. 90). 박솔뫼의 광장은 현실의 광장과 일치하지 않으며, 특수한 정치적 이념과 주체에 의해 점유되고, 점거될 수 없다. 픽션의 광장, 혹은 광장으로서의 픽션은 일시적이고 임의적이며, 동일한 이유에서 모든 사람들에게 평등하게 개방되어 있는, 소진되지 않는 잠재성의 정치적 시공간이다.

물론 박솔뫼가 보여주는 평등과 해방의 감각이 문학의 정치를 대표하는 사례라고 할 수는 없을 것이다. 오히려 대표 가능성에 대한 욕망과 믿음이야말로, 동시대의 문학과 예술이 처해 있는 재현적 딜레마라는 점을 우리는 꾸준히 강조해왔다. 여기서 관건은 소진될 수 없는 가상성의 역량, 즉 픽션적 공간의 잠재성에 대한 사유 속에서 문학의 정치를 재규정할 수 있는 최소한의 실마리를 얻을 수 있다는 사실이다. 문학의 정치는 누구도 문학을 소유하고, 전유하고, 점유할 수 없게 만드는 원리에 대한 탐구 속에서 마련될 수 있다. 그리고 그것은 더 많은 주체가 문학에 참여할 수 있는 공간과 통로를 확보하는 구체적이고도 제도적인 노력을 통해 실천되어야 한다. 피터 게이는 모더니즘과 민주주의에 관련성에 대해 다음과 같은 냉소적인 논평을 남긴 바 있다. "수많은 모더니스트들이 민주주의자였지만, 모더니즘은 민주주의 운동이 아니었던 것이 확실하다."[21] 여기서 그의 지적은 좀더 긍정적인 뉘앙스의 말로 변주되어야 한다. 문학이 민주주의 운동이 아닌 것은 확실하지만, 삶과 언어의 잠재성을 증언하는 수많은 문학 텍스트가 민주주의에 기여해온 것은 분명하다. 문학이라는 이름을 공통의 사용 지평으로 되돌리려는 세속적 비판을 통해, 우리는 비로소 재현 시스템의 붕괴 후 도래하게 될 다음과 같은 익명의 목소리를 들을 수 있을 것이다.

우리는 만들고 우리는 이해합니다. 걷다가 뛰는 사람들 뛰는 사람들 걷는 사람들 느린 사람들 말하세요. 외치세요. 혹은 주저하세요. 주저하면서 자신 없이 말하세요. 나는 폐를 끼치고 싶습니다. 나는 사람들이 나를 돕게 하고 싶습니다. 오늘도 많이 걸었고 그런 생각들은 씻고 나와 잠자리에 들기 전 떠올랐다. 말하세요. 계속 말하세요. (p. 91)

21) 피터 게이, 『모더니즘』, 정주연 옮김, 민음사, 2015, p. 53.

문학의 한계 안에서의 이론
─이론을 위한 이론, 또는 비평의 위상학을 위한 단상들

1. 이론 바깥은 없다

> 이론에 대한 저항의 이론적 함의는 [……] 그 자체로
> 흥미를 보증할 수 있을 만큼 지극히 체계적이다.
> ─폴 드 만, 「이론에 대한 저항」

　인문과학의 영역에서 학자들이 이론theory이라고 불리는 지식 체계에 의거하여 사태를 분석하고 해석하는 것은 일반적인 현상이다. 경험 세계의 분석을 수행하는 주체에게 이론은 그 구체적인 지침과 유효한 방법을 제공해주는 선이해적 담론이자, 주체로 하여금 학문 공동체의 언어 게임에 참여할 수 있도록 하는 자격 요건에 해당한다. 인문학자 혹은 비평가가 글쓰기를 수행하기 위해 자기만의 이론이라는 메타적 문법을 필요로 하는 것은, 그러므로 자연스러운 일이다.

그러나 문제는 그렇게 단순하지 않다. 학술 언어의 관습적 규칙의 일환으로 이론을 이해하는 것이나 이론을 세계 해석을 위한 인식적 프레임으로 상정하는 상식적 접근만으로는 '이론이란 무엇인가'라는 질문의 필요성, 더 나아가 이론을 향한 극도의 열정과 적대감을 해명하지 못하기 때문이다. 한편에서 '이론의 승리triumph of theory'가 천명되고,[1] 또 다른 쪽에서 이론을 제국주의에 비유하며 그것으로부터의 해방을 표명해온 갈등의 역사가 지속되고 있다는 사실을 떠올려보자. 이론에 대한 상반된 인식과 감정은 그것이 단지 방법의 영역에 머물지 않는다는 사실을 암시한다. 이론이 발휘하고 있는 이 악마적 매혹(?)의 원천은 무엇일까.

이론의 악마적 매력에 대해 말하기 전에, 우선 이론을 향한 냉소와 회의가 처해 있는 인식론적/존재론적 순환론을 지적해야 할 것이다. 이론이 인문학 연구(특히 문학 연구 분야)를 망치는 주범이라는 불만, 그리하여 이론의 제국주의적 팽창에 대항해야 한다는 주장(이를테면 문학 연구 분야에서 작품이 이론에 선행해야 한다는 주장)은 그 자체로 모순적이다. 왜냐하면 이론을 철폐하고 경험에 집중하자는 대의 역시 특정한 텍스트 연구 방법론, 이른바 (전통적이

---

1) 이 표현은 미국의 해체주의를 이끌었던 예일 학파의 거장 중 하나인 힐리스 밀러가 그의 유명한 미국현대언어학회MLA 권두 연설에서 사용했던 것이다. 이론의 퇴조 현상이 점차적으로 나타나고 문학에 대한 역사주의적 접근이 본격화되던 시절, 밀러는 그에 대한 비판과 저항의 의도가 담긴 강연을 시도한다. 그러나 그의 강연은 아이러니하게도 탈구조주의 이론의 퇴장이 본격적으로 시작되었음을 알리는 신호탄이기도 했다. Hillis Miller, "Presidential Address, 1986. The Triumph of Theory, the Resistance to Reading, and the Question of the Material Base", *PMLA*, vol. 102, no. 3, 1987.

든 보수적이든) 이론에 대한 맹목적 이론에 기반을 두고 있기 때문이다. 이론을 거부하자는 이론이라는 아이러니. 이러한 모순은 20세기에 본격적으로 이루어진 '이론적 전회theoratical turn'가 '언어적 전회linguistic turn'와 긴밀한 관련이 있다는 사실에서 기인한다. 이것을 분명하게 응시한 이는 하이데거이며, 거기에 존재론적 구성의 계기를 부여한 이는 가다머이다. 이론이 향하고 있는 분석 대상이 언어라는 사실, 그리고 그러한 분석의 도구를 이루는 이론 또한 언어로 구성되어 있다는 것. 언어로 언어를 분석하고 해석하는 일은 그런 의미에서 자기 지시적 함정과 해석학적 악순환을 유발한다. 여기서 "결정적인 것은 순환에서부터 빠져나오는 것이 아니라 오히려 올바른 방식으로 순환 속에 들어가는 것"[2]이라는 하이데거의 제언은 이론에 대해서도 여지없이 적용될 수 있다. 요컨대 문제는 이론과 전혀 무관하다고 간주되는 '이론 바깥'의 환상으로 철수하는 것, 그리고 이론의 바깥 공간에서 이론을 지지하거나 반대하는 것이 아니라 이 악순환에 잘 뛰어드는 것이다. 그것이 오늘날 우리가 '이론이란 무엇인가'에 접근하기 위해 '이론에 대한 이론' 또는 '이론을 위한 이론'을 요구하는 하는 첫번째 이유이다.

2. 이론적인 것: 간극

그렇다면 이론이란 무엇인가? 우선은 조금 느슨하게 접근해보

2) 마르틴 하이데거, 『존재와 시간』, 이기상 옮김, 까치글방, 1998, p. 212.

자. 그 자신이 뛰어난 문학이론가이기도 한 조너선 컬러Jonathan Culler는 이 질문에 대답하기 위해, 이론이 수행하는 서술상의 가설적 기능을 강조한다. 이를테면 다음과 같은 일상적 언어 상황을 가정해볼 수 있다.

"왜 로라와 마이클이 헤어진 거야?"
"그러니까, 내 이론은 이거야……"[3]

컬러는 이론이 일차적으로 짐작이나 추측과 관련되어 있다고 말하며, 빈칸으로 놓여 있는 서술 내용의 복잡성과 깊이에 의거하여 가설의 이론적 자격이 판가름 난다고 설명한다. 예를 들어 누군가 로라와 마이클이 헤어진 이유를 다음과 같이 추정했다고 가정해보자. "내 이론은 마이클이 서맨사와 몰래 사귄다는 것이야." 하나의 훌륭한 이야기-가설이 될 수 있지만, 그러한 내러티브가 이론의 지위를 확보할 수 있는 것은 아니다. 왜냐하면 위 추정은 서술 내용의 진위 여부에 따라(실제로 마이클이 바람을 피웠는지의 여부에 따라) 쉽게 승인되고 기각될 수 있기 때문이다. 따라서 가설이 이론적 깊이를 얻기 위해서는 자명한 사실에 종속되지 않는, 어떤 복합적 설명력을 동반해야 한다. 이를테면 이런 식으로. "내 이론은, 로라가 내비치지는 않지만 아버지를 항상 사랑하고 있는데, 마이클은 아버지를 대신할 만큼의 사람이 될 수 없다는 것이야."

3) 여기에 서술되는 사례는 조너선 컬러, 『문학이론』, 조규형 옮김, 교유서가, 2016, pp. 10~38에서 차용했다.

이 (정신분석학적) 가설은 경험적 사실(현실)에 의해 시험될 수 없다는 점에서 진위의 대상이 되지는 않지만, 사건의 원인을 좀더 깊고 구조적으로 규명하기를 원하는 우리의 이론적 상상력을 자극한다. 세계에는 해명할 수 없는 심연이 있고, 이 심연이 세계를 구성한다는 인식은 이론을 형성하는 기본 전제이다. 물론 로라는 이러한 설명을 마음에 들어 하지 않을지도 모르고, 심지어 그것에 상처받을지도 모른다. 결별의 원인과 책임을 로라 그 자신도 알지 못하는 무의식의 심급에 귀속시키기 때문이다(그리고 이것이 이론에 대한 저항과 혐오를 낳는 주요 원인이기도 하다. 작가와 비평가 사이의 오랜 불화를 떠올려도 좋다). 이처럼 이론은 현실의 사태를 설명하기 위한 입체적이고도 복합적인 가설적 모델을 제공하면서, 동시에 그것을 경험 현실이나 분석 대상의 의도라는 최종 심급으로 환원시키지 않기에 정치적 급진성을 띤다.

여기서 한 걸음 더 나아갈 수 있다. 이론을 향한 적대감이 아무리 거세도 그것이 쉽게 무너지지 않는 것은, 역설적이게도 이론이 진리의 초상이 될 수 없기 때문이다. 이론은 진리를 겨냥한 해석이지만, 그 자체가 진리가 될 수는 없다는 것을 함축한 해석이다. 이론을 기각하고 부인할 수 있는 상대는 그러므로, 경험적 현실이나 진리가 아니라 현실을 설명하는 또 다른 이론들이다. 이른바 이론의 성립에 관여하는 충분조건은 이론적 통찰력이라고 불리는 현재적 설명력과 정합성이지만, 그것의 필요조건은 현실과 해석 사이의 절대적 간극이다.

만약 우리가 실체이자 실정적 범주에 해당하는 '이론'과 그것을 낳는 근원적 요소로서의 '이론적인 것the theoratical'을 구분할 수 있다면, '간극'을 후자를 위한 존재론적 토대로 간주할 수 있을지도 모른다. 키르케고르가 언급한 믿음의 해소 불가능한 역설처럼, 간극 역시 이론의 해소 불가능한 역설적 심급 위에서 형성된다. 요컨대, 이론은 세계에 대한 (간극을 내장한) 해석이다. 간극이 없는 이론, 간극에 토대를 두지 않는 이론이 득세하게 될 때, 우리는 그것을 일컬어 종교적 도그마dogma라고 명명한다. 경전에 적혀 있는 성스러운 말씀을 이론이라고 부르지 않는 이유가 거기에 있다. 그러나 이론이 믿음의 대상이 될 수 없다고 간주하는 것 역시 맹목적이긴 마찬가지이다. 지성사가 증명하듯 이론은 언제나 경전이 될 잠재적 위험, 즉 추종자들의 독단적 믿음을 통해 이론이 아니게 될 가능성에 직면해 있다. 폴 드 만이 이론에 대한 거센 저항에 저항하는 가운데, 이론만의 또 다른 저항의 계기를 명시한 것도 이론의 태생적 간극을 활성화하기 위해서일 것이다. "어떤 것도 이론에 대한 저항을 극복할 수 없는 까닭은, 이론이 그 자체로 이 저항이기 때문이다. [······] 문학이론이 더 저항을 받을수록 더 번창하는 까닭은, 그것이 말하는 언어가 자기 저항의 언어이기 때문이다."[4] 이것이 '이론을 위한 이론'이라는 테제가 요청되는 두번째 이유를 구성한다.

4) 폴 드 만, 『이론에 대한 저항』, 황성필 옮김, 동문선, 2008, p. 48.

3. 이론의 영원한 적

이론을 향한 다양한 불만들 가운데 경청할 만한 내용은 이론 그 자체가 내장하고 있는 어떤 자기 배반적 요소, 즉 도그마적dogmatic 요소를 염두에 둔 이론적 비판이다. 도그마적 요소는 이론의 매혹적 근원과 더불어 그 실패를 야기하는 근본 원인을 검토하도록 유도한다. 이론적 통찰력을 물화reification하는 '이론의 영원한 적theory's eternal enemy'은 이론의 자체적 속성이라고 할 수 있을 만큼 강력하다는 것, 그리고 그 적이 후기자본주의의 국면 속에서 더욱 번성하고 있다는 것이 프레드릭 제임슨Fredric Jameson의 이론이다.

이 시점에서 우리가 인지해야 할 것은 (나는 조금씩 오늘날의 이론적 현황에 대한 의문에 다가서고 있다) 이러한 이론적 사유와 글쓰기가 점차적으로 전통적 학문 규율의 영역, 즉 언어와 개념이 구분되어 있다는 낡은 재현적 믿음에 기반한 실천이 지배하고 있는 전통의 영역들을 병합하는 방식이다. 나는 이론의 확장 과정을 전쟁과 지배의 형태 그리고 제국주의의 형태로 묘사하고자 한다. 왜냐하면 이론은 여전히 후기자본주의의 또 다른 초구조적 국면의 특징을 가리키며 (비록 완전히 다른 정치적 지평에 서 있기는 하지만) 따라서 후기자본주의와 동일한 동력을 환기하고 있기 때문이다. 어쨌든, 이론이 확장하고 있는 시기 동안 일어나는 일, 그리고 그것에 대한 고전적인 이야기는 잘 알려져 있다: 먼저 인류학이 언어학의 근본 원리를 차용한다. 그리고 문학 비평이 인류학적 함의들을 바탕으로 정신분석학, 사회과학, 법학 등의 다른 문화적 규율 원리를 차용하여 다양한 영역에 적용한다. 여기서 발생하는 전환 과정을 나는 (언어학적 모델에 따라) 하나의 언어를 다른 언어로 보충하는 행위, 또는 완전히 다른 영역의 언어적 총체로 바꿔버리는 **도매 번역**wholesale translation**이라고 특징짓고 싶다. 이론의 고갈**the exhaustion of theory **현상은 이런저런 학문 영역들에 이루어지는 번역적 적용의 완료에 지나지 않는다.**[5] (강조는 인용자)

구조주의가 낳은 언어학적 전회를 비판하기 위해 씌어진 이 글은 '이론의 종말'을 설명하는 하나의 흥미로운 이론적 사례이다. 제임슨은 서구에서 개진된 이론적 탐구가 어떻게 그 정치적 생명력을 잃게 되었는지를 명료하게 기술하고 있다. 그가 '제국주의'에 빗댄 이론의 팽창 현상은 구조주의 이래로 지속된 언어학적 전회가 다양한 영역으로 적용되는 과정과 연결되며, 모더니즘의 작동 원리의 연속이라 할 수 있는 후기자본주의의 성장과 중첩된다. 결국 이론의 종언(혹은 고갈)은 이론적 영역 팽창의 불가능성, 다시 말해 정복 대상을 더 이상 발견할 수 없는 (포스트)구조주의 이론의 전방위적 승리가 불러온 역설적 참사에 다름 아니다.

제임슨의 진단대로 이러한 현상이 새로움을 끊임없이 추구하는 (포스트)모더니즘의 역학과 동궤에 놓여 있는지에 관해서는 판단을 보류하자. 다만 그것이 '도매 번역'이라 불리는 재현적(자본주의적) 메커니즘에 비유될 수 있다는 지적은 주의 깊게 살펴볼 필요

5) Fredric Jameson, "Symptoms of Theory or Symptoms for Theory?", *Critical Inquiry*, vol. 30, no. 2, The University of Chicago Press, 2004, p. 404. '이론의 영원한 적'이라는 표현 역시 이 글에서 인용했음을 밝힌다.

가 있다. 번역이라기보다는 번안adaptation이라는 용어가 적합한 이 과정은, 이론의 간극을 소멸시키는 원인이 이론'들' 사이의 간극을 무화하는 과정과 일치한다는 것, 그리고 그것이 한 이론의 섭리화로 연결된다는 말로도 이해될 수 있다. 물론, 반대의 해석도 가능하다. 간극의 소멸이라는 차원에서 보자면 이론의 고갈은 이론의 섭리화뿐만 아니라, 그것에 대한 믿음의 상실에서도 비롯될 수 있기 때문이다.

이렇게 말해보자. 이론의 종언이라는 포스트모더니즘적 사태에 관해 이야기하기 위해서는 이론의 승리가 사실상 패배와 다르지 않다는 것, 그리고 그러한 결과가 이론에 대한 맹목적 추종뿐만 아니라 실용주의적 전환과 연관되어 있다는 사실을 함께 검토해야한다. 이론(혹은 이론들 사이)의 간극은 여기서 '믿음'에 가까운 실존적 지향성과 다시 조우할 계기를 얻는다. (제임슨 스스로가 마르크스주의의 갱신을 믿고 도모하는 시대착오적 신자임을 곳곳에서 고백한다는 사실을 기억하자.) 이론과 현실의 간극을 소멸시키는 이론의 독재 현상은 이론을 향한 냉소주의적 태도와 거울 관계에 놓여있다. 가령, 이론을 믿지 않는다고 말하는 주체들에게 나타나는 일반적 현상은 이론의 폐기가 아니라, 이론의 상품화 현상이다. 이론을 믿지 않는 주체들에게 신성시되는 대상은 경험과 현실, 그리고 작품이며 이론은 그것의 해석을 보조하는 도구로 전락한다.[6] 따라

---

6) 그런 의미에서 나는 '이론 따위는 필요 없다'는 이론과 '해석을 위해서라면 어떤 이론
   도 좋다'는 상반된 태도가 실은 '경험의 우위' 혹은 '작품의 우위'라는 차원에서 동일
   한 인식론적, 역사철학적 토대에 놓여 있다는 가설을 갖고 있다. 이와 관련하여 프레
   드릭 제임슨은 다른 글에서 이론이 예술을 대신하게 된 것이 '숭고'가 중요한 원리로

서 필요에 따라, 분석 대상의 변화에 따라 적합한 이론들이 자유롭게 동원된다. 이론이 '도구 상자'에 불과하다는 실용주의적 태도는 아이러니하게도 주체를 이론의 도구로 머물게 하는데, 이것은 이론적 물신숭배와 그것에 대한 무신론이 동전의 양면처럼 서로를 구속하고 지탱함으로써 이론의 간극을 소멸시킨다는 사실을 환기한다. 이론에 대한 맹목적 신앙과 냉소적 불신이 서로 다르지 않다는 것은, 간극 없는 이론은 맹목이지만 믿음 없는 이론은 공허하다는 점을 알려준다.

이때 이론적 믿음을 구성하는 원리, 즉 삶과 이론의 일관성에 관한 문제에 봉착하는 것은 필연적이다. 따라서 이론은 (종교적이지는 않다는 점에서) '믿음 없는 믿음'(사이먼 크리츨리Simon Chritchley)이라는 표현이 더 적합한, 이론을 향한 충절 속에서 자신의 간극을 생성한다. 이 점에 있어서 데리다는 이론의 충실한 사도라고 불리기에 부족함이 없다. 그런데, 흥미롭게도 데리다는 이 같은 이론적 태도를 거짓 맹세에 빗대기도 한다. 왜 거짓 맹세일까. 믿음은 "추종하지 않음으로써 추종한다는 이중의 의미" 위에서, 바꿔 말해 언제나 믿음을 잃을지도 모른다는 자기 배반의 위험 위에서 성립될 수 있기 때문이다. 이론을 삶으로서 실천하는 행위는 데리다적인 의미의 충절과 거짓 맹세, 이른바 삶과 이론의 일관성을 추구하

거듭난 모더니즘 이후라고 말하며, 포스트모더니즘의 시대에 이루어지는 '미'의 복권 현상에 대해 비판적으로 분석한다. 그에 따르면 '미'의 권위가 회복되는 것은 말 그대로 예술의 부활이라기보다는 예술이 다시 진리가 아닌 쾌락을 위한 것으로 전환되는 과정을 가리킨다고 할 수 있다. 이에 대한 비판은 다음 책 참조. Fredric Jameson, "'End of Art?' or 'End of History?'", *The Cultural Turn*, Verso, 1998.

는 과정에서 산출되는 필연적 비일관성과 아포리아를 토대로 삼는다. 자신이 말하고 쓴 것, 사유한 것으로서 삶을 살고자 하는 일관된 노력, 그리고 그것의 불가능성 속에서 이론에 대한 충절은 고유한 의미를 획득한다. 이 충절이 야기하는 불가능성의 간극이 역설적이게도 새로운 쓰기, 이론을 위한 이론적 글쓰기를 가능하게 하는 원천이다. "프로이트나 하이데거 그리고 다른 사람들의 가르침에 귀 기울이고자 할 때 그들이 말하고 쓰는 것을 듣기 위해 내가 뭔가를 말해야 하는, 단순히 받아들이는 것이 아니라 내 차례가 되어 뭔가를 써야 하는 지점이 있습니다. 그리고 일단 쓰게 되면 뭔가 다른 것을 말하게 되고, 뭔가 새로운 것, 뭔가 다른 것이 존재하게 되며 이것이 제가 이해하는 충절입니다. 이것이 이론과 철학과 문학의 충절이고, 예컨대 결혼 같은 일상생활에서의 충절이기도 합니다. 동일한 것을 그대로 반복할 수는 없고 발명해야만 합니다. 타자의 타자성을 존중하려면 뭔가 다른 것을 행해야 합니다."[7]
경전은 이론서가 아니지만, 그에 대한 해석은 충절과 배반의 변증법 속에서 여전히 이론이 될 수 있다. 다른 언어를 말하는 것이 타자성의 존중이라는 데리다의 통찰은 '이론을 위한 이론'이라는 테제가 중요한 세번째 이유를 제공한다.

---

7) 자크 데리다, 「이론을 좇아서」, 『이론 이후 삶』, 강우성 옮김, 민음사, 2007, p. 24.

4. 문학이론과 문학의 이론

모든 철학적 비평은 동시에 비평의 철학이어야 한다.
─프리드리히 슐레겔, 『아테네움』 44장

'이론을 위한 이론'은 '이론에 대한 이론'의 함의를 지니고 있지만, 엄밀한 의미에서 전혀 다른 성격을 내포한다. 후자는 이론적 결과들을 성찰의 대상으로 삼는 이론, 흔히 메타 이론이라고 부르는 지적 활동을 광범위하게 일컫는다. 예컨대 토마스 쿤의 패러다임 이론이 그 대표적인 사례이다. 쿤의 패러다임론은 특정한 지식 공동체가 공유하는 학술적 공준과 규칙들이 왜 다른 공동체에는 통용되지 않는지, 그 통약 불가능성을 조명한 뛰어난 메타 이론에 해당할 것이다.

반면 '이론을 위한 이론'은 메타 이론이면서 동시에 메타 이론의 불가능성을 내면화한다. 예컨대 「패러다임이란 무엇인가?」라는 글에서 아감벤이 푸코와 쿤의 패러다임론을 분석함으로써 그것이 지니고 있는 패러다임적 성격, 다시 말해 '패러다임론의 패러다임성'을 추출하는 방법론적 원리가 하나의 규범적 사례를 제시한다.[8) '이론을 위한 이론'은 이론적 사유의 최종 국면이 아닌, 최종 국면 이전의 마지막 지평들the last things before the last에 주목함으로써 이론을 역사학의 대상으로 간주하도록 만드는 관점이다. 이론이 역사적 분석의 대상이 된다는 것은 일반적인 통념과 달리, 이론의 주

---

8) 이에 대해서는 조르조 아감벤, 「패러다임이란 무엇인가?」, 『사물의 표시: 방법에 관하여』, 양창렬 옮김, 난장, 2014 참고.

체와 대상 사이의 차이가 본질적으로 파악될 수 없다는 것(즉 메타언어가 없다는 것), 그리하여 이론 주체의 주관성이 자기 지시의 형식으로 출현한다는 사실을 함축한다. 요컨대, 역사의 지평에서 역사가와 역사의 차이는 비본질적이다.

가령 앞에서 사례로 제시한 조너선 컬러의 이론으로 돌아와 보자. 컬러의 서술은 세계 해석으로서의 이론이 지닌 본질적 기능에 관한 간명하면서도 훌륭한 메타적 설명이 될 수 있지만, 그러한 서술 자체가 이론으로서의 근원적 매력을 보여주긴 쉽지 않다. (그것은 이론 개론서, 혹은 이론을 번안한 글이 이론적 매력을 지니지 않는 이유와 같다.) 왜 그럴까. 그의 서술은 이론이 (간극을 내장한) 세계 해석이라는 것을 효과적으로 요약하지만 그 자신의 사유의 간극을, 다시 말해 그의 사유를 해체하는 또 다른 사유를 스스로 촉발하지 않는다. 결과적으로 '이론을 위한 이론'은 '이론에 대한 이론'과는 근본적으로 다른 메타 층위, 주체의 자기 지시적 위상 공간을 요구한다. 이러한 층위는 앞서 언급한 이론적 믿음, 즉 사유와 삶을 일치시키려는 일관성 속에서 얻어지는 자기-의식과 관련 있을 것이다. 그러므로 간극은 해석 대상을 향할 뿐만 아니라 주체 자신을 향해서도 열려야 한다.

이론이 '문학이론' 혹은 '문학으로서의 이론'으로 간주될 수 있는 가능성이 여기서 발견된다. 이것은 '이론을 위한 이론'이라는 테제가 근본적으로 문학적인 글쓰기를 향한 욕망과 의지 속에서 구현될 수 있다는 뜻과 다르지 않다. 말년의 롤랑 바르트가 프루스트 독해를 통해 자각한 문학적 글쓰기의 위상학적 정의 역시 바로 그것이다. "여기에서는 충동과 행동이 자기 지시적 관계 속에 있기 때문입니다. 즉, 글쓰기-의지는 글을 쓴 사람의 담론에만 속하거나 글을 쓰는 것에 성공한 사람의 담론으로만 받아들여집니다. 글을 쓰고 싶다고 말하는 것, 실제로 이것은 벌써 글쓰기의 재료 자체입니다. 따라서 문학작품들만이 이 글쓰기-의지에 대해 증언해줍니다. 아마도 이것이 과학에 대립되는 (문학) 글쓰기의 위상학적 정의일 것입니다. 생산물이 생산 과정과 구별되지 않고, 실천이 충동과 구별되지 않는(이런 점에서 에로틱한 행위에 속합니다) 지식의 영역입니다. 또 다른 한편으로 글을 쓴다는 것은 메타언어에 대한 포기가 있을 때라야 비로소 완전해집니다. 따라서 우리는 글쓰기의 언어로서만 이 글쓰기-의지를 말할 수 있습니다. 이것이 바로 내가 조금 전에 말씀드린 자기 지시입니다."[9]

문학적 글쓰기가 메타언어의 포기를 실천한다는 아이러니. 그것을 바르트는 글쓰기의 언어로 개진된 글쓰기-의지라고 부른다. 사실상 바르트 스스로가 그 모범적 사례를 구현하고 있는 자기 지시적(혹은 자전적) 글쓰기는 이론을 메타언어의 층위에서 자기 분석의 성공과 실패의 갈림길로 정향시킨다. 스스로의 글쓰기가 빚어낼 수 있는 무능, 실패, 그리고 좌절과 관련된 염려는 글의 구조적 체계가 아닌 해체의 초입으로 인도하며, 사실상 이론을 글쓰기 주체의 욕망과 충동이 드러나는 장소이자 작품으로 전환시킨다.

바르트의 매력적인 주장은 그만의 독창적 사유의 결과물일 수 있지만, 계보가 없는 유일한 것은 아니다. 글쓰기의 생산 과정과 결과를 일치시키는 지식의 영역이 일찍이 독일 초기 낭만주의의

9) 롤랑 바르트, 『롤랑 바르트, 마지막 강의』, 변광배 옮김, 민음사, 2015, pp. 36~37.

이론적 신념으로도 표명된, 새로운 문학적-철학적 영토이기 때문이다.[10] 필립 라쿠-라바르트와 장-뤽 낭시의 기념비적인 주석이 말해주는 바와 같이 "낭만주의는 '문학'도 아니며(그들은 이 개념을 새롭게 정의하기 때문에 그렇다), 단순히 (고대와 근대의) '문학이론'도 아니며, 문학으로서의 이론 그 자체 또는 같은 말이지만, 자기 고유의 이론을 생산해내는 가운데 스스로를 생산해내는 문학이라는 것이다."[11] 독일 초기 낭만주의가 '자기 자신의' 생산, 일종의 자기-생산auto-production을 추구한다는 지적은 '이론을 위한 이론'의 역사적 기원이 어디에 있는지, 그리고 오늘날의 수많은 현대 이론이 왜 문학작품으로 간주되며, 심지어 문학을 욕망하는지에 관한 설득력 있는 통찰을 제공한다. 작품을 비평할 수 있는 이론 또한 작품이어야 한다는 낭만주의의 기획은 비평(또는 이론)이 언어의 아름다움을 요청한다는 말과는 기본적으로 다르다. 언어적 아름다움은 그에 따른 부산물일 뿐 명시적 목적이 아니기 때문이다. "역사가가 예술을 생산하는 때는 예술가일 때가 아니라 완벽한 역사가일 때"[12]라는 크라카우어의 말을 변용하자면, 이론이 작품을 생산할 때는 완벽한 이론일 때이며, 반대로 예술가가 이론을 생산하는 때 역시 이론가일 때가 아니라 완벽한 예술가일 때이다.[13] 예컨대 말년의 김수영이 제시한 놀라운 명제, 시가 온몸으로

10) 독일 초기 낭만주의의 비평적 기획이 잡지라는 형식을 통해 삶의 원리로 구현되는 과정에 대해서는 이경진, 「잡지에 대한 반시대적 고찰: 『아테네움』」, 『문학과사회』 2016년 가을호 참고.
11) 필립 라바트르·장-뤽 낭시, 『문학적 절대』, 홍사현 옮김, 그린비, 2015, pp. 33~34.
12) 지그프리트 크라카우어, 『역사』, 김정아 옮김, 문학동네, 2012, p. 194.

밀고 나아가야 할 대상이 세계도, 현실도, 사상도 아닌 그 자신이어야 한다는 명제가 이행하는 것도 그 이념이다. "시는 온몸으로, 바로 온몸을 밀고 나가는 것이다. 이 시론도 이제 온몸으로 밀고 나갈 수 있는 순간에 와 있다. '막상 시를 논하게 되는 때에도' 시인은 '시를 쓰듯이 논해야 할 것'이라는 나의 명제의 이행이 여기 있다"(「시여, 침을 뱉어라」).

이러한 명제의 중요성은 대부분 망각되지만, 망각된 유산이 제도의 흔적으로 전승되는 현상을 주시함으로써, 다시 근본적인 질문을 점화시킬 수는 있을 것이다. 이를테면 이런 물음들: 오늘날 문학비평이 문학을 분석하는 글쓰기이면서도 문학의 하위 분과로 간주되는 관습은 어떻게 정당화될 수 있을까. 그것은 단지 우연과 제도의 산물일까. 문학에 대한 글쓰기가 그 자체로 문학이 될 수 있도록 만들어주는 근원적 힘은 무엇인가. 그것은 비평가 (존재하는지도 확실치 않은) 영혼의 주관적 아름다움일까, 분석의 객관적 엄밀함일까. 비평을 문학의 '장르'로 조형하는 힘과 원리를 통해 문학이론은 문학의 이론으로서 문학과 만난다.

13) 이론이 작품이 되는 것과 작품이 이론이 되는 현상은 사실 같은 기획 속에서 수립된다고 할 수 있을 것이다. 현대 예술의 수많은 혁명적 사례가 자신에 대한 장르론적 물음과 깊이 관련 있다는 것은 징후적이다. 비평이 필연적으로 영화에 대한 영화, 미술에 대한 미술, 그리고 음악에 대한 음악으로 나아가야 한다는 다양한 이념들이 그 사례이다.

5. 장르 이론, 또는 장르라는 이념

문학의 영역에서 '장르'에 관한 논의는 이론의 궁극적 실험 무대
와 같다. 역사는 장르론이 문학이론의 시작과 더불어 그 실패가 예
견되어 있는 이론의 원천이라는 것을, 즉 장르론이 수많은 위대한
이론이 명멸해온 이념적 무덤임을 증명해왔다. 플라톤의 '시인 추
방론'과 아리스토텔레스의 『시학』을 기원으로, 바흐친의 '소설론',
아우어바흐의 '미메시스', 루카치의 '소설의 이론', 벤야민의 '독일
비애극에 대한 탐구', 바르트의 '텍스트론' 등 역사적으로 문학이
론의 성좌를 구축하고 있는 위대한 사유들이 모두 특정한 장르에
대한 분석적/철학적 해명에 바쳐진 것은 우연이 아니다.

왜 문학이론가들은 장르에 집착해왔을까? 그것은 장르가, 문학
이 그 스스로의 이념을 대표적인 예시를 통해 제시하려는 이론적
활동의 최전선이기 때문이다. 이를테면 소설론은 현실의 다양한
소설 작품을 객관적으로 관찰한 결과일 뿐만 아니라, 경험 더미에
파묻힌 소수의 모범들을 발굴하여 소설적 장르의 본질을 제시하려
는 관념적 사유의 한 극단이다. 장르론은 장르의 본질과 관련한 사
유에 토대를 둔 이념적 이론에 해당하는 것이다.[14]

---

14) 이를 부정하는 경험주의자들도 적지 않다는 점을 유념하자. 예컨대 랠프 코헨Ralph
   Cohen은 역사주의적(한편으로는 실용주의적) 장르론의 필요성을 제기하면서 장르를
   일종의 열린 개념으로 받아들일 필요가 있다고 주장한다. 그는 '역사는 장르이지만,
   장르에는 역사가 있다'는 명제하에 장르론을 경험에 개방시키는 태도를 견지한다.
   장르론을 둘러싼 독단주의가 성행할 유려가 있다는 점에서 그의 지적에 동의할 수
   있을 것이다. 그러나, 그러한 그의 주장은 관념론적 장르론이 겨냥하는 이념의 존
   재를 놓치고(혹은 일부러 포기하고) 있다는 점에서 전혀 다른 패러다임으로 받아들

여기에도 역설이 작용하는데, 크라카우어는 이 역설이 야기하는 쌍방향성을 다음과 같이 재치 있게 표현한다. "이념으로부터 그 토대인 사료로 내려가는 길은 항상 뚫려 있는 반면, 사료로부터 이념으로 올라가는 길은 절대로 직선이 아니다."[15] 장르에 대한 논의 속에서 문학이론은 성립하지만, 장르론이 성립하면서 문학이론의 현실적 정합성은 경험적 절벽 앞에 선다. 장르는 그것을 서술하는 이론의 내용에 머무르면서도, 불가피하게 그것을 초과하는 잔여들을 장르론의 파편들로 산출한다. 그런 의미에서 장르론은 기본적으로는 귀납적 데이터들을 바탕으로 이루어진 분류 작업에 해당하지만, 단순히 분류 작업에 만족하지 않는다. 여기서 잊지 말아야 할 사안은 장르론이 작품들의 공통적인 본질을 귀납적으로 추출하는 일이 아니라는 것, 다른 한편으로는 '가족 유사성' 등에 힘입어 어떤 장르적 공통성도 확인할 수 없다는 인식론적 유명론nominalism 과 구분되어야 한다는 사실이다. 문학이론에서 전체는 부분의 총합이 아니며, 오히려 전체는 부분을 통해 제시되는, 일종의 부분으로서의 전체인 것이다. 그래서 데리다는 장르론이 기본적으로 불가능하다는 전제하에 장르론을 폐기할 수 없다고 주장하며 다음과 같은 문장을 새긴다. "전체가 부분인 것이다."[16]

이처럼 장르를 둘러싼 논의는 관념론과 경험론의 이분화된 전통

여야 한다. 그의 경험주의적 통찰에 대해서는 Ralph Cohen, "History and Genre", *New Literary History*, vol. 17, no. 2, The Johns Hopkins University Press, 1986 참조.
15) 지그프리트 크라카우어, 같은 책, p. 114.
16) 자크 데리다, 「장르의 법칙」, 『문학의 행위』, 정승훈·진주영 옮김, 문학과지성사, 2013, p. 318.

에서 전자의 길을 계승하며, 그에 따라 불가피하게 플라톤적인 뉘앙스를 내포할 수밖에 없다. 가령 벤야민이 『독일 비애극의 원천』의 도입부에서 크로체의 장르 비판론을 재비판하는 가운데, 장르가 개념의 범주가 아닌 이념의 범주에 해당한다고 주장한 까닭도 크게 다르지 않다. 그에 따르면 장르를 개념으로 간주하는 전통에서 개별자는 개념에 철저하게 귀납적으로, 때로는 연역적으로 귀속되지만, 이념 안에서 개별자는 어떤 총체성을 드러낼 수 있는 정반대의 원천으로 작용한다.[17] 이것은 경험 세계의 다양성을 바탕으로 특정한 이념을 산출하기 위해 요청된 이름이 바로 '장르'라는 의미를 가진다. 다시 말해 장르는 보편과 특수, 부분과 전체 사이가 맺고 있는 길항 관계를, 더 나아가 예외적 사례의 극단으로부터 초월론적 범례를 이끌어내려는 이론의 작업을 예시한다.

벤야민의 이 기묘하고도 독창적인 주장이, 사실상 앞서 언급한 독일 초기 낭만주의 이론에 대한 이론적 해석 위에서 비로소 가능했다는 것은 다시 한번 중요하게 언급될 필요가 있다. 개별자로서의 작품이 그 작품을 포괄하는 전체의 이념을 드러내줄 수 있다는 것, 그것은 작품의 이념이 수립하고자 하는 장르가 (『문학적 절대』의 저자들의 표현을 빌리자면) '대문자 장르'라는 사실을 가리킨다. 문제는 그러한 장르의 옹립이 플라톤적 이데아로부터 산출된 연역적 서술이 아닌, 장르 그 자체에 대한 반성 속에서 내재적으로 생산된다는 사실이다. 작품에 대한 반성은, 작품 스스로 수행해야 한다는 원리.[18] 이 원리에는 신비주의적인 요소가 없지 않지만, 사실

---

17) 발터 벤야민, 『독일 비애극의 원천』, 조만영 옮김, 새물결, 2008, p. 39.

상 문학작품의 분석 행위에서 구체적으로 실현되는 익숙한 원리이기도 하다. 문학에서의 인용이 바로 그러한 현황을 예증할 것이다. 예컨대 분석가가 작품의 실체와 가치를 분석하고 해명하기 위한 작업의 일환으로 작품의 특정 부분을 인용함으로써, 작품의 핵심이라고 여겨지는 대목을 제시하는 것은 자연스럽다. 부분 인용의 불가피성은(작품의 전체적 진가는 요약될 수 없으니까) 부분 속에 작품 전체를 통찰하는 핵심적 요소가 내재한다는 관념, 그 개별적 사실들이 보편적 장르를 제시presentation할 수 있다는 낭만주의적 기획의 한 편린에 다름 아니다. 이것은 문학적 인용과 사회과학적 인용의 근본적 차이를 나타내기도 한다. 후자는 통계적 평균 속에서 사회적 일반을 묘사하지만, 문학에서는 극단의 인용 속에서 보편의 형상을 투사한다. 문학에서 분석의 대가들이 인용의 대가들이기도 한 이유가 거기에 있다.

6. 장르로서의 이론

이론이 지닌 초월론적 성격이 어쩔 수 없이 장르 파괴를 유발한다는 리처드 로티Richard Rorty의 지적은 이론의 자기 지시적 성격을 고스란히 암시한다.[19] 장르 이론의 경험적 한계는 현실 세계와의

18) 이러한 관점하에서는 메타시, 혹은 메타소설이라는 하위 장르는 불가능하다. 왜냐하면 모든 문학작품은 궁극적으로 메타시와 메타소설, 다시 말해 자기 자신에 대한 이론을 지향하기 때문이다.

19) Richard Rorty, "Professionalized Philosophy and Transcendentalist Culture",

불일치에서 비롯되지만, 그것의 초월론적 한계는 장르라는 범주적 사유의 한계 자체에 내재하기 때문이다. 그러므로 여기서 요구되는 것은 이론이 곧 이론이라는 장르에 대한 물음으로 직결될 수 있도록 만드는 매듭을 확인하는 일이다. 그것을 자기 지시성에서 발생하는 한계 또는 간극이라고 부를 수 있다면, 이것은 이론이 작품이 되어야 한다는 말과 더불어, 작품이 이론이 되어야 한다는 낭만주의적 이념과 다시 한번 필연적으로 조우한다.

그렇다면 이런 추측이 가능해진다. 우리가 지난날의 위대한 장르 이론이라는 장르에 매료되는 이유는, 그것에서 특정 장르를 이해하는 데 필요한 실용적, 기술적descriptive 지침을 얻을 수 있기 때문이 아니라, 이론을 예술 작품의 수준으로 비약시키는 어떤 이념적 충동을 읽어낼 수 있기 때문인지도 모른다.

가령 루카치의 『소설의 이론』에 관한 모레티의 짧은 논평은 시사적이다.[20] 그는 루카치의 전설적인 저작이 오늘날의 소설 장르를 이해하는 데 아무런 도움이 되지 않는다고 지적하고, 대신 그것이 지니고 있는 에세이적 특성에 주의를 기울이자고 제안한다. 그에 따르면, 『소설의 이론』이 지니고 있는 매력과 가치는 특유의 방법론적 무용성과 무관하지 않은데, 바꿔 말해 그것은 『소설의 이론』을 일종의 비평적 픽션으로 대한다면 사정이 달라질 수 있음을 암시한다. 즉 『소설의 이론』을 이론이 아니라 하나의 흥미로운 예

Consequences of Progmatism, University of Minnesota Press, 1982.

20) 일전에 필자가 쓴, 프랑코 모레티의 짧은 글에 대한 짧은 해제를 다시 활용하는 방식으로 서술하였다. 프랑코 모레티, 「루카치의 『소설의 이론』에 대하여」, 강동호 옮김, 『문학과사회』 2016년 여름호 참조.

술 작품으로 간주했을 때 우리는 당시 루카치의 글쓰기를 추동하고 있는 어떤 궁극의 예술적/형이상학적 욕망을 읽어낼 수 있으며, 궁극적으로는 소설이라는 '장르'를 통해 초기 루카치의 영혼과 삶을 들여다볼 수 있다. 소설이라는 장르 속에서 삶의 형이상학적 불화가 해결되기를 바랐던 루카치의 소망을 성취한 것은 아이러니하게도 그가 사례로 제시하는 작품들이 아니라 그 자신의 글이었던 셈이다.

현실의 설명력을 강조하는 경험주의자에게 루카치의 초기 저작은 더 이상 유용한 이론이 아닐지도 모른다. 그러나, '이론을 위한 이론'의 관점에서 루카치 이론의 성공이 아닌 실패와 좌절은, 그가 글쓰기를 통해 실현한 시대와의 간극을 드러내 보이면서 이론가-예술가로서 루카치가 발휘하고 있는 가치를 사후적으로, 또는 역사적으로 증명한다. 그의 글이 발휘하고 있는 마력은 동시대와의 간극 속에서, 그리고 그 자신의 실패를 마주하고 있는 후기 루카치의 자기 고백적 진술(잘 알려진 것처럼 후기 루카치는 자신의 초기 괴작을 실패로 규정한다)에 의해 더욱 증폭된다. 청년 루카치의 사유는 아이러니하게도 그러한 간극 덕분에, 그리고 특유의 신비주의적이고 비약적인 문체 덕분에 자신의 시대적 한계를 증언하고 심지어 그것을 극복한 기적과 같은 사례로 남을 수 있었던 것이다. 이론이 아니라 일종의 예술 작품으로서 『소설의 이론』은 서사 예술이 가야 하고 또 가야만 했던 길을 예언한, 한때의 시대정신을 흥미롭게 대표한다.[21]

21) 흥미로운 것은 모레티가 루카치의 장르론에 회의를 표하는 대목("다시 반복되어서

루카치라는 예외적 사례는 문학이론이 지니고 있는 독특한 성격을 증언하는 흥미로운 범례임에 분명하다. '이론을 위한 이론'은, 이론의 승리가 아닌 그것이 지닌 간극의 창조적 성격을 통해 자신이 속한 시대를 입증하는데, 역설적이게도 그것이 이론에 작품적 성격을 부여하는 것이다. 한국의 비평사에도 이러한 이론적 간극의 사례를 찾을 수 있을까? 마지막으로 이 글이 김현에 대한 간략한 이론적 스케치를 그리면서 끝을 맺으려는 이유는 김현이 보여준 시대와의, 작품과의, 이론과의, 그리고 자기 자신과의 간극이 내포하고 있는 특별한 성격 때문이다. 우선 김현의 간극이 지닌 특별함은 그의 비평에 대한 이론적 자의식과 무관하지 않음을 상기해야 한다. 특히 그의 후기 비평에서 본격화되기 시작한 '비평이란 무엇인가'라는 질문은 '문학적 사유란 무엇인가'라는 이론적 물음과 거의 일치하며, '이론을 위한 이론'을 정립할 수 있는 하나의 실천적 범례를 제시한다.

는 안 되는 기적")이다. 그 자신이 『근대의 서사시』라는 장르론의 걸작을 썼지만, 위 글을 쓰던 당시의 그가 이미 경험주의자로의 완전한 변신을 이룬 이후라는 점을 고려해야 한다. 잘 알려진 것처럼 최근의 모레티는 장르의 본질을 규명하려는 논의를 진행하는 대신, 빅데이터에 기반을 둔 통계적 장르론을 모색하고 있다. 이 역시 기존의 모레티와 현재의 모레티가 전혀 다른 패러다임 속에 있다는 것을 보여준다. 문학의 이념이 더 이상 모레티에게 중요하지 않게 된 것일까. 좀더 탐구되어야 할 영역이지만, 여기서는 우선 문학이론의 퇴조 현상이 장르 이론의 퇴조와 무관하지 않다는 것만 부기하기로 하자.

7. 이론가 김현: 한계에 대한 사유

> 진리는 그 자체로 아름다운 것이 아니라
> 진리를 찾으려 하는 사람에게 아름답다.
> ―발터 벤야민, 『독일 비애극의 원천』

(1) 비평의 유형학과 이론적 실천

한국 문학 비평사에서 김현이 차지하고 있는 위상에 대해 특별한 첨언이 필요하지는 않을 것 같다. 그가 남긴 수많은 글과 사유의 흔적, 그리고 그의 동료와 후배 들이 바치는 헌사는 그의 글쓰기가 지닌 매력을 고스란히 증언한다. 독자-저자로서 김현이 보여준 문학을 향한 열정과 헌신, 그리고 문학평론가로서 쓴 글들의 문체적 아름다움과 논리적 엄밀성은 "비평을 그것 자체로 읽을 수 있는 위상에 올려놓은 처음이자 유일한 비평가"(황지우)로 김현을 수식하게 만든 원동력임에 틀림없다. 하지만 내가 매력을 느끼는 김현은 공감의 비평가라는 신화적 초상에 가려진 김현, 다시 말해 작품의 해설가로서의 김현이 아니라 이론가 김현이다. 이론가 김현은 지금까지 내가 말한 대부분의 것들을 독특한 이론적 글쓰기를 통해 보여주는데, 그런 이유에서 나는 김현의 이론보다는 이론가로서 김현이 남긴 집요한 자기 탐구의 궤적에 관심이 있다. 이 이야기에 깔린 가설은 그가 1980년 이후에 명시한 이론적 전회가[22] 그의 비평이 어떤 근본적인(그러나 일부를 제외한 대부분의 사

---

[22] 이러한 전회를 정과리는 김현이 맞이한 위기의 국면으로 설명한다. 그에 따르면 김현은 후기에 직면한 위기를 이론적으로 돌파하기 위해 푸코와 대결한 것이다. 이에

람들에게는 잘 알려지지는 않은) 변화를 통과해야 했음을, 그리고 그 변화가 자신에 대한 끈질긴 이론적 검토 속에서 이루어졌음을, 그렇지만 그 자기 검토가 어떤 불안과 절망의 한계 속에 봉인되어 있음을 지시한다.

잘 알려진 것처럼 김현이 타계 직전 마지막으로 매달렸던 공식적 글쓰기의 대상은 다름 아닌 푸코였다. 『시칠리아의 암소』(1990)라는 푸코 연구서는 스스로가 고백했던 것처럼 그의 "건강을 악화한 원인 중 하나"[23]로, 그가 생의 마지막에 얼마나 열정적으로 푸코의 사유에 매달린 채 자신의 삶을 소진시켰는가를 짐작하게 한다. 물론 푸코에 대한 이론적 관심이 갑작스러웠던 것은 아니다. 가까이에서 그를 지켜보았던 친구들의 회고에 따르면, 그의 이론적 천착의 내용적(또는 실존적) 기원은 1980년의 광주와 직접적인 관련이 있다. 광주에 가해진 폭력이 비평가로 하여금, 그 폭력의 구조적 기원과 그것을 넘어서기 위한 이론으로 이끌었던 것이다.[24] 하지만, 김현이 세계를 해명하겠다는 욕망을 소유한 비평가이면서, 동시에 자기 자신의 욕망까지도 반성적으로 성찰한 에세이스트였다는 사실은 여기서도 중요하다. 1980년대에 이르러 본격화된 김현의 이론적 작업의 다른 한 기원은 바로 자기에 대한 관심, 즉 비평적 글쓰기라는 장르적 해명에 관한 요구이기도 했다. 물론,

대해서는 정과리 해설, 「못다 쓴 해설」, 김현, 『전체에 대한 통찰』, 나남, 1990 참고.
23) 김현, 『폭력의 구조/시칠리아의 암소』(김현문학전집 10), 문학과지성사, 1992, p. 109.
24) 광주에 대한 중압감이 김현의 이론적 전회를 어떻게 가능하게 했는지에 대해서는 다음의 뛰어난 분석을 참조할 수 있을 것이다. 김항, 「푸코를 읽는 김현: 비평의 전회와 실존의 곤혹」, 『민족문학사연구』 59호, 민족문학사연구소, 2015.

이 둘은 서로 동떨어진 것은 아니다. 비평 역시 세계-내-행위라는 점을 감안할 때, 세계 분석과 비평적 글쓰기의 자기 모색은 서로 불가분의 관계에 놓인다. 김현이 1980년대의 앞자리, 다시 말해 '10·26'과 '광주' 사이라는 정치적 시공간에 이르렀을 때에야 비로소 평생을 바쳤던 글쓰기의 존재론에 관해, 비평이라는 장르의 본질에 대해 탐문할 계기를 얻은 것은 우연이 아니다.

　나는 이제야말로 문학 비평가가 정말 해야 하는 것은 무엇인가를 명확하게 생각해야 할 시기라고 생각한다. 반체제가 상당수의 지식인들의 목표이었을 때, 문학 비평이 무엇이냐는 질문은 사치스럽기 짝이 없는 질문처럼 생각되었다. 그러나 이제는? 문학은 그 어느 예술보다 비체제적이다. 나는 그것을 문학은 꿈이다라는 명제로 표현한 바 있다. 문학이 있다는 것만으로도 사회는 꿈을 꿀 수가 있다. 문학이 다만 실천의 도구일 때 사회는 꿈을 꿀 자리를 잃어버린다. 꿈이 없을 때 사회 개조는 있을 수가 없다. 문학 비평은 문학 비평이 문학 비평으로 남을 수 있게 싸워야 한다. 그 싸움과 동시에 문학 비평은 문학 비평이 정말 할 수 있는 것은 무엇인가, 문학 비평이란 무엇인가라는 자신에 대한 질문과도 싸워야 한다. 1980년대에 문학 비평은 무엇일 수 있을까. 1980년대의 앞자리에 나는 그 질문을 나에게 되풀이하여 던진다.[25]

　이 돌연한 자기 검토에 대한 요청이 새로운 시대를 향한 희망 위

---

25) 김현, 「비평의 방법」, 『문학과 유토피아』, 문학과지성사, 1980, p. 356.

에서 표출될 수 있었다는 점을 기억하자. 체제에 대한 저항이 지식인들이 당면한 최우선의 목표로 여겨질 수밖에 없었을 때, '비평은 무엇인가'라는 장르론적 물음은 사치스러운 탐구에 지나지 않았을 것이다. "그러나 이제는?" 이 물음에 담긴 전망적 성격을 추측하기란 어렵지 않다. 체제의 억압이 완화될 수 있다는 희망 속에서, 그는 비로소 "문학 비평이 문학 비평으로 남을 수 있게" 하는 싸움, 다시 말해 문학비평이라는 장르의 규명이 시도되어야 한다고 역설한다. 이를 위한 일차적 가설로 그가 제시한 것이 다름 아닌 '비평의 유형학', 즉 '실천적 이론'과 '이론적 실천' 사이의 유형학적 대비이다.

어떤 비평가에 있어서는 작품의 해석이란 그것이 폭력적 억압이 지배적인 세계에 작품이 투항하고 있는가 아니면 저항하고 있는가를 분별해내는 일이었고, 어떤 비평가에게 있어서는 훼손된, 혹은 가치가 떨어진 세계의 모습을 과연 그대로 드러냈는가 왜곡시켜 드러냈는가를 알아내는 일이었다. [······] 첫 번째의 관점은 실천적 이론을 중요시한 것이었고, 두 번째의 관점은 이론적 실천을 중요시한 것이었다. 실천적 이론에 있어서 중요한 것은 현실 개조 의욕의 명백한 노출이었다. 그 의욕이 행동으로 표면화되어야만 그것은 의미를 갖는 판이었다. 이론적 실천에 있어서 중요한 것은 어떠한 이데올로기에도 속지 않는 것이었다. 훼손된 사회에서는, 훼손되지 않은 것이 없다라는 말까지 사실은 어느 정도 훼손되어 있는 법이므로, 훼손된 사회의 진실은 그 훼손된 상태는 개조되어야 한다는 주장보다도, 훼손된 상태의 있는 그대로의 드러냄에 있었다.[26]

그러나 유형학이라는 이름은 두 가지 맥락에서 의심스럽다. 첫째, 김현이 제시한 두 가지 유형은 경험 현실에서 쓰이고 있는 비평들의 유적 분류를 목표로 삼을 수 없다. '실천적 이론'과 '이론적 실천'은 그의 비평적 의식 속에서 동등한 지위를 누리고 있지 않으며, 같은 의미에서 그가 강조하고 지향하는 방식이 후자라는 점은 명백해 보인다. '이론적 실천'은 하나의 유형이면서 동시에 (초기 김현이 사용한 표현을 빌리자면) 비평이라는 장르의 '이념형'을 함축한, 자기 지시적 선언이다. 둘째, 그러나 '이론적 실천'이라는 개념은 그 수사적 명료함에도 불구하고 의미상 불분명하고도 불안정한 개념이다. '실천적 이론'이 분명한 실체적 범주로 분류되고 상상될 수 있는 것과 달리, '이론적 실천'은 그 정확한 내용을 결여하고 있다. 실천이 해석 행위에 해당한다면, '이론적'이라는 수식어가 말하고자 하는 바는 무엇일까. 그것이 장르의 형성 요건을 이루는 논리는 납득하기 어렵지만, 최소한 김현의 의도를 구성하던 당대의 비평적 상황과 조건이 무엇인지를 짐작할 수는 있을 것이다. "반체제가 상당수의 지식인들의 목표"였던 시대, 그래서 비평의 자기 확인이 불가능했던 시대에 부각된 것은 언제나 '실천'을 위한 이론이었다는 것. 그런 맥락에서 '이론적 실천'은 '실천적 이론'이라는 당대의 대의를 (김현의 관점에서는 문학만의 고유한 장르적 본질로) 대리보충하기 위해 고안된 개념이라는 추측이 가능하다. '이론적 실천'이라는 유형(혹은 비평 장르)의 애매성(모호성)은 그것

26) 같은 글, p. 354.

이 사실은 비평적 실천에 관한 이념론적 요청에 가깝다는 것을 드러내는데, 그것은 향후의 또 다른 대리보충을 김현이 스스로에게 요구할 필요가 있었음을 간접적으로 암시한다.

(2) 비평의 위상학을 향하여

그러나, 1980년의 광주로 인해 김현의 공식적 탐구는 돌연 중단될 수밖에 없었다. "그러나 이제는?" 다시, 비평 장르에 대한 자의식이 사치스러운 것으로 여겨지지 않을 수 없었고, '이론적 실천'을 구체적으로 대리보충하는 목소리가 나오기 위해서는 예상보다 긴 침묵의 시간을 거쳐야만 했다. 주지하듯, 그가 다시 비평에 대한 모색을 공적으로 천명한 글은 「비평의 유형학을 향하여」(1985)인데, 거기서 그는 5년 전에 제안한 유형학을 좀더 정교하게, 한편으로는 근본적으로 교정한다.

여기서는 세 범주로 비평가들을 나누고 각각의 비평가들의 저작을 자료로 제시하기로 한다. [……] 그 세 범주란 문화적 초월주의, 민중적 전망주의, 분석적 해체주의이다. 문화적 초월주의란 문학이 현실 세계를 초월하는 가치를 갖고 있다라고 믿는 세계관을 뜻하며, 민중적 전망주의란 문학이란 민중에 의한 세계 개조의 실천의 자리이며 도구이다라고 믿는 세계관을 뜻하며, 분석적 해체주의란 문학이 우리가 익히 아는 경험적 현실의 구조 뒤에 숨어 있는, 안 보이는 현실의 구조를 밝히는 자리이다라고 믿는 세계관을 뜻한다. 같은 분석이지만, 문화적 초월주의에 있어서는 분석은 가치 판단이며, 민중적 전망주의에 있어서는 실천 행위이며, 분석적 해체주의에 있어서

는 해체-구축이다.[27]

그의 유형학이 말의 바른 의미에서 공정한 유형학일 수 없다는 앞의 결론은 여기서도 유효할 것이다. 그가 세 가지 범주로 비평들을 일별하는 가운데 '분석적 해체주의'에 자신의 비평적 신념을 투사하고 있다는 점은 의심할 나위가 없기 때문이다. 그런데 '이론적 실천'으로부터 '분석적 해체주의'로 이어지는 계열 속에서 '이론적 실천'의 범주에 포함되어 있던 상당수의 비평가들이 사실상 제외되는 현상을 어떻게 받아들여야 할까. 이 변화는 '이상섭, 김치수, 그리고 김현'이라는 소수의 고유명만이 '분석적 해체주의'라는 이념에 부합할 수 있다는 집념(혹은 독단)으로 해석될 여지가 있다는 점에서, 그의 비평론이 지닌 문제적 성격을 더욱 부각시킨다. 왜 그랬을까. 상세한 설명을 하지 않기에 김현의 의도를 정확하게 파악하기는 쉽지 않다. 그러나 '분석적 해체주의'에 관한 설명에 비추어 보건대, 김현의 새로운 유형학은 '이론적 실천'이라는 그의 이념형과 상당 부분 관련되어 있다는 추정, 그리하여 '이론적 실천'이라는 범주를 세분화해서 나눈 것이 아니라 '분석적 해체주의'로 그 영역이 정교하게 좁혀졌다는 설명이 가능하다. 이러한 가설은 김현의 가까운 문학적 동지들 상당수뿐만 아니라, 김현 자신의 비평적 과거 일부까지도 희생하는 단계를 거쳐야 함을 뜻한다.[28]

---

27) 김현, 『분석과 해석/보이는 심연과 안 보이는 역사 전망』(김현문학전집 7), 문학과
   지성사, 1992, pp. 233~34.
28) 이러한 변화에 대해, 한래희는 김현이 1980년을 기점으로 전격적인 변화를 겪었다
   고 분석하는데, 그가 상대적으로 비판하고 있는 것이 문학을 초월적인 믿음의 대상

이를테면, 그가 표방한 유형학이 사실상 이념론을 향하는 가운데 위상학적 사유에 가까워진다는 점에 주목한다면 상황은 조금 더 매끄럽게 이해된다.[29] 그것은 김현이 표방한 '분석적 해체주의' 역시 하나의 고정된 유형이자 장르로 개괄될 수 없다는 것, 나아가 '이론적'인 것은 특정한 주의와 주장을 토대로 한 실체일 수 없다는 것을 의미한다. 이러한 사유가 위상학적 관점을 요구하는 이유는 그것이 근본적으로 세계와 비평을 이해하는 데 있어 '문화적 초월주의'와 '민중적 전망주의'와는 전혀 다른 층위에 놓이기 때문이다. 어떤 이념을 외재화한다는 점에서 이 둘은 위상학적으로 동일한 구조 속에서 작동한다. 문화적 초월주의가 가치 판단을 가능케 하는 초월적 진리에 의거하여 작품 분석을 수행하는 반면, 민중적 전망주의는 미래로 투사된 유토피아적 열망을 토대로 현재를 움직이려 한다는 점에서 초월적이다. 민중적 전망과 문화적 초월은 외재적 지평을 요구한다는 점에서 위상학적으로 구별되지 않는다.

으로 격상시키는 이념이다. 한래희의 분석처럼 그것은 '문학은 꿈이다'라고 제시하였던 전기의 김현에 대한 자기 비판적 성격을 지니고 있는 것으로 해석될 여지가 있다. 이에 대해서는 한래희, 「김현 비평에 나타난 '비평의 유형학'의 변화와 그 함의」, 『한국학연구』 제35집, 인하대학교 한국학연구소, 2014 참조. 김항은 이 변화를 유사하지만 다른 어조로, 김현의 변화가 문학에 대한 자기 조소와 무관하지 않다는 점에서 그의 푸코 해석을 분석, 풀이한다. '사유에 대한 사유'에 주목했다는 점에서 이 글은 김항의 분석과 맥을 같이하지만, 문학에 대한 욕망과 관련해서는 조금은 다른 결론에 도착한다는 것을 미리 밝혀둔다.

29) 위상학topology은 위치를 뜻하는 그리스어 '토포스topos'와 학문, 이성을 뜻하는 '로고스logos'를 결합해 만든 말로 위치를 다루는 학문, 즉 위치와 형상에 관한 기하학이라고 할 수 있다. 위상학은 20세기 자연과학과 수학, 인문학을 가로지르는 보편적 경향을 잘 보여주는, 일종의 패러다임으로 안과 바깥의 불가분성에 대한 탈구조주의적 사유와 연결될 수 있다.

한편 '분석적 해체주의'가 지향하는 이론적 관점은 전망과 초월을 분석하고 해체함으로써 진리의 탈승화(혹은 세속화)를 목표로 삼는다. 물론 '분석적 해체주의'에 전망은 없지만, 전망에 대한 비전이 없다고 말할 수는 없을 것이다. 이와 관련하여 결정적인 대목은 그 비전이 "안 보이는 현실의 구조"를 분석함으로써 드러날 수 있다는 점이다. 아니, 김현의 표현을 빌리자면, 전망은 보이지 않는 것이 아니라 '안 보이는 전망'의 형식으로, '보이는 심연' 속에 있으며 분석을 수행하는 자기 자신 안에 내재한다. 그래서 전망에 대한 비전을 길어 올리기 위해서는 분석에 대한 분석, 사유에 대한 사유 속에서 '해체-분석'의 길을 열고, 같은 방법으로 초월성의 심급을 분석가 자신이라는 내재적인 지평으로 되돌려야 한다.

'해체-분석'이 필연적으로 강제하는 것은 분석을 수행하는 주체의 삶을 대상으로 한 이론적 검토이다. 그런 맥락에서 '이론적 실천'과 '분석적 해체'로 표현된 그의 비평적 장르 이념은 자기 자신에 대한 이론적 실천과 겹칠 때, 더욱 유의미한 초월론적 형식을 얻는다. 김현이 이론을 자신의 삶에 대한 관찰의 영역으로 일관되게 관철시킨 이론가였다는 지적은, 김현이 자기 자신의 욕망까지도 다시 성찰하고자 했던 산문가-에세이스트였다는 말과도 일치한다. 그는 타인에 대한 억압을 야기하는 구조의 존재를 혐오했지만, 그것을 혐오하는 마음이 자신과 타인을 억압하는 또 다른 구조의 소산일 수 있음을 알고, 그 스스로를 혐오했던 사람이기도 했다. "나는 무릎 꿇고 내 마음을 들여다보기 시작한다. 컴컴하다. 편안치 않다!"[30] 이 내면의 어둠을 직시하는 자기 분석적 행위. 그것은 분석가의 순결한 영혼을 통찰하겠다는 실존적 요구에서만 비롯된 것이 아니라, 이론가의 논리적 일관성에 대한 투철한 헌신에서도 출현할 수 있다. 이른바 비평가 김현은 고통으로 점철된 스스로의 비명마저도 끝내 논리로 전환시켜야만 했던 이론가였던 것이다. "문학이 절규만으로 존재하고 있던 시대에 이 글은 그 절규를 논리로 바꿔볼 수 없을까 하는 고뇌 속에서 씌어졌다."[31]

(3) 자기 분석으로서의 비평 이론: 사유의 한계와 한계의 사유

자기 분석으로서의 비평 이론. 이것이 가능하다면, 우리는 김현이 말한 이론적 실천이 응축된 예외적 사례이자 그것이 구현된 새로운 장르로 『행복한 책읽기』를 읽어볼 수 있을 것이다. 죽음에 대한 예견 속에서, 잘 기획된 그의 유고(이것은 역설이지만, 그의 기획 자체가 역설 위에서 성립할 수 있다) 『행복한 책읽기』는 일기, 비평, 서평, 메모라는 장르가 혼합되어 있는 매우 모호한 성격의 글쓰기를 체현하고 있다. 자신이 실천한 읽기에 대한 기록이자, 비평의 준비 과정을 고스란히 고백하는 글쓰기. 그러나 그의 일기는 단지 공식적 비평을 쓰기 위한 전 단계에 머물지 않고, 그 자체로 하나의 완성된 형식으로서의 단상fragment을 욕망하는 것처럼도 읽힌다. 그래서일까. 그는 일기의 한가운데에 그러한 자신의 형식적 욕망을 지시하는 것 같은 문장을 새기고 있다. "이제는 갈수록 긴 책들이 싫어진다. 짧고 맛있는 그런 책들이 마음을 끈다. [······] 바

30) 김현, 「속꽃 핀 열매의 꿈」, 『분석과 해석/보이는 심연과 안 보이는 역사 전망』, p. 67.
31) 「비평의 유형학을 향하여」, 같은 책, p. 238.

르트가 단장으로 자꾸 끌려간 이유를 알 만하다."[32] 그런 의미에서 "통념을 완전히 뒤집어엎는 일기 형식을 제시하는바, 그 일기 쓰기는 전복적인 글쓰기"[33]라는 평가는 그 어떤 과장도 없는 정확한 서술이다.

그런데 김현의 전복적 글쓰기는 일종의 소설적 욕망과도 유사하다.『행복한 책읽기』가 일반적인 산문이 아니라 픽션에 가깝다는 것, 더 정확히 말하면 이론적 기획과 소설적 욕망이 중첩된 자리에서 창조된 비평적-픽션이라는 사실을 증명해주는 요소들은 적지 않다. 소설의 종결부를 염두에 둔 듯한(혹은 자신의 죽음을 예감한 듯한) 마지막 일기의 문장들("결사적으로 소리 지른다 겨우 깨난다/아, 살아 있다")은 끝에 대한 감각을 구조화하는 것이야말로 픽션의 구조적 본질이라는 프랑크 커모드의 통찰을 상기시킨다. 죽음은 삶 바깥의 절대 관념이지만, 죽음에 대한 예감을 통해 비로소 소설적 형식의 깊이를 얻고 글쓰기 안에 기입될 수 있었던 것이다.

한편, 일기에 기록된 각종 작가, 작품, 이론가 들의 고유명은 동일한 시기에 김현이 쓴 비평들에 대하여『행복한 책읽기』가 일종의 편력기적 증언록의 역할을 담당할 수 있다는 사실을 보여준다. 비평의 자기 증언이라는, 이론적 실천으로서의 비평-픽션. 당시의 김현은 '이론적 실천'을 실행하는 새로운 장르이자 유형을 직접 조형할 필요성 앞에 서 있었던 것은 아닐까. 의미심장하게도 이 저작은 저자의 이론적 관점과 태도를 정면으로 고백하는 일기로 시작

---

32) 김현,『행복한 책읽기』, 문학과지성사, 2015, p. 305.
33) 이인성 해제,「죽음을 응시하는 삶 - 읽기와 삶 - 쓰기」,『행복한 책읽기』, p. 7.

한다.

    내 글쓰기의 초기엔 텍스트를 닫힌 체계로 보려는 성향과 열린 체계로 보려는 성향이 공존해 있었고, 닫힌 체계로 보려는 성향은 구조주의를 긍정적으로, 열린 체계로 보려는 성향은 그것을 부정적으로 보게 한 것이다. 텍스트는 열려 있지만 닫혀지려 하고, 혹은 닫혀 있지만 열려지려 하고 있다. 그 모순의 긴장이 텍스트이다. 그 관점이 탈구조주의로 나를 이끌고 간다.[34]

    한 해를 마감하는 시점(1985년 12월 30일)에 이르러, 그는 일기를 통해 자신이 탈구조주의에 정향되어 있음을 고백하며, 일기-책의 첫 문을 연다. 그렇다면 이것은 그의 새로운 일기 쓰기의 이론적 방법론을 가리키는 것인가. 1985년이 「비평의 유형학」이 씌어졌던 해라는 점을 감안해도 의미심장하지만, 그 날짜가 이 책의 주조(主調) 시간대에서 이탈해 있다는 사실 또한 의미심장하기는 마찬가지다. 증언에 따르면 김현은 유고 묶음의 표지에 '일기 1986-1987-1988-1989'라고 직접 적었는데, 그렇다면 '1985년 12월 30일'이라는 시간은 마치 공집합처럼, 일기의 부분을 이루지만 일기의 시간대에 속하지 않는 예외적 위치를 부여받게 된다. 단순한 착오였을까.

    우리는 그 진의를 추측할 수 없고, 김현의 의도를 들여다볼 수도 없다. 다만, 그것이 설령 우연이라 해도, 어떤 내용과 형식의 일치

---

34) 김현, 같은 책, p. 17.

를 동반하고 있다는 점에 주목할 수는 있을 것이다. 예감이라는 방식으로 구현된 삶 속의 죽음, 안과 바깥이라는 경계의 붕괴, 공적 지평으로 편입된 사적 일대기, 그리고 소설 속의 비평(혹은 비평 속의 소설)이라는 형식 속에서 삶의 사적 영역과 글쓰기의 공적 영역 사이의 경계가 무너지고, 읽기와 쓰기의 분할선이 비식별화되고 있다는 뜻이다. 안과 밖, 구조와 그 바깥 사이의 구분이 불가능하다는 것이 이른바 '탈구조주의'의 이론적 전제임을 감안한다면, 『행복한 책읽기』라는 장르가 구현하고 있는 탈구조주의적 "모순의 긴장"은 그 형식적 정당성과 함께 내용적 깊이를 얻는다.

탈구조주의에 대한 김현의 관심은 그가 언어라는 구조 바깥을 희망하지만, 그 희망마저도 언어로 구조화되어 있다는 사실에 대한 응시에서 시작될 것이다. 그러나 구조에 대한 분석이 구조의 승인을 의미하지도 않을 것이다. 분석은 구조를 확인하고 해체함으로써 결국 다른 구조를 낳지만, 그 해체와 건설 사이의 지대를 상상할 수 있게 만들기 때문이다. 그때, 그가 말한 분석은 새로운 이론적 이름을 얻는다. 분석은 무엇인가? "나는 그 중간에 있으며, 내 방법은 분석이다."[35] 나를 중간에 있도록 하는 방법으로서의 분석. 분석은 분석을 수행하는 주체까지도 분석하도록 강제한다. 그가 늘 이야기하는 중간은 세계의 간극, 현실과 유토피아 사이의 간극, 그리고 삶과 글쓰기 사이의 간극을 의미했다. 간극과 매개되지 않는 진리와 꿈을 경계했기에 그는 늘 그 중간, 다시 말해 이론적 '가운데'를 지향하지 않을 수 없었던 것이다. "내가 사는 세계는

35) 같은 책, p. 342.

그 세계의 중간, 가운데이어야 한다."[36]

이 가운데라는 위상학적 공간은 그가 이념형으로 제시한 '분석적 해체주의'가 놓여 있는 자리와도 동일하게 겹친다. 그의 말을 바꿔 이해하자면, 비평이 수행하는 정치성은 비평 자신의 정치성을 분석하고 해체하는 데서 비로소 발생할 수 있다. 욕망의 구조적 자기 지시성에 대한 저항을 자기 지시성을 통해서 실현하기. 그리고 그것을 자신의 삶에 대한 비평적 글쓰기로 완수하기. 그가 '해체'의 창시자라고 할 수 있는 데리다에 매료되었으면서도 거기에서 비롯되는 어떤 실존적 곤혹을 진솔하게 토로하는 이유도 거기에 있을 것이다. "데리다를 따라가면, 해체주의는 이런 것이다라고 정의를 내리는 순간에, 해체주의는 해체가 더 이상 불가능한 어떤 시원이 되어버린다. 다시 말해 비해체주의가 된다. 해체주의는 그러므로 대상을 해체하고, 그 대상을 해체하는 논리적인 어휘들을 다시 해체하여, 해체되는 것과 해체하는 것을 이중으로 해체해야 한다. 어려운 작업이다. 왜냐하면 그 이중의 해체는 때로 애매모호한 상태, 논리화되지 못하는 상태에 갇히기, 아니 그런 상태로 열리기 때문이다. 해체주의자의 입장에서는 그 상태가 바로 진정한 삶의 상태라고 주장할 수 있다. 진정한? 논리화되지 않은. 논리화되지 않은?…… 괴로운 해체."[37] "괴로운 해체"는 책 읽기의 괴로움과 글쓰기의 어려움 사이에서 진동한다. 자기를 향한 분석-해체는 급기야 글쓰기 주체를 부정하고 싶은 욕망을 낳기 때문이다.

---

36) 김현, 「젊은 시인을 찾아서」, 『전체에 대한 통찰』, p. 217.
37) 김현, 『행복한 책읽기』, pp. 218~19.

그래서 그는 자기 자신을 찢기도 한다. "서둘러 이 서투른 글을 찢어버리고 싶다!"[38]

삶에 대한 투철한 이론가였기에, 그의 망설임은 이론적으로도 필연적이다. 여기서 이론가 김현은 망설이는 자의 동의어라는 사실이 밝혀진다. 그의 사유를 움직이는 동력은 진리에 대한 확신이 불러일으키는 두려움이었다. 그에게 확신이라고 할 만한 것이 있었다면, 사유가 스스로를 사유하지 않는다면 곧 진리의 자리를 참칭할 수 있다는 믿음, 간극이 매개되지 않은 이론이 불러올 억압에 대한 확신이다. 그의 망설임은 그 확신과 믿음을 반영한 것이었고, 삶은 마치 확신으로 비롯한 망설임을 실험하는 이론적 무대와 같았다. 그리고, 정확히 같은 의미에서 그것은 문학적 글쓰기의 공간이기도 했다. 그는 망설임을 자신의 삶의 원리로서 충실하게 이행했다고 할 수 있는데, 그래서 그는 늘 글쓰기의 원점으로 되돌아올 수밖에 없는 자신의 이론적 운명을 발견하고, 그것의 고충을 고백해야만 했다. "나는 다시 원점으로 돌아온다. 그 돌아옴이 그렇게 썩 기분 좋은 것은 아니다. 순환은 그 속에 끼어든 사람에게는 견디기 힘든 질곡이다."[39]

이 질곡은 전망에 대한 '괴로운 해체'와도 밀접하게 연결되어 있다. 그는 진리의 가면을 쓴 전망의 현란한 빛에 현혹되지 않았지만, 전망의 부정이 불러올 수 있는 냉소와 허무의 어둠에 길들여지지도 않았다. "과연 좋은 세상이 올 것인가? 그것은 헛된 바람이

38) 김현, 『전체에 대한 통찰』, p. 321.
39) 김현, 『행복한 책읽기』, p. 331.

아닐까? 나는 주저하며 세계를 분석하고 해석한다."[40] 역시 그를 주저의 한가운데에 있게 하는 것은 분석에 대한 이론적 의지이다. 분석은 보이는 심연과 보이지 않는 전망 사이에서 흔들리며, 나이 들어서도 흔들리지 않을 수 없는 자신을 거울처럼 되비춘다. "어느 꽃이 더 아름다울까? 나는 알 수 없다. 나는 바라보고, 웃는 대신 운다. 오십의 나이에 울음은 가슴 아프다."[41]

여기서 김현의 '이론적 실천'이 함축하고 있는 이념과 함께, 그가 바라보았던 '심연'의 진정한 성격이 드러난다. 그의 심연은 진리가 담겨 있는 일종의 깊이의 형식으로서의 수직적 심연이 아니라, 수많은 망설임과 갈등 그리고 서로 다른 것들의 공존이 벌려놓은 간극으로서의 수평적 심연이다. 그는 전망에 대한 회의와 그 회의에 대한 또 다른 회의 속에서 늘 방황한다. 어떤 쪽이 더 아름다울까. 그조차 알 수 없는 일이었을 것이다. 하지만 하나 말할 수 있는 것은 이 모든 사유를 가능하게 하는 원동력이 스스로의 삶을 향한 이론적 헌신이라는 것, 자신의 이론을 삶으로 입증하려는 타협을 모르는 일관성에 있다는 점이다. 김현은 그 일관성에 문학이라는 이름을 붙이고자 애썼다. "문학이 절규만으로 존재하고 있던 시대에 이 글은 그 절규를 논리로 바꿔볼 수 없을까 하는 고뇌 속에서 씌어졌다." 그의 논리로의 전환은, 자기 자신을 향한 자의식적 일관성과 동일하다는 점에서 윤리적이다. 한편으로는 그가 푸코를 통해 끈질기게 복원하고 확인하려 했던 명제, "문학은 문학

40) 김현, 『분석과 해석/보이는 심연과 안 보이는 역사 전망』, p. 14.
41) 같은 책, p. 307.

적 언어를 문제 삼는 문학적 언어이다"[42]에 비추어 보건대, 그러한 자기 지시적 논리로의 전환은 문학적 이론, 혹은 문학으로서의 이론이 처해 있는 한계의 정립과도 연결된다. 푸코와 대결하면서 그는 자신의 비평이 문학이라는 장르적 한계에 갇혀 있다는 것을 자각했지만, 다른 한편으로는 푸코의 이론과 사유 역시 문학의 한계, 사유의 사유라는 언어적 한계 안에서 가능했음을 규명하고자 했다.[43] 그래서 푸코의 타당하지만 "끔찍한 논리"[44]와 대결하는 과정에서, "그의 주장의 비역사성에 대한 비판에는 끝내 대답하지 않는다. 실천에 대한 그의 대답은 언제나 유보되어 있다"[45]고 지적하며 역사성에 대한 물음을 요청한 것이다.

이러한 삶-이론-글쓰기의 결합은 분명 어떤 고통을 그 대가로 삼을 수밖에 없을 것이다. 이성복의 회고에 따르면, 병상의 김현은 타계 일주일 전 "끝까지 리버럴리스트로 남기가 어려워"라는 말을 남겼다고 한다. 왜 아니었겠는가. 삶으로 이론을 실천하려 했던 이론가, 바르트의 표현을 빌리자면, '작품으로서의 삶'을 증명하고자 했던 비평가의 글쓰기는 수많은 전망을 향한 초월적 기획들 가

---

42) 김현, 『폭력의 구조/시칠리아의 암소』, p. 146.
43) 흥미롭게도 여기서 푸코에 관한 김현의 문장과 자기 자신을 향한 문장이 묘하게 겹쳐진다. "내 생각으론, 『앎의 고고학』과 『담론의 질서』 사이에는 언어학적 용어의 사용 유무에 따른 불연속성이 있으나 사유에 대한 사유라고 하는 문학적 행위에 따른 연속성이 있으며, 그 씨앗은 그의 초기 문학비평에 내재해 있다"(『폭력의 구조/시칠리아의 암소』, p. 141), "나는 내 자신이 조금씩 변화하고 있다고 믿고 있었지만, 그 변화의 씨앗 역시 옛 글들에 다 간직되어 있었다"(『분석과 해석/보이는 심연과 안 보이는 역사 전망』, p. 14).
44) 『폭력의 구조/시칠리아의 암소』, p. 258.
45) 같은 책, p. 168.

운데, 비평사의 보이지 않는 이론적 심연으로 남을 수밖에 없었다. 희망과 절망의 가운데, 그것이 김현이라는 이론적 장르가 놓여 있는 위상학적 시공간일 것이다. 그곳에서 김현이라는 고유명은, 하나의 비평적 이념을 수립하는 장르로서 내세워지고 이론과 문학의 결합이 산출하는 이념적 한계 안에서, 비평이라는 장르로 옹립될 수 있다. 이론으로서의 문학과 문학으로서의 이론이 실험되는 장소 역시 거기라고 할 때, 김현의 심연을 복원하는 길은 그를 충실하게 해체하는 것, 다시 말해 '이론을 위한 이론'의 관점으로 이론가 김현이 그어놓은 문학적 한계선에 접근하는 방법으로부터 모색될 수 있을 것이다. 데리다의 말처럼 충절의 문학적 근거와 이론적 징표는 반복과 다시 쓰기이기 때문이다.

2부

비판—문학주의, 권력, 통치성

파괴된 꿈, 전망으로서의 비평
─2000년대 미래파 담론 비판

1. 논쟁으로서의 2000년대

한 시대의 정신사적 풍경에 접근하는 효과적인 방법 중 하나는 바로 그 시대의 논쟁들을 읽는 것이다. 모든 이들이 평화롭게 안주하며 어떤 변화의 의지도 표출하지 않는 시간, 즉 사건과 논란이 없는 시공간에서 우리는 그 시대의 실존적 의의, 다시 말해 역사성을 발견하지 못한다. '시대'라는 말 자체가 그런 의미에서 이미 '논쟁들의 역사'를 일컫는 다른 이름이기도 하다. 서로 구별되는 가치와 비전의 충돌은 과거에서부터 당연시되었던 삶의 기율들이 역사적 임계점에 도달해 있다는 사실과 더불어 지금─여기의 삶이 그변화를 감당해야 할 시공간이라는 사실을 드러낸다. 이른바 논쟁은 우리의 삶이 더욱 진보할 수 있다는 믿음이 다양한 실천적 계기들을 통해 열리는 과정이라고 할 수 있을 것이다.

물론 모든 논쟁들이 의미가 있는 것은 아니다. '소모적인 논쟁'

이라는 관용어처럼, 어떤 논쟁은 결과적으로 다양한 이념과 신념들이 스스로의 정당성을 증명하는 동어반복적인 교착 상태로 귀결되기 마련이다. 아니, 대개의 논쟁은 결국 소모적인 논쟁으로 변질되곤 하는데, 이러한 현상은 오히려 논쟁에 내재된 불가피한 성격처럼 보이기도 한다. 그렇다면 중요한 것은 논쟁 그 자체라기보다, 사건으로서 논쟁이 현재의 시공간에 전송하고 있는 역사적 의의, 즉 그 시대만의 고유한 메시지를 복원하는 일이다.

시대의 메시지란 무엇인가? 영화이론가이자 철학자인 크라카우어는 말년에 이르러 과거의 논쟁이 전하는 시대의 메시지를 역사적으로 복원하는 방법과 원리를 제시한 바 있다. "한 가지 확실한 것은, 그 시대들의 메시지는 서로 상충하는 대의들 가운데 하나가 아니라 그 대의들 사이에 숨어 있는 틈새라는 점이다. [……] 내가 볼 때 그 시대들의 메시지는, 상충하는 대의들 가운데 어느 것도 최종적 쟁점의 최종적 결론이 아닐 가능성, 우리로 하여금 대의 없이 사유하고 생활할 수 있게 해줄 사유방식 및 생활방식이 있을 가능성과 관련되어 있다."[1] 우리가 지금 과거의 논쟁을 되돌아봐야 한다면, 그 경합 과정의 최종 승자를 가리기 위해서가 아니다. 중요한 것은 후대의 비평이 지나간 시간들의 논쟁에서 벌어졌던 그 틈새들의 가능성을 일종의 잠재적 메시지로 재구성하는 일, 그리고 그것을 지금 여기의 현실적 지평에서 정치적으로 독해하는 것이다.

---

1) 지그프리트 크라카우어, 『역사: 끝에서 두 번째 세계』, 김정아 옮김, 문학동네, 2012,
   p. 24.

우리 문학사에도 시대적 국면마다 여러 형태의 논쟁이 있었고 그 논쟁에 참여한 세대 주체들에 유의미한 이름을 부여하는 데 기여했다. 2000년대의 한국 문학장에서도 다양한 층위의 비평적 논쟁들이 발발했음을, 그리고 그것이 이전과는 근본적으로 구별되는 시대적 조건 위에서 개진되었음을 우리는 기억한다. 과거와 달리 '문화적 자유가 거꾸로 문학의 존재론적 정당성의 덫일 수 있다'는 실존적 회의에 직면하면서, 2000년대의 비평은 문학에 대한 비관론과 낙관론이 교차하는 가운데 자신의 정치적, 윤리적 정당성을 새롭게 모색하기 위한 다양한 논의 공간들을 형성하기 위해 노력해왔다. 대개의 논쟁이 그러하듯 2000년대의 비평적 논의들 역시 담론적 공전 상태에 빠지는 것을 피하지 못한 측면이 있다. 그렇다면 과거의 논쟁을 소모적인 사건으로 규정하지 않기 위해서는, 2000년대의 논쟁적 풍경을 비판적으로 재구성함으로써 상충하는 입장들 사이의 숨어 있는 틈새를 다시, 현재적 메시지로 전환해야 한다.

이 글은 2000년대 문학장에서 중요한 의제 설정 기능을 담당했던 세 가지 비평적 논쟁, '근대 문학의 종언' '미래파 담론' 그리고 '시와 정치' 논쟁을 다시 검토하고, 그 과정에서 중요한 입론을 제시했던 비평가들의 텍스트를 분석하고자 한다. 이 글의 목적은 2000년대 비평을 시작하게 만들었던 담론적 기원을 재구성함으로써 '논쟁으로서의 2000년대'를 복원하고, 궁극적으로는 '오늘날 비평은 무엇을 할 수 있는가'와 관련된 실천적 물음을 얻는 데 있다. 이러한 분석은 과거에 대한 능동적 개입과 비판을 시도한다는 점에서 실증주의적 역사학과 구별되어야 할 것이며, 또다른 논쟁을 야기할 위험을 내포하게 될 것이다. 그러나 그 자신의 어원대로 비평Kritik이 위기Krisis에서 시작되는 행위임을 기억한다면, 우리는 다음과 같은 지적에도 동의할 수 있을 것이다. "어떤 시대는 비평과 함께 시작된다. 어떤 생각지도 못한 시대의 시작은 늘 그 스스로를 찾으려는 비평의 기획에 의해 시작되는 것이다. 즉, 잃어버린 기원에 대한 집착. 기원의 비평은 한마디로 기원에 대한 구성construct이다."[2]

2. 근대 문학 종언론과 미래파 담론

2000년대 시 비평의 전반적인 풍경과 맥락을 재구성하는 첫 단계로 가라타니 고진(柄谷行人)의 테제를 검토하는 것은, 논쟁이 발생하게 된 시점과 계기를 고려할 때 다소 의아하게 생각될 수 있다. 주지하듯 가라타니의 '근대 문학 종언론'은 근대 소설의 정치적 효력의 상실을 겨냥한 것이기 때문이다. 그러나 가라타니의 테제가 2000년대 시 비평이 수행하게 된 논의의 향방을 결정한 중요한 대타적 매개자였다는 사실을 확인하는 것은 비평사적으로 중요하다.

가라타니의 종언론이 2000년대 비평 공간에 일으킨 논란과 파장의 맥락을 이해하기 위해서는 종언론이 근대 문학의 쇠락을 필연적 흐름으로 간주하는 역사철학적 사유의 소산이라는 점을 감안할

---

2) Lacoue-Labarthe and Nancy, *The Literary Absolute*, State University of New York Press, 1988, p. 110.

필요가 있다. 즉 근대 문학 종언론은 소비에트 붕괴 이후 마르크스의 몰락과 민족문학/리얼리즘의 종언을 당연시했던 한국의 비평가들에게 당도한 갑작스러운 사망 선고와 같은 것이었다. 가라타니의 테제가 한국의 문학적 현실에 관한 구체적 분석에 기초한 것이 아니었음에도 불구하고, 당대 비평가들이 그에 대한 대결 의식에서 자유로울 수 없었던 이유는 종언론을 전후로 제출되었던 비평적 어휘들, 예컨대 '탈내면' '탈현실' '무중력' 같은 세대론적 의장들이 종언론을 경험적으로 뒷받침해주는 일종의 증상처럼 여겨졌기 때문일 것이다.

종언론을 전후로 '미래파 담론'이 중요한 화두로 각광받았다는 사실은 그런 점에서 의미심장하다. 물론 미래파 담론은 잘 알려진 것처럼 시의 현장에 밀착해 있던 비평가들이 당시 새로운 흐름으로 나타나기 시작한 일군의 젊은 시인들의 미학적 가능성을 좀더 적극적으로 격려하기 위해 제출했던 수사적 명칭이었다. "어차피 우리 시의 미래는 이들이 적어나갈 것이다. 이들에게는 1980년대 시인들이 걸머져야 했던 역사와 시대에 대한 채무의식이 없고, 1990년대 시인들이 내세운 그럴듯한 서정, 고만고만한 서정이 없다. 그 대신에 다른 게 있다. 그리고 이들의 시는 무엇보다도 먼저, 재미있다."[3] 한쪽에서는 음울한 분위기의 종말론이 선언된 것에 반해, 다른 한쪽에서는 발랄한 미래가 선포되었던 형국이다. 일각에서는 미래파라는 범주가 발휘하는 배제와 포섭의 기제를 비판

3) 권혁웅, 「미래파: 2005년, 젊은 시인들」, 『미래파』, 문학과지성사, 2005, pp. 149~50.

하기도 했지만, 애초부터 그것은 특정한 시인과 텍스트를 대상으로 정립된 엄밀한 개념이 아니었다. 오히려 이 명칭은 비평가의 욕망과 이념이 투사된, 다분히 수행적인performative 선언문에 가까웠다. '뉴 웨이브'라는 이름으로 2000년대의 시를 적극적으로 옹호했던 신형철은 이를 명확하게 인지하고 있었다. "이 이름(미래파: 인용자)은 이탈리아의 미래파Futurism와 느슨하게 연결되어 있는 것이기도 하면서 동시에 '이들의 작품이 가까운 미래에 우리 시의 분명한 대안이라는 것을 인정할 날이 올 것'이라는 믿음의 부산물이기도 합니다. 말하자면 학문과 신념의 중간, 혹은 개념어와 수사의 중간에 놓여 있는 잠정적 명명입니다."[4] 미래파를 향한 지지는 일종의 '학문'과 '신념'의 중간태, 즉 텍스트 및 사회/정치적 맥락을 고려한 경험적 분석, 그리고 그러한 분석의 역사철학적 정당성 사이에서 감행된 2000년대 시 비평의 비약적 선택에 가까웠다.

이러한 신념의 투사가 비평적 당위성을 확보하기 위해서는 시적 자질에 대한 내재적 정당화가 이루어져야 했는데, 2000년대 시 비평에 있어 그 각각의 영역이 바로 미학과 윤리학이었다는 것은 특별히 강조될 필요가 있다. 미학의 영역에서는 1990년대의 진부한 신서정과의 대별 구도에서 파악되는 2000년대 시의 시학적 새로움이, 그리고 윤리학의 영역에서는 전위적 미학이 가시화하는 '삶의 진실'(정신분석학적 실재)이 핵심 화두로 부각된다. 이렇듯 미래파 시의 전위적인 시적 특징들은 미학적 윤리성(에티카)이라는 형식을 통해 옹호되며 점차 가라타니의 종언을 넘어설 수 있는 가능성

4) 신형철, 『몰락의 에티카』, 문학동네, 2008, p. 271. 이하 쪽수만 표기.

의 매개로 거듭나게 된 것이다.

다른 총체성이 있고 다른 윤리가 있다고 말하려는 것이다. 근대 문학이 종언을 고한 것이 아니라 우리가 근대 문학의 '전부'라 믿었던 어떤 '부분'이 괴사한 것이다. 괴사한 부분을 절제하면서 한 유기체의 종언을 고하는 일은 쉬운 일이다. 그러나 그 유기체는 기형의 형태로 더러 살아남는다. 실로 오늘의 문학이 그렇다. (p. 18)

우리는 이것이 가라타니의 논법이 갖고 있는 유혹이라고 생각한다. '근대 문학의 종언과 그 이후의 문학'이라는 프레임 속으로 일단 들어가면 우리는 근대 문학과 탈근대 문학은 다르다는 것을 전제하고 탈근대 문학만의 미덕을 혼신의 힘을 다해 찾아야만 한다. 그러나 그것보다 더 쉬운 일은 탈근대 문학에도 여전히 근대 문학의 미덕이 존재한다고 말하는 일이 아닌가. [……] '근대 문학'이 '문학'의 세계에서 자신의 지분을 회수하고 철수할 때 우리는 '문학' 본래의 지분까지 '근대 문학'이 가져가도록 내버려둘 필요가 없다. 달리 말하면 최근의 소설들은 과거의 소설들과 다른 눈을 뜬 것이거나 다른 곳을 보고 있는 것이지 실명(失明)한 것은 아니라는 말이다. (pp. 173~74)

시와 소설에 대한 각각의 두 평문에서 발견되는 공통적인 태도는 비평이 가라타니가 화두로 삼은 '근대 문학'의 범주에 크게 강박될 필요가 없다는 것이다. 위 글들에 따르면 미래를 바라보는 비평에게 요구되는 것은 근대 문학이 보유한다고 여겨졌던 지분의

양을 새삼 되묻고, 그것을 다시 더 큰 범주의 문학 범주에 속하도
록 만드는 것이다. 이러한 기류는 가라타니의 테제와의 대결 과정
에서, 시 비평이 소설 비평을 대신해 보다 주도적인 위치에 자연스
럽게 설 수 있게 한 원인이 무엇인지를 짐작하게 한다. 그리고 그
것은 향후 '문학과 정치'라는 고전전인 논의와 관련하여 미래파를
중심으로 구축된 비평 담론이 좀더 적극적인 역할을 수행하도록
만든 담론적 조건을 제공하게 만들었다.

3. 진정성의 종언과 전도된 역사철학

2000년대 시 비평의 주도적 역할과 기능을 이해하기 위해서는
전위적인 시인들의 유례없는 집단적 출현을 의미화하고 정당화하
는 비평적 전략 및 담론적 서사 구조를 검토할 필요가 있다. 사회
학자 김홍중의 두 글「근대 문학 종언론의 비판」과「실재에의 열정
에 대한 열정 —미래파의 시와 시학」을 경유하는 것은 이러한 전
략과 구조를 분석하기 위한 생산적인 작업이 될 수 있을 것이다.[5]
해당 글들은 2000년대 이후의 비평이 당면하고 있는 모종의 기묘
한 낙차를 (무)의식적으로 가시화하고 있다는 점에서 논쟁적이고
징후적인 글들이다. 잘 알려진 것처럼 김홍중은 가라타니가 의존
하고 있는 역사철학적 종말론을 이론적으로 더욱 정교하게 수용하
면서, 현 한국 사회를 읽어내는 데 요구되는 흥미로운 사회학적 ·

5) 김홍중, 『마음의 사회학』, 문학동네, 2009. 이하 쪽수만 표기.

이론적 모델('마음의 레짐')을 창안해낸 바 있다.

「근대 문학 종언론의 비판」은 그 같은 관점에서 가라타니의 테제를 우리 시대가 당면한 사회학적 변화의 중요한 '징후'로 간주하고, 푸코적인 맥락의 고고학적 작업을 통해 가라타니의 테제를 발전적으로 해체/계승한 글이다. 우선 그는 사르트르의 문학론을 준거점으로 삼았던 가라타니와 달리, 블랑쇼를 거점 삼아 근대 문학이 태동 시기부터 '죽음'에 깊이 침윤되어 있었다는 것을 이론적으로 논증한다. 덕분에 그는 가라타니의 종언론이 "'몰락으로서의 근대 문학'이라는 관점을 결여하고 있다는 점에서 그 맹점"(p. 118)이 드러난다고 결론 내린다. 이른바, "근대 문학의 역사적 소멸, 즉 죽음은 근대 문학의 진행의 끝에 주어지는 하나의 '사건'이 아니라 오히려 근대 문학의 공간 전체를 가로지르면서 근대 문학을 구성하고 있는 일종의 생성적 '구조'로 파악되어야"(p. 122) 한다는 것이다. 문학에 있어서 죽음이 일시적 사건이 아니라 항구적인 발생적 근원에 해당한다는 그의 생각은 매력적이고도 설득력이 있어 보인다.

그런데 그는 가라타니에 대한 고고학적 비판으로 종언론 자체를 완전히 무화하는 지점에 만족하지 않고, 그에 대한 계보학적 개입을 추가함으로써 다시 종언론을 보완하는 길을 택한다. 그에 따르면 근대 문학의 죽음은 단순히 문화적 양식의 하위 분과인 문학의 죽음에 그치는 것이 아니다. 문학의 종언은 "문학적 활동을 통하여 형성되어온 인간의 특정 유형과 그런 유형이 공유하는 삶의 형식", 즉 김홍중의 표현을 빌리자면 '진정성'이라는 삶의 형식이 사라졌음을 보여주는 증상이라는 점에서 한층 심화된 형태의 종말론을 예고한다.

진정성의 종언은 진정성에 기초하는 다양한 행위유형, 주체의 형
식, 지식의 양태 들의 동시적인 종언을 내포하고 있다. 문학은 아마
도 그중의 하나일 것이다. 가라타니의 근대 문학 종언론은 이런 점
에서 보면 '진정성'이라는 시대정신의 종언을 소설의 종언으로 축
소하고 있다는 점에서 일종의 '과소진술understatement'이다. 죽은 것
은 문학이 아니라 문학을 가능하게 하는 윤리적 장치(진정성이라는
마음의 레짐)인 동시에 그 장치가 형성하는 특수한 인간의 형상이기
때문이다. (p. 131)

김홍중의 '진정성의 종언'이라는 급진적 테제는 가라타니의 종
언론을 사회문화적인 맥락으로 확장시키면서 가라타니가 상정한
문학 바깥의 대항 영역 자체를 부정해버린다. 그는 가라타니 테제
의 범주를 파괴하고 그것을 더욱 우울한 묵시론의 뉘앙스로 확장
시키는데, 이러한 견지에 따르면 문학을 버리고 문학 바깥에서 좀
더 유력한 정치적 실천 운동을 기획하는 가라타니의 시도 자체가
이미 시대착오적인 것이 되어버린다. 사회학적인 견지에서 김홍중
의 대리보충적 분석이 보여주는 탁월한 설명력이 매우 유용하다
는 것을 부인할 수 없다. 문제는 이러한 테제가 시에 대한 설명으
로 대입되고, 그것이 마침내 2000년대 시 비평의 실존적 태도를 분
석하는 대목으로 연결되는 순간이다. 미래파 시와 그들을 옹호하
는 비평의 관계를 검토한 「실재에의 열정에 대한 열정」이라는 글
은 그런 의미에서 흥미롭다. 그는 이 글에서 코제브의 논리에 따라

"미래파 시인들의 등장"을 "'시의 동물화'로 이해"하고 2000년대 시 역시 넓은 의미에서는 "정치적, 사회적, 역사적, 이념적 효과를 발휘할지 그렇지 않을지에 대하여 무관심"한 오늘날의 역사적 현실, 즉 "즉 '87년 체제'의 지배적 에토스로 기능했던 '진정성'의 해체라는 맥락"(pp. 411~12)을 배경으로 하고 있다고 주장한다.

물론 미래파의 시인들이 "코제브적 의미의 스놉이거나 동물"(p. 422)이며, 급기야 "미래파의 등장을 '시의 종언'으로 읽을 수 있다"(p. 424)는 사회학자의 진단에 동의할 필요는 없다. 시와 소설에서 주체가 차지하고 있는 텍스트적 기능을 분명하게 구분해야 하며, 사회 역사적 현실의 변화와 시에서의 미학적 변화의 양태가 반드시 일치하지 않기 때문이다. 그럼에도 그의 과도한 역사결정론이 흥미롭게 읽힐 수 있는 것은, 그것이 앞서 말했던 2000년대 시 비평의 신념에 찬 인식 구조를 (무)의식적으로 가시화하기 때문이다. 그런 의미에서 다음 대목은 각별히 우리의 주목을 끌 만하다.

미래파 담론의 시들은 [……] 포스트—진정성의 시대를 대표하는 시이다. 그것은 '실재의 열정'이 불가능한 시대의 시이며, 실재의 열정으로부터 자유로울 수 있는 시대의 시이며, 선언문이 필요 없는 시대의 시이다. 그런데 미래파 담론의 비평은 시의 시간과 다른 시간에 발을 딛고 있다. 비평은 미래파 시에서 여전히 '실재'에 대한 진지하고 강렬한 열정, 주체와 타자의 상처를 시화(詩化)하는 힘을 읽어낸다. 이에 의하면, 미래파는 사실 '진정한' 시인들이며 어쩌면 가장 진정한 시인들인데, 그것은 미래파가 시의 진정성, 즉 현실이 아닌 실재의 시적 산출과 표현을 위해서, 아름다움과 소통 가능성 그리고 사회성과 정치성마저 희생하였기 때문이다. '실재'로부터 자유로운 시와 '실재'에 기초하고 있는 비평의 이와 같은 이접(離接)이 미래파 담론의 특이성인바, 실재에의 무관심이 시의 태도라면 '실재의 열정'을 끊임없이 찾고 확인하고자 하는 것이 비평의 태도라 할 수 있다. (pp. 419~20)

사회학자의 눈에 비친 저 특이한 결합은 그의 말처럼 비평이 "시의 시간과 다른 시간에" 서 있다는 것을 암시하고 있다. 그러한 역사적 지평의 낙차가 과연 비평의 시대착오를 뜻하는 것인지에 대해 김홍중은 명확한 대답을 내놓지는 않는다.[6] 다만 이러한 이접 현상이 암시하는 것은 비교적 분명하다. 그것은 2000년대 소설 비평이 상대적으로 코제브류의 역사철학적 진단에 대한 불가피한 수용 위에서 이루어졌던 것에 반해, 시 비평은 그것을 비평가들의 신념과 미래에 대한 기투라는 다소 주관적인 태도와 선택의 문제로 돌파하는 양태를 취했다는 앞서의 지적과도 연결될 수 있다. 이처럼 비평이 고수하고 있는 메타적 열정(실재의 열정에 대한 열정)이 결국 시 비평으로 하여금 종언론의 테제를 돌파하는 주도적 위치에 서게 만들었다는 것은 다시 한번 강조되어야 한다. 이 열정은

6) 그는 한편에서는 "누군가는 진정성의 소멸을 아쉬워하거나 개탄할 수 있다. 그러나 진정성의 물적 토대가 현실적으로 가능하지 않은 시대에 진정성을 규범적으로 강조하는 것은 그 자체로서 하나의 스노비즘의 징후일 수 있다"(p. 45)라고 말하기도 했다. 이러한 사회학적 분석은 오늘날의 문학이 역사와 시대의 과중한 대의를 더 이상 감당하지 않고, 일종의 탈내면으로 향한다고 파악한 2000년대 소설 비평의 풍경과 묘하게 닮아 있다.

김홍중의 진단처럼 아직 소멸하지 않은 '진정성'의 신념, 다시 말해 1990년대적 진정성의 잔영 같은 것으로 해석될 수 있다.[7]

그렇다면 미래파 비평의 진정성을 설득력 있게 지탱해주는 논리적 토대는 어떻게 구성될 수 있는가. 그것은 진정하지 않은 세계와 자신을 대별하는 구도 속에서 스스로의 정당성을 재구성한다. 이를테면 2000년대 시의 비평적 승인을 위한 어떤 새로운 명명법, 다시 말해 진정한 시로서의 2000년대 미래파와 그렇지 않은 대상 사이의 구별 짓기가 요청되지 않을 수 없는 것이다. 앞서 인용한 신형철의 말을 다시 인용하면, "근대 문학이 종언을 고한 것이 아니라 우리가 근대 문학의 '전부'라 믿었던 어떤 '부분'이 괴사"한 것이라고 파악하고 여전히 살아남아 있는 유기체의 부분을 적극적으로 구해내는 전략이 요구된다. 그 전략이 성공적일 수 있다면 여전히 "그곳에 치명적인 진실", 즉 우리의 표현으로 바꾸자면 '진정한' 진실이 있을 것이니, 그 "기형을 대면하고 돌파하는 일은 윤리적"(p. 18)일 수밖에 없다. 그리고 그러한 '진정한' 진실의 미학적·윤리적 정당성이 확보되기 위해 대상화되는 것이 바로 서정시이다.

2000년대 시 비평에서 서정시가 차지하던 각별한 위치는 그런 의미에서 상당히 중요하다. 주지하듯 한국의 서정시에 대해서는 그간 많은 논란이 있었다. 아니, 그것은 논란이라기보다 일종의 일방적인 비판에 가까웠는데, 2000년대 시의 미학적 윤리성이 좀더

---

7) 이에 대한 문제의식을 소설 분석에 적용된 사례로는 권희철의 「진정성 이후의 비평을 위한 여섯 개의 노트」(『자음과모음』 2010년 여름호)를 참조할 수 있다.

강조되는 방향이, 그간 오랫동안 한국시에서 영광을 누려왔던 서정의 위의(威儀)와의 대결 구도 속에서 발견된다는 것은 쉽게 확인될 수 있는 사실이다. 특히 이러한 일련의 비평들은 그간 현대시의 이론적 전제로 인식되었던 '서정성' 자체에 대한 자기의식적인 회의를 감행함으로써 서정을 중심으로 한 기왕의 시학적 문제틀에 혁명적 변화를 일으킨다. 이 과정에서 '서정'의 핵심 원리로 '자아의 동일성'이 지목되면서 서정시가 보유하고 있던 윤리적/미학적 가치가 다시 비평의 법정에 서게 된다. 결국 서정은 전통적인 시학의 문법으로 귀속되면서 시에 대한 새로운 버전의 형이상학이 요청되기에 이른 것이다. 서정시가 자연스럽게 '자아' '동일성' '자연' '권위' '재현' 그리고 '상징'의 미학을 담당하게 된다면, 2000년대 시는 '주체' '비동일성' '인공' '탈권위' '비재현' 그리고 '실재'라는 미학적 지평을 확보하게 된다.[8] 동일성의 철학을 내면화한 권위주의적 서정시와 그러한 권위로부터 끊임없이 탈피하는 2000년대 시의 대결 구도에서 과연 어떤 대상에 시대적 진정성이 내재되어 있을 것인지 짐작하는 것은 어렵지 않다.

미래파 담론이 2000년대 시학의 새로운 차원을 개진한 것은 분명하며, 그것이 향후 한국 시학의 갱신을 위해 중요한 매개적 역할을 담당할 것이라는 점도 부인하기 어렵다. 다만 환원주의와 본질

8) 이에 대한 대표적인 글로는 김수이, 「자연의 매트릭스에 갇힌 서정시—최근 시에 나타난 '자연'의 문제점」, 『서정은 진화한다』, 창비, 2006; 이장욱, 「꽃들은 세상을 버리고—풍자가 아니라 자살이다」, 『나의 우울한 모던 보이』, 창비, 2005; 신형철, 「문제는 서정이 아니다」, 『몰락의 에티카』, 문학동네, 2008; 이광호, 「익명적 사랑, 비인칭의 복화술—젊은 시인들과 '파괴'의 시학」, 『익명의 사랑』, 문학과지성사, 2009.

주의에 대항한다고 여겨지는 2000년대 시들의 전위성이 본질주의적 대타항으로서의 서정과의 차이와 구별 속에서 그 정당성을 확보하게 되는 현상은 아이러니하다. 양자 사이의 차이를 강조하는 전략 속에서 서정시는 부정적인 방식으로 우상화하는 데 비평이 기여하는 상황을 어떻게 평가해야 할까. 당대의 시를 겸허하게 인정해야 한다는 선의가 이상하게도 자아의 부정, 동일성에 대한 부정, 현실과 재현에 대한 부정이라는 유사한 네거티브적 논리들로 수렴되고, 최종적으로 그것이 비평 담론의 진정성을 승인하는 도구적 논리로 환원되는 현상은 단순히 우연이 아니다. '서정'이 논의의 대상이 아니라 논의를 구축하기 위한 선험적 전제로 설정되었기 때문이다.

이 과정에서 서정시에 대한 탈역사화가 진행되는 것은 필연적이다. 실제로 비평은 그간 서정시에 대한 이론적 논의를 적극적으로 거듭해왔으나, 한국의 언어 문화적 환경 속에서 그것이 어떻게 역사적으로 형성되었는지를 규명하는 고고학적 작업에는 상대적으로 무관심하다. 물론 한국의 현대시가 자연에 귀의하는 편안한 미학을 고수해왔다는 것은 타당한 결론처럼 보일 수 있다. 그러나, 이러한 경험적 판단이 정당화되기 위해서는 그것이 서정의 장르적 본질인지, 아니면 한국적 상황에서 형성된 특수한 관념인지, 만약 그렇다면 그와 같은 내재적 진화가 발생하게 된 사회·문화·역사적 조건이 무엇인지를 고찰하는 고고학적/계보학적 작업이 수반되어야 한다.[9]

9) 이를테면 우리는 '서정'이 일종의 채택된 번역어라는 사정, 그리고 그것이 역사적으

그럼에도 불구하고 2000년대 비평은 번역어로서의 '서정', 한국적 역사 문화로서의 '서정'의 메커니즘을 밝히는 고고학적 작업 대신 너무도 쉽게 현재를 긍정하고자 하는 길을 택했던 것처럼 보인다. 그 과정에서 미래파 담론이 대타적인 부정형으로 설정한 것이 1990년대 신서정이라는 다분히 특수한 역사적 현상임에도, 어느 순간 그것이 서정시 일반의 본질적인 존재태를 대리 표상하고 있다는 듯한 착시 현상이 발생하기 시작했다.[10] 나아가서는 이러한 긍정이 2000년대 이전, 더 정확히 말하면 1990년대 신서정 속에서의 이질적인 다양한 경향, 더 나아가서는 1990년대 이전의 전위적인 시들의 미학적 특이성과 현재의 미적 자질에 대한 계보학적 비교를 상대적으로 등한시한 것도 그 징후가 아닌지 되물어볼 필요가 있다.[11]

로 만들어진 개념이라는 사실을 종종 간과한다. 서정시는 소략하게 감정의 토로나 감정의 자연화를 미학적 기율로 삼는 전통적인 시들로 축소되어 이해되어도 좋을까. '서정'이라는 것에 대한 탐구가 결락된 상태에서 제기되는 대립은, 전위적인 시를 옹호하기 위해 '서정시=낡은 시'라는 허약한 등식을 일종의 이론적 스파링 파트너로 동원하는 일과 다르지 않으며, 이러한 편의적 분류는 소위 전통과 실험, 과거와 현대, 언어의 사회성과 예술성, 내용과 형식 가운데 한 측면만을 강조하는 문학사적 구분법과 동궤에 놓여 있는 것은 아닐까.

10) 이와 관련해서는 박상수의 중요하고도 강력한 문제제기가 있었다. 특히 서정적 자아와 대별되는 것으로 읽히는 2000년대 시적 주체 담론들이 과연 비평의 말처럼 일반적인 서정성의 원리와 동떨어졌는가에 대한 정치한 비판을 던진 바 있다. 「2000년대 한국 시에 나타난 환상의 의미와 전망」과 「무한(無限)의 주인」(『귀족예절론』, 문예중앙, 2012)을 참조할 수 있다.

11) 미래파 담론의 폭발적인 발흥 이후, 자연스럽게 시 비평이 그 후속 세대에 대한 재빠른 명명으로 옮겨 간 상황은 징후적이다. 시 비평은 미래파 담론이 산출해낸 많은 시학적 의제에 대한 생산적 토론보다는 포스트—미래파 등의 다분히 저널리즘적이고 소비적인 세대론적 호명에 몰두했던 것은 아닐까. 그럼에도 이러한 흐름은 빠르게 사라졌는데, 아무래도 그것이 미래파 담론이 야기한 이론적 피로감과 더불

이것은 실재에의 열정을 작동시키는 것, 종언의 종언을 선포하는 힘이 역사의 소멸에 대한 (무)의식적 망각과 느슨하게나마 관련이 있다는 비판적 가설로도 이어질 수 있다. 이러한 양태의 탈역사화가 실제로 진행되었다면, 비로소 우리는 역사철학적 목적론에 기반을 둔 종언론으로부터 시 비평이 상대적으로 자유로울 수 있었던 결정적인 이유를 가설처럼 추가해볼 수 있을 것이다. 2000년대 시 비평은 소설 비평과 달리 외부 현실이 아닌, 철저히 1990년대 이후의 문학사적 상황에 초점을 맞추면서, 2000년대 시의 기원을 1990년대 신서정과의 대별이라는 협의적인 차원에서 찾고, 그에 대한 부정적 운동성을 일종의 시대적인 당위의 미학적 표식으로 삼았다. 때문에 미래파 담론은 가라타니의 결정론에 대항하여 새로운 미래 지평을 창출하고자 하는 적극적 응전의 역할을 수행했으나, 공교롭게도 이때의 운동성은 형식적으로 보았을 때, 내용은 다르나 운동의 형태는 동일한, 일종의 전도된 방식의 목적론일 가능성을 내포하게 된다. 다만 차이가 있다면 어떤 유토피아적 공간에 대한 시간적 표상을 지양하고, 순간순간의 시적 새로움에 대한 비평적 강조를 통해 구체적인 전망이 삭제된 목적론, 그래서 더욱 목적론처럼 보이지 않는 목적론을 은밀히 불러온다는 것이다. 그렇다면 미래파 담론의 신념이 지탱될 수 있었던 토대는 이처럼 특정될 수 없는 미래를 선취하는 자들의 진정성으로 보증되는 일종의 순환론이다. 표면적으로 종언의 종언을 선언하는 듯 보이지

어, 더 중요하게는 그와 같은 차이화의 전략 자체의 차이화가 필요했기 때문인지도 모른다.

만, 그것은 실상 종언을 끊임없이 미래라는 지평으로 연기하면서 종언을 불가능하게 만드는 논리에 가깝다. 가라타니 테제에서 연원했던 종말론적 종언론이 역사 현실의 끝을 일종의 거부할 수 없는 형이상학적 종착지로 만드는 원근법에 의존했다면, 미래파 담론은 서정시와 서정시 아닌 것(2000년대 미래파 시)의 차이를 절대적인 형이상학적 기원으로 고착화하면서 마침내 '미래'의 지평과 새로움을 동일시하는 일종의 속도전에 자신을 의탁하기에 이르렀다. '서정'의 역사적 기원이 그 속도전에 의해 빠르게 망각의 지평으로 넘어가는 것은 불가피한 일이었다.

4. 장치로서의 내면

어쩌면 우리에게 요구되는 것은 가라타니의 종언론을 극복하기 위한 역담론으로서의 새로운 시학이나, 미래에 도래할 새로운 작품을 열렬하게 열망하는 태도가 아닐지도 모른다. 사실 미래에 대한 기투를 어떤 행위의 토대로 삼는 것은, 비평이 10년 가까이 시달렸던 묵시론적 종말론의 전도된 형태일 수 있다. 미래파 담론은 최초의 생산적인 의도와 달리, 우리 시대의 문학을 재빠르게 긍정하려는 선의 때문에 이러한 목적론적 방향으로 자기도 모르게 견인되었던 것이다.

이러한 문제는 한동안 벌어졌던 시-정치 논쟁과 관련하여 시사하는 바가 적지 않다. 시-정치 논쟁은 때로 2000년대 전위적인 시의 정당성을 옹호하는 것과 같은 맥락에서 활용되기도 했는데, 그 과정에서 많은 시가 미학적이고 정치적인 시들이 도래할 미래의 지평으로 끊임없이 유보되는 양상이 펼쳐지기도 했다. 그러나 그러한 관점은 코제브적 논리를 전도된 형태로 답습하는 것처럼 보인다. "미학적이면서도 동시에(정치학적이면서도 동시에 혹은 끝내) 정치적일 수 있어야 한다는 것이고 2000년대 시의 어떤 진화를 요청한 것이다. 진화? 미학적인 것을 포기하지 않으면서 정치적인 것을 얻을 수 있다면 진화가 아니고 무엇이겠는가."[12] 물론 우리는 위와 같은 전망에 내포된 선의를 왜곡할 필요는 없다. 신형철의 발언은 2000년대의 시가 미학과 정치학을 모두 만족시키기를 바라는 열망의 표현에 가깝다. 그럼에도 그가 선택한 '진화'라는 단어는 여전히 의미심장하다. 이때 '진화'라는 단어가 본래적인 의미를 넘어, 다분히 선형적 역사관을 반영하고 있음은 두말할 나위가 없다. 여기에 가라타니의 종언론을 돌파하기 위한 또 다른 형태의 선형적 목적론의 잔영이 스며들어 있다고 느끼는 것은 과도한 염려일까.

어쩌면 문제의 핵심은 역사철학적 목적론의 논리 구조 그 자체였는지도 모른다. 종언을 선포하는 입장에서나, 종언의 종언을 서둘러 확인하려는 입장에서나 그것들은 모두 끝내 애도 불가능한 대상들을 섣불리 애도의 장으로 안치하려 했던 일련의 시도를 답습한다. 같은 맥락으로 황종연은 가라타니의 테제를 비판적으로 점검하는 글에서 이러한 일련의 종언론에 논리적인 오류가 있는 것이 아니라고 전제하면서도, 더욱 큰 문제로 종언론을 "야

12) 신형철, 「가능한 불가능」, 『창작과비평』 2010년 봄호, pp. 374~75.

기한 근본 원인으로 보이는, 역사와 문학에 대한 그(가라타니 고진—인용자)의 목적론적 사고방식"[13]을 제기한 바 있다. 이러한 비판적 문제 제기는 마침내 그로 하여금 바타유의 쓸모없는 부정성 négativité sans emploi에 주목하도록 만들었는데, 이것은 종언론이 산출한 다양한 목적론적 사고와 결별할 수 있는 가능성을 제공해준다는 점에서 특별히 강조할 필요가 있다. "인간의 동물화가 대세라고 해도 주어진 자연과 문화를 부정하려는, 그것들에 의해 규정된 자신을 부정하려는 충동은 인간에게 남아 있다. 그 남아도는 부정성이 그 자체로 '역사적 행위'를 산출하지 못한다고 할지라도 그 부정성의 활동은, 인간적 존엄성이라는 관념을 포기하지 않는다면, 발견되고 촉진되어야 한다."[14]

이렇듯 역사의 종언에도 불구하고 잔여적으로 남은 한 줌의 부정성, 여기에 여전히 문학의 어떤 진정한 가능성의 흔적이 남아 있다고 말하는 것은 가능한가. 만약 그것이 여전히 시대적 의의를 지니고 있다면 2000년대 말에 이르러 갑자기 회귀했던 문학과 정치, 시와 정치 논쟁을 그러한 남아도는 부정성의 부활이라는 맥락에서

---

13) 황종연, 「문학의 묵시론 이후」, 『탕아를 위한 비평』, 문학동네, 2012, p. 22
14) 같은 책, p. 31. 흥미롭게도 김홍중은 황종연과 정확히 동일한 대목, 즉 바타유가 말한 부정성에 주목하지만 전혀 다른 결론에 도달한다. "이들에게 부정성이 왜 존재하지 않겠는가? 그들도 부정성의 최종 형식인 죽음을 기다리고 있는 존재인 한에서. 그러나 그 부정성은, 코제브의 나이 많은 제자였던 바타유가 1937년에 그에게 보낸 한 편지에서 적고 있듯이 '용도가 파기된 부정성'이다. 부정성은 변증법의 잉여공간에 잔재로 유폐되어 더 이상 역사에 복무하지 못한다. 그것은 이제 오직 섹스, 웃음, 스포츠, 게임, 오락, 범죄라는 비역사적 행동들에 봉사할 뿐이다. 부정성의 활동인 문학과 예술은 바로 이와 동일한 맥락에서 용도 파기된 부정성의 활동인 '엔터테인먼트'에 자리를 내어준다"(김홍중, 같은 책, pp. 68~69).

다시 생산적으로 사유해보는 것도 가능할 것이다. 이 논쟁에 대해서는 이미 많은 시인과 비평가가 동참했고, 또 일련의 과정들에 대한 정리와 요약도 적지 않았으니 그에 대한 추가적인 분석은 불필요할 것이다. 오히려 중요한 것은 이 과정에서 약속이라도 했듯이 논쟁의 참여자들이 다시 익숙한 물음, 즉 "문학이란 무엇인가?"라는 자기 성찰적 질문에 당면해야 했다는 사실이다. 논쟁이 지지부진한 소강상태에 접어든 시점에서 되돌아보면, 미학적인 시가 정치적으로도 올바르다는 사실이 이론적으로/경험적으로 증명되면 한국 문학이 당면하고 있는 역사철학적 난국이 해결될 수 있을 것이라는 환상이 비평가들을 견인했던 것은 아닌가 하는 아쉬움이 들기도 한다. 그럼에도 그것이 전적으로 소모적이었다고 말할 수 없는 이유는, 문학에 대한 본질적 물음의 지난한 반복이 불가피한 현상임을 다시 한번 깨닫게 만들었기 때문이다.[15] 즉, 문학에 대한 규정과 탐구가 쓸모없다는 사실보다 더 중요한 것은, 쓸모없는 것을 자꾸 반복하는 과정을 통해 비평이 그간 억압되어 있던 자신의 무의식을 지속적으로 대면하게 되는 수행적 효과에 주목하는 일이다. 비평의 반복적 물음을 통해 우리는 아주 단순한 사실, 즉 문학이라는 것이 더 나은 삶을 바라는 인간적인 소망의 오래된 원천과 분리될 수 없으며, 그 어떤 시대에도 그 꿈의 진정성이 (설사 그것이 문학이라는 형식을 통해 표출되는 것이 아니더라도) 끝내 포기될 수 없다는 것을 확인할 수 있다.

15) 이러한 반복에 대해서는 이수형, 「근대 문학의 기획」, 『문학, 잉여의 몫』, 문학과지성사, 2012 참조.

이러한 생각에 맞닿아 있는 글 중 하나가 바로 시인이자 비평가인 정한아의 「운동의 윤리와 캠페인의 모럴——'시와 정치' 논쟁에 대한 프래그머틱한 부기」이다.[16] 이 글은 시-정치 논쟁과 관련하여 향후 비평 담론이 나아가야 할 방향성을 환기한다는 점에서 매우 중요한 글이라고 할 수 있을 것이다. 해당 글에서 정한아는 2000년대 시-정치 논쟁 과정을 차분히 요약하고, 리처드 로티의 프래그머티즘에 근간하여 해당 논쟁이 비평장에 남긴 메시지가 무엇인지를 생산적으로 독해한다. 그에 따르면 시-정치 논쟁은 "리얼리즘과 모더니즘을 운동으로 생각해온 시간"(p. 196)이 일종의 잔영처럼 우리의 죄책감을 구성하고 있다는 사실과 더불어, 시단이 겪었던 긴 우회가 그 죄책감에서 벗어나는 어떤 근본적인 체질 변형과정임을 암시하고 있다. 여기서 결정적인 대목은 그가 시민으로서 우리가 사회적 삶에 기여할 수 있는 두 가지 방법을 로티의 맥락에 따라 '운동'과 '캠페인'으로 구분하고, 소위 우리 시대의 '진정성'이라는 것이 꼭 특정한 삶의 방식에만 깃든 것이 아니라고 주장하는 부분이다.

상황은 그대로다. 낡은 어휘들과 함께 혼란스럽게 진행된 '시와 정치' 논쟁에 정말로 새로운 것이 있었다면, [……] 그럼에도 불구하고 우리는 이미 다른 캠페인을 벌이기 시작하고 있음을 목도한다는 사실이었다. 시가 정말로 '온몸'으로 수행된다면, 그 몸의 변화는

---

16) 정한아, 「운동의 윤리와 캠페인의 모럴—'시와 정치' 논쟁에 대한 프래그머틱한 부기」, 『상허학보』 35권, 2012. 이하 쪽수만 표기.

사상과 체질의 총체적인 이행을 의미한다. 다른 종류의 윤리가 숭엄의 그늘을 드리우는 것에 대한 반발은 이미 현실화되고 있었다. 정치가 퇴행했을 때 시는 이미 버린 몸을 다른 방식으로 입거나 입지 않을 수 있다. 다만, 누군가 그것을 치욕으로 생각한다면, 그는 캠페인을 운동으로 혼동하고 있는 것이다. (pp. 196~97)

'캠페인'에 대한 상대적인 강조가 '운동'에 대비하여 캠페인의 우월함을 가리키는 것이 아니며, 그것이 우리가 앞으로 추구해야 할 유일한 방향성이라고 주장하는 것도 아니다. 중요한 것은 그것이 우리가 택할 수 있는 가능한 대답 중 하나라는 사실, 그리고 그 과정에서 발산되는 여러 형태의 예기치 못했던 투쟁의 방법이라는 사실을 환기하고 있다는 점이다. '운동'과 '캠페인'이라는 구분에서 후자가 2000년대의 시인들이 보여주었던, 과거와는 차별화된 형태의 시적 실천을 가리킬 뿐만 아니라 더 나아가서는 이러한 일군의 시인과 작가들이 최근 표출하였던 실천적인 행동에까지도 확장될 수 있다는 것을 짐작하는 일은 그리 어렵지 않다. 그러한 구분하에서 그 어느 것 하나에만 정당성을 부여할 것이 아니라, 각자의 존재 방식에 대한 정당화를 모색할 필요가 있다는 것이 위 주장의 핵심이라고 할 수 있다. 정한아의 주장은 '진정성' 테제가 불러온 어떤 난감한 결론과 결별할 수 있는 가능성을 제공한다.

유한성을 포용한 인간의 관대함이 가벼움과 혼동된다고 해서 캠페인적 삶을 스노비즘의 동물적 쾌락이나, 텅 빈 내면을 온갖 허영으로 치장하는 속물에 비유하는 것은 부당한 일이 될 것이다. 지성

사적인 맥락에서 보자면 그것은 오히려 유한성의 자각이라는 측면
에서 니체 이후 실존철학과 친연성을 가질 테지만, 이런 계보를 그
림으로써 결과적으로 플라톤 대(對) 니체의 대결 구도라는 낡은 용
어로 이 국면을 '잘' 설명할 수 있을 것이라 기대하지 않으며, 설령
설명할 수 있다 하더라도 우리가 플라톤과 니체 중 하나를 실제로
'선택'할 수 있을 것이라 생각하지도 않는다. 용어상 '운동'이 '진정
성'을 연상시킬 수는 있지만, 앞서 언급했듯, '운동'과 '캠페인'은 가
치의 우열을 부과하는 계사로 사용하기 위한 것이 아니라 역사적으
로 반복되어온 것처럼 보이는 두 경향의 차이를 보여주기 위한 메타
포이므로, '운동-진정성', '캠페인-스노비즘' 식으로 기계적으로 연
결할 필연성은 어디에도 없다. (pp. 199~200)

여기서 더욱 결정적인 물음은 '운동/캠페인-진정성/스노비즘'이
라는 방식으로 구획되는 이항 대립적인 관계가 어떤 착시 현상의
소산일 수도 있다는 것이다. 이때 이항 대립이 문제적이라는 지적
은 비교적 단순하고 소박해 보이지만, 우리의 논의가 처해 있는 난
제를 해결하는 데 매우 결정적인 단서를 제공한다. 예컨대, 우리는
위 문제의식을 바탕으로 미래파의 출현을 진정성이 종식되었다는
표식으로 간주하지 않고, 진정성과 내면이 개념적으로 강하게 결
합되어 있던 시기 자체를 역사적 산물로 이해할 수 있다. 마찬가지
맥락에서 이러한 통찰을 지금까지 우리가 살펴본 논의에 적용해보
면, '내면(서정적 자아)/탈내면(주체)-진정성/스놉·동물'이라는
형태의 이분법이 무엇인가를 의도적으로 간과하고 있다고 주장하
는 것 역시 가능해진다.

물론 김홍중이 '진정성' 자체를 더 이상 우리 시대 미학에서의 유의미한 존재론적 형식, 푸코적인 용어로는 '장치dispositif'로 보지 않는 이유가 짐작되지 않는 바는 아니다.[17] 푸코의 '장치'는 기본적으로 몰가치적인 개념이지만, 일반적으로 그것이 실정화되어버린 것을 가리킨다는 점에서 인간의 삶을 규약하고 제약하는 관습의 의미가 다분히 함의되어 있다.[18] 이를테면 1990년대적인 '내면'은 거대 서사가 역사와 진보라는 이름으로 누락시킨 삶의 한 형태를 되살리기 위한 작가들의 예민한 노력에 의해 수립된 테크놀로지에 다름 아니었고, 이 노력이 분명 한때의 미학적/역사적 정당성을 충분히 확보했던 것도 사실이지만, 이제는 그것이 관습화됨으로써 더 이상 우리 삶에 대한 비판적 성찰의 기술로 유의미하게 작동하지 않는다는 인식이 깔려 있는 셈이다.

그러나 한 가지 유념해야 할 것은 선험적 역사성을 강조한 푸코의 구조주의적 독해 안에도 여전히 변화의 가능성이 내재되어 있다는 사실이다. 이 점에 있어서는 푸코의 장치라는 개념도 크게 다

---

17) 장치에 대한 어원학적 계보학은 아감벤의 논의를 참조할 수 있다. 조르조 아감벤·양창렬, 『장치란 무엇인가? 정치학을 위한 서론』, 난장, 2010.

18) 헤겔에서 유래한 실정성positivity 개념은 그의 역사철학과 더불어 푸코의 장치 개념을 이해하는 데 핵심적인 부분이다. 이폴리트의 헤겔 독해에 따르면, 헤겔이 칸트와 달리 실정성에 주목한 이유는 순수 이성(이론적이면서 실천적인)과 실정성(역사적 요소)을 변증법적으로 화해시키려는 의도를 지니고 있었기 때문이었다. 이폴리트에 따르면 헤겔은 실정성을 인간의 자유와 반하는 것으로 간주하고, 그것의 폐기를 분명하게 주장했다. 헤겔적인 의미에서의 진정한 역사적 인간은 의미를 상실한 죽은 요소로서의 실정성을 제거함으로써, 역사와의 화해를 도모할 수 있기 때문이다. 이에 대해서는 Jean Hyppolite, "Introduction to Hegel", *Philosophy of History*, University Press of Florida, 1996 참조.

르지 않은데, 장치는 역사적으로 고정불변한 폐쇄적 구조를 만드는 데에만 일조하는 것이 아니라 그 장치 자체를 내부적으로 파열하는 새로운 주체화에도 기여할 수 있다는 것을 기억할 필요가 있다. 이를테면, 들뢰즈는 「장치란 무엇인가?」라는 글에서 이 점을 분명히 강조한다.[19] 그의 글은 모든 충실한 푸코주의자들이 결과적으로 목도할 수밖에 없는 어떤 역사철학적 장벽, 즉 장치라는 그 물망에 의해 배치(포섭/배제)될 수밖에 없는 현실적 시공간의 변화 불가능성을 타개하기 위한 고민의 산물이다. 그러한 문제의식에서 들뢰즈는 '주체화의 선'이라고 자신이 명명한 지대(혹은 위상학적 구조)가 푸코의 장치에 있지만, 거기에는 또 다른 변화의 가능성, 즉 "장치를 따라서 변화가 가능한 창조성"이 있다고 주장한다. 그러한 창조성으로 인해 장치는 항상 다른 장치가 될 가능성 위에 있다. 들뢰즈는 그 가능성을 "장치의 현실성actualité"이라고 지칭하는데, 이때 현실적인 것이란 역사의 힘에 의해 구성된 실정성이 아니라 우리가 경험적으로 분명하게 감지할 수 있는 현실적 변화의 역량을 가리킨다.

들뢰즈의 이러한 분석은 진정성의 종언이라는 테제를 다시 사유하는 데 상당히 중요한 실마리를 제공한다. 무엇보다 장치의 능동적 가능태를 살피는 것은, 인간의 삶이 장치들에 역사적으로 포섭되어 있다는 것을 나타내지만, 선험적 역사성 내에도 어떤 공백이 내재되어 있다는 것을 가시화하기 때문이다. 들뢰즈가 다음과 같

---

19) 질 들뢰즈, 「장치란 무엇인가?」, 『들뢰즈가 만든 철학사』, 박정태 옮김, 이학사, 2007.

이 강조한 이유도 거기에 있을 것이다. "모든 장치 속에서 우리가 지금 무엇이라고 할 때의 그 무엇과 우리가 무엇이 되고 있는 중이라고 할 때의 그 무엇을 구분해야만 한다. 즉 역사의 부분과 현실적인 것의 부분을 구분해야 한다." 아마도 우리가 역사의 법칙 안에서 '새로움'이라는 것을 사유해야 한다면, 이러한 제도와 역사로서의 장치 자체를 변화시킬 수 있는 내재적 가능성을 살펴보는 데에서 시작될 수 있을 것이다.

이것은 문학의 영역에서도 마찬가지이다. 이를테면 진정성이라는 다소 광범위한 존재 형식 안에서도 보다 섬세하게 역사적으로 실정화된 것과 그렇지 않은 것을 구분해내는 일은 가능하다. 그렇다면 문학을 제도와 테크놀로지의 산물로 파악한 푸코의 유물론적 해석을 받아들이면서도 거기에 종속되지 않을 가능성 또한 확보할 수 있다. 이를테면 우리는 '진정성' 그 자체를 쪼갤 수 없는 실체화된 '장치'로 간주하는 대신, 1990년대적인 '내면'을 진정성을 표현하는 한 시대의 주류적 장치들 가운데 하나로 역사화하는 것도 가능할 것이다. 아감벤의 지적처럼 장치가 어떤 특정한 실체를 가리키는 것이 아니라, 주체화의 효과를 가능케 하는 유물론적인 짜임과 배치를 말하는 것이라면, 우리가 구태여 '진정성' 그 자체가 실정화된 장치이자 테크놀로지라고 고집할 필요는 없다. 왜냐하면 무엇이 어떤 형태의 장치로서 작동하는지의 문제 역시 역사라는 맥락에 속해 있는 것이기 때문이다.

그러므로 진정성에 관해 사유할 때, 그것의 역사성과 현실성을 구분하는 것은 여전히 중요하다. 만약 그것이 가능하다면 우리는 여기서 장치로서의 내면/서정적 자아(역사성)와 진정성(현실성)의 분리를 도모해볼 수 있을 것이다. 그렇다면 중요한 것은 기존과는 다른 방식(캠페인적)으로 작동하는 진정성이지, 진정성 자체는 아니다. 우리는 미학적 가능성을 소실한 1990년대적인 문학의 특성으로서의 고백적/독백적 내면을 과감히 내어줄 수는 있을지도 모르겠으나, 그 과정에서 '진정성'이라는 가치까지 완전히 폐기할 필요는 없다.

무엇보다도 이것이 2000년대 시를 읽었을 때의 우리의 실감과 더 잘 들어맞지 않겠는가. 그러한 맥락에서 2000년대의 전위적인 시는 나름대로 역사와 현실이 침전된, 예전과는 조금은 다른 형태의 시적 반응으로서의 진정성의 표현일 수 있다. 이들에게 진정한 무언가가 없지 않다는 입장을 놓지 않는 비평가들의 태도가 김홍중의 분석처럼 시대착오적이거나 속물주의에 불과하다고 할 수 없는 이유는 그 때문이다.

최근 몇 년간 한국 사회가 감내했던 사회적, 정치적 변화에 대해 작가들이 이전과는 달리 적극적인 목소리를 내는 방법들을 고민하기 시작했다는 것은 그러한 징후이다. 용산 참사, 두리반, 4대강, 한진중공업 사태 등에 대한 작가들의 적극적인 목소리에 이르기까지, 이러한 급작스러운 목소리를 추동했던 주체들의 상당수가 그간 탈내면, 탈현실, 탈서정 등으로 지칭되었던 일군의 시인, 작가들이었다는 사실은 특별히 우리를 놀라게 할 만한 사건이었다. 이 놀라움은 우리가 은연중에 내면화하고 있던 편견, 즉 오늘날의 한국 문학이 현실과는 온전히 동떨어진 지평에서 자기 폐쇄적 유희에 골몰하고 있다는 생각을 다시 점검하게 만들기에 충분하지 않았을까. 물론, 이러한 일련의 정치적인 행보들로 인해 문학의 정치성이 선명하게 나타난다거나, 거기에 참가한 모든 작가들이 그러한 대의를 서로 진실되게 공유하고 있다는 뜻은 아니다. 그 사회적 반향이 생각보다 크지 않았던 것처럼, 작가들의 직접적인 참여가 세계를 바꿀 수 있다는 의미도 아니고, 이러한 현실 참여 현상을 그들의 텍스트를 정치적으로 해석할 수 있게 보증하는 사후적 잣대로 적용하는 것도 단순한 관점일 것이다. 그럼에도 그것은 우리의 실정화된 의식 자체를 충격하는 것으로서는 충분한 효과를 발휘한다. 그 실정화된 의식은 아무래도 비평의 것이기 쉬운데, 이쯤에서 우리는 2000년대 문학 비평이 그 기초를 제공했으며, 결과적으로는 근대 문학의 종언이라는 형태로 종합되어 선포된 일련의 묵시론적 테제들이 실은 소진될 수 없는 인간의 이념을 종언이라는 형태로 서둘러 억압하려 했던 패배주의의 산물이 아닌지, 한마디로 과잉 진술이 아니었는지 되물어보아야 할 시점에 이르렀는지도 모르겠다.

그렇다면 시에서의 '정치'라는 문제를 어떤 특별한 이론적, 실천적 맥락의 본질주의에 연계시키지 않고 오히려 다양한 실천의 계기를 열어주는 어떤 비어 있는 기표로 생각하는 것이 더욱 실용적일 수 있을 것이다. 그렇게 된다면 문학과 연계된 '정치'라는 개념은 더 나은 삶을 바라는 인간의 소망이 투사되는 '기표'면서, 어떤 이념과 희망이 재충전되는 심연이 될 것이다. 이러한 진정성이야말로 우리 삶이 진정성이 완전히 사라졌다는 사실을 바탕으로 도달한 결론에 저항하는 형식, 즉 희망이라는 이름의 형식이다.

5. 절망의 불가능성 : 비평은 무엇을 할 수 있는가

제가 있을 장소가 지옥이라 하더라도, 천국이 있게 하옵소서.
———보르헤스

희망이 없으면 선도 없다.
———아도르노

세계 변화의 가능성이 좀처럼 보이지 않는 오늘과 같은 절망의 시대에도 여전히 희망을 말하는 것은 가능한가? 섣불리 이 물음에 대해 긍정적으로 답할 수 있는 사람은 많지 않을 것이다. 그럼에도 우리는 그럴 수 없다고 단언할 수는 없는데, 허무주의자를 가장한 냉소주의처럼 우리가 진정으로 절망을 하는 것 자체도 도무지 쉽지 않기 때문인지도 모른다.

다소 뜬금없는 생각처럼 들리겠지만, 이러한 근본적인 절망과 관련된 물음 앞에서 나는 종종 칸트가 겪었을 어떤 근본적 회의를 떠올리곤 한다. 잘 알려져 있다시피 세 개의 비판서로 대변되는 칸트의 비판적 기획은 인간이 최소한 무엇을 확실히 인식할 수 있고, 원할 수 있으며, 또 해야 하는가에 대한 물음들을 아주 정교하고도 예리하게 탐문하면서 우리로 하여금 '독단의 잠'에서 깨어나게 하는 것이었다. 그 점에서 칸트는 준엄하고도 엄격하게 정언명령을 받아들여야 한다고 주장하는 완고한 이성의 법관이지만, 그의 어떤 글을 읽다 보면 그가 근본적인 아포리아 앞에서 흔들렸던 실존적, 이론적 흔적을 발견하기도 한다. 예컨대 『실천이성비판』에서 도덕과 행복의 문제를 논할 때의 칸트는 이성의 기초를 점검하면서 우리의 인식 능력에 제한을 두었던 그 엄밀한 칸트하고는 다소 달라 보이기도 한다. 칸트를 난감하게 만들었던 문제는 쉽게 말해, 현실의 땅에서는 왜 선한 사람이 오히려 더 불행할까라는 물음이 었다. 인간이 당위적으로 선을 추구해야 하는 데 그치는 것이 아니라, 이러한 선함 가운데 행복해야 하지 않는가라는 물음 앞에서 칸트는 냉정한 철학자라기보다는 더 나은 삶을 소망하는 평범한 인간처럼 보인다. 물론 그렇다고 해서 그가 윤리적인 삶이 행복을 보증할 수 있다는 믿음으로 순진하게 달아났던 것은 아니다. 대신 윤리의 문제와 행복이라는 두 화해할 수 없는 영역(경험과 당위)의 아포리아를 해결하지 못했던 칸트는 한동안 절망과 믿음 사이의 심연에서 계속 서성거렸는데, 그럼에도 불구하고 끝내 절망과 회의의 끝에만 머무르기보다는 기꺼이 논증 불가능한 신성을 넘보기를 택한다. 가치와 사실 사이에서 배회하던 철학자는 이 난제를 해결하기 위한 방안으로 '변증론'의 이율배반을 논박하며 물자체의 영역으로 돌려보냈던 초월적 신의 존재를 다시 요청했던 것이다. 윤리적인 행위와 결과로서의 행복이 일치하기 위해서는 내세라는 어떤 불가지한 초월적 지평에서나마 신이 그 결핍을 메워줘야 한다는 결론에 도달한 셈이다.

회의주의의 끝에서 마침내 신을 요청했던 칸트의 태도는, 그 철학적 결론의 당위성과 무관하게 깊은 감동을 준다. 그의 요청이 끝내 인간이 구가하고자 소망하는 삶의 행복이 윤리와 무관하다는 어떤 절망적이고도 회의적인 세계 인식에서 벗어나기 위한 노력이었음을 충분히 느낄 수 있기 때문이다. 이것은 실상 실존적 내기가 벌이는 초월에 가깝다. 행복의 불가피성이라는 문제는 결국 그로 하여금 절망의 진정한 끝까지 도달하는 것이 도대체 가능하지 않다는 깨달음에 직면하게 했을 것이다. 손쉬운 화해를 혐오해마지않았던 아도르노가 칸트의 이러한 요청론을 두고 "칸트 철학의 비밀은 절망에 대한 사유의 불가능성die Unausdenkbarkeit der Verzweiflung"[20]에 있다고 호의를 표한 이유도 거기서 멀지 않을 것이다.

역사적 대의와 미래에 대한 전망을 상실한 채 종말론적 세계관에 침윤된 오늘의 현실을 염두에 두고 '문학의 종언'이라는 문제를 생각해보면 어떨까. 비록 상황은 다르지만, 우리 역시 역사의 종언이라고 불리는 암담한 시대의 무기력 속에 있다는 것을 현실적으로 그리고 경험적으로 부정할 수 없다. 그러나, 우리는 일부 급진적인 허무주의자처럼 현실을 포기하지는 않는데, 그것은 한편으로 우리가 이 물음에 직면하는 것을 계속해서 연기한다는 말도 되지만, 다른 한편으로는 우리도 의식하지 못했던 어떤 다른 삶, 더 나은 현실에 대한 시의 희망이 우리 자신의 무의식으로 잠재해 있다는 뜻일지도 모른다.

물론 이때의 희망이 순진한 유토피아주의를 의미하는 것은 아니다. 많은 현대 예술에는 인간의 삶이 고통으로 점철되어 있다는 오래된 명제의 반복과, 그럼에도 우리가 마침내 어떤 희망을 탐색하는 일을 멈추는 게 사실 불가능해 보인다는 의식이 동시에 공존하고 있다. 물론 거기에는 분명한 희망의 윤곽이 없을지도 모른다. 그러나 희망이 보이지 않는 것은 예술가들이 완벽하게 절망의 평

20) 아도르노, 『부정변증법』, 홍승용 옮김, 한길사, 1999, p. 495.

지에만 스스로를 밀착시키기 때문이 아니라, 희망의 심연이라는 것이 고통과 절망의 땅에 있다고 믿기 때문일 것이다. 아니, 완전히 믿는다고 할 수 없는데, 아도르노의 말대로 "예술은 행복에 대한 약속"[21]이지만 예술은 그 약속을 믿지는 않음으로써 우리로 하여금 희망의 심연 위에 서게 하는 것이기 때문이다.

그렇다면 이러한 희망의 형식을 보존하기 위해 비평은 무엇을 할 수 있는가. 어쩌면 그것은 비평의 혁신 등에 의해서가 아니라, 오랫동안 비평이라는 이름으로 실천하는 어떤 고전적인 이상과 이념을 다시 되묻는 과정에서 찾을 수 있는지도 모른다. 1990년대 비평의 몰락을 뼈아프게 직면했던 한 비평가의 말을 경청하는 것에서 시작해보자. "우리 시대 비평의 꿈은 이미 더럽혀진 꿈이다. 그러나 그 모든 부끄러움에도 불구하고 '비평의 시대'에 대한 몽상은 여전히 매력적이다. 그것의 실현 불가능성과 그 열정의 무모함에도 불구하고 그 몽상이 없다면, 비평은 삐걱거리는 강단 비평의 교탁으로 돌아가거나 책 광고의 한 귀퉁이에서 명함을 내미는 자신의 초상만을 보게 될 것이다."[22] 1990년대의 막바지에 이르러 당대 문화적 환경 속의 '진정한' 비평의 위치를 성찰적으로 진단한 이 글이 지금의 우리에게도 여전히 낯설지 않게 느껴지는 것은 어쩌면 현시대 한국 비평이 처한 사회 문화적 환경에 큰 변화가 없기 때문일지도 모른다. 아니, 상황의 암담함은 더 심화되었을 수도 있는데, 이러한 교착 상태로부터 벗어나기를 바라는 것은 여전히 비

---

21) 아도르노, 『미학 이론』, 홍승용 옮김, 문학과지성사, 1984, p. 218.
22) 이광호, 「보이지 않는 '비평의 시대': 1990년대 비평의 반성」, 『움직이는 부재』, 문학과지성사, 2001, p. 79.

평만의 몽상에 불과할지 모르겠지만, 그럼에도 불구하고 더 나은 삶에 대한 희망과 꿈이 없는 처지를 우리가 진정으로 상상할 수 없는 것도 부정하지 못한다. 꿈의 상실과 꿈의 실현의 상실을 혼동할 때, 패배주의는 그것을 예언적으로 실현할 동력을 얻을 뿐이다.

그렇다면 다시 묻자. 비평은 무엇을 할 수 있는가? 위의 비평가는 마지막에 이르러 이렇게 덧붙였다. "실현 불가능한 몽상이 '지식인들의 무덤'에서 배회하는 비판적 사유의 이름들을 다시 호명하는 비평의 마지막 전략일 수 없을까?(p. 80). 이 물음에 대해 우리는 여전히 그것만이 가능해 보이는 유일한 전략이라고 대답하지 않을 수 없다. 더럽혀진 비평의 꿈은 어떤 의미에서 '비판의 꿈'을 가리키기도 하다. 비판? 이것은 너무도 진부하고 시대착오적인 실천 방안이 아닌가? 여기서 말하는 비판이 근대적인 주체로서의 비평이 휘둘렀던 법관의 권한과 같지 않아야 한다는 점을 전제할 필요가 있다. 2000년대의 전위적인 시가 깨닫게 해주었던 것처럼, 이제 비평은 어떤 확고한 미학적 기준을 바탕으로 텍스트의 미적 서열을 확정적으로 재단할 수가 없다.

그러므로 비평가는 법관이 아니라 역사가에 가까워야 한다. 왜 하필 역사인가. 실증주의를 넘어선 역사는 우리로 하여금 미래에 대한 사유 가능성을 제공하는, 일종의 유한적 지평이 되어줄 수 있다. 그것은 인간이 근거 삼는 경험이 우선 우연적이라는 것을 알려준다. 동시에 현재의 우연성은, 우리로 하여금 더욱 적극적으로 텍스트와 세계에 개입하도록 만드는 원동력일 수 있다. 현재는 과거의 미래이기도 하며, 미래의 과거이기도 하다. 전자의 방식으로 현재를 살펴보았을 때, 현재는 아직 그 방향이 정확히 정해지지 않은 살아 있는 삶의 심급이 되면서 우리로 하여금 결정론적 냉소주의와 패배주의적 목적론으로부터 거리를 두게 해준다. 그리고 후자의 관점으로 현재를 주시할 때 현재는 우리로 하여금 현실의 우연성을 자각하게 하면서 현재의 욕망이 손쉽게 빠질 수 있는 본질주의적 독단을 경계하게 만든다. 이처럼 서로 다른 두 시간 지평의 연결을 가능케 해주는 것이 텍스트로서의 역사라면, 역사로서의 비평은 그 자신의 글쓰기의 역사철학적 원천을 더듬어 보면서, 역사와 현실에 대한 비판으로 나아가게 한다. 그렇게 문학은, 그리고 시는 미학의 문제이면서 근본적으로 삶의 문제에 도달해야 한다. 진은영은 이렇게 썼다. "삶과 정치가 실험되지 않는 한 문학은 실험될 수 없다." 저 실험이 문학의 비판적 기능과 비평의 비판적 기능이 만나는 역사적 교차로이기도 하다는 것은 두말할 나위가 없을 것이다.

물론 여전히 남는 문제가 있다. 그것은 바로 이 비판이라는 것이 어떻게 윤리적 정당성을 확보할 수 있느냐에 대한 물음과 관련 있다. 우리는 소위 비평의 비판적 '진정성'이라고 일컬어지는 요소들과 그것이 부득이하게 산출할 수 있는 윤리적 나르시시즘을 어떻게 구분할 수 있을까.

윤리적 나르시시즘과 관련하여 데카르트의 방법적 회의를 비유적으로 참조해보는 것은 여러모로 유익해 보인다. 자아에 대한 끝없는 의심을 수행한 데카르트적 회의는 어떤 의미에서 당대 모더니즘 미학의 시대정신을 선취한 철학적 모태라고도 할 수 있는데, 반성 행위 자체도 반성하는 자기비판적 태도는 우리로 하여금 손쉽게 윤리적 도그마에 빠지지 않게 만든다는 점에서 중요하다. 그러나 이러한 독학자의 윤리는 자기비판이라는 무한 퇴행의 끝에 이르러 코기토라는 순수한 존재의 심급을 겨우나마 얻을 수는 있지만, 외부 현실에 대한 대응에 있어서는 일종의 실천적 아노미 상태로 견인될 수밖에 없다는 난점을 지니고 있다.

데카르트 또한 이를 분명히 의식하고 있었다. 때문에 잘 알려진 것처럼 데카르트는 철학의 제1원리로 코기토 명제를 얻었어도 어떤 난관에 곧바로 봉착해버린다. 이 난국을 해결하기 위해 데카르트는 『성찰』 3권에서 초월적 존재로서의 신을 신 존재 증명이라는 논리적 유희를 통해 불러온다. 만약 선한 신이 확실히 존재한다면 그 창조물에 해당하는 미혹한 인간을 속일 리가 없으며, 그렇다면 이 확실하고도 선한 신에 의해 창조된 인간 정신의 외부 현실에 대한 인식이 틀릴 리가 없다는 것이다. 데카르트는 초월적 무한성에 의탁함으로써 유아론적 코기토를 외부 현실의 지평으로 이끄는 길을 택한다.

비평은 데카르트의 방법을 따르되, 비슷하면서도 조금은 다른 방향으로 나아갈 수 있다. 즉, 초월적 무한성으로부터 실천적 토대를 마련하는 것이 아니라, 유한한 타자들과의 만남을 통해 확실성의 토대 없는 담론의 세속적 장을 직접 구성하는 길 말이다. 그런 점에서 유아론의 골방에서 벗어나기 위해 과감히 연역의 길을 끊고 타자적인 존재를 요청했던 데카르트의 사유는 의미가 있다. 그러나 비평은 그러한 초월적 지평에서 모든 사태의 올바른 인식을 담당할 수 없다는 점에서 철학과 사정이 꽤 달라 보인다. 때문에 비평은 보증인으로서의 타자를 요청하기보다는, 서로의 유한성과 불완전성에 대한 자각에도, 아니 바로 그러한 이유 때문에 자신의 불완전성을 감내하면서도 기꺼이 행위를 도모할 수 있는 최소한의 실천적 공간, 대화의 장소를 마련하기를 욕망한다.

우리가 여전히 비판으로서의 비평이라는 이념을 고수할 수 있다면, 그 실마리를 이 대화 가능성에서 찾을 수밖에 없지 않을까. 그럴 수 있다면, 비평은 오래전에 잃어버린 '이념'을 다시 불러올 수 있을지도 모른다. 어째서 이념인가. 이념 자체의 역사성과 우연성을 간과한 비평의 도그마주의도 맹목적이지만, 이념 없는 비평 역시 공허하기는 마찬가지기 때문이다. 여기에 앞서 말한 '역사'가 기여하는 바는 분명하다. 역사로서의 비평의 비판적 대화 가능성은 지금 이 순간 씌어지고 있는 모든 비평들의 우연성을 간과하지 않으면서도, 스스로가 믿는 바대로 행위하고 씀으로써 우리의 삶이 한층 더 나아질 수 있다는 보편적 신념을 포기하지 않게 하는 계기로 작용한다. 대화는 비평으로 하여금 자신이 서 있는 시대적 진실의 공통적 우연성을 확인하게 만들면서도 어떤 동일한 결론으로 귀결되지 않게 한다는 점에서 여전히 비화해적일 수 있다. 아니, 오히려 우리는 철저하게 이 대화가 사유의 통약 불가능한 지점으로 이끌도록 적극적으로 독려해야 한다. (그것이 항간에 유행하던 윤리학적 타자 수용과 비슷하면서도 조금은 다른 점이다.) 왜냐하면 대화에 내재되어 있는 근원적 화해 불가능성은 어떤 당위를 담은 윤리의 문제이기 이전에, 비평의 존재 가능성을 담보한 정치의 문제이기도 하기 때문이다. 역설적으로 이러한 합의 불가능성은 비평으로 하여금 섣불리 '진리'의 영역을 넘보지 못하게 만드는 제한 요소이자, 더 나아가서는 비평으로 하여금 '정치'의 장을 구성하게 만드는 근본 요소이다.

비약에 가까운 비평의 내기가 이루어져야 할 지점이 있다면 바로 여기가 아니겠는가. 우리가 만약 비평의 '진정성'이라는 것을 상정해볼 수 있다면, 그것은 내면을 유일한 형식으로 삼는 독백적 혹은 자기 고백적 진정성이 아니라 '대화적 진정성'으로의 전환에서 찾아질 수 있을지도 모르겠다. 그러므로 비평의 진정성이라는 것은 어떤 문학적, 역사적 입장을 고수하는 특정 주체에게 속한 것이라기보다는 비평들의 실질적인 대화를 가능케 하는 무대의 효과 같은 것일지도 모른다. 이것은 지나치게 소박한 결론일까. 그러나 최근의 한국 비평이 한동안 이 비판적 대화의 가능성에 다소 무심했던 것은 아닌지 되물어볼 시점에 이른 것인지도 모른다. 우리는 이 글의 서두에서 '논쟁'으로서의 시대라는 말을 언급했는데, 이때의 논쟁을 다시 비평의 비판적 대화로서의 정치라는 화두로 되돌려주어도 무방하다. 여전히 비평이 비판적 대화를 수행할 의지와 능력을 보여준다면 비평은 이 시대의 유의미한 사유의 '장치'로 거듭날 수 있을 것이다.

이러한 비평의 정치는 무엇보다도 경험적으로 다루어질 수 있는 구체적인 항목을 상대로 한 대화여야 한다. 우선은 가까이로는 2000년대 미래파 비평의 인식 구조를 살펴보는 역사적 탐색과 더불어, 멀게는 서정시, 장편소설 등에 있어서 당위와 본질주의에 뒷받침된 장르론을 지양한 고고학적 성찰, 나아가서는 한국 문학장 특유의 제도와 시스템에 대한 반성적 성찰까지 아우를 필요가 있다. 물론 그것이 더 나은 전망과 동시대적 가치에 대한 고민을 잃은 창백한 실증주의에 머물러서도 안 된다는 것은 두말할 나위가 없다. 이러한 대화가 소실되어버릴 때, 비평은 소영현이 통렬하게 비판했듯이 좁은 범위의 미적 새로움과 차이에 추수되는 '좀비 비평'으로서의 전망 없는 삶을 그저 권태롭게 연명할지도 모른다. 돌이켜보면 앞서 언급했던 비평들이야말로 우리 문학의 현장을 보다 의미 있는 대화의 장으로 만들려고 노력했던 문제적/이념적 발언들에 해당할 것이다. 그러니 2010년대의 비평은 이 대화 속에서 더 이상 협의의 문학주의가 문학의 존속을 가능케 하는 알리바이로 작동할 수 없다는 것을 의식하고, 오히려 문학주의적 전망 자체를 갱신하는 비판적 분석을 수행해야 하며, 나아가서는 당대의 유의미한 의제들이 적극적인 발굴에 종사함으로써 시대적 메시지를 창출해야 한다. 그때 비평은 비로소 이 모든 생산적인 대화/논쟁이 이루어지고, 시대와 역사 그리고 미학적 새로움이 창조적 갈등 속에서 생산되도록 격려하는, 어떤 전망의 다른 이름일 수 있을 것이다.

리얼리즘이라는 이데올로기의 숭고한 대상
—장편소설 논쟁에 대한 비판적 시론(試論)

1. 장편소설을 둘러싼 개념적 혼란들

> 역사적 사실은 다양한 가능성의 부정 위에서,
> 마치 그것만이 유일한 방식이라는 듯이 출현한다.[1]

옳은 말이다. 특정한 사실이 현재 우리 눈앞에 어떤 '역사적' 사
실로 출현하기 위해서는 그 사실이 다른 형태의 사실로 진화할 수
있는 여타의 가능성들을 제압하는 과정을 거쳐야만 한다. 이 말은
지금 우리가 당면하고 있는 역사적 사태들이 다분히 우연적이라는
뜻을 내포한다. 그러나 역사적 우연성이 그 어떤 인과 법칙의 영
향으로부터 무관하다는 것을 가리키지는 않는다. 오히려 우연성은
사태가 유의미한 역사적 사건의 장으로 편입되는 과정에서 작동했

---

1) 가메이 히데오, 『「소설」론―『小說神髓』와 근대』, 신인섭 옮김, 건국대학교 출판부,
   2006, p. 25.

던 다양한 정치, 사회, 문화, 경제적 힘들을 창안하는 역사의 조건에 해당한다. 물론 시간의 흐름에 따라 우연성은 망각되기 마련이어서 우리로 하여금 과거에 부정당했던 여러 가지 다른 가능성들을 고려하지 않게 만들고, 마치 지금 눈앞에 놓인 사실들이 필연적 결과라고 착각하게 만들 수 있다. 이 착시에 머무는 것은 '역사적 선험성'(푸코)이 오늘날까지 강제하고 있는 힘을 자발적으로 승인해버린다는 말과 다르지 않다. 역사의 압력에 굴복하지 않으면서도 그것이 발휘하고 있는 힘을 과소평가하지 않기 위해서는, 그리하여 어떤 미래의 가능성을 타진해나가기 위해서는 역사적 우연성과 필연성의 역학 관계를 탐구하는 고고학적 작업이 선행될 필요가 있다.

이러한 우연성과 필연성의 역학 관계는 한국 문학사, 특히 한국의 장르 형성사를 사유하는 데 핵심적인 사안이라고 할 수 있다. 가령 최근 비평적 쟁점으로 부상한 '장편소설'이라는 장르의 형성 배경을 이해하려면 그 역시 치열한 역사적 부침 속에서 출현한 일종의 '한국적' 장르 개념이라는 사실을 염두에 두어야 한다. 이때 '한국적'이라는 레테르는 다소 낯설게 들릴지도 모른다. 무엇보다 '장편소설'이 서양식 '노블'(혹은 '로만')의 번역어라는 사실이 당연하게 받아들여지고 있을 뿐만 아니라 서양에서 유래한 노블 형식이 전 지구적으로 확장되는 과정이 보편적인 근대 소설사의 형성 과정과 등치된다는 관점 역시 별 무리 없이 수용되고 있는 게 현실이니 말이다. 그러나 사정은 생각만큼 그렇게 간단하지가 않다. 실제로 한국에서 '소설'과 '장편소설'의 개념사를 일별해본다면 흔히 생각되는 바처럼 '노블'의 번역어로서 장편소설이 안정적인 지위를 누리고 있지 못했다는 사실을 확인할 수 있기 때문이다.

장편소설은 여러 문학적·역사적·정치적 의미가 착종되어 있는 중층적이고도 불안정한 개념이다. 장편소설 개념의 불안정성은 작품의 물리적 길이에 따라 '단편' '중편' '장편'으로 구별되는 독특한 명명법에서도 드러나지만, '소설'과 '장편소설' 개념을 사용하는 용례들 사이의 미묘한 불일치에서도 감지될 수 있다. 이를테면, 한국에서 '소설'은 모든 허구 창작물을 포괄하는 상위 개념 fiction으로 쓰이지만 동시에 근대적인 의미의 서사적 이상, 즉 서구적인 의미의 '노블'이 구현하고자 했던 어떤 인식론적·미학적 기획의 원형을 가리키는 하위 개념 novel로도 통용되고 있다. 이러한 이중적 의미의 공존이 야기하는 균열이 흥미롭게 검토될 필요가 있는 이유는 이 독특한 현상 기저에 장편소설의 개념적 분열을 일으킨 문학사적 맥락이 놓여 있기 때문이다.

이러한 분열을 분석 대상으로 인식하기 위해서는, 번역 차원에서의 소설 개념 형성사를 고찰하는 일이 일차적으로 선행될 필요가 있다. 잘 알려진 것처럼 근대적인 의미의 '소설'이라는 장르는 순수하게 자생적인 개념도 아니었고, '노블'이나 '로망'의 축자적 번역어도 아니었다. 번역어로서의 '소설'이라는 개념 자체는 기왕에 존재하던 '소셜/쇼셜'에 대한 전통적 인식과 서구적인 의미의 노블 개념이 축적해온 역사 및 서사적 이상이 서로 각축전을 벌이는 담론적 무대라 할 수 있을 것이다.[2] 이른바 (장편)소설 개념은

2) '노블' 번역의 관점에서 한국 근대 소설의 그 정치적 의미에 대해서는 황종연의 글 「노블, 청년, 제국」(『상허학보』 14호, 상허학회, 2005) 참조.

한국에서 근대적인 의미의 서구적 노블이 오랜 시간을 두고 단계적으로 번역/정착되어갈 수밖에 없었던 물리적·정신사적 정황과 그로 인한 시차적(時差的) 분열을 흔적처럼 간직하고 있는 혼종적 개념이다.

이러한 이야기를 길게 늘어놓는 것은, 한국에서 장르 개념이 형성되는 맥락의 역사성이 고려되지 않고 몇몇 소설 이론에서 주장하는 선험적 장르 이념형을 자명하게 상정하는 경우들이 종종 목격되고 있기 때문이다. 예컨대 다음 대목은 소설 장르에 대한 서구 중심적인 사고가 작동하고 있는 사례 중 하나로 제시될 수 있을 것 같다.

(1) 소설은 시나 희곡, 또는 개별 민족의 다양한 문학 장르를 자체에 복속시키며 성장하는 방식을 취했다. 그 결과 소설과 소설 아닌 것을 구분할 방법은 거의 없어졌다. 가령, 1930년대 이상의 소설과 에세이는 구분이 어렵다. 학자의 방식에 따라 어떤 에세이는 소설로 구분되고 있다.

(2) 이 구절을 읽고 어리둥절한 것은 초두의 '소설'은 장편novel임에 틀림없고 '1930년대 이상의 소설'을 비롯하여 상당수의 소설은 단편short story일 수밖에 없는데 첫 문장의 서술은 단편에는 해당되지 않기 때문이다(이 대목을 영어로 번역하기는 불가능한데, '소설'을 'novel' 또는 'short story'로 구분하여 옮기는 순간 논지 자체가 붕괴돼 버린다). 문맥에서 요구되는 장·단편의 구분을 삭제한 것이 의도적인 것인지 실수인지 아리송하다. 어쨌거나 평자가 무리와 과장을 무

릅쓰고 전달하려는 것은 장편 형식은 물론 소설 장르 자체의 경계가 해체되고 있다는 메시지일 것이다.[3]

몇 가지 짚고 넘어가야 할 부분이 있다. 우선 위 논지의 정합성을 판별하기 애매한 이유는 "초두의 '소설'은 장편novel임에 틀림없고 '1930년대 이상의 소설'을 비롯하여 상당수의 소설은 단편short story일 수밖에 없"다는 확신에서 어떤 개념상의 혼동이 발생하고 있는 것처럼 보이기 때문이다. 1930년대 이상을 예로 들며 서희원이 제시하는 '소설'이 광의의 fiction을 가리키고 있다면, 한기욱은 '소설'을 엄격한 장르적 개념으로서의 novel로 한정하고 있다. 이때 한기욱은 산문 양식의 잡식성을 오로지 서구식 '노블'이라는 특정 형식만이 독점할 수 있는 특성으로 간주하고 있는 것으로 보이는데, 이러한 전제는 여러 언어 문화권에서 진행되었던 서사 양식들의 다양한 진화 양태를 일원화할 위험이 있다는 점에서 문제적이다. 그보다 한층 흥미로운 대목은 바로 "이 대목을 영어로 번역하기는 불가능"하다는 진술이다. 이 문장이 노출시키고 있는 것은 한국적 장르 개념의 적합성을 판별하는 확고부동한 기준이 원천 언어(영어) 쪽에 존재한다는 믿음이다. 한기욱의 말처럼 그가 인용하고 있는 대목을 영어로 다시 번역하기는 불가능한데, 이는 매우 당연할 결과일 수밖에 없다. 그것은 인용되고 있는 대목의 논지 자체가 붕괴돼버리기 때문이 아니라 원천 언어source language의 선험

3) 한기욱, 「기로에 선 장편소설」, 『창작과비평』 2012년 여름호, pp. 223~24. 글 (1)에서 한기욱이 인용하고 있는 대목은 서희원의 「2012년 봄호를 펴내며」(『문예중앙』 2012년 봄호) p. 3에서 필요한 부분만 발췌한 것이다.

적 지위를 승인한 상태에서 진행되는 역 번역 행위가 '노블'이 한국의 언어문화로 번역되는 과정에서 나타난 분열들을 설명하지 못하기 때문이다. 그 분열이 망각될 경우, 우리는 한국의 근대 소설사가 실제로 감당했던 역사적 실천들을 인지하지 못할 뿐만 아니라 일종의 이데아로서의 '노블' 형식이 확고부동하게 존재한다고 믿게 될지도 모른다.

최근의 단편적인 사례 하나를 언급했지만, 서구의 장르 개념을 의심할 수 없는 자명한 전제로 설정함에 따라 발생하는 개념상의 혼동은 오늘날의 비평이나 문학 연구 분야에 국한되는 것이라고 할 수는 없다.[4] 특히 은연중에 강요되는 노블 중심주의는 한국 소설사를 짓누르는 실정적 기율로서 오랫동안 자신의 힘을 과시해 온 것처럼 보인다. '장편소설=노블'이어야 한다는 일종의 강박관념은 실제 한국 소설사의 역사적 기억을 은폐할 뿐만 아니라, 그러한 등치 관계가 큰 어려움 없이 자연스럽게 이루어졌다는 듯한 착시 현상을 일으킨다는 점에서 분석되고 검토되어야 할 사항 중 하나다.

---

4) 주지하듯 이러한 착각은 오랫동안 한국 근대 소설이 서구 근대 소설에 비해 열등한 존재, 즉 노블에 대한 일종의 결여태라고 판단하게 만든 동인이었다. 장편소설의 기원과 미학적 이상에 대한 편향된 이념은 한국 문학사를 가로지르고 또 움직이게 한 동력이자 여전히 한국 문학을 평가하는 데 자기 타자화를 발생시키게 하는 요소로 기능해왔던 것이다. 가령 여러 시기에 걸쳐 한국 소설사를 메타적으로 성찰하는 자리를 돌아보면, 시기를 막론하고 한국 문학이 장편에 대한 성취가 상대적으로 취약하다는 지적이 강박적으로 제기되고, 나아가 서구적인(근대적인) 소설의 모범 양식에 미달하는 한국 소설에 대한 평가 절하가 콤플렉스처럼 노출되고 있다는 사실을 어렵지 않게 관찰할 수 있다. 여기서도 강박적으로 작동하고 있는 것은 '노블'이라는 서구적 양식이 소위 서사의 근대성을 담보하는 기원이라는 환상이다.

사정이 그러하다면, 이 시점에서 "번역은 반역이다Tradutore, traditore"라는 슐레겔A. Schlegel의 에피그램은 새삼 되새겨볼 만한 가치가 있을 것이다. 번역은 설사 번역 주체의 입장에서 충실성을 기도하더라도 의도치 않은 오역을 동반하기 마련이며, 불가피하게 완전한 번역의 불가능성을 내포하고 있다는 점에서 언제나 반역 (反譯)의 가능성을 내장하고 있다. 잠재적 반역으로서의 번역을 감안한다는 것은, 번역이라는 문화적 기획이 실천되는 과정에서 불가피하게 발생할 수밖에 없는 변용과 굴절 그리고 왜곡 역시 아이러니하게도 한국의 근대적 장르 개념이 진화하는 데 작용했던 우연적 힘이었음을 망각하지 않는다는 말과 같다. 그 우연적 힘의 근원이 무엇인지, 그리고 그 힘을 발현하게 만든 정치·사회적 맥락이 무엇인지를 탐색함으로써 최근 비평 현장에서 개진되고 있는 장편소설론의 인식론적 구조와 더불어 그 한계를 사유하는 것이 이 글의 목표다. 지금 우리가 새삼 식민지 시기 조선에서의 활발한 비평 현장을 되돌아볼 필요가 있는 까닭도 그 때문이다.[5]

2. 위기론과 장편소설 담론의 역사적 근원

장편소설이라는 개념에는 한국 문학사에 축적된 과거의 압력을

---

5) 참고삼아 밝히거니와, 이 글은 비평 텍스트가 보여주고 있는 담론장에 주로 초점을 맞춘다. 이는 최소한 장편소설과 관련해서는 그 장르적 개념이 형성되는 데 더 크게 기여한 것이 작품이라기보다는 비평 담론이었다라는 판단이 들었기 때문이다. 이하 인용되는 식민지 시기 텍스트들은 현대 한국어 표기법에 맞추어 수정하였음을 밝힌다.

환기하는 어떤 분열적인 목소리가 담겨 있다. 이 분열이 전개되는 경로를 추적하기 위해서는 앞서 제기했던 흥미로운 균열 관계, 즉 번역 과정에서 나타났던 '소설' '장편소설' '노블'의 미묘한 공존과 불일치가 증언하는 바에 귀를 기울이는 것에서 논의를 시작해볼 필요가 있다. 왜냐하면 이 불일치에는 근대 식민지 시기 한국의 지식인들이 서구적인 형식의 노블 개념을 단계적으로 번역해가면서 발생한 시차적 흔적이 각인되어 있으며, 식민지 지식인들이 제국주의적 근대성에 적응해나가기 위해 벌였던 고투의 기록이 남아있기 때문이다.

실제로 한국에서 개진되었던 소설 장르의 진화 과정을 개념사적으로 살펴봐도 이는 분명히 드러난다. 지금의 생각과 달리 '장편소설=노블'이라는 등식이 수립되고, 작품의 물리적 길이에 따라 소설을 '단편' '중편' '장편'으로 나누는 구분법이 안착되면서 '장편소설'이라는 장르가 특별한 의미를 갖는다는 관념이 정립되는 데에는 근대적 노블의 번역어로서 '소설'이 채택된 이후에도 제법 긴 시간이 필요했다.

아주 단순한 사례 하나를 지적해보자. 흔히 우리나라 최초의 근대적 장편소설로 평가되는 이광수의 『무정』이 1917년 『매일신보』에 연재되었을 당시 '장편소설'이라는 장르 개념은 보편적으로 통용되었던 것이 아니다. 『무정』을 연재한 『매일신보』는 물론이거니와 1920년대에 이르기까지 주요 잡지 및 신문 등에서 작가들이 창작했던 긴 분량의 소설에 '장편소설'이라는 용어가 직접 명기되는 사례를 찾아보기는 쉽지 않다. 말하자면 이광수의 『무정』 등을 비롯하여 일련의 긴 분량의 서사들을 장편소설로 받아들이는 관습적

이해는 후대의 정전화 과정에 의해 비로소 정립된 것이다.[6]

물론 당대에 '장편소설'이라는 용어 자체가 없었던 것은 아니다. 이와 관련해서 국문학계의 실증적 연구를 통해 밝혀진 사실은 여러모로 참조할 가치가 있다. 김영민의 연구에 따르면, 한국의 근대 매체에서 최초로 장편소설이라는 용어가 사용된 사례를 찾아보기 위해서는 1913년에 창간된 월간지 『신문계』로까지 거슬러 올라가야 한다. 그중에서 1916년 그 잡지에 실린 백대진이 번역한 「임종의 자백」이라는 작품에는 최초로 '장편소설'이라는 말이 표기되어 있음을 확인할 수 있다. 그러나 당시의 장편소설이라는 개념은 우리가 현재 이해하는 것들과 상당한 거리가 있었다. 「임종의 자백」의 분량은 2백 자 원고지 70매 정도였으며, 이러한 경우는 여타의 사례들에서도 충분히 찾아볼 수 있다. 이로 미루어 짐작할 수 있는 것은 장편소설이라는 양식 개념이 보편적으로 통용된 시점은 노블의 번역어로서의 소설이 어느 정도 안정화를 이루어냈던 시기보다 훨씬 후대, 즉 1930년대 중후반이었다는 사실이다.[7]

6) 물론 장편소설이라는 개념이 부재하거나 현재와 그 의미가 달랐다고 해서 당대에 긴 분량의 픽션에 대한 장르적인 의식이 전무했다는 뜻은 아니다. 문학사에서 어떤 장르 개념이 사후적으로 정립되는 것은 자연스러운 일이며, 이러한 사정은 노블 개념이 발생했던 영국에서도 크게 다르지 않았다. 가령, 영문학사에서 노블의 탄생은 정확하게 대니얼 디포의 『로빈슨 크루소』가 출간된 1784년으로 삼고 있지만, 실제 노블이라는 용어가 사용된 것은 후대의 일이다. 이때 노블이 유의미한 장르적 개념으로 채택되기 위해서는 로망스romance와의 경쟁에 승리할 필요가 있었다.

7) 김영민 교수에 의하면 한국의 근대 신문에서 연재물에 장편소설이라는 용어를 사용한 사례는 『동아일보』에 발표된 나도향의 작품 『환희』(1922. 11. 21.~1923. 3. 21.; 117회 연재)가 있지만, 그 이후에도 1930년대 중반까지 실제로 연재된 작품에 장편소설이라는 양식을 표기하는 경우는 찾아보기 힘들었다. 『동아일보』가 장형의 연재 서사물에 지속적으로 장편소설이라는 양식을 표기하게 되는 것은 1937년 11월부터이

1930년대 중후반 소설론을 둘러싼 비평적 논쟁은 그런 맥락에서 결정적인 역할을 담당했다고 해도 지나친 말이 아닐 것이다.[8] 이때의 논쟁들은 장편소설 양식 개념을 직접적으로 창안하고 견인함으로써 장르적 안정성을 마련해준 담론들이었으며, 오늘날까지도 '장편소설=노블'이라는 강박관념이 이어져오도록 영향력을 행사해온 결정적인 담론들이었다. 특히 여기서 더욱 눈여겨보아야 할 것은 이들의 기획이 장르의 분류를 더욱 세밀하게 하려 했던 문학적 의제에 국한된 것이 아니라는 점이다. 그것은 어떤 거대한 프로

며, 『조선일보』의 경우는 1936년 12월 그리고 『매일신보』의 경우는 1938년 6월부터로 시기에 있어 세 신문이 차이는 크지 않았다. 잡지의 사정도 크게 다르지 않았는데, 이러한 실증적 검토로 미루어볼 때 결론 내릴 수 있는 것은 장편소설이 하나의 양식 개념으로 자리 잡았던 것은 1930년대 중후반의 일이었다는 사실이다. 이러한 현상은 물리적으로는 장편 지면의 확장, 그리고 담론적으로는 당대에 제기되었던 여러 장편소설론에 힘입은 바가 크다. 이에 대해서는 김영민, 「근대개념어의 출현과 의미 변화의 계보—식민지 시기 '장편소설'의 경우」, 『현대문학의 연구』 49권, 한국문학연구학회, 2013 참조.

8) 당시에 장편소설론으로 일컬어질 수 있는 논쟁에 참여한 문인들은 아주 다양했다. 김남천, 임화, 최재서, 한설야, 백철 등이다. 그중에서도 소설론을 단발적인 문제로 생각하지 않고 이론적으로 더욱 진지하게 파고든 것은 김남천, 임화, 최재서라고 할 수 있는데, 이 글은 이 중에서 김남천, 임화에 더욱 집중하고자 한다. 이 글에서 인용하는 식민지 시기 글을 발표 순서로 정리하면 다음과 같다. 임화, 「현대 문학의 정신적 기축—주체의 재건과 현실의 의의」(『조선일보』 1938. 3. 23.~3. 27.), 「세태소설론」(『동아일보』 1938. 4. 1.~4. 6.), 「최근 조선소설계 전망」(『조선일보』 1938. 5. 24.~5. 28.), 「사실의 재인식」(『동아일보』 1938. 8. 24.~8. 28.), 김남천, 「조선적 장편소설의 일고찰」(『동아일보』 1937. 10. 19.~ 10. 23.), 「장편소설에 대한 나의 이상」(『청색지』 2호, 1938년 8월), 「현대 조선소설의 이념」(『조선일보』 1938. 9. 10.~9. 18.), 「관찰문학 소론—발자크 연구 노트 3」(『인문평론』 7호, 1940년 4월호), 「소설의 운명」(『인문평론』 13호, 1940년 11월호), 「전환기와 작가」(『조광』 1941년 1월호). 이하 이 글에서 인용할 때에는 글의 제목만 명기하였고 부득이한 경우에는 맞춤법과 띄어쓰기를 현대의 표준에 맞추었다.

젝트, 즉 세계의 총체적인 변화와 변혁을 기도하기 위해 제출되었던 다분히 사회적·정치적 거대담론의 일환이었다고 해도 틀리지 않을 것이다.

물론 많은 문학 연구자가 지적했던 것처럼 이러한 담론들이 다분히 추상적이고 관념적인 표어들로 가득했던 것은 새삼 강조될 필요가 없다. '총화' '총체성' '자본주의 초극' '근대 극복' '진정한 리얼리즘' 등의 구호들과 결합했던 장편소설론은 실제 창작 현장으로까지 매끄럽게 이어지지 못했으며, 대개의 경우 창작 현실과의 괴리 끝에 결과적으로는 실패한 담론으로 귀결되곤 했다. 그러나 이들의 이론적 기획에 대한 사후적 평가로 만족하는 것은 충분하지 않다. 무엇보다 장편소설이라는 어휘가 완벽히 소설을 대체하지 못했으면서도 오늘날까지도 여전히 유효한 힘을 발휘하고 있는 것은, 1930년대 지식인들의 정치적 무의식과 오늘날의 그것 사이에 공명하는 바가 있기 때문이다. 여기에 더해 문제의 결을 한층 복잡하게 만드는 것은, 앞으로 자세하게 살펴보겠지만 이러한 정치적 프로젝트로서의 장편소설에 대한 전망이 일종의 사상적 곡예를 벌이면서 제국적 모더니티와 미묘한 협업 관계를 맺었다는 혐의 또한 있다는 사실이다.

잘 알려진 것처럼 소위 전환기로 불리는 1930년대 중후반의 식민지 조선 사회는 정치적으로 대단히 불안정했던 시기였으며 그로 인한 위기의식이 지식인 사회 전 분야에 걸쳐 팽배했던 때였다. '우연이 지배하는 시대'라는 백철의 캐치프레이즈나 '말하려는 것과 그리려는 것의 분열'이라는 임화의 유명한 상황 인식이 노출하는 바처럼 급박하게 변화해가는 정세는 식민지 시기를 살아가는 당대 지식인 주체들로 하여금 스스로의 왜소함을 끊임없이 자각하도록 만들었다. 다소 과잉되어 보일 수 있을 이러한 자극적 표현들은, 당대 지식인들이 느꼈을 실감을 고려해볼 때 전혀 과장이 아니었다. 경제공황의 여파가 지속되는 가운데 1935년 카프 해산, 1936년 조선사상범 보호관찰령, 1937년 중일전쟁, 1938년 국가총동원법 공포, 그리고 잇따르는 내선일체 정책의 강화 등은 식민지 지식인들로 하여금 이전과는 확연히 다른 지평 위에서 세계를 인식하도록 강요했던 것이다.

장편소설이라는 한국적 장르와 그에 대한 담론은 이와 같은 정치적 질곡의 한가운데에서 태어났다고 해도 과언이 아니다. "장편소설의 운명에 관한 문제는 작금 우리 문단에서 가장 주목할 만한 것의 하나"(김남천, 「장편소설에 대한 나의 이상」)라는 김남천의 지적처럼 당시의 많은 문인이 보편적으로 공유하던 문제의식의 핵심에 장편소설이라는 양식 개념이 놓여 있던 것은 분명하다. "장편소설의 문제"가 "우리 문단의 최대의 관심사"인 "문학 위기의 구출방법"(김남천, 「현대 조선 소설의 이념」)으로 진지하게 논의되고 장편소설이라는 장르의 중요성에 하나같이 기대와 전망을 집중했던 것은 (비록 문학적·정치적 입장에서는 논자에 따라 세세한 결들이 다르다 할지라도) 그것이 카프 해산, 중일 전쟁, 대동아공영권 담론 등이 초래한 이념적 공백 상태를 해결해줄 실마리로 여겨졌기 때문이다.

혼돈! 혼돈! 몇십 번 한 가지 단어가 단조로이 되풀이되고, 마치 사람들은 조선문학엔 다시 질서가 없는 듯이 당황하였다.

그러나 우리들에게 명백히 된 사실은 그 어느 때보다도 작가가 홀몸으로 현실 앞에 서게 된 것이다. 이 홀몸으로서의 자기를 작가가 어떻게 의식하느냐가 오늘날 우리의 문학이 어떠한 성격을 정하느냐를 결정하는 커다란 사실이 되었다. (임화, 「최근 조선소설계 전망」)

현대는 비교적 생활의 상모가 단순하던 옛날과 달리 심히 복잡하고 객관 세계나 주체나 갈기갈기 분열되어 육체와 두뇌가 승려의 시체처럼 혼잡하니 깔려 있는 시대이다. 최근과 같이 역사적 동향에서 어느 것이 본질적인 것이고 어느 것이 현상이나 물거품에 지나지 않는 것인지를 똑똑히 포착할 수 없고 제 자신을 어떠한 지위에다 정립시킬는지를 알 수 없는 혼란한 시대에서 리얼리즘의 정신을 기식이라도 보존하려는 노력이 장편소설에다 희망을 부치게 되는 것은 전연 당연한 일이 아닐 수 없다. (김남천, 「장편소설에 대한 나의 이상」)

객관 세계와 주체가 갈기갈기 분열되어 있는 혼돈의 시대. 이 표현들이 촉발하는 위기의식은 단순히 절망적이기만 한 것은 아니다. 왜냐하면 이러한 혼란과 역사적 심연의 한가운데에서 "홀몸으로 현실 앞에 서게 된" 주체는 "그 어느 때보다" 적극적인 기획의 열의에 충전될 수 있었기 때문이다. 위기는 곧 기회라는 말대로, 임화와 김남천 등을 비롯한 많은 비평가에게 엄습했던 위기의식은 새로운 형태의 문학적·정치적 기획을 도모하는 반등의 계기로 간주되기 시작했다. "현실을 지배하느냐? 현실에게 지배되느냐?를 결정하는 실천"(임화, 「현대 문학의 정신적 기축-주체의 재건과 현실의 의의」)의 방법으로 "장편소설에다 희망을 부치"고 장편소설이라는 장르를 재발견하게 되었던 것은 그래서 의미심장하다. 말하자면, 장편소설이라는 장르 자체에 대한 비평적 논의는 앞서 지적했듯 단순히 문예 장르에 대한 문제의식에 국한되었다기보다, 그것을 초과한 어떤 담대한 정치적 기획에 가까웠다. 이 과정은 소위 소설이라는 개념의 특정 하위 장르로서의 '장편소설'에 커다란 정치적·세계관적인 무게가 얹히고 그것이 이른바 '진정한 근대 소설'이라는 의미로 특권화되기 시작한 최초의 계기를 보여준다. 이들이 '장편소설'이라는 말을 기획·번역했을 때에는 이미 단순히 장르적인 하위 개념을 넘어서 '진정한 소설=장편소설'이라는 다분히 정치적이고 이데올로기 편향적인 의미를 넘보는 중이었던 것이다.

3. 리얼리즘의 숭고한 대상

어렵지 않게 예상할 수 있다시피 임화, 김남천 등의 비평가들이 장편소설을 통해서 발견한 가능성이란 바로 당대의 혼란을 타개할 수 있는 리얼리즘론적 인식 능력과 연관된 것이었다. "리얼리즘이 가장 훌륭하게 구현될 수 있는 문학 형태는 오직 장편소설이라는 지론을 주장해오지 않을 수 없었다"(김남천, 「장편소설에 대한 나의 이상」)는 선언은 1920년대부터 논의되기 시작한 리얼리즘론 및 창작 방법론의 연속선상에 장편소설론 또한 위치한 것이라는 점에서 어쩌면 예정된 일이었는지도 모른다. 하지만 이때의 리얼리즘에 대한 논의의 심화가 장편소설이라는 양식과 결속하는 과정은 조금 더 구체적으로 따져볼 필요가 있다. 왜냐하면 장편소설이 리얼리즘을 담보할 수 있는 진정한 양식으로 특권화되기 위해서는 단편소설과의 차이를 이론적으로 전제해야 하는 것은 물론이거니와, 특유의 목적론적인 역사철학적 의식 구조가 장편소설을 형성하는 결정적인 요소로 내장되어야 했기 때문이다. 여기에는 소위 식민지 근대에 대한 특유의 역사 감각이 놓여 있었는데, 특히 이러한 역사 인식의 직접적 형식으로서 장편소설을 요구하는 목소리는 흥미로운 정치적 무의식을 함축하고 있다.

조선에 있어서 '로만'의 꽃이 아름답게 만발할 수 없었다는 것은 '로만'이라는 장르가 자본주의 사회의 가장 전형적인 표현 형식이라는 것과 조선에 있어서의 자본주의가 가장 뒤떨어져서 그의 걸음을 시작하였고 다시 그것이 극히 기형적인 왜곡된 진행밖에는 갖지 못하였다는 것을 동시에 설명하고 있는 것이다. (김남천, 「조선적 장편소설의 일고찰」)

춘원(春園), 상섭(想涉), 동인(東仁) 혹은 태준(泰俊) 같은 이의 즉 경향문학에 선행했다고 할 소설들도 역시 경향소설과는 다른즉 고전적 의미의 소설 전통을 불충분하게 일망정 조선에 이식(移植)한 것이다. 조선문학은 서구(西歐)가 19세기에 통과한 정신적 지대(地帶)를 겨우 1920년대에 들었으니까…… (임화, 「본격소설론」)

잘 알려진 대로 임화와 김남천은 이론적 차원에서 비평적 긴장 관계를 유지하고 있었으나, 자본주의 단계론을 전제한 당대 식민지 모더니티에 대한 인식에서는 거의 한목소리를 내고 있었다. "조선문학은 서구(西歐)가 19세기에 통과한 정신적 지대(地帶)를 겨우 1920년대에 들었"다는 임화 특유의 문학사적 인식이나 "조선에 있어서의 자본주의가 가장 뒤떨어져서 그의 걸음을 시작하였고 다시 그것이 극히 기형적인 왜곡된 진행"이었다는 김남천의 판단 밑바탕에 자리하고 있는 것은 조선의 문학을 전 세계적인 자본주의 체제의 주변부적 산물로 안치시키고 스스로를 기꺼이 어떤 결여와 결핍의 산물로 인정하는 역사철학적 인식 구조다. 헤겔과 루카치의 흔적이 역력하게 느껴지는 이 같은 역사철학적 장르 인식은 여러모로 흥미롭다.[9] 무엇보다 이러한 인식 위에서 기왕의 전근대적이고도 기형적인 왜곡의 구조를 타파하고 당대의 정치적 상황을 견인할 수 있는 장르로서 장편소설이 다분히 목적론적인 개념으로 호명되었던 사정을 짐작하기란 어렵지 않기 때문이다. 자연스럽게 장편소설은 미달된 근대, 결핍된 근대로서의 식민지 조

---

9) 이들에게 공통적으로 큰 영향력을 행사한 글은 "부르주아 서사시로서의 장편소설"이라는 제목으로 『문예백과전서 단편 장편 소설』(1937)에 실려 있다. 루카치의 수용사에 대해서는 김윤식, 「루카치 소설론의 수용양상」(『한국근대문학사상사』, 한길사, 1984)에서 자세하게 다뤄지고 있다. 최소한 1930년대의 경우 '장편소설'은 '노블'의 번역어였다기보다는 '로만'의 번역어에 가까웠다고 할 수 있다. 어떻게 보면 오늘날의 장편소설 개념을 태동하게 만든 데 기여한 것은 쓰보우치 쇼요의 '인정세태론'을 바탕으로 한 '노블'론이라기보다는 헤겔주의적인 '로만'론이었다고 할 수 있는 것이다. 물론 '노블'과 '로만'은 번역어로서 등치될 수 있는 개념이나, 이러한 차이가 더욱 결정적인 것으로 부각될 수 있는 이유는 로만이 기존의 소설론을 계승하면서 당대의 논의를 매우 다른 담론적 맥락에 안치시켰기 때문이다.

선의 분열에 대한 극복의 증거로서 반드시 달성해야 할 목표로 거듭나기 시작한다.[10)

물론 이러한 생각들은 논리적으로 적지 않은 모순을 배태하고 있었다. 반영론의 층위에서 장편소설을 규정한 이상 이들의 논의는 불가피하게 유물론적인 결정론에서 자유로워질 수 없다. 그것은 이들이 어떤 적극적인 기획을 상부구조의 차원에서 모색하는 것 자체가 불가능하다는 뜻이기도 하다. 그러나 이러한 논리적 딜레마는 또 다른 단계의 논리적 곡예를 통하여 어렵지 않게 봉합될 수 있었는데, 그 봉합의 계기를 마련해주는 것이 바로 저 '조선적'이라는 레테르에 각인되어 있는 역사철학적 지리 감각이다. 먼저 임화의 말이다.

우리의 시대는 결국 소설이 와해된 시대, 문학이 궤멸된 시대인 것을 생각지 않을 수가 없다. 조이스와 프루스트를 평하여 어느 비평가가 소설 예술의 사멸과 붕괴의 산물이라고 하였음은 연유 없는 말이 아니다. (임화, 「세태소설론」)

10) 이처럼 서양에서 노블의 탄생이라는 것이 모더니티의 심화 과정에서 발견하게 된 어떤 사후적인 증거들이었던 데 반해, 우리의 문화권에서 그것은 언제나 역사적 시간 속에서 근대성의 미달을 드러내는 결여의 증상과 같은 것이었다. 이는 서구에서 '노블/로만'이라는 장르가 이미 존재했던 대상들을 포섭하는 개념이었으되 다분히 과거를 재조직하는 사적 개념이었던 것에 반해, 한국에서는 언제나 결여태의 현실을 환기하게 하는 미래적 개념으로 남아 있었던 이유다. 이른바 '노블≠소설'이라는 것이 한국 문학이 서구 근대 문학과 관련하여 형성하게 된 외적 분열 관계였다면, '장편소설≒노블'은 한국 문학 내부에서 발생했던 '개념과 현실' 사이의 관계를 자기의식적으로 탐색하도록 추동한 중요한 내적 분열이었다고 할 수 있다.

그런데 여기 간과치 못할 문제의 하나는 조선적 본격소설과 경향소설의 과도점(過渡點)이 과연 서구의 20세기 소설에서 보는 그러한 위기로서 표현되었는가 하는 것이다. (임화, 「본격소설론」)

임화는 조이스와 프루스트 등으로 대표되는 당대 서구 모더니즘 소설의 장르 붕괴 현상은 역사철학적으로 나름의 정당성이 있다고 평가했으나 식민지 조선의 경우는 그렇지 않다고 보았다. 주지하듯 그것은 서구와 식민지 조선이 상이한 역사철학적 시간대에 놓여 있기 때문이다. 그런데 임화에게 이러한 상이한 시간성은 오히려 식민지 조선에 기회로 작용한다. 바꿔 말해, 아직 조이스와 프루스트라는 소설의 파국 현상이 나타날 만큼 사회가 발전하지 못했기에 오히려 진정한 의미의(19세기적인 의미의) 소설을 따라잡음으로써 '조선적' 본격소설을 쓸 수 있다고 낙관할 수 있었던 것이다. "시련의 정신! 이것이 비로소 우리의 지성에겐 결여된 정열을 부여하고, 육체의 내성에겐 이지의 힘을 또한 회복시켜주는 것"(임화, 「사실의 재인식」)이라는 주장은 "현실을 지배하느냐? 현실에게 지배되느냐?"(임화, 「현대문학의 정신적 기축—주체의 재건과 현실의 의의」)라는 이항대립적인 물음에서 그가 단호히 현실을 지배하는 쪽을 택한다는 뜻이기도 하다. "행동하는 성격의 창조"(임화, 「최근 소설의 주인공」)를 통해 "개인과 현실과의 항쟁의 진실성!"(같은 글)을 추구할 수 있다는 믿음을 가능케 한 것은 그와 같은 단선적인 역사발전론이었던 것이다.

한편 김남천의 역사철학적 논리는 임화의 선형적 발전론에 비해 한층 복잡했다. 그것은 임화와 달리 그가 현실을 지배할 수 있는 주체의 역량과 권위를 전적으로 신뢰하지는 않았다는 사실에서 기인한다. 잘 알려진 것처럼 그의 '고발문학론' '관찰문학론' 등의 장편소설론이 특히 '이상의 결여'라는 명목으로 임화에게 비판받았던 까닭도 그와 무관하지 않았다. 그러나 서구식 서사 장르의 붕괴 현상("조이스, 프루스트의 제작은 로만의 붕괴를 표시한다")을 당대 서구 근대 문명의 한계로 지적하는 점에 있어서는 김남천 역시 임화와 크게 다르지 않았다. 그러나 그의 조선적 장편소설론은 임화의 그것과 달리 서구적인 형태의 단계론적 발전론을 따라잡는 방향으로 나아가지 않았는데, 이는 그가 조선에서 장편소설이 발달하지 못한 것이 뒤처진 근대화에서 기인했음을 인정하면서도, 오히려 이러한 차이가 반드시 하나의 역사 발전으로 수렴될 필요가 없다고 상대화해버리는 것에서 기인한다. 요컨대, 식민지 조선이 서구와는 다른 형태의 모더니티를 경험하고 있다는 상상은 김남천으로 하여금 조선적 장편소설의 새로운 활로를 모색하게 만든 중요한 논리적 발판이었던 것이다. 김남천의 역사철학적 의식을 가장 잘 드러내는 중요한 글들을 살펴보자.

(1) 확실히 우리는 20세기에 살고 있다. 그러나 20세기가 산출한 모든 정신적 고질(痼疾)을 아무런 차별감이나 차이 의식 없이 공동으로 나누고 입을 같이하여 지껄이고 가슴을 함께하여 공감할 필요는 있지 아니하다. 20세기에 살고 있는 것은 틀림없는 일이나 구라파에 살고 있지 않는 것도 또한 사실이기 때문이다. 그러므로 소설의 서구적 20세기적 실험에 대하여 맹종하고 있는 문학과 그의 작가는 하루바삐 미망에서 깨어 현실에 발을 붙여야 할 것이다. (「관찰문

(2) 장편소설의 성장과 발전과 쇠퇴의 노선을 시민사회의 역사적 발전에 맞추어서 이야기할 수가 있다면, 우리는 나라와 민족에 따라 시민 사회의 형성이 불균형하듯이 장편소설의 생성, 발전, 쇠퇴의 상모도 나라와 민족의 형편에 따라 불균형적이고 각자 각색일 것을 상상함에 곤란치 않을 것이다. 서양과 동양이 다르고 같은 구라파 안에서도 그 과정은 일치하지 않는다. 역사의 행진이 서로서로 다를 뿐 아니라, 문화의 전통이나 민족생활의 방식에 차이가 있어서, 어떤 나라에 있어서 백 년 전에 치른 과정을 훨씬 뒤떨어져서 건성건성 단시일에 치러나가는 지역도 없지 않을 것이다. (「소설의 운명」)

(3) 그러나 그러한 것은 어찌 되었건, 서양이라는 개념이 가지고 있던 문화적인 근세적 이념이 변화되었다는 것을 스스로 인정하면서도, 오르테가는 의연히 인류 발전의 궤도에 대한 하나의 신앙만은 그대로 남겨 가지고 있었다. 그 신앙은 어떠한 것이었을까. 인류 발전은 오직 하나가 있을 뿐으로, 이 궤도의 선두를 걷고 있는 것은 구라파의 제 민족이라는 신앙이다. 이들에게 있어서 역사는 흡사히 위로부터 밑으로 흐르는 한 줄기의 커다란 강물인 것이다. 구라파의 제 민족은 맨 앞에 있고, 그다음 아세아는 몇백 년 뒤늦어서 그들이 흘러내린 뒤를 쫓아서 흘러내리고 있고, 이 아세아의 뒤에 다시 미개의 제 민족이 따라온다는 것이 그들의 신앙이었다. [……] 우리 동양 사람으로서는 적이 비위가 거슬리는 소리를 하고 있다. 전환기를 극복할 만한 이념과 새로운 피안의 구상을 실재화하는 민족이 서

양에서 생길 것인가, 동양에서 나타날 것인가는 묻지 않는다 하여
도, 서양의 지성들이 의연히 세계를 구할 민족으로 스스로를 처하고
있는 데 대해서는, 동양의 지성이 명심해둘 일이라 생각되는 바이
다. (「전환기와 작가」)

　앞에서 살펴볼 수 있는 것처럼 김남천은 서구의 역사 발전을 맹
목적으로 추수하기보다는 그것을 상대화한다. 그가 "소설의 서구
적 20세기적 실험에 대하여 맹종하고 있는 문학과 그의 작가는 하
루바삐 미망에서 깨어 현실에 발을 붙여야"한다고 주장했을 때,
그것이 "조이스와 프루스트가 활약하는""장편소설의 형식의 붕괴
의 시대"로서의 서구 모더니티와 스스로를 구분시키려는 주체적인
시도였던 것도 같은 맥락에서 이해 가능하다. 이 같은 시도가 가
능했던 것은 임화와 달리 "인류 발전의 궤도에""하나의 신앙"만
이 있는 것이 아니며, 마찬가지로 "장편소설의 생성, 발전, 쇠퇴의
상모도 나라와 민족의 형편에 따라 불균형적이고 각자 각색"일 수
있다고 생각했기 때문이다. 요컨대 임화의 '조선적'이라는 레테르
가 단선적인 역사 발전에 있어 뒤처진 식민지 조선의 단계를 가리
키는 시간적 표상이었다면, 김남천의 '조선적'이라는 수식은 어떤
동시적인 형태의 다른 역사적 경로가 병렬적으로 공존할 수 있음
을 드러내는 공간적 표상에 가까웠던 것이다.[11]
　이처럼 서구의 근대 문학을 맹목적으로 받아쓰지 않고 보다 주

---

11) 이는 차승기의 글 「임화와 김남천, 또는 '세태'와 '풍속'의 거리」(『현대문학의 연구』
　　25권, 한국문학연구학회, 2005)에서도 지적된 바 있다.

체적인 변용을 가하려 했던 김남천의 태도는 높게 평가할 만하며, 당시를 고려하면 분명 독창적인 것이었다. 그러나 그러한 태도가 공교롭게도 김남천의 역사철학과 장편소설론을 한층 기구한 운명에 놓이도록 만든 숨은 원인이었다는 것은 아이러니하다.

이를테면 인용문 (3)에서와 같이 그가 오르테가의 일원론적인 역사 발전사관을 지칭하며 "우리 동양 사람으로서는 적이 비위가 거슬리는 소리"라고 말하는 장면은 징후적이다. 비록 아주 잠깐이지만, '우리 동양'이라는 표현이 발성되는 장면에서 우리가 서양이라는 타자와의 대결 구도 속에서 일본 제국과 식민지 조선의 경계가 완전히 허물어지는 순간을 목격할 수 있기 때문이다. 아울러 "전환기를 극복할 만한 이념과 새로운 피안의 구상을 실재화하는 민족이 서양에서 생길 것인가 동양에서 나타날 것인가는 묻지 않는다 하여도, 서양의 지성들이 의연히 세계를 구할 민족으로 스스로를 처하고 있는 데 대해서는, 동양의 지성이 명심해둘 일"이라고 조언하는 대목은 소위 근대초극론으로 대변되는 대동아공영권의 제국적 이데올로기와 제휴될 수 있는 가능성까지도 맹아처럼 배태하고 있었다.[12] 이것은 과도한 해석일까? 그렇지 않다. 이는

---

12) 근대초극론을 이루는 축은 크게 1942~43년에 걸쳐 이루어진 『중앙공론』에서의 좌담회와 1942년 9월과 10월에 걸쳐 『문학계』에서 진행된 좌담회다. 이 중 전자는 1년에 걸쳐 총 3회로 진행됐던 좌담회로, 교토학파에 속하는 3명의 철학자 고사카 마사아키, 니시타니 게이지, 고야마 이와오와 역사학자 스즈키 시게타카가 참여하여 '세계사적 입장과 일본' '동아공영권의 윤리성과 역사성' '총력전의 철학'을 주제로 토론하였다. 이들 중 니시타니와 스즈키는 1942년 9~10월에 개최되었던 좌담회 '근대의 초극'에도 참여하였다. 『문학계』와 『중앙공론』이 주최한 모든 좌담회 중 시기적으로 가장 앞섰던 것이 '세계사적 입장과 일본'으로 태평양 전쟁이 발발하기 불과 13일 전에 이루어졌다. 각 분야의 여러 논자들이 참가했던 '근대의 초극' 좌담회가

최근 국문학계에서 자주 지적되었듯 김남천의 이 글에 서인식, 박
치우 등의 철학자와 더불어 급진적인 교토학파 철학자 고야마 이
와오(高山岩男)의 흔적이 짙게 배어 있어서이기도 하지만,[13] 근본
적으로는 서구에 대한 대타적 의식을 바탕으로 한 역사철학적 목
적론이 그 인식 구조상 근대초극론의 그것과 친연성을 띨 여지가
있기 때문이다.[14]

물론 김남천이 백철, 최재서 등의 전향적 지식인들처럼 '대동아'
와 '근대초극'이라는 제국발 기표에 완전히 흡수되었다고 단언할
수는 없다. 한편으로 그가 고야마 이와오나 서인식을 수용하면서

논의의 흐름에 있어 매끄럽지 못하고 매우 피상적이었던 것에 비해 '세계사적 입장
과 일본'은 교토학파라는 공통적인 사상적 배경을 지닌 지식인들의 좌담이라, 비교
적 심도 있고 일관성 있는 이야기들이 오고 갔다. 특히 '세계사적 입장과 일본'에서
교토학파의 철학자들은 세계사의 철학이라는 틀 속에서 일본 제국의 주체적 입장을
세울 수 있는 거시적이고 총론적 성격의 비전을 제시한다.

13) 김남천에 드리워진 근대초극론의 흔적은 김철의 글「'근대의 초극', 『낭비』 그리고
베네치아: 김남천과 근대초극론」(『민족문학사연구』 18호, 민족문학사연구소, 2001)에
서 끈질기게 추적된 바 있다.

14) 근대초극론을 단순히 일본의 제국주의적인 확장에 복무한 도구적 이데올로기로 보
는 것은 매우 나태한 시각이다. 가령 『문학계』의 주최로 열린 좌담회 '근대의 초극'
에서 가와카미 데츠타로가 "12월 8일(진주만 공격) 이래 우리의 감정은 여기서 딱
들어맞는 하나의 형태 결정 비슷한 것을 보여주고 있다"라고 말하는 대목이나, 『중
앙공론』의 좌담에서 스즈키 시게타카가 12월 8일의 사건에 대해 "드디어 올 것이 왔
구나 하고 필연적으로 생각하고 받아"들였다고 고백하는 것에서 드러나는 것처럼
근대 초극에 대한 각 논자들의 문제틀은 단순히 일본의 침략 전쟁을 정당화하기 위
해 사전적으로 고안되었다고 일반화하기에는 석연치 않은, 어떤 실감의 차원이 남
아 있다. 중요한 것은 제국주의에 복무했다는 결과론에 초점을 두는 것이, '근대의
초극'이라는 프리즘을 통해 드러나는 당대 지식인들의 세계 인식의 구조일 것이다.
이러한 근대초극론의 현재적 의미에 대한 자세한 논구는 다음 책 참조. 히로마쓰 와
타루, 『근대초극론』, 김항 옮김, 민음사, 2003; Harry Harootunian, *Overcome by
Modernity*, Princeton University Press, 2002.

도 어느 정도 거리를 두려고 했던 것 역시 염두에 두어야 할 사안임에는 분명하다. 하지만 그의 의식상의 투항 여부를 판정하거나 비난하기에 앞서, 이러한 상황에 봉착하게 만든 맥락과 그에 따라 고려할 수밖에 없는 논리적 난제에 조금 더 집중하기로 하자. 요컨대 우리의 질문은 이것이다. 역사철학적 전망을 제시해야 한다는 강박은 버리지 못하되 서양의 모더니티를 극복하는 전망 또한 이미 제국의 담론 휘하로 귀속되어버린 상황에서 김남천의 장편소설론은 그야말로 "현실을 지배하느냐? 현실에게 지배되느냐?"라는 양자택일의 물음으로 명쾌하게 해결될 수 없는 일종의 교착 상태에 처한 것은 아니었을까? 서구 모더니티로 대변되는 현실을 추수할 수도 없으면서 적극적으로 현실을 지배하겠다고 나설 수도 없는 상황. 그의 장편소설론이 기이한 형태의 논리적인 곡예를 펼쳐야 했던 사연이 여기에 있던 것인지도 모른다. 이를테면 다음처럼.

물론, (i) 세계사의 섭리는 적당한 시기가 오면 모든 문화의 문제를 해결하여줄 것이다. 시민 장편소설을 인계하는 새로운 산문문학의 커다란 형식도 양식을 획득함에 이를 것이다. 우리 소설은 그때가 오기를 손 놓고 앉아서 기다려야 할 것인가. 그러나 (ii) 사람의 노력을 기다리지 않고 저 혼자서 찾아오는 역사의 필연성이란 있지 아니하다. 여기의 전환기를 맞이하는 우리 소설이 짊어져야 할 간과치 못할 운명이 있지 않으면 아니 된다. [……] (iii) 피안에 대한 뚜렷한 구상을 가지고 있지 못한 우리가 무엇으로서 이것을 행할 수 있을 것인가. (iv) 작가의 사상이나 주관 여하에 불구하고 나타날 수 있는 단 하나의 길, 리얼리즘을 배우는 데 의하여서만 그것은 가능하리라고 나는 대답

한다. (「소설의 운명」, 강조는 인용자)

언뜻 평범해 보이나 자세히 살펴보면 여러 논리적 착종이 발생하는 중이다. 다시 말해 앞의 인용문에서 논리적인 비약과 충돌이 계기적으로 발생함에도 리얼리즘에 대한 전망이 피력될 수 있게 하는 근거를 파악하는 것은 김남천 소설론의 의식 구조를 살펴보는 데 있어 매우 중요하다.

이렇게 정리해보자. 인용문에 드러난 바에 따르면 김남천에게 역사철학적 운명은 두 가지 다른 차원에서 그 위력을 발휘하고 있다. 하나는 (i)에서 적시되는 바와 같이 '세계사의 섭리' 차원에서 작동되는 운명이다. 이는 좀더 거시적인 관점에서 거의 필연적으로 진행될 수밖에 없는 역사 발전 법칙을 가리키는 것으로 자연스럽게 "모든 문화의 문제"뿐만 아니라 "장편소설"을 비롯하여 산문 문학의 형식 문제도 해결해줄 수 있는 역사의 필연적 흐름을 가리킨다. 이는 유물론자이며 루카치적인 역사발전론을 수용했던 김남천의 이력을 감안하면 충분히 납득할 수 있는 대목이다. 아울러 이러한 운명이 앞에서 살펴본 서구의 종말뿐만 아니라 현재의 식민지 상황까지도 해결해줄 수 있다는 다분히 헤겔주의적인 발전사관에 의한 것임을 이해하는 것 역시 어려운 일이 아니다. 그러면서도 그는 (ii)에서 "저 혼자서 찾아오는 역사의 필연성"이 없다고 단언하면서 주체의 노력을 촉구하는데, 바로 여기서 이상한 균열이 발생한다. 역사의 진행은 필연적이라고 말하면서 동시에 주체의 노력이 없으면 그 필연성은 존재할 수 없다는 말은 분명 논리적으로 납득하기 힘들다. 그에 대한 혐의는 "피안에 대한 뚜렷한 구상을 가지고 있지 못"하다는 고백과 "그럼에도 불구하고" "리얼리즘"으로 이를 해결해야 한다는 전망이 양립하는 대목에서 더욱 짙어진다. 미래에 대한 구체적 전망을 제시할 수 없는 상황에서 세계사의 진보를 낙관할 수 있었던 원리와 배경은 무엇일까? 이것은 단순한 논리적 실수, 혹은 비유적 수사에 불과한가? 김남천이 자신의 논리적 결함을 의식했건 아니건, 혹은 그것이 단순한 수사적 의장이었건 아니건 간에 그를 파악하는 것은 우리의 목표가 아니다. 김남천의 장편소설론이 겨냥하고 있는 진실은 실상 다른 곳에 있기 때문이다. 가령 이런 식으로 재구성이 가능하다.

김남천은 (i)처럼 근대 극복의 과제가 반드시 달성되어야 할 것이며 동시에 달성될 수밖에 없는 대의라는 것을 부각시키려고 했다. 그러나 그는 그러한 대의의 주체로 나설 수 없는 당대의 현실을 부인할 수는 없었다. 그 부인할 수 없는 현실이 일본 제국에 대한 의식과 무관하지 않음은 앞서 말한 바대로다. 이 점을 감안하면 (iii)에서처럼 피안에 대해 아무런 전망을 가지고 있지 못한다고 단언했을 때, 그 말이 표면적으로 겨냥하는 것은 식민지 조선의 무력한 상황인 것처럼 보이나 그 심층에서 견제하고 있었던 것은 일본의 대동아공영권 담론이기도 했다고 할 수 있다. 말하자면 그는 근대 극복의 주체 자리를 감히 참칭할 수는 없었다고 하더라도, 그 누구에게도 역사 발전의 주체 자리를 양보하려 하지 않았던 것이다. 누가 현실을 지배할 것인가? 그것은 서구의 모더니티도, 일본 제국의 모더니티도, 그렇다고 식민지 조선의 모더니티도 아니다. 그럼에도 불구하고 (iv)에서 그가 "단 하나의 길"로 "리얼리즘"을 제시할 수 있었던 것은 의미심장하다. 누가 역사의 주체 자리를 차지할지 예상할 수 없는 상태에서 그는 주관성을 완전히 배제해버린 형태의 '과학적' 리얼리즘, 혹은 '몰아(沒我)'의 리얼리즘을 취함으로써 애초부터 그 누구도 그 자리를 차지할 수 없게 만드는 쪽을 택해버린 것이니 말이다.[15] 그가 굳이 소설의 발전 단계를 논하면서 '운명'이라는 비장한 단어를 선택한 것은 우연이 아니다.

그러나 이러한 논리는 다분히 병리적이다. 왜냐하면 김남천의 리얼리즘은 정신분석학적으로 보았을 때 철저히 주체의 욕망을 활성화하는 것을 차단시키고 스스로를 결과적으로는 세계(혹은 역사)라는 타자의 향유를 위한 대상으로 전락시키는 양상을 보이기 때문이다. 이렇게 대상화된 주체는 일종의 마조히즘적인 관계를 통해서만 비로소 세계와 접속할 수 있는 통로를 얻는다. "환상의 시나리오 속에서 나는 타자의 주이상스의 대상이다. 그러나 이러한 위치는 타자의 불가해한 욕망에 대한 주체 자신의 답변에 불과하다. 환상을 통해 주체는 타자가 무엇을 욕망하는지 알지 못하느니 차라리 스스로 그의 대상이 되고자 한다. 모든 환상에 내재적인 '원초적 마조히즘'이 유래하는 것은 바로 이 지점에서이다."[16] 이러한 정신분석학적 지적은 김남천의 역사 발전에 대응될 여지가 있다. 그는 분명 역사라는 대상의 욕망에 대해서 알지 못한다고 단언했다. 그럼에도 세계에 대한 응전까지는 포기할 수 없는 어떤 막

---

15) 잘 알려진 것처럼 그가 왕당파였던 발자크가 리얼리즘의 승리를 보여준 방법에 깊이 매료되었고, 철저한 과학적 관찰과 몰아의 경지를 중요시했던 것도 같은 맥락에서 설명될 수 있다.

16) 맹정현, 「망상적 전이와 광인의 비서」, 『리비돌로지』, 문학과지성사, 2009, pp. 39~40.

다른 골목에 처했기에, 차라리 대상이 됨으로써 역사 발전이라는 시나리오를 지탱하는 방법을 택한다. 그런 의미에서 다음과 같은 김남천의 고백은 상당히 흥미롭다.

나는 또한 단편소설에 대하여 수없이 많이 리얼리즘을 지껄였다. 그러나 몇 개의 문예학적 술어(述語)나 추상적 공식을 버리고, 단편소설과 사회(시대)를 정면으로 대질시킬 때 나의 노력은 언제나 실패하였다. 단편소설[특히 내지(內地) 문단의 「창작」의 이입품(移入品)]은 산문정신을 현대에서 살리는 데 적합한 문학 형식은 아니었다. 그러므로 최근의 우리 비평가들이 리얼리즘을 운위(云謂)하면서 단편 창작을 검토할 때, 리얼리즘이란 말이 공허한 채 자의적으로 씌어지던가, 그렇지 않으면 언제나 2, 3개의 문예학적 술어(述語)의 되풀이에 그쳤다. **리얼리즘은 씨 등에게 있어서는 모든 것을 설명하는 술어(述語)인 동시에 아무것도 설명치 못하는 술어(述語)였다.** 앞으로 나는 단편소설을 전혀 별개의 실험에 사용할 것이다. 그러므로 내가 소설문학에 관해서 말하는 한, 그것은 리얼리즘과 장편소설을 언제나 고려하게 될 것이다. (김남천, 「관찰문학소론—발자크 연구 노트 3」, 강조는 인용자)

이 대목이 놀라운 것은, 리얼리즘이 "모든 것을 설명하는 술어(述語)인 동시에 아무것도 설명치 못하는 술어(述語)"였다는 말이 그의 의도와 무관하게 당대의 리얼리즘의 이데올로기적 성격에 대한 정확한 정신분석학적 진단처럼 들리기 때문이다. 사실상 아무런 실체가 없으나 모든 것을 설명할 수 있는 것. 이는 이데올로기의 히스테리적인 효과에 비견될 만하다. 그렇다면 이러한 날카로운 인식을 김남천은 왜 끝까지 개진하지 못한 것일까? 혹 그것은 김남천에게 있어 단편의 대체물로서 장편이 등장한 것은 결국 리얼리즘이라는 이데올로기를 지탱해줄 수 있는 숭고한 대상으로서 장편소설이 다시 물신화된다는 의미가 아니었을까? 물론 이러한 장편소설의 물신적 성격은 거꾸로 말하면 상품의 신비성과 마찬가지로 장편소설이 실은 텅 빈 개념이었음을 환기한다. 때문에 실제 창작에 있어 "김남천의 리얼리즘이 '서사 양식으로서의 장편 문제'와 연결되지 못했다"[17]라는 김윤식의 고전적 평가는 분명히 옳은 말이지만, 어떤 의미에서는 절반만 옳다. 애초에 그가 이상적으로 가정한 장편소설이라는 것은 역설적이게도 실제 창작에서 끊임없이 지연되고 부인되는 과정을 통해서만 더욱 진정한 것으로 유지될 수 있는, 일종의 페티시즘적 환상이었기 때문이다.

4. 장편소설 대망론의 인식 구조

지금까지 살펴본 바대로, 소설과 장편소설 사이의 개념적 불균등성은 '소설=노블'이라는 등식을 안착시키려 했던 1차적 번역이 다시 '로만=장편소설'이라는 문화·정치적 기획으로 전환되었던 역사적 경로를 보여준다. 서구식 서사 장르의 번역 과정에서 발생한 단계적 굴절은 거듭 지적하는 바와 같이 한국의 근대화 프로

---

17) 김윤식, 『한국근대문학사상사』, 한길사, 1984, p. 241.

젝트가 경유할 수밖에 없었던 역사적 굴곡과 그로 인한 온전한 모방·번역의 불가능성에서 비롯된 것이기도 하다. 그러므로 장편소설이라는 양식 개념에는 당대 조선의 지식인들이 적극적으로 탐색했던 문화·정치적 기획이 실패로 수렴될 수밖에 없었던 과정과 이유를 증언하는 목소리가 담겨 있다. 노파심에 지적하거니와 임화와 김남천 등의 실패를 가시화하고, 이를 비판하는 것은 이 글의 관심사가 아니다. 어쩌면 이들의 이론적 고투는 당대 현실을 살아가던 지식인들이 모색할 수 있었던 최대한의 노력을 보여주며, 특히 김남천의 동요와 분열은 그 노력이 어떤 함정을 노정하고 있었는지까지 예민하게 체화한 결과로 평가할 여지도 있다. 그러니까, 그들의 실패는 곧 시대의 실패였던 것이다. 다만, 이들의 실패가 단순히 그들만의 개별적인 실패로 남지 않기 위해서는 과거의 목소리에 귀 기울임으로써 우리가 아직도 청산하지 못한 어떤 정치적 무의식에 대해 반성적·비판적 거리를 마련할 수 있어야 한다.

1930년대 장편소설론의 인식 구조를 거칠게나마 훑어본 것은 이러한 면들을 단순히 과거의 유물로 치부할 수 없기 때문이다. 그런 맥락에서 2000년 이후 장편소설의 필요성을 적극적으로 주장했던 일부 비평들이 끊임없이 '근대'라는 기표를 호명하면서 거대담론을 바탕으로 한 장르의 위계화를 또다시 도모하고 있는 현상은 징후적으로 해석될 여지가 있다.

어떻게 하면 탈근대의 충동과 계기를 자본주의 상품화 과정과 체제 내의 회로에 포섭되게 하지 않고 근대 극복의 소중한 예술적 자원으로 만드느냐를 고민해야 마땅하다.

한 가지 유력한 방법은 근대의 장편소설을 근거지로 삼되 '탈근대적 상상력'을 근대의 경계를 뚫고 새 길을 개척하는 일종의 전위대로 활용하는 것이다. '탈근대적 상상력'이라는 전위는 근거지에서 근대 성찰 세력으로부터 힘을 충전하되 그 내부의 근대주의 수구세력과도 싸워야 한다.[18]

"근대 극복의 소중한 예술적 자원"이라는 표현에서 저 '근대 극복'이라는 말이 환기하는 의미들의 정치적 성격에 주목해보자. 특히 "근대의 경계를 뚫고 새 길을 개척"해야 한다는 비전의 추상성은 그 자체로 징후적이기도 하다. 비평가가 이야기하는 새 길이라는 것이 무엇인지 그 구체성이 묘연하다는 것은 말할 것도 없지만, 오히려 그 구체성의 결여가 담론을 전유하는 주체로 하여금 필요에 따라 그 비어 있는 개념을 자의적으로 활성화하고 나아가 헤게모니를 용이하게 확보하도록 만드는 추상화의 전략이 된 셈이다. 근대 내부의 적을 청산함으로써 근대를 초탈하겠다는 이 선명한 기획이 70여 년 전에 식민지 지식인들의 의식 구조에 깊숙이 침윤되었던 쇼와 시대의 '근대초극론'의 논의와도 묘하게 닮아 있다는 우리의 의심은 과연 기우에 불과한가?

물론 이러한 생각이 전환기 장편소설론의 직접적인 영향 관계에 놓여 있다는 뜻은 아니다. 거듭 말하지만 여기서 중요한 것은 직접적 영향 관계의 유무가 아니라 장편소설을 수단화·물신화함으로써 정치적 기획을 기도하도록 만든 의식상의 어떤 구조적 동형성

18) 한기욱, 같은 글, pp. 225~26.

이다. 그러한 구조가 서구에서 비롯된 모더니티에 대한 열등의식
과 더불어 이를 청산하려는 주체에의 욕망에 의탁하고 있다는 것
에는 굳이 자세한 설명이 필요하지 않을 것이다.

이 욕망의 배경에 놓여 있는 비슷한 위기의식은 양자의 유사성
을 새삼 돋보이게 만드는 것이다. 이를테면 장편소설에 대한 요구
가 새삼 지금에 이르러 다시 재점화되고 수면 위로 급부상한 직접
적인 배경에 가라타니 고진의 '근대 문학 종언론'에 대한 대결 의
식이 놓여 있다는 것은 이론의 여지가 없어 보인다. 아울러 이러한
대타 의식이 결국은 근대에 대한 결정론적인 시각의 도착적 모방
과 결합할 수밖에 없음을 확인하는 것 역시 가능하다.

일본 문학에 대한 좀더 자상한 비평작업도 중요하지만, 앞의 결정
론에서 벗어나기 위해서 빠뜨리지 말아야 할 것은 근대적 시민의식
이나 예술문화의 형성 면에서 일본이나 일본 문학은 소위 '선진' 자
본주의국가 중에서 모범이라기보다 별종에 가깝다는 것을 지적하는
일이다. 천황제에 발목 잡혀 시민의식은 발육이 부진한데 도리어 탈
아입구(脫亞入歐)를 열망하는 일본 사회는, 이를테면 마땅히 밟아야
할 '진도'를 건너뛰고 원숙해진 기형(畸形)의 측면이 있는 것이다.
[……] 따지고 보면 가라타니의 '근대 문학 종언론' 자체가 일본문
학의 특수성을 보편적인 것으로 착각한 데서 나온 물건이 아닌가.[19]

---

19) 한기욱, 「세계문학의 쌍방향성과 미국 소수자문학의 활력」, 『창작과비평』 2008년 봄
　　호, p. 331.

리얼리즘이라는 이데올로기의 숭고한 대상　181

한기욱이 가라타니의 역사철학적 결정론과 목적론에서 벗어나는 것을 강조하면서도, 오히려 일본 문학을 가리켜 "모범이라기보다 별종에 가깝다"고 평가절하하고 일본 사회를 일컬어 "마땅히 밟아야 할 '진도'"를 건너뛴 "기형"이라 견제하는 또 다른 단계론적 결정론에 의존하는 것을 어떻게 이해해야 할까? 여기서 나타나는 모순과 자기 분열은 단순한 우연이나, 논리적 착오만으로 간주될 수는 없을 것이다. 이는 "일본 문학의 특수성을 보편적인 것으로 착각"했다는 지적에서도 읽힐 수 있다. 이를 통해 확인할 수 있는 비평가의 무의식은 보편성과 특수성이 완전히 별개의 특성이라는 이분법적 사고다. 그러나 특수성은 보편성의 미달이 아니라 일종의 근대적 쌍생아에 가깝다. 그럼에도 불구하고 이 점이 지속적으로 간과되는 이유는 우리에게 마땅히 따라야 할 보편성이 있다는 환상, 그리고 일본적 특수성을 모더니티의 별종이자 기형으로 배제하려는 일종의 차별화 욕망이 작동하기 때문일 것이다. 물론 이 착각이 한국적 특수성을 다시 보편적인 근대의 궤도에 올려놓기 위한 관념적 곡예의 일환이라는 것은 두말할 나위가 없을 것이다.

5. 장르론의 실용적 전회를 위하여

> 엄밀하게 말해서 비평가는, 그것을 벗어나서는 씌어진 이야기가
> 소설이라는 명칭을 요구하지 못할 규칙들을 그가 발견하지
> 못하는 한, 과거와 현재와 미래의 모든 경우에 소설이라는
> 말의 사용을 정당화하거나 금지하는 것이 무엇인지 그가
> 모르는 한 비평가가 자신의 판결을 중단해야 한다는 것을
> 인정해야 할 것이다.[20]

　다양한 사례에서 살펴볼 수 있듯이, 근대를 특권화하거나 혹은 그것을 넘어서려는 문화적 기획은 역설적이게도 우리로 하여금 근대의 다양한 변주적 욕망에 여전히 얽매이게 만들 뿐이다. 이를테면 '근대 문학은 끝났다' '근대 문학은 끝나지 않았다' 혹은 '근대 문학을 극복해야 한다' 등과 같은 당위적 테제들이 장편소설이라는 장르를 매개로 회전하는 것조차 결국 근대적 현상의 일부이다. 이러한 아이러니는 결국 우리가 근대 위주의 목적론적 사유 방식에서 온전히 자유롭지 못하다는 것을 보여주며, 이 같은 부자유 속에서 장편소설에 대한 이념이 강제되는 한 우리는 스스로의 의지와 상관없이 영원히 도래하지 않을 저 숭고한 대상으로서의 장편소설에 사로잡힌 채 과거를 망각하고 현재를 괄시하면서 미래를 신성화하는 데 일조하게 될 것이다.
　다소 단호하게 들릴 수 있을 이러한 결론이 장르론의 불필요성이나 근대 소설의 특수성에 대한 부정을 뜻하는 것이 아님을 굳이

---

20) 마르트 로베르, 『기원의 소설, 소설의 기원』, 김치수 옮김, 문학과지성사, 1999,
　　p. 16.

강조할 필요가 있을까? 다만 근대적인 문학 장르로서의 노블이 부각되고, 그것을 선취하고자 하는 한국인들의 주체적인 노력이 장편소설이라는 개념 아래로 총동원되었던 이력이 특정한 시공간적 국면에서 나타난 역사적 사건에 다름 아니라는 것은 재차 강조될 필요가 있다. 이와 같은 장르에 대한 역사화 작업은 최소한 자명한 전제에 의거한 장편소설론이 야기할 수 있는 현재에 대한 과소평가나 과대평가 모두와 거리를 두게 만들며, 더 나아가서는 오늘날의 장편소설 담론을 조금은 더 실용적인 방향으로 개선할 수 있는 최소한의 발판을 마련하는 데 기여할 수 있다.

길게 경유했지만, 우리가 궁극적으로 묻고 싶은 것은 이런 것이다. 장르론의 실용주의적 전회pragmatic turn[21]를 위해 비평은 구체적으로 무엇을 할 수 있을까? 참고할 만한 사례와 그에 따르는 과제를 제시하는 것으로 마무리하자. 이를테면 노블에 대한 광범위한 데이터베이스를 바탕으로 독창적인 연구를 진행하고 있는 프랑코 모레티Franco Moretti의 시각은 우리에게 꽤 생산적인 참조점들을 제공해줄 수 있을 것이다. 다소 길더라도 음미할 가치가 있으니 인용해본다.

아주 작은 것과 아주 큰 것, 이 두 가지 것이 문학의 역사를 만드는 힘들이라고 할 수 있을 것이다. 전자가 문학적 장치를 가리킨다

---

21) 이 표현은 다음 책에서 빌려왔다. Richard J. Bernstein, *The Pragmatic Turn*, Polity Press, 2010. 참고로 이것은 철학의 언어적 전회linguistic turn가 결과적으로 인문사회학적 담론의 실용주의적 전환으로 이어져야 한다는 리처드 로티Richard Rorty의 사유에 근거한 것이다.

면 후자는 장르를 일컫는다. 텍스트는 여기에 관여하는 것이 없다. 텍스트는 문학의 실제 대상임에 틀림없지만, 문학사를 위한 지식의 걸맞은 대상은 아니다. 장르라는 개념에 대해 생각해보자. 보통 문학 비평은 에른스트 마이어Ernst Mayr가 '유형학적 사고'라고 부른 방법에 의거해 장르에 접근한다. 우리는 '대표적인 개별 텍스트'를 선정하고, 그 텍스트를 통해 장르를 일종의 하나의 완전한 전체처럼 정의하고자 한다. 『셜록 홈즈』는 탐정소설을 대변하고, 『빌헬름 마이스터』는 교양소설을 대변한다. 사람들은 괴테의 소설을 분석하고 그 분석 내용을 전체 장르에 대한 분석인 것처럼 간주한다. 왜냐하면 유형학적 사고에서는 '실제 대상real object'과 '지식의 대상object of knowledge' 사이의 간극이 존재하지 않기 때문이다. **그러나 장르를 일종의 진화의 나무처럼 시각화한다면, 이 둘 사이의 연속성은 불가피하게 사라질 것이다. 장르는 그 어떤 개별 텍스트도 대변할 수 없는 내부적 다원성을 지닌 추상적인 '다양성의 스펙트럼'일 따름이니 말이다.**[22] (강조는 인용자)

아주 낮은 층위에서부터 산문의 스타일을 탐색하는 것. 디지털 데이터베이스가 구축된 상태에서 이것은 매우 상상하기 쉬운 작업이 되었다. 몇 년만 작업을 한다면, 우리는 이제 출판된 모든 소설을 조사할 수 있으며 수십 억 개의 문장들의 패턴들을 살펴볼 수 있을 것이다. 개인적으로 이러한 형식적이고 양적인 작업에 대해 흥미를 가지고 있다. 예를 들어보자. 모든 문학 연구자들은 스타일리스틱한

---

22) Franco Moretti, *Graphs, Maps, Trees*, Verso, 2005, p. 76.

구조를 분석한다. 예컨대 자유 간접 화법, 의식의 흐름, 멜로드라마적 과잉 등이 그것이다. 그러나 우리는 이러한 형식들의 기원이 무엇인지 실제로 아는 바가 거의 없다. 이것은 매우 충격적인 사실이다. 소설의 스타일은 마치 그냥 우리 눈앞에 주어져 있는 것처럼 현상되며, 그 이후에야 우리는 비로소 무엇을 할 수 있을지를 생각하게 되기 때문이다. 그런데 그러한 소설들은 어떻게 그러한 방식으로 출현할 수 있었는가? [······] 수많은 변수들에 대한 양적인 연구와 디지털 아카이브만이 이에 대한 답을 우리에게 줄 수 있을지도 모른다. 한 사람이 그처럼 거대한 아카이브를 연구할 수 없다는 점에서 그것은 의심할 여지없이 어려운 일처럼 보인다. 우리는 마치 텍스트들이 우리에게 말을 걸도록 디자인되어 있다고 생각하며, 우리는 그것을 어떻게 들어야 할지 훈련받는다. 그러나 아카이브는 자기 자신을 우리에게 소개하는 메시지가 아니다. 심지어 아카이브는 올바른 질문을 하기 전까지 우리에게 그 어떤 말도 걸지 않는다. 문제적인 것은 우리 문학 연구자들은 바로 그러한 질문 던지기에 익숙지 않다는 사실이다. 우리는 듣는 것에 훈련되어 있으며, 질문하는 것에는 전혀 훈련이 되어 있지 않다. 질문을 하는 것은 듣는 것과 정반대되는 일이기도 하다. 질문은 비평으로 하여금 머리에서부터 발끝까지 일종의 실험으로 변모하게 만든다. '자연에게 질문하기'는 실험이 종종 묘사되는 방식인 것처럼, 내가 꿈꾸는 것도 문화에 질문을 거는 비평의 존재다. 물론, 어려운 일이다. 그러나 시도하지 않을 수 없을 만큼 매력적인 작업임에는 틀림없다.[23]

23) Franco Moretti, "The Novel: History and Theory", *Distant Reading*, Verso,

과연 그렇다. "다양성의 스펙트럼"이라는 말처럼 실제로 문학사혹은 장르사를 이끄는 것은 지도적인 비평의 역사철학적 이념 혹은 특별한 개별 정전 작품도 아닌, 다양성이라는 환경 자체다. 장르의 이론과 장르의 역사가 항상 일치하지 않을 뿐만 아니라 때로는 대립되는 양상을 보이는 까닭도 여기에 있다. 소설은 거대담론에 침윤된 비평의 입법적 판단에 아랑곳하지 않고 때로는 역사에 도축되기도 하면서, 소설이라는 이름의 느슨한 개념의 아카이브를 구성하는 일에 자기도 모르게 기여할 뿐이다. 물론 그중에서 어떤 주류적인 흐름이나 유행이 없을 리 없다. 그러나 설령 한 시대를 풍미하는 우세종이 있다고 해서 그것이 당대 전체를 대변하는 것은 아니며, 문학사의 미래를 담보하는 것은 더더욱 아니다. 왜냐하면 생물학적 종의 진화 과정이 그러하듯 문학사의 진화 역시 때로 우세종이 아닌 돌연변이 등 주변적인 종에서 진화의 동력을 얻기도 하기 때문이다. 당대에는 과소평가되었으나 후대에 이르러 예술사적 중심으로 부상했던, 소위 '저주받은 걸작'이라 불리는 사례들이 바로 그러한 우연한 진화적 메커니즘을 증언하는 존재들일 것이다.

사정이 그러하다면 몇몇의 개별적인 사례에 의거하여 장르의 프로토타입을 전제하는 비평이 불가피하게 그 기준을 초과해버리는 다양한 예외의 범람에 직면할 수밖에 없는 것은 어찌 보면 당연한 일이다. 그 범람을 불손하거나 무가치한 것으로 여기고 이를 결함

2013, pp. 164~65.

과 결핍으로 낙인찍으려는 보수주의적 비평은 시대의 변화에 따른 역사적 감각을 상실한 소모적 논쟁에 기여할 뿐이다. 오늘날 일부 비평들이 보여주는 바처럼 장편소설론의 정당성을 확보하기 위해 대중적으로 성공한 몇몇의 사례를 결정적인 증거로 채택하면서 그것이 얼마나 훌륭한 장편소설인지를 확인하는 작업이 그저 소모적인 순환론을 반복하는 것처럼 보이는 것도 그 때문이다.

요컨대 우리의 결론은 이것이다. '소설'(혹은 장편소설)은 이제 모델이 아니라 다양한 사례들을 포괄하는 집합적 명칭에 가까워야 한다. 이것은 지나치게 허무한 결론인가? 장편과 단편의 차이를 구획하는 형이상학적 정당성이 어디에도 없다는 결론은 어쩌면 모든 장르적 논의를 원점으로 되돌리는 일처럼 보일지도 모른다. 특히, 섣부르게 현장에 개입함으로써 미래를 전유하고자 하는 비평적 입장에서는 이 말이 비평은 문학에 대해 아무것도 할 일이 없다는 소리처럼 들릴 수도 있을 것이다. 그러나 미래의 비평은 이러한 결론을 기꺼이 (장편)소설이라는 장르를 비롯하여 다양한 문학 장르에 대한 보다 실용적인 논의를 시도해볼 만한 유용한 출발점의 하나로 삼을 수 있을 것이다. 왜냐하면 이러한 해체가 생산해낼 수 있는 물음의 종류들은 너무나도 다양하기 때문이다. 그런 점에서 우리의 결론은 일종의 질문이다. 비평이 더 이상 할 것이 없다는 투정 어린 무용론이 만연하고 있는 오늘날, 장르론의 실용주의적 전회를 위해 비평이 할 일은 단언컨대 여전히, 너무도 많다.

비평의 장소

—표절 사태와 문학권력론

1. 징후로서의 문학권력

신경숙 표절 사건 이후 문단을 향해 제기된 수많은 내외부적 비판 밑에는 한국 문학 시스템에 대한 전방위적 불신, 그중에서도 현장 비평에 대한 불신이 쌓여 있다. 그 축적된 불만이 표절 사건을 계기로 공적 담론의 지평 위에서 표출되기 시작했다는 것은, 오랫동안 '그들만의 리그' 안에서 자족적으로 이루어지던 문학장의 상징적인 인정 투쟁이 어느새 역사적 임계점에 도달했다는 사실을 보여주는 징후인지도 모른다.

그런 상황에서 '문학권력'이라는 개념이 한국 문학장의 구조적 한계를 지시하는 담론적 표지로 다시 부상한 것은 의미심장하다. 최근의 문학권력 비판론은 표면적으로는 1990년대의 논의와 유사해 보이나, 과거보다 구체적인 쟁점과 현안 들을 부각시키고 있다는 점에서 한국 문학장의 구조적 결여에 대한 생산적인 문제의식을 제기하고 있는 것처럼 보인다.[1] 물론 모든 진단과 처방 들에 성급하게 동의할 수는 없으며, '권력'이라는 개념의 적절성 여부에 대해서도 이견이 있을 수 있다. 그러나 문학권력 비판론이 과거의 단순한 반복이 아니라 동세대 문학장과 관련된 유의미한 담론으로 이어지기 위해서는, 그 모든 사안을 토론의 주제로 채택할 수 있는 개방적 장을 마련하는 것이 좀더 시급한 과제라고 생각한다. 문학 역시 제도의 산물이지만 그 자신의 제도적 특성에 대한 내적 긴장을 유지할 수 있는 '특이한 제도'(데리다)라는 믿음을 우리가 여전히 고수한다면, 여태껏 비평적 논의 대상에서 배제되었던 현안들, 이른바 문학장을 구성하는 구조적 조건들에 대한 사회학적, 정치학적 분석 역시 중요하게 검토될 수 있기 때문이다.

하지만 상황은 그렇게 낙관적으로 흘러가는 것 같지 않다. 우선 문학권력으로 지목되었던 주체들이 문예지들을 통해 내놓은 반응들에서 토론에 대한 적극적인 의지를 찾아보기 쉽지 않다. 특징적인 것은 문학권력 비판론이 구체적이고 다양한 쟁점과 현안 들을 제기했던 것에 반해, 문학권력에 대한 비판적 대응들은 대체적으로 자기-독백적이라고 할 수 있을 정도의 유사한 원론들을 소극적으로 반복한다는 사실이다. 이를테면 윤지관은 문학장에서 발생할 수 있는 힘과 영향력의 차이는 자연발생적인 것이며, 그러한 차이에서 발생하는 '권위'의 정당성을 문학권력 비판론이 의도적으로 간과하고 있다고 비판한다. "문학권력이라는 것이 문학에 있어서

1) 가령 『실천문학』 가을호에서 마련한 좌담회에서는 등단 제도, 문학상의 문제, 비평의 마케팅화, 문예지 편집위원 제도 등에 대한 날카롭고 현실적인 진단이 오갔다. 이에 대해서는 「한국 문학의 폐쇄성을 넘어서」, 『실천문학』 2015년 가을호 참조.

는 존중받아야 할 하나의 '권위'이기도 하다는 사실을 무시하기 때문이다. 문학에도 권력이 있을 수 있지만, 그것을 꼭 억압하고 군림하는 것이라고 보아야 하는가?"[2] 원론적으로는 동의할 수 있다. 하지만 권력론을 일종의 자연발생적 '영향' 혹은 '권위'의 문제로 순치시켜버린다면 '권력'이라는 단어가 애초부터 촉발하고 있는 다양하고도 구체적인 문제의식 자체가 축소되고 희석될 수 있다.

유사한 맥락에서 권희철은 비평가의 "선택하는 행위 혹은 결단 그 자체는 최선은 아닐지라도 불가피한 일"[3]이라고 말하며 중요한 것은 선택 과정에서 발휘되는 비평가의 양심(혹은 실존적 불안)이라고 반론한다. 한 걸음 나아가 그는 "만약 문학권력이라는 말이 성립할 수 있다면, 그것은 문학 그 자체의 힘일 것"[4]이라고 주장하며 문학 자체가 발휘하고 있는 내적 힘이 존중되어야 한다고 강조한다. 이 역시 원론적으로는 옳은 말이라고 생각한다. 그러나 (뒤에서 조금 더 자세하게 논하겠지만) 문학성에 관한 원론에 입각하여 비평가 주체의 선의지와 문학적 자율성에 대한 신념을 드러낼 때, 그것이 불가피하게 암시하는 것은 비판 주체들이 무분별한 오해와 편견에 사로잡혀 있다는 식의 어떤 역규정이다.

물론 이러한 대응들에 경청해야 할 내용이 없는 것은 아니다. 권력 비판이 문학장의 상징 질서에 적지 않은 영향력을 행사하는 특정 비평가 그룹이나 출판사의 도덕성과 윤리성에 대한 맹목적 비난으로 귀결되는 분위기가 없지 않다는 점을 감안한다면, 이러한

2) 윤지관, 「문학의 법정과 비판의 윤리」, 『창작과비평』 2015년 가을호, p. 376.
3) 권희철, 「눈동자 속의 불안」, 『문학동네』 2015년 가을호, p. 13.
4) 같은 글, p. 12.

유의 항변이 제기되는 맥락을 충분히 이해할 수 있다. 특히 한국 문학에 대한 영향력을 보유하고 있는 소수의 출판사와 비평가들이 불순한 의도를 지니고 권력을 제멋대로 향유하고 있다고 보는 관점이나 비평가들이 의도적으로 카르텔을 형성하여 상징 권력을 나눠 갖고 있다는 비판 역시, 한국 문학장의 객관적 현실과 정확하게 부합한다고 볼 수는 없기 때문이다.

그럼에도 불구하고 문학권력 비판론을 단순히 무용한 음모론, 현실과 전혀 관계없는 편집증적 서사로 대하는 독법은 여전히 문제적이다. 비판론이 객관적 사실의 측면에서 오인하는 지점이 있다고 하더라도, 그 오인을 세세하게 지적하고 교정하는 방식으로 비판에 응답하는 것은 결과적으로 논의의 초점을 흐릴 수 있기 때문이다. 중요한 것은 한국 문학장에 대한 음모론적 상상력이 광범위한 공감을 확보할 수밖에 없는 담론적 상황과 조건을 냉정하게 인지하는 것, 이른바 음모론을 하나의 징후로 읽는 정치적 독법이다. 설령 문학권력 비판론이 음모론적인 요소를 내포하고 있다고 하더라도, 그것이 유력한 담론으로 통용될 수 있는 배경을 이해하는 것은 여전히 우리에게 중요한 정치적 통찰의 실마리를 제공해줄 수 있기 때문이다.

한 사회에서 음모론이 유행하고 음모론이란 딱지가 횡행한다는 것은 그 사회가 위기에 처했음을 보여주는 징후다. 처참한 결과를 가져온 사건이 발생했다 치자. 사건을 처리하는 방식이나 원인을 묻고 따지는 과정에서 미심쩍은 사안들이 발견되었다. 이를 당사자나 주위 사람들이 문제 삼았다. 그런데 책임 당국은 명확히 답하지 않았다. 답답해진 사람들이 더 큰 목소리로 묻자, 당국은 이에 답하기는커녕 어물쩍 넘어가려 했다. 단지 미심쩍을 뿐이었던 것이 확고한 의심으로 발전하는 순간이다. 비판의 목소리가 더 커지자 당국은 이렇게 답했다. '당신들, 우리를 믿으라는데 자꾸 왜 그래? 무슨 의도가 있는 거 아냐? 대체 배후가 누구야? 누가 조종하는 거야?' 만약 당국이 의혹을 풀려 노력하고 비판에 답한다면 더 이상 아무런 일도 생기지 않는다. 아니, 그런 사고가 다시 일어나지 않도록 필요한 조치를 취하는 소중한 계기가 될 것이다. 그러는 대신 의심과 비판을 묵살하고 탄압하면 사달이 난다. 원인을 알 수 없기에 사고가 다시 발생할 수 있으며, 처리 과정의 문제를 따지지 못했기에 이전의 잘못을 재연할 소지가 커진다. 그리고 합리적 의혹과 정당한 비판을 탄압했기에 의심과 비판은 더 공고해지고 확산된다. 음모론은 이런 과정의 불가피한 결과물이다. 묵살과 낙인과 탄압은 의혹과 불신과 음모론을 더욱 키운다. 더 커진 불신과 음모론은 더 큰 낙인과 탄압을 받는다. 그렇게 음모론과 탄압의 악순환은 심화된다. 이런 곳에서 민주주의가 제대로 작동할 리 없다. 요컨대 음모론의 유행과 음모론 낙인의 횡행은 그 사회의 민주주의가 위협받는다는 결정적 증거다.[5]

인용한 대목의 '처참한 결과'에 신경숙 표절 사건을 대입하고 '당국'을 출판사 및 비평가로 대입하면 위 대목은 지금 이 시점에 문학권력론이 광범위한 공감을 얻게 된 이유를 짐작해볼 수 있다.

5) 전상진, 『음모론의 시대』, 문학과지성사, 2014, pp. 11~12.

표절에 대한 의혹과 비판이 정당하게 제기되었음에도 불구하고 이에 대한 합리적인 해명이 제출되지 않을 때, 더 나아가 사안에 대한 평등한 토론의 장이 형성될 조짐이 보이지 않을 때 권력에 대한 비판이 음모론의 형식을 띠는 것은 지극히 자연스러운 일이다. 요컨대 문학권력 비판론은 문학 담론장의 민주주의가 심각하게 위협받고 있다는 것을 보여주는 역사적 징후이다.

문학권력 비판론에 대한 최근의 대응이 무용할 뿐만 아니라 종종 논점에서 이탈하는 모습을 보여주는 이유도 여기에서 찾을 수 있다. 앞서 살펴본 것처럼 최근의 대응들은 문학권력을 둘러싼 논쟁이 서로 상이한 정치적 입장에 처한 주체들 사이에서 형성된 '정치적' 담론이라는 사실을 결정적으로 간과한다. 합리적 소통을 강조하며 투명한 사실의 오해 없는 전달을 요구하는 반론들은 (설령 그것이 선의로 포장되어 있다고 하더라도) 자신의 선의를 타자에게 강요하는 윤리적 폭력을 실천할 우려가 있다. 그런 의미에서 발화 주체의 위치와 조건의 차이에 대한 고려 없이 문학권력론을 단순한 음모론으로 읽는 방식은 심지어 정치적으로 무책임한 측면까지 있다. 가령 윤지관처럼 문학권력 비판이 "대부분 대학에 자리 잡고 있는 교수이자 평론가라는, 또다른 '문학권력'들로부터 주로 나오고 있는 것도 아이러니"[6]라고 말하며 비판 주체의 신원을 새삼 따지거나, 권희철처럼 "작품을 고정된 눈앞의 사물처럼 취급하며, 작품 이전에 미리 마련해놓은 자신들의 기준을 가지고 작품의 품질을 따지고 심판할 수 있는 권한이 자신에게 주어져 있다고 믿는

6) 윤지관, 같은 글, p. 377.

194

비평가들이야말로 '권력'을 꿈꾸고 있는 것이 아닐까"[7]라고 의심하는 것이 대표적인 사례들이다. 이들은 자신들의 윤리적 정당성을 방어하는 일환으로 상대방의 의도를 재단하고 추정하면서, 아이러니하게도 자신들이 그토록 비판하던 권력 비판론의 음모론적 형식을 은연중에 답습한다.[8] 문학권력을 둘러싼 논의를 비평가의 윤리적 선의의 문제로 축소시키거나 불가피한 영향력의 문제로 치환시켜버릴 때, 문학권력에 대한 논의는 이처럼 일종의 도덕적 정당성을 둘러싼 소모적인 인정 투쟁으로 비화되면서 생산적인 토론의 가능성을 차단시켜버린다.

2. 믿음의 형식으로서의 문학주의

왜 이런 소모적인 악순환이 지속될 수밖에 없는 것일까. 여러 이유가 있겠으나, 그것은 문학과 제도에 관한 비판을 진지한 비평적 현안으로 다루는 것을 터부시하는 한국 문학장의 오래된 경향과 무관하지 않다는 사실을 일종의 가설로 제시해볼 수 있을 것이다. 이러한 경향은 문학의 자율성에 대한 이념과 종종 결합하면서, 문

---

7) 권희철, 같은 글, p. 12.
8) 두 가지 음모론을 모두 비판하는 양비론은 논점을 흐리는 것이다. 음모론의 정치적 효과에 대해 말하기 위해서는 그것을 단순히 동일한 형식의 담론으로 간주하는 것이 아니라, 발화하는 주체의 정치적 위치와 그 효과에 대한 성찰이 동반되어야 하는 것이다. 위정자들이 유포하는 음모론과 피역압자들 사이에서 확산되는 음모론을 정치적인 맥락에서 다르게 간주해야 하는 것도 그러한 정치적 입장과 관련되어 있다. 전자가 통치술이라면, 후자는 일종의 변혁과 해방의 실마리가 될 수 있기 때문이다.

학의 공간을 정치사회학적 비판이 불가능한 성소로 만들어버리는 상황을 초래한다. 문학권력 비판에 대항하는 다소 냉소적이고 신경질적인 역비판에서 우리가 관찰할 수 있는 것 역시 이러한 '문학주의'에 대한 종교적 신념에 가까운 태도이다.

권희철은 『문학동네』 가을호 서문에서 공격적인 반론을 비교적 자세하게 전개한다. 그는 신경숙의 표절 문제에 대해서는 비교적 온건하게 수용한 것과 달리 문학권력론에 대해서는 적대적인 태도를 숨기지 않는다. 흥미로운 것은 반론을 펼치는 과정에서 권희철이 선보이는 논리 구조가 한국 문학장에서 통용되고 있는 문학주의의 정체가 무엇인지를 분명하게 확인시켜준다는 사실이다. 이를테면 그는 문학권력 비판을 이루는 두 축으로 상업주의(작가중심주의)와 비평중심주의를 지목하면서 논의를 시작한다.

(1) '문학권력'은 '문학적인 것'을 포기하고 대신에 '상업성'을 추구해왔다. 그 결과가 '작가중심주의'이며 무비판적인 '주례사 비평'이다.
(2) '문학권력'은 시장과 독자대중의 의견을 무시하고 '문학적인 것'을 고집했으며, 그 결과 나타난 것이 '비평중심주의'이다.

권희철은 이 두 가지 비판이 서로 양립할 수 없다고 주장한다. 그 이유는 비평중심주의와 작가중심주의는 그 정의상 서로 모순될 수밖에 없는 개념들이기 때문이다. 요컨대 "아무리 문학권력의 위세가 대단하다고 하더라도, '작가중심주의'이면서 동시에 '비평중심주의'이고, '상업성'을 추구하면서 동시에 '시장과 독자대중을 무시'하며, '문학적인 것'을 포기하면서 동시에 '문학적인 것'을 강요할 수는 없다".[9] 이러한 권희철의 논리가 얼마나 정당한지 검토하기 전에, 소위 두 개의 '중심주의'가 공존할 수 없다는 그의 주장이 성립하기 위해 동원되어야 하는 인식 구조가 무엇인지를 확인할 필요가 있다.

권희철의 인식 구조는 특정한 개념적 정의를 토대로 전개되는 연역적 논리에 근거한다. 비평중심주의를 둘러싼 오해에 대해 다음과 같은 반론을 내놓을 수 있는 이유도 거기에 있다. "비평은 언제나 일반 독자를 포함한 비평적 대화 속에 존재하므로, '문학적인 것'은 어느 한 시각에 의해 독점될 수 없으며 비평적 대화 속에서 점점 더 다양한 방식으로 음미되는 것이므로, '비평중심주의'가 '문학적인 것'에 대한 특정한 견해만을 강요한다는 것은 그 말의 정의상 성립할 수 없는 명제다."[10] 공교롭게도 여기서 눈에 띄는 것은 '말의 정의상'이라는 표현이다. 그의 반론이 개념적 정의에 의거한 철저한 연역적 추론에 빚지고 있다는 사실은 의미심장하다. 일종의 데카르트적 신 존재 증명처럼, 유사 존재론의 모양새를 띠는 그의 논리가 연역론이 흔히 저지를 수 있는 오류에 빠져 있다는 점을 지적하는 것은 그리 어려운 일이 아닐 것이다. 보다 문제적인 것은 그의 연역적 사유의 토대가 되는 문학에 대한 믿음이 그것과 불화하는 다양한 형태의 모순적 현실들을 은폐하고, 급기야 문학에 대한 맹목적인 탈역사적 신념으로 확장될 수 있다는 사실

9) 권희철, 같은 글, p. 9.
10) 같은 글, p. 11.

이다.

　동일한 맥락에서 "만약 문학권력이라는 말이 성립할 수 있다면, 그것은 문학 그 자체의 힘이라는 뜻일 것"이라는 결론을 통해 우리가 확인하게 되는 것은, 관념적인 형태의 '문학주의'라고 불리는 일종의 탈역사적 신념이다. 문학의 사회적 영향력이 점차 축소되고, 독서 시장의 극단적인 상업화가 진행되어가는 추세 속에서 문학의 근원적인 힘에 대한 믿음을 고수하려는 그의 태도는 분명 존중받을 만한 것이다. 그러나 심정 윤리에 기반을 둔 그의 발언은 '문학 그 자체의 힘'이라는 어떤 추상적 실체를 상정하고 그에 대한 맹목적 확신 위에서 문학을 둘러싼 논쟁적인 목소리들을 연역적으로 재단하는 일에 기여할 위험이 있다. 이러한 신앙에 가까운 신념은 (권희철의 표현을 빌리자면) 비평중심주의와 작가중심주의의 결합이라는 모순적인 상황이 어떻게 가능한지, 나아가 그러한 왜곡된 관계를 제도적으로 강화하는 문학 시스템이 구조적으로 어떤 선택과 배제의 힘을 발휘하는지를 역사적으로 성찰할 의지를 갖고 있지 않다. '문학 그 자체의 힘'에 대한 맹목적 믿음은 이를테면, 심보선이 지적했던 '상업성'과 '문학성'의 기이한 공모, (물질적·상징적) 이윤 지상주의와 한국 문학 지상주의의 독특한 결합을 설명하지 못한다.

　한국의 주요 문학출판사들은 모두 주요 문학 잡지를 운영하며 이 잡지들은 모두 평론가들을 편집위원으로 두고 있습니다. 이러한 시스템에서 평론가들은 자신들의 잡지가 속한 출판사가 내놓은 작품의 '상업성'을 '문학성'으로 번역하는 역할을 맡고 있습니다. [……]

하지만 문제는 바로 여기에 있습니다. 이윤 지상주의와 한국 문학 지상주의, 이 둘의 기이하고도 모순적인 결탁 속에서 상업성과 문학성을 모두 지니고 있는, 아니 그렇다고 여겨지는 특정 작가들에 대한 무한 애정이 하나의 조직 문화로 형성됩니다.[11]

문학주의에 대한 믿음을 비판적으로 검토할 필요가 있는 것은 원론적인 차원에서의 문학주의가 바로 그 의도와 무관하게 저 "기이하고도 모순적인 결탁"을 은폐하는 알리바이로 동원될 수 있기 때문이다. 심보선이 한국 문학의 문제를 '시스템'이라는 용어를 통해 비판하는 까닭도 거기에 있을 것이다. 문학 역시 제도적 분석의 대상이 되어야 한다는 자의식적 긴장이 부재한 문학주의는 탈역사적인 신비주의와 의기투합하여 문학 자체를 낭만적으로 물신화하는 데 일조한다.

더욱 문제적인 것은 신비주의와 결합한 문학주의가 그 의도와 무관하게 문학주의의 도덕화를 야기할 수 있다는 사실이다. 즉 권력의 존재론과 함께 사유되지 않는 자족적 윤리(혹은 미학적 윤리)는 윤리의 도덕화, 윤리의 권력화로 귀결되기에 이른다. 신앙에 버금가는 신념의 탈정치성은 정치의 무대 자체를 봉쇄시키고 토론의 가능성을 차단해버린다는 점에서, 오히려 보수적인 정치성을 띤다.

---

11) 심보선, 「생태계로서의 문학 VS 시스템으로서의 문학」, 『문화과학』 2015년 가을호, p. 227.

비평가를 포함한 독자의 입장에서 그것을(문학을—인용자) 읽고 나면 짧은 감탄사든 긴 비평문이든 뭐라도 응답을 하지 않을 수 없는 것이 좋은 글쓰기에는 들어 있다. 문학에는 그런 것들을 강제하는 힘이 있다. 그것이 문학권력이다. 그런 차원을 제외한 뒤 성립할 수 있는 문학권력이 무엇인지 나는 알지 못한다.[12]

비평가 스스로가 권력을 추구하지 않는다고 믿고 또 그 선의지를 타인에게 표명하는 것은 가능하다. 그러나 그것이 권력이 존재하지 않는다는 것을 뜻하지는 않는다. 권력이 발휘되는 정치적인 것의 장은 주체가 의도하는 자리에서 정확하게 형성되는 것이 아니라, 그 의도와 무관하게 발현되는 일종의 수행적 효과에 가깝기 때문이다. 정치에 대해 말하기 위해서는 심정 윤리가 아닌, 책임 윤리를 사유해야 한다는 베버의 지적은 그런 맥락에서 여전히 유효하다.

따라서 권력의 존재 여부를 규정하는 권리는 특정한 발화의 주체자에게 전적으로 귀속될 수 없다. 권력이 단순히 실체가 아니라 어떤 상호작용의 질서 속에서 규정되는 힘이라는 넓은 정의를 받아들인다면, 권력으로 지목된 주체는 원칙적으로 스스로가 권력인지 아닌지를 규정할 수 있는 발화 위치에 설 수가 없다. 권력의 특정한 기제가 확인되는 순간은 그러므로 권력으로부터 소외되어 있다고 간주되는 타자의 반대와 저항이 발생하는 순간이라고 보아야 한다. 오히려 그러한 발화의 위치를 섣부르게 점하려는 의지를 주

---

12) 권희철, 같은 글, pp. 12~13.

체가 선보일 때, 권력의 주체는 스스로의 존재를 수행적으로 증명한다. 권력이 가장 분명하게 스스로의 존재를 드러내는 순간은 역설적이게도 자신의 발화 위치에 대한 정치적 이해가 실종되어버리는 순간, 다시 말해 중심에서 배제되어버린 타자들이 체감하고 있는 영향력과 효과에 대해 모르는 척할 때, 아니, 진심으로 모를 때이다. 이른바 권력은 무지에의 의지를 관철시키는 과정 속에서 스스로의 존재를 공적으로 각인시키는 데 비로소 성공한다.

권희철은 "우리들의 눈에서 불안을 보고 싶다"라고 말하고 있으나 협의의 문학주의가 일종의 신앙에 가까운 신념으로 굳어지게 된다면, 역설적이게도 거기에는 어떤 불안도 개입할 여지가 없게 된다. 불안은 작품에 대한 비평적 평가 과정에서 직면하게 되는 실존적인 두려움과 윤리적인 자의식에만 있는 것이 아니다. 불안은 우리가 인식하고 있는 세계의 지평에 놓인 어떤 한계에 대한 자각, 그리고 우리의 현재에 대해 지니고 있는 신념 자체의 유한성에 대한 정치적 수용 속에서 더욱 적극적으로 실천된다. 그러므로 그것은 개개의 작품에 대한 비평적 평가뿐만 아니라 문학의 자율성이라고 불리는 특수한 이념, 그리고 그에 의거해서 이루어지는 모든 비평적 활동에 대해서도 여지없이 적용되어야 한다. 문학에 대한 개념과 이념이 지속적으로 갱신될 수 있는 이유도 바로 여기에 있다. 이러한 갱신의 여지를 남겨놓는 일, 그리하여 그 누구에게도 맹목을 강요하지 않으며, 자신의 무지 가능성을 인정하는 일, 그것이 문학의 실존적 불안의 힘일 것이다.

그러므로 문학에 힘이 있다면 그것은 문학 그 자체의 힘이 아니라, 문학을 둘러싼 모순을 사유하려는 의지와 더불어 타자의 비판에 열려 있으려는 용기에 있다고 말해야 할 것이다. 앞서 말한 것처럼 만약 문학이 모든 것에 대해서 말할 수 있는 제도라는 이념을 우리가 여전히 고수하고자 한다면, 문학적인 논의의 영역 바깥으로 배제되었던 구조적 요소들에 대한 사회학적, 정치적 논의를 포기할 이유는 없다. 우리는 문학의 자율성에 대한 실천적 이념을 유지할 수 있으나, 그것은 말 그대로 실정화된 종교적 믿음에 의해서가 아니라 "믿음 없는 믿음faith of faithless"[13]이라는 정치적 형식의 물음 속에서 끊임없이 갱신되어야 하기 때문이다.

3. 상호 텍스트성의 정치적 이념

문학을 둘러싼 제반 시스템과 물적 조건에 관한 세속적 논의가 신경숙이라는 신화적 인물의 추락에 의해 촉발되었다는 사실은 징후적이다. 물론 한국 문학장이 표절 작가를 비호한다는 식의 인식은 사태를 단순화하는 측면이 있을 것이다. 하지만 표절 사태가 문학에 대한 낭만주의적 믿음과 통념에 대한 재인식을 촉구하면서 문학의 존재 방식에 대한 근본적인 토론거리를 제기하는 촉매제가 되었다는 사실은 이론적으로 중요하게 사유될 필요가 있다.

이를테면 신경숙 표절 사건이 야기한 상호텍스트성 관련 논쟁은 주목을 요한다. 최근 장정일, 윤지관, 남진우 등은 문학 텍스트의

---

13) 여기서 언급한 '믿음 없는 믿음'이라는 표현은 사이먼 크리츨리의 『믿음 없는 믿음의 정치』(이후, 2015)에서 빌려온 것이다.

창조 과정에서 형성되는 선텍스트와의 관계 문제를 다루고 있다. 이러한 일련의 글들은 창작의 순혈성에 대한 낭만주의적 믿음이 더 이상 보편적으로 통용될 수 없는 오늘날의 상황에서, 소위 모든 예술적 창조에 개입될 수밖에 없는 타자의 흔적을 어떻게 사유해야 하는지, 나아가 예술적 창조에 있어 독창성이 발현되는 원천이 무엇인지를 본격적으로 고민한다는 점에서 중요한 의제들을 생산하고 있다.

물론 상호 텍스트성을 매개로 형성된 텍스트들의 통시적/공시적 연관관계에 대해 사유하는 것은 여전히 필요한 일이다. 그러나 그것이 표절 행위를 옹호하는 이론적 근거처럼 도구화되는 듯한 인상을 주는 것은 문제적이다. 가령, "쿠데타는 성공해도 쿠데타지만, 표절은 성공하면 뛰어난 작품으로 변신한다"[14]는 윤지관의 발언은 상호 텍스트성의 시선에서 보자면 많은 문학작품이 결국 전통의 재창조일 수밖에 없다는 상식적인 사실을 지적하면서도, 다른 한편으로는 결국 표절 판정과 관련하여 중요한 잣대는 창작물의 미적 성취도라는 다소 공허한 결론을 도출한다. 이러한 결론은 미적 성취에 대한 주관적인 판단들의 소모적인 투쟁만 야기할 뿐 아니라, 상호 텍스트성이 야기할 수 있는 다양한 딜레마들을 부차적인 측면으로 서둘러 봉합하는 결과를 낳는다는 점에서 위험하다.

반면 남진우의 「판도라의 상자를 열며: 표절에 대한 명상 1」은 상호 텍스트성과 표절과 관련된 문학사적 사례들을 좀더 구체적으

14) 윤지관, 같은 글, pp. 374~75.

로 언급하며, 그것이 낳을 수 있는 까다로운 미학적, 철학적 딜레마를 제시하고 있다는 점에서 윤지관의 글보다 진전된 논의 가능성을 보여주고 있다. 언론에서 일부 발췌되어 소개된 탓에 남진우의 해당 글이 마치 표절을 무조건적으로 옹호한 궤변처럼 자극적으로 소비되기는 했으나, 그의 글 전문을 읽어보면 그가 표절을 부인하지 않는다는 사실을 어렵지 않게 확인할 수는 있다. 오히려 그의 글은 창조적 모방과 명백한 표절을 나누는 분명한 기준을 마련하기가 생각보다 용이치 않다는 점을 보르헤스와 보들레르의 사례를 통해 보여주면서, 보르헤스가 그러했듯 "낭만주의 이후 근대문학의 부동의 원리 중의 하나로 받아들여져온 독창성과 개별성의 신화에 [······] 대한 심층적인 성찰의 필요성"[15]을 제기한다. 나아가 표절 딜레마를 단순히 작가 개인의 양심의 문제나 미학적 성취도의 여부로 해결하기에는 남는 의문이 적지 않다는 것을 확인시켜준다. 그가 표절 문제를 윤리적인 문제로 단순하게 봉합하기에 앞서 모든 창작이 처할 수 있는 보편적 운명이라고 주장하는 것도 그 때문이다.

우리는 앞에서 보들레르의 『불운』에 대한 사르트르와 리샤르의 비평을 소개하면서 그들이 분석한 보석이나 꽃향기의 이미지가 과연 누구의 것인지, 보들레르의 것인지 그레이의 것인지 질문을 던진 바 있다. 이제 이 질문 자체가 지나치게 단순화된 것임을 말할 차례

---

15) 남진우, 「판도라의 상자를 열며: 표절에 대한 명상 1」, 『현대시학』 2015년 11월호, p. 24.

가 된 것 같다. 그 '말'의 주인은 보들레르도 그레이도 아니다. '말'에 주인이 있다고, 그러니 주인을 찾아주어야 한다고 보는 사고 자체가 어쩌면 잘못된 믿음의 산물이며 어느 한 시대의 '보편적 편견'일 수 있다. 말은 끊임없이 옮겨 다니며 새로운 빛깔과 울림을 얻고 새로운 시대, 새로운 장소에서 새로운 의미를 계시한다. 그것이 말의 예술인 문학의 힘이자 원천이며 글 쓰는 이들이 앞으로도 계속 나올 수밖에 없는 이유이다. 우리가 문학을 한다는 것, 글을 쓰고 또 읽는다는 것은 이런 상호 텍스트성의 거대한 그물망에 참여하는 것이며 그 그물망의 미세한 흔들림에 반응하는 것에 다름 아니다. 표절은 표절이다. 그러나 표절은 문학의 종말이 아니라 시작, 그것도 시작의 시작에 불과하다. 창조의 낙원 속에 이미 모방이, 영향이, 표절이 뱀처럼 들어와 있기 때문이다.[16]

문학을 한다는 것이 "상호 텍스트성의 거대한 그물망에 참여하는 것"이며, 표절이 단순히 "문학의 종말"이 아니라 "시작의 시작"일 수 있다는 주장을 원론적인 차원에서 부정하기란 생각보다 쉽지 않다. 그런데, 그 자신이 이 글을 통해 명백한 결론을 밝히지는 않았으나, 이러한 문제의식이 더 극단적으로 확장되었을 때 우리는 모든 작품들이 결국 전통의 변용에 불과하다는 다소 추상적인 관념론, 즉 표절불가피론에 도달할 가능성도 배제할 수 없다. "문학은 직접 인용부호를 삭제한 자유간접화법, 즉 표절"[17]이라는

---

16) 같은 글, pp. 40~41.
17) 장정일, 「문학의 얼룩」, 『한국일보』 2015년 9월 13일 자.

장정일의 발언 역시 그 취지와 문제의식에 충분히 공감할 수 있는 것과 별개로, 현재 형성된 담론의 맥락에서는 (그의 의도와 무관하게) 그것이 자칫 표절에 대한 윤리적 알리바이를 제공하는 것처럼 읽힐 수 있다는 점에서 좀더 세심한 접근을 요한다. 때문에 이러한 일련의 사유들이 표절불가피론으로 수용될 수 있는 여지를 방지하기 위해서는 상호 텍스트성에 대한 근본주의적 태도를 상대화하는 방식으로 상호 텍스트성에 대한 우리의 사유를 더욱 정교하게 개진해야 한다. 이른바 상호 텍스트성에 대한 협의적 이해나 원론적 적용을 넘어서, 모든 문학이 상호 텍스트적인 맥락에서는 모방과 차용이라는 말을 좀더 실용적으로 이해할 필요가 있다는 것이다.

일반적으로 상호 텍스트성이라는 개념은 포스트모더니즘의 유희적인 태도의 전형으로 오해되는 경향이 있다. 더불어 그것이 서로 다른 텍스트들 사이에서 존재하는 명시적 유사성 혹은 패러디적인 변용의 흔적을 가리키는 실체적 개념으로 좁게 이해되는 측면이 있다는 것은 주지의 사실이다. 상호 텍스트성을 바탕으로 표절의 불가피성을 주장하는 비평들이 공통적으로 그것을 창작의 측면에서 발견되는 영향 관계의 사례에 집중적으로 적용하고 있다는 사실도 그와 무관하지 않을 것이다. 그러나 상호 텍스트성이라는 개념이 보다 생산적인 방향으로 활용되기 위해서는 그것을 단순히 창작에서의 실제적 연관관계에 한정할 것이 아니라, 적극적인 독서의 현장에서 체험적으로 증명되는 실천적 어젠다이자 일종의 문학적 이념이라는 사실까지 염두에 둘 필요가 있다. 그런 맥락에서 상호 텍스트성의 열렬한 주창자였던 롤랑 바르트의 다음과 같은 지적은 새삼 음미될 필요가 있다.

모든 텍스트를 사로잡는 상호 텍스트성은 텍스트의 어떤 기원과
도 혼동될 수 없다. 작품의 〈원천〉이나 〈영향〉에 대한 연구는 계보
의 신화를 충족시키는 것이다. 텍스트를 이루는 인용은 익명의, 인
지할 수 없는, 그렇지만 이미 읽혀진 것이다. 그것은 인용부호를 붙
이지 않은 인용이다.[18]

  "인용부호를 붙이지 않은 인용" 등의 표현은 바르트의 상호 텍
스트성에 대한 개념 역시 추상적인 표절옹호론에 머무르고 있다
는 인상을 주기 쉽다. 그러나 우리가 여기서 우선적으로 고려해야
할 것은 이론적으로 상호 텍스트성을 태동시킨 '텍스트'라는 포괄
적 개념이 어떤 실체를 가리키는 것이 아니라, 일종의 방법론적인
영역에서 태어난 수행적 개념에 가깝다는 사실이다. "텍스트를 계
산할 수 있는 대상으로 생각해서는 안 된다. 텍스트로부터 작품을
물질적으로 분리하고자 하는 것은 무의미한 짓이다. 작품은 고전
적인 것이며, 텍스트는 전위적인 것이라는 말은 특히 해서는 안 된
다. [……] 아무리 오래된 작품이라 할지라도 거기에는 텍스트가
있을 수 있으며, 오늘날의 문학적 산물 안에서도 전혀 텍스트가 아
닌 것이 있다. 그 차이는 다음과 같다. 작품은 책들의 공간의 한 부
분을 차지하는 실체substance의 단편이나(이를테면 도서관에서), 텍
스트는 방법론적인 영역이라는 점이다."[19] 바르트가 텍스트를 실

18) 롤랑 바르트, 「작품에서 텍스트로」, 『텍스트의 즐거움』, 김희영 옮김, 동문선, 1997,
   p. 43.
19) 같은 글, pp. 38~39.

체가 아닌 방법론의 영역으로 규정함으로써 환기하고자 하는 내용은 비교적 분명하다. 작품이 텍스트로 변모하는 순간은 독자의 능동적인 참여 의지가 직접적으로 체현되는 순간에 있다는 것, 말하자면 독서 경험이 다양하게 열어놓는 유희적 개방성의 계기에 있다는 것이다. 독서의 경험은 창작의 순간 이전부터 작가의 경험에 일종의 타자성의 요소로 각인되어 있지만, 동시에 그것은 창작 이후에도 작품에 개입하여 작품을 텍스트라는 개방적 대화의 장소로 변모하게 만드는 실천적인 힘이 된다.

텍스트가 방법론의 영역이라는 지적은 그로부터 파생된 상호 텍스트성이라는 개념 역시 고정된 실체가 아니라 텍스트 방법론의 구체적 수행과 관련되어 있다는 것을 암시한다. 요컨대 최근 논의되고 있는 좁은 의미의 상호 텍스트성이 직접적인 연관관계, 혹은 물리적인 유사성을 가리킨다면 적극적인 의미로서의 상호 텍스트성은 그와 같은 직접적 관계없이도 발현될 수 있는 텍스트들 사이의 연결 가능성, 다시 말해 독서를 매개로 이루어지는 무수히 많은 텍스트 경험 사이의 충돌과 경합 그리고 대화의 가능성을 가리킨다.

이처럼 독서의 실천적 힘을 더욱 강조하는 과정에서 자연스럽게 출현하는 것이 독특한 텍스트-역사관이다. 바르트는 시간적 선후 관계에 의거하여 창작을 독서보다 우위의 행위로 간주하는 모든 존재신학적 관점을 철저하게 거부한다. 상호 텍스트성이 독서에 의해 구성될 수 있는 적극적인 역사적 계기라는 지적은 텍스트를 통해 형성된 역사가 '쓰기-읽기'의 이분법 혹은 시간적 선후 관계에 의해 유발될 수 있는 권위적인 위계질서, 다시 말해 창작자의 순수성에 의존하는 평면적인 낭만주의를 부정하는 일종의 탈권위적 이념임을 뜻한다. (피에르 바야르의 '예상표절'과 같은 흥미로운 개념이 등장할 수 있는 이유도 그 때문이다.) 따라서 상호 텍스트성은 텍스트의 발생학적 기원을 해명하기 위한 개념으로 혼동되어서는 안 된다. 창작의 지평에 국한하여 과거에 이루어졌던 수많은 변용 사례를 제시하고, 그러한 사례들에 근거하여 모든 문학은 발생학적으로 과거 텍스트의 변형과 차용에 불과하다는 결론으로 나아가는 것이 문제적인 까닭도 같은 이유에서이다. 모든 문학이 표절이라는 결론에 만족하는 사유는 반역사적일 뿐만 아니라 바르트의 지적처럼 일종의 변형된 형태의 기원론이자, 영향론이라는 수직적 역사관으로 회귀할 수밖에 없다.

상호 텍스트성의 복원은 역설적으로 유산을 파기한다. 이 말은 저자가 텍스트로, 그의 텍스트로 '회귀할' 수 없다는 뜻이 아니라, 손님의 자격으로 초대된다는 뜻이다. 그가 소설가라면, 그는 자신의 등장인물 중의 하나로 기재되어 양탄자 위에 그려진다. [……] 문학 윤리의 진정한 '십자가'인 언술행위의 진지함은 거짓 문제가 된다.[20]

상호 텍스트성의 복원이 역설적으로 유산을 파기한다는 말은 역사에 대한 무분별한 부정이 아니라, 어떤 다른 역사의 가능성을 상상해야 한다는 실천적 테제에 가깝다. 이 말은 텍스트를 물리적으

20) 같은 글, p. 44.

로 창조한 저자 역시도 상호 텍스트성의 지평 위에서는 다른 독자와 크게 다르지 않아야 한다는 평등한 정치적 이념, 비유컨대, 평등한 대화를 통해서 형성될 수 있는 수평적 역사를 향한 이념을 표명한다. 이른바 역사라는 정치적 지평에서는 창작자 자신도 스스로의 작품에 대한 권위를 독단적으로 주장할 수 없기 때문이다.

모든 텍스트가 상호 텍스트성의 관계망을 형성한다는 것, 그리하여 모든 예술은 근본적으로 표절이라는 지적은 창작의 수준에서 타인의 작품을 무책임하게 도용할 수 있다는 말도, 그 책임으로부터 모든 창작 행위가 자유로울 수 있다는 뜻도 아니다. 오히려 그것은 모든 텍스트가 독서라는 타자적 경험들에 의해 연계되어 있을 수밖에 없으며, 그것이 곧 역사를 더욱 풍요롭게 만드는 구체적인 힘이라는 뜻으로 전용될 필요가 있다. '말에 주인이 없다'는 말은 자신의 창조 행위에 책임을 지지 않겠다는 의미가 아니라, 창작자의 의도와 무관하게 자신의 작품이 언제나 역사성의 지평에 참여할 수밖에 없다는 사실을 환기하며, 바로 그러한 이유에서 오히려 더욱 적극적인 정치적 책임을 져야 한다는 뜻을 내포한다. 한 걸음 더 나아가면 이 책임은 독자(타자)를 향한 일종의 '절대적 환대'라는 정치적 신념으로도 연결될 수 있다. 상호 텍스트성은 역사성을 내장한 문학사적 개념이지만, 과거와 전통에 맹목적인 권위를 부여하지 않는다는 점에서 수평적이고 평등한 역사적 공동체에 대한 문학사적 이념이며, 쓰기/읽기라는 인간학적 활동이 개시한 역사에 누구나 참여할 수 있다는 일종의 환대의 제스처이기 때문이다.

요컨대 상호 텍스트성의 흔적은 단순히 창조의 낙원 속에만 들어 있는 것이 아니다. 오히려 상호 텍스트성의 장이 형성될 수 있는 장소는 '창조'의 낙원이 아니라, '독서'의 낙원이라고 해야 할 것 같기 때문이다. 아니, '낙원'이라는 비유는 적절하지 않은데, 그것은 여전히 순수하고도 신비한 공간으로서의 문학에 대한 낭만주의적 향수를 표현하고 있다는 점에서 탈역사적이다. 상호 텍스트성은 모든 창작과 독서의 경험 속에 각인되어 있는 타자의 흔적들이 활동하는 위상학적 공간을, 즉 역사라는 이름의 세속적 난장을 가리킨다. 이 세속의 난장에서, 우리는 상호 텍스트성의 이념을 고수하면서도 여전히, 표절에 대한 정치적 비판을, 일종의 다시 쓰기-읽기의 동시성 속에서 행할 수 있다.

4. 비평의 정치

비평에 대한 논의로 이 글을 시작했으니 다시, 비평에 대한 이야기로 글을 마무리를 해야 할 것 같다. 다소 원론적인 이야기들을 길게 늘어놓았으나, 결국 이 글을 통해서 강조하고 싶었던 것은 비평의 정치성과 관련된 실천적 탐구의 계기를 마련하는 일이었다. 여기서 말하는 정치성은 거창한 대의명분 같은 것이 아니라, 비평의 생존 조건과 관련된 아주 소박한 문제의식에 가깝다. 소수의 이례적인 사례를 제외하고는 최소한의 독자조차 확보하지 못한 오늘날의 문학비평이 과연 공적인 매체에서 생존할 필요가 있을까라는 의문, 이른바 상호 텍스트적 긴장을 유발하지 못하는 비평의 역사적 정당성에 대한 자학적 회의가 바로 그것이다. 전통적인 문예지에서조차 비평이 점차적으로 밀려나고, 비평이 배제된 새로운 문예지들이 창간되는 최근의 추세를 자연스러운 시대 흐름으로 받아들여야 할 것인가. 아니면, 문학작품을 읽는 독자가 존재하는 시대라면 설사 직업 비평가가 아니라고 하더라도, 누구나 비평을 하며 살고 있을 것이라는 선한 믿음에 충분히 만족할 것인가.

그런 의미에서 비평중심주의가 존재한다는 비판이야말로 오늘날의 비평과 관련된 가장 냉정하면서도 뼈아픈 현실 진단으로 수용할 필요가 있다고 생각한다. 비평중심주의는 비평의 독자가 사라진 상황, 심지어 비평가들끼리도 서로의 텍스트를 읽고 생산적인 의제를 창안하지 못하는 상황 속에서도 여전히 비평이 문학 제도의 주된 영향력을 행사하고 있는 모순적인 현실을 적시하고 있다. '중심'이라는 공간적인 은유는 그런 의미에서 자기 모멸적인 데가 있다. 그것은 공적 담론으로서의 지위를 상실한 비평이 사실상 장소 상실placelessness의 상태에 처해 있다는 사실을 역설적인 방식으로 은폐하는 일종의 환상에 가깝기 때문이다.

그 연장선상에서 작품중심주의는 문학장 안에서 비평의 역할과 위상 사이에 존재하는 불균형을 은폐하는 일종의 알리바이에 불과할지도 모른다. 비평이 항상 작품 뒤에 겸허히 있어야 한다는 겸손한 태도를 심정적으로는 존중하지만, 정치적으로 지지할 수 없는 이유도 거기에 있다. 한국 문학장이라는 고유의 시스템, 결국 (그것도 소수의) 비평가들이 주된 문학적 가치 판단을 독과점하는 구조 속에서 비평이 작품 뒤로 물러나는 것은 겸손함의 발로가 아니라, 공적인 담론의 장 막후로 후퇴하는 효과를 유발할 수 있기 때문이다. 최근 들어 비판받고 있는 '칭찬하는 비평' 혹은 '비판의 실종' 현상도 유사한 맥락에서 이해될 수 있을 것이다. 비평 주체를 긴장시키지 않는 비평 공간은 현실과의 유의미한 긴장을 일으키지 못하는 담론적 무중력 공간에 지나지 않거나, 아니면 반대로 상징 자본을 향한 극도의 인정 투쟁만이 만연하는 정치공학적 장에 가까워진다. 일각에서는 출판 과정에서, 혹은 문예지의 리뷰 대상의 선택 과정에서 이미 비평의 비판적 판단이 개입되고 있다고 주장하지만, 이러한 관점 역시 여러 한계를 내장할 수밖에 없다. 비판적 판단이 단순히 (배제라는 형태의) 출판 행위 속에 용해되면, 결국 그 주체가 행하는 비판 자체가 공적인 담화의 장에서 논의될 수 있는 가능성이 사라지고, 오히려 폐쇄적인 출판 구조에 대한 편집증적 의심만을 자극할 수 있기 때문이다.

다소 상투적인 결론일 수 있으나 이 시점에 이르러 우리는 이런 물음을 던져볼 수 있을지도 모른다. 현재 한국 문학장에 일어나고 있는 돌발적인 충격과 파장이야말로 우리가 그토록 오랫동안 도래하기를 기다렸던, 바디우적 의미의 '사건'의 출현은 아닐까. 그러나 이것은 유의미한 질문이라고 할 수는 없는데, 왜냐하면 (바디우의 사유를 조금 더 밀고 나가보자면) '사건'의 진위 여부는 인식의 차원에서 이미 선험적으로 결정되어 있는 것이 아니라, 그 사건을 '선언'하는 주체의 충실성 속에서 비로소 실천되는 것에 가깝기 때문이다. 사건에 대한 응답의 양태가 주체를 구성한다는 바디우의 통찰을 받아들인다면, 다소 거칠더라도 현재 출현하고 있는 다양한 비판들과 더불어 한국 문학의 변화를 구체적으로 모색하려는 실천적 움직임 자체가, 현 사건의 진정한 역사적 의미를 사후적으로 규정해줄 수 있을 것이라고 기대할 수도 있다. 현재 한국 문학장의 구조에 일으켜진 일시적 균열로 인해 분출되기 시작한 다양한 변혁의 욕망을 조건 없이 환대하는 것. 그것이 앞서 말한 비평의 새로운 상호 텍스트적 공간을, 비평이 오래전 잃어버린 자신의 장소를 되찾을 수 있게 하는 실천적 테제일 것이다.

절대적 환대가 타자의 영토에 유폐되어 자신의 존재를 부인당하는 사람들에게 도움의 손길을 뻗치는 일, 그들을 인지하고 인정하는 일, 그들에게 '절대적으로' 자리를 주는 일, 즉 무차별적이고 무조건적으로 사회 안에 빼앗길 수 없는 자리/장소를 마련해주는 일이라면, 우리는 그러한 환대가 필요하며 또 가능하다고 말할 수 있다. 그러한 환대는 실로 우정이나 사랑 같은 단어가 의미를 갖기 위한 조건이다.
그러므로 환대에 대한 질문은 필연적으로 공공성에 대한 논의로 나아간다.[21)]

김현경이 말한 절대적 환대는 타자를 무조건적으로 수용하는 극단적 윤리학과는 미세하게 그 결이 다르다. 우리는 절대적 환대를 표명하면서도 여전히 다른 생각과 정치적 이념을 지닌 주체에게 반대 의견을 던질 수 있으며, 구체적인 현안을 둘러싼 담론 경쟁을 벌일 수도 있다. 아니, 우리는 절대적 환대가 바로 그러한 문학의 정치를 가능케 하는 전제 조건이라고, 더 나아가 비평의 공공성에 대한 논의로 나아가기 위한 첫걸음이라고 해야 한다. 그 절대적 환

21) 김현경, 『사람, 장소, 환대』, 문학과지성사, 2015, p. 204.

대의 가능성 속에서 비평은 오래전에 자신이 잃어버린 진정한 장소를 비로소 기억할 수 있게 될 것이기 때문이다. 그때 비평은 모든 상투적이고 지배적인 상징적 질서가 와해되면서 동시에 새로운 문학적 이념이 창안되는, 어떤 가능성의 장소를 가리키는 다른 이름일 수 있을 것이다.

비평의 시간
—사적 대화 무단 인용 논란 '이후'의 비평

> 한계의 역사, 그 막연한 행동들의 역사를 써야만 한다. [……]
> 한 문화의 한계 경험을 조사해보는 것은 역사의 경계선을 조사
> 하는 것이며, 이 역사의 근원인 분열을 조사하는 것이다.[1]

1. 비평의 요구

지난여름 제기된 김봉곤 작가의 '사적 대화 무단 인용' 논란 이
후, 비평은 이번 사건에 대한 구체적 해명과 비판적 개입을 요구받
는 중이다. 작가의 무단 인용 인정 및 피해자들에 대한 사과가 표
명되고, 출판사들의 구체적인 후속 조치가 더해지면서 사태는 일
단락된 것처럼 보이지만, 이번 사건이 남긴 파장과 질문들은 그리
간단하지가 않다. 일각에서는 사건의 성격과 제도권 문단이 보인
반응들의 유사성에 비추어, 5년 전 비화되었던 신경숙 표절 및 문
학권력론을 떠올리기도 한다. SNS 공간을 통해 일부 비평가와 작

---

1) 미셸 푸코, 『광기와 비이성: 고전주의 시대 광기의 역사』, pp. i~v: 디디에 에리봉,
『미셸 푸코, 1926~1984』, 박정자 옮김, 그린비, 2012, p. 170에서 재인용.

가 들 역시 이와 관련된 엇갈린 의견들을 주고받은 바 있는데, 논의가 거듭되는 과정에서 분명해진 것은 지금이 그 어느 때보다 비평의 체계적인 논의와 설명이 요구되고 있는 시점이라는 사실이다.

그렇다면 비평은 어떻게 논의를 생산적인 방식으로 전개해나갈 수 있을까? 이에 답하기 위해서는, 우선 책임 당사자에 대한 비난과 단죄의 욕망을, 사건의 복잡성과 관련된 이론적 탐구와 구조적 분석 의지로 대체해야 한다. 이번 사건은 예술 창작과 연결된 다양한 이론적 쟁점뿐만 아니라, 한국 문학과 비평을 중층적으로 구조화한 모종의 역사적 힘을 반영하고 있기 때문이다. 이에 대한 비평적 담론화 과정과 한국 문학장의 역사적 구조에 관한 총체적 점검이 별개의 작업일 수 없는 이유 또한 거기에 있을 것이다. 이를 거칠게나마 정리해보면, 다음과 같은 의제와 검토 사항 들이 도출될 수 있다.

1) '오토픽션'의 가능성과 한계에 대한 이론적 분석: 자신의 삶을 소재로 씌어지는 '오토픽션'의 가능성과 한계는 무엇인가? 이 질문에 대한 대답은 '자전소설' '사소설' 등과 혼용되는 '오토픽션'의 장르적 역사에 관한 이론적 고찰에서 시작되며, 예술 창작에서의 '사실과 허구의 경계'에 대한 규명, 그리고 픽션에서 이루어지는 소재적 인용의 존재론적 의미와 윤리적 한계에 관한 분석까지 나아가야 한다.

2) 변화된 매체 환경에서의 저작권에 대한 논의: 이메일, 스마트폰, SNS 등으로 대변되는 오늘날의 변화된 매체 환경에서의 저작권 개념을 어떻게 재규정할 수 있을 것인가? 이 질문은 모든 일상

이 증거처럼 기록될 수 있는 매체들의 세계 속에서, 발화의 소유권을 근거 짓는 물적, 법적, 존재론적 토대가 무엇인지를 묻는다. 표절과 관련하여 원본의 지위는 주로 전통적 권위가 부여된 텍스트 장르에 한정된 측면이 있다. 그렇다면 사적 발화까지도 텍스트화되어 생산·유통될 수 있는 기록 장치의 시대에, 원본으로서의 지위를 부여할 수 있는 대상과 영역이 무엇인지를 묻는 일, 나아가 원본의 존재 가능성 자체를 탐문하는 작업은 흥미로운 철학적 탐구 주제를 제시할 것이다.

3) 이번 사건의 문학사적 의미에 대한 비평적 해석과 개입: 김봉곤 무단 인용 사건은 현재의 문학장과 비평장에 어떤 의미를 갖는가? 이 질문의 전제는 김봉곤이 촉망 받는 한 명의 개인 작가에 그치지 않는다는 데에서 시작한다. 많은 비평과 언론이 주목했듯, 그는 한국의 순문학장에서 자신의 성적 정체성을 공개적으로 밝힌 최초의 퀴어 소설가 중 하나이며, 그와 연동된 독특한 자전적 글쓰기는 (본인의 의사와 관계없이) '신경숙 표절 사건'과 '#문단_내_성폭력'으로 침체되어 있던 한국 문학과 비평장의 새로운 변화를 예고하는 상징 중 하나로 간주되어왔다. 때문에 이번 사건은 기성 문학과 차별화된 문학적 세계를 모색하고자 했던 비평장의 의욕적인 움직임에 충격을 안길 만한 일이었으며, 특히 새로운 세대의 비평가들로 하여금 메타적 자기반성을 요청하게끔 만든 사건이 아닐 수 없다. 세번째 의제에 접근하기 위해 비평은 새로운 세대의 대표 작가 중 하나로 김봉곤 작가를 호명하게 된 당대적 계기와 함께, 이에 적극적으로 응답했던 비평의 인식 구조를 내재적으로 분석하고, 그것의 정치적 수행성의 함의를 비평사적 층위에서 재검토해

야 한다.

4) 한국 문학과 비평 시스템에 대한 역사적 비판: 문제가 최초로 공론화된 이후, 출판사들이 완고하고도 무력한 태도를 보인 원인은 무엇일까? 이 질문은 5년 전 우리가 인지하게 된 새삼스러운 사실, 즉 "신경숙 작가의 표절 자체보다는 오히려 그 이후의 대응에서 나타나는 안일함과 안하무인적인 태도에 더 큰 충격을 받았다"[2]는 황인찬 시인의 소회를 떠올리게 한다. 아울러 이 질문은 비판의 공론화 이후 해당 주체들의 책임 있는 행동이 부재한 이유를 넘어, 비평이 작가들을 위한 "최소한의 안전망"[3]의 역할과 기능을 하지 못한 원인을 분석하는 일로 이어질 수 있다. 이것은 5년 전 소영현 평론가가 제기한 다음과 같은 비판적 요청과도 맞닿아 있다. "평론가들은 각자 나름대로 최선의 비평 작업을 하는데, 그럼에도 왜 비평의 무능이란 말이 나올 수밖에 없는가에 대해 검토해봐야겠죠. 저는 그게 비평의 상이 너무 획일화되어 있기 때문이라는 생각인데 이게 역사적 맥락과 그것이 만들어낸 구조적인 문제와 연관되어 있는 것 같아요."[4] 이번 사건과 위 비판을 연결시키는 시각에 동의할 수 있다면, 다음과 같은 세부 질문들을 제기할 수 있다. 한국 문학장 안팎에서 김봉곤 작가를 향해 쏟아졌던 수많은

---

2) 박민정·서효인·손아람·이만영·최정화·황인찬, 「한국 문학의 폐쇄성을 넘어서: 신경숙 표절 논란으로 살펴보는 문단 권력과 문학 제도의 문제」, 『실천문학』 2015년 가을호, p. 20.
3) 강동호·김건형·박혜진·정소연·인아영, 「독자를 다시 생각한다」, 『문학동네』 2019년 겨울호, p. 147.
4) 김경연·김남일·소영현·윤지관·강경석, 「표절·문학권력 논란이 한국 문학에 던진 숙제」, 『창작과비평』 2015년 겨울호, p. 47.

관심은 어떤 제도적 조건과 구조적 맥락 속에서 끊임없이 생산될 수 있었을까? 일각의 비판처럼 비평 담론은 이번 사건을 제도적 층위에서 예비하지 못했던 것일까? 만약 그러지 못했다면, '비평의 무능'을 초래한 구조적 원인은 무엇일까? 이 질문에 답하기 위해서는 김봉곤에 관해 제출되었던 수많은 비평을 포함하여, 현재 한국 문학 비평장과 글쓰기를 특정한 방향으로 장르화하도록 만든 재생산 메커니즘을 역사적으로 해부해야 한다.

물론 이 글이 제기된 모든 쟁점을 상세하게 다룰 수는 없을 것이다. 다만 이 글의 목적은 앞서 제기한 세번째, 네번째 검토 사항에 주력함으로써 향후 전개될 비평적 대화와 토론의 계기를 제공하는 것에 있다. 이를 위해 나는 이번 사건이 신경숙 표절 사건 '이후'라는 시간성과 문학사적으로 관련 있음을 가정하고, 이후 전개되어 온 비평적 논리들의 양상과 구조에 대한 비평적 개입을 시도할 것이다. 사정이 그러하기에 이 글은 김봉곤 작가의 텍스트를 세세하게 점검하거나, 그에 대한 개별 평가들의 공정성 여부를 사후적으로 논박하는 것을 가능한 피할 예정이다. 대신 이 글은 2015년 신경숙 표절 사태와 2016년 #문단_내_성폭력 이후 비평이 무엇을 해왔는가에 대한 총체적 점검의 필요성을 제안하고, (출판사나 개별 평론가의 선의와 무관하게) 그것이 일으켰던 수행적 효과를 문학사적 맥락에서 재평가하는 시각의 중요성을 요청할 예정이다.

하지만 동일한 이유에서 이러한 작업에 대해 피로와 권태, 그리고 허무를 느낄 사람들도 적지 않을 것이다. 이러한 불신은 반복되는 비판에도 불구하고 변하지 않는 문학장의 관성적 현실을 인식할 때 더욱 심화될 것이다. 특정한 사안들이 발생될 때마다 반복되는 비평의 반성과 새로운 다짐으로 점철된 공허한 약속을 향해 냉소와 회의가 보내질 수밖에 없는 이유도 거기에 있다. 하지만 실체 없는 텅 빈 내용의 사과와 출판사들의 재빠른 행정적 조치들로 이번 사건을 마무리 지을 수 있다고 믿는다면, 우리가 결국 직면하게 될 것은 '정치 없는 정치'로 표상되는 무책임한 반지성주의적 정치일 것이다. 반복되는 논의 속에서도 반정치적 허무주의와 패배주의에 빠지지 않기 위해서는, 현재 비평을 향해 요구되는 다양한 질문들에 체계적으로 응답해야 한다. 비평의 정치성 역시 그러한 시도가 실천되는 시간 속에서 모색될 수 있다고 믿기 때문이다.

2. '이후'의 비평: '페미니즘-퀴어 비평'의 비평사적 의미

우선 이 자리에서 '신경숙 표절 사건'을 새삼 거론하는 이유가 사건의 성격이 지닌 단순한 유사성 때문이 아님을 밝혀두자. 김봉곤 작가의 무단 인용 논란을 공적인 층위에서 담론화하는 작업은 신경숙 표절 사건 '이후'라는 특별한 시간 속에서 한국 문학장이 모색했던 변화의 방향에 관한 역사적 점검과 연동되어야 한다.[5]

우리가 선명하게 기억하고 있듯, '신경숙 표절 사건'은 1990년대

---

5) 이 글의 목적과 지면의 사정을 고려하여, 여기서는 소수의 비평가의 한정된 글들을 분석 대상으로 삼는다. 당연한 말이지만, 이 글에서 거론되는 글들이 최근 비평의 지형 전체를 아우를 수는 없으며, 또 그렇기 때문에 부당한 요약으로 분석이 귀결되는 경우도 적지 않을 것이다. 최근 비평들을 좀더 넓게 검토하는 일은 차후의 과제로 돌린다.

이후 한국 문학장이 공고하게 구축해왔던 모종의 체제가 내적으로 균열이 발생했음을 보여주는 징후적 사건이었다. 사건의 공론화 이후 '창비'와 '문학동네'를 비롯하여 당시 문학계가 보여주었던 안이한 인식과 대응은 한국 문학을 지탱하고 있던 기존 시스템의 한계를 '문학권력론'의 시각으로 재인식하게 만들었으며, 한국에서의 문학 평론이라는 제도적 글쓰기의 역할과 기능에 대한 근본적인 반성을 요청하는 계기로 작용했다.

신경숙 표절 사건이 한국 문학과 비평 시스템의 역사적 임계점을 가시화하는 상징적 징후였다면, 이듬해 본격적으로 비화되기 시작한 '#문단_내_성폭력' 논란은 이전 시대로부터 계승되어왔던 '문학성'의 정당성을 비판할 수 있게 한 분명한 근거로 작용했다. 한국 문학에 내재되어 있는 뿌리 깊은 가부장적 남성주의의 폭력적 실상이 구체적으로 폭로되면서, '문학주의'라는 이름으로 통용되었던 기존 이념의 보편성과 유효성이 전반적으로 회의되기 시작했던 것이다.[6] 신경숙 사건이 한국 문학의 한계를 제도적·형식적 차원에서 드러냈다면, #문단_내_성폭력 해시태그운동은 기존의 문학주의를 대체할 수 있는 새로운 문학적 이념의 구체적 방향을 내

6) 편의상 이 글에서의 '문학주의'는 1990년대 이후 유력한 헤게모니를 확보한 문학에 대한 이념적 에피스테메를 통칭하는 용어로 사용되었다. '문학주의'로 1990년대 이후의 비평적 이념을 포괄할 수 있을지는 확실하지 않다. 비록 '문학주의'를 비평 이념으로 적극적으로 내세웠던 주체들이 대체적으로 『문학동네』에 속한 비평가들처럼 보이지만, 이것이 다른 비평가들에게도 적용될 수 있는지 진지하게 분석되지 않았기 때문이다. 이것은 '문학주의'라는 이름으로 '창비'와 '문지' 등의 이념을 동일시할 수 있는지에 대한 검토가 선행되지 않았다는 것 역시 의미한다. 이념적 층위에서 '문학주의'라는 명칭이 적합한지를 확인하기 위해서는 1990년대 이후의 비평적 진영 간 보여주는 간극과 차이에 대한 별도의 비평사적 검토가 필요할 것이다.

용적 층위에서 더욱 명료하게 인식시키는 단서와 계기를 제공했다고 할 수 있다. 요컨대 '문학'이라고 불리는 텅 빈 기표의 보편주의적 성격이 정치적으로 해체되고, '누구의 문학인가?' 혹은 '누구를 위한 문학인가?'라는 형식의 문학적 주체론에 대한 물음이 본격적으로 재점화된 것이다.

여기서 눈여겨봐야 할 것은 2015~16년 이후로 제기된 비평적 논쟁이 1980년대부터 이어져온 비평사적 논쟁사의 흐름으로부터 완전히 이탈해 있지는 않다는 사실이다. 이때 강조되어야 할 것은 한국 문학비평사의 유구한 전통 속에서 반복되는 '주체론'에 대한 이론적 집중, 그리고 그로 인해 파생되었던 비평적 계보이다. 문학적 주체 논쟁의 자장 안에 있다는 측면에서, 최근의 비평 담론은 '1980년대의 민중 주체—1990년대의 개인 주체—2000년대의 탈주체'로 연결되는 변화와 전환의 큰 흐름에 결과적으로 동참한다. 다만 최근의 비평 담론은, 1990년대 이후의 주체론에 내재되어 있는 한계를 지적하고, 이를 '젠더, 퀴어, 계급' 사이의 교차성으로 대변되는 구체적인 유물론적 조건들로 대리 보충하면서, 문학적 주체에 관한 새로운 논의 지평과 정치적 효과를 창출하고 있다고 해야 한다.

이와 같은 새로운 주체론을 둘러싼 적지 않은 논쟁이 있었고, 그 과정에서 세대론적 인정 투쟁으로 비칠 법한 낯선 토론이 오가기도 했다. 결과적으로는 "일제히 여성 서사에 대한 찬사로 급격하게 반전된 비평장의 양상"[7]이 나타났다는 김건형 평론가의 평가처

---

7) 김건형, 「소설의 젠더와 그 비평 도구들이 지금」, 『문학과사회 하이픈』 2019년 가을

럼, (구체적인 제도적 현실에서는 아직 미진하더라도) 담론의 층위에서는 새로운 비평가들이 제시했던 어젠다가 폭넓게 공유되었던 것은 부인할 수 없는 사실이다. 관련하여 '페미니즘과 퀴어'의 문제의식으로 인간과 사회, 그리고 문학에 관한 새로운 질문을 던지는 작품들을 향한 비평적 지지가 이어졌으며, 시장에서의 독자들이 보여준 적극적인 호응과 주요 출판사들의 활발한 마케팅까지 동반된 것은 주지의 사실이다.

김봉곤은 이러한 전반적인 흐름 속에서 각별한 주목을 받은 대표적인 작가 중 하나이다. "「그런 생활」 같은 소설은 단일 작품으로만 놓고 본다면 2010년대에 나왔던 작품 중 한 명의 작가에게서 발견할 수 있는 가장 새로운 가능성"[8]이라는 동료 작가의 소회가 있었던 것처럼, 논란이 된 작품을 포함하여 김봉곤 텍스트에 대한 독서 체험은 한 작가의 작품을 읽는 행위를 넘어 2010년대와 2020년대라는 동시대적 감각과의 만남을 가리켰다. 이른바 (본인의 의사와는 무관하게) 김봉곤의 작품이 지닌 문학사적 '상징성'은 신경숙과 문단 내 성폭력 '이후'라는 새로운 문학사적 시간을 향한 적극적인 비평적 응답과 무관하지 않으며, 이것은 2015년 이후 전개된 문단 안팎에서의 제도 개혁 흐름과 맞닿아 있다는 점에서, 넓은 의미의 '정치적 비평운동'처럼 해석될 수 있다. 문학작품을 비평적으로 읽는 행위가 단지 텍스트 해석 노동에 그치지 않는다는 것, 한걸음 나아가 지금-여기의 현실에 대한 시대적 인식을

호, p. 42.
8) 노태훈·박선우·이원석·장희원·조시현, 「2010년대 결산특집 연속 좌담 Ⅰ: 단편소설 부문」, 〈문장웹진〉 2020년 1월호.

비판적으로 공유하고, 정치적 실천의 가능성을 확보하는 일이라는 인식이 나타난 것이다. 이러한 비평적 인식은 비평가들의 분명한 세대 인식을 토대로 하고 있는데, 관련하여 중요한 비평적 입론을 제출해왔던 인아영 평론가는 다음과 같이 명료하게 쓴 바 있다.

그 사이에 우리에게는 어떤 일이 있었던 걸까. 편의상 연도별로 따져본다면 이렇게 정리해볼 수 있겠다. 2014년에는 4월 16일 세월호 참사 이후 문학의 재현 및 윤리 문제를 재고하는 계기가 있었고, 2015년 6월 신경숙 표절 사태 이후 문단 권력에 대한 비판이 이어지며 문예지 편집위원들이 교체되었으며, 2016년 문단 내 성폭력 고발 및 페미니즘 리부트가 있었고, 2017년에는 『82년생 김지영』(민음사, 2016)과 관련된 논쟁이 이어지면서 정치적 올바름, 문학의 재현 문제, 독자에 대한 논의 등 비평 담론이 활성화되었으며, 2018년에는 페미니즘과 퀴어 소설이 한국 소설을 "견인하는 두 축"이라고 일컬어질 만큼 약진하면서 여성과 소수자에 대한 문학 담론을 한층 정교하게 만들었다. 2019년의 우리는 지금 이러한 5년 동안의 연속적인 흐름 위에서, 변화의 연장선상에서 문학을 쓰고 읽고 사유하고 있다.[9]

'세월호 참사' '신경숙 표절 사건' '문단 내 성폭력 고발' '페미니즘 리부트' 등으로 이어지는 일련의 사건들과 더불어 '페미니즘과

---

9) 인아영, 「시차(時差)와 시차parallax: 2010년대의 문학성을 돌아보며」, 『문학과사회 하이픈』 2019년 가을호, pp. 9~10.

퀴어소설'이 호명되고 있듯, 인아영의 비평적 자의식은 2015년 이후라는 시간성 속에서 형성되어 있다. 그의 말처럼 "5년 동안의 연속적인 흐름"이라는 "변화의 연장선상에서" 새로운 비평은 김봉곤을 비롯한 젊은 작가들의 문학적 상상력을 통해 '여성과 소수자'라는 주체 담론, 정치적 재현의 가능성, 새로운 독자성에 대한 탐구 등과 같은 주요한 의제들을 내놓는 데까지 이른다.

이 같은 문제의식은 전통적인 한국 문학비평이 담당해온 텍스트 해석과 문학적 평가의 범위와 한계를 넘어서려 한다는 점에서 주목할 만하다. 문학과 현실 사이의 관계를 재설정하고, 문학 텍스트를 매개로 사회적 상상력을 복원하려는 비평은, 궁극적으로는 '신경숙'과 '#문단_내_성폭력' 이후의 문학장의 변화 및 비평적 연대의 실천을 목표로 삼는다는 점에서 '새로운 운동으로서의 문학'을 표방한다고 평가될 수 있을 것이다. 이와 같은 목표는 1980년대의 낯익은 이분법(운동으로서의 문학 vs 문학으로서의 운동)을 상기시키는 측면이 있지만, 이들이 양자 사이의 장벽을 해체하는 한편, 2015년 이후 가시화된 한국 문학의 폐쇄성과 제도적 한계를 문제시한다는 측면에서, 분명 구체성과 지속성을 담보한 세대론적 실천으로 읽힐 수 있다.

한편 변화에 대한 감각과 의지를 내포한 세대론이 문학사적, 비평사적 관점으로도 이어지고 있다는 사실 역시 주목을 요한다. 관련하여 인아영의 「눈물, 진정성, 윤리」는 1990년대 이후 『문학동네』의 문학주의의 핵심에 해당하는 '진정성' 테제를 역사화하는 선언적인 글로 읽힌다. 그의 세대론적 문학사 인식은 '서영채-황종연-신형철-김홍중'으로 계승·발전되었던 진정성 테제를 "비장애인 이성애자 지식인 남성이라는 사회적인 위치"[10]에 의해 공유되는 에토스로 분석하는 지점에서 더욱 심화된다. 남성 지식인에 의해 독점되었던 강고한 연속성의 역사에 함축된 비평적 나르시시즘을 비판적으로 젠더링하면서, 그가 전략적으로 발견하는 것은 최근 소설들에서 발견되는 '전도된 진정성의 회귀'(p. 96)의 징후이다. 해당 글에서는 이러한 징후와 현상의 의미가 명료하게 설명되고 있지는 않지만, (표현으로 짐작건대) 아마도 그것은 최근 소설들에서 전개되는 한국적 남성성에 대한 소설적 대상화를 통해 예고되는 남성적 진정성의 진정한 역사적 몰락을, 그리고 이를 대체할 수 있는 다른 진정성에 대한 기대와 확신을 의미할 것이다. 한국 사회에서 소수자로 살아남기 위한 "구조적인 조건을 직시"하는 "이 집요한 시선의 힘으로부터, 역사는 다시 쓰이고 있다"(p. 102)는 선명한 선언과 함께, 인아영은 자신이 예감하는 한국 문학의 미래를 향한 기투를 이전의 것과 명확하게 구별한다.

문학사적 인식을 바탕으로 당대 텍스트의 의미를 밝히는 작업에 있어서는 퀴어 문학에 대해 깊이 있고 날카로운 의제를 제기해온 김건형 평론가의 작업에서도 공통적으로 발견된다. 등단작인 「2018, 퀴어전사: 前史·戰史·戰士」에서부터 그는 기존의 비평에 "퀴어 서사 자체를 정면으로 다루는 독해"[11]가 결락되어 있다고 말하며 한국 문학사를 재역사화하고 퀴어링한다. 그는 "남성적 후일담의 순정한 미감"을 바탕으로 한 "퀴어 서사에서 특정한 미학

---

10) 인아영, 「눈물, 진정성, 윤리: 한국 문학의 착한 남자들」, 『문학동네』 2019년 겨울호, p. 94. 이하 같은 글에서 인용되는 대목의 출처는 본문에 쪽수만 표기.
11) 김건형, 「2018, 퀴어전사: 前史·戰史·戰士」, 『문학동네』 2018년 가을호, p. 358.

적 보편성을 주문하는 요구들"(p. 365)이 부당하게 강요되었음을 지적하고, "재현되는 퀴어가 아니라 '퀴어(성) 자체를 재현하는 퀴어'"(p. 378)의 문법이 지닌 의미에 대한 주목을 요청한다. 퀴어에 대한 문학사적 아카이빙에 가까운 그의 글은, 그 자체로 메타비평적 성격을 지니고 있다는 점에서 비판적이고, 당대적이며, 한편으로는 정치적이다.

이러한 일련의 문제의식은 그의 계속되는 비평 작업에서도 발견된다. 가령 「소설의 젠더와 그 비평 도구들이 지금」에서 그는 "문학사의 '중립적' 기술이 내포해온 남성 편향을 향한 적극적인 재독과 근대 문학 정전의 재창작"[12] 작업이 그간의 남성 중심주의적 문학성을 공고하게 만든 원인이며, 현재까지도 "보편적 문학사와 보편적 독자에게 설득력 있는 자리를 마련해주기 위한 비평적 노력"(p. 39)이 수행되고 있다고 지적한다. 보편적 문학사라고 했지만, 그가 실질적으로 겨냥하고 있는 것이 (인아영과 마찬가지로) 1990년대 이후에 수립된 문학주의적 테제인 것은 비교적 분명하다. 이를테면 보편적 문학사의 핵심으로 언급되고 있는 것이 "자기 내면을 보는 진정성의 변증법"이라는 1990년대적 자기 인식, "사랑의 수사학 혹은 속물성(가짜 욕망)/진정성(진짜 사랑) 담론"이라는 낯익은 이분법적 구도, 그리고 "몰락의 '진정성'에 대한 믿음"(pp. 30~43)이라는 이념적 형상이라는 것은, 1990년대 이후의 특정 비평 담론에 대한 김건형의 비판적 문제의식을 명료하게 보여준다. 그 역시 공유하고 있는 "지금 우리의 시대는 다르다"(p.

---

12) 김건형, 「소설의 젠더와 그 비평 도구들이 지금」, p. 26.

47)는 시대적·세대적 단절 인식은 비평으로 하여금 최근의 작품들에 대한 다른 독법을 형성하게 만드는 원동력이다. 관련하여 김건형이 주목하고 있는 현상이 최근 소설들에서 나타나는 '인물의 장르화'라는 사실 역시 주목해볼 필요가 있다.

그런 점에서 (다른 구성 요소보다도) '인물'의 중요도가 최근 여성 서사에서 커졌으며, 서사의 응집도 역시 인물의 (세계 속에서의) 자기 인식에 달려 있기에 인물의 내면이나 자기 서술이 증가한 것처럼 보입니다. 물론 퀴어 서사에서도 마찬가지로 공통적인 추세라는 점도 중요합니다. 이러한 경향을 읽기 위해 여성 서사와 퀴어 서사에서 '인물의 장르화'라고 가칭할 만한 명명이 유의할 만한 독법처럼 보입니다. (p. 36)

'인물의 장르화'라는 대담한 명명이 지시하는 것은, 여성 젠더와 퀴어에 대한 대상적 재현과 차별화되는 층위에서의 소설적 발화 행위이다. 이러한 명명은 "일인칭 소설의 우세 속에서도 여성 서사와 퀴어 서사가 특히 '나'를 중심으로 전개된다는 경향을 감당하기 위한 것"(p. 44)이라고 할 수 있거니와, 김봉곤을 비롯한 많은 소설가가 보여주고 있는 서사적 특징을 정당화해주는 문학사적, 이론적, 사회적 배경을 해명하기 위한 것이기도 하다. 3인칭 서술자의 전지적 역량을 토대로 전개되었던 루카치류의 소설 이론과 한국 문학 특유의 장편소설에 대한 욕망을 비판적으로 지적하고 있다는 측면에서, 김건형의 대안적 명명은 일종의 이론 비판의 성격까지도 함축하고 있다.[13]

일부 사례를 들었지만, 최근 비평가들이 의욕적으로 선보이고 있는 비판적 문학사 쓰기, 그리고 이와 연동된 당대 문학에 대한 적극적 지형도 그리기는, 유의미한 논쟁이 소실되었던 2010년대 비평계에 흥미로운 의제와 논쟁적 전선을 형성시키는 중이다. 2000년대 이후 이루어진 '미래파 논쟁' '문학과 정치 논쟁' '장편소설론 논쟁' 등이 소모적인 이론 투쟁으로 형해화된 측면이 있다는 일각의 비판을 감안할 때, 최근 비평에는 분명 차별적 지점이 있어 보인다. 아울러 그것은 전대의 문학주의에 대한 비판적 검토의 결과라는 점에서 역사주의적이고, 여러 구체적인 문학적 특징들에 대한 논의를 가능하게 한다는 측면에서 이론적이며, 제도 비판을 겸하고 있다는 층위에서 정치적이다. 일각에서는 이들의 비평이 소재주의적이고, 이념 편향적이며, 정체성 정치에서 벗어나지 못했다고 평가하지만, '페미니즘과 퀴어'를 바탕으로 이들의 비평적 문제의식이 (비록 아직 충분히 드러나지는 않았다고 할지라도) 점점 세분화된 주제로 나아가고 있다는 사실 역시 간과해서는 안 될 것이다. 이들의 비평적 실천은, 여성이나 퀴어라는 특정 주체 개념으로 환원될 수 없는 다양한 내적 간극과 차이를 규명하는 방향으로 점차 전개되는 중이다. 이를테면 여성과 페미니즘이라는 이름만으로 포섭될 수 없는 정체성들의 복잡한 불균등성을 포착하는 문제, 계급 불평등과 가족 관계의 재구성이라는 맥락에 위치한 젠더와

---

13) 장편소설에 대한 욕망에 내포되어 있는 남성주의적 시각에 대한 정치적 분석에 관해서는 오혜진의 다음과 같은 논의를 참조할 수 있다. 「'장편의 시대'와 '이야기꾼'의 우울」;「퇴행의 시대와 'K문학/비평'의 종말」, 『지극히 문학적인 취향』, 오월의 봄, 2019.

퀴어를 재조명하는 문제, 퀴어와 페미니즘의 교차성의 양상을 검토하는 문제, 퀴어 서사에서 형성된 게이 서사 중심성을 비판적으로 해체하는 문제를 제기하는 과정을 통해 이들의 논의는 더욱 다양한 가능성을 내장하게 될 것이기 때문이다.

3. 세대론의 단절 인식과 목적론적 속도주의

여러 긍정적인 가능성에도 불구하고, 이들의 비평적 실천과 관련하여 비판적으로 검토할 사항들이 없는 것은 아니다. 비록 김봉곤의 무단 인용이라는 예상치 못한 사건을 통해 그 계기를 우연히 얻게 된 측면이 있지만, 그것을 단지 예외적 일탈로 간주하지 않는 비평의 시각이 필요한 이유도 거기에 있다.

우선 그와 같은 비판이 김봉곤의 무단 인용 가능성을 미리 알아채지 못한 비평가들의 무지 혹은 무능력을 가리키지 않는다는 사실을 강조해야겠다. 신경숙과 김봉곤의 경우는 분명한 차이가 있다. 우선 전자가 오래전부터 공론화되었으나 무시되어온 이력이 있었다는 점에 비해 후자의 경우 이번이 최초 폭로라는 것이 다르며, 무단 인용 대상 또한 공적 지평에서 읽힐 수 없는 사적 텍스트라는 점 또한 구별될 필요가 있다. 이것은 비평가들이 김봉곤 텍스트의 표절(혹은 무단 인용) 가능성을 미리부터 알 수 있는(의혹은 가능하더라도) 방법은 사실상 부재하다는 말과 다르지 않다. 관건은 김봉곤 작가가 비평적으로 평가되고, 그의 자전적 소설 쓰기가 '퀴어 테크놀로지'[14]로 명명되는 과정에서 비평이 수행했던 역할,

그리고 그것을 가능하게 한 특정한 담론 구조이다. 그것은 비평가라는 개인 주체에게 책임을 묻는 일에서 그치는 것이 아니라, 현재의 문학과 비평을 재생산하게 만드는 모종의 장치dispotif에 대한 질문을 예비한다.[15] 아울러 이러한 물음은 최근 비평들이 의욕적으로 수행하고 있는 문학사적 다시 쓰기 작업과 비평운동이, 그들이 비판하고 있는 1990년대 이후의 남성적 문학주의에 대한 근본적 해체를 수행하는 이론적 전략으로 충분한지를 검토하는 일까지 포괄할 것이다.

이와 관련하여 내가 이 자리에서 새삼스럽게 떠올리고 싶은 것은 2016년에 논란이 되었던 '이자혜 사건'과 그에 대한 후속 논의이다. 웹툰 작가 이자혜의 성폭행 2차 가해 및 방조에 대한 혐의가 SNS를 통해 제기된 이후, 웹툰 업계와 출판계가 취했던 재빠른 후속 조치를 적지 않은 사람들이 기억할 것이다. 창작 현장과 비평장에서 신속하게 진행되었던 '이자혜 지워내기' 작업은, '이후'의 시간에 다시 직면하게 된 현재의 비평장에 유사한 고민거리들을 안겨준다. 빠르게 진행되는 각종 후속 조치 속에서, 당시 여성학자 김주희는 이렇게 쓴 바 있다.

최근 세대교체라는 단어와 함께 혁신을 꾀한 각종 비평지 지면은 그녀에게 주목했고, 새롭게 등장한 페미니즘/세대에 주목하는 독자

---

14) 김건형, 「퀴어 테크놀로지(들)로서의 소설: 김봉곤식 쓰기, 되기」, 〈문장웹진〉 2018년 12월호.
15) 여기서 언급한 장치는 푸코의 사유에서 빌린 것이다. 이에 대한 구체적인 설명은 이 글의 후반부에서 개진될 예정이다.

들은 이러한 흐름을 따라 그것을 구매했다. 이와 같은 페미니즘의 반란과 출판 시장의 혁신이 결합하여 만들어낸 속도감 속에서, 그녀가 페미니스트로 성장하는 과정을 긴 호흡으로 지켜볼 수 있는 여유는 상실되었다.[16]

김주희는 "해당 작가의 작품에 대한 폐기, 전량 회수, 교환, 환불, 삭제를 요구하거나 거기에 동의하는 것은 성폭력 사건이 세상에 알려진 이후 그것을 목격한 사람들에게 주어진 유일한 윤리적 개입 방식"(p. 27)으로 작동했던 풍경을 '속도의 페미니즘'으로 명명하고 있다. 물론, 페미니즘의 이름으로 가해졌던 당시의 많은 비판과 요구가 그가 분석하고 있듯 "소비주의적 파괴의 향연과 같은 비정치적 명령에 잠식"(p. 28)된 결과인지에 대해서는 이견이 있을 수 있다. 다만 분명한 것은, 이자혜를 지워내게 만들었던 '속도주의' 특유의 정치성에 대한 분석과 토론이 당시 부재했다는 사실, 그리고 그것이 오늘날 재연될 가능성이 있다는 점이다.[17] 비평이

---

16) 김주희, 「속도의 페미니즘과 관성의 정치」, 『문학과사회 하이픈』 2016년 겨울호, pp. 24~25. "세대교체라는 단어와 함께 혁신을 꾀한 각종 비평지" 중 하나였던, 내가 속한 『문학과사회』 역시, 그 당시를 "긴 호흡으로" 사유하는 여유를 보냈다고 할 수는 없을 것 같다. 기억을 더듬어보면, 동인들과의 논의 끝에 결국 '이자혜 인터뷰'가 수록된 지면을 제거하는 대신, 그것을 역사적 흔적으로 남기기를 선택했다. 하지만 그와 같은 동의가 이루어지는 과정에서도 우리는 각계에서 가해지는 비난에 대한 두려움을 분명히 느끼고 있었으며, 그로 인해 '이자혜 지워내기'로 상황을 모면하고 싶은 욕망이 있음을 분명히 인지했던 것 같다. 결과적으로 해당 사건과 관련된 사유를 이어나가는 작업을 공적인 지평에서 실천하는 것을 소홀히 했음을 부인할 수는 없을 것이다.

17) 이자혜 사건의 중요한 의미와 쟁점에 관한 사후적 논의는 다음에서 확인할 수 있다. 양효실 외, 『당신은 피해자입니까, 가해자입니까: 페미니즘이 이자혜 사건에서 말한

부재할 때, 우리가 직면하게 되는 것은 바로 '페미니즘 정치 자체의 불가능성'이라는 주장은, 그래서 의미심장하다.

　나는 이 문제의 핵심에 '페미니즘의 속도'와 '정치의 관성' 간의 상관관계가 놓여 있다고 생각한다. "속도의 페미니즘"의 결과 페미니스트들의 반란은 폭발적일 수 있었지만, 그러한 역동 속에 입장과 의견의 차이에 대한 토론과 비평이 개입될 수 없었다. 모든 것은 단 하나의 정답이라 믿어지는 '관성'에 의해 추진될 뿐이다. 우리는 이 사건이 재빠르게 '해결'되는 과정에서 수많은 것을 놓쳤다. 해당 웹툰 작가는 왜, 어떤 맥락에서 페미니스트 작가로 소환되었는가? 우리는 현재 페미니즘의 부상을 무엇에 대한 반응과 열망으로 읽어내야 하는가? 페미니즘을 지지하는 이들이 '윤리적 소비자'로 등장하는 것은 페미니즘의 가능성인가 한계인가? 성폭력 '방조'란 무엇인가? 작가가 성폭력 사건에 연루되었을 경우 해당 작가의 작품을 모두 '폐기'하는 방식은 성폭력 문제를 '해결'하는 데 도움이 되는가? 가해자의 흔적을 지우면 성폭력은 없어지는가? 성폭력은 가해자와 피해자 간의 문제인가?
　이 모든 논의는 성폭력 사건의 피해자를 보호해야 한다는 미명에 의해 봉쇄되었고 이제 우리는 페미니즘 정치 자체가 불가능해지는 현실을 목도하게 되었다. 관성에 의한 정치는 결과적으로 '정치 없는' 정치를 만들어냈다. 방조자는 삭제되었지만 성폭력 문제를 토론하고 해결할 수 있는 공간은 차단당했다. (p. 29)

것과 말하지 못한 것』, 현실문화, 2017.

물론 이자혜 사건과 이번 김봉곤의 경우를 동일시하는 것은 여러모로 무리일 수 있다. 사건의 구체적 양태가 다르고, 창작 현장과 비평의 환경과 조건이 다르며, 비위 사건의 실체 여부에 있어서도 차이가 있다. 노파심에 덧붙이자면 4년 전의 일을 떠올리며 김봉곤을 변호하거나, 작가를 무조건 보호하자고 말하고 싶은 것이 아니다. 다만 비평적 개입이 부재한 상태에서 재빠른 사과와 후속 조치를 통한 관성적 반성을 반복한다면, 그 결과 이번 사건의 의미와 원인에 대한 토론 가능성이 차단되어버린다면, 비평은 다시 한번 "'정치 없는' 정치"라는 허무한 결과 앞에서 무력해질 수 있음을 강조하려는 것이다.

　때늦은 감이 있지만, 우리가 '이후'의 시간 선상에서 던져야 할 질문들은 이런 것이다. 김봉곤 작가의 퀴어적 글쓰기에 대한 독자의 열광과, 사건 이후 표출된 극단적인 반응은 서로 무관한 것일까? 독자로서 김봉곤에 대해 가졌던 관심은 자전적 글쓰기가 불가피하게 자극할 수 있는 관음증적인 시선 혹은 환상적 욕망과 어떻게 이론적으로, 윤리적으로 구별될 수 있을까? 당사자성과 자기 정체성을 토대로 한 글쓰기의 정치성과 나르시시즘적 자기 탐닉 혹은 전시는 어떻게 구분 가능한가? 현재 젊은 작가들에 편중된 비평과 독자들의 반응은 일각에서 제기하는 자본주의적 소비주체 형성과 구별되는가? 문학운동, 비평운동은 수많은 불평등을 야기하는 문학장 안에서의 재생산 경제 시스템을 어떻게 근본적으로 해체하는가? 지금도 엄연히 작동하고 있는 소수 작가들을 중심으로 한 스타 시스템의 속도주의는 결과적으로 작가에 대한 신화화와 더불어, 작가와 독자 사이의 위계 관계를 강화하는 것은 아닐까? 그러한 지형도에서 이루어지는 독서 행위, 소비 행위를 과연 정치적이라고 평가할 수 있을까? 이번 사건을 계기로 SNS상에서 다시 나타났었던 김봉곤 작가를 향한, 비난을 넘어선 혐오 발언들의 정체는 무엇일까? 혐오 발화를 일삼는 독자와 우리가 기대하는 새로운 세대의 독자는 과연 다른 존재일까? 무질서하고, 어지럽게 제출된 위 질문에 답하기 위해서는 문학을 통해 사회적 상상력을 활성화하려는 비평적 노력을 넘어, 이 모든 조건을 메타적으로 분석할 수 있는 비평의 사회학적 상상력이 요청된다.

한편으로 다른 종류의 메타적 질문 역시 가능하다. 위와 같은 비판적 질문들, 결과적으로는 작가들을 위한 안전장치가 되어줄 수 있었을 비판적 목소리가 비평장에서 잘 보이지 않았던 이유는 무엇일까? 이에 대한 대답은 여러 층위에서 마련될 수 있지만, 우선은 간략하게나마 최근 비평들이 내장하고 있는 문학사 비판의 역사철학적 인식 구조를 검토하자.

앞서도 지적했듯, 최근의 비평들은 1980년대 문학에 대한 대결의식 속에서 형성된 1990년대 이후의 문학주의 이데올로기를 향해 의미 있는 비판과 반성을 수행하고 있다. 그런데 이 과정에서 김주희가 지적했던 속도주의와 유사한 힘이 작용하고 있는 것이 아닌지, 그리고 그것이 분석 대상 평론가들의 문학사적 인식과 연관성이 있는 것은 아닌지 질문할 필요가 있을 것이다. 여기서 내가 제안하고 싶은 가설은, 비평의 속도가 단지 일시적이고 외재적인 특징에 한정되는 것이 아니라, 이전 문학에 대한 단절적 역사 인식과 그에 힘입은 목적론과 깊은 관련 있다는 것이다. 과거 비판을 통해 새로운 현재와 미래를 열겠다는 선의지는 (그 정치적 목표와 달리) 오히려 1990년대를 변증법적 거점으로 거듭 소환하고, 역설적이게도 1990년대 이후의 문학주의를 하나의 단일한 기원origin으로 실체화·실정화할 위험이 있다. 이와 관련하여 "'진정성이 규범적인 에토스로 작동한 시대가 언제인가'가 아니라 '진정성을 전유한(혹은 전유할 수 있었던) 집단이 누구인가'를 묻는 일이 더욱 효과적인 입각점"[18]이라고 전제하는 인아영의 인식은 징후적으로 읽힐 여지가 있다. 그의 입각점은 문제 틀을 선명하게 하는 데에는 기여할 수 있지만, 비판의 정치적 실효성과 관련해서는 의문을 남긴다. 왜냐하면 그것은 비판 대상의 권력과 영향력을 과잉 평가하고 수행적으로 승인할 뿐만 아니라, 1990년대 이후의 문학장에서 실제적으로 작동했던 또 다른 중요한 테크놀로지들을 간과하게 만들 위험이 있기 때문이다.

아울러 비판 대상 주체의 기원적 실정화는 그 의도와 달리, 비판 대상의 권력을 사후적으로 강화하면서 동시에, (의도하지 않았던) 거울 효과를 낳을 가능성이 크다는 점에서도 문제적이다. 이렇게 물어보자. 1990년대 문학주의에 대한 비판을 비평적 입각점으로 설정한 최근 비평들의 선명한 세대적 선 긋기 작업은, 1980년대를 '정치의 시대'로 대타화함으로써 '문학의 시대'로 나아가려 했던, 1980년대와 1990년대 사이의 역사적 단절을 선언했던 1990년대 비평의 인식 구조와 근본적으로 다르다고 할 수 있을까? 그들의 인식 속에서 '문학주의'는 1990년대 이후의 비평이 자기 갱신의

---

18) 인아영, 「눈물, 진정성, 윤리: 한국 문학의 착한 남자들」, p. 93.

논리를 위해 동원했던 그 수많은 적의 형상과 어떻게 다른가?[19] 물론 인식의 구조적 상동성으로 양자를 동일시하는 것은 다소 과도한 우려일 수 있다. 그러나 최근 비평계에서 이루어지고 있는 비평적 글쓰기 대상의 편중화 현상, 이전 세대 작가들의 작품들에 대한 담론의 부재 등이 과연 우연에 불과한 것일까? 그것은 1990년대 이후부터 관성화된 형태로 유지되었던 현장 평론 모델의 재생산을, 즉 '한국' 문학의 '현재'를 통해 '미래'와 '새로움'이라는 텅 빈 기표를 향해 속도전을 벌이는 비평의 관행을 여전히 닮아 있다. 그렇다면 최근 비평은 (이념적 내용은 다르다고 하더라도) 과연 기존의 문학주의가 발휘했던 방식의 배제와 포섭의 메커니즘으로부터 자유롭다고 자신할 수 있을까.

이와 같은 물음은 '페미니즘과 퀴어 문학'의 중요한 테크놀로지로 주목되고 있는 일인칭 글쓰기에 관한 논의에 대해서도 적용될 수 있다. '일인칭의 역습' '전지적 일인칭 시점' '인물의 장르화' 등 이론적 토대가 불분명한 슬로건으로 현장의 텍스트를 지지하는 것을 넘어, 그러한 글쓰기 테크놀로지가 어떤 차원에서 기존의 글쓰기와 차별화되는지, 그리고 그것의 사회학적 함의와 명암이 냉정하게 검토되어야 하는 것은 아닐까. 이때 비판의 입각점은 백여 년 전에 제출된 루카치의 남성 중심적 소설론 같은, 그 한계가 너무나

19) 우리는 비평의 자기 갱신을 위한 목적으로 다소 부당하고 손쉬운 방식으로 호출되었던 다양한 유사pseudo 적들의 계보를 알고 있다. 그 목록들을 거칠게 나열하면, 다음과 같다. 1980년대, 민족·민중문학, 계몽, 운동, 정치, 리얼리즘, 내면성, 서정시, 서정적 화자, 자아…… 정치한 이론적 논의가 부족한 상태에서, 일종의 비평적 스파링 파트너로 활용되었다가 사라져버린 저 개념들의 목록은 계속해서 늘어날 수 있다.

도 명확한 대상일 수 없다. 오히려 초점화해야 할 것은 '전도된 진정성의 회귀'라는 미러링 전략으로만 쉽게 요약될 수 없는 현상들, 다양한 방식으로 재출현하는 진정성의 징후들의 문학사적 의미이다. 이것은 1990년대 여성 작가들로 대변되었던 '내면적 글쓰기' 테크놀로지와의 심층적인 비교와 체계적 해명을 통해 파악되어야 한다. 현재의 문학이 신경숙으로 대표되는 1990년대식 자전적 글쓰기의 단순한 복귀처럼 읽히지 않기 위해서는, 1990년대의 진정성 문학과 글쓰기의 테크놀로지가 발휘했던 정치적 효력을 괄호 치지 않은 상태에서, 진정성의 전도된 회귀가 야기할 수 있는 모방적 반복과 동일성의 함정을 탐문해야 한다.[20]

최근 문학의 출현을 정당화하기 위해 제출된 비평가들의 독자 인식의 경우도 같은 맥락에서 검토되어야 한다. 『82년생 김지영』의 유례없는 성공과 더불어 재인식·재발견되고 있는 독자상은 기존의 문학 제도의 한계를 표상하고, 남성 중심의 엘리트 비평가들의 보수적 시각을 드러내는 유력한 증거로 이해되어온 측면이 있

20) 이러한 검토를 이어나가기 위해 반드시 참조해야 할 것 중 하나가 2000년대 전후로 제출되었던 미래파 담론의 주체론이다. 물론 미래파 논의 역시 세대론적 논의 구조에 함몰된 측면이 있으며, 섹슈얼리티에 대한 문제의식과 관련해서 적지 않은 한계가 있을 것이다. 그것이 최근 비평가들이 지적하고 있는 문학주의의 강화에 기여한 측면 역시 부인할 수 없다. 그러나 문학 텍스트 안에서 발화 행위가 지닐 수 있는 미시적 정치성과 그를 극복하기 위한 논의들을 과연 현실과 무관한 공허한 이론 놀음으로 치부할 수 있을까? 그것들을 역사화하는 것과 망각하는 것은 분명 구분되어야할 것이다. 현재의 일인칭 글쓰기에 대한 논의는, 미래파 담론 때 제기되었던 다양한 시학적 논의의 한계와 대결하는 과정에서 정치해져야 한다고 생각한다. 이와 관련하여 최근 시단에서 회귀해버린 '오래된 화자'의 '진정성'에 대해 김행숙 시인이 느낀 곤혹은 중요하게 읽힌다. 이에 대해서는 김행숙, 「이 계절의 시집에서 주운 열쇠어들 2」, 『문학동네』 2020년 여름호.

다. 아울러 그것은 문학의 변화와 새로운 물결을 가속화하게 만드는 원동력으로 거론되기도 한다. 이때 공통적으로 발견되는 것 역시 단절적 인식에 기반을 둔 세대론적 선 긋기, 그리고 미래를 향한 목적론적 서사라는 사실은 단순한 우연이 아니다.

지금 한국문단은 무엇이 바뀌고 있을까. 말할 것도 없이 독자이다. 문학의 생산자들이 지금처럼 독자들의 눈치를 볼 때가 있었나 싶을 정도로 독자의 영향력은 막강하다. 그것은 독자의 성별이나 세대가 바뀌었다거나 구매력 또는 선호도의 변화를 의미하는 것이 아니다. 독자라는 집단의 체질 자체가 달라진 것이다.[21]

페미니즘 리부트 이후에 순환적 피드백의 가능성을 전망해볼 수 있는 독자들이 나타난 배경으로 [……] 세대 감각을 고려해볼 수 있겠는데요. 저는 어떤 작품에 대해서 평가하고 그걸 게시하고 공론화하는 게 상대적으로 익숙한 세대거든요. [……] 그런 식으로 자신을 표현하는 수용자라는 감각이 저희 세대에 있는 것 같아요. 자신이 어떤 독서나 향유 행위를 한다는 것 자체가 일종의 의사 표현이라는 사실을 의식하면서 무언가를 '수행'한다는 감각을 갖는 거죠. 그런 독자들의 존재가 아까 말씀하신 것처럼 어떤 논의가 단지 점에 그치지 않고 서로 이어질 수 있는 배경이 된다고 생각합니다. 그런 점에서 보자면 제가 생각하는 가장 최신의 독자 상은 자기가 하는 일을

---

21) 노태훈, 「'나'로부터 다시 시작하는 문학사: 최근 한국 소설의 징후」, 『문학들』 2018년 가을호, p. 43.

의식하는 독자라고 할 수 있어요.[22]

저는 최근에 여성 비평가들의 앤솔러지인 『문학은 위험하다』 북토크에 필자 중 한 명으로 참여했었는데요, 그때 만난 독자들이 페미니스트 비평가의 존재와 그들의 비평을 상당히 적극적으로 요청하는 데 깊은 인상을 받았어요. 표면적으로는 '팬심'이나 '배움'이라는 단어로 표현되고 있었지만, 좋아하는 문학작품을 자신의 삶과 관련지어 해석하기 위해 페미니스트 비평을 '활용'한다는 느낌을 받았습니다. 그건 그들이 전통적인 의미에서 메타적인 자기성찰성을 갖춘 이상적인 독자여서가 아니라, 문학작품을 자신의 삶에 가깝게 끌어당기려는 실천적인 요구를 지닌 독자이기 때문인 것 같아요.[23]

독자에 대한 새로운 주목은 오랫동안 한국 문학의 제도 속에서 그들이 계몽과 교육의 대상으로 타자화되었다는 사실, 지식의 위계질서로 인해 독자의 적극적인 역할이 탐구되지 못했다는 점을 고려할 때 충분히 유의미한 문제의식이다. 그러나 그러한 탐구를 개진하는 과정에서 현재의 독자를 이전 세대의 독자와 "집단의 체질 자체가 달라진 것"이라고 평가하거나, "실천적인 요구를 지닌 독자"로 이상화하고 실체화할 때, 독자는 작가 중심주의의 이데올로기적 거울상처럼 기능할 우려가 있다. 이와 관련하여 정소연 작가는 현재 목격되고 있는 독자의 정치성이 "자본주의적인 시장화"

---

22) 강동호·김건형·박혜진·정소연·인아영, 「독자를 다시 생각한다」에서 김건형의 발언, pp. 142~43.
23) 같은 글에서 인아영의 발언, pp. 143~44.

에 따른 "탈정치화"로 바라볼 기제가 있음을 예리하게 짚어내고 있다. 그는 이렇게 고백한다. "제가 비평에 기대하는 건 독자의 의견을 옮겨달라는 것이 아니에요. 독자의 의견은 이미 많으니까요. 저는 지금의 상황이 '평가의 과잉과 비평의 결핍'이라고 생각하는데, 그래서 비평가들이 비평의 관점에서 평가를 걸러주고 평가의 가치에 관한 이야기를 해줬으면 좋겠어요. 그런 비평 없이 독자들의 평가에 고스란히 노출되어 있다는 것이 작가에게는 실체적인 위협으로 느껴지니까요."[24]

다소 엘리트주의적인 뉘앙스가 느껴지기는 하지만, SF문학장에서의 경험을 바탕으로 발화된 정소연 작가의 요청이 전통적인 위계적 비평의 복권을 뜻하지는 않을 것이다. 그가 언급한 '비평의 결핍'은 현장에 대한 적극적인 평가로 한정되어 있는 비평 자체의 체질적 전환의 필요성을 암시한다. 독자의 변화가 "세대적인 변화"가 아니라 공론장을 형성할 수 있는 "기술의 발달"(p. 144)의 소산일 수도 있다는 지적 역시 중요하긴 마찬가지다. 기술 발달에 따른 공론장의 구조 변화와 그 파급효과에 대한 다양한 연구를 참조한, 문학사회학이 요청되는 이유가 거기에 있다. 그것이 결락되었을 때 세대론에 힘입은 미래주의적 독자론은 '독자로부터 시작된 변화'를 무조건적으로 추인함으로써, (작가 중심주의를 대체한) 독자 중심주의라는 신비주의적이고 목적론적 이념에 무기력하게 견인될 가능성을 내포한다.

현장에 대한 기대와 미래의 문학을 열겠다는 최근의 선하고도

---

24) 같은 글에서 정소연의 발언, pp. 145~46.

의욕적인 실천이 매우 중요한 의미를 가진다고 생각한다. 하지만 그것이 이론적으로 정밀해지고, 정치적으로 효과적이기 위해서는, 무엇보다 지금—여기의 현실까지도 재역사화하는 시선이 전제되어야 한다고 믿는다. 현재는 미래의 과거이지만, 다른 한편으로는 과거의 미래이기도 하다. 지금—여기의 현실은 과거의 영향력과 아직 개화되지 못한 미래의 기미가 병존하고 있는 혼종적 시공간이다. 비동시적인 것들이 동시적으로 공존하는 장소로 현재를 재인식하는 비평은, 과거에 대한 단절적 선언과 미래를 향한 목적론적 기투를 통해 형상화되지 않는다. 그것은 지금—여기의 현실 속에서도 발휘되고 있는 과거의 힘과 기제에 대한 유물론적이고 정치적인 비평을 통해 실천될 수 있다. 이러한 사실은 비평이 기존의 문학과 비평을 역사화하는 데 있어서 선행되어야 할 작업이 무엇인지를 직간접적으로 지시한다. 관련하여 얼마 전 현재 비평을 향해 건네진 한 소설가의 다음과 같은 우정 어린 조언은 진지하게 경청되어야 한다.

근래에 1990년대에서 2000년대까지의 비평을 재검토하는 비평이 많이 나왔어요. 제가 몇몇 비평을 읽으면서 눈에 띄었던 게 있어요. 이것들이 일종의 메타비평이란 말이죠. 그런데 이전의 비평 담론에 대결시키고 있는 것이 지금 현장에서 발표되고 있는 작품들이에요. 과거의 비평적 논의에 현재 작품에 대한 해석을 대결시키는 것에 의문이 들더라고요. 이전 담론에 대한 비판적 독해라는 게 당시에 중요하게 다루어졌던 작품의 위치에 새로운 작품을 위치시켜서 얻을 수 있는 게 아니잖아요. 젊은 비평가들이 등장해서 내놓는 담론이 담론 자체로는 새로울지 몰라도 담론이 작동하는 방식은 그대로일 수 있다는 거예요. 논의가 누적되어 담론이 형성되는 게 아니라, 담론이 등장하고 특정한 작가들이 그 담론에 수렴되는 방식으로 담론이 교체되면 축적되는 게 없어요. 작가들은 담론의 필요에 따라 소모적으로 호명되고, 비평가도 자기 비평이라는 걸 누적시키기 어렵고요. 그런데 이게 비평가 개인의 문제가 아니라 시스템의 구조적 문제라는 거죠.[25]

비평이 이전의 비평 담론과 대결하기 위해 지금 현장에서 발표되고 있는 작품들에 집중하는 현상을 보면서 천희란 작가는 근본적인 의문을 제기한다. 그러한 의문이 "담론 자체로는 새로울지 몰라도 담론이 작동하는 방식은 그대로일 수 있다"는 지적에 이를 때, 그의 비판은 이론적인 층위에서도 날카롭다. 그렇다면 현재의 비평은 이러한 구조적 상동성의 함정에 빠지지 않기 위해서라도, 지금—여기의 현장에 대한 욕망과도 싸워야 하는 것이 아닐까. 과거의 담론을 메타적으로 비평하는 정치적 실천은 비판 대상의 내재적 역사성에 대한 충실한 고려 속에서 가능한 것이 아닐까. 천희란 작가의 지적이 한층 예리하게 읽히는 이유는 이것을 실천하기 어려운 원인까지도 명확하게 짚고 있기 때문이다. "그런데 이게 비평가 개인의 문제가 아니라 시스템의 구조적 문제라는 거죠."[26]

---

25) 강동호·서효인·천희란·최지인·황인찬, 「우리에게 더 많은 미래를: 한국 문학장의 현재와 미래」에서 천희란의 발언, 『문학과사회 하이픈』 2020년 봄호, p. 125.

26) 이와 유사한 의미에서 발화된 황인찬의 회고 역시 시사적이다. "제가 2006년도에 대학에 들어가서 문예지들을 열심히 따라 읽었거든요. 여러 가지 특집과 거기서 다뤄

그의 말은 과거의 담론과 현재의 작품이 무매개적으로 대결되는 현상의 원인을, 세대론적 이분법에 근거한 비평적 속도전이 계속해서 끊이지 않는 원동력을 정확히 지시한다. 그것은 비평을 둘러싼 제도적 환경, 더 나아가 비평적 글쓰기를 장르화하는 어떤 힘들을 가시화한다. 당대의 작품들을 적극적으로 호명하는 가운데 이전 세대의 문학과 비평을 대타화하는 비평 담론의 형식. 당대의 문학에 대한 세대론적 호명에 참여하게 만든 오래된 인정 투쟁 체제는 1990년대 이래로 지금까지 건재하다. 그것은 개별 비평가들의 글쓰기 욕망과 실천을 끊임없이 재생산하는 방식과 세대 교체 시스템을 통해 해명될 수 있다. 그러니, 다소 반복되고 빤한 문제처럼 보일지라도 우리는 어김없이 저 시스템에 대한 이야기로 되돌아가야 할 것이다.

4. 문학주의의 통치성과 장치로서의 비판

다시 한번 물어보자. 비평은 왜 김봉곤 사건에 대해 무기력할 수

지는 담론들을 재미있게 읽으며 공부했던 기억이 나는데, 지금 돌이켜보면 제 머릿속에서는 나름의 정리가 되었을지 몰라도, 그 시절의 담론들이 잘 정리되었는지는 조금 의문이 남아요. 모두 쓰고 지나가버린 것만 같고요. 아까 작가들이 소비된다는 이야기가 나왔지만, 그게 작가가 계속 조명받아야 한다는 말은 아니잖아요. 다만 더 논의되고, 더 고민할 지점을 한시적으로 소비하고, 한 시절의 의의와 문제의식을 휘발시켜버리는 것이 문제인 것이겠죠. 더 느려도 된다는 말은, 비평이 지나간 것을 더 천천히 살펴보면 좋겠다는 말이기도 하고, 돌이켜보면 좋겠다는 말이기도 해요. 비평의 욕망이라는 것이 어쨌든 독자와 함께 움직이는 것이기에, 끊임없이 실시간으로 연동되려고 하는 것 아닌가 생각이 들어요"(p. 125).

밖에 없을까. 이때 질문의 초점은 사건에 대한 예견 능력 여부가 아니라, 사건 이후 직면할 수밖에 없는 비평의 무력감과 관련 있다. 아마도 그것은 현장 텍스트에 대한 적극적 읽기와 그것이 유발한 미래주의적 속도전에 제동을 거는 적극적이고 다양한 비평적 개입의 부재, 즉 비판이 부재했다는 인식과 관련 있을 것이다. 하지만 그러한 부재 현상을 조명하기 위해서는, '한국 문학 평론'이라는 장르화를 야기한 메커니즘에 관한 구조적 시야가 확보되어야 한다.

요컨대 그것은 최근 비평에서도 동일하게 관찰되는 (과거가 아닌 현재 문학 텍스트에 대한) 비판 부재의 역사적 계기를 묻는 일이기도 하다. '비판 없는 한국 문학장'에 대한 지적은 '주례사 비평'이라는 멸칭이 있을 만큼 그 연원이 오래된 것이다. 우리는 그 원인에 관해 헤아리기 어려울 만큼의 많은 비판이 있었다는 사실을 기억한다. 대표적인 사례는 비평가와 출판사의 상업주의적 욕망, 그리고 문예지 중심의 권력 관계와 위계질서를 비판하는 목소리들이다. 이러한 비판들에 근거가 없는 것은 아니지만, 나는 그와 같은 제도 비판의 수행적 효력을 그다지 신뢰하지 않는 편이다. 비판의 부재를 비평가의 양심 문제나, 제도적 압력의 문제로 설명하는 모델은 결국 '비판 정신 회복' '비평의 공공성 추구' 같은 너무나 온당해서, 현실에서는 그다지 실효성을 발휘할 수 없는 당위론을 반복할 우려가 있기 때문이다. 당위론의 반복은 비평가 개인의 이례적인 도덕성과 용기에 지나치게 많은 짐을 지우거나, 출판사들의 윤리적 각성과 이익 추구 포기 같은 좀처럼 현실화될 수 없는 주문을 표명하는 것에서 사유를 멈출 가능성이 있다.

관련하여 오랜 시간 동안 한국 문학비평에 대한 비판적 검토를 쏟았던 소영현의 학술적 논의는 다시 한번 중요한 참조점이 될수 있다. '좀비 비평'이라는 화두로 2000년대 이후 비평계의 암울한 현실을 환기했던 그의 지속적인 작업들 가운데 이 글의 맥락에서 특히 주목해야 할 텍스트는 「지식인—비평(가)에서 작가—비평(가)로」일 것이다.[27] 비평의 위기를 전체적인 스타일과 목표 및 기능 변화로 설명하는 그의 학술적인 논의들은 "'지식인—비평가' 비평에서 '작가—비평가' 비평으로 이동해간 비평의 형질변경"(p. 91)이라는 매력적인 가설로 요약된다. 이 글에 따르면 비평의 근본적 형질 변화는 "1990년대, 2000년대를 지나면서 현실의 모순과 그것의 지양이자 유토피아로서의 미래라는 틀의 원심력에서 문학이 좀더 자유로워진 현상과 연관되며, 그것이 불러온 부수 효과의여러 국면들 가운데 하나"(p. 69)에 해당한다. 즉, 비평적 모델 전환의 원인을 1990년대 이후 나타난 문학과 사회의 장기적 변화에서 탐색하는 그의 시각은 1990년대 이후의 한국 문학 평론에 대한역사적 장르화를 시도한다는 점에서 중요한 의의를 갖는다.

여기서 이론적 대리보충이 가능해 보인다. 그것은 비평의 형질 변화가, (푸코의 개념을 빌리자면) 비평가의 새로운 주체화 subjectivation 과정을 동반한다는 사실이다. '지식인—비평가에서 작가—비평가로'라는 선명한 이행 모델이 적합한지를 논외로 한다

27) 이 글은 본래 「비평의 미래: 성찰적 비평의 가능성에 대한 일고찰」이라는 제목으로 『현대문학의 연구』 44호(2011, 한국문학연구학회)에 게재됐고 『올빼미의 숲』(문학과지성사, 2017)에 「지식인-비평(가)에서 작가비평(가)로」라는 제목으로 다시 실렸다. 단행본을 참조하여 인용했다.

면,[28) 그것은 1990년대 이후 부상한 새로운 비평적 글쓰기가 문단, 문학 매체, 출판 시장, 학계, 교육제도, 언론 등으로 구성된 복잡한 네트워크의 그물망 속에서 비평가의 존재가 안착되고 정당화되었음을 분명하게 가리킨다. 이때 주체화가 예속화의 다른 국면이자 이름이라는 푸코의 통찰은 거듭 강조될 가치가 있다. "진정성의 원리는 곧 모든 위선과 형식적인 것과 허위에 대한 배격이며, 자유로운 개인의 자율성과 자발성과 내면성으로 이어져 있다"[29)는 서영채 평론가의 1990년대적 선언이 징후적으로 암시하듯 예속화의 동일한 이면인 주체화는 단순한 억압이 아니라, '자발성—내면성—진정성'의 연계 속에서 창출되고 생산되는 주체성의 자율적 기제까지도 포괄하기 때문이다.

1990년대 이후의 비평의 존재 방식을 주체화의 기제로 포착하게 된다면, 전통적인 억압 가설과 권력 이론에 기대지 않고도, 문학사를 바라보는 역사적 분석틀을 확보할 수 있다. 소영현의 분석과 가설을 받아들인다는 전제하에, 나는 새로운 비평가의 주체화 기제와 비평적 글쓰기를 재생산하게 만들어내는 네트워크, 그리고 그것이 발휘하는 권력 효과를 (다시 푸코의 논의에 기대자면) 통치성 governmentality과 장치dispositif의 층위에서 설명할 수 있다고 생각한다.[30)

---

28) 왜냐하면 이러한 이행의 과정에서 1980년대의 비평적 글쓰기의 역사적 역할 또한 고려될 필요가 있기 때문이다. 1990년대 이후의 비평적 글쓰기는 4·19세대가 확립한 '지식인-비평가' 형상뿐만 아니라, 1980년대의 '운동가-비평가' 혹은 '실천적 이론가-비평가' 형상과의 자의식적 투쟁 속에서 탄생한 것일 수 있기 때문이다. 이에 대해서는 좀더 정교한 문학사적 연구와 논리의 보충이 필요해 보인다.

29) 서영채, 「왜 문학인가: 문학주의를 위한 변명」, 『문학동네』 2000년 여름호, pp. 97~98.

먼저 1990년대 이후의 문학장과 비평적 글쓰기를 통치성의 층위에서 검토하는 것은, 문학장 안에서의 개별 비평가들의 발화 위치에 관한 제도 비판뿐만 아니라, 그 안에서 생산되는 '진실의 체계'를 역사적으로 가시화하는 일을 뜻한다. 1990년대 이후 구성된 문학적 진실 체제 속에서 비평가의 위치가 포착될 때, 비로소 문학주의라는 이름으로 발휘되는 권력 효과와 자유로운 비평가 개인의 탄생이라는 상호 모순적 상황이 양립 가능한 형태로 파악될 수 있기 때문이다. 여기서 우리는 억압된 개인, 주체성을 상실한 개인이라는 고전적이고도 이데올로기적인 억압 이론에서 한 걸음 나아갈 수 있는 실마리를 얻는다. 통치성이라는 푸코의 용어는, 미시적인 층위에서 이루어지는 개인들의 주체적 선택과 그것을 제약하는 구조적 환경으로서의 권력이 하나의 통합적 장에서 분석될 수 있게 하는 이론적 지평이다. 동일한 맥락에서 '비평가의 통치 혹은 통치되는 비평가'라는 형상은 구조에 무기력하게 포섭된 노예도, 그로부터 이탈해 있는 독립적 존재를 가리키는 것도 아니다. 1990년대를 기점으로 본격화된 문학주의의 통치성은 비평의 자발적 참여와 동의를 독려하고, 비평의 언어를 통해 확장되는 진실 체계라는 동적이고 순환적인 네트워크를 통해 유지되었는지도 모른다.

이때 문학비평의 전통적인 도덕성과 권위를 대체하는 기준으로

---

30) 필자는 '장치'에 대한 푸코적 관점에 기대어 2000년대 비평과 진정성 테제에 대한 분석을 오래전에 시도한 바 있다. 「파괴된 꿈, 전망으로서의 비평」, 『문학과사회』 2013년 봄호. 아울러 유사한 방식으로 신경숙 이후의 문학권력과 제도를 구체적으로 검토한 글로는 이광호, 「문학 장치의 경계에서: '문학권력론'의 재인식」, 『문학과사회』 2015년 겨울호. 그리고 최근 소영현·장은정·조연정이 기획한 『문학과사회 하이픈』 2020년 여름호에서도 문학 장치에 대한 다양한 비판을 만날 수 있다.

작동하는 '성공과 실패'의 메커니즘을 주시할 수 있다.[31] 이 글의
가설은 이런 것이다. 지도 비평, 계몽적 비평, 지식인 비평으로 대
변될 수 있는 비평적 글쓰기의 테크놀로지가 서서히 사라지면서,
비평은 당대 텍스트의 문학성을 정확하고 빠르게 포착하는 것을
둘러싼 경쟁/생존 시스템의 장으로 점차 안착되기 시작했다. 문학
주의의 통치성하에서 비평가의 역량은 얼마나 더, 잘, 많이, 빠르
게 새로운 텍스트를 읽어낼 수 있냐는 시험하에서 판가름 나고, 문
학주의는 그 시스템에 의해 생산되는 담론들에 가시성의 빛을 비
추는 진실의 체제를 가리키는 것이다. 그렇다면 우리는 비판하지
않는 주례사 비평이라는 형상이 단지 억압과 굴복의 결과가 아니
라는 결론에 도달할 수 있다. 생존 투쟁의 장이자 통치성의 무대
위에서 비평가에게 '비판'은 단순히 부재하는 것이 아니라, 비가
시적인 형태의 구성적 외부로 재배치되기 때문이다. 비판은 단순
히 부재하는 것도, 억압되는 것도 아니다. 그것은 '공감을 바탕으
로 한 섬세하고 꼼꼼한 읽기'의 생산 속에서 나타나는 이면적 현상
으로서의 '비판의 부재', 더 정확히 말하면 '침묵'으로 대신하는 비
판의 구성적 외부화로 설명될 수 있다. 이것을 구체적으로 분석하
기 위해서는 도덕의 언어로 그 침묵의 역사를 재현할 것이 아니라,
"침묵의 고고학"[32]을 바탕으로 한 역사적 연구를 개진해야 한다.

---

31) 신자유주의 경제 시스템이 유발하는 성공과 실패 모델을 푸코의 통치성 차원에서
논의한 글로는 다음 참조. 게리 베커·프랑수아 에발드, 버나드 하코트, 「게리 베커
와 자본주의 정신」, 강동호 옮김; 강동호, 「호모 에코노미쿠스와 근대의 통치성」,
『문학과사회』 2014년 가을호.

32) Michel Foucault, *Madness and Civilization: A History of Insanity in the Age of
Reason*, trans. Richard Howard, Vintage Book, 1988, p. xi.

물론 침묵으로서의 비판을 가능하게 하는 이면의 힘이 또 다른 형태의 비판, 이 글의 맥락에서는 '분리division'의 언어들일 수 있음을 환기하는 것은, 새로운 분석의 방향을 설정하는 데 기여할 수 있다.[33] 이때 우리는 1990년대 이래로 제출되었던 수많은 비평적 담론과 논쟁의 계열에서 현상되었던 비판의 언어와 논리를 기억해야 한다. 그와 같은 비평 언어들은 1990년대 이후의 비평 담론의 구성적 힘과 비평적 발화 행위를 작동시키는 언표들의 체계를 형성함으로써, 결과적으로 진실 체계로서의 문학주의의 힘을 강화하는 데 공헌했다.

이때 염두에 두어야 할 것은 1990년대 이후의 문학장이 비평(가)을 재생산하고, 특정한 스타일의 글쓰기(비판 없는 섬세한 독해)를 하나의 유력한 모델로 인식하게 만드는 진실의 체계, 즉 문학주의적 통치성을 강화한 담론 구조에 대한 분석이다. 이것은 진정성과 결합한 문학주의 담론이 1990년대 비평장에서 실제로 지녔던 수행적 효과와 더불어 그것이 헤게모니를 구가하게 된 설명력의 원천이 무엇인지를 해명하는 작업으로도 연결된다. 이 글이 강조하고 싶은 것은 그 허구성을 폭로하거나 단절을 수행했던 주체들을 윤리적으로 비판하는 것이 아니라 시대적 단절을 가능하게 했던 담론들의 힘, 그리고 그것의 역사성을 분석의 대상으로 설정하는 일이다. 이를테면 지도 비평가에 대한 비판, 1980년대에 대한 정치적 종말론과 잇따르는 선언적 종언론들, 민족문학론과 리얼리

---

33) '분리'의 정치적·종교적 함의에 대한 철학적 논의로는 다음을 참조할 수 있다. 조르조 아감벤, 『세속화 예찬』, 김상운 옮김, 난장, 2010, pp. 107~36.

즘론에 대한 과도한 대타 의식, 그리고 자본주의와 상업주의를 대타화하는 방식으로 스스로를 규정하는 문학주의 비평의 언설 규칙들이 그것이다.[34] 이러한 논리들이 생산되는 과정에서 끊임없이 적용되었던 인식 구조는 역사적 단절 의식을 강화한 '분리'의 언어들과 이분법적 언표들이다.[35] 이 같은 이분법을 정당화했던 '새로움'과 '차이'라는 텅 빈 기표를 향해 재생산되었던 비평의 전도된 목적론, 혹은 역사철학 역시 그와 무관해 보이지 않는다. 이러한 언표들은 1990년대 이후 본격화된 문학장의 제도화 및 문학성을 매개로 한 비평의 자율적 자기 규제(혹은 통치)를 설명해준다.

이쯤에서 강조해야 할 것이 있다. 푸코가 '억압 가설'을 부인하고 이에 대한 대안적인 모델로 통치성이라는 개념을 제시한 것은 체제의 권력을 부정하거나, 인격화된 권력자의 도덕적·정치적 책임을 무화하기 위해서가 아니다. 통치성은 권력을 제도나 구조의 소산으로 상정했을 때 직면할 수밖에 없는 정치적 허무주의에 대항하기 위한 새로운 정치적 전략과 더 깊은 관련이 있다. 그의 사

---

34) 1990년대 본격화된 신자유주의에 대한 유일한 대항체로서 문학이, 문학주의라는 이름으로 정당화되는 과정은 흥미롭다. 이것을 문학과 비평의 상업주의적 위선으로 파악하는 것은 사건을 지나치게 단순화한다. 오히려 자본주의에 대한 예술적 비평이 존재한다는 것, 그리고 그와 같은 비판의 장소에서 자율성의 체계가 구축되는 역설이 '새로운 자본주의의 정신'일 수 있다. 이를 예술적 비판artistic critique으로 분석한 논의로는 볼탕스키와 시아펠로의 『새로운 자본주의 정신』을 참고할 수 있다. Luc Boltanski·Ève Chiapello, *The New Spirit of Capitalism, trans. Gregory Elliott*, Verso, 2005. 이에 대한 분석으로는 「'문학주의'와 '새로운 자본주의 정신'」을 참고할 수 있다.

35) '민중-개인' '리얼리즘-모더니즘' '1980년대-1990년대' '정치-문학' '공적 현실-사적 내면' '서정시-미래파' 등의 논리들이 그 사례일 수 있다.

유 속에서 일종의 자기 비판적 성격을 지닌 통치성 개념은 좀더 효과적인 저항을 위한, 그리하여 의미 있는 변화를 이끌어내기 위한 정치적 수행성의 근거를 확보하려는 실천적 성격을 지닌다. 이 과정에서 푸코가 재활성화하는 것이, (칸트에 대한 해체적 읽기를 통한) 비판에 대한 새로운 접근과 개념 규정이라는 것은 특히 강조할 가치가 있다.

우리는 권력, 주체, 진실을 서로 연결시키거나 이중 하나를 다른 두 가지와 연결시키는 관계망이 본질적으로 비판의 진원지라는 것을 알 수 있습니다. 그리고 만일 통치화가, 사회적 실천의 현실 속에서 진실을 주장하는 권력 메커니즘을 통해 개인을 예속화하는 문제와 관련된 활동이라면, 저는 비판이란, 진실에 대해서는 그 진실이 유발하는 권력 효과를, 권력에 대해서는 그 권력이 생산하는 진실 담론을 문제 삼을 수 있는 권리를 주체가 자신에게 부여하는 것과 관련된 활동이라고 말하고 싶습니다. 비판은 자발적 불복종의 기술, 숙고된 불순종의 기술일 것입니다. 비판은 한마디로 진실을 둘러싼 정치라고 부를 수 있는 활동 속에서 탈예속화를 그 본질적인 기능으로 갖는 것입니다.[36]

'권력' '주체' '진실'의 관계를 재설정하는 과정에서 비판의 진원지가 탐색될 수 있다는 푸코의 통찰은 그것이 근본적으로 권력

---

36) 미셸 푸코, 『비판이란 무엇인가? 자기수양』, 오트르망(심세광·전혜리) 옮김, 동녘, 2016, p. 47.

을 향해야 한다는 비판의 정치적 목표, 그리고 그것이 인식의 한계에 대한 역사적 검토를 수행해야 한다는 비판의 방법론까지 제시한다. 비판은 세계를 다른 방식으로 이해할 수 있는 시각을 제공하며, 그 시각을 통해 스스로를 다른 방식의 주체화의 기제에 배치시킬 수 있는 기술적 가능성을 드러낸다. 비판을 통해 실천되는 통치에 대한 자발적 불복종이 고도의 숙련된 테크닉을 필요로 하는 이유도 거기에 있다.

그러므로 비판의 실천을 위해서는 다음과 같은 작업들이 병행될 필요가 있다. 우선 비평에 대한 역사적 개입이 그 하나이다. 이때 염두에 두어야 할 것은 "다양한 계보들을 중압적이고 원리적인 단일한 원인으로 통일하려는 발생학에 대립하는 계보학"(p. 71)에 대한 요구이다. 1990년대에 들어 나타난 비평적 모델 전환의 시대적 의의와 정합성을 과소평가하지 않되, 그것의 정당성을 더욱 강화하는 과정에서 작동했던 힘을 비판적으로 점검하는 일, 그리고 그로 인한 비평적 글쓰기 스타일의 구체적인 변화를 포착하는 일이 거기에 포함된다. 상업주의, 혹은 신자유주의라는 이름으로 개진되었던 평론가, 또는 비평에 대한 단죄의 언어들이 야기할 실정적 무기력을 넘어, 역사적 비평은 한층 미시적인 차원에서 비판과 분석의 대상을 초점화하는 일로도 나아가야 한다. 현재의 작품을 토대로 과거를 비판하는 것은 비판으로서의 효력을 사실상 무화하며, 비판 대상의 영향력이 닿지 않는 외부의 공간이 있다는 믿음과 환상을 낳을 수 있다. 그리고 가장 나쁜 경우 그것은 세대론적 인정 투쟁의 분리주의를 반복하는 형태로 문학주의적 통치성의 문법을 재생산할 위험을 내장한다.[37]

다른 하나는 이러한 역사화를 구체적 실천으로 활성화할 수 있는 근거지를 발명하는 일이다. 이것은 개별 비평가들의 노력을 통해 수행될 수 있는 것이 아니라, 통치를 가능하게 하는 문학 장치들을 가시화하는 언표들, 그러한 장치들의 주체화 기제를 멈추게 할 수 있는 대항 장치의 개발, 그리고 비평가들의 구체적 연대를 통해 모색될 수 있을 것이다. 장치라는 개념이 지닌 함의는 여기서 주목을 요한다. 그것은 제도적 층위보다 훨씬 미시적인 차원에서 이루어지는 주체화의 기제를 설명해주며, 비평이 수행할 수 있는 비판적 전선을 정치하게 확장시켜준다.[38] '진정성—내면—문학성'

37) 물론 중요한 것은 세대론 자체의 부적합성이 아니라, 그것의 정치적 사용 방식이라고 생각한다. 세대론은 현실의 새로운 인식과 변화를 추구하기 위한 효과적인 전략일 수 있다. 다만 세대론의 실체주의적이고 환원주의적 함의를 내적으로 해체할 수 있는 방법이 수반될 필요가 있다. 이를 (정치와 예술에 대한 벤야민의 유명한 논의를 참고 삼아) 세대론의 정치화와 정치의 세대론화로 구별해볼 수 있지 않을까 하는 생각이 들지만, 이에 대해서는 아직 충분히 고민이 깊지 못하다. 다만 한국 문학사에서 작동했던 세대론의 기능을 검토하는 것, 그리고 세대론이라는 논법 자체에 대한 이념적 차이들을 분석하는 작업에서 어떤 실마리를 얻을 수 있을지도 모른다. 가령 세대론적 차이에 의한 문학적 진화를 지지했던 '문지' 진영과 달리, '창비'는 (최소한 2000년대까지는) 지속적으로 그것과 거리를 취하는 입장을 보여왔다.

38) 이와 관련하여 조르조 아감벤은 이렇게 지적한다. "푸코적 장치들이 이미 지니고 있었던 폭넓은 범주를 더욱 확장함으로써, 나는 살아 있는 존재들의 제스처, 행동, 의견, 담론 들을 포획하고, 유도하고, 결정하고, 차단하고, 형성시키고, 통제하는 또는 보장하는 능력을 지닌 모든 것을 장치라고 부를 것이다. 따라서 감옥, 정신병원, 판옵티콘, 학교, 고해서, 공장들, 규율들, 법적 조치들 등뿐만 아니라(이들의 권력과의 연결은 특정한 의미에서 명백하다) 펜, 글쓰기, 문학, 철학, 농업, 담배, 항해, 컴퓨터, 핸드폰, 그리고 언어 자체(왜 아니겠는가?)도 장치이다. […] 모든 장치는 주체화 과정을 함축하며, 그 과정이 없으면 장치는 통치 장치로서 기능하지 못하고, 그저 순수한 폭력 행사에 그치게 된다. 이러한 점에 기초하여, 푸코는 규율 사회에서 어떻게 장치들이 실천과 담론의 계열, 그리고 지식의 몸체들을 통해 온순하면서도 여전히 자유로운 신체들을 만들어내는지를, 그리고 그 신체들이 실제로는 탈

의 접합을 활성화하는 장치들(작가론, 해설 지면, 문학 잡지의 특집란, 문학상, 출판 제도, 등단 제도, 문학 광고 지면 등)을 규명함으로써 한국 문학장이 자율적 자기 통치의 시대에 접어들었다는 것을 은폐하는 기만적 장치에 대한 저항을 모색하는 새로운 발명은 어떻게 가능할까. 이 질문이 중요한 이유는 이것이 '우리가 모두 문학적 주체로서 자유를 구가하고 있다'는 감각을 끊임없이 부여하는, 이른바 주체화의 장치로 작용했을 가능성에 대한 성찰과 비판으로 우리를 이끌 수 있기 때문이다.

비판에 대한 푸코의 통찰이 우리에게 가르쳐주는 또 하나의 중요한 함의는 권력이 작동하지 않는 유토피아적 시공간이 없다는 사실이다. 글쓰기는 진실을 추구하는 한, 그 결과 모종의 영향력을 산출한다는 점에서 권력과 무관하지 않으며, 문학 역시 진실을 추구한다는 점에서 늘 권력의 네트워크에서 자신의 위치를 재확인받는다. 관건은 그러므로 통치 바깥으로의 탈주가 아니라, 이런 것이다. "저로서는 사실, 통치받지 않으려는 의지는 언제나 너무, 이런 식으로 이들에 의해서, 이러한 대가를 치르면서는 통치받지 않으려는 의지라고 생각합니다. '전혀 통치받지 않으려는'이라는 정식으로 말씀드리자면, 이는 상대적으로 통치받지 않으려는 의지의 철학적이며 이론적인, 일종의 절정인 것 같습니다"(p. 83).

통치성 바깥은 없으며, 가능한 것은 지금 이런 방식으로 주체화/

주체화desubjectification의 과정 속에서 어떻게 '자유'와 정체성을 주체적인 것으로 받아들이는지를 보여주었다." Giorgio Agamben, "What is an Apparutus?", *And Other Essays*, trans. David Kishik and Stefan Pedatella, Stanford University Press, 2009, pp. 14~19.

예속화를 작동시키는 진실의 기제에 저항하고, 역사화하고, 상대화하려는 실천으로서의 비판, 즉 장치로서의 비판을 지속해서 발명하는 일이다. 물론 비판 역시 권력에의 의지와 전혀 무관하다고 할 수는 없다. 비판은 어떤 잉여적인 쾌락과도 무관한 순수한 행위가 아니다. 더 정확히 말하면, 비판이 겨냥해야 하는 것이 바로 저 순수성에 대한 모든 초월적 요구와 탈역사적 인식, 그리고 그것을 가능하게 하는 분리의 기제이다. 비평의 비판은 그 분리의 기제 자체를 문제화함으로써, 그것을 비판의 세속적 지평으로 내재화하는 방식으로 자신을, 어떤 대화와 연대의 장에 배치시킨다. 비평의 연대는 더 많은 비평적 대화와 메타비평들을 통해, 문학주의로 대변되었던 통치성의 균형 상태equilibrium를 해체할 수 있는 정치적 상상력을 요청한다. 김봉곤 사건이 발생했을 당시 그를 향해 던져졌던 무수히 많은 혐오 발화, 의혹과 냉소의 시선으로 페미니즘과 퀴어 비평의 균열과 몰락을 은근히 바랐을 적지 않은 반지성적 퇴행주의와 지속적으로 싸우기 위해서도 말이다.

이것은 가능한 미래일까? 비평이 권력과의 싸움이고, 문학이 대안 권력을 상징했던 빛나는 과거를 우리는 기억한다. 한편으로 우리는 '지식인―비평가'가 결합되었던 저 영광스러운 과거의 시간이 다시 도래하지는 않을 것이라는 사실도 모르지 않는다. 하지만 과거에 대한 향수에 안주하지 않고, 미래와 전망을 향한 환상적 욕망에 견인되지 않기 위해, 비평은 그것과 불화할 수 있는 시공간적 지평을 요구하는 중이다. 과거, 현재, 미래라는 특정한 시간대에 온전히 통치받지 않으려는 이론적 실천, 즉 비판의 세속적 지평에서 비평의 시간을 되찾아야 한다. 비평의 독립적 시제는, 비판적

사유와 글쓰기가 다양한 방식으로 실천되는 복수의 시간성 속에서
수행적으로 증명될 것이다.

'언표'로서의 내면

—1990년대 문학사의 비판적 재구성을 위한 예비적 고찰들

1. 세기말의 풍경들

1990년대를 마감하는 마지막 해에 문예지 『작가세계』는 〈1990년대 문학과 나, 그리고 전망〉이라는 주제로 1990년대 문학을 대표하는 신세대 작가와 시인들의 짧은 에세이를 싣는다. 구효서, 김연수, 김영하, 박상우, 배수아, 백민석, 성기완, 이수명, 이응준 등 필진들의 화려한 면면이 증명하듯, 해당 기획은 '1990년대 문학사'를 거론할 때 빼놓을 수 없는 고유명들이 직접 적어 내려간 자서전적 문학사로 주목될 가치가 있다. 자신이 살아간 1990년대에 관한 동시대적 증언이자, 한 시대를 마감하는 시점에 씌어진 비망록에 가까운 일련의 글들을 읽다 보면 우리는 1990년대라는 특수한 역사적 국면을 응시하는 당대 작가들의 독특한 시대감각과 조우하게 된다. 비록 1990년대에 대한 평가는 필자들에 따라 차이가 있지만, 이들이 과거로 표상되는 1980년대적인 것과의 단절 의식, 그리고 아직 도래하지 않은 미래에 관한 세기말적 불안감이 중첩된 시공간 속에서 자신의 세대론적 인식을 공유하고 있다는 점을 확인하기란 그리 어려운 일이 아니다. 특기할 만한 점은 1990년대가 특별한 역사적 변곡점에 해당한다는 공통된 인식과 함께, 그들이 자신들의 문학적 글쓰기가 1990년대라는 새롭지만 불분명한 시간대의 특수한 역사적 산물임을 굳이 부인하지 않는다는 사실이다. 이와 관련하여 가장 흥미롭게 읽히는 것은 특유의 발랄함이 묻어나는 김영하의 다음과 같은 고백일 것이다.

나는 1990년대가 미치도록 좋다. 이 연대가 무한히 계속되었으면 좋겠고 대망의 2000년대 따위는 오지 않았으면 좋겠고 물론 선진조국 창조의 1980년대, 장발 단속의 1970년대도 영원히 흙더미 속에 묻혀버려 먼 훗날 고고학자들의 몫이 되기를 바란다. 역사책 속에서라도 만나고 싶지 않다. 오로지, 오직 1990년대만이 계속되었으면 좋겠다. 서태지 오빠가 천년만년 내 뇌수를 들끓게 해줬으면 좋겠고, 장정일과 샴푸의 요정을 만나서 한 판 찐한 댄스를 때리고 이 영광된 조국, 소제국주의의 영광을 찬양하고 경배하며 살았으면 좋겠다. [……] 아, 황홀한 1990년대, 어쩌자고 그리 황황히 떠나는 거냐.[1]

물론 "1990년대가 미치도록 좋다"는 김영하의 말을 있는 그대로

1) 김영하, 「정신분열증을 위한 수학능력시험 언어영역 테스트」, 『작가세계』 1999년 봄호, p. 336~37.

받아들일 필요는 없을 것이다. 김영하 특유의 냉소적인 화법이 발휘되고 있는 앞의 글이 실질적으로 연출하고 있는 것은 시대의 늪에서 빠져나오지 못한 한 주체의 무력한 자기 인식이기 때문이다. '서태지 오빠' '미야자키 하야오의 애니메이션' '샴푸의 요정' '압구정동' '밀레니엄 버그' 등의 수많은 대중문화적 기표를 환유적으로 언급하는 가운데, 김영하는 1990년대라는 "멋진 신세계"가 선사하는 쾌락이 "금치산자의 즐거움"이라는 사실을 분명하게 밝힌다. 제목이 노골적으로 환기하듯 정신분열증자를 연기하면서 김영하가 패러디하는 것은 신자유주의적 스펙터클의 환각 한가운데에 유폐되어 있는 주체의 분열적이고도 위악적인 자의식이다. 요컨대, "1990년대만이 계속되었으면 좋겠다"는 김영하의 도발적인 발언이 일으키는 소격 효과는 우리로 하여금 자본주의적 유혹과 향락 바깥의 진정한 현실을 발견하지 못한 1990년대적 주체 특유의 냉소적 내면 풍경에 주목하게 만든다.

그런가 하면 김영하가 보여준 냉소적인 톤의 자기 고백이 1990년대적 주체들의 자의식적 어조를 전적으로 대변하는 것은 아니다. 『가면을 가리키며 걷기』(1994), 『7번 국도』(1997) 등의 작품들을 상재하며 한국적 포스트모더니즘 작가로 평가되던 김연수 역시 자신이 속한 시대를 특별한 시선으로 바라보는 이들 중 하나였다. 그러나 그의 고백은 김영하의 것보다 좀 더 논리적이고 정치적이며, 한편으로는 우울증적이다. 글을 시작하면서 그가 거론하는 사건이 1991년 소련 공산당 강경파가 일으킨 '8월 쿠데타'라는 사실은 그런 맥락에서 징후적이다. 쿠데타가 3일 만에 급격히 실패로 귀결되는 과정을 거의 동시에 접해야 했던 소설가에게 급격한 정치적 현실의 변동은 그 자체로 비현실적인 풍문처럼 느껴졌던 것으로 보인다. 이 같은 '현실의 비현실성'은 소설가로 하여금 재현되는 세계를 전혀 신뢰할 수 없다는 대담한 인식, 그리고 "비로소 나는 내가 기댈 곳이라고는 내 몸뚱어리 하나뿐"[2]이라는 극단적인 결론으로 나아가가게 만든 원동력이다.

1990년대 문학의 기원이 어디인가는 차치하고서라도 내 문학의 기원은 바로 여기였다. 객관적 현실은 어디에도 존재하지 않으므로 주관적인 내 몸뚱어리의 경험을 무한히 세계의 지평까지 확장시키려는 욕망이다. 이 욕망은 내 경험을 즉각적으로 문자로 옮겨주는 퍼스널컴퓨터, 24시간 방영되며 개인 경험의 보편적 확장을 강조하는 위성TV, 진리를 내 몸 쪽으로 끌어다주는 유용한 이론 포스트모더니즘, 전적으로 내 귀의 즐거움을 위해 봉사하는 이어폰, 매번 나만을 위해 재현되는 컴퓨터 오락 등을 통해 승인됐다. 나는 불신의 제자 도마처럼 내게 인지되는 것만을 믿기 시작했다. 인지되는 그것이 현실인지, 환상인지는 중요치 않았다. [……] 결국엔 지극히 주관적인 개인의 감각이 이성의 자리를 대신했다는 것, 바로 여기서부터 내 문학이 기원했다는 말이다.[3]

2) 해당 글에서 김연수는 이렇게 고백하고 있다. "1991년 겨울이었다. 고립된 지역에서 야외 훈련 중이었던 나는 두 개의 소식을 연이어 들었다. 첫번째 소식은 소련 공산당의 쿠데타가 실패했다는 소식이었고 두번째는 소련 공산당이 쿠데타를 일으켰다는 소식이었다. 이 기이한 경험으로 나는 머릿속과 머리 밖의 현실 사이의 부조화를 깨닫게 됐다. 현실은 존재하는 동시에 존재하지 않게 된 것이다." 김연수, 「소수성의 문학이지 감각이 아니다」, 『작가세계』 1999년 봄호, p. 302.
3) 같은 글, p. 303.

'객관적 현실은 어디에도 존재하지 않는다'는 말은 정치적 현실에 대한 극도의 불신에서 비롯되며, 결과적으로 "주관적인 내 몸뚱어리의 경험"에 대한 집중으로 소설가를 이끈다. 공적 지평의 현실을 향한 열정과 욕망을 대체하는 것은 사적인 감각 경험들, 그리고 그것을 생성하는 데 일조하는 새로운 기계 장치들이다. "나만을 위해 재현되는" 비현실적 감각만을 신뢰할 수 있다는 소설가의 인식, 더 나아가 주체가 인지하는 것이 현실인지 환상인지 중요치 않다는 결론이 지금의 관점에서는 다소 과장되게 느껴질지도 모른다. 하지만 '이라크 전쟁은 일어나지 않았다'[4]는 보드리야르의 탈근대적 선언을 연상시키는 김연수의 고백은 그 자체로 1990년대적 증상으로 여겨지기에 충분하다. 작가 스스로 그 원인을 당대의 무기력한 정치 현실, 이성의 몰락, 개인이라는 미시 주체로의 분화, 주관적 감각에 대한 패배주의적 승인 등의 포스트모더니즘적 망탈리테에서 찾는 것도 같은 맥락에서이다. "분명히 1990년대는 새로웠다"는 확신에 찬 김연수의 시대(혹은 세대) 인식은 그런 의미에서 다분히 우울증적이다. 1990년대의 새로움은 전 시대를 지탱했던 휴머니즘적 이념의 급격한 퇴조를 인정하는 한 긍정될 수 있는, 일종의 나르시시즘적 의식의 소산이기 때문이다.

위에서 인용된 발언들은 우리에게 익히 알려진 1990년대 신세대 작가들의 시대감각과 독특한 포즈를 전형적으로 대변하는 것처럼

---

4) Jean Baudrillard, *The Gulf War Did Not Take Place*, Indiana University Press, 1995.

보인다. "1980년대와 대비할 때 1990년대의 가장 큰 차이점은, 역사철학적인 상상력이 삶을 이해하고 실천을 추동하는 준거가 되지 못한다"[5]는 지적이나 "종말의식이나 묵시론적 감각이 1990년대의 정서를 반영한다"[6]는 당대의 평가는 '1990년대 문학'이라는 독특한 시간대를 주조하는 주된 풍경의 역사적 성격을 말해준다.

지금의 관점에서는 특별할 것 없어 보이는 정치적·사회문화적 징후들이 당대 작가들에게 민감하게 다가왔다는 점은 흥미롭지만, 한편으로는 일종의 위화감을 발생시키기도 한다. 우리는 이러한 위화감의 원인을 1990년대의 작가들이 공유하고 있던 세기말적 위기의식, 그리고 이를 바탕으로 정립되었던 주체 '나'의 자기 진술 전략이 발생시키는 시대적 간극에서 탐색해야 할 것이다. 김영하가 연출하고 있는 냉소적인 '나', 그리고 김연수가 선보이고 있는 우울증적인 '나'를 통해 공통적으로 발견될 수 있는 심급은 자아 바깥의 현실을 부정하는 '나', 다시 말해 1990년대라는 시간에 연루되어 있으면서도 그것의 허구성을 분명하게 인식하는 언표 행위 주체로서의 '나'이다. 이러한 메커니즘이 모종의 메타언어적 전략metalinguistic strategy을 토대로 수행될 수 있음을 염두에 두는 것은 1990년대의 문학적 주체들의 특징을 이해하기 위해서도 필수적이다. '나' 바깥의 현실을 믿을 수 없고, 그러한 '나' 역시 환영적 기표들이 난무하는 세계로부터 벗어나지 못한다고 냉소하는 발화 주체는, 언표 내용이 아닌 언표 행위 자체에서 주체의 가능성을 수행

5) 황종연·진정석·김동식·이광호, 「좌담: 1990년대 문학을 어떻게 볼 것인가」, 『1990년대 문학 어떻게 볼 것인가』, 민음사, 1999, p. 20.
6) 같은 글, p. 23.

적으로 정립한다. 요컨대 진정한 것은 아무것도 없는 것이 아니라, 아무것도 진정한 것이 없다고 말할 수 있는 나만이 유일하게 진정한 법이다. 이러한 논리와 심정 구조는, 극도의 의심을 통해 자신의 존재론적 확실성을 증명해야 했던 데카르트적 히스테리를 패러디적으로 전도한 결과이기도 했다.

2. 1990년대 문학을 어떻게 볼 것인가

단편적으로 살펴본 작가들의 태도가 역사적인 분석의 대상이 될수 있는 것은 이러한 자의식적 메타 주체들이 1990년대 문학장의 규범적 우세종을 이루기 시작했다는 사실, 그리고 그러한 차별적 현상들에 관한 비평적 분석과 평가가 1990년대 문학장의 주요 의제로 부각되었다는 점에서 기인한다.[7] 당시 신세대 작가들의 문학

---

7) 당대 작가들이 표출하고 있던 위기감은 문단 안팎에서 떠돌던 모종의 불안과 세기말 특유의 종말론적인 의식과 만나고 있었으며, 그에 따라 이들 특유의 자기 인식이 논쟁의 대상이 된 것은 익히 알려진 사실이다. 주류 언론은 신세대 문학의 경박함과 추문을 비판하는 목소리와 함께 문학의 위기와 죽음에 대한 소문을 실어 나르고 있었으며, 당시의 한국 문학장을 지탱하던 대표적인 두 잡지인 『창작과비평』과 『문학과사회』는 '신세대 문학'의 가능성과 한계를 조명하는 특집들을 앞다투어 마련한다. '신세대 문학'이라는 주제로 양 매체에 실린 대표적인 글과 특집 지면은 다음과 같다. 권성우, 「다시, 신세대문학이란 무엇인가」, 『창작과비평』 1995년 봄호, 『문학과사회』 1995년 여름호의 〈신세대 작가 특집: 새로운 세대의 글쓰기〉에 실린 글들, 김병익, 「신세대와 새로운 삶의 양식, 그리고 문학」; 김주연, 「소설은 없다고 말할 수 없는 한두 가지 이유」; 성민엽, 「세 개의 젊은 소설적 개성과 신세대 소설」; 박혜경, 「시원의 삶을 꿈꾸는 우울한 방법적 귀환의 언어들」, 『창작과비평』 1995년 여름호의 〈신세대 작가 특집: 1990년대 문학의 현황 점검〉에 실린 글들, 임규찬·정과리·김형수·신승엽의 좌담 「오늘의 우리 문학, 무엇을 이루었나」; 염무웅, 「억압적 세계와 자유의 삶」; 방민호,

작품들이 보여준 근본적인 차별성에 주목한 비평가들의 언어가 단순히 과장으로 치부될 수 없는 이유는 앞서 살펴본 새로운 작가들이 공유하고 있었던 시대감각, 그리고 그것을 표출하는 메타적 글쓰기 주체에 대한 신뢰와 긍정 때문이었다. "1990년대 문학의 출발을 조건 지웠던 근원적인 파토스는 아무래도 1980년대에 대한 청산과 단절의 감각"[8]이었다는 진단은 그런 맥락에서 비평의 대상이 되는 작품뿐만 아니라, 1990년대 작품들의 역사적 위치를 의미화해야 했던 비평의 자기 정립 의지에도 동일하게 적용 가능하다. 즉, 당대의 작품들에 문학사적 의의를 부여해야 했던 비평들은 1990년대 문학에서 발견되는 위반과 탈주의 부정적 파토스, 그리고 지난날의 역사와 거리를 두는 사적private 글쓰기를 새로운 형식의 긍정적 에토스로 전환시켜야 했던 것이다.

이러한 일련의 비평적 용어들을 통해 1990년대의 문학을 적극적으로 호명했던 대표적인 비평가는 서영채다. 그는 당시 부각되었던 냉소주의가 "1990년대적인 소설의 존재 조건"이라고 전제하면서, 그것의 근본적인 새로움과 차이의 윤리에 관하여 다음과 같이

「그를 믿어야 할 것인가」. 한편, 『상상』『리뷰』『이매진』『문학동네』 등의 신생 매체들은 신세대 작가들을 적극적으로 옹호하면서 새로운 대중문화적 감각과 정서로 무장한 1990년대 작가들의 가능성을 긍정적으로 호명한다. 조연정의 지적처럼 이들 매체 중 새로운 작가군에 대한 적극적이고도 유력한 비평적 프레임을 제시함으로써 당대의 문학적 헤게모니를 선취한 주체는 『문학동네』일 것이다. 이에 대해서는 조연정, 「『문학동네』의 '1990년대'와 '386세대의'의 한국 문학」, 『한국문화』 81집, 서울대학교 규장각 한국한연구원, 2018; 「'문학주의'의 자기동일성 – 1990년대 『문학동네』의 비평 담론」, 『상허학보』 53집, 상허학회, 2018 참조.

8) 황종연·진정석·김동식·이광호, 「좌담: 1990년대 문학을 어떻게 볼 것인가」, 『1990년대 문학 어떻게 볼 것인가』, 민음사, 1999, p. 19.

요약적으로 설명한다.

　냉소주의에 대한 문학의 대응 방식이 1980년대식의 전면전과는 다를 수밖에 없다는 점 또한 지적해두자. 피아가 구분할 수 없을 정도로 뒤엉켜 있기 때문이다. 이제 적은 내 안에 있다. 내면에서 들끓고 있는, 내가 통어할 수 없는 이 욕망이야말로 진짜 나의 적이 아닌가. 1980년대식 소설들이 지니고 있었던 진실/허위의 대립이 근본적으로 사회적이고 역사적인 것이었다면, 1990년대식 소설에서 이러한 대립은 개인적인 차원으로 전치된다. 사회의 차원에서 이루어지는 정의가 아니라 각각의 개인들이 직면하는 진정성이 문제가 되는 것이다.[9]

　1990년대의 비평은 1980년대 문학에 대한 대타 의식과 더불어 전 시대를 극복해야 한다는 의지를 선명하게 내세우는 가운데, 자신들의 문학적 시간대를 정당화 하는 방법과 이론적 틀로 '진정성' authenticity이라는 에토스에 각별히 주목한다.[10] 여기서 말하는 1990년대적 "진정성은 진정성이 부재한다는 인식 속에, 진정성을 추구하

---

9) 서영채, 「냉소주의, 죽음, 매저키즘: 1990년대 소설에 대한 한 성찰」, 『문학동네』 1999년 겨울호, p. 413.
10) 1990년대 비평장에서 '진정성'이라는 이념에 입각하여 당대 문학작품들의 가치를 적극적으로 호명한 그룹은 '문학동네' 비평가들이다. 이에 대한 세밀한 분석으로는 조연정의 논문들을 참조할 수 있다. 조연정, 「『문학동네』의 '1990년대'와 '386세대'의 한국 문학」, 『한국문화』 81집, 서울대학교 규장각 한국한연구원, 2018; 「'문학주의'의 자기동일성: 1990년대 『문학동네』의 비평 담론」, 『상허학보』 53집, 상허학회, 2018.

는 행동 속에 존재"[11]하는 것으로, 일종의 정신분석학적 의미에서의 '징후적 독법'을 통해 추출될 수 있는 가치에 가깝다. 요약하자면 1990년대 문학들이 보여주는 탈정치적, 탈사회적 흐름들은 그 자체로 읽혀야 할 것이 아니라, 시대의 병폐를 드러내주는 병적 증상이자 징후로 분석되어야 할 이념이었던 것이다. 이것이 징후인 이상, 당대의 비평에 요청되는 것은 징후를 앓고 있는 환자를 향한 도덕적/정치적 비판이 아니라 그 징후의 원인을 사회적인 현상과 연결시키는 독법, 나아가 그 징후들 이면을 관통하고 있는 진정성의 욕망을 이해하고 의미화하는 문학사회학적 감각이다.[12] '비루한 것의 카니발'(황종연), '냉소주의와 매저키즘'(서영채), '환멸의 신화'(이광호) 등의 비평적 레테르들이 공통적으로 전면화하는 것은 1990년대 문학 주체들이 보여주는 데카르트적 히스테리증 이면의 숨겨진 정치성이다. 비평은 1990년대적 주체들이 보여주는 메타적 자기 진술 전략이 정치적 패배주의와 역사철학적 허무주의가 만연해 있는 현실과 싸우는 방식임을 설득해야 했고, 그 과정에서 창출되는 내면 공간이야말로 진정성의 마지막 보루에 가깝다는 것을 증명해야만 했던 것이다. 때문에 진정성과 내면의 접합 원리는

11) 황종연, 『비루한 것의 카니발』, 문학동네, 2001, p. 31.
12) 이러한 맥락에서 1990년대에 이르러 프로이트의 정신분석학이 매우 유력한 이론적 방법론으로 부각되었다는 사실은 지성사적 맥락에 있어서도 주목할 가치가 있다. 관련하여 황종연은 1990년대 문학을 회고하는 글에서 1990년대가 프로이트의 시대였다고 증언하며, 1996년부터 간행되기 시작한 프로이트 전집의 지성사적 중요성에 대해 간략하게 언급한 바 있다. 이에 대해서는 황종연, 「늪을 건너는 법 혹은 포스트모던 로만스 소설의 탄생: 한국 문학의 1990년대를 보는 한 관점」, 『문학동네』 2016년 겨울호, p. 471.

예상보다 간명하고, 그것이 지닌 함의는 보편적일 수밖에 없다.

원리는 매우 간명하다. 진실/거짓의 대립항이 그것이다. 허위는
드러나 있고 진실은 감추어져 있다. 감추어져 있기 때문에 진실이
다. 시민사회에서 새로이 등장한 공공영역이 사적 영역을 만들어낸
것과 같은 이치다. 공식적으로 드러낼 수 있는 것이 생김으로써 사
적이고 감춰져야 할 영역이 생겨나는 것, 곧 거짓과 진실이 서로를
주조해내는 것이다. 진정한 의식/허위의식, 유토피아의식/이데올로
기, 프롤레타리아의식/사물화된 의식 등의 이분법도 궁극적으로는
이 연장선상에 있다. 진정성의 원리는 곧 모든 위선과 형식적인 것
과 허위에 대한 배격이며, 자유로운 개인의 자율성과 자발성과 내면
성으로 이어져 있다.[13]

여기서 중요한 것은 근대적 자아의 구축에 기여한 내면성의 문학
이 서양 근대 문학 자체에서 중요한 전통으로 의식되었을 뿐만 아니
라 근대 서양의 경계를 넘어 문학의 보편적 특징으로 널리 인식되었
다는 사실이다. 서양 근대 문학이 동아시아에 영향을 미치기 시작했
을 때 특히 유혹적이었던 것은 서양 작가들이 정밀한 관찰과 묘사로
보여준 개인의 내면이었다. [……] 이처럼 내면성을 중심으로 문학
본연의 책무를 생각하는 관행이 한국 문학에 자리 잡고 있음을 생각
하면, '문학주의'라는 말이 통용될 정도로 문학 고유의 글쓰기가 장

13) 서영채, 「왜 문학인가: 문학주의를 위한 변명」, 『문학동네』 2000년 여름호, pp.
97~98.

려된 1990년대 문학에서 내향화 경향이 우세하게 나타난 것은 당연한 일인지도 모른다.[14]

결과적으로 내면에 대한 강조는 자연스럽게 '문학적 진정성=내면성'이라는 등식을 구축하는 동시에 '내면의 글쓰기'라는 테크놀로지를 근대의 유력한 문학적 장치로 거듭나게 함으로써, '문학성'에 대한 새로운 보편적 규정을 탄생시키는 데 일조한다. 이후 진정성의 이념은 사회학자 김홍중의 『마음의 사회학』에 이르러 보다 완성된 이론적 체제로 구축되기에 이른다. '마음의 레짐'이라는 독특한 이론적 개념을 창안하면서 김홍중은 "진정한 자아와 좋은 사회에 대한 열망의 접합"이 나타나는 마음의 형식, 즉 내면성을 강조하며 그것을 이론적으로 체계화/역사화한다.[15]

그런가 하면 최근 들어 1990년대 문학사의 성립과 관련된 비판적인 의견들이 제출되는 가운데, 그 핵심 중 하나로 '내면성' 담론을 지목하고 있다는 것은 주목을 요하는 현상이다. 1990년대 문학의 새로움과 미학적 가능성을 적극적으로 옹호했던 1990년대 비평의 정당화 테제가 당대에 대한 과대평가와 더불어 1980년대에 대한 억압과 배제를 수행했다는 지적이 1990년대 문학 연구들이 공통적으로 제기하는 문제의식이다. 이를테면 1990년대 초에 발생했

---

14) 황종연, 「내향적 인간의 진실」, 『비루한 것의 카니발』, 문학동네, 2001, pp. 115~16.
15) 그에 따르면 "내면은 평화로운 명상이나 외적 현실과 차단되어 유아론적(唯我論的)으로 기능하는 자폐적 기관이 아니"라 "진정성의 주체가 참된 자아와의 사이에 건설하는 대화의 공간"이다. 김홍중, 『마음의 사회학』, 문학동네, 2009, p. 32.

던 '김영현 논쟁'을 분석함으로써 '내면'이라는 개념의 형이상학적 허구성을 지적하고 '진정성의 이상'이 사실상 은폐하고 있는 정치적 역효과에 대해 논한 배하은의 연구나,[16] '내면'과 더불어 당대에 제기되었던 '문학주의'라는 탈이념적 레테르가 사실상 텅 빈 개념에 지나지 않으며, 그것을 적극적으로 주창한 비평가 집단(『문학동네』의 386세대 비평가들)의 세대론적 인정 투쟁의 결과로 파악한 조연정의 분석[17]은 시사적이다. 한편, 천정환은 민족문학 진영이 1990년대에 이르러 신경숙의 『외딴 방』을 '진정한 노동문학'에 부합하는 작품으로 포섭하는 과정에서 나타난 노선 변경 및 상업주의와의 공모를 비판하며, 그와 같은 이념적 선회의 핵심에 '내면성'이 있다고 분석한다.[18] 이러한 선행 연구들은 '내면'이라는 개념이 지닌 허구성과 담론적 성격을 지적하고, 1990년대 비평들이 지닌 정치성에 관한 사후적 논평을 전개하고 있다는 점에서 후속 논의를 위한 중요한 참조점이 될 수 있을 것이다.

한 가지 더 주목할 수 있는 경향은 1990년대 문학에 대한 비판이

---

16) 배하은, 「만들어진 내면성: 김영현과 장정일의 소설을 통해 본 1990년대 초 문학의 내면성 구성과 전복 양상」, 『한국현대문학연구』 50집, 한국현대문학회, 2016.

17) 조연정, 「『문학동네』의 '1990년대'와 '386세대의'의 한국 문학」, 『한국문화』 81집, 서울대학교 규장각 한국학연구원, 2018: 「'문학주의'의 자기동일성: 1990년대 『문학동네』의 비평 담론」, 『상허학보』 53집, 상허학회, 2018.

18) 그의 지적처럼 "1990년대의 문학판에서는 그 '여성'을 자주 '내면'이나 '사랑'과 결부시켰다"는 여성적인 것과 내면적인 것을 등치시키는 남성 비평가 주체들의 식민화 논리로도 연결될 여지가 있다. 천정환, 「'창비'와 '신경숙'이 만났을 때: 1990년대 한국 문학장의 재편과 여성문학의 발흥」, 『역사비평』 2015년 여름호, p. 297. 유사한 문제의식하에 쓰여진 글로 서영인, 「1990년대 문학지형과 여성문학 담론」, 『대중서사연구』 24권 2호, 대중서사학회, 2018 참조.

1980년대 문학사 서술과의 관련성 속에서 더욱 본격화되고 있다는 점이다. 1990년대를 분석 대상으로 삼았던 앞서의 연구들은 물론이거니와, 최근 본격적으로 개진되고 있는 1980년대 문학사 연구가 공통적으로 1990년대에 수행되었던 문학사적 단절 프레임과 내러티브를 적극적으로 의제화하는 이유도 거기에 있을 것이다.[19] 기존의 관습적인 1980년대 인식이 지닌 한계를 여러 맥락에서 탐색하고 있는 일련의 연구들은 1980년대 문학에 대한 전형적인 서술 방식이 1990년대 문학에 대한 과잉 의식화에서 비롯되었다고 파악한다. 즉 1980년대/1990년대라는 이분법적 구도가 '1980년대적인 것'과 '1990년대적인 것'을 본질적인 것으로 실체화하는 동시에 1980년대를 단절된 시공간으로 저평가하는 착시 효과를 일으켰다고 비판하는 것이다.[20]

그런가 하면 1990년대 문학에 대한 재평가를 염두에 두는 관점들은 1990년대에 이르러 본격적으로 강조되기 시작한 '문학성'

---

19) 이러한 연구로는 다음 글들 참조. 김대성, 「제도의 해체와 확산, 그리고 문학의 정치」, 『동서인문학』 45집, 계명대학교 인문과학연구소, 2011; 천정환, 「서발턴은 쓸 수 있는가: 1970∼1980년대 민중의 자기 재현과 '민중문학'의 재평가를 위한 일고」, 『민족문학사연구』 47집, 민족문학사연구소, 2011; 김문주, 「1980년대 무크지 운동과 문학장의 변화」, 『한국 시학연구』 37호, 한국시학회, 2013; 김문주, 「무크지 출현의 배경과 맥락」, 『한국근대 문학연구』 30호, 한국근대문학회, 2014; 장성규, 「한국문학 "외부" 텍스트의 장르사회학: 서발턴 문학사 서술을 위한 시론적 문제제기」, 『현대문학이론연구』 64호, 현대문학이론학회, 2016.

20) 가령, 천정환은 「1980년대 문학·문화사 연구를 위한 시론 (1): 시대와 문학론의 '토픽'과 인식론을 중심으로」이라는 논문에서 "1970∼1990년대 문학(사)과 대중문화에 대한 '정치적' 재역사화가 중요"하다는 전제와 함께 1980년대 문학사를 '단절'된 것으로 바라보는 인식이 신화적으로 재구성된 것이라는 주장을 전개한다. 천정환, 「1980년대 문학·문화사 연구를 위한 시론 (1): 시대와 문학론의 "토픽"과 인식론을 중심으로」, 『민족문학사연구』 66호, 민족문학사연구소, 2014.

및 '문학의 자율성'이라는 가치를 근본적으로 해체시키고, 1990
년대 이후 구축된 한국 문학장에 관한 제도 비판을 실천한다는 특
색을 지닌다. 여기서 문제의 초점으로 부각되는 것은 '문학성' '개
인' '내면' 등을 주요 비평적 의제로 제시했던 특정한 '주체들'의
헤게모니이다. 이에 따르면 "1980년대 문학·문화사에 대한 지배
적인 서사와 평가는 (역시 1980년대처럼 특정한 시대상과 세계상을
거느린) '1990년대' 문학과 문화를 주도한 주체에 의해 이뤄졌다
고 할 수 있다. 따라서 1980년대 문학에 대한 재평가는 자연스레
'1990년대적인 것'과 1990년대 문학·문화에 대한 재평가도 내포
한다."[21] 즉, 1990년대 문학에 대한 재평가는 당시 문학장에서 주
도적인 발언권을 지녔던 주체들에 관한 재평가를 포함해야 한다는
지적이다. 이러한 비판적 시각들에 따르면, 1980년대 문학을 대타
화하는 주체들은 "소부르주아적 자유주의와 개인주의, 그리고 엘
리트 문화"에 토대를 둔, 소위 주류 문단 제도에 속해 있는 상업주
의적 비평가들이다. 이는 1990년대에 본격적으로 재부각되기 시작
한 문학성 및 자율성 테제 역시 "일련의 문화적 엘리트들에 의해
'구성'된 사회적 산물"[22]이라는 문학사회학적 비판과도 맥이 닿아
있다. 문학 제도 내부로 포섭될 수 없는 1980년대의 다양한 문학적
욕망을 '아래로부터의 글쓰기'로 재서술하고, '서발턴' 등의 개념
을 통해 '노동자 글쓰기'에 접근할 필요가 있다는 일각의 관점 또
한 유사한 맥락에서 이해될 수 있다.

21) 천정환, 같은 논문, p. 395.
22) 장성규, 「한국 문학 "외부" 텍스트의 장르 사회학: 서발턴 문학사 서술을 위한 시론
    적 문제제기」, 『현대문학이론연구』 64호, 현대문학이론학회, 2016, p. 260.

1990년대적인 것의 과잉 서술이 불러온 단절 자체를 문제로 초점화하는 일련의 비판적 시각들은 1980년대와 1990년대 사이에 발생한 문학사적 단절을 분명한 실체가 아닌, 담론의 산물로 이해한다는 점에서 특기할 만하다. 즉, 이러한 문제제기들이 공통적으로 공유하고 있는 것은 1980년대와 1990년대 사이에 이루어진 단절이 실재real가 아니라 인식론적으로 구성된, 일종의 이데올로기적 효과에 다름 아니라는 인식이다. 결국 '누가 단절을 말하는가?' 혹은 '단절을 말하는 주체는 누구인가?' 등으로 요약될 수 있는 제도 비판적 문제제기는 1980년대와 1990년대의 차이를 산출하는 당대의 언술 형태와 유물론적 장을 연구의 시야권 안에 확보할 수 있게 만든다는 점에서, 향후 1990년대 문학의 과잉서술을 극복할 계기와 실마리를 제공하는 것처럼 보인다.

3. 주체 없는 문학사 비판은 가능한가

> 구성하는 주체를 청산하기 위해서는 주체 자체를 청산해야 합니다. 즉, 역사적 체제 안에서 주체가 구성되는 방식에 관한 분석에 도달해야 하는 것이지요. 이것이 내가 계보학이라고 부르는 것입니다. 사건의 장들에 있어 초월적인 관계를 맺거나 역사적 과정의 텅 빈 동일성을 유지하는 것으로 가정되는 주체를 참조하지 않은 상태에서 지식, 담론, 대상의 영역의 구성을 해명하는 역사의 형식이 바로 그것입니다.
>
> —미셸 푸코, 「진실과 권력」[23]

23) Michel Foucault, "Truth and Power", *Power/Knowledge: Selected Interviews and*

1980년대와 1990년대 사이의 차이를 실정화하는 메커니즘을 탐색하고 나아가 '누가 단절을 천명하는가?'라는 질문을 거듭 제기하는 것은 분명 문학사적 단절과 연속이라는 이분법이 낳을 수 있는 함정으로부터 벗어날 수 있는 계기를 마련해준다. 그러나 1990년대 문학이라는 신화적 초상을 논하는 제도 비판적 분석들이 높은 설득력을 지니고 있음에도 불구하고, 선행적으로 제기되어야 할 이론적 쟁점들 또한 남아 있음을 간과해서는 안 된다고 생각한다. 그것은 문학사 서술에서 흔히 이루어지는 단절적 내러티브를 담론의 산물로 간주하고 담론을 창안한 주체들의 욕망과 세대론적 인정 욕구를 비판하는 관점 역시 비판의 주체에게로 되돌려질 수 있다는 사실과 관련 있다. 이것은 비평적 판단 주체, 또는 문학사 서술 주체의 정치적, 역사적 위치를 동시에 질문하는 일과 다르지 않다. 이를테면, "누가 단절을 선언하는가"라고 묻는 것에 더해 "'누가 단절을 선언하는가'라고 묻는 주체는 누구인가?"라고 되묻는 것은 비판의 윤리성을 제고하기 위해서뿐만 아니라, 문학사 서술 자체를 담론의 일환으로 간주할 때 필연적으로 감당해야 할 이론적 일관성의 문제를 제기한다. 이러한 문제의식은 비판적 역사 서술의 대상을 '만들어진 담론'으로 상정하는 순간, 그것에 대한 분석 역시 결과적으로 담론의 질서에 귀속된다는 아이러니, 즉 담론 바깥은 없다는 사실과 직간접적으로 관련 있다.[24]

Other Writings 1972~1977, Pantheon Books, 1980, p. 117.
24) 부연하자면, 주류 문학사의 한계를 비판하는 발화 위치가 주류 문학사에 대한 이분 법적 대타 의식을 토대로 그것의 바깥, 즉 메타 언어적 위치를 낳는 수행적 효과를

물론 여기서 관건은 1990년대 비평에 대한 비판적 연구의 불가능성이 아닐 것이다. 이른바 '담론 바깥은 없다'는 인식이 요청되는 이유는 인식론적 상대주의와 정치적 허무주의를 주장하거나 1990년대 문학사 서술을 비판하는 작업의 무용성을 강조하기 위해서도, 나아가 모든 문학사 서술이 결국 세대론적 인정 투쟁의 일환임을 부각시키기 위해서도 아니다. 이것은 상이한 시간적 지평에서 진행되는 문학사 쓰기가 서술 주체의 역사적 시간성으로 인해 필연적으로 차별화될 수밖에 없다는 사실을 강조하기 위함이다. 다시 말해 문학사 서술 자체가 지니고 있는 픽션적(또는 허구적) 성격을 망각하지 않을 때, 비로소 1990년대에 대한 문학사적 서술이 또 다른 연속성에 대한 환상과 부정적 신비화로 귀결되지 않을 수 있음을 가리킨다.[25] 내면성 담론을 중심으로 형성된 1990년대 문학사를 특정한 주체의 전략으로 내러티브화하는 비판들은 역설적이게도 특정 세대 주체의 역량을 지나치게 과대평가하는 결과를 낳을 위험이 있다.

어떻게 내재적으로 극복할 수 있는가 등의 이론적 문제와도 연결된다. 이를테면 '다른 문학사' '아래로부터의 문학사' 등의 수사들은 제도권 문학사 외부를 탐색하는 데 유효한 실마리들을 제공하지만, 제도 바깥으로서의 구성적 외부 자체를 신비화하거나 실체화하지 않기 위한 이론적 근거 역시 마련될 필요가 있다는 뜻이다. 관련하여 '노동자 글쓰기'를 서발턴이라는 개념으로 포착하는 최근 연구 경향에 관하여 제기될 수 있는 인식론적 불가능성에 관한 비판적 언급으로는 다음의 논의를 참고할 수 있다. 김예리, 「1980년대 '무크 문학'의 언어 풍경과 문학의 윤리: 『시와 경제』와 『시운동』을 중심으로」, 『국어국문학』 169호, 국어국문학회, 2014.

25) 실증주의적 문학사 연구를 대신할 수 있는 방법과 문학사 서술의 허구적 정치성에 대한 논의로는 다음 글 참조. 한스 울리히 굼브레히트, 「문학사를 계속 써나가야 할 것인가」, 강동호 옮김, 『문학과사회 하이픈』 2019년 봄호, 문학과지성사.

한편 1990년대 문학의 역사적 성격을 해체하는 작업은 당대를 설명하는 유력한 프레임으로 '내면성' 담론이 출현하게 된 계기를 과소평가해서도 안 될 것이다. 그것은 조연정이 지적하고 있듯, 한국 문학장에서 1990년대가 종종 문학사적 원점처럼 간주되어왔던 이후의 역사 자체도 대상화해야 함을 말해준다. 1990년대 문학에 대한 비판적 해체 작업은, 이를테면 최근 황종연이 1990년대의 문학적 후계들을 언급하며 도달한 결론, "한국 문학의 1990년대는 아직 끝나지 않았다"[26]는 주장을 낳게 한 지성사적 힘을 추적하는 일과 깊은 관련이 있다. 이러한 지적은 1990년대의 문학이 실질적인 기원이라는 것을 뜻하지 않는다. 오히려 우리가 문제 삼아야 하는 것은 1990년대를 기원으로 소환하고 그것의 장기 지속을 거듭 확인시키는 담론들의 질서, 그중에서도 '내면'이라는 개념을 중심으로 형성된 말들의 역학 관계를 분석하고 이를 통해 1990년대에 구축되었던 '문학주의'의 수행적 힘을 가시화하는 작업이다.

일찍이 '내면성의 문학'의 정치적 한계에 관해 지적한 2000년대의 비평가 김영찬은 1990년대를 비판적으로 분석한 글에서 흥미로운 가설을 제기한 바 있다. "1990년대는 없다"는 도발적인 제목을 붙이고 있는 그의 글은 "1990년대란 무엇인가?"라는 질문에 대답하기 이전에 그 물음이 함축하고 있는 전제에 관한 역사철학적 반성에서 논의를 시작해야 한다고 주장한다. 1990년대를 서술할 수 있다는 사고는 1990년대를 연속적이고 동질적인 시간대로 재현할 수

---

26) 황종연, 「늪을 건너는 법 혹은 포스트모던 로맨스 소설의 탄생: 한국 문학의 1990년대를 보는 한 관점」, 『문학동네』 2016년 겨울호, p. 470.

있다는 실증적, 환원주의적 역사관의 결과라는 것이 그의 비판의 핵심을 이룬다. 그러나 그의 논의가 단순히 1990년대에 대한 서술 불가능성을 논증하는 작업에 몰두하는 것은 아니다. 주목해야 할 것은 1990년대라는 문학사적 지층을 탐사하는 작업이 1990년대 이전이라는 시간대, 더 중요하게는 그것을 서술하는 2000년대 이후의 시간대와 관련될 수밖에 없다는 대목이다. "1990년대는 '1980년대(과거)'와 '2000년대(미래)'라는 복수(複數)의 시간성들과의 갈등과 공존적 이접을 통해서(만) 그 시대적 정체성을 구현할 수 있었던 시대였다."[27] 1990년대를 1980년대와의 관계 속에서 파악하자는 의도는 이해하기 어렵지 않다. 하지만, 그것을 2000년대라는 미래의 시간성과의 연동으로 바라봐야 한다는 주장의 진의는 무엇일까? 그는 벤야민의 논리에 기대어 이렇게 말한다.

현재의 시점에서 과거를 소급적으로 구성한다는 것은 다른 한편으로 과거의 흔적들을 현재의 좌표 속에 함께 놓고 그 둘의 상호 관계와 교통의 성좌를, 그리고 그 의미를 재구성한다는 것을 뜻한다. 1990년대는 이미 돌이킬 수 없는 과거의 시간이지만, 그 시간의 파편은 현재의 시간에 작용하며 현재의 삶 속에서 끊임없이 되살아난다. 1990년대의 시간은 그렇게 현재적 삶의 증상들에 작용하는 보이지 않는 흔적이며 끊임없이 부채 청산을 요구하는 유령의 시간이다. 1990년대를 역사화한다는 것은 비유컨대 그 유령의 부채를 가

---

27) 김영찬, 「'1990년대'는 없다: 하나의 시론, '1990년대'를 읽는 코드」, 『한국학논집』 59호, 계명대학교 한국학연구원, 2015, p. 19.

시화하는 동시에 정산(定算)하는 것이다.[28]

두 가지 논점을 추출할 수 있을 것이다. 첫째, 1990년대 문학사의 담론적 파급력을 지금 시점에서 확인하는 것; 이것은 1990년대라는 시간이 그저 흘러간 과거가 아니라, 2010년대라는 현재를 인식하는 데 있어서도 유효한 담론들을 제공해주는 역사적 심급이라는 뜻으로 이해될 수 있다. 둘째, 1990년대에 대한 서술은 현재에도 지속되고 있는 체제적 영향력을 현재의 이념에 기대어 분석적으로 가시화하고 해체하는 정치적 작업이라는 것; 이것은 1990년대를 해체하는 작업이 불가피하게 2000~10년대의 시대적 한계에 대한 인식과 연관되며, 그 한계가 표면화되는 시점에 이르러 역사적 해체 작업이 다시 개진될 필요가 있다는 의미로 해석될 수 있다. 즉, 1990년대 읽기가 "불가피하게 그 자체로 정치적인 것이 될 수밖에"[29] 없다는 김영찬의 주장은 역사 비판을 수행하는 (메타적 주체가 아닌) 주체의 역사성 자체를 자각하는 일에서 실천될 수 있는 것이다. 예컨대, 그것은 1990년대 이후 재구성된 한국 문학장의 헤게모니가 최근 그 임계점에 도달했음을 보여주는 징후를 인식하는 데서 출발하는 일과 다르지 않다. 가령 1990년대 내면성 문학의 정수로 정전화 되었던 신경숙의 표절 사건, 아울러 근래 제기된 '문단 내 성폭력' 등의 젠더 불평등 이슈와 함께 가시화되고 있는 체제의 균열, 즉 1990년대 이후 수립된 '문학주의' 레짐의 붕괴

28) 같은 글, p. 13.
29) 같은 글, p. 15.

를 염두에 둔 일종의 계보학적 탐색이 요청될 수 있다. 1990년대의 문학 주체들이 당대의 수많은 위기론을 부정적으로 전유했던 것과 달리, 근래에 현상되는 한국 문학 위기론을 생산적인 탐색의 출발점으로 삼는 작업도 그와 무관하지 않을 것이다.[30)]

이러한 관점이 일종의 계보학적 비판에 가깝다고 할 수 있다면, 푸코적인 의미의 고고학적 시선을 빌려 '내면성' 담론을 조금은 다른 각도로 조명하는 것 역시 가능할 것이다. 김영찬의 지적처럼 '타협형성물compromise-formation'로서의 '내면'이 억압하는 것(1990년대적인 것)과 억압된 것(1980년대적인 것) 사이의 변증법적 관계속에서 이루어진 시대적 증상에 가깝다면, 분석자에게 요청되는 것은 억압된 것을 기원의 형태로 복원하는 작업(가령 1980년대와 1990년대의 연속성을 증명하는 기술)이 아니라, "그것을 분해하고 전위하며 종국에는 비틀어 그것의 내용이 아니라 양상, 정황, 분열의 순간(그 내용을 제거함으로써 그것을 기원으로 구성한 분열의 순간)으로 거슬러 올라가는 것"[31)]이기 때문이다.

이때 고고학적 사유가 하나의 유용한 분석틀이 될 수 있는 이유는 내면이라는 어휘의 독특한 (속성 또는 성질이 아니라) 기능을 파악하고, 그것이 1990년대의 문학장에서 하나의 담론 구성체로 거듭날 때 발휘할 수 있었던 실천적 효과 및 언어들의 질서를 분석

---

30) 2015년 제기된 신경숙 표절 의혹을 기점으로 1990년대 비평장의 내면성 담론에 관한 문학사적 비판의 필요성이 제기되기 시작했다는 사실은 그런 의미에서 시사적이다. 황호덕·김영찬·소영현·김형중·강동호, 「표절 사태 이후의 한국 문학」, 『문학과 사회』 2015년 가을호 참조.

31) 조르조 아감벤, 「철학적 고고학」, 『사물의 표시』, 양창렬 옮김, 도서출판 난장, 2014, p. 152.

함으로써 1990년대라는 시간대의 역사성을 성찰할 수 있기 때문이다. 이 글이 '고고학'이라는 푸코적 관점을 비유적으로 인용하고있는 까닭 역시 내면의 실체성을 묘사하거나 그것을 형성한 기원적 힘을 복원할 수 없다고 전제하기 때문이다. 아울러 그것은 내면성 담론이 1990년대 비평장에서 실제로 지녔던 수행적 효과와 더불어 그것이 헤게모니를 구가하게 된 설명력의 원천이 무엇인지를염두에 두지 않을 수 없다. 분명 내면성 담론이 1980년대와 1990년대의 단절이라는 허구적 신화를 낳은 것은 부인하기 어렵다. 그러나 고고학적 분석이 강조하는 것은 그 허구성을 폭로하거나 단절을 수행했던 주체들을 윤리적으로 비판하는 것이 아니라 시대적단절을 가능하게 했던 담론들의 힘, 그리고 그것의 역사성을 분석의 대상으로 설정하는 일이다.

4. 언표로서의 내면

> 자크 데리다Jacqes Derrida는 외면과 분리되거나 외면에 의해
> 오염되지 않은 내면이라는 관념이 키메라chimera, 즉 형이상
> 학적 허구라는 점을 보여주기 위한 예시들을 계속해서 만들었
> 다. 예술작품의 맥락과 대립되는 작품의 내면이든, 생생한 체
> 험 순간을 기억이나 문자기호에 의한 그 순간의 반복과 대립
> 시키는 것이든 간에, 해체가 걷어치우고자 한 것은 고유함the
> proper이라는 관념이었다.
> ―로잘린드 크라우스, 『북해에서의 항해』

이를 위해 우리가 요청해야 할 것은 1990년대 문학장에서 출현했던 수많은 언설 가운데, '내면'이라는 어휘를 중심으로 형성되었던 언어들의 계열과 체계들을 규명하는 일이다. 그때 내면이라는 사실상의 텅 빈 개념은 (다시 푸코를 참조하자면) 일종의 '언표 énoncé'의 기능을 수행하는 것으로 간주될 수 있다. '언표는 구조가 아니라 존재의 기능'이라는 푸코의 규정은 언표가 실체적 특성을 가진 대상이 아니라 순수한 존재, 어떤 언어활동이 일어났다는 단적인 사실만을 표시하는 표식이라는 사실을 보여준다.[32] 같은 맥락에서 내면이라는 개념은 그 자체로 하나의 기능(내면성 담론이 일으켰던 신화적 허구) 속에서 자신의 존재를 입증할 수 있는 화용론적 명령어, 즉 언표에 가까워진다. 그것을 긍정하든 비판하든, 내면이라는 언표의 출현은 문학 담론장을 그 이전의 시점으로 되돌릴 수 없도록 만든 분기점이기도 하다.[33] 즉 내면이라는 언

---

32) 이와 관련하여 푸코는 언표를 다음과 같이 정의 내린다. "언표는 구조가 아니다. [……] 언표는 기호에만 속하는 존재의 기능으로서, 그 기능으로부터 우리는 분석이나 직관을 통해 기호에 의미가 있는지 없는지, 어떤 규칙을 따라 기호가 이어지고 병렬되는지, 기호가 무엇의 기호가 되는지, 어떤 종류의 행위가 기호의 정식화에 의해 실효적으로 되는지를 결정할 수 있다. [……] 언표는 그 자체로는 결코 단위가 아니며, 구조의 영역과 가능한 단위의 영역을 교차시켜, 그것들(구조와 가능한 단위)이 시간과 공간에서 구체적인 내용을 가지고 나타나게 만드는 하나의 기능이다." 미셸 푸코, 『지식의 고고학』, 이정우 옮김, 민음사, 2000, p. 129.

33) 내면이라는 개념이 지닌 언표적 성격은 엄밀한 실체적 개념으로서 내면을 정의하는 것이 불가능하다는 사실과도 밀접하게 관련이 있다. 아울러 이와 같은 내면의 언표적 성격은 1990년대의 내면 담론에 관한 비평적 논쟁과 혼란을 낳은 주된 원인으로 작용했던 것으로 판단된다. 내면이라는 말이 지닌 이론적 함의에 대해서는 '내면성 문학'의 가치를 옹호했던 비평가들에 의해 명료하게 정리된 바 있음에도 불구하고, 당대의 비평가들이 내면성 담론과 관련하여 겪었던 혼란은 여러 곳에서 포착된다. 이를테면, 1990년대 문학을 정리하는 중요한 좌담에서 내면성의 원리를 두고 벌

표는 내면의 원리로 상정되는 규칙과 질서가 수립하는 과정을 통해, 그리고 내면이라는 언표의 분절적 기능(내면의 출현 이후와 이전의 시기를 인식론적으로 절단시켜버리는 기능)을 통해 이해될 수 있는 것이다. 그때 우리는 내면을 '주어진 한 시대, 공간에서의 모든 지식을 가능케 하는' 인식 가능 조건으로서의 인식론적 장champ épistémologique 혹은 단순하게 말해 1990년대 문학장의 에피스테메 épistémè를 구성하는 핵심적인 장치로 분석할 수 있을 것이다.

이러한 맥락에서 1990년대 비평장에서 창출된 '내면성 담론'은 푸코 식으로 말하면 언표들의 집합으로서의 '문서고archive'에 비유될 수 있다. 부연하면, '문서고'란 "말해진 것들이, 말 없는 과정들에 우연히 접목된 것들이기보다는, 어떤 특이한 규칙들에 따라 탄생하도록 하는 것, 요컨대 말해진 것들이—그리고 오직 그들만이—존재한다면, 그들의 존재이유를 그 말들의 지시대상이나 그 말을 한 사람들에서 찾는 것이 아니라 담론성의 체계, 이 체계가 마련하는 언표적 가능성들과 불가능성들에서 찾아야 하는 것이

어졌던 비평가들의 논쟁은 징후적이다. "내면성을 이야기할 때 알게 모르게 내면을 특권화시키는 경향"(이성욱)이 발생하고, "'내면' 자체가 아니라 '외면 후의 내면'이라는 콘텍스트"(김미현)를 염두에 둬야 한다는 지적이 제기되었음에도 불구하고, 이들이 "'내면' 자체가 문학의 영원한 주제"라는 인식 자체를 사실상 공유하고 있다는 사실은 특기할 만하다. 비판의 주체들은 내면을 부정하기보다 오히려 근대 문학의 본질에 해당하는 내면을 굳이 1990년대 문학을 설명하는 특권적 개념으로 강조할 필요가 있는지를 되묻고 있는 것이다. "어떤 내면의 문학인가"(이광호)에 대한 구체적인 서술이 필요하다는 비판적 제안이나, "내면성의 원리가 여전히 우리 문학사의 주류가 될 수 있을 것인가"(신수정)를 따져 물어야 한다는 지적은 한국 문학의 근대성을 둘러싼 논의와 필연적으로 연동되어 분석될 수밖에 없었다. 신수정·이광호·이성욱·김미현·황종연, 「다시 문학이란 무엇인가」, 『문학동네』 2000년 봄호.

다."[34] 이러한 의미에서 '문서고'란 무엇보다도 말해질 수 있는 것의 법칙, 단일한 사건으로서의 언표들의 출현을 지배하는 체계라고 할 수 있다.

따라서 이러한 체계를 분석하기 위해서는 '내면'이라는 개념이 부각되는 과정에서 발생한 담론적 효과와 실제적 효력을 조명하고, 수많은 개념어 가운데 내면과 의미론적으로 통용될 수 있었던 유의어들(감정, 마음, 정신, 자아, 영혼 등)이 '내면'이라는 어휘와 맺게 되는 관계를 분석해야 한다. 아울러 1990년대의 학술장과 비평장에서 문학의 근대적 성격을 논할 때 '내면'을 핵심적인 가치이자 형식으로 부각시키는 데 직간접적으로 조력했던 담론들, 그리고 그 과정에서 구축된 문학사적 내러티브의 형식(기원, 회귀, 개인, 진정성, 자율성, 근대성, 보편성, 윤리 등)을 비판적으로 대상화하는 것 역시 가능할 것이다. 이른바 '언표로서의 내면'을 논의하기 위해서는 그것이 의미론적 대립항들(민족, 정치, 계몽, 민족문학, 리얼리즘 등)과 맺었던 경쟁 관계를 밝히고, 그것을 감각하게 하는 물리적 토대로서의 문학 제도의 새로운 형식(문학 잡지, 문학상, 해설 지면 등)에 관한 분석을 수행해야 한다. 이 같은 문제의식을 토대로 보다 구체화된 형태의 질문들을 마련해볼 수도 있다. 다음과 같은 질문들은 이에 해당하는 하나의 예시이다.

첫째, 근대성의 기원을 탐문하는 학술장에서의 해체적인 작업과 1990년대를 기원(문학 본연적인 것)의 복귀로 설명하는 비평사적

---

34) 조르조 아감벤, 「철학적 고고학」, 『사물의 표시』, 양창렬 옮김, 도서출판 난장, 2014, p. 187.

내러티브가 동시대에 출현했던 현상을 어떻게 설명할 것인가? 주지하다시피 학술장에서의 논의들이 대체로 '문학성' 자체의 근대적 성격을 해체하는 방향으로 전개된 것과 달리, 비평장에서의 논의들은 '문학 본연의 것', 즉 '문학성'과 '문학의 자율성'을 지지하는 쪽으로 수렴되었다. 그렇다면, 이와 같은 상반된 현상이 1990년대라는 역사적 시기에 이르러 공존할 수 있었던 담론적 조건을 해명하는 일은 필수적이고 또 중요한 과제라고 할 수 있다. 즉, '근대-내면-기원' 등과 결합한 1990년대의 문학사적 인식, 1990년대를 억압된 문학적 기원이 귀환하는 시기로 서사화 하는 당대의 비평은 1990년대의 종말론적 세계인식, 목적론적 역사철학의 몰락과 어떤 관계를 맺고 있으며, '근대 극복'이라는 당대의 화두와 어떻게 접속하고 있었는지를 규명해야 하는 것이다. 또한 1990년대를 문학사적 원점으로 간주하는 2000년대 이후의 비평들이 (새로움과 차이에 의거하여) 끊임없이 한국 문학의 미래를 예견하고 서사화하고자 한 시도 역시 구체적인 전망이 삭제된 목적론, 다시 말해 목적론처럼 보이지 않는 목적론의 복원을 의미했던 것은 아닌지 질문할 필요가 있다.

둘째, '문학주의'를 지지하던 비평가 스스로도 고백하고 있듯("문학주의는 사실 족보에도 없는 용어이고 많이 쓰이지도 않는 용어지요"),[35] '문학주의'라는 개념 자체가 실천적 효력을 발휘하던 시기가 1990년대 후반이라고 한다면, 그것이 전대의 유력한 문학론

---

35) 신수정·김미현·이광호·이성욱·황종연, 「다시 문학이란 무엇인가」, 『문학동네』 2000년 봄호, P. 410에서 황종연의 발언.

이었던(1990년대 이후 리얼리즘론으로 명칭 변경을 시도했던) 민족문학론과 어떤 관계를 맺고 있었는가? 잘 알려진 것처럼 리얼리즘론의 초월적 성격을 비판하는 과정에서 모색될 수 있었던 1990년대의 탈이념적인 문학주의 역시 내용 없는 '텅 빈' 개념으로서 수행적 효과를 낳고 있었다는 점을 어떤 관점에서 수용할 지에 대해 논의해야 한다. 그런 맥락에서 문학주의가 리얼리즘의 전도된 형태의 거울상이라는 가설을 제기하는 것이 가능해진다. 관련하여 신경숙 문학에 대한 양 진영의 상찬은 상업주의적 공모라는 차원에서 단편적으로 평가될 수 없으며, 좀더 중요한 비평사적 전환점으로 분석되어야 한다. '좋은 문학'이라는 공통된 가치의 정립은 '문학성'을 둘러싼 하나의 담론적 질서가 성립되었다는 사실을 의미한다.

셋째, 서구의 다양한 포스트 담론들이 '주체의 죽음'을 선언하는 상황에서 당시의 비평이 개인주의로의 회귀, 또는 내면의 재발견을 지지할 수 있었던 배경은 무엇인가? 1990년대에 이르러 한국 문학은 정치적 억압으로부터 해방될 수 있었지만, 이것은 어떤 점에서 오히려 새로운 형태의 억압적 국면에 직면하게 만드는 사태를 유발하기도 했다. 포스트 담론들이 유포했던 '주체의 죽음'은 역설적이게도 푸코가 말했던 통치성governmentality, 즉 1990년대 이후 본격화된 문학장의 제도화 및 문학성을 매개로 한 자율적 자기 규제(혹은 통치)를 통해 증명되는 것은 아니었을지 질문해야 하는 것이다. 지도 비평가의 몰락과 더불어 새로운 형태의 비평가들의 주체적 성격을 어떻게 규정할 것인지, 그리고 이때 '진정성-내면-문학성'의 접합을 활성화하는 제도적 장치들(작가론, 해설, 문학 잡지의 특집란, 문학상 등)은 한국 문학장이 자율적 자기 통치의 시대에 접어들었다는 것을 은폐하는 기만적 장치가 아니었는지에 대해 논의할 필요가 있다. 이 질문이 중요한 이유는 이것이 곧 '우리가 모두 문학적 주체로서 자유를 구가하고 있다'는 감각을 끊임없이 제공하는, 이른바 주체화의 장치로 작용했을 가능성에 대해 성찰하도록 이끌기 때문이다.

이상 제기한 질문들은 진정성을 창출하는 대표적 형식이자 장소로 '내면'에 주목하게 된 1990년대의 역사적 조건과 특수성을 비판적으로 조명하는 세부 연구들로 이어질 수 있을 것이다. 그런 의미에서 이 글은 1990년대 문학사에 대한 본격적인 논의를 전개하기에 앞서 당대 문학을 재평가하는 데 필요한 이론적 관점과 질문을 모색하기 위한 예비 연구라고 할 수 있다. 상술한 질문과 관련된 구체적인 연구는 후속 과제로 남겨둔다.

'문학주의'와 '새로운 자본주의 정신'

—1990년대 『문학동네』의 자본주의 비판 분석

지옥으로 향하는 길은 언제나 선의로 포장되어 있다.

—카를 마르크스, 『자본론』

1. 시장 바깥은 없다: 배반당한 문학과 문학의 배반

(1) 배반당한 문학

1990년대를 마감하고 2000년대를 여는 시기에 발표된 황지우의
「이제 문학은 은둔하자: 은둔을 위한 제언」은, 1990년대에 이르러
처음 해외를 경험한 저자가 느꼈던 당시의 심정을 회고하는 장면
에서 시작되고 있다.[1] 글에 따르면, 시인은 첫 해외여행이 선사할
법한 전형적인 설렘과 흥분의 시간을 그리 오래 누리지 못한 것으

---

1) 황지우, 「이제 문학은 은둔하자: 은둔을 위한 제언」, 『21세기 문학이란 무엇인가』, 민
음사, 1999. 이하 인용 출처는 본문에 쪽수만 표기.

로 짐작된다. 투쟁적 글쓰기로 1980년대를 통과해낸 시인이, 정작 그 노력의 결실 중 하나로 얻은 해외여행의 '자유'를 온전하게 긍정할 수 없었기 때문이다. 한때 "적국의 수도"였던 동경의 "내부로 들어갈수록" 황지우는 "점점 프란츠 파농이 되어"(p. 96)가는 자신을 발견하게 되는데, 그러한 자기인식은 예상보다 "훨씬 더 동질적"(p. 97)인 두 나라 사이의 문화적 유사성의 원인을 검토하는 지점에서 한층 복잡해진다. 식민지 말기에 진행된 "내선일치"가 50여 년이 지난 시점에 이르러 현실화되었다는 아이러니한 사태("서울은 도쿄의 시뮬레이션이었다", p. 97) 앞에서, 그는 자신이 '모더니티'라는 이름의 "식민주의적 프로젝터"(p. 100)로부터 영원히 벗어날 수 없었음을 새삼 깨닫는다. 그래서일까. 시인의 자기인식은 우울하고, 냉소적인 어조 속에서 부정적인 자기 고백으로 전환되기에 이른다. "나는 더렵혀진 모더니스트이다"(p. 103). 이 우울한 고백 속에서 "파괴를 양식화"[2]하는 "리얼리스트"[3]를 자청했던 1980년대의 모더니스트 황지우는 철저한 부정의 대상으로 여겨지고 있는 것일까.

질문에 답하기에 앞서 우선 주목해야 할 것은 황지우가 보여주는 냉소적이고도 자기 부정적 언어가 "1990년대 한국 문학을 덮친 공황상태에 준하는 적막감"(p. 106)을 지목하는 대목에서 극적으로 심화된다는 사실이다. 그가 언급하고 있는 '공황상태'가 구체적으로 무엇을 가리키는지 해당 글에서 자세히 기술되지는 않는

---

2) 황지우, 「사람과 사람 사이의 신호」, 『사람과 사람 사이의 신호』, 한마당, 1986, pp. 28~29.
3) 황지우, 「시적인 것은 실제로 있다」, 같은 책, p. 52.

다. 다만 글에서 발견되는 몇몇 진단들, 이를테면 "적과 이념이 시야에서 사라진 시대"(p. 106), "문학을 축복해줄 사회적 재앙"(p. 107)의 부재 등을 고려할 때, 그것이 1987년 6월항쟁과 12월 대통령 선거, 그리고 사회주의 몰락이라는 연쇄적 계기 속에서 드러난 1990년대적 지평을 가리키고 있다는 것을 확인하기란 어렵지 않다. 물론 그의 현실 인식이 단순한 절망으로 귀결되는 것은 아니다. 1990년대 말이라는 시공간 속에서 황지우가 "민주주의의 압력으로 시장주의를 거센 힘으로 불러들이고 있"(p. 108)는 현상을 문제시하고, "그 속물적인 난장 속에서 [……] 문학이 할 수 있는 것"(p. 108)이 무엇인지를 새삼 질문하는 목적은 싸움의 대상과 전략을 좀더 분명하고 명료한 언어로 지목하기 위해서였기 때문이다. '끔찍한 모더니티'가 빚어낸 지옥과 같은 자본주의적 동일성 속에서, 그가 당대의 문학을 향해 다음과 같이 수세적이고도 극단적인 제언을 내놓았던 이유도 거기에 있을 것이다.

이 세상에 아름다움과 진실이 존재한다는 것을 알게 해주기 위해서만 있을 필요가 있는, 신분 없는, 다만 정신일 뿐인 귀족주의! 나는 그것이 문학의 길이라고 생각하게 되었다. 시장에 대한 강력한 항체로서 문학의 귀족성을 나는 요청하고 싶다. 문명사적 전환을 예고하는 새 밀레니엄을 향해 발을 내딛는 문지방 앞에서 엘리트주의는 비난이 아니라 문학에 내려진 명령이라고 나는 생각한다. 문학은 키치, 펄프 시장으로부터 철수해야 한다. 문학은 〈문화 자본〉의 부가가치에 의해 계량화되고 교환되는 시장으로부터 은둔해야 한다. 문학은 비록 끼리끼리라고 할지라도 그것을 진정으로 알아보는 사람들의 회로에 올려지고 결국 문학의 역사 속에 저장될 수 있는 어떤 가치일 뿐이라고 인식될 필요가 있다. 문학은 다시 언더그라운드로 내려가야 한다. (pp. 108~09)

지금 관점에서는 그다지 생경하게 느껴지는 진단은 아니지만 앞의 글의 주인이 다름 아닌 황지우라는 사실을 염두에 둔다면, '문학은 은둔해야 한다'는 주장이 당시 일으켰을 충격과 파장을 이해하기란 어렵지 않다. "은둔"에 대한 요청과 "문학의 귀족성"을 향한 극단적인 강조는 "〈문화 자본〉의 부가가치에 의해 계량화되고 교환되는 시장으로부터" 자유로울 수 있는 최소한의 근거지, 즉 "언더그라운드"를 탐색하기 위한 일종의 전략적 방향 전환을 암시했기 때문이다. 마찬가지 맥락에서 '문학의 무용성'을 극대화하는 방식으로 자본과 시장으로부터의 독립을 모색하려는 황지우로부터 (그의 의도와 무관하게) 1980년대적 모더니스트의 흔적과 잔영을 발견하는 것도 무리는 아닐 것이다.

문제는 이러한 소극적 형태의 저항 의지마저도 배반당할 수밖에 없다는 것을 확인하는 데 그리 오랜 시간이 필요치 않았다는 사실이다. 아이러니한 것은, 그러한 배반의 주체가 다름 아닌 황지우 자신의 시집이라는 사실에서 심화될 것이다. 잘 알려진 것처럼 위 글이 발표된 포럼이 끝나고 얼마 지나지 않아 간행된 그의 다섯 번째 시집 『어느 날 나는 흐린 주점에 앉아 있을 거다』(문학과지성사, 1998)는 적지 않은 독자들의 호응을 불러일으키며 당당하게 베스트셀러의 목록 한가운데 자리하게 된다. 순문학 시집으로 이룬 이례적인 상업적 성공 과정에 독자들의 어떤 오해가 작용한 것일까.

당시 독자들의 욕망을 파악하는 것은 쉽지 않지만 최소한 내용적 층위에서는, 1990년대 말 그가 취했던 세기말적 포즈의 진의가 왜곡된 것이 아님은 분명하다. "정치적 무기력과 의욕상실 뒤따르는 허무와 자기부정"[4]이라는 제목을 달고 있는 당대의 기사가 주목하고 있는 것 역시 "이념의 부재로 특징지어지는 연대" 속에 갇혀 있는 황지우의 자기 부정적 언어이기 때문이다. 지식인 특유의 자기 부정적 관념성에도 불구하고 그의 시집은 한 달 만에 2만 5천 부가량의 판매고를 기록했는데, 해당 시집을 향해 시장이 보여준 예외적인 반응에 대해 당시의 언론은 다음과 같이 의미 부여하고 있다. "그럼에도 『어느 날 나는 흐린 주점에 앉아 있을 거다』의 인기에 출판계와 문인들이 각별히 의미를 부여하는 이유는 그의 시가 침묵하고 있던 독자층을 시의 세계로 이끌었기 때문."[5]

언론 매체의 긍정적인 해석에도 불구하고, 황지우의 시집이 직면해야 했던 독자들의 반응은 그 누구보다 황지우 자신에게 당혹감을 불러일으켰을 것이다.[6] 1980년대의 황지우는 1990년대 초반

4) 최재봉, 「정치적 무기력과 의욕상실 뒤따르는 허무와 자기부정」, 『한겨레』 1998년 12월 22일 자.
5) 정은령, 「요즘 30, 40대 남자 황지우 시집 읽고 있을 거다」, 『동아일보』 1999년 1월 27일 자.
6) 2000년대의 황지우는 이러한 사실을 다음과 같이 다시 한번, 괴롭게 회고한다. "아까 제가 민주화 이후 뒷문으로 후폭풍이 불어왔다고 했지 않습니까? 제가 시인으로서, 개인으로서는 그 부분이 굉장히 괴롭습니다. 시장과 개인으로서의 예술가가 어떻게 만나야 하는가, 어떻게 대응해야 하는가. 그래서 그 시점에 저는 '차라리 은둔하자'고 해서 은둔을 했고, 그렇게 시적 포즈를 잡고 썼는데, '흐린 주점'이라는 시집이 어느 날 난데없이 베스트셀러가 되어 있는 겁니다. 제가 시장에 등을 돌리니까 시장이 뒤에서 베스트셀러 현상으로 꿀꺽 삼키는 거예요. 굉장히 괴로웠어요. 이 시장이 없는 거냐, 내가 등 돌렸는데도 진공청소기의 모터처럼 빨판으로 빨아 당기는데, 과연 이

의 황지우에게, 그리고 1990년대 후반의 황지우 시집에게 두 번 배반당한 것이나 다름없기 때문이다. 그것은 자발적 은둔조차 허용되지 않는 당대의 문학을, 최소한의 방어적 자유조차 누릴 "언더그라운드"도 찾을 수 없는 문인들의 상황을 수행적으로 증명하고 있다. 요컨대 '문학은 은둔하자'는 황지우의 요청은 시장으로부터의 철수라는 최종 선택이 처할 아이러니한 운명을 증언하는, 한 시대의 역설적 비망록으로 기록된 셈이다.

(2) 문학의 배반

시인이 연달아 체험한 시대적 배반의 양상들과 그로 인한 곤혹을 어떻게 설명할 수 있을까. 문제는 시인의 최종 선언과 실제 현실 사이의 간극에서 발생하며, 관건은 그에 대한 이론적 해명을 시도하는 일이다. 비록 시인은 그 간극을 해명하고 의미를 부여하는 작업에 있어서 끝내 실패하는 것처럼 보이지만, 문학과 시장 사이의 이율배반적 관계를 체계적으로 해명하는 이론적 실천 속에서, 1990년대의 비평이 자신의 시작을 비로소 알릴 수 있게 되었다는 사실은 각별히 중요해 보인다.

이러한 시도를 가장 적극적으로 실천한 대표적인 평론가 중 하나는 서영채일 것이다. 일찍부터 "소설이 문화상품으로 존재하고 있"[7]는 현실 속에서의 '소설의 운명'을 진지하게 사유했던 그는

것이 무슨 의미냐는 생각이 들었죠." 황지우·지승호, 「천박한 시대에 묻는 문학」, 『인물과사상』 2006년 11월호, 인물과사상사, pp. 25~26.

7) 서영채, 「소설의 운명, 1993」, 『상상』 1993년 가을호(최초 발표); 서영채, 『소설의 운명』, 문학동네, 1995, p. 41에서 인용.

「냉소주의, 죽음, 매저키즘: 1990년대 소설에 대한 한 성찰: 신경숙, 윤대녕, 장정일, 은희경의 소설을 중심으로」에서 좀더 본격적으로 황지우가 직면한 곤혹스러움과 이론적으로 대결한다.[8] "전장이 시장으로 바뀌고 대안문화라는 대립항이 사라"(p. 106)진 1999년의 시점에 발표된 그의 글은 "시장의 신화"(p. 107)를 비판하면서도, 그것에 대한 이항대립적인 저항의 불가능성을 냉정하게 적시한다. 그리고 묻는다. "냉정해지거나 철없어지거나, 속물이 되거나 어린아이가 되거나 양자택일인가. 다른 길은 없는가." 이 질문에 답하는 과정에서 서영채는 다시, 앞서 인용한 황지우의 발화와 조우한다.

요컨대 문학과 예술은 시장논리에 의해 계량화되지 않는 것들이 스스로를 표현하고 존재를 드러내는 장, 곧 시장의 냉소주의와 공공영역의 위선에 맞서는 힘이라고 할 수 있을 것이며, 황지우의 저 귀족주의 선언이 강조하는 것도 바로 이같은 문학의 임무일 터이다.
  그러나 사령관의 명령은 결사 항전이 아니라 퇴각이었다. 은둔해야 한다는 것이다. 무엇 때문인가. 말할 것도 없이 시장주의의 저 엄청난 위력 때문이다. 이미 우리 자신이 그 신화의 일부이고, 그 신화는 우리 삶의 전제조건이며 제2의 자연이기 때문이다. 곧 우리 자신이기 때문이다. 우리에게 칼을 겨누고 있는 저 적대자는 우리의 분신이며 그림자이다. 우리도 칼을 들어 맞설 수는 있으되 상대를 찌

8) 서영채, 「냉소주의, 죽음, 매저키즘: 1990년대 소설에 대한 한 성찰―신경숙, 윤대녕, 장정일, 은희경의 소설을 중심으로」, 『문학동네』 1999년 겨울호(최초 발표); 서영채, 『문학의 윤리』, 문학동네, 2005에서 인용. 이하 출처는 본문에 쪽수만 표기.

르면 나 자신도 함께 쓰러지게 된다. 그러므로 정면 대결은 불가능하다. 사령관의 명령은 그래서 퇴각이었을 것이나 그러나 그것은 너무 늦은 게 아닐까. 이미 우리 눈앞에는 1990년대 문학이 걸어온 고투의 흔적들이 너무나 생생하게 펼쳐져 있지 않은가. 1990년대 소설의 주인공들이 보여주고 있는 현저한 소극성과 수동성, 탈사회성, 그들이 뿜어내는 고립과 죽음의 이미지 등을 보자. 1980년대 문학이 지니고 있었던 사회성에 비하면 얼마나 현저하게 다른 것들인가. 이들이야말로 저 의기양양한 시장의 냉소주의와 이중성에 대한 문학적 표현이자 대응이 아닐까. (pp. 110~11)

서영채가 시인이 던진 '퇴각 명령'의 때늦음을 지적하며 항명의 뜻을 넌지시 드러낼 수 있었던 배경으로 작용한 것은, 다름 아닌 "시장주의의 저 엄청난 위력"이 어느새 "우리 삶의 전제조건이며 제2의 자연"이 되어버린 현실에 대한 냉정한 인식이다. 1990년대에 대한 동일한 세계관을 공유하고 있지만 끝내 그들이 다른 길을 택한다는 점에서, 두 논자 사이에서 발생하고 있는 세대적 간극을 발견하는 것도 가능하다. 사정이 그러하다면, 1990년대에 이르러 본격적인 글쓰기를 실천한 386세대 지식인의 한 사람으로서 서영채가 문학과 시장 사이의 변화된 싸움의 양상에 주목하는 이유도 충분히 짐작할 수 있다.

이를테면 그가 "시장의 냉소주의와 이중성에 대한 문학적 표현이자 대응"을 1990년대 문학에서 포착하고자 할 때, 그것이 시장과 현실에 대한 무기력한 패배를 뜻하지 않는 것 역시 분명하다. 1980년대를 대표하는 시인이 내세운 문학적 귀족주의, 권력과의 대립을 통해 추구하려 했던 자율성의 이념이 완전히 사라졌다고 단언할 수 없는 이유 역시 같은 맥락에서 이해될 수 있다. "사라진 것은 전면전의 전선일 뿐이다. 전선은 분할되고 겹쳐지고 전이되어 있다"(p. 112). 시장 바깥은 없다. 그렇다면 분할되고 산포된 문학의 전선은 다양한 국지전 속에서 형성되어야 하고, 기동전이라기보다 진지전의 성격을 띠어야 할 것이다. 문제는 문학이 창출해야 할 전선이 근본적으로는 자기 자신과의 싸움으로까지 전개되어야 한다는 대목에서 더욱 심화된다. "이제 적은 내 안에 있다. 내면에서 들끓고 있는, 내가 통어할 수 없는 이 욕망이야말로 진짜 나의 적이 아닌가"(p. 112). 시장과의 싸움을 벌이는 문학과, 문학을 유용한 것들로 전환시키고자 하는 자본의 욕망이 쉽게 구별되지 않는 것은 필연적이다. 그렇다면 비평은 문학이 시장에게 배반당하기 이전에, 문학이 앞서 실천하는 시장에 대한 배반의 징후를 포착하고 드러내는 정신분석가의 윤리를 실천해야 한다.

이처럼 1990년대 문학을 옹호하는 서영채의 비평적 논리, 그중에서도 시장주의와 상업주의에 관한 비판적 문제의식은 1990년대 문학사를 재구성하기 위한 본격적인 분석의 대상으로 간주되어야한다. 서영채의 논리와 문학적 자의식은 개별 비평가의 세계관을 넘어, 당시 『문학동네』를 향해 제기되었던 수많은 비판과 혐의를 향한 간접적 대응의 성격 또한 포함하고 있기 때문이다. 위에서 인용된 글의 후속작처럼 읽히는 서영채의 「왜 문학인가: 문학주의를 위한 변명」 역시 이러한 비판적 반응들을 좀더 분명하게 의식하면서, 시장으로부터의 완전한 독립을 누릴 수 없는 1990년대 이후 문학의 독특한 존재 방식을 재차 강조한다. 이때 '문학주의'라는 용어는 자본과의 어색한 공존을 택할 수밖에 없는 1990년대 이후 문학을 향한 최종적 신뢰의 언명이라는 사실이 밝혀진다. "문학주의로 이름 붙여진 예술의 자율성, 어떤 제도에도 좌우되지 않는 그 스스로의 미적 해방의 계기는 계몽주의의 무게에 짓눌린 우리 문학의 특수한 역사적 맥락 속에서 문학에 대한 마지막 신뢰의 다른 이름 혹은 문학이 몸을 누일 수 있는 마지막 피난처 역할을 한 측면이 없지 않다."[9]

이것은 위선일까. 많은 비판과 의혹이 제기되었지만 이러한 비평적 언어들을 단순한 위선으로 간주하는 것은 쟁점을 단순화 시킬 위험이 있다. 그러한 시각은 1990년대의 비평 논리들이 구축한 설명 체계가 당대에 상당한 수준의 공감을 얻었을 뿐만 아니라, 그러한 담론 체계에 의해 당대 문학장의 재생산 기제가 구체화 되었다는 사실을 외면한다. '위선'이라기보다 "위악적 냉소"라는 이름으로 규정될 수 있는 1990년대의 비평은 한국 문학의 다양성을 확장하는 데 기여했으며, 숱한 종말론과 위기론이 확산되는 암울한 분위기 속에서도 한국 문학을 위한 최소한의 영토를 확보하는 데 적지 않은 노력을 기울였다. "1990년대 중반 이후 두드러진 변화의 중심에는 『문학동네』가 있었다"[10]는 심진경의 평가처럼, 『문학동네』를 향해 제기된 수많은 비판은 역설적이게도 그것이 끼친 영향력을 사후적으로 증언해주는 말들에 다름 아니다. 아울러 기억해야 할 것은 1990년대 문학을 옹호하는 논리를 구성하는 핵심 요

9) 신수정, 「다시 문학이란 무엇인가—좌담 발제문」, 『문학동네』 2000년 봄호, p. 370.
10) 김형중·손정수·심진경·천정환, 「뉴미디어 시대 문학의 새로운 지형을 말한다」, 『문학동네』 2004년 가을호, p. 443.

소 중 하나가 "시장의 냉소주의와 이중성에 대한 문학적 표현이자 대응"(냉소주의)의 이중성, 즉 자본주의 비판이라는 사실이다. 앞서 인용한 서영채의 글들이 대변하고 있듯, 자본주의를 향한 대타적 자의식과 그것을 지탱하는 논리적 체계는 '진정성' '내면성' '자율성' '윤리' 등의 비평 담론으로 확장되는 과정에서도 일관되게 유지되는 주된 기조임에 틀림없다.

'문학주의'에 내포되어 있는 시장과 상업주의에 대한 비판적 자의식을 위선으로 대상화하지 않는다면, 질문은 한층 복잡해진다. '문학주의'라는 이름으로 요약되는 1990년대 주요 비평들의 문제의식과 실제 현실 사이에서 발생했던 간극의 이유를 해명할 다른 체계적 언어를 요청해야 하기 때문이다. 이를 (도덕적인 의미에서든, 제도적인 의미에서든) 출판 논리와 비평 언어의 분리라는 프레임으로 설명하는 독법은 논점을 선명하게 하는 데 기여할 수 있지만, 우리의 사유를 이론적으로 구체화하는 데에는 여러모로 부족해 보인다. 결국 관건은 1990년대 비평이 첨예하게 의식하고 있는 자본주의 비판과, 여러 비평가들이 제기한 문학의 상업주의가 양립될 수 있는 기제를 해명하고 분석하는 일이다. 그것이 '문학주의'가 내세우고 있는 상업주의 비판이 야기한 수행적 효과까지도 가시화하는 작업까지 포괄해야 함은 물론이다.

이 글의 목적은 이러한 이율배반적인 양상과 간극을 매개하는 이론적 틀을 제시하고, 1990년대 이후의 문학 잡지들이 존재하는 양상들을 설명할 수 있는 분석적 방법론을 제안하는 데 있다. 상업주의라는 말이 내포하고 있는 도덕적 뉘앙스를 지양하면서도, 1990년대 문학장에 관한 역사적 비판을 실천하기 위해서는 문학의 '상업성과 자율성' 사이에 존재하는 이분법적 장벽을 해체하는 한편, 그것을 동시적으로 포착할 수 있는 이론적 시각이 필요하다. 그 일환으로 이 글은 사회학자 뤽 볼탕스키Luc Boltanski와 에브 시아펠로Éve Chiapello가 제시했던 '새로운 자본주의 정신'new spirit of capitalism의 주요 논의들을 살펴보고, 그러한 분석적 담론의 1990년대 한국 문학에 대한 적용 가능성을 검토할 것이다.

이러한 작업을 수행하는 데 있어 이 글이 토대하고 있는 몇 가지 전제들을 밝히면 다음과 같다. 첫째, '사양 산업'이라는 흉흉한 단어가 암시하고 있는 새로운 환경에 처한 1990년대 문학과 비평은, 1980년대와 구별되는 층위에서 자신의 존재를 정당화할 수 있는 도덕적 기제와 이념을 필요로 했다. 둘째, 그러한 정당화justification는 자본주의와 문화산업에 대한 '비판critique'적 행위와 의식 속에서 탐색되었고, 비평은 그것을 구체화하는 활동들에 대한 명명 작업에 적극적으로 참여했다. 셋째, 자본주의 비판과 문학의 정당성이 서로 매개되는 과정은 거시적인 차원, 그리고 사회학적인 층위에서 이루어지는 자본주의 안에서의 예술의 자기 정당화 과정, 혹은 제도화 프로세스와 무관하지 않으며, 이는 뤽 볼탕스키와 에브 시아펠로가 제시한 '새로운 자본주의 정신'이라는 중층적이고 이중적인 이념을 낳는 과정과도 중첩될 수 있다. 넷째, 한국 문학 장에서는 그것을 가시화하는 명시적인 슬로건이자 이념적 개념이 '문학주의'이며, 그러한 '문학주의'를 담론적 헤게모니로 구축하는 데 결정적인 영향력을 지녔던 매체가 1994년에 창간된 『문학동네』다.

2. 1990년대 비평의 자본주의 비판

본격적인 분석을 시도하기에 앞서 우선 단순한 역사적 사실들을 확인하는 것에서 시작해야 할 것이다. 그것은 오랫동안 상업주의라는 의혹과 혐의의 대상이었던 『문학동네』의 비평적 입장이 그것을 향한 분명한 대타의식을 전제로 성립되고 있다는 것과 관련이 있다. 잡지의 창간사에서도 명백하게 표명되고 있는 것처럼, 『문학동네』라는 매체의 출범을 주도했던 주요 비평가들의 이념 체계가 구축되는 데 있어, 자본주의에 대한 비판적 현실 인식이 중요한 토대로 작용하고 있다는 사실을 확인하는 것은 의외로 어렵지 않은 일이다.

오늘날 명백히 문학은 사양 산업으로 보인다. 작가가 지녔던 예전의 권위는 점차 그 빛을 잃어가고 있으며 문학에 모아졌던 애정과 관심의 시선 또한 빠르게 분산되어가고 있다. 이제 사람들은 더 이상 문학이 고결한 정신의 발현이라거나 혹은 치열한 양심의 불꽃이라고 믿지 않으며 다가올 시대를 고지하는 예언의 목소리라고 여기지도 않게 되었다. 문학을 둘러싼 정치·사회·문화적 지형의 급격한 변화는 문학에게 이제 영원히 주변부적 위치만을 허용할 태세를 갖추고 있으며, 문학은 그런 외적 조건을 극복할 만한 그 어떤 적절한 타개책도 마련하지 못한 채 시류에 따라 이리저리 흔들리는 불안하면서도 안타까운 모습만을 노출하고 있다. [……]

여기서 새삼스럽게 1990년대 이후 문학판에 불어닥친 국내외적 상황 변화의 목록을 나열하지는 말기로 하자. 다만 동구와 소련에서

의 현실 사회주의 정권의 몰락이 초래한 이념적 진공상태는 천민자
본주의가 발호할 수 있는 절호의 토양이 되어주고 있으며 무분별한
상업주의의 유혹은 우리의 인내력을 시험하는 단계를 넘어 거의 고
문하는 경지에 이르고 있는 것처럼 보인다는 점을 명기해두기로 하
자. 아울러 탈산업사회의 전도사들인 각종 영상매체와 컴퓨터 등이
문학으로 대표되는 문자문화의 영역을 무서운 속도로 잠식해 들어
옴에 따라 여러 심각한 부작용을 표출하고 있다는 점도 덧붙여두기
로 하자.[11]

창간사가 드러내고 있는 불안한 시대 인식과 모종의 위기감은
"현실 사회주의 정권의 몰락"과 그것이 초래하게 된 "천민자본주
의"에 대한 문제의식으로부터 출발한다. 『문학동네』를 1990년대
를 대표하는 문예지로 간주하는 일반적인 시각과 달리, 창간사의
비장하고도 전투적인 언어들은 『문학동네』의 출범이 1980년대적
인 의식의 영향으로부터 자유롭지 못함을 보여주는 수사적 징표들
이다.[12]

그러한 의식적 토대 위에서 "무분별한 상업주의의 유혹"에 대한
반대 입장이 비교적 선명하게 표명되는 장면은 곳곳에서 관찰 가
능하다. 이를테면 『문학동네』의 창간에 참여했던 서영채, 류보선,

---

11) 「계간 『문학동네』를 창간하며」, 『문학동네』 1994년 겨울호, pp. 14~15.
12) 이와 관련하여 1980년대 후반 학번의 한 연구자의 지적은 타당해 보인다. 천정환
은 다음과 같이 창간사를 평가한다. "이는 완전히 '운동권스러운' 내지는 그야말로
'1980년대스러운' 전략전술 문건에서의 말법이죠. 이때만 해도 '문학주의'조차 분명
'주의'의 하나이고 '문학'을 위해서 '투쟁'해야 했던 거죠." 김형중·손정수·심진경·
천정환, 「뉴미디어 시대 문학의 새로운 지형을 말한다」, p. 446.

황종연 평론가의 창간호 특집 〈문학, 절망 혹은 전망〉에 실린 글들은 1990년대 중반으로 접어들던 시기에 비평가들이 공유했던 시대 인식과 그에 대응하는 비평적 논리를 선명하게 드러내주는 입론들로 주목될 만하다. 흥미롭게도 서영채의 「환멸의 시대와 소설 쓰기」, 류보선의 「전환기적 현실과 민족문학의 운명」, 그리고 황종연의 「민족을 상상하는 문학」은 1990년대 문학의 시대적 정합성을 탐색하기 위한 논리적 체계가 어떻게 구축될 수 있는지를 잘 보여주는데, 이때 핵심적인 테제로 기능하는 것이 '자본주의 비판'이라는 점은 거듭 강조될 필요가 있다.

이와 관련하여 서영채의 「환멸의 시대와 소설 쓰기」는 "1980년대식 백병전의 시대는 끝났다"[13]는 명료한 시대 인식을 드러내는 가운데, 자신들이 살아가는 1990년대를 "환멸의 시대 곧 유토피아의 상이 사라진 시대"(p. 292)로 규정하는 지점에서 시작되고 있다. 주목할 대목은 비평가가 느끼고 있는 시대적 자의식이 1920년대 초반 염상섭이 느낀 환멸, 즉 1919년 3·1 운동의 실패 이후 느낀 냉소적인 현실 인식과 동일시되는 장면이다. 그에 따르면 염상섭이 "고백하고 있는 환멸이란 열기가 빠져나가고 있음을 체감하고 있는 자의 허탈감이나 좌절감"(p. 293)에 가까운데, 그것은 1980년대의 '열기가 빠져나가고 있음을 체감'하고 있는 1990년대적 비평가의 실존적 무력과 사실상 동일한 파토스로 의미화되고 있다.

---

13) 서영채, 「환멸의 시대와 소설 쓰기」, 『문학동네』 1994년 겨울호(최초 발표); 서영채, 『소설의 운명』, p. 291에서 인용. 이하 출처는 본문에 쪽수만 표기.

이때 '문학의 운동성'이라는 열기가 부재한 자리를 '문화산업'이 차지하게 되었다는 지적은, 창간사에서도 확인되는 현실 인식과 동일한 맥락을 지닌다. 서영채는 1990년대적 환멸이 내포하고 있는 시대적 특수성을 환기하는 가운데, 자본으로부터 독립할 수 없는 문학의 당대적 운명을 다음과 같이 설명한다.

이제 문학과 예술은 더 이상 무용하지 않다. 혜자가 말했던 무용성이란 사회적 무용성, 현실적 무용성이었다. 바로 이러한 의미에서 예술은 무용하지 않다는 것이다. 1990년대에 들어 문화산업의 논리가 전면화되면서 문화적 생산물들은 상품이 되었다. 누구도 그것을 쓸모없는 것이라고 말할 수 없다. 대량으로 소비되며 엄청난 이윤을 남기고 있기 때문이다. 예술 시장은 새로운 상품 시장이며, 더욱이 다른 어떤 영역 못지않게 부가가치 생산성이 높은 시장이기 때문이다. 쓸모없다던 가죽나무는 이제 토막토막으로 잘려져 고가에 팔리는 상품이 되었다. (p. 297)

문학과 예술이 칸트적 의미의 무용성에 더 이상 기댈 수 없다는 인식은 김현의 잘 알려진 테제인, '무용성의 유용성'에 대한 간접적인 비판의 성격을 지닌다. 물론 그러한 대타의식이 문화산업으로의 투항을 정당화하기 위한 목적으로 표명된 것은 아닐 것이다. 오히려 1990년대의 비평가는 "유용성의 신화"에 대한 저항을 효과적으로 실천할 수 있는 다른 길을 탐색해야 하는 특수한 상황을 강조하는데, 그와 같은 비평적 실천 논리는 "보들레르 이래로 '현대성'의 차원에서 존재하는 '예술의 이중성'"(p. 296)에 대한 강조로 이어진다. 여기서 우리가 주목해야 할 것은 그의 자본주의 비판이 "유용성의 신화만큼 맹목적인 엄숙주의"에 대한 비판을 포괄하고 있다는 점이다. '맹목적인 엄숙주의'에 대한 비판적 자의식은 (황지우의 이중적 배반이 수행적으로 증명하듯) 문학이 시장과 완벽히 분리될 수 있다는 주장의 시대착오성을 지적하기 위한 역사철학적 인식에 다름 아니다. 그렇다면 그가 새롭게 범주화하고 있는 '엄숙주의'의 맹목성이 무엇인지를 물어야 한다. 이를 확인하기 위한 절차로 우리가 자연스럽게 읽어야 할 것들 중 하나가 바로 1990년대에 적극적으로 수행되었던 '민족문학 비판'의 논리와 그 인식 구조이다.

관련하여 특집 지면에 실린 류보선과 황종연의 글이 공통적으로 담고 있는 '민족주의'와 '민족문학'에 대한 비판이 특별하게 읽힐 수 있다. 이 글들이 1980년대 문학적 헤게모니의 정점에 도달한 이념들의 역사화를 시도한다는 것은 어렵지 않게 파악될 수 있다. 하지만 이 글의 맥락에서 좀더 세밀하게 살펴봐야 할 것은 민족문학 진영을 향한 두 평론가들의 비판에 논리적 근거를 제공해주는 중요한 요소 중 하나가 바로 민족문학의 상업화에 대한 경계, 즉 자본주의 비판과 만나는 장면들이다.

종래에 민족주의적 문학운동의 가장 진지하고 진보적인 노선을 형성한 '민족문학'이 주변 환경의 급격한 변화가 가져온 침체와 혼란으로부터 좀체로 벗어나지 못하고 있는 가운데, 민족주의는 상업주의적 대중소설들이 즐겨 활용하는 이념적 소재로 전락하고 있다. [······]

『아리랑』의 전투적인 민족주의에서 위안과 용기를 얻을 사람은 혹시 국제화시대의 국가 경쟁이라는 이름으로 국민들의 이념적 동원에 나선 정치가, 기업가 들이 아닐까. 민족주의든 무엇이든, 자기 내부의 미궁을 들여다보지 않는 이념은 언제나 위험하다.[14]

'즐거움을 주는 자본'이나 문화산업의 논리가 제반 현실을 통어하는 지배적인 요인으로 자리잡아가는 시기가 1990년대라고 한다면, 1990년대는 분명 '민족의 위기'를 넘어 '민족'이라는 용어 자체가 사전에서 찢겨져나갈 상황이다. 영화 속의 현실과 지금 이곳의 현실 사이에 거리를 느끼는 것 자체가 곧 이윤추구에 막대한 지장을 초래하기에, 문화산업은 민족현실이나 민족문화 자체를 박물관의 유리관 안으로 밀어넣기 위해 숱한 이데올로기들을 다양하게 유포한다.[15]

이처럼 황종연과 류보선의 비판은 민족에 대한 이념적 맹신과 민족문학의 맹목적 독선이 지닌 시대착오성을 지적하는 데서 그치지 않는다. 좀더 문제적인 것은 민족/민중이라는 주체를 초월적인 대상으로 신비화하는 민족문학 이념이 문화산업의 확장이라는 1990년대적 지평에 한없이 무력하거나, 심지어 그것과 공모할 수 있는 가능성이다. 이러한 요소들은 『문학동네』의 출범 과정에서 중요한 역할을 담당했던 비평가들의 주요한 세계관 중 하나로 '자

---

14) 황종연, 「민족을 상상하는 문학」, 『문학동네』 1994년 겨울호; 황종연, 『비루한 것의 카니발』, 문학동네, 2001, p. 98에서 인용.
15) 류보선 「전환기적 현실과 민족문학의 운명」, 『문학동네』 1994년 겨울호, p. 66.

본주의 비판'이 작용하고 있다는 가설의 타당성을 증명한다.

　이를 염두에 둘 때, 우리는 『문학동네』의 이념적 지향에 대한 다른 해석을 시도할 수 있을 것이다. 『문학동네』가 '탈'이념적이고, '절충주의적 태도'를 보이며, '실체 없는 문학주의'를 주장한다는 일부 평가와 달리, 『문학동네』가 '부정성의 논리'를 토대로 상업주의 비판을 의욕적으로 실천하는 것은 분명하다. 자주 인용되는 잡지 창간사의 전투적인 언어들을 다시, 떠올려보자.

　그런 의미에서 『문학동네』는 어떤 새로운 문학적 이념이나 논리를 표방하지는 않으려고 한다. 대신 현존하는 여러 갈래의 문학적 입장들 사이의 소통을 촉진하고, 특정한 이념에 구애됨이 없이 문학의 다양성이 충분히 존중되는 공간이 되고자 한다. 또한 변화하는 정치·사회·문화의 기류에 성실하고 책임있게 대응하면서 문학 본연의 사명을 다하는 문학인들에게 신뢰할 만한 자기표현의 자리를 제공하고자 한다. 특히 기성의 관행에 안주하지 않는 젊은 문학인들의 모험과 시도를 폭넓게 수용하여 우리 문학의 활력을 높이는 데 기여하고자 한다. 형해만 남긴 채 실체는 사라진 문학정신의 회복을 추구하고 모든 교조적 사고방식 및 허위의식에 맞서 싸워나간다는 전제에만 동의한다면 『문학동네』는 그 누구에게나 그 문을 활짝 열 것이다.[16]

　"어떤 새로운 문학적 이념이나 논리를 표방하지 않으려고 한다"

16) 「계간 『문학동네』를 창간하며」, p. 16.

는 선언과 달리, 이들이 내면화하고 있는 비평적 문제의식에 체계와 특징이 없는 것은 아니다. "『문학동네』가 기존의 문학판과 얼마만큼 다른 길을 걸어왔을까 하고 생각해보면, 또 그렇게 다르지 않은, 어찌 보면 어정쩡한 절충주의적 태도는 아닌가 하는데요. 그래서 『문학동네』에 대한 비판의 내용은 '문학주의적'이라기보다는 오히려 자기 색깔이 없다는 데 있는 거 같아요"[17)라는 비판들이 빈번하게 제기된 것은 사실이지만, 엄밀한 의미에서 문학동네에 어떤 이념이 없다고 하면 그것은 잘못된 결론을 초래할 위험이 있다. 그들이 대타적인 인식을 드러내고 있는 "어떤 문학적 이념이나 논리"는 '창비'와 '문지'로 대변되는 1970년대 이후의 이분법적 대립을 가리키고 있으며, 그들이 의욕적으로 개시하고자 했던 "문학의 다양성이 충분히 존중되는 공간"은 "기성의 관행"에 해당하는 비평적 진영 논리를 극복함으로써 비로소 전개될 수 있기 때문이다. 이때 문화산업과 상업주의로 운위되는 자본주의에 관한 분명한 비판 의식은 중요한 역할을 수행한다. 아울러 그것이 중점적인 테제로 제시되는 가운데 이루어진 다양한 비판적 논의들, 이를테면 민족문학 비판, 1980년대 비판, 민중 비판, 교조주의 비판, 리얼리즘 비판, 지도 비평 비판 등과 같은 부정성의 언어들은 그것이 보다 분명하고 세밀하게 분화되는 과정에서 제출된 각론들에 해당한다.[18) 그렇다면 이러한 비판들이 내재하고 있는 부정의 언어들도

---

17) 김형중·손정수·심진경·천정환, 「뉴미디어 시대 문학의 새로운 지형을 말한다」, p. 443.
18) 이것은 『문학동네』 비평 담론이 구축되는 과정에서 자본주의 비판이 민족문학 비판의 상위 논리에 해당한다는 것을 뜻하지는 않는다. 다만, 민족문학 진영의 영향력이

말의 바른 의미에서 이념으로 평가될 수 있는지에 관한 질문이 제기될 법하다. 관련하여 『문학동네』의 비평적 입장이 부정적 이념형과 논리에 근거한 비평적 실천이라는 것을 서영채는 아도르노를 경유하며 분명히 선언한다. "어떤 경우에건 유토피아를 향한 모든 사고는 부정과 저항의 모습으로 나타날 수밖에 없다. 유토피아의 상이란 언제나 현실의 부정태로서만 존재하는 것, 궁핍이라든지 억압이라든지 하는 현실적 제약으로부터 자유로운 상태에 대한 상이기 때문이다."[19]

『문학동네』의 주요 비평가들이 제출했던 어젠다는 1990년대를 통과하는 과정에서 더욱 명료한 이론적 언어를 확보하기 시작한다. 이를테면 『문학동네』 지면에서 그 개념적 의의를 확보하게 된 많은 언표(내면성, 개인, 심연, 윤리, 진정성, 억압된 것들의 회귀, 문학의 자기반성, 새로운 문학, 자율성 등)은 1980년대 문학의 역사적 종언과 더불어, 1990년대 이후 전개되는 문학의 이중적 투쟁을 정당화하는 비평 논리로 적극 활용된다. 1990년대를 마감하는 시기에 이르러, 마침내 긍정적인 언어를 확보하게 된 '문학주의' 선언은, 현실에 대한 부정의 언어들이 각개약진의 방식으로 제출한 세부적 담론들을 종합하는 최상위 이념에 해당할 것이다. 역시나 우리가 여기서 발견하는 것도 그와 같은 부정의 논리이다.

줄어들면서 그에 대한 비판을 통해 자양분을 얻을 수 있는 계기가 점차 사라지는 추세는 충분히 지적할 수 있을 것이다. 민족문학이라는 확실한 적이 부재한 상태에서 자본주의 비판은 『문학동네』 이념의 더욱 중요한 요소로 남게 되는 것으로 판단된다.
19) 서영채, 「환멸의 시대와 소설 쓰기」, p. 309.

문학적인 것과 마찬가지로 진정성도 부정적으로만 규정될 수 있다. 가짜가 아닌 것, 허위가 아닌 것, 위선이 아닌 것, 허풍이나 설레발이나 엄살이 아닌 것, 구질구질하지 않은 것. 부정의 대상은 다양하고, 또 매 순간순간 바뀔 수 있다. 그래서 진정성은 오히려 엄살이나 허풍이나 과장 속에, 신파의 눈물과 가짜와 허위와 위선 속에 존재할 수도 있다. 유희의식은 무엇보다 자기 목적적이어서, 사회적 실천이 강조될 때는 반사회적인 것 혹은 일종의 허위의식이라고 비판을 받았다. 그러나 상업적 실천이 주류 논리일 때 유희의 저 엄격한 자기목적성은 자본의 식민지화 하는 힘으로부터 스스로를 지키는, 장인정신과 같은 기율이 됨으로써 오히려 예찬의 대상이 된다. 진정성도 문학적인 것도, 이렇게 뒤집어지고 겹쳐지고 착종되는 의미의 평면들이 만들어내는 간극 어디쯤에 존재할 것이다. [……]

삶에 대한 질문이 그러하듯이, 문학적인 것에 대한 질문, 왜 문학인가에 대한 질문에 대해서도 역시 부정적 규정의 방식으로 말할 수밖에 없다. 규정하는 순간 이미 문학은 문학이 아닌 것이 되어버리는 까닭이다. 문학주의는 선언되는 그 순간 문학주의가 아닌 것이 된다. 아웃사이더는 침묵할 때만 아웃사이더일 수 있다. 진정한 문학이 구호가 될 수는 있지만 구호는 결코 문학일 수 없다. 진정성이 변증법적인 것과 같은 이치다. 망각에 대한 탐닉이 망쳐버리는 것은 무엇보다도 깊이다. 아도르노의 말처럼 진정한 깊이가 저항에서 비롯되는 것이라면, 문학적 저항은 이제 자기 자신에 대한 저항일 것이다. 이 태평성대에, 문학이 인간의 정신을 살찌우는 위대한 것이라고 말하는 것은, 혹은 문학주의 선언은, 이 자유주의 천국의 태평성대에 나는 자유주의자라고 외치는 것만큼이나 실없는 일이다. 문

학주의가 아니라 선언이 문학의 반대말이기 때문이다. 문학주의자
는 자기가 문학주의자인지도 모를 것이다.[20]

잡지 『문학동네』뿐만 아니라, 출판사 '문학동네'의 상업적 성공
에 동반되었던 많은 비판에 대한 적극적인 대응 논리가 공유하듯,
자본주의에 대한 문학의 비판 가능성은 1990년대 비평이 포기하지
않는 이론적 일관성의 핵심을 이룬다. 문학(비평)과 시장의 관계를
비평적 논리와 실제 출판 과정의 현실 사이의 괴리와 간극으로 이
해하는 것이 지나치게 단순한 관점일 수밖에 없는 이유도 그 때문
이다. 관련하여 서영채는 "상업주의와 상품미학을 구분하지 않는
태도"의 문제성을 지적하면서, "우리가 비판의 대상으로 삼을 수
있는 것은 이러한 책의 상품화가 아니라 문학의 상품화이고, 상업
주의라기보다는 상품미학일 것"이라고 주장하는 가운데, 출판시장
에서 유통될 수밖에 없는 문학의 현실과 그것을 미화하는 위선을
분명히 구분해야 한다고 주장한다. 사정이 그러하다면 문학작품에
내재되어 있는 자의식과 자본에 대한 비판에서 모종의 냉소와 도
착증이 발견되는 것은 불가피하다. '문학주의'는 자본화된 세계에
대한 부정과 더불어 자신에 대한 부정을 동시에 수행할 수밖에 없
는 1990년대 이후의 문학과 비평의 위선적 운명을 가리키는 "부정
적 규정의" 존재론에 다름 아니며, 그와 같은 이중적 존재 방식의
효과 속에서만 발휘될 수 있는 진정성의 역설적 정당화 기제를 가

---

20) 서영채, 「왜 문학인가─문학주의를 위한 변명」, 『문학동네』 2000년 여름호(최초 발
표): 서영채, 『문학의 윤리』, pp. 102~03에서 인용.

리킨다. "진정성은 진정성이 부재한다는 인식 속에, 진정성을 추구하는 행동 속에 존재"[21]한다는 지적의 진의도 그와 무관하지 않을 것이다.

이처럼 1990년대를 통과하는 동안 『문학동네』를 중심으로 형성된 비평적 이념은 이론적이고, 체계적이며, '시장 바깥은 없다'는 현실주의적 세계 인식과 역사철학에 근거하고 있는 것으로 평가될 수 있을 것이다. 그럼에도 불구하고 남는 질문이 없는 것은 아니다. 이렇게 되물어볼 수 있다. 1990년대를 지나 2000년대와 2010년대에도 한국 문학을 향한 상업주의적 혐의와 의심이 끊이지 않았던 이유는 무엇일까. 2015년 신경숙 표절 사태를 통해 재점화된 문학권력 논쟁과 주요 문학 잡지 및 출판사들을 향한 반자본주의적 비판들을 어떻게 이해할 수 있을까. (비판의 적절성에 대한 논의를 잠시 접어둔다면) "문학권력과 출판자본"을 동일시하는 시각이나, "문학 자본주의 체제"[22]라는 이름으로 촉발되었던 일련의 비판들은 1990년대 이후 비평이 적극적으로 내세운 '문학주의'의 이념과 현실 사이에서 발생하는 간극을 가시화하는 징후로 간주될 수는 없을까. 이러한 질문에 동의할 수 있다면, 비평은 문학과 시장 사이의 기묘한 역사적 간극을 해명하는 이론을 제안해야 하며, 그와 같은 이론적 언어 속에서 1990년대 이후의 비평이 적극적으로 내면화하고 형성시킨 모종의 정당화 기제 자체를 담론적 분석의 대

---

21) 황종연, 「비루한 것의 카니발」, 『문학동네』 1999년 겨울호(최초 발표); 황종연, 『비루한 것의 카니발』, p. 31에서 인용.
22) 천정환, 「창비와 신경숙이 만났을 때―1990년대 한국 문학장의 재편과 여성문학의 발흥」, 『역사비평』 2015년 가을호.

상으로 설정해야 한다. 다만 그와 같은 분석은 논의 구조와 논리의 허점을 비판하거나, 주장의 의도에 대한 도덕적 심판으로 충분히 개진될 수 없다. 더 중요한 문제는 비평의 이중적 자기 논리가 형성될 수밖에 없었던 시대적 맥락을 이해하고, 그것이 문학과 시장의 공생 관계를 정당화하는 어떤 담론의 체계를 형성했는지를 고찰하는 일이다. 그것은 비평이 1990년대 이후의 문학장의 재생산을 적극적으로 정당화하는 데 기여했으며, 이것이 각종 위기론과 종언론 속에서 문학의 생존 방식을 의미화하는 구체적 방법들을 조형했음을 암시한다. 그리고 그것은 자본주의 정신과 문학주의 사이의 비판적 공존이 징후적으로 환기하는, 1990년대 이후의 특수한 현황들을 연속적인 맥락에서 해명할 수 있는 문학사회학적 시각의 필요성을 요청한다.

3. 예술의 자율성과 새로운 자본주의 정신

1990년대 문학장과 잡지들의 존재 방식을 역사적으로 분석하는 작업에 볼탕스키와 시아펠로의 『새로운 자본주의 정신』이 유용한 참조점을 제공하는 이유는, 프랑스의 사례를 중심으로 개진된 그들의 연구가 어떤 보편적 함의를 내포하고 있다고 판단되기 때문이다.[23] 그것은 1990년대에 이르러 선명하게 확인된 마르크스주

---

23) 관련하여 이 글에서 검토한 저서와 글은 다음과 같다. Luc Boltanski·Éve Chiapello, *The New Spirit of Capitalism*, trans. Gregory Elliott, Verso, 2005 ; Luc Boltanski·Laurant Thévenot, *On Justification: Economies of Worth*, trans.

의의 몰락과 전 지구적으로 가속화된 자본주의적 팽창에 대한 현재적 비판이라는 측면에서도 그러하다. 이들의 분석은 신자유주의 이데올로기가 확산되고 안착되는 과정에서 필요로 했던 정신적 가치들을 냉정하게 가시화하고 있다는 점에서 마르크스주의 등이 대변하는 기존의 전통적인 이데올로기 비판과 뚜렷하게 구별된다. 비판의 수행적 효과를 담보하기 위해서는 비판 대상에 대한 명료한 역사적 분석과 탐구가 전제되어야 한다는 점을 감안할 때 '새로운 자본주의 정신'이라는 간명하고도 매력적인 개념은, 자본주의의 이념적 정당성을 형성하는 데 기여했던 다양한 담론과 그것들의 체계, 그리고 그것을 통해 구현되었던 사회 내에서의 실천들을 포괄하는 비판적 테제의 성격을 지닌다.

『새로운 자본주의 정신』에 담겨 있는 이론적 함의를 규명하고 그 비판의 정합성을 검토하기 전에, 그와 같은 테제가 도출될 수 있었던 학문적 배경과 맥락을 간단히 살펴볼 필요가 있다. 가령 볼탕스키가 로랑 테브노Laurant Thévenot의 공동 연구로 진행되었던 『정당화에 관하여: 가치의 경제』는 이와 관련된 좋은 사례가 될 수

Catherine Porter, Princeton University Press, 2006; Luc Boltanski·Éve Chiapello, "The New Spirit of Capitalism", *International Journal of Politics, Culture, and Society*, vol. 18, no. 3/4, 2005. 이들의 연구에 관한 한국에서의 논의는 다음과 같다. 서동진, 「자본주의의 심미화의 기획 혹은 새로운 자본주의의 소실 매개자로서의 68혁명」, 『문화과학』 2008년 봄호, 문화과학사; 하홍규, 「사회 이론에서 프래그머티즘적 전환」, 『사회와 이론』 23집, 한국이론사회학회, 2013; 김주호, 「현 시대의 자율성을 바라보는 두 시선—푸코의 통치성과 볼탕스키와 시아펠로의 새로운 자본주의 정신」, 『사회와 이론』 29집, 한국이론사회학회, 2016; 김주호, 「68운동의 정신, 자본주의 비판에서 자본주의 정당화로—볼탕스키와 시아펠로의 '새로운 자본주의 정신'을 중심으로」, 『서양사론』 138권, 한국서양사학회, 2018.

있다. 이 저서에서 볼탕스키와 테브노는 한 사회의 질서와 체제를 지탱하고 유지시키는 데 있어 가치 체계의 형성이 지닌 중요성을 강조한다. 이때 그들이 주목한 '정당화의 체제regime of justification'는 주류 사회의 지배적 이념 체계가 지속되고 변화되는 양상을 설명하는 핵심적인 틀로 활용될 수 있다.

우선 이들의 정당화 기제와 부르디외 등이 대변하고 있는 '비판사회학critial sociology'의 이데올로기 비판 사이의 차이점을 이해할 필요가 있다. 주지하듯 비판사회학의 전통에서는 개인의 의식과 정체성, 그리고 사회적 행위를 규정짓는 구조적 힘을 우선시한다. 가령 인종, 젠더, 계급, 지역 등의 집합적 정체성은 개별적 주체의 정치적 이념과 사회적 행동을 규제하는 의식의 인과적 심급으로 작용한다. 개인의 행위를 규제하는 것은 주체의 의식이며, 의식은 그 주체가 처해 있는 사회구조적 위치에 의해 결정된다는 것이 전통적인 이데올로기 비판이 전제하고 있는 관점인 셈이다. 반면 볼탕스키 등의 새로운 사회학자들은 행위와 의식, 그리고 구조 사이에 형성된 단선적인 관계에 의문을 표한다. 행위는 의식의 인과적 결과로 단순하게 규정될 수 없다. 오히려 행위는 의식 형성에 개입할 수 있는 가능성을 지니고 있기에, 의식과 맺는 순환적 관계 속에서 분석될 필요가 있다. 요컨대 의식은 행위의 원인이지만, 다른 한편으로 의식의 사후적 원인으로 작용할 수 있는 적극적 요인에 해당하며, 주체가 처한 사회 구조적 위치의 재생산과 변화를 가능하게 하는 힘으로 평가되어야 한다. 인간은 구조의 산물이라는 점에서 제도적 억압으로부터 자유로울 수 없지만, 구조가 개인의 자유를 완벽하게 규약하는 것은 아니다. 일상적 상황 속에서 주체는 하나의 개인으로서 자유로운 감정과 의지를 감각하며 모종의 행위를 선택할 수 있다. 중요한 것은, 이러한 선택을 스스로 납득하고 의미화하는 과정에서 자신의 의식을 재인식하고 재규정하는 정당화의 논리이다. 탈구조주의 언어학에서 강조하는 일종의 수행적 자기규정과 유사해 보이는 이러한 시각은, 사회학에서의 오랜 논쟁에 해당하는 개인과 구조 사이의 이분법을 극복할 수 있는 새로운 분석적 프레임을 제공했다는 점에서 일종의 프래그머티즘적 전환으로 평가되기도 한다.[24]

이처럼 '정당화 체제'는 그와 같은 의식과 행위, 그리고 개인과 구조 사이의 역동적인 관계를 매개해주는 일종의 가치 체계이자, 담론적 순환을 가능하게 만드는 질서의 장을 가리킨다. 수많은 통계 데이터와 역사적 사례 분석을 통해 이들이 강조하고자 하는 바를 요약하면 의외로 간단하다. 한 사회를 지배하는 질서와 가치는 끊임없는 반대와 시험test에 직면하고 있으며, 그것을 받아들이고 극복하는 역동적인 과정을 통해 정당성을 확장하는 방향으로 진화해야 한다. 사정이 그러하기에, 사회 속에서 형성되고 수행되는 개인의 주체적 의식과 행위는 어떤 이념과 이데올로기의 정당성을 시험하고 재생산하는 동의와 합의의 프로세스에 일상적으로 참여하고 있는 셈이다.[25]

---

24) 이에 대해서는 하홍규, 「사회 이론에서 프래그머티즘적 전환」, 『사회와 이론』 23집, 한국이론사회학회, 2013.
25) 볼탕스키와 테브노는 자신들의 정당화 이론을 막스 베버의 정당화legitimization와 분명하게 구별하고자 한다. 후자의 개념은 권력과 제도의 압력과 예속적 기능을 더욱 강조하는 반면, 전자는 개인의 자율적이고 적극적인 정당화 기제에의 참여를 강조하는 개념이라고 할 수 있다.

우리가 주목하고자 하는 것은 행위의 정당화 가능성이다. 우리는 사람들이 자신들의 행위들을 정당화할 필요가 있다는 사실에서 산출될 수 있는 모든 가능한 결과들을 규명할 것이다. 즉, 사람들은 모종의 비밀스러운 동기를 은폐하기 위해, 마치 알리바이를 만들 듯이, 어떤 거짓된 이유를 발명하는 것을 의도하지 않는다. 오히려 사람들은 자신들의 행위가 정당화의 시험test of justification을 통과할 수 있기를 바라는 마음으로 행위를 수행한다.[26]

볼탕스키와 테브노의 정당화 이론이 중요한 함의를 지니는 이유는 그것이 개인 주체의 의식과 행위에 내포되어 있는 자율성을 부정하지 않으면서도, 특정 사회를 지배하는 이념과 가치 체계, 이데올로기, 제도 등의 구조적 층위의 힘을 동시에 설명할 수 있기 때문이다. 나아가 정당화 이론은 1990년대 이후 전 지구적으로 승리를 구가하게 된 자본주의의 역사적 변천과 생명력을 이해하는 문제와 결합할 때, 더욱 현실정합적인 설명력을 확보하게 되는 것이다.

『새로운 자본주의 정신』이 수행하는 자본주의 비판이 "자본주의의 도덕적 정당성"[27]에 대한 천착에서 시작되는 이유도 거기에 있다. 간단히 말해, '새로운 자본주의 정신'은 자본주의 체제에 참여하는 주체를 정당화하는 이념과 가치 체계를 가리키는 포괄적 개

---

26) Luc Boltanski·Laurant Thévenot, *On Justification: Economies of Worth*, p. 37.
27) Luc Boltanski·Éve Chiapello, *The New Spirit of Capitalism*, p. 10.

넘이라고 할 수 있다. 1990년대 이후의 자본주의 이데올로기에 '새로운'이라는 수식어가 붙을 수 있는 이유는, 수많은 비판으로 인해 그 도덕적 정당성의 위기를 경험한 자본주의가 모종의 역사적 시험 국면을 통과하는 과정에서 자신들의 정당성을 복원할 수 있는 새로운 가치들을 발견했기 때문이다.

프랑스의 주요 사례들과 역사적 변천 과정을 중심으로 서술되고 있는 이 저서에서, 볼탕스키와 시아펠로가 주목하고 있는 것이 1968~78년의 시기와 1985~95년의 시기 사이에 발생한 급격한 변화와 단절이라는 사실은 의미심장하다. 이들의 문제의식을 요약하면 다음과 같다. 모든 금기와 차별을 철폐하자는 반자본주의적 목소리가 극에 달했던 68혁명의 비판적 열기와 자본과 시장에 대한 무력한 순응이 보편화되기 시작한 1990년대 이후의 분위기 사이의 간극을 어떻게 설명해야 할까. 여기서 볼탕스키와 시아펠로가 전제하는 것은 두 시기의 차이를 단순한 단절로 이해할 수 없다는 점이다. 중요한 것은 두 시기 사이에서 점진적으로 전개되어왔던 역사적 변화의 흐름을 규명하는 것, 그리고 자본주의적 가치에 관한 광범위한 동의와 합의가 수립되는 과정에서 이루어지는 정당화의 기제를 역사적으로 분석하는 일이다. 이들 논의의 독창성은 자본주의적 정당화를 개진하는 데 활용되었던 동력들이 68혁명의 정신에 내재되어 있다는 점을 주장하는 지점에서 정점에 도달한다. 그들이 말하는 68혁명의 정신이 무엇일까? 놀랍게도 그것은 바로 '비판critique' 정신이다. 이들에 따르면, 자본주의는 아이러니하게도 자신에게 가해진 비판이라는 시험 무대 속에서, 스스로의 진화와 발전을 도모할 수 있는 가치의 동력과 논리를 얻을 수 있었다.

『새로운 자본주의 정신』은 체제의 재생산과 자본주의에 대한 비판 사이에서 맺어지는 역동적인 공모 관계를 설명하는 데 주안점을 둔다. 이때 이들이 자본주의에 대한 비판을 사회적 비판social critique과 예술적 비판artistic critique으로 구분한다는 점은 주목을 요한다. 전자가 자본주의가 양산하는 불평등과 사회적 불공정성의 문제를 지적하는 전통적인 자본주의 비판 운동을 가리키고 있다면, 예술적 비판은 모든 차별과 위계를 금지하고 개인의 자유를 억압하는 체제에 저항했던 68혁명의 미학적 열정을 의미한다. 자본주의를 향한 예술적 비판은 시장 지배, 공장 규율 등의 억압을 비판하고 사회의 몰개성화, 표준화 그리고 도착적 상업주의를 주된 적으로 상정한다. 자본주의적 억압에 대항하여, 예술적 비판이 표명하는 해방적 이념을 구성하는 가치들이 다름 아닌 개인의 자율성, 독창성, 그리고 진정성이라는 이들의 결론은 특히 의미심장하게 읽힌다.[28]

그렇다면 자본주의는 68혁명 시기에 제기된 예술적 비판에 어떻게 응답했을까? 볼탕스키와 시아펠로에 따르면 자본주의를 지탱하는 핵심 주체들(기업과 고용주 등)은 예술적 비판의 요구에 적극적으로 화답하는 방식으로 스스로의 출구 전략exit strategy을 모색하기 시작한다. 자본주의는 사회적 비판의 요구에 따라 노동 조건의 안정성을 개선하는 한편, 예술적 비판의 핵심 가치에 해당하는 개인의 자율성과 창의성, 그리고 미학적 진정성을 고취시킬 수 있는

28) Luc Boltanski·Éve Chiapello, "The New Spirit of Capitalism", p. 176.

환경을 적극적으로 마련하기 시작한다. 이것은 기업의 문화, 노동 환경, 산업 구조 등의 경제적 조건의 변화를 불러오는데, 소위 산업의 '미학화'라고 부를 수 있는 새로운 변화는 경제적 주체와 예술적 주체 사이의 구별을 불가능하게 만드는 단계로까지 이어진다. 기업인의 창의성을 독려하고 노동자의 자율성을 지지하는 흐름이 지속되는 가운데, 자본주의의 고전적 분업 형태에 의거한 대량생산 체제가 낡은 것으로 인식되고, 예술적 영감을 토대로 창출될 수 있는 경제적 가치를 향한 적극적인 의미 부여가 나타난 것이다. 이처럼 상품과 예술, 기업가와 예술가 사이의 이분화된 장벽을 해체시키는 가치 체계가 바로 영감의 레짐inspirational cité이다. 그것은 새로운 자본주의 사회에서 개인이 지닌 탁월성greatness을 예술가의 창조적 영감에 부여함으로써, 훌륭한 기업가에 대한 이상적인 형상을 품위와 품격을 갖춘 예술적 성자와 동일시할 수 있다. 결과적으로 자본주의적 탁월성에 대한 새로운 강조는 베버에서 기원한 전통적인 자본주의적 주체 모델, 즉 금욕을 통한 이윤 창출을 추구하는 수전노 형상을 대체하는 데까지 이른다. 이제 새로운 자본주의적 주체는 종교적 성스러움과 예술적 창의성을 겸비한 독창적이고 자율적인 진정성의 주체로 인식된다.[29] 아이러니하게도 68혁명의 반자본주의 정신과 그것을 가능하게 했던 미학적 비판이, 도리어 자본주의를 정당화하게 하는 핵심적인 자양분으로 변모되고, 그를 통해 '새로운 자본주의 정신'이라는 보편적 가치 체계가 형성될 수 있었던 것이다.

29) 같은 글, p. 167.

『새로운 자본주의 정신』에서 저자들은 자신들의 연구가 프랑스의 역사적 변천을 중심으로 전개되었기에 이론적 적용의 가능성에 있어 여러 한계가 있을 수 있다고 고백한다. 하지만 1990년대 이후 자본주의 바깥에 대한 정치적 상상이 종말을 고한 현 시점에서, 기회의 평등과 경쟁의 공정성을 추구하는 것이 최대의 정치적 상상력에 머물고 있는 한국 사회에서 이들의 논의가 놀라운 정합성과 설명력을 지닌다고 평가하는 것은 무리가 아닐 것이다. 기업가의 창의성과 예술가의 창조성이 동일시되고, 상품이 예술작품처럼 물신화되는 경향들이 지배하는 분위기를 감안할 때, 이들의 논의는 오히려 평범하고 상식적으로 들릴 정도이다. 다만, 여기서 강조하고 싶은 것은 미학적 자의식을 바탕으로 전개된 자본주의 비판과, 그것의 대안으로 설정되었던 핵심적인 가치들(자율성, 창조성, 진정성 등)이 아이러니하게도 1990년대 이후 문학을 옹호하는 비평적 논의들에서 유사하게 발견된다는 사실이다. 자본주의 비판이 자본주의 정신을 갱신하는 주요한 자양분과 동력으로 전환될 수 있다는 지적은, 비판 '주체'와 비판 '대상' 사이에 형성될 수 있는 모종의 도착적 관계를 가시화할 필요성을 제기한다. 주체의 의도나 선의와 무관하게, 비판은 때로 대상 자체의 변증법적 재생산을 가속화하고, 나아가 대상으로 하여금 어떤 정당성의 체계를 구축하는 데 수행적으로 기여할 수 있다는 점을 기억할 필요가 있다. 그리고 이러한 통찰은 1990년대 이후 문학이 직면하게 된 이중적 배반의 양상이 지닌 보편적 함의를 이해하는 데 유효한 참조점을 제공하는 것처럼 보인다.

4. 새로운 문학주의 정신

볼탕스키와 시아펠로의 테제를 간략하게나마 살펴본 것은 1990년
대 문학 잡지 및 출판사와 관련된 상업주의 논쟁을 좀더 생산적인
관점에서 분석할 수 있는 방법을 얻기 위해서이다. 물론 '새로운
자본주의 정신'의 분석틀을 1990년대 문학장에 직접적으로 적용시
키는 것은 무리가 따른다. 산업 분야의 경제 논리 속에서 이루어지
는 정당화 기제와 문학 잡지를 통해 유지되는 문학장의 재생산 논
리를 단순하게 동일시하는 것도 정당하지 않다. 다만 1990년대 문
학이 의욕적으로 시작되는 시기에 제출되었던 주요 비평적 논리와
자본주의를 향해 가해진 예술적 비판이, 이념적 측면에서 유사한
망탈리테를 공유한다는 사실은 그저 우연한 현상으로 간주될 수는
없을 것이다.[30]

개인의 진정성과 자율성이 지닌 시대적 의미를 강조하는 방식으
로 이루어진 자본주의 비판이 1990년대 이후의 문학장을 정당화하
는 주요 논리를 생산해온 것은 비교적 분명해 보인다. 문학과 시장
사이에 발생한 간극을 매개하는 과정에서, 문화산업에 대한 반자
본주의적 비판을 내세운 비평들이 결과적으로 문학작품과 비평의
생존을 정당화하는 모종의 담론적 체계를 형성한 것 또한 부인할
수 없기 때문이다. 이러한 지점에 대한 역사적 고찰과 해체적 분석

---

30) 관련하여 한국의 1990년대라는 전환기적 시대가 서구의 68혁명 이후라는 시대적 에
피스테메와 연동되어 해석될 수 있다는 지적은 앞으로 세심하게 고려될 필요가 있
을 것이다. 이에 대해서는 정종현, 「뒤늦게 도착한 '68혁명' ─한국의 1990년대와 하
루키, 쿤데라, 다이 호우잉」, 『한국학연구』 58집, 인하대학교 한국학연구소, 2020.

을 외면할 때, '자율성' '진정성' '개인성'으로 대변되는 '문학주의' 담론은 자본주의적 정당화를 가능하게 하는 여러 요소들과 구별되기 어려워진다.

이와 같은 아이러니한 결과를 추동하는 주체를 특정할 수 없다는 것 또한 분석과 비판의 정합성을 위해 염두에 두어야 할 사항이다. 즉 1990년대 비평의 자본주의 비판과 예술적 비판 사이의 유사성을 지적하는 것은, 1990년대 비평과 문학의 공과를 도덕적으로 평가하기 위한 것이 아니다. 강조해야 할 대목은 자본주의의 장 안에서 거듭 배반당할 수 있는 문학의 현실과, 문학을 통해 자본주의를 비판하고자 하는 의욕적인 실천이 큰 틀에서는 동일한 결론으로 귀착될 수밖에 없는 이유를 이론적으로 해명하는 작업이다. 이때 문학을 도구화하고, 자본화하는 특정한 주체를 대상화하는 이데올로기 비판들이 무력해지는 것은 불가피하다. 편의상 '자본주의'라는 개념을 사용하기는 했지만 그것에 관한 전적인 책임을 져야 하는 거대 주체에 대한 상상은 음모론의 형식을 통해서만 겨우 지탱될 수 있기 때문이다. 이러한 전제는 오늘날 우리가 '새로운 자본주의 정신'의 세례 속에서 진정하고, 내면을 갖춘 하나의 자율적인 개인으로 주체화subjectivation되지만, 그것을 관장하는 자본주의의 주체는 존재하지 않는다는 말로도 이해될 수 있다. 관련하여 유사한 내용의 문제의식을 담은 비판이 1990년대 후반에 일찍부터 발화되었다는 사실은 여러모로 기억될 필요가 있을 것이다.

이런 질문을 던져볼 수 있다. 문화 산업의 '주체'는 도대체 누구인가? 누가 문화 산업의 전략을 구상하고 수행하고 있는가? 문화 산업의 시스템을 작동시키는 이해 관계는 너무나 다중적이고 더구나 그 메커니즘 자체가 자율적이기 때문에 우리는 그 익명의 원흉을 찾아낼 수 없다. 그러면 어떤 전략적 실천이 가능할 것인가? 문학과 비평이 문화 산업의 완전한 '바깥'에 머물 수 있다는 것은 어쩌면 환상이다. 문학적 활동을 포기하지 않는 이상 우리 모두는 공모자의 혐의를 벗을 수 없다. 우리는 다만 그 문화 산업이 작동하는 구조와 기제를 좀더 면밀하게 성찰해야 하고, 그런 성찰을 통해 그 '안'에서 문화 산업의 원리가 전일적으로 관철되지 않도록 싸울 수밖에? 성찰의 행위는 소극적인 것처럼 보이지만 우리는 아직 그 성찰의 초보 단계에 있고, 그 성찰이야말로 실천적인 것이다.[31]

"문화 산업의 시스템을 작동시키는 [······] 그 익명의 원흉을 찾아낼 수 없다"는 전제는 비평의 책임 회피를 위한 발언으로 단순하게 해석될 수는 없을 것이다. 역시 문제는 문학의 이중적 운명을 더욱 강화하는 자본주의적 담론과 재생산 기제의 자율적 움직임, 다시 말해 (푸코의 용어를 빌리자면) 통치성governmentality의 기제이다. 이광호의 말처럼 그것에 대한 비판의 전략적 실천은 "문화 산업이 작동하는 구조와 기제"에 대한 새로운 분석 언어 속에서 비로소 탐색 가능할 것이다.

위 비평가는 그러한 분석 언어를 마련하는 데 있어서 1990년대 비평이 아직 "성찰의 초보 단계에 있"다고 평가한다. 그러한 자기

31) 이광호, 「보이지 않는 '비평의 시대'」, 『움직이는 부재』, 문학과지성사, 2001, pp. 86~87.

고백은 20년이 지난 현재의 비평에도 여전히 유효해 보인다. 이것
은 1990년대 이후의 문학과 비평을 분석하기 위해서는 새로운 문
학사회학적 상상력과 분석틀이 요구됨을 가리킨다. 사정이 그러하
기에 미래의 문학사회학은 좀더 풍부한 실증적 데이터들을 바탕으
로 한 통계 분석을 포함해야 하며, 작품론과 작가론 등과 같은 미
시적 텍스트들에 대한 수사학적 분석 및 각종 문학 잡지의 구성 방
식 등에 대한 매체 연구로 나아가야 한다.

이 글은 향후 전개될 연구들의 가능성을 탐색하기 위한 선행적
검토로 만족한다. 다만 이 글의 가설을 바탕으로 향후 진행될 연구
의 결론을 미리 예상해보면 다음과 같다. 1990년대 이후 『문학동
네』가 문학작품들에 대한 섬세한 읽기와 새로운 작가들을 위해 실
천한 의욕적인 출판 행위들, 그리고 그것을 구체적으로 가시화한
다양한 지면과 제도적 장치들은 1990년대 이후 본격화된 출판 시
장의 산업화와 자본화에 대한 비판 속에서 정당성의 자양분을 얻
었고, 결과적으로는 당대의 헤게모니를 확보하기에 이르렀다. 그
러나 1990년대 이후 비평의 자본주의 비판은, 역설적이게도 문학
의 산업화와 문학의 자율성이라는 이율배반적인 현상을 매개하고
결합시킬 수 있게 만든 특정한 담론 구조, 즉 '문학주의'의 헤게모
니를 낳는 데 결정적인 역할을 수행했다. "새롭게 출현한 '문학주
의'야말로 1990년대 비평이 실제비평에 대부분의 역량을 쏟아붓게
만드는 논리"[32)]를 제공했다는 지적처럼, 문학주의라는 말로 구축
된 '정당화의 레짐regime of justification'은 미시적인 층위에서는 개별

---

32) 같은 글, p. 72.

비평가들의 비평적 실천에 의미를 부여하는 핵심적인 정신 중 하나에 해당하며, 그것에 대한 광범위한 동의와 합의 속에서 비평은 1990년대 이후의 문학장을 정당화는 언표들의 체계를 형성했다. 문학성을 규정하는 언표들(자율성, 진정성 등)의 체계 속에서 비평가는 (진영을 막론하고) 억압과 순응이라는 권력 기제와는 구별되는 자본주의적 관리와 생존의 장, 즉 통치성으로 명명될 수 있는 재생산 네트워크에 배치되는 상황에 직면했다. 그리고 '새로운 문학주의 정신'은 오늘날까지, 수많은 세대 교체와 새로운 담론적 논쟁이 창출되는 과정에서도 유효한 통치 효력을 발휘하고 있다.

3부
—
동시대성—불능, 시대착오, 희망

동시성의 비동시성

1. 이상한 것들의 역사

역사가 미셸 드 세르토Michel de Certeau는 17세기 프랑스 루됭 Loudun을 휩쓸었던 마귀 들림 사건을 분석한 책을 다음과 같은 인상적인 구절로 시작한다. "이상한 것들은 보통 우리 발밑에서 은밀히 돌아다니게 마련이다. 하지만 위기가 닥치기만 하면 이들은 홍수라도 난 것처럼 곳곳에서 지상으로 올라와, 하수구 뚜껑을 들어올리고 지하실에 스며들며 급기야는 시가지를 침범한다."[1] 세르토에 따르면 이 '이상한' 것들이야말로 역사가의 관심 대상이 될 자격이 충분하다. 그가 특별히 흥미를 느낀 대목은 동시대적인 특성이 마귀 들림 같은 가장 비동시적인 현상, 반시대적인 형상들의 관계 속에서 정체를 드러낸다는 사실이다. 겉으로 그것들은 중심

1) 미셸 드 세르토, 『루됭의 마귀 들림』, 이충민 옮김, 문학동네, 2013, p. 9.

에서 배제된 것, 비정상적인 것, 그리하여 지배 언어로 포착될 수 없는 예외적인 것처럼 비춰진다. 그러나 때로는 시대착오적으로 보이는 것들이야말로 당대의 무의식을 증언하는 가장 문제적인, 시대의 은폐된 뇌관이다. 마귀 들림 사건이 본격화되던 시기는 역설적이게도 근대 유럽의 이성이 급부상하던 시기, 데카르트가 『방법서설』을 쓰던 시기와 겹친다. 그렇다면 루됭은 시대에 뒤떨어진 장소였을까. 그러나 세르토의 분석에 따르면 루됭이라는 마을은 이성의 문자와 비이성적 광기의 목소리가 혼종적으로 뒤섞이는 순간의 표정을, 서로 대치하던 것들이 어느새 닮아버리는 섬뜩한 장면을, 그리하여 궁극적으로는 세계관과 질서의 교체가 이루어지던 어떤 역사적 문턱을 드라마틱하게 가시화하는 연극적 무대다. 시대착오적인 방식으로 가장 동시대적인 것과 연결되어 있는 이런 이상한 현상들을 탄압하지 않고 분석의 대상으로 복권시키는 작업이야말로 역사학이 놓쳐서는 안 될 결정적 과제다.

그렇다면 주류 역사에서 탈구된 시간, 역사와 현실의 이상한 이음매를 되살리는 작업은 어떻게 가능할까. 중요한 것은 이 무대를 역사의 선형적 발전이라는 연대기적 역사 기술 속으로 매몰시키지 않는 것, 눈에 띄지는 않지만 동일한 시간 지평에서 공존하고 있는 것들의 '공간성'을 보존하는 것이다. 왜 시간이 아니라, 하필이면 공간일까. 승리자들에 의해 기록된 역사는 기본적으로 "정복으로서의 글쓰기"와 같으며 이상한 것들은 그 글쓰기의 시간 속에서 망각되기 때문이다. 그러므로 이상한 것들을 연구하려는 역사학의 근본 과제는 주류 역사의 글쓰기가 씌어진 공간을 비판적으로 해체함으로써 그 안에 음각되어 있는 타자의 목소리들을 복권시키는

작업이다. 때문에 세르토에게 중요한 것은 역사적 사실들 자체가
아니라, 그것에 대한 기록들을 다시 메타적으로 성찰하는 역사기
록학historiography, 즉 역사 서술의 역사다. '발밑'이라는 은유가 다
소 오해를 불러일으킬 수 있지만, 그것은 오늘날에도 엄연히 동시
대적으로 공존하는 어떤 다른 공간의 가능성을 가리킨다. 따라서
역사가는 망각된 기원으로서의 시간이 아니라, 오늘날 병렬 공존
하는 장소를 찾아 여행을 떠나야 한다. "역사가는 변방에서 작업
을 수행한다. 역사가는 일종의 야간순찰대다. 강력한 중심화의 전
략으로 일반화된 세계에서 역사가는 오랫동안 착취되어어왔던, 위대
한 지역의 국경 [……] 침묵의 지역 쪽으로 움직인다."[2] 세르토의
테제는 단순히 역사 분석의 대상이라는 소재나 방법론 차원의 변
화에 한정되지 않는다. 관건은 역사학의 근본적인 패러다임의 교
체를 요청하는 것, 즉 주류 언어의 발밑을 구성하고 있는 광활한
심층을 탐사함으로써 망각된 타자를 오늘날의 동일한 공간에 다시
불러올 수 있는 분석적 상상력이다. 프로이트의 정신분석학이 역
사기록학에 제공하는 중요한 가르침이 바로 그것이라고, 세르토는
결론을 내린다. 세르토가 사건들의 시간적 내러티브를 연구하는
역사가였지만, 인간의 심리를 공간적 구조로 도해하는 정신분석가
이기도 했다는 사실은 여러모로 의미심장하다.

2) Michel de Certeau, *The Writing of History*, Columbia University Press, 1988,
   p. 79.

2. 한국 문학사와 지질학적 상상력

타자의 역사를 연속적 시간의 흐름 속에서 희생시키는 대신 동등한 시간 지평에 틈입하고 있는 이질적인 '글쓰기들의 공간' 계열로 재생산하려는 세르토의 독특한 역사 방법론은, 오늘날 한국 소설의 역사적 위치를 사유하는 데 적지 않은 참조점을 제공한다. 세르토는 역사가로서 이상한 것들을 탐구했지만, 사실 이상하기로 따진다면 사회문화적으로 주변부를 차지하고 있는 오늘날의 소설이야말로 역사가의 관심을 받을 자격이 충분하다. 과연 이상한 것들은 보통 우리 발밑에서 은밀히 돌아다니게 마련이다.

그렇다면 한국 문학은 어떻게 우리 발밑에서 돌아다니는 이상한 것들의 정체를 규명할 수 있을까. 이 물음은 어떤 의미에서는 문학사적 방법론 자체에 대한 질문이기도 하다. 관련하여 일단 떠올려볼 수 있는 유력한 방법 중 하나는 문학사를 10년 단위로 분절하며 그 안의 흐름을 단절적 연속의 관점으로 내러티브화하는 익숙한 틀이다. 이를테면 한국 소설이 공적 정치의 광장이라는 무대에서 일상의 사적 내면성으로 침잠하고(1990년대) 이후 탈내면적 환상(2000년대)으로 도주했다는 문학사 프레임이 대표적인 용례라고 할 수 있다. 이러한 범례적 틀은 1980년대 이후 소설사를 이끄는 원동력이 전래에 대한 반작용에 있다는 익숙한 프레임 속에서, 세대별 발생한 단절적 계승을 통시적으로 맥락화한다. 이 과정에서 작동하는 역사적 상상력을 우리는 '지질학적 상상력geological imagination'이라 명명할 수 있을 것이다. 정치의 지층 위에 개인의 내면이라는 지층이 쌓이고, 그 위에 다시 편집증적 환상이라는 지층이 순차적으로 쌓이면서 일종의 역사적 방향성을 띠는 식이다.

10년 단위의 문학사가 채택하고 있는 통시적 역사 서술 방법이 그 자체로 틀린 것이라 할 수는 없으나, 그것은 '전위'와 '실험'이라는 모더니즘의 저 오래된 기율에서 원동력을 찾을 수 있다. 그것은 일종의 단계론적, 발전론적 상상력이라는 점에서 다분히 원근법적 시간관에 의탁한다. 문제는 지질학적 상상력이 최근 들어 어떤 한계에 봉착하고 있다는 인상을 준다는 것이다. 공적 정치의 공간에서 내면으로 옮겨가고, 다시 탈내면으로 이어지는 문학사의 다음 행적지는 어디일까? 현실과 환상의 결합인 가상현실? 설령 그것이 어느 정도 사실이라고 하더라도 이러한 설명은 다분히 소재적이라는 점에서 비평이 지니고 있던 변증법적 상상의 힘과 낯설게하기의 파격을 더 이상 점화시키지 못한다. 2010년대의 중반을 지나는 시점에서도 여전히 이전의 비평적 관례와는 다르게 당대의 소설들을 규정하는 유력한 세대론적 담론이 등장하지 않은 것을 과연 우연으로 치부할 수 있을까. 부족한 것은 작품들의 상상력이 지니고 있는 활력일까, 아니면 그것을 맥락화하려는 비평의 상상력일까. 일각에서 지적하는 한국 근대 문학의 끝[3]은 비평의 역사 기술 방법historiography의 어떤 임계점을 가리키고 있는 것은 아닐까. 이 한계는 원근법적 문학사를 서술하기 위해 비평이 동원했던 저 지질학적 공간 표상들의 소재적 고갈과 무관하지 않을지도 모른다.

---

3) 김영찬, 「끝에서 바라본 한국 근대 문학」, 『비평의 우울』, 문예중앙, 2011 참조.

3. 좁은 원근법의 이중 망각

물론 문제는 원근법 자체에 있는 것은 아니다. 원근법이 가정하는 일련의 변증접적 상속에서 제외된 텍스트들의 불만도 해결해야 할 사안이지만, 그것만이 문제의 본질을 구성한다고 보는 것은 오히려 논의의 핵심에서 이탈하게 만든다. 통사에 정향되려는 역사가의 욕망이 불가피하다는 것을 인정한다면(우리는 미시사만으로 이루어진 앙상한 역사에 만족할 수 없다) 역사의 원근 효과는 역사적 자료로서 채택되는 텍스트의 양에 따라 얼마든지 달라질 수 있는, 일종의 선택 사항이라는 것을 받아들일 수 있다. 이에 대해서 크라카우어는 다음과 같이 명료하게 정리한다. "원근의 기제가 어떤 역할을 하느냐는 역사가가 자신의 사료에 대해서 어떤 거리를 취하느냐로 결정된다. [⋯⋯] 바꾸어 말하면 원근의 기제의 효과는 역사가와 사료와의 거리에 정비례한다. 왜일까? 미시적 차원에서, 주어진 데이터라는 다소간 촘촘한 직물은 역사가의 구상 내지 그의 해석적 의도를 정향한다. 데이터와의 거리가 멀어질수록 데이터는 헐거워지고 허술해진다. 이렇게 증거는 구속력을 잃게 되고, 어느 정도 자유로운 주관성이 그 자리를 차지한다. [⋯⋯] 역사의 규모가 커질수록 원근의 법칙의 지배력도 커진다는 것, 그리고 이것이 미시적 차원에 대한 상위 차원들의 접근 가능성에 영향을 미친다는 것"[4]이다. 그러나 크라카우어의 이러한 지적에는 미

---

4) 지그프리트 크라카우어, 『역사―끝에서 두번째 세계』, 김정아 옮김, 문학동네, 2012, pp. 139~40.

처 고려되지 못한(혹은 표현되지 못한) 측면이 있는 것 같다. 그것
은 원근법의 강도는 역사가가 선택하는 자료의 양뿐만 아니라, 그
것들의 출처가 얼마나 다양한지와도 관련이 있다는 사실이다. 제
한된 영역 안에서 채택된 자료들로 이루어진 역사 서술은 원근법
을 더욱 협소한 시야로 가둔다.

　여기서 문제는 좁은 원근법이 이중의 망각을 낳는 측면이 있다
는 것이다. 원근법은 역사가의 주관적 해석에 저항하는 자료들을
쉽게 무시하게 만들지만, 심지어 그것이 지나치게 좁아질 경우 그
스스로의 관점을 더 넓은 원근법에 복무하도록 만드는 효과를 낳
는다. 한국 문학사의 지질학적 시간관이 야기하는 어떤 근본적인
망각의 형태도 이와 유사하다. 지질학적 상상력은 대지의 수직면
을 자를 뿐만 아니라, 지각의 특정 부분만을 표본으로 초점화함으
로써 그 지대가 연결되어 이루는 거대한 산맥의 존재를 망각시킨
다. 세대론적 해석처럼 시간적 단절에 초점을 맞추는 해석은 공교
롭게도 소설에 대한 사유를 국민국가라는 영토적 시간 내부로 제
한하면서 그것과 연관되어 있는 세계 문학의 존재를 상상적인 외
부 공간에 안치시키는 방식으로 봉인해버린다. 덕분에 지질학적
상상력을 움직이는 좁은 원근법은 한국 문학이 서구의 문학을 받
아들여야 할 모범으로 설정하는 과정에서 불가피하게 태어난 주변
부 콤플렉스를 은밀하게 작동시킨다. 이를테면 한국 소설 현장에
서 은닉되어 있는 장르론적 콤플렉스, 특히 장편소설과 관련된 과
도한 콤플렉스도 같은 맥락에서 이해될 수 있다.[5] 결국 원근법의

5) 장편소설을 둘러싼 비평적 논쟁에 관해서는 다음 글들 참조. 김형중, 「장편소설의

주관성에 대한 자의식을 버리지 않기 위해서는 그 스케일을 어떻게 설정하는가 또한 논의의 중요한 핵심을 구성할 수밖에 없다. 너무 좁은 원근법은 더욱 넓은 원근법의 충실한 종자이기를 마다하지 않는다.

4. 회귀인가 귀환인가

「뒤로 가는 소설들」이라는 글에서 심진경이 보여준 논평은 글의 본래 의도와 달리, 우리의 논의와 관련된 결정적인 질문을 던진다. 그는 한유주, 박형서, 이기호의 작품들이 지니는 반(전)근대적 성격을 짚어내면서 "지금 일부 젊은 소설가와 비평가 들은 의식적이건 그렇지 않건 간에 미래의 소설의 근거를 소설의 과거에서 찾으려고 한다. 그들은 목하, 뒤로 가는 중이다"[6]라고 비판한다. 그리고 다음과 같이 되묻는다. "그들의 행보에 우리는 어떤 수식어를 붙여주어야 할까? 그들의 소설은 '아직 아닌' 소설인가, 아니면 '더이상 아닌' 소설인가?"[7] 질문의 부정적이고 비판적인 뉘앙스를 걷어낸다면, 이 질문은 정확히 우리의 문제의식과 공명한다. 이것

적」, 『문학과사회』 2011년 봄호: 한기욱, 「장편소설 해체론과 비평의 미래」, 『문학과사회』 2013년 겨울호; 한기욱, 「기로에 선 장편소설」, 『창작과비평』 2012년 여름호; 강동호, 「리얼리즘이라는 이데올로기의 숭고한 대상 ─ 장편소설론에 대한 비판적 시론」, 『문학과사회』 2013년 가을호(본고 수록); 강동호, 「비동시성의 동시성 ─ 세계 체제 속에서의 한국 소설을 논하기 위한 예비적 질문들」, 『문학과사회』 2014년 여름호.
6) 심진경, 「뒤로 가는 소설들」, 『창작과비평』 2007년 봄호, p. 372.
7) 같은 글, p. 386.

은 한국 소설의 퇴행을 보여주는 반근대적 사례인가, 아니면 한국 소설의 의식적 층위에서는 오랫동안 감춰져 있던, 망각되었던 요소들의 프로이트적 출몰인가. 이러한 양자택일의 질문에 대답하기란 쉽지 않다. 비평가가 비판한 텍스트들을 변호하기 위해서가 아니라, 그것이 회귀이든 귀환이든, 어떤 선택이든지 비평의 주관적이고 자의적인 역사적 원근법에서 벗어날 수가 없기 때문이다.

그러나 이러한 망설임이 제공하는 확실한 깨달음이 하나 있을 수는 있다. 그것은 단일한 언어권, 국민국가의 영토 안에서 이루어지는 역사적 원근법으로는 위 질문에 대한 적절한 대답을 찾을 수 없다는 것이다. '서사시적 탐색담'(한유주), '신화와 전설과 로망스의 세계'(박형서), '판소리계 소설'(이기호)이라는 비판적인 레테르를 생각해보자. 판소리계라는 명명이야 그렇다 치지만 서사시, 로망스 등 한국 소설사에서는 일찍이 존재하지 않았던 기원적 표지들이 동원되었다는 것은 어딘가 징후적인 데가 있지 않을까. 이들의 소설이 계통발생적으로 서구 서사 문화의 과거에 기원을 두고 있기 때문에 '프리모던 스토리pre-modern story'에 가깝다고 말하는 것은 장구한 서사 역사의 특정 국면만을, 우리가 흔히 '형식적 리얼리즘'(이언 와트)이 완성되었다고 평가하는 역사적 모멘트를 소설적 근대의 기원으로 설정하는 한에서만 가능하다.[8] 이러한 판단

---

8) 물론 이 글에서는 심진경의 논의를 다소 편의적으로 해석한 측면이 있다. 심진경의 비판은 단순히 위에 언급된 소설들의 장르적인 특성에 초점을 맞춘 것은 아니다. 비판의 핵심은 논의된 텍스트들이 한국적 현실에 눈을 감고 있으며, 그것에 대한 일종의 미학적 알리바이처럼 반근대적인 요소들을 서사적으로 활용하고 있다는 것이다. 많은 부분 공감할 수 있는 비판이지만, 그러한 반현실성과 해당 소설의 장르적인 특징 사이에 필연성이 있는지는 재론해볼 여지가 있다고 믿는다. 아울러 그러한 요소들

아래에는 서구 소설사에서는 전(반)근대적 요소들이 이미 청산되었다는 편견과 더불어 근대 소설의 진화는 그 기원과 결별하는 일에서부터 출발한다는 가정이 놓여 있는 것 같다. 사정이 그러하다면, 오래전 결별한 기원과 소설이 또 다른 접속을 도모하는 현상이야말로 한국 문학의 퇴행성을 증명하는 사례가 될 수밖에 없는 것이다.

이 같은 구도하에서는 발전론적 시간의 흐름에 동참하지 못하는 이상한 것들, 근대적인 의미의 노블에 적합하지 않은 요소들은 쉽게 탄압받거나, 아니면 지나치게 과대평가받는다. 그러니, 질문을 바꿔보자. 근대 노블의 핵심적인 덕목들이라고 여겨졌던 요소들이 더 이상 세계 전역의 서사 공동체에서 보편적으로 발견되지도 않으며 이것이 그저 단순한 유행이 아니라면 문제는 어떻게 되는가? 밀란 쿤데라의 지적대로 비합리적이고 전근대적인 서사적 요소들의 이상함이야말로 근대 문학의 심층에서 멸종되지 않은 채 계승되었던 어떤 핵심적 요소라면 사정은 조금 더 복잡해지지 않겠는가. 혹 소설이 뒤로 가고 있는 것이 아니라, 비평이 존재하지 않는 저 미래라는 상상적 지평을 향해 원근법적 속도전을 수행하고 있는 것은 아닐까. "미래를 갖고 노는 것이 보수주의의 가장 나쁜 짓이며, 강한 자에 대한 비열한 아첨"이라는 쿤데라의 조언을 받아들여 미래를 선취하려는 비평의 원근법적 질주를 잠시 중단시키는 것은 어떨까. 때로는, 멈추면 비로소 보이는 것들도 있기 때문이다.

이 소설의 역사를 뒤로 돌리고 있다는 판단, 다시 말해 역사에 어떤 방향성이 있다는 관점 자체 역시 논의해볼 문제라고 생각한다. 진화론의 관점에서는 퇴화와 역진화 같은 개념은 애당초 성립할 수가 없다.

5. 멀리서 읽기

이와 관련하여 프랑코 모레티는 멀리서 볼 것distant reading을 제
안한다. 그는 세계에 널려 있는 다양한 형태와 양식의 산문 이야기
들을 좀더 원거리에서 관찰했을 때 어떤 공통적인 요소들을 추출
할 수 있다고 믿는다. 무엇이 보일까. 모레티는 모험adventure이 보
인다고 말한다. "나는 우리가 소설이라고 부르는 형식들의 가문에
어떤 주류적인 흐름이 있는지 확신할 수 없다. 그러나 만약 하나를
제시할 수 있다면, 그것은 바로 모험이다. 우리는 모더니즘이 없는
심지어 리얼리즘이 없는 소설의 역사를 생각해볼 수 있다. 그런데
모험이 없는 산문은? 그것은 불가능하다."[9] 물론, 서사 문법의 차
원에서 모험이 이야기 발생의 기본 요소라는 결론은 다분히 상식
적이다. 서사적으로 유의미한 '사건'이 발생하기 위해서는 텍스트
수행 주체의 횡단, 즉 '의미론적 경계의 돌파'로서의 공간 이동이
필요하다는 텍스트 기호학적 설명도 같은 의미에서 이해될 수 있
으며[10] 바흐친이 시도한 크로노토프chronotope의 유형학적 분류 역
시 이야기 내의 이동과 공간적 구조의 중요성을 강조하는 관점이
라고 할 수 있다. 그러나 모레티적 분석의 개성은 그로 하여금 모
험이 근대적 소설과 어떤 관계성을 지니고 있는지를 바라볼 수 있
게 만들어준 특별한 관찰자적 위치와 연관이 있다. "부르주아 모

---

9) Franco Moretti, "The Novel: History and Theory," *Distant Reading*, Verso, 2013,
 p. 167.
10) 이에 대해서는 김수환, 「'공간'으로서의 예술 텍스트」, 『사유하는 구조』, 문학과지성
 사, 2011 참조.

더니티의 자연스러운 형식에 대해 강조하기보다, 근대 이전의 상상력이 여전히 자본주의 세계를 누비고 있다는 것을 인정할 필요가 있는 것이다. 바로 모험이 시작하는 곳에서 말이다. 프로테스탄트 윤리라는 근대 자본주의 정신의 안티 타입의 모험, 그리고 아우어바흐가 일찍이 『미메시스』에서 명백하게 보았듯이 리얼리즘의 따귀를 때리는 모험."[11] 시선을 조금 더 넓혀본다면, 이야기에서 반근대적으로 보이는 형상들이 출몰한다고 해서 단순한 역행이나 퇴행의 문제로 치부할 수 없다는 것이다. 모험은 비근대적인 것의 근대적인 적응의 산물이거나 변형태에 다름 아니다. 말하자면 모험의 변형적 계승이 여전히 이루어지고 있다면 그것은 리얼리즘이나 모더니즘이라는 근대적 이분법의 프레임과 연속적 발전 단계론과 무관하게 버젓이 생존하는 비근대적 요소들을 가리킨다. 단지 우리가 미처 눈치채지 못하고 있었을 뿐, 갑작스럽게 출몰한 것이 아니라 세계의 근대적 확장과 재편 과정 한가운데에서도 멸종되지 않고 살아남은 보편적 요소들인 셈이다.

모레티 분석이 지니고 있는 매력은 이러한 관점을 통해 소설사의 분석을 자본주의 세계에 대한 정치사회학적 분석과 연동시킬 수 있다는 사실에도 있다. 도대체 어떤 모험이기에 그것이 가능할까. 이 과정에서 모레티는 상당히 급진적인 결론으로 치닫는다. "마거릿 코헨Margaret Cohen은 모험을 일종의 확장의 비유로 보고 있다. 공격적으로 바다를 건너는 자본주의. 나는 그녀의 의견이 옳다고 생각한다. 그리고 거기에 더해 단 한 가지 이유를 더 추가

---

11) Franco Moretti, *ibid.*, p. 177.

하고 싶다. 이러한 맥락에서 모험담은 전쟁을 상상하는 데 특히 더 뛰어나다고 할 수 있다. 육체적인 힘의 증대와 더불어, 모험담이 그 모든 폭력의 종류에서 산출되는 약자들을 구한다는 것처럼 도덕화되면서, 그것은 자본주의자들의 확장이라는 것과 잘 어울리는 권력과 권리의 가장 완벽한 혼합물로 거듭났다.”[12] 언뜻 매력적이고 설득력이 높은 일반 명제처럼 들릴 수 있지만, 우리의 입장에서는 당연히 다음과 같은 의문들을 제기할 수밖에 없다. 소설의 본질이라고 할 수 있는 모험이 자본주의적 팽창과 전쟁을 은밀하게 대변하는 형식이라는 모레티의 가설은 과연 한국의 소설 현장에 얼마나 부합할 수 있을까. 제국주의적 확장 경험이 부재한 한국의 역사 속에서, 그리고 분단 이후 바깥으로의 이동이 물리적으로나 제도적으로 어려웠던 사회 현실 속에서 그와 같은 공세적이고 제국주의적인 모험이 과연 어떻게 변형된 형태로나마 이야기로서 발현될 수 있었을까. 차라리 한국의 서사는 (최근은 조금 달라지는 것 같지만) 자본주의적 모험의 불가능성과 한계들 안에서 수많은 안티 타입과 변종을 생산하며 힘겹게 씌어질 수밖에 없었다고 보는 것이 더욱 타당하지 않을까.

모레티의 접근법이 소설의 변증법적 진화라는 일반적인 통시적 원근법에서 벗어나게 하는 힘이 있다는 사실은 부인할 수 없다. 그러나 서구적인 주체 입장에서 스스로의 욕망을 실현해본 적이 없는 우리의 역사적 경험의 실제를 감안한다면, 그의 '멀리 읽기'가 제출한 가설들은 때로 너무 헐거워 보인다. 물론 모레티도 자신의

12) *Ibid.*, p. 177.

한계를 노골적으로 인정한다. "적은 것이 더 많은 것이다. 만약 우리가 시스템을 전체적으로 이해하고자 한다면, 무엇인가를 잃게 된다는 사실을 받아들여야 한다. 이론적 지식을 얻기 위해 우리는 항상 비용을 지불해야 한다. 현실은 무한히 풍부하다면, 개념은 추상적이고 가난하다. 그러나 정확히 이 가난함이 바로 그러한 현실을 다룰 수 있게 만들고 그것들에 대한 지식을 제공한다. 이것이 왜 적은 것이 실제적으로 더 많을 수 있는지에 대한 이유이다."[13] 크라카우어식으로 말하면, 모레티 역시 거시적 통합성과 미시적 정합성 사이에서 어떤 선택을 한 것이라고 볼 수 있는데, 그의 선택은 분명 새롭지만 우리에게는 충분히 세밀하지도, 정치적이지도 않다.[14] 확실히, 멀리서 보는 것만이 능사는 아니다.

---

13) Franco Moretti, "Conjectures on World Literature", p. 49.

14) 물론 모레티가 처음부터 이 같은 넓은 관점을 택했던 것은 아니다. 서사 장르에 대한 모레티의 지나치게 거시적인 통합 모델은 기존의 출세작 『근대의 서사시』에서 선보였던 장르 분류 모델과도 조금 달라 보인다. 잘 알려진 것처럼, 『근대의 서사시』에서 소설novel은 그가 '근대의 서사시modern epic'라고 지목했던 장르들과 대립되는 것으로 "모더니티에 대한 상징적 브레이크"(『근대의 서사시』, 조형준 옮김, 새물결, 2001, p. 302)에 가까웠다. 그러나 『멀리서 읽기』에 이르면 소설novel은 모든 이야기 장르를 아우르는 포괄적 개념으로 등극하는 것처럼 보이기도 한다. 모레티의 이론적 틀의 적합성을 판정하는 것이 이 글의 목적은 아니지만, 그의 이러한 변화가 원근법적 역사관의 넓이와 무관하지 않다는 것은 기억할 필요가 있다고 생각한다. 어쩌면 한국 소설사와 관련해서는 모레티 식의 지나치게 통합적인 모델보다는 그가 초기에 수행했던 분석틀, 가령 최근에 『공포의 변증법』(조형준 옮김, 새물결, 2014)이라는 이름으로 번역 출간된 『Signs Taken for Wonders(경이의 기호들)』에서의 다소 좁은 수준의 사회학적/지정학적 분석이 더 적합하다고 생각한다.

6. 지정학적 상상력: 동시성의 비동시성

세르토의 은유를 다시 활용해보자면 '발밑'은 아래에만 있는 것이 아니라, 옆에도 있다. 이 말은 세계 문학 공간이라는 불평등한 권력 지형도에서 상징적으로 주변부에 위치하고 있는 한국 소설에 적용할 때 더욱 진실에 가까워진다. 냉정하게 말해 한국 문학은 세계 문학 공간의 '발밑'이 아닌가. 이것이 단순한 자기 폄하가 아닌 까닭은 이러한 상황 인식이야말로 오히려 한국 문학의 한계와 더불어 어떤 가능성을 동시에 가늠해볼 수 있는 기회를 제공한다고 믿기 때문이다.

우선 모레티의 접근법을 일정 부분 차용할 수 있을 것 같다. 나는 문학사는 시간의 연속적 흐름이라는 수직적 축에 의해 '구축'될 수 있을 뿐만 아니라 수평적 축에서도 '발견'될 수 있다고 생각한다. 문학사 서술(특히 소설사 서술)은 그런 의미에서 공간적인 작업으로 나아갈 수 있다. 문학사적 연속과 단절은 시간적으로 계승되는 과정에서도 발생하지만 공시적인 연결망 속에서도, 세계 도처에 널려 있는 다른 문학 공간들과의 지리학적geographical 연관 관계 위에서도 생성된다.

이것은 한국 소설의 계통 발생적 기원을 바깥에서 탐색하려는 기왕의 일방적 수용사를 가리키는 것도 아니고, 한국 소설의 차별성을 특권화하는 민족주의적 욕망을 가리키는 것도 아니다. 관건은 한국 소설의 역사를 지질학적 상상력으로 분절하는 대신 세계 문학 공간 내의 비균질적인 공간들을 정치적political으로 절합시키는 지정학적 상상력geopolitical imagination이다. 지정학적 상상력은 근대를(아울러 세계 문학 공간을) 단순히 비동시적인 것들이 공존하는 동일한 시간적 심급으로 간주하는 것(비동시성의 동시성)이 아니라, 비동시적인 요소들이 환기할 수 있는 동시대성을 강조함으로써 근대 내부의 비균질성을 좀더 근본적인 공간적 성격(동시성의 비동시성)으로 분석하는 것이다. 만약 이러한 상상력을 작동시킬 수 있다면, 우리는 오랫동안 한국 문학사를 지배해왔던 좁은 원근법의 주술에서 해방되고, 10년 단위가 아니라 좀더 긴 시간 동안 씌어졌던 작품들의 유형학들을 모색해볼 수 있을 것이다. 소설사를 공시성의 차원, 즉 더 넓은 세계적 지형도로 그릴 때 미학적 세대는 삼차원의 지질학적 지층으로 응집/응고되어 있을 뿐만 아니라, 이차원의 표면 위에서 산발하기 시작한다. 다종다기하게 발생하는 경향들을 마치 동일한 시간 지평 위에서 병렬 공존하는 존재들인 마냥 다룸으로써, 우리는 세계 문학과 한국 문학 사이에 발생하는 단절과 차이의 의의를 적극적으로 생산할 수 있다. 이 단절과 차이는 다분히 역사적으로 구성된다. 한 걸음 더 나아가 말하면, 이 역사적 구성은 비평의 동세대적, 혹은 사후적 개입에 의해 재맥락화된다는 점에서 이중적이다. 그러므로 세계 문학 내부의 경향적 차이는 미학적 위계질서나 시간적 차이를 가리키는 것이 아니라 불균등하고 비균질적인 모더니티의 역사적 경험의 차이와 관계가 깊다. 이러한 불균등성과 이질성을 비평이 역사화할 수 있을 때, 문학에서의 장르는 스타일과 양식 그리고 이념을 규제하는 보편적 원칙이 아니라, 국지적 경험의 차이를 구체적으로 증언하는 특이성의 표지가 될 정치적 잠재력을 확보한다.

이를테면 이런 가설을 제기해볼 수 있을 것이다. 모레티의 지적대로 저 공격적 모험의 역사가 소설의 진화 즉 이야기의 가속화와 다양화, 나아가서 장형화를 추동하는 힘일 수 있었다면 한국 소설은 모험의 불가능성과 대면함으로써 다양한 형태의 모험의 유형학들을 산출한 것이라고 볼 수 있을지도 모른다. 즉, 바깥을 향한 확장적 모험의 욕망이 아니라 귀환의 모티프가, '외부를 내부화'(고모리 요이치)하는 식민주의적 탐험이 아니라 '내부의 외부성'을 탐색하는 경로가 더 우세했던 한국 소설의 역사를 유형학적으로 일별하고 그 우세적 유형들이 계보학적 전환의 계기를 맞는 역사적 모멘트를 분석할 수 있을 것이다. 나아가 이러한 계기는 한국 소설이 단형화라는 주류적 경향 속에서도 더욱 풍부한 소설적 성취를 이룰 수 있게 만든 역사 사회학적 원동력으로도 읽힐 수 있을 것이다. 이 글은 향후 진행될 이런 유형학적 분석들을 위한 서론으로 씌어졌는데, 특히 모험의 가능성과 불가능성이 산출하는 서사적 잠재력과 한계의 정치성이 그러한 지정학적 분석을 통해 드러날 수 있다고 믿는다.

끝으로, 다소 엉뚱한 생각일지 모르겠지만, 나는 이러한 가능성의 한 실마리를 식민지 모더니티를 그 누구보다 예민한 감각으로 살아냈던 이상의 삶에서 찾을 수 있다고 생각한다. 이상은 동시대를 가장 비동시대적인 방식으로 살았던 인물로서, 내가 지금까지 말한 것을 대단히 극적인 방식으로 보여준다. 그러나 이러한 면모는 근대를 따라잡는 속도전에 참여했던 첨단의 모더니스트 이상이 아니라, 그러한 자신을 의심하고 회의하는 이상에게서, 그러니까 모더니스트 이상과 반모더니스트 이상 사이의 분열에서 발견되는 것 같다.

7. 현해탄을 (못) 건넌 나비—이상의 동시대성

> 오늘도 또한 나 젊은 청년들은
> 부지런한 아이들처럼
> 끊임없이 이 바다를 건너가고, 돌아오고,
> 내일도 또한
> 현해탄은 청년들의 해협이리라.
> —임화, 「현해탄」

1936년 11월 14일, 현해탄을 건너 동경에 도착한 이상은 당시 토호쿠제국대학(東北帝大)에서 영문학을 공부하고 있던 김기림에게 자신의 도착 소식과 함께 동경에 대한 인상평을 담은 편지를 보낸다. "기어코 동경 왔소. 와보니 실망이오. 실로 동경이라는 데는 치사스런 데로구려!"(「사신 5」)[15] 잘 알려져 있다시피, 가난한 데다가 병색이 날로 짙어지고 있던 이상이 죽기 직전에 선택한 동경행이었기에 이 한탄 어린 소회는 더욱 드라마틱하게 읽힌다. 그는 어째서 상해와 더불어 당대 최고의 근대 도시로 불렸던 동경에 실망했던 것일까. 구체적인 이유는 정확히 보름 후 김기림에게 보낸 편지에서 밝혀진다. "어디를 가도 구미가 땡기는 것이 없소그려! 같잖은 표피적인 서구적 악취의 말하자면 그나마도 그저 분자식(分子式)이 겨우 여기 수입이 되어서 진짜 행세를 하는 꼴이란 참 구역질이 날 일이오. 나는 참 동경이 이따위 비속 그것과 같은 물건인 줄은 그래도 몰랐소. 그래도 뭐이 있겠거니 했더니 과연 속

---

15) 이 글에서 언급되는 이상의 텍스트는 『증보 정본 이상문학전집 3』(김주현 주해, 소명출판, 2009)를 참조하되, 현대어로 변용하여 인용하였다.

빈 강정 그것이오." 동경이 상상했던 것보다 그 위용이 대단하지 않았던 걸까. 그러나 동경을 묘사하는 이상의 시선은 다소 혼란스럽다. 우선 그는 "내가 생각하던 '마루노우치 빌딩', 속칭 마루비루는 적어도 이 '마루비루'의 네 갑절은 되는 굉장한 것이었다"라고 말하며 그가 기대했던 모더니티의 규모를 건설하지 못한 동경에 실망한 듯 말하지만, 다른 대목에서는 동경 시내를 활보하는 자동차의 엄청난 속도와 휘황찬란한 신주쿠 거리의 풍경에서 "박빙을 밟는 듯한 사치"(「동경」)를 느끼는 중이었다. 동경에 대한 표면적 실망과 달리 이상은 경성 모더니티와 동경 모더니티 사이의 엄청난 시간적 격차에 충격을 받고 있었다. "예다 대면 경성이란 얼마나 인심 좋고 살기 좋은 '한적한 농촌'인지 모르겠습니다"(「서신 6」). 경성을 농촌으로 재발견할 수밖에 없는 역사적 원근법의 시선 속에서 이상은 일종의 현기증을 체험한다. 그렇다면 어째서 그는 동경 모더니티에 매료되지 못했던 것일까. 불과 1년 전 평안남도 성천을 여행하면서는 "향기로운 MJB의 미각"을 그리워하고 "도회에 내 나체의 말씀을 번안"(「산촌여정」)해 보내달라던 그 모더니스트 이상이 말이다. 다음은 김윤식의 유명한 논평이다.

수심을 모르고 덤빈 한 마리의 나비가 현해탄을 건너가고 있다. 이상이 그다. 이상에게 아무도 현해탄의 수심을, 근대의 본질, 자본주의의 생리, 동경의 위대함, 깊이, 위험성을 가르쳐주지 않았다. 그는 식민지의 토종들이 길가에서 죽 늘어앉아 "똥누기 시합"을 하고 있는 서울에서 제법 모던 보이라 자처하였다. 가소로운 일이었다. 호박을 안고 가는 시골 소년을 두고 그는 "럭비공을 안고 뛰다"라고 표현하고 그 모던한 수사학에 스스로도 놀라곤 했다. [······] 그만큼 이 나비는 무지하고도 우둔하였다. 그는 그의 본능만을 믿고, 그의 판단만을 믿는 특이한 습성을 갖추고 있었다. 이것이 비극의 근원이다.[16]

김기림의 「바다와 나비」를 패러디하여 덧붙인 낭만적인 색채의 논평이지만, 이것이 시사하는 바는 분명하다. "근대의 본질, 자본주의의 생리, 동경의 위대함, 깊이, 위험성"은 모더니티 자체가 지니고 있는 어떤 근원적 한계, 비극의 심연을 가리킨다. 이상의 실망은 동경이라는 국지적인 지역의 초라함에서부터 비롯된 것이 아니라, 시뮬라크르들이 활보하는 동경이야말로 근대의 정수에 해당한다는 정확한 통찰에서 비롯되었다는 것이다. 그런 맥락에서 "뉴욕 '브로드웨이'에 가서도 나는 똑같은 환멸을 당할는지"(「동경」)라는 이상의 문장은 의문형이 아닌 셈이다. 현해탄을 건너 미래적인 근대 세계에 도달한 이상의 이상주의적 기획은 실패로 예정되어 있었다. 이 예정된 실패 때문이었는지, 그의 동경행이 애초부터 그와 같은 모더니티를 향한 낙관주의적인 여행, 유토피아적인 비전을 갖춘 행보가 아니었다는 결과론적 분석이 잇따른다. 그것은 정말 예정된, 혹은 이상에게도 예견된 실패일까. 김윤식은 이상의 "동경행은 자살과 거의 동의어였다"(p. 148)라는 유명한 결론에 도달했지만, 이상 자신은 다른 서신에서 살기 위해 동경에 왔다고 고백하기도 한다. "살아야겠어서, 다시 살아야겠어서 저는 여기를

16) 김윤식, 『이상 연구』, 문학사상사, 1987, p. 288. 이하 쪽수만 표기.

왔습니다"(「사신 8」). 과연 그의 진짜 심리는 무엇이었을까.

동경행의 진정한 심리적 동기를 추측하는 것은 쉬운 일이 아니지만, 오늘날처럼 근대적인 모더니티의 한계를 분명하게 목도하고 있는 상황에서라면 이상의 절망을 결과론적으로 가늠하기란 그리 어려운 일이 아닐 것이다. 바깥의 세계가 더 이상 우리가 따라잡아야 할 이상적인 모범이 아니라는 사실을 절감하는 오늘날의 우리는, 스펙터클이 난무하는 모더니티의 피상성에 절망하는 이상과 비교적 수월하게 소통할 수 있다. 그러나 이상의 절망이 아닌, 그의 실패가 품고 있는 비밀은 그보다 더 심원한 구석이 있다. 특히 이상이 시가 도통 씌어지지 않는 상황을 토로하면서, 차라리 소설을 쓰겠다고 결심하는 대목은 우리의 논의와 관련된 흥미로운 지점들을 간직하고 있다. 다시 김기림에게 보낸 편지의 일부이다.

사실 나는 요새 그따위 시밖에 씌어지지 않는구려. 차라리 그래서 철저히 소설을 쓸 결심이오. 암만해도 나는 19세기와 20세기 틈사구니에 끼워 졸도하려 드는 무뢰한인 모양이오. 완전히 20세기 사람이 되기에는 내 혈관에 너무도 많은 19세기의 엄숙한 도덕성의 피가 위협하듯이 흐르고 있소그려. (「사신 6」)

편지 내용이 불러일으키는 의문은 적지 않다. 왜 그는 하필 그 상황에서 "차라리" 소설에 집중하겠다고 결심한 것일까. 20세기를 따라잡지 못하겠다는 자기 한계와 소설 쓰기는 어떻게 서로 연관되는가. 이상에게는 시가 소설보다 더욱 첨단적인 글쓰기 장르인가. 그래서 차라리 자신이 처해 있는 시간적 현실에 더욱 적합한 소설을 쓰겠다고 고백한 걸까.

물론 사적인 편지에 적혀 있는 단속적인 문장들을 지나치게 진지하게 다루는 것은 과장된 해석을 낳을 수 있다. 그러나 당시의 이상에게서 어떤 변화의 조짐이 발생하고 있다는 것, 그리고 그 변화를 증거하는 대상으로 소설을 택했다는 사실은 비교적 분명해 보인다. 특히 그가 "내 혈관"에 흐르는 "19세기의 엄숙한 도덕성의 피"를 생리적으로 느낄 때, 그는 어김없이 자기가 위치하고 있는 실제적 현실 공간을 적나라하게 드러낸다. 그래서인지 예전의 이상이라면 이해될 수 없을 고백이 안회남에게 보낸 편지를 통해 '생리적으로' 표출되기도 한다. "정직하게 살겠습니다. 고독과 싸우면서 오직 그것만을 생각하며 있습니다. 오늘은 음력으로 제야입니다. 빈자떡, 수정과, 약주, 너비아니, 이 모든 기갈의 향수가 저를 못살게 굽니다. 생리적입니다. 이길 수가 없습니다"(「사신 8」). 평생을(물론 이상의 짧은 생애에 이 단어가 어울리는지는 모르겠으나) 포즈와 속임을 통해 생을 돌파하고자 했던 당대의 모더니스트 이상이 정직하게 살겠다고 말한 대목도 의외지만, 그가 음력 제야와 더불어, 커피 따위가 아닌 토속적인 대상을 언급한 것 역시 이례적이긴 마찬가지다. 이때 그는 모더니티의 어떤 한계를 목도하고 그것에 실망한 나머지, 식민지 조선의 상당수 모더니스트들이 그러했던 것처럼 복고주의자의 변절을 시도하는 것처럼 보인다. "알지 못하는 노방의 사람을 사모하는 도회인적인 향수"(「산촌여정」)를 느끼던 근대인 이상은 저 전통적 "기갈의 향수"에 투항하고 조선을 전통의 표상으로 구성된 상상적 인공낙원으로 바라보기 시작한 걸까.

안타깝게도 이상은 그 선택의 기로에서 좌초해버린다. 그가 조금 더 오래 살 수 있었다면(물론 그가 건강했다면 동경행이 이뤄졌을지 의문이지만) 과연 어떤 결론에 도달했을까. 김윤식은 관념성의 극단을 보여준 소설 「종생기」에 대한 분석과 이상이 죽기 전 레몬을 달라고 했던 에피소드 등을 증거 삼아 그가 관념 지향성의 근대로 끝내 정향되었다고, 그리하여 동경을 차차 좋아하게 되었을 것이라고 미루어 짐작한다(p. 342). 이러한 분석이 타당한지 우리는 확신을 갖지 못한다. 다만 그의 중도 실패가 가지는 의미, 다시 말해 모더니티의 첨단을 따라잡아보겠다던 치기만만한 이상이 마침내 받아들일 수밖에 없었던 저 좌절이 드러낸 심연의 지정학적 정치성에 대해 논해볼 수는 있을 것 같다.

결론부터 말해서, 이상의 실패와 죽음은 당대 식민지 모더니스트들이 근대의 상징적 질서에 안착하기 위해서는 현해탄을 두 번 건너야 했다는 사실을 가리킨다. 동경에 도취되었든, 압도되어 콤플렉스를 느꼈든, 아니면 실망을 하였든 그들은 자신들이 건넜던 현해탄을 다시 한번 건너면서 귀환에 성공해야만 했던 존재들이다. 현해탄을 두 번 건너야 했다는 것, 그것은 모더니티를 추구했던 당대 식민지 지식인들이 직면할 수밖에 없던 한계와 더불어, 그 한계 때문이라도 어떤 방식으로든 동경 유토피아(미래)를 향한 애도를 완수한 상태에서 조선(과거)으로 돌아올 수밖에 없는 운명의 일반적 행로를 가리킨다. 이상은 이 행로에서 이상하게 이탈하는 방식으로, 다시 말해 모더니티에 대한 매료와 그에 대한 실망 사이에서 분열해버림으로써 현해탄의 또 다른 의미를, 근대의 깊이를 정확하게 증언한다. 그는 삼사문학(三四文學)과 동인들과 달리 더 이상 "이십세기의 스포츠맨"으로서 근대가 유발하는 속도전에 동참하지 못했지만, 두 번 다시 "서울의 흙을 밟아"(「사신 8」)보지도 못함으로써 과거로 회귀하지도 않았다. 그가 모더니티의 유토피아적 약속에 대한 애도를 성공적으로 마쳤다면 다른 종류의 소설을 쓸 수 있었을까. 알 수 없는 일이다. 그러나 역설적이게도 이 물음이 대답할 수 없는 상태로 봉인되어버렸기 때문에, 이상의 실패는 한국 문학사에서 독보적으로 개성적인 비밀로 남을 수 있게 되었다. 과연 "'이십세기의 스포츠맨'이 아님으로써, 이상은 '이십세기의 스포츠맨'이 아니지 않게 되었다."[17] 이상의 실패가 생산한 비밀은, 근대적 스펙터클의 본질을 분명하게 목도하는 오늘날의 우리에게, 유토피아로서의 근대적 미래라는 시간 표상 외의 다른 전망이 있음을, 다른 종류의 전복적 유토피아가 있음을 환기한다. 그런 의미에서 이상이 끝내 두 번 다시 건너지 못한 현해탄이라는 공간은, 바라보는 이로 하여금 거대한 아시아적 총체성과 그 미래를 상상하게 만들었던 임화의 현해탄과는 전혀 다른 종류의 공간이었다. 그가 끝내 건너지 못한 두번째 현해탄. 그것은 "19세기와 20세기의 틈사구니"라는 시간적 분열보다 더욱 근본적인 어떤 틈의 이중적 의미를 가리킨다. 그 이중성을 향한 길을 제시했다는 점에서 이상은 '19세기식' 상황주의자다. "상황주의자들의 유토피아는 완전히 장소/공간적이다. 왜냐하면 그들의 유토피아는 자신이 전복하고 싶어 하는 것이 일어나는 곳에 스스로를 위치시키기 때문이

17) 이경훈, 「이상―이십 세기의 스포츠맨」, 『문학과사회』 2010년 여름호, pp. 371~72.

다."[18] 이상의 현해탄은 우리 시대의 가장 첨예한, 동시대적인 '발 밑'이다.

18) 조르조 아감벤, 「「스펙터클의 사회에 관한 논평」에 부치는 난외주석」, 『목적 없는 수단』, 김상운·양창렬 옮김, 난장, 2009, p. 89.

희망의 원리

─기형도의 어긋난 시간들

> 오직 희망 없는 사람들을 위해서만
> 희망은 우리에게 주어지는 것이다.
> ─발터 벤야민, 『괴테의 친화력』
>
> 나의 희망은 좀더 넓은 땅을 갖고 싶다.
> ─기형도, 「짧은 여행의 기록」

1. 두 얼굴의 기형도

기형도가 1988년에 남긴 「시작 메모」에는 1985년에 발표된 「밤눈」을 썼을 당시 자신이 느꼈던 심정적 고뇌와 시 쓰기의 어려움에 관한 간략한 회고조의 고백이 담겨 있다. 메모에 따르면 「밤눈」은 기형도가 일상인으로서 평범한 삶을 무리 없이 살아내고 있던 시기, 그렇지만 정작 "오랫동안 글을 쓰지 못했던" 시절 힘겹게 씌어졌던 것으로 짐작된다. 당시 기형도는 글쓰기에 접근하는 길이 차단되어 있다는 모종의 무력감을 경험하며 그것을 육체적 아픔─"적어도 내게 있어 글을 쓰지 못하는 무력감이 육체에 가장 큰 적이 될 수도 있다는 사실을 나는 그때 알았다"─이라는 체험 형식으로 감당하고 있었다. 물론, "하고 싶었던 말들은 형식을 찾지 못한 채 대부분 공중에 흩어졌다"고 그가 토로한 이유, 말의 내용과 형식 사이의 수일한 결합을 불가능하게 만든 원인이 해당 산문에 구체적으로 기술되어 있지는 않다.[1] 다만, 「밤눈」이 발표되었던 시기가 그가 등단 후, 박해현의 회고처럼 이제 막 정치부 기자로 취재를 나가야 했던 시기와 겹쳐 있다는 점, 신작시를 거의 쓰지 못하고 등단 이전에 써두었던 습작시들을 손질해 발표했던 시기와 느슨하게나마 중첩되어 있다는 사실은 의미심장하다.[2] 「밤눈」에 묘사되어 있는 시적 정경은 시를 쓰지 못하는 내적 고통이 외적 현실을 바라보는 시인의 시선으로 고스란히 반영되어 있음을 비교적 분명하게 보여주고 있으며, 「시작 메모」 역시 그것을 사후적으로 증언하고 있다.

얼어붙은 대지에는 무엇이 남아 너의 춤을 자꾸만 허공으로 띄우고 있었을까. 하늘에는 온통 네가 지난 자리마다 바람이 불고 있다. 아아, 사시나무 그림자 가득 찬 세상, 그 끝에 첫발을 디디고 죽음도 다가서지 못하는 온도로 또 다른 하늘을 너는 돌고 있어. 네 속을 열면.

—「밤눈」 부분

그때 눈이 몹시 내렸다. 눈은 하늘 높은 곳에서 지상으로 곤두박질 쳤다. 그러나 지상은 눈을 받아주지 않았다. 대지 위에 닿을 듯하

---

1) 기형도, 「시작 메모」, 『기형도 전집』, 문학과지성사, 1999, p. 333.
2) 이 시절의 회고에 대해서는 성석제, 「기형도, 삶의 공간과 추억에 대한 경멸」, 『정거장에서의 충고』, 문학과지성사, 2009, pp. 167~68 참조.

던 눈발은 바람의 세찬 거부에 떠밀려 다시 공중으로 날아갔다. 하
늘과 지상 어느 곳에서도 눈은 받아들여지지 않았다.[3]

　시인의 눈에 포착된 풍경의 의미와 그 시선의 의도를 이해하기
란 어렵지 않다. 끝내 지상에 안착하지 못하고 바람에 이끌려 허공
을 부유하는 눈발은 "하고 싶었던 말들은 형식을 찾지 못한 채 대
부분 공중에 흩어졌다"는 기형도의 자기 자신에 대한 진술과 형식
적으로 정확히 일치한다. 현실을 "사시나무 그림자가 가득 찬 세
상"으로 파악하고, "죽음도 다가서지 못하는 온도"로 묘사하는 시
인의 차가운 시선 역시 김훈의 분석대로 "그로테스크한 풍경"을
직조함으로써 특유의 "비극적 세계인식"[4]을 강조하는 기형도의
시적 세계관을 잘 대변한다. 결국 「시작 메모」는 「밤눈」을 쓰던 당
시 기형도가 지녔던 부정적 현실 인식을 지지해주고 있으며, 스스
로를 그 어떤 세계에도 온전히 소속될 수 없는 이방인("모든 세월
이 떠돌이를 법으로 몰아냈으니", 「가수는 입을 다무네」)으로 간주하
는 기형도 특유의 비극적 자기 인식이 비교적 이른 시기부터 심화
되고 있었음을 뒷받침하고 있다.
　그런데 1988년이라는 시간 위에서 새삼 과거에 씌어진 텍스트
에 관해 '시작 메모'를 남기는 기형도의 글쓰기 행위의 의도를 어
떻게 이해할 수 있을까. 시차를 고려할 때, 최소한 그것은 작품이
씌어졌을 당시의 생생한 심경과 감정을 기록하는 글쓰기를 목적으

---

3) 기형도, 같은 글.
4) 김훈, 「기형도 시의 한 읽기」, 『정거장에서의 충고』, p. 112.

로 하는 것은 아닐 것이다. 그렇다면 우리가 자연스럽게 추측해볼 수 있는 가능성은, 「시작 메모」가 1988년의 기형도가 1985년의 기형도를 되돌아보는 형식의 회고적 글쓰기에 가깝다는 점이다. 「시작 메모」를 쓰기 위해 「밤눈」을 다시 읽는 기형도는 과거의 기형도를 읽는 현재의 기형도이다. 그는 자신의 작품에 대한 소회를 밝히며 과거의 자신과 대면 중이다. 그 대면 속에서 기형도가 발견하고, 검토하고자 했던 내용은 과연 무엇일까? 관련하여 우리가 눈여겨보고 싶은 대목은 과거와 현재의 기형도가 마주치는 과정에서 피력되는 모종의 의지, 해당 메모의 최종 결론에 해당한다고 볼 수 있는 다음 구절이다.

그러나 나는 그처럼 쓸쓸한 밤눈들이 언젠가는 지상에 내려앉을 것임을 안다. 바람이 그치고 쩡쩡 얼었던 사나운 밤이 물러가면 눈은 또 다른 세상 위에 눈물이 되어 스밀 것임을 나는 믿는다. 그때까지 어떠한 죽음도 눈에게 접근하지 못할 것이다.
「밤눈」을 쓰고 나서 나는 한동안 무책임한 자연의 비유를 경계하느라 거리에서 시를 만들었다. 거리의 상상력은 고통이었고 나는 그 고통을 사랑하였다. 그러나 가장 위대한 잠언이 자연 속에 있음을 지금도 나는 믿는다. 그러한 믿음이 언젠가 나를 부를 것이다.

나는 따라갈 준비가 되어 있다. 눈이 쏟아질 듯하다.[5]

5) 기형도, 같은 글.

「시작 메모」의 말미에 기형도는 갑작스럽게, 그리고 예상치 못한 방식으로 모종의 확신을 피력한다. 물론 시인의 확신은 막연하다. 눈이 지상으로 내려앉는 것을 허락하지 않는 "사나운 밤이 물러"가고 "또 다른 세상"이 열릴 것이라는 확신의 계기와 구체적 근거가 제시되고 있지 않기 때문이다. 그는 "밤눈들이 언젠가는 지상에 내려앉을 것임을 안다"고 했지만 '언젠가'라는 시간대는 특정되지 않는다. 당연한 일인지도 모른다. 기형도는 여러 시편에서 미래에 대한 예견과 예감은 무책임하고, 언제나 때늦을 수밖에 없다고 강조하는 시인이었다. 그가 미래를 예측하고 있는 것이 아니라면, 엄밀히 말해 그의 앎은 정확한 미래에 대한 지식과 예측을 포괄하지 않을 것이다. 그러므로, 그가 언급한 앎은 미래에 관한 앎이라기보다 그 자신의 앎이 믿음의 형식에 근거하고 있다는 사실에 대한 앎에 가깝다.

하지만 "죽음"이라는 단어가 원 텍스트(「밤눈」)에서는 비극적인 뉘앙스를 풍겼던 진원지로 작용했던 것과 달리, 이 믿음에 대한 앎속에서 '죽음'이라는 단어는 "또 다른 세상"이 올 때까지 눈을 보존하고 기억하려는 시인의 의지를 더욱 강조하기 위한 조건과 배경으로 전환된다. 아울러 "죽음도 다가서지 못하는 온도"는 차가운 현실을 가리키면서도, 동시에 죽음조차 침범할 수 없는 굳건한 시공간이라는 이중적인 성격을 부여받는다. 급기야 1988년의 기형도는 그 믿음을 "따라갈 준비가 되어 있다"고 선언하고, "거리에서 시를 만들었"던 지난날과의 결별이 언젠가는 이행될 것이라고 스스로에게 예언하고 있다. 그렇다면 「시작 메모」는 (비록 시의 형식으로 씌어진 것은 아니지만) 「밤눈」의 부정적 현실 인식을 부정하는 텍스트이거나, 아니면 최소한, 과거의 작품이 충분히 가시화하지 못한 모종의 현실 인식을 대리 보충하고 있는 텍스트에 가까운 셈이다.

이처럼 더 나은 세상이 올 것이라는 막연하지만, 한편으로는 단단한 믿음을 피력하는 1988년의 기형도는 낯설고 어색하게 느껴지는 측면이 있다. 그리고, 기형도의 낯선 이면은 필연적으로 여러 의문들을 낳는다. 절망적인 현실 인식보다 더 나은 세상을 향한 믿음 쪽으로 정향되어 있는 기형도의 산문적 자아와 "나는 일생 몫의 경험을 다했다"(「진눈깨비」), "한때 절망이 내 삶의 전부였던 적이 있었다"(「10월」), "나는 인생을 증오한다"(「장밋빛 인생」)고 쓰는 시적 자아 사이의 간극을 과연 어떻게 이해할 수 있을까? 물론 기형도의 시적 주체와 실제의 기형도라는 주체를 혼동해서는 안 될 것이다. 그러나 두 주체의 간섭을 배제하고, 시 텍스트와 기형도의 삶 사이의 완벽한 분리를 전제하는 것 역시 편의적이긴 마찬가지이다. 결국은 두 사이를 매개하는 해석적 방법과 노력이 관건이다.

절망에 경도된 기형도와 미래에 대한 믿음을 피력하는 기형도를 매개하는 것은 어떻게 가능한가? 우선 기형도의 믿음을 순진한 낙관주의와 등치시킬 수는 없을 것이다. "쉬운 믿음은 얼마나 평안한 산책과도 같은 것이냐"(「이 겨울의 어두운 창문」)는 진술에서 엿보이듯, 그는 평소 "의심 많은 눈빛"을 "소지품마냥"(「조치원」) 지니고 다니면서 쉬운 믿음으로 경도될지도 모를 자신을 거의 강박적으로 검열했으며, 자기 검열을 엄격하게 실천하기 위한 방안으로 자신의 패배를 눈앞에서 반복적으로 확인하고자 했다. 더군다

나, 그의 예기치 못한 죽음은 그의 시에 각인되어 있는 절망과 허무가 자신의 삶에 대한 태도와 분리될 수 없는 것이었음을 입증하는 결정적 증거처럼 읽혀온 것이 사실이다.

그러나 그의 죽음으로도 입증될 수 없는 것, 시 텍스트에서 빈번하게 등장하지만 저자의 죽음조차 접근할 수 없는 시어 역시 존재한다. 그것은 바로 '희망'이다. 이미 늙어버린 자, 절망이 자신의 삶을 온전히 지배해버렸다고 토로하는 자에게서 희망이라는 단어는 어떤 계기로 돌출할 수 있었을까? 시인 이문재의 지적처럼[6] 희망이 기형도에게 있어 중요한 시어 중 하나로 간주될 수 있다면, 해석자들은 왜 그토록 그 반대편에 있는 기형도의 '죽음'과 '절망'에만 집중했던 것일까? 그의 시 곳곳에 포진되어 있는 희망이라는 이름의 정체는 무엇일까? 이 글의 질문은 여기서부터 시작된다.

2. 1980년대의 종언과 기형도 신화의 탄생

기형도의 시 속에 각인되어 있는 '희망에의 의지'를 조명하기 위해서는 여러 단계의 분석을 거칠 필요가 있다. 우선 수많은 독자와 해석자로 하여금 기형도의 '희망'보다 '도저한 부정성'(김현)에 집중하게 만든 맥락들이 텍스트 내외의 여러 층위들에서 작동하고

---

6) 시인은 이렇게 쓴다. "20년이 지났는데도 내가 아직도 잘 쓰지 못하는 시어가 몇 개 있다. '희망'과 '사랑' 그리고 '-네'라는 종결어미다. 〔……〕 사랑과 희망을, 그리고 종결어미 '-네'를 그보다 더 빼어나게 구사할 수가 없었기 때문이다." 이문재, 「기형도에서 중얼거리다」, 『정거장에서의 충고』, p. 129.

있기 때문이다.

첫번째 층위: 기형도의 시 텍스트에서 희망이 지닌 성격과 위상의 모호성. 희망이라는 시어는 기형도의 시 텍스트에서 비교적 빈번하게 등장하지만, 그 구체적인 내용은 매우 불투명하다. 희망이라는 단어를 쓸 때마다 어김없이 기형도는 통상적인 희망의 분위기와 상충되는 듯한 정황들을 부각시킨다. 마치 극적인 대비 효과를 노렸다는 듯, 희망은 늘 절망적인 진술들을 동반하며 곧 그것에 의해 제압당하는 상황이 연출된다. 가령, 「정거장에서의 충고」에서 기형도는 "미안하지만 나는 이제 희망을 노래하련다"고 과감하게 선언하지만, 마지막을 "나는 이미 늙은 것이다"고 종결지으며 서두의 의지를 스스로 배반한다. 이광호가 "'희망'은 기형도의 시에서 언제나 아이러니를 동반한다"[7]고 말한 것처럼 희망은 기형도 시 내부의 간극을 심화하며, 이 간극은 기형도의 희망에 대한 해석학적 일관성을 지속적으로 교란한다.

그런데 기형도의 시를 발표 순서대로 찬찬히 읽게 된다면, 이러한 간극에 관한 시적 자의식의 변화가 나타난다는 점을 발견할 수 있다. 기존의 많은 해석자가 지적한 바 있듯, 초기의 기형도가 주로 수사적인 영탄과 과장의 어법을 사용하다가 점차적으로 객관적 묘사에 집중하는 경향은 간극에 대한 시적 자의식과도 긴밀한 관련이 있어 보인다. 희망과 절망의 간극이 초기의 기형도에게는 '고통스러운 삶'과 '시 쓰기의 어려움'을 토로하게 만든 부정적 원인이었다면, 점차적으로 절망은 희망을 견인하고 성찰하는 중요한

---

7) 이광호, 「기형도의 시간, 거리의 시간」, 『정거장에서의 충고』, p. 96.

원리이자 방법으로 거듭나기 시작한다.[8] 요컨대 우리는 비관주의적 절망과 미래에 대한 막연한 전망 사이의 봉합될 수 없는 간극이야말로 기형도가 언급한 희망이라는 이름의 원리라고 추측해볼 것이다.

두번째 층위 : 기형도의 실제 죽음. 주지하듯, 기형도의 예기치 못한 죽음은 기형도 시 읽기의 향배를 한동안 정해버린 결정적인 사건이었다. 정작 기형도는 "희망을 포기하려면 죽음을 각오해야 하리, 흘러간다 어느 곳이든"(「植木祭」)이라고 쓰면서 '희망을 포기하는 것'을 유예시키는 입장을 고수했지만, 중도에 좌초해버린 기형도의 육체적 삶은 그의 텍스트 역시 종국적으로는 '희망에 대한 포기'의 길로 경도될 수밖에 없다는 사후적 해석 욕망을 자극했다. 이러한 해석에 결정적인 영향을 끼친 것은 분명 김현의 해설 「영원히 갇힌 빈방의 체험」일 것이다. 그는 "기형도의 시를 다시 읽어보면, 그는 젊어 죽을 수밖에 없었던 시인"[9]이라고 결론 내리며 이렇게 쓴다. "나는 기형도의 시가 아주 극단적인 비극적 세계관의 표현이라고 보고 있다. 그것은 도저한 부정적 세계관이다. [……] 기형도의 시엔 그런 낙관적인 미래 전망이 거의 없다."[10] 김현이 말하는 전망을 구체적인 미래의 목표지로 한정한다

8) 물론 이러한 간극이 지닌 모순성에 대한 인식을 기형도는 일찍부터 지니고 있었다. 그는 「이 겨울의 어두운 창문」에서 이렇게 쓴다. "오오, 모순이여, 오르기 위하여 떨어지는 그대." 다만, 이 시에서 모순은 시적 언술의 대상이자 내용으로 한정된다. 모순을 좀더 분명한 시적 형식으로 체화하는 사례들을 살펴보기 위해서는 그의 후기 시에 주목해야 한다.
9) 김현, 「영원히 닫힌 빈방의 체험」, 『입 속의 검은 잎』, 문학과지성사, 1989, p. 156.
10) 같은 글, p. 154.

면 그의 지적은 옳을 것이다. 그러나, 기형도의 시에 낙관적인 미래 전망은 없지만, 전망에 대한 비전이 없다고 말할 수는 없을 것이다. 김현의 표현을 빌리자면, 기형도의 전망은 부재하는 것이 아니라 '안 보이는 전망'의 형식으로, '보이는 심연' 속에 있다. 이와 관련하여 다음과 같은 기형도의 문장은 자기 자신에 대한 진술과 정확히 공명하는 것처럼 읽힌다. "따뜻한 나라를 꿈꾸는 것은 고함이 아니라 낮은 목소리이다. '갑시다/어디든/못 이르겠어요.' 이 구절은 어쩌면 이 시집 전체를 요약해주는 대목일 것이다. '어디'가 아니라 '어디든'이며, '어디든'을 단순한 낙관주의로 해석할 때 우리는 원재길의 시를 오독하기 쉽다."[11] 기형도의 시도 마찬가지이다. "나는 어디론가 가기 위해 걷고 있는 것이 아니다."(「가는 비 온다」) 그러나 그가 움직이지 않는 것 역시 아니다. 그가 이렇게 스스로에게 주문하고 있기 때문이다. "내가 가는 곳은 어디인가 [……] 어디든지/가까운 지방으로 나는 가야 하는 것이다"(「입 속의 검은 잎」) 낙관적 전망의 결여를 전망의 부재와 혼동한다면, 기형도가 죽음을 유예하면서까지 도착하려 했던 "어느 곳"(「植木祭」)이라는 시공간을 죽음으로 오독하기 쉽다. 그곳으로 향하는 원리와 방법을 조명할 수 있다면, 우리의 해석은 자연스럽게 김현의 결론과 조금은 다른 곳에 도달할 수 있을 것이다.

세번째 층위: 기형도의 죽음이 의미하는 상징성과 1990년대라는 전환기적 상황. 1985년 『동아일보』에 「안개」를 발표하며 공식적인 시인으로서의 삶을 시작한 기형도가 시를 쓰던 시공간은

11) 기형도, 「'낭만적 인문주의자'의 현실 시각」, 『기형도 전집』, pp. 341~42.

1980년대라는 역사적 지층이지만, 기형도의 시를 도래할 '1990년
대 시의 한 징후'(장석주)로 간주하는 독법들은 기형도 시를 문학
사적으로 위치 짓는 표준적인 해석 틀로 군림해왔다. 이를테면, 남
진우는 이렇게 쓴다.

  기억해야 할 것은 어떤 한계 지점으로의 끝없는 접근, 이것이 기
  형도의 시의 미덕이자 기형도라는 인간의 진정성의 표지였다는 사
  실이다. 그는 그의 내적 명령에 충실했고 그럼으로써 1990년대 시
  의 첫 관문을 열고 나간 시인이 되었다. [……] 편히 잠들라, 너 아
  름다운 영혼이여. 너의 죽음과 함께 오욕으로 가득 찼던 우리의
  1980년대 그리고 이십대의 청춘은 끝났다.[12]

  주지하듯, 기형도의 죽음은 1980년대를 20대의 나이로 살아갔던
세대들에게 한 시대의 종언을 고지하는 상징으로 받아들여졌다.
기형도의 죽음과 함께 끝나버린 1980년대. 이것은 1990년대에 기
형도의 시를 향유하는 세대들의 독서 감각을 주조했던 주된 문학
사적 프레임으로 작용했으며, '기형도 신화'를 낳은 주요한 서사적
원리를 제공한 근거에 해당한다.[13] 그가 접근했던 "한계 지점"은

12) 남진우, 「숲으로 된 성벽」, 『정거장에서의 충고』, 문학과지성사, 2009, p. 341.
13) 이에 대해 정과리는 기형도의 죽음이 작품과 죽음 사이라는 새로운 텍스트 공간을
    낳았으며, 그것이 1990년대의 새로운 문화적 현상이라는 것을 분석한 바 있다. "기
    형도에게 죽음은 의미의 종말이 아니라 의미의 시원이었다. 그렇다는 것은 기형도
    시의 미학적 장소가 그의 작품들에 있지 않고 그의 시들과 그의 죽음 사이에 가로놓
    여 있음을 알려준다. 죽음과 더불어 그의 시가 태어났으니 죽음이 없는 한 그의 시
    도 없는 것이다. 기형도 시의 핵자 혹은 중심은 그의 시 바깥에 있다." 정과리, 「죽

1980년대라는 시대가 조성했던 정치적 억압과 더불어 그것이 당대의 시에 미친 시대적 하중을 함축할 것이다. 반면 남진우가 강조한 '내적 명령에의 충실성'은, 그와 같은 시대적 명령에 동참하지 않았던 기형도의 의지, 자신만의 시적 욕구를 향한 한 개인의 예외적 충실성으로 부각된다. 자기 자신의 결여에 대한 헌신이야말로 기형도의 시로 하여금 1980년대 시단의 주류적 분위기와 어긋날 수 있게 만든 원동력인 셈이다. 기형도는 1980년대라는 시대 속에서 '반시대적인 존재'(니체)로 남겨지기를 고수함으로써 마침내 1990년대라는 시대적 아이콘으로 부활할 수 있었다.[14]

하지만 기형도의 육체가 끝내 도달하지 못했던 새로운 시공간, 즉 1990년대라는 시공간에 기형도의 시가 성공적으로 안착했다고 볼 수 있을까? 물론 1990년대의 많은 독자가 그의 시에 호응했다는 표면적인 사실은 충분히 그렇게 판단할 근거를 제공하는 것처럼 보인다. 1990년대 이후 문학에 입문하고자 했던 당대의 청년들은 마치 성지를 순례하듯 기형도라는 텍스트를 탐독해야 했고, 많은 이가 죽음에의 예감으로 가득 찬 그의 시에서 "포스트-1980년대 청춘의 비가"[15]를 듣고자 했다. "기형도의 시를 애독하는 노동

음 옆의 삶, 삶 안의 죽음」, 『문학과사회』 1999년 여름호, p. 781.
14) 이에 대한 비판은 다음을 참조할 것. "현대 문명과 문화가 탈-개체성, 탈-개별성을 원리로 가짐에도 불구하고 개인성의 신화를 최종의 알리바이로 내세우고 있는 것은 그러한 방법적 절차를 따라서이다. 기형도의 시도 그와 같다. 〔……〕 기형도 시를 향유하는 취향의 에너지는 모두 기형도라는 개인에게로 투자된다." 정과리, 같은 글, pp. 784~85.
15) 함돈균, 「수상한 시대에 배달된 청춘의 비가─기형도의 문학적 연대기」, 『정거장에서의 충고』, p. 67.

해방 문학가"[16]라는 형상이나, "낮에 노동시를 읽고 이에 대해 동료들과 토론하였지만, 밤에는 혼자 기형도 시를 읽어나갔다"[17]는 고백에서 느껴지는 모종의 죄의식은, 1980년대라는 시대적 당위의 몰락을 애도하고 그것을 정당화하는 작업에 기형도 신화가 일종의 알리바이처럼 개입했음을 보여준다.

그런데 '역사적 현실과 시적 환상' '정치(노동)와 문학' '공동체와 개인' '1980년대와 1990년대'라는 단절적 이분법을 전제로, 기형도의 시가 1980년대라는 역사적 시간대로부터 이탈해 있었다고 파악하는 관점은 재고의 여지가 있다.[18] 세상에 대한 환멸을 말할 때 기형도는 자신이 몸담고 있는 시대를 향한 전면적인 불화 상태에 놓여 있었지만, 정작 기형도 자신은 그것이 시대로부터의 허무주의적 초월을 감행하는 동력이 될 수 있다고 믿지 않았다. 그의 시에 1980년대에 대한 구체적이고도 역사적인 현실이 묘사되지 않는다고 해서, 그에게 역사에 대한 감각과 의식이 결여되어 있다고 섣부르게 단정할 수 없다는 뜻이다.[19] 이와 관련하여 기형도의 다

16) 권성우, 「예술성·다원주의·문학적 진정성 —최근의 민족문학 논의에 대한 몇 가지 생각」, 『비평의 매혹』, 문학과지성사, 1993, p. 146.
17) 이성혁, 「경악의 얼굴」, 『정거장에서의 충고』, p. 405.
18) 그러한 맥락에서 기형도가 '문학과 정치'를 둘러싼 이분법을 끊임없이 부인했다는 사실을 강조할 필요가 있을 것이다. 그는 이렇게 쓴다. "지금의 나는 참여시(혹은 민중시), 순수시라는 작위적 이분법이 소재주의에 불과한 것이라 믿는다. 이러한 믿음은 당대를 살아가는 시인의 가치 지향성에 위배되는 허약함이라 비난받을 수 있겠으나, 나는 모든 사물과 그것들이 빚어내는 구조 및 현상에 대한 끝없는 탐구를 통하여 예술적 미학과 현실적 가치 체계(혹은 이상형으로서의 질서 공간) 모두에 접근하고 싶다. 전자의 구체적 이미지와 후자의 상관주의(칼·만하임의 의미에서)가 서로 만나고 부딪히는 시세계는 나에게 다양성을 제공해주는 무수한 시류적 갈등을 강요할 것이다." 금은돌, 『거울 밖으로 나온 기형도』, 국학자료원, 2013, p. 186.

음 글은, 사후 자신에게 바쳐진 무수히 많은 문학사적 헌사에 대한 자기 지시적 반론으로도 읽힐 만하다.

그의 시가 '무국적 몽상'이라는 의미상의 혐의에서 벗어날 수 있는 단서가 여기서 발견될지도 모른다고 나는 생각해본다. 그는 이 같은 서사 구조를 통해 1980년대적 피의 현실을 독특하게 수용해온 것이 아닐까.[20)]

자신과 느슨하게나마 동반자적 관계를 형성하고 있었던 '시운동' 동인들이 '외계의 언어' '탈현실적 몽상'에 경도되어 있다고 비판받는 와중에도 기형도는 그들의 시로부터 "1980년대적 피의 현실을 독특하게 수용해온" 흔적을 발견하려 애쓰는 존재이기도 했다. 물론, 이 같은 노력은 예외 없이 기형도의 시에도 적용 가능하다. 만약 그의 시에 1980년대적 현실이 구체적으로 반영되어 있지 않다면, 그것은 시인이 1980년대적 현실을 독특하게 수용하고 구조화한 덕분이다. 그러므로 '기형도 신화'를 다시 역사화하기 위해서는, 그의 시와 삶이 체현하고 있는 불화를 통해 1980년대의 시적 현실을 재구성할 뿐만 아니라 기형도 신화를 구축한 1990년대라는

---

19) 이와 관련하여 김현이 해설을 쓸 당시 염두에 두고 있었던 것도 이에 대한 반론이다. 그는 "그의 현실에 역사가 없으며, 더 정확히 말해 역사적 전망이 없으며, 그런 의미에서 그의 시는 퇴폐적이라는 비판"(「영원히 닫힌 빈방의 체험」, p. 153)에 대해 피상적인 비판이라고 주장하지만, 그에 대한 구체적인 반론을 세밀하게 개진하지는 않는다. 그러한 의미에서 우리는 김현의 이 해설을 '역사적 전망'이라는 차원에서 대리 보충해야 한다.
20) 기형도, 「물에서 태양으로」, 『기형도 전집』, p. 339.

시간, 정작 기형도 자신은 한 번도 목격하지 못한 1990년대라는 미래의 시간대를 해체적으로 재구성해야 한다.

3. 지칠 때까지 희망을 꿈꾸기

> 따라서 변화가 중요합니다. 다시 말해 삶의 중간에서 발생한 동요에 어떤 내용을 부여하는 것, 즉 어떤 관점에서 삶(새로운 삶의) 프로그램을 부여하는 것이 중요합니다. 그런데 글을 쓰는 사람, 글쓰기를 선택한 사람, 다시 말해 글쓰기의 쾌락, 글쓰기의 행복을 경험한 사람에게는 (거의 첫 번째 쾌락처럼) 새로운 글쓰기의 발견 말고는 다른 새로운 삶이 (내가 보기에는) 없을 것입니다.
> ──롤랑 바르트, 「마지막 강의」

기형도가 명시한 희망의 정체를 좀더 분명하게 확인하기 위해 대구, 광주, 부산 등을 여행하며 남긴 (한 편의 소설과 같은) 산문 「짧은 여행의 기록」(1988)을 살펴보는 것은 여러모로 유용해 보인다. "어디로 가야 할지도 몰랐다"[21]는 고백으로 시작되는 해당 글에서 기형도는 자신의 지방행이 계획 없이 시작되었음을 밝히는 와중에도, 이 글의 주제와 관련된 분명한 "휴가의 목적"을 명료하게 제시하고 있기 때문이다.

그것을 나는 편의상 '희망'이라고 부를 것이다. 희망이란 말 그대

---

21) 기형도, 「짧은 여행의 기록」, 『기형도 전집』, p. 293.

로 욕망에 대한 그리움이 아닌가. 나는 모든 것이 권태롭다.[22]

희망을 희망하는 것. 그 방법과 원리를 발견할 수 있다면 기형도
는 오랫동안 자신을 잠식해왔던 권태로부터 탈출하는 길을 발견할
수 있을 것이다. 시인은 '짧은 여행'을 끝마치고 발표한 시들 중 하
나에서 다음과 같이 예견하고, 한편으로는 다짐한다. "내가 지나
치는 거리마다 낯선 기쁨과 전율은 가득 차리니 어떠한 권태도 더
이상 내 혀를 지배하면 안 된다"(「그날」). 그렇다면, 그는 자신의
목적대로 희망을 찾는 데 성공했던 것일까?
이 질문에 대답하기에 앞서, 우선 기형도의 희망에 특별한 내용
적 새로움이 담겨 있지 않았다는 점, 다시 말해 낙관적인 미래에
대한 전망과 동일시될 수 없다는 점을 기억하자. 이를테면, 그가
일찍부터 자주 구사하던 '텅 빈 희망'이라는 시어의 모호한 존재론
적 위상이 그것을 암시해준다. 내용이 없는 희망이라면, 그것도 말
의 바른 의미에서 희망이라고 할 수 있을까? 희망의 구체적인 내
용을 특정할 수 없다면, 주체가 희망이 존재한다는 확신을 얻을 수
있는 가능성은 어떻게 확보되는가? 기형도의 희망은 자신의 실존
적 정당성을 해명하는 작업과 연동되어 있다는 점에서 다분히 과
거 지향적인 측면이 있다. 다시 말해, 그가 희망을 탐색하는 이유
는 새로운 삶에의 욕망에 의해 추동된다기보다, 자신이 "아직 죽
음 쪽으로 가지 않고 죽은 듯이 살아 있는 이유"를 스스로에게 납
득시키는 작업과 긴밀하게 연결되어 있다. 나는 살아 있다. 그렇다

22) 같은 글, p. 295.

면 내 생존의 정당성을 검토하는 작업과 희망의 존재 여부 문제는 서로 중첩될 수밖에 없다. "희망은 있는가, 있을 것이다. 그것이 없다면 이 도저한 삶과 삶들, 이해할 수 없는 저 사람들은 오래 전에 나에겐 부재(不在)했을 것이다."[23] 하지만, 희망이 존재한다고 믿는 것과 그것의 구체적인 원리와 방법을 터득하는 것은 별개의 일이다. 사정이 그러하다면, 기형도가 여행을 통해 구체적으로 탐색하는 것은 후자 쪽이라고 해야 한다.

「짧은 여행의 기록」에서의 기형도는 희망이 존재한다는 사실을 모르지 않지만, 그것의 구체적 윤곽을 탐색하는 일이 가능한지의 여부에 관해 모종의 불안을 느끼는 것처럼 읽힌다. 관련하여 기형도의 여행 기록이 서울에서 실패할 때마다 고향을 찾아 떠나는 「무진기행」의 윤희중의 여정과 유사한 분위기를 띠고 있다는 사실은 흥미롭다. 기형도가 그것을 분명하게 의식하고 있는 것은 물론이다. 그는 무진이라는 가상적 공간의 실제 배경이 된 순천을 일컬어 '무진'이라고 부르고, "막막한 절망과 음습한 권태가 안개처럼" 감싸고 있는 순천에 매료되어 있는 자신을 발견한다. 정작 한 번도 가보지 못했던 "안개와 병든 지성의 도시, 부패하고 끈끈한 항구" 순천을 "내 몸의 일부분처럼 느낀다"[24]고 고백할 때, 어쩌면 기형도는 윤희중이 그러했듯 일상으로 패잔병처럼 귀환하게 될 자기기만의 경로를 자신 또한 걷게 될 것이라는 예감에서 자유롭지 못했는지도 모른다. 그렇다면 그는 윤희중처럼 예정된 실패의 길을 걷

23) 같은 글, p. 296.
24) 같은 글, p. 310.

고 있는 것이었을까. 결론부터 말하자면, 기형도의 길은 광주를 거치면서 윤희중의 귀향길과 미묘하게 갈라선다.

대구를 거쳐, 광주를 지나 마침내 부산으로 향하는 3박 4일의 여정에서 기형도가 중요하게 생각했던 진정한 목적지는 사실상 광주였던 것으로 짐작된다. 그는 당시의 젊은 청년들이 그러했듯 광주에 대한 역사적 죄의식으로부터 자유롭지 않았는데, 광주행을 그간 미뤄왔던 기형도는 자신이 느끼는 부채감을 직간접적으로 고백하기도 한다. 물론, 부채감을 해소하기 위해 그가 광주를 찾는다고 말할 수는 없다. 대구에서 만난 장정일의 고백을 인용하면서, 기형도는 자신의 광주행이 역사적 죄의식을 쉽게 덜어내기 위한 기만의 행위가 아닌가 하는 특유의 자기 검열을 반복적으로 실천한다.[25] 그래서일까. 그는 광주를 일컬어 "십자가로 만든 땅" "넋들 위에 솟아난 도시"라고 비유하면서도 "아무런 감정도 예감도 없이 무등으로 가고 있"다고 자신을 건조하게 묘사하는 길을 선택하기도 한다. 그러나 이러한 철저한 자기 검열에도 불구하고, 기형도는 자신이 광주를 찾게 된 진정한 이유까지는 부인하지 못한다. 광주를 향하던 길 위에서 그는 스스로가 쓴 여행 노트의 한 대목을 펼쳐보고 이렇게 놀란다.

노트를 펼치다가 놀랐다. 표지에 HOPE라고 씌어 있었다. 내 여행이 '지칠 때까지 희망을 꿈꾸기' 위해서였다면 이 노트 또한 내 의

---

25) "어제 정일군은 그랬다. 광주에 못 갈 것 같다고. 지금 성지 순례의 땅이 돼버린 광주로 가는 길이 무슨 속죄의 길이 되는 것 같은 느낌 때문이라고." 같은 글, p. 298.

지를 돕고 있었던 것이다. 나는 죄인이다. 나는 앉아서 성자 되기를 기다렸다. 그러나 그 누구도 나에게 경배하러 오지 않았다. 오히려 내 육체에 물을 묻히고 녹이 슬기를 기다렸다. 서울에서의 나의 행복론은 산산조각 나고 있다. 내가 거듭 변하지 않는 한 아무것도 변하지 않을 것이다. 거듭 변하기 위해 나는 지금의 나를 없애야 한다. 그것이 구원이다.[26)]

그렇다면, 다시 물어야 한다. 그는 광주에서 희망을 찾는 데 성공했을까. 기형도가 기록한 산문의 내용은 질문에 대한 쉬운 긍정으로 우리를 이끌지 않는다. 기형도가 대면한 광주는 민주화의 성지라기보다 어느 대도시보다 "초라하고 궁핍했으며 무더웠고 지친 모습"을 하고 있었고, 역사의 비극을 추념하기 위한 망월동 묘지에서도 "변기 속에" 가득 차 있는 "죽은 구더기들" 같은 그로테스크한 풍경들이 우선적으로 포착되고 있기 때문이다. 망월동 공원 묘지를 찾아가는 방법을 모르는 광주 시민들을 기형도는 "이해할 수 없었"고, 묘원에 혼자 덩그러니 남겨져 있는 자신을 발견할 때 그는 예상보다 짙은 실망감을 감내하고 있는 것처럼 보이기도 한다. 비록, 망월동 묘지에서 돌아오는 길에 이한열 열사의 어머니와 조카를 우연히 마주치기도 했지만, 기형도는 그에 대한 사소한 감상조차 자제함으로써 끝내 건조하고도 냉담한 시선을 유지하는 데 성공한다. 광주에서 그가 머문 시간은 네 시간에 불과했으며, 결과적으로 그는 "아무런 감정의 변화도 없이 묵묵히 묘원의 인상

26) 같은 글, p. 302.

만 자신없이 기억 속에 집어" 넣고 "도망"치듯, 혹은 "피난"을 떠나듯 순천으로 떠나기를 선택한다.[27]

그렇다면 기형도는 광주로부터 기대했던 희망의 징조를 발견하지 못한 나머지, 자신에게 더욱 익숙한 상상 속의 무진으로 떠나게 된 것일까. "그러나 아니다." 기형도는 광주를 떠나는 찰나의 버스 안에서 갑작스럽게 자신을 세 번 부정한다. 우선 그는 광주행이 아무런 영향을 미치지 못했다고 말했던 직전의 자신의 진술을 부정하고, 순천으로 향하는 길을 도주와 피난이라고 묘사하는 현재의 자신을 부정하며, 나아가 광주행 이전의 자신의 삶까지도 부정한다.

그러나 아니다. 나는 광주에서 그 이상한 청년을 만난 것이다. 어쩌면 전혀 예기치 못했던 역사를 만나고, 그 역사의 허망함에 눈뜨고, 지상을 떠난 청년들이 묘역에 잠들어 있다. 나는 무엇인가. 가증스러운 냉담자인가. 나에게 있어 국토란 무엇인가. 내가 탐닉해온 것은 육체 없는 유령의 자유로움이었다. 지금 이곳의 나는 무엇인가. 너 형이상학자, 흙 위에 떠서 걸어다니는 성자여. 어두워진다. 나의 희망은 좀더 넓은 땅을 갖고 싶다.[28]

자기에 대한 부정 속에서 기형도는 내내 스스로를 검열했던 자아를 "가증스러운 냉담자"라고 부르고, 과거의 자신을 "육체 없는

27) 같은 글, pp. 304~06.
28) 같은 글, pp. 307~08.

유령의 자유로움"에 탐닉해온 "형이상학자"로 묘사한다. "지금 이 곳"을 말할 때, 그가 명료하게 의식하고 있는 것은 1980년대라는 "예기치 못했던 역사"로부터 시인의 삶이 간섭받지 않을 수 없다는 깨달음이다. 어떻게 된 일인가.

아쉽게도 이 돌연한 자각의 원인과 계기가 무엇인지 해당 산문을 통해 추측하기는 쉽지 않다. 하지만 기형도가 "나의 희망은 좀 더 넓은 땅을 갖고 싶다"고 피력할 때, 그가 탐색하고자 했던 '희망'의 방법적 원리가 점차적으로 '역사적인 것'과 긴밀하게 연결되어가는 중이라는 짐작은 충분히 가능하다. 부산을 거쳐 서울로 돌아오는 기형도의 행로가 윤의중의 귀로와 분기되는 지점도 바로 거기이다.

나는 돌아가고 있는 것이다. 나를 기다리고 있는 일상들을 향해 기차는 전속력으로 달린다. 물 밑에 가라앉아 있던 것들이 다시 너절하게 떠오르리라. 그렇다면 너 지친 탐미주의자여, 희망이 보이던가. 귀로에서 희망을 품고 걷는 자 있었던가? 그것은 관념이다. 따라서 미묘한 흐름이다. **변화다. 스스로 변화하기. 얼마나 통속적인 의지인가. 그러나 통속의 힘에서 출발하지 않는 자기 구원이란 없다.** 나는 신(神)이 아니다. [……] 흘러가버린 나날들에게 전하리라. 내 뿌리 없는 믿음들이 지금 어느 곳에 떠다니고 있는가를.[29] (강조는 인용자)

29) 같은 글, p. 311~12.

물론 기형도는 스스로의 관념주의적 편향성로부터 완전히 벗어날 수 있다고 생각하지 않았으며, 타인의 고통과 수월하게 소통할 수 있다고 끝내 믿지 않았다. 그는 여전히 광주의 고통을 모른다. 그러나, 무지가 곧 회피의 정당성을 제공하는 것은 아니며, 소통불가능성이 소통에의 의지를 전면적으로 차단하는 것 역시 아니다. 그러므로 그가 말하는 통속은 이중적인 측면이 있다. 첫째, 전면적인 부정적 초월을 감행할 수 없다는 점에서 그의 의지는 여전히 세상에 귀속되어 있다. 둘째, 희망을 품는 행위 자체가 통속의 범주로부터 자유롭지 못하다면, '지칠 때까지 희망을 꿈꾸기'를 실천하는 방법은 특별한 원리에서 비롯되는 것이 아니라 이미 존재하는 스스로의 "흘러가버린 나날들", 즉 과거에서 시작된다. 기형도가 확신의 어조로 제시할 수 있었던 그 원리가 "스스로 변화하기"인 것도 같은 이유에서이다. 이 변화에의 의지 속에서 기형도의 희망은 비로소 역사에의 의지와 조우한다.

변화를 경유함으로써 주체는 과거의 나와 현재의 나를 서로 대질시킨다. 이 대질의 과정에서 현재의 나가 과거의 나를 바라보는 시선 그 자체가 역사적인 성격을 띤다. 과거의 나는 한때의 나라는 형상으로 변화를 겪은 지금의 나에게 연결된다. 그런데, 여기에는 어떤 전제가 덧붙여져야 한다. 변화는 주체가 직접적으로, 혹은 능동적으로 욕망할 수 있는 상태가 아니다. 변화는 그 자체가 목적이 아니라 과정에 가까우며, 따라서 변화된 미래를 미리 설정해서도 안 된다. '스스로 변화하기'는 그러므로 '변화를 선택하기'가 아니라, '변화할 수 있는 환경과 조건을 나 자신에게 제공하기'에 가깝다. 변화를 지향하기 위해서는, 변화를 추동하는 내외적 사건에 주체가 개방되어야 하며, 「기억할 만한 지나침」이 전형적으로 대변하듯 예상치 못한 우연 앞에 정직하게 열려 있어야 하고, 더 나아가 그 자신의 세계의 파괴와 무너짐을 견디고 그것을 응시해야한다. 그래서 그는 말한다. "무너질 것이 남아 있다는 것은 얼마나즐거운가"(「오후 4시의 희망」). 무너질 것이 남아 있다는 것은 변화될 여지가 남아 있다는 뜻이다. 무너지지 않는 주체는 포기하는 주체이다("더 이상 무너지지 않으려면 모든 것을 포기해야 하네"). 그러므로, 현재의 예감에 종속되지 않는 '전망'을 구원하기 위해서는변화에 대한 고통과 절망, 그리고 일시적인 패배를 냉정하게, 그리고 성실히 견뎌야 한다. "내가 거듭 변하지 않는 한 아무것도 변하지 않을 것이다. 거듭 변하기 위해 나는 지금의 나를 없애야 한다. 그것이 구원이다."[30]

여기서 기형도가 끝내 자기 구원에만 한정되어 있다고 오해해서는 안 될 것이다. 세상을 구원하는 일에 있어 그는 역량의 한계를느끼지만, 세상을 변화로 이끌기 위한 방법은 여전히 자기 자신의전면적인 폐기와 변화뿐이라는 인식을 그가 포기하지 않고 있기때문이다. 세계는 자기를 구원할 수 없지만, 무수한 개인들의 자기구원이 전제될 때 세계는 비로소 변혁의 계기와 가능성을 얻는다. 다수가 정치적 혁명의 열기에 전염되었던 1980년대 후반이라는 전환기 속에서, 기형도는 세상을 바꾸기 위해서는 우선적으로 나 자신부터 변화에 열려 있어야 한다고 믿고, 그 변화의 과정을 응시하고 탐구함으로써 세상의 변화로 이어질 수 있는 원리를 발견하는

30) 같은 글, p. 302.

376

일에 동참하고자 했다. 여행을 끝마치고 얼마 안 된 시점에 발표한 시 「정거장에서의 충고」는 그러한 원리에 희망이라는 이름을 부여하고자 했던 기형도의 의지를 분명하게 표명한 텍스트로 간주되기에 부족함이 없다.

미안하지만 나는 이제 희망을 노래하련다
마른 나무에서 연거푸 물방울이 떨어지고
나는 천천히 노트를 덮는다
저녁의 정거장에 검은 구름은 멎는다
그러나 추억은 황량하다, 군데군데 쓰러져 있던
개들은 황혼이면 처량한 눈을 껌벅일 것이다
물방울은 손등 위를 굴러다닌다, 나는 기우뚱
망각을 본다, 어쩌다가 집을 떠나왔던가
그곳으로 흘러가는 길은 이미 지상에 없으니
추억이 덜 깬 개들은 내 딱딱한 손을 깨물 것이다
구름은 나부낀다, 얼마나 느린 속도로 사람들이 죽어갔는지
얼마나 많은 나뭇잎들이 그 좁고 어두운 입구로 들이닥쳤는지
내 노트는 알지 못한다, 그 동안 의심 많은 길들은
끝없이 갈라졌으니 혀는 흉기처럼 단단하다
물방울이여, 나그네의 말을 귀담아 들어선 안 된다
주저앉으면 그뿐, 어떤 구름이 비가 되는지 알게 되리
그렇다면 나는 저녁의 정거장을 마음속에 옮겨놓는다
내 희망을 감시해온 불안의 짐작들에게 나는 쓴다
이 누추한 육체 속에 얼마든지 머물다 가시라고

모든 길들이 흘러온다, 나는 이미 늙은 것이다
　　　　　　　　　　　　　　—「정거장에서의 충고」 전문

　현재의 나는 "이제 희망을 노래"하겠다고 선포한다. 이 시에서
특징적인 것은 첫 행의 돌연한 선언 이후 "이제"라는 희망의 시간
대가 미래가 아닌, 과거를 향해 돌아서게 된다는 점이다. "저녁"
"추억" "황혼" "망각" 등의 시어들이 그것을 암시하고, "떠나왔던
가" "죽어갔는지" "들이닥쳤는지" 등의 시제가 사건의 지나감을
환기하며, "그곳으로 흘러가는 길은 이미 지상에 없으니" "나그네
의 말을 귀담아들어선 안 된다" 등의 판단은 현재의 시점에서 시
적 주체가 함축하고 있는 과거를 향한 단호한 의지를 표상한다. 그
러므로 그가 피력하는 미안함과 '충고'는 "불안의 짐짝"을 진 채
희망의 내용을 찾지 못했던 과거의 나를 향해 있다고 해야 한다.
　여기서 미래 시제로 간신히 지시되는 사건은 "어떤 구름이 비가
되는지 알게 되리"뿐인데, 그것을 시의 주체 역시 특정할 수는 없
으므로, 현재의 나에게 남아 있는 행동은 여전히 과거를 향해 발송
되는 현재의 '시 쓰기'뿐이다. 그렇게, 과거의 "내 희망을 감시해
온 불안의 짐짝들에게" 기형도는 쓴다. 자신의 현재적 육체에 "얼
마든지 머물다 가시라고." 그리고, 그 육체 속에서 기형도는 자신
이 "이미 늙은 것"을 확인한다. 하지만 기형도가 끝내 노래하고자
했던 것이 '희망'이라는 사실을 염두에 둔다면, 그가 마지막 구절
에서 확인한 늙음이 단순히 희망에 대한 부정을 뜻하지 않는다고
해석할 수 있다. 그는 희망을 희망하기 위해, 과거의 자신을 검토
해야 했으며, 그 검토 속에서 그가 "탐닉해온 것은 육체 없는 유령

의 자유로움"이었음을 비판적으로 성찰하고, 마침내 그 검토의 결과를 "누추한 육체"의 형상으로 증명하는 중이다. 이미 늙어버린 기형도는 전망을 발견할 의욕을 상실해버린 주체가 아니라 "지칠 때까지 희망을 꿈꾸기"를 실행하다가 늙어버린 주체의 육체이다. 그렇다면, "나는 이제 희망을 노래하련다"라는 첫 구절 자체가 이 시의 전체적인 실행을 보여주는 일종의 수행문인 셈이다.

아울러 위 시의 주체가 희망을 노래하는 장소 '정거장'이 과거와 미래 사이의 교차 지점이자, 늙음과 희망이 공존하는 장소라는 사실은 중요하다. 정거장이라는 시공간에서 기형도는 과거로 눈길을 주며 미래로 나아가는 일을 멈추지 않을 것이기 때문이다. 그가 타계하기 전 마지막으로 발표한 시에서도 상황은 비슷하다.

모든 의심을 짐을 꾸리면서 김은 거둔다. 어둑어둑한 여름날 아침 창문 밖으로 보이는 젖은 길은 침대처럼 고요하다. 마침내 낭하(廊下)가 텅텅 울리면서 문이 열린다. 잠시 동안 김은 무표정하게 거리를 바라본다. 김은 천천히 손잡이를 놓는다. 마침내 희망과 걸음이 동시에 떨어진다. 그 순간, 쇠뭉치 같은 트렁크가 김을 쓰러뜨린다. 그곳에서 계집아이 같은 가늘은 울음소리가 터진다. 주위에는 아무도 없다. 빗방울은 은퇴한 노인의 백발 위로 들이친다.
—「그날」 부분

위 텍스트에서도 기형도는 "모든 의심을" 거두고 새로운 여정을 떠날 채비를 한다. 그런데, "마침내 희망과 걸음이 동시에 떨어"지려는 찰나에 "쇠뭉치 같은 트렁크가 김을 쓰러뜨린다". 여전히 경멸을 동반한 자기 검열로 가득했던 과거가 끝내 기형도의 새로운 여정을 좌초시켜버린 것일까. "내 생의 주도권은 이제 마음에서 육체로 넘어 갔"(「그날」)다고 말했지만, 그의 삶을 지배한 것은 아직도 과거의 저 의심 가득했던 관념의 세계였을까? 그러나 저 노인의 죽음(?)을 패배가 아니라, 망각에의 저항을 위한 육체의 확인이라고 받아들인다면 사정은 달라질 것이다. 이와 관련하여 앞에서도 확인한 기형도의 다음과 같은 명제는 하나의 유용한 해석적 참조점을 제공한다. "내가 거듭 변하지 않는 한 아무것도 변하지 않을 것이다. 거듭 변하기 위해 나는 지금의 나를 없애야 한다. 그것이 구원이다." 없어진 나는 소멸되지 않는다. 변화는 과거의 나를 무효화하는 것이 아니라, 현재의 나 속에서 과거의 죽음을 고통스럽게 증명하는 작업이기 때문이다.

그러므로, 변화는 전향이 아니다. 변화와 전향은 과거와 결별한다는 점에서 같지만 그 계기와 방법에 있어 전혀 다르다. 전향이 과거의 자신에 대한 전면적 부정과 망각의 길로 이끈다면(그래서 역사에 대한 왜곡과 부인의 길로 들어선다면), 기형도의 변화는 과거의 나를 현재의 나 속에 보존하고 기록하는 역사적 작업에 가깝다. 그래서 그는 "어리석었던 청춘을, 나는 욕하지 않으리"(「가수는 입을 다무네」)라고 노래할 수 있었다. 기형도의 후기 시에 자주 등장하는 '그', 일종의 시적 자아의 분신으로 대상화되는 '그'가 "언제나 죽음에 연루되어 있다는 점"[31]은 그래서 중요하다. 그러나 한층

31) 이광호, 「默視와 默示: 상징적 죽음의 형식 ―기형도적인 시쓰기의 의미」, 『사랑을 잃고 나는 쓰네』, 솔, 1994, pp. 199~200.

중요한 것은 그 죽음의 공포가 신생에의 의지와 연결되어 있음을 기억하는 것이다. 요컨대 절망은 신생에의 희망(변화)을 견인하는 방법적 동력이었으며, 죽음은 그것을 실천하는 과정에서 필연적으로 거쳐가야 하는 중간 단계이다. 기형도가 죽음에 경도되었다면, 그것은 죽음이 마지막이 아니라 새로운 삶으로 나아가기 위한 통과의례였기 때문이고, 노인의 무너진 육신처럼 그 과정을 육체의 형식으로 "길 위에" 남겨 기록해야 한다는 사실을 모르지 않았기 때문이다.

4. 어긋난 시간: 기형도의 오지 않은 1990년대

> 우리가 시대에 뒤진 낡은 것, 중세적인 것이라고 생각하는 습관이 있는 정신과 표현 방식들은 당장에 죽지는 않는다.
> ─요한 하위징아, 『중세의 가을』

개인의 사적 기록과 주변의 여러 증언에 따르면, 기형도는 '정거장에서의 충고' 또는 '길 위에서 중얼거리다'라는 제목이 붙었을지도 모를 자신의 첫 시집을 준비하면서, 그다음 시집을 미리부터 기획하고 있었다. 당시까지만 해도 기형도가 염두에 두고 있었던 두 번째 시집의 제목은 '내 인생의 중세'였으며, 표제작이 되었을지도 모를 시의 도입부는 다음과 같이 전해진다.

이제는 그대가 모르는 이야기를 하지요

너무 오래되어 어슴푸레한 이야기
미루나무 숲을 통과하면 새벽은
맑은 연못에 몇 방울 푸른 잉크를 떨어뜨리고
들판에는 언제나 나를 기다리던 나그네가 있었지요
생각이 많은 별들만 남아 있는 공중으로
올라가고 나무들은 얼마나 믿음직스럽던지
내 느린 걸음 때문에 몇 번이나 앞서가다 되돌아오던
착한 개들의 머리를 쓰다듬으며
나는 나그네의 깊은 눈동자를 바라보았지요
　　　　　　　　　　　　　　　—「내 인생의 중세」

　자기 시를 성실하고도 엄격하게 다듬었던 시인의 평소 성격을
감안할 때, 아직 미완성인데다가 착상 단계에 머물러 있는 텍스트
를 심각하게 다루는 것은 해석자의 정도가 아닐 것이다. 하지만,
위 시에도 평소 기형도가 자주 구사하던 시어들('푸른 잉크' '나그
네' '개' 등)이 등장하지만, 전반적인 시의 분위기와 색조가 우리에
게 익숙한 기형도의 그것과 매우 다르다는 것 정도는 말할 수 있을
것이다. 더 이상 "추억이 덜 깬 개들"이 "내 딱딱한 손을 깨"(「정거
장에서의 충고」)무는 일도 없으며, 오히려 위 시의 주체는 뒤늦게
개들을 따라가는 중이다. 이 시에서 그는 지나간 추억들을 경멸하
거나 혐오하는 모습을 보여주지도 않으며, 따라서 과거로 인해 고
통받지도 않는다. 오히려 그는 "공중으로" 성장해나가는 나무들을
향해 "믿음직스럽"다고 말하고, "착한 개들의 머리를 쓰다듬으며"
나그네의 "깊은 눈동자"를 응시한다. 과연 "이제는 그대가 모르는

이야기"를 하겠다고 말하는 기형도는, 우리에게 어떤 이야기를 전하고 싶었고, 또 전하려 했던 것일까? 그가 끝내 쓰지 완성하지 못한 우리가 "모르는 이야기"는 무엇이었을까?

물론 미완성 시를 통해 기형도의 진의를 파악하는 것은 불가능하다. 다만, 위 시를 썼을 무렵 그가 탐독하고 영향 받았던 책이 하위징아의 『중세의 가을』이라는 사실은 하나의 단서를 제공해준다. 왜 그는 『중세의 가을』이라는 역사서에 매료되고, 자신의 씌어지지 못한 두번째 시집을 이러한 역사서에 대한 오마주로 기획하고 있었을까? 기형도는 과연 이 역사서의 어떤 부분에 주목했던 것일까? 여기서부터 해석은 분석의 영역이 아닌 추론과 추정의 영역으로 들어선다.

잘 알려진 것처럼 하위징아의 『중세의 가을』은 14~15세기의 부르고뉴 지방의 역사를 고찰한 고전적 역사서이다. 그는 이 저서를 통해 통상적으로 유럽의 암흑기로 알려져 있는 '중세'라는 시기를 재발견하고 다시 조명하고자 노력했는데, 그의 역사 감각에 포착된 유럽의 14~15세기는 중세가 끝나버리는 시기가 아니라 오히려 중세적인 것과 근대적인 것이 함께 공존했던, 독특한 혼란의 시기이다. 중세는 갑자기 소멸했던 것도 아니며, 반대로 근대 역시 갑작스럽게 태어나지 않았다. 중세의 종말은 역설적이게도 중세적인 것이 가장 화려하면서도 독특한 문화 양식으로 그 절정을 드러내는 시점부터 진행되고 있었다. 오래된 것의 종말과 새로운 것의 탄생 시기가 불가피하게 중첩될 수밖에 없다면, 전환기라는 시대 속에서 종말과 탄생을 완벽하게 구분하는 것은 불가능하다. '새로운 것'으로 불리는 요소가 새로운 시기에 귀속된다고 결론내릴 수 없는 것 역시 불가피하다. 소위 근대적인 것으로의 길을 열었다고 후대에 평가된 사상가, 예술가 들의 삶과 작업들이야말로 중세적인 세계에 더욱 가까웠다고 평가될 수 있는 이유도 거기에 있다. 하위 징아의 저서에는 이렇게 적혀 있다.

중세와 르네상스를 가르는 분명한 경계선을 그으려 한 때마다 이 경계선은 훨씬 더 이전까지 거슬러 올라가야 할 것처럼 보였다. 중세가 한창인 동안에도 이미 새로운 시대의 조짐을 보이는 것 같은 형태와 움직임들을 발견하게 되고 르네상스의 개념도 그러한 현상들을 포괄하기 위해 극도로 넓혀졌다. 거꾸로, 르네상스에 대해서도 그것을 공평하게 연구해보면 거기서도 여전히 중세의 존속을 발견하게 된다.[32]

우리가 그들을 혁신자들로 생각하는 것은 옳은 일이다. 그러나 최초의 휴머니스트들이 자기 세기와의 일치감을 더 이상 느끼지 않았으리라고 생각하면 그것은 잘못이다. 그들의 전 작품은, 그것에 생기를 주는 쇄신의 입김에도 불구하고, 14세기 문명에 속한다.[33]

의미심장하게도 위 대목은 기형도가 살아가고 끝내 죽음으로써 매듭지을 수밖에 없었던 한국의 1980년대적 전환기와도 유사해 보이며, 더 나아가서는 기형도의 시와 삶에 내포된 역사적 성격과도

32) 요한 호이징가, 『중세의 가을』, 최홍숙 옮김, 문학과지성사, 1988, p. 336.
33) 같은 책, p. 389.

일치하는 것처럼 보인다. 1980년대는 분단 이후 한국 문학사에 있어 문학적인 것과 정치적인 것의 일치를 가장 극단적으로 추구했던 뜨거운 시기로 기억된다. 한편 1980년대라는 찬란하고 화려했던 시기는 1990년대라는 새로운 시간대에 접어들면서 급격한 소멸의 길을 걷다가 거짓말처럼 증발해버렸다. 문학을 통해 세계를 변혁시킬 수 있다고 믿었던 사람들은 하나 둘씩 전장을 떠났고, 1990년대 문학이 완성될 즈음에 이르러 1980년대는 마치 유럽의 중세처럼 한국 현대문학사의 암흑기로 간주되기 시작했다.

그러한 변화된 조류 속에서 기형도는 앞에서도 말했듯, 1990년대적인 정신을 선취했던 혁신가로 일컬어졌다. 그러나, '기형도의 신화'가 만들어질 수 있었던 계기와 조건을 1990년대적인 상황이 제공했던 것이 분명하다고 하더라도 기형도가 자기의 세기, 즉 1980년대와의 일치감을 느끼지 않았으리라고 생각하면 그것은 잘못이다. 그는 문학을 통해 세계를 변혁하겠다는 사람들의 이념에 완벽히 동의할 수는 없었지만 문학이 세계로부터 고립될 수 있다고 믿지 않았다. 기형도는 1980년대의 변혁적 문학운동을 향해 막연한 형태의 연대감을 표시하면서도, 환상과 상상의 세계에 주력했던 '시운동' 동인들에게 우려 섞인 지지를 보냈던 이중적 인물이다. 기형도는 자신의 내면에 집중하는 과정에서도 그 자신의 삶이 1980년대라는 시대적 정황으로부터 자유로울 수 없다고 확신했다. 기형도가 광주를 향하며 "나의 희망은 좀더 넓은 땅을 갖고 싶다" 토로했을 때, 그가 말한 땅은 1980년대적인 역사적 지평과 긴밀한 관련이 있었다. 아마도 그가 살아서 두번째 시집을 펴낼 수 있었다면, 그는 1990년대라는 새로운 시간 속에서 자신의 땅을 발견하기 위한 본격적인 여정을 시작했을지도 모른다. 그러나 그러한 미래는 오지 않았고 그가 희망과 함께 언급했던 '좀더 넓은 땅'은 미지의 영역으로 1990년대에 남겨져버렸다. 하지만, 그의 작품과 삶은 '개인성'을 새로운 미학의 근원지로 옹호하는 1990년대적 분위기와 세기말적 정서에 우선적으로 공명해버렸고, 그의 처절한 절망이 견인했던 희망 역시 아이러니하게도 자신에게 바쳐진 신화적 열기 속에서 소멸해버렸다. 1990년대의 때 이른 선언들에 속에서 1980년대 문학은 끝나버렸고, 기형도의 1990년대는 아직 오지 않았다.

*

기형도는 문화부 기자로 재직하던 1986년 늦가을 사내에 작은 소동을 일으킨 적이 있다. 정부 당국의 검열로 인해 당시 인기 드라마 〈전원일기〉의 방영분이 취소되는 사태가 발생했고, 기형도는 이에 대한 비판조의 기사를 쓴다. 해당 기사의 마지막 부분에서 기형도의 문장은 급기야 기사와 시의 경계를 넘나드는 모습을 보여줬는데, 이 도발적인 문장을 데스크가 수정하자 기형도 '기자'는 편집부로 달려가 애초의 원고로 되돌리는 파격적인 행동을 감행한다. 결국 기사는 초고대로 실릴 수 있었지만, 이 사건 등의 여파로 인해 기형도는 그가 그토록 좋아하던 문화부에서 편집부로 부서를 이동할 수밖에 없었고 이듬해 봄, 세상을 뜬다. 해당 기사의 마지막 대목은 다음과 같다.

배추 값이 폭락하고 팔 데도 마땅치 않자 1년 내내 배추밭에 매달려온 일용(박은수 분)은 온몸에 힘이 빠진다. 집에 돌아와보니 처는 궁상맞게도 서울 친척들에게 배추 좀 사달라고 편지를 써놓았다. 일용은 하는 수 없이 배추 1백30포기를 한 접씩 쳐서(한 접은 원래 1백 포기) 헐값에 팔아치운다. 일용 어머니(김수미 분)는 본전도 못 건진 배추 값을 벌어야겠다며 인근 도회지로 소쿠리 장사를 나간다. 일용 어머니는 장사한 돈으로 일용에게 "네가 제일 춥겠다"며 털스웨터를 사다준다. 속이 상한 일용은 이웃집에서 마을 청년들과 술을 마신다. 대취한 일용은 "양파를 심으면 양파 값이, 배추를 심으면 배추 값이 폭락하니 나는 땅과 인연이 없다. 땅을 버리겠다"며 울면서 춤을 춘다. 다음 날 아침, 술이 깬 일용의 뺨에 누군가 뽀뽀를 한다. 아빠를 찾으러온 딸 복길이다. 일용은 복길을 안고 집으로 향한다. **그래도 여기는 우리의 땅이다. 자식들은 흙의 희망이다. 우리는 고향을 떠날 수 없다.**[34] (강조는 인용자)

---

34) 기형도, 「『전원일기』 「배추」 편 돌연 방영 취소」, 『중앙일보』 1986년 11월 19일 자.

불능의 시뮬라크르

—양선형 소설의 정치적 프로토콜

1. 폐기된 고유명

단순한 질문으로 시작해보자. 양선형의 『감상 소설』(문학과지성사, 2018)의 중심 초점 화자로서의 '그', 소설의 실질적 전개를 담당하고 있는 인물 '그'는 누구인가. 등장인물로서 '그'는 해변 생활자, 스나크 사냥꾼, 환영을 좇는 순찰자, 자신의 임무를 망각한 비밀경찰이다. 그러나 '그'가 소설의 전역에 포진되어 있음에도 불구하고, '그'를 설명해주는 구체적인 속성적 지표를 특정하는 것은 쉽지 않다. 행위의 차원에서 '그'가 지나칠 정도로 무능하기 때문이다. '그녀'를 만나기 위해 '그'는 앞으로 나아가고, 계속해서 움직이지만, 결코 성공하지 못한다. '그'는 소설 쓰기를 욕망하나, 결과적으로 소설을 쓰는 데에도 실패한다. 요컨대, '그'는 무능한 존재들이다. 하지만, '그'가 무능한 진정한 이유는 의미 있는 행위를 이끌어내는 데 실패했기 때문이 아니라, 행위 자체를 의미화하는 데 실패하기 때문이다. "물론 모든 행위란 어디까지나 과정"(p. 73)일 것이다. 하지만 과정과 목적이 완벽하게 분리된다면, '그'가 벌이는 일들 가운데 유의미한 것은 아무것도 없게 된다. "그는 목적이 없다"(p. 133). 행위는 목적으로부터 탈구되어 있다. 이른바, "그는 제로 상태의 인간이다. 세계로부터 인간을 제하고도 좀처럼 제명되지가 않는 인간이다"(p. 161). 그러므로, 제로 상태의 '그'가 보여주는 무능함은 단지 정체성에 국한되지 않는다. '그'의 무능함은 '그'의 목적 없는 행위, 그리고 그것을 통해 수행되는 소설적 기능과 더욱 근본적으로 관련 있을 것이다.

그렇다면, 질문을 바꿔야 한다. '그'가 누군지 물을 것이 아니라 '무엇'인지, 그리고 소설 속에서 수행하는 서사적 기능과 역할에 관해 물어야 한다. '그'는 인물인가, 인칭대명사 아니면 초점 화자인가. 우선 '그'를 단순히 소설 속 등장인물이라고 말할 수는 없을 것이다. '그'라는 단어의 과잉이 수반하는 현상, 즉 고유명의 폐기는 소설의 등장인물에 관한 우리의 관습적 기대 지평을 배반한다. 아울러, 인칭대명사라고도 말할 수도 없다. 문법적으로는 대명사에 가깝지만 그 무엇을 정확히 지시하거나 대변하지 못한다는 측면에서 인칭대명사의 일반적 기능을 담당하지도 못한다. 오히려, '그'는 로만 야콥슨이 말했던 '전환사shifter'의 역할에 지나치게 충실하다.[1] 때문에 초점 화자라고 규정하는 것도 충분하지 않다. 이

---

1) 야콥슨은 인칭대명사들을 일컬어 메시지를 지칭하는 일종의 코드 속의 요소들, 즉 전환사로 규정한다. 전환사의 의미는 그것이 포함되어 있는 메시지, 전후의 맥락에 대한 참조 없이는 규명될 수 없다. 이를테면, '그'라는 단어가 지시하는 대상을 규명하기 위해서는 전후에 등장하는 다른 메시지들을 참조해야 한다. 그가 인칭대명사 등을

름 없는 '그'는 고정된 하나의 인물, 하나의 속성, 하나의 문장, 하나의 작품 안에 갇힐 수 없으며, 언표의 상황과 맥락에 따라 유동적으로 변주되고 있을 뿐이다. 시작의 기원도 끝이라는 목적도 갖지 못한 '그'로 인해 소설 언어의 지시적 기능은 약화되고, 방향을 잃은 채 뻗어나가는 환유적인 그물망이 펼쳐진다.

'그'를 둘러싼 지시적 모호성은 양선형의 소설들이 하나의 계열체를 이룬다는 것, 즉 '그'라는 단어가 전통적인 소설의 분류법을 무력화하고, 소설들 간의 분할선을 교란한다는 사실을 강조한다. 『감상 소설』은 열 편의 단편소설로 구성된 책이고, 각각의 작품들은 책을 이루는 부분에 해당하지만 그것은 내적으로 분해되어 있으며, 상호 텍스트적으로 서로 연결된 채 차단되어 있다. 정체가 불분명한 '그'의 기능적 모호함 속에서 양선형의 소설들은 하나의 흐름으로 연결되지만, '그'의 지시적 무능성으로 인해 한 편의 소설 안에서도 서사적 흐름이 끝없이 단절되는 셈이다. 불연속적 흐름, 혹은 연속적 단절이라는 역설적 이중태 속에서 '그'는 소설의 기호들을 전역으로 운동시키는 매개로 작용한다. '그'를 통해 목적을 잃은 말, 주인 없는 욕망들이 끊임없이 유통될 때, '그'는 일종의 화폐에 가까워진다. 그러나 언어들의 유통을 통해 드러나는 것은 '그'라는 화폐가 무능하다는 것, 즉 "내던져진 모조 지폐가 되어버린다"는 사실뿐이다. "휴지 조각이 된 어음"(p. 75)에 불과한 '그'를 매개로 소설의 언어가 교환되고 호환될 수 있다고 하

일컬어 전환사라고 명명한 이유는 그것의 의미가 문법적으로 고정될 수 없고, 연속되는 새로운 메시지들에 의해 변화되고 전환될 수 있기 때문이다.

더라도, 사실상 그것은 재현 능력을 상실한, 무의미한 서술과 다를 바 없다. "서술은 그를 운반하는 사람들의 정체를 밝혀주지 않는다"(p. 205). 더 정확히 말하면, '그'라는 단어를 통해 증식되는 사태가 서술의 기능을 해체한다. 그러나 교환 불가능성은 거래의 전적인 폐기가 아니라, 사용처를 잃은 단어들의 끝없는 교환을 통해, 즉 목적 없는 사용의 과잉 속에서 태동한 어떤 사태이다. 따라서 '그'를 그저 무능한 기표라고 할 수는 없을 것이다. 단순한 무능이 아니라, 끝없이 무능을 시연하게 만드는 기표에 가깝기 때문이다.

그렇다면, 다시, 질문을 바꿔야 한다. 무능한 것들의 계열적 증식을 통해 드러나는 '사태'는 무엇일까. 모든 역량과 정체성이 소거된 제로 상태의 '그'는 무능한 행위들의 반복을 통해 "절멸한 세계의 훼손된 전시장"(p. 191)으로 소설을 전시한다. 세계가 애초에 훼손되었던 것일까, '그'가 세계를 훼손시키는 것일까. 선후를 확정할 수 없지만, 확실한 것은 '그'가 "부서진 입방체, 흐트러진 먼지구름의 세계"(p. 173), 결코 사라지지 않을 해변(「해변생활자」)이라는, 폐허에 유폐되어 있는 주변적marginal 이방인으로 다시 태어난다는 점이다. 그런 맥락에서 '그'는 소설에 등장할 수 없고, 다만 "불시착"(p. 241)이라고 말할 수밖에 없는 방식으로 탄생한다. "그, 무능하고 여태껏 아무런 실적도 거두지 못한 비밀경찰인 그는 알몸인 상태로 전나무들이 자욱한 숲속에서 깨어난다"(p. 199). 이 불시착 같은 깨어남 속에서 그는 자신의 기원과 목적을 동시적으로 잃어버린다. 물론, 이때의 망각은 선험적이다. "그는 갑작스럽게 깨어난 자다 누군가에 의해 한꺼번에 주어진 자다"(p. 131). 그러나 실제로 주어진 것이 아무것도 없기에 아무것도 기억하지 못한다.

"거의 완벽하게 잊어버렸다. 이름조차 기억나지 않는다"(p. 72). 그러므로, 자기 자신의 기원을 잃은 자, 반복되는 무능 속에서 깨어나는 자, 이름 없는 '그'를 위한 새로운 이름이 필요하다. 그것을 우리는 앞으로, 불능이라고 명명할 것이다. '그'는 무능한 언어들의 연쇄적 교환 체계 속에서 탄생한, 불능의 인간이다.

2. 불능의 인간

> 불능의 폭주를 지속하고 있었다.
> ―「감상 소설」

불능impossible의 인간은 단순히 무능impotence한 인간을 의미하지 않는다. 불능의 인간은 무능한 인간보다 훨씬 납작한 존재이다. "그는 왜소한 자"(p. 245)이고, "깊이 없는 평평한 오줌 지도"(p. 278) 같은 흔적이다. 무능한 인간은 자신이 소유했던 역량을 일시적으로 잃어버린 존재에 가깝다. 그때, 무능이라는 말은 인간을 수식하고 결여를 묘사하는 정태적 형용사로 사용된다. 그러나 불능은 결여된 인간을 설명하기 위한 말이 아니다. 불능의 인간은 무언가를 상실했지만, 자신이 무엇을 잃어버렸는지 자체에 관해 무지하다. 그가 잃어버린 것은 그가 과거에 소유했던 어떤 것이 아니기 때문이다. "저는 제가 무엇을 잃어버렸는지 알지 못해요. 그것을 되찾고 나면 제가 지금까지 그토록 되찾고 싶어 했던 물건의 정체가 무엇인지 알 수 있겠지요. 그러나 저는 그것이 무엇인지 알지 못하기 때문에 그것을 찾을 수 없을 거예요"(pp. 17~18). 그는 영원히 상실할 수밖에 없는데, 그것은 자신이 무엇을 상실했는지 특정하지도, 규명하지도 못한다는 측면에서 그러하다.

역량이 결여된, 무능한 인간은 결여를 극복하고 대체하기 위한 욕망을 추가할 수 있다. 그리고 욕망을 소유함으로써, 무능의 반대항으로서의 역량을 잠재적으로 보유할 수 있다. 이때, 잠재성은 '실현 가능한 미래'라는 방식으로, 여전히 시간성과 관계를 맺는다. "그들은 잃어버린 것들에 대해 생각하지 않았다. 시간이 없었기 때문이다"(p. 9). 무능한 인간은 극복을 위해 결여를 응시하고, 그것을 대체하는 기표들을 위해 시간을 사용한다. 그러므로 무능한 인간에게 시간은 늘 부족할 수밖에 없다. 시간이 부족한 인간이 곧 무능한 인간이다. 반면, 불능의 인간에게는 시간이 부재한다. 시간의 부재는 시간의 부족이 아니라 "시간의 장애"(p. 191), 즉 시간의 철폐를 뜻한다. "주인을 잃어버린 물건이 주인 없는 물건이 되어가기까지, 어떤 미아가 자신이 이미 미아가 아니라 고아가 되었음을 이해하는 순간까지, 휴지(休止) 혹은 약간의 유예가 있었고 해변은 그 시간 속에 자리했다"(p. 25). 여기서 발생하는 시간의 변용은 어떤 근본적인 분리와 폐제foreclosure를 발생시킨다. 무능의 인간이 결여의 형식으로 무언가를 소유한다고 말할 수 있다면, 불능의 인간은 결여 그 자체에 연루되어 있다고 말해야 할 것이기 때문이다. 인간에게 불능이 귀속되어 있는 것이 아니라, 불능이 인간을 소유한다. 회복을 바라고 기대할 때, 무능의 인간은 왜소하지만 아직 가능성의 주체이다. 그러나 불능의 인간은 역량의 주체도, 가능성의 주체도 아니다. 그는 단지 역량을 일시적으로 잃어버린 주체가 아니라, 오히려 불능이라는 사태의 인질에 가깝다는 점에서 비-주체이다.

따라서 불능의 인간은 단순히 대상을 부정하는 주체, 혹은 부정성에 의해 희생되는 주체와 구별되어야 할 것이다. 부정은 여전히 어떤 것에 대한 부정을 수행함으로써, 혹은 부정의 대상이 됨으로써 의미를 확보할 여지를 보존한다. 부정하는/되는 인간이 곧 불능의 인간과 동일하다고 말할 수 없는 이유는 부정이 기초하고 있는 이항 대립이라는 변증법적 원리 때문이다. 무언가가 없다 혹은 아니다라고 부정하면서 그것을 제거했다고 믿는 것은 순진한 일이다. 같은 맥락에서 우리는 양선형의 소설이 인물을, 이야기를, 의미를, 언어를, 그리고 소설을 부정한다고 오해해서는 안 된다. 불능을 위해서는 부정보다도 더 괴롭고, 피로한 과정을 거쳐야 하기 때문이다. "지금은 아무것도 쓰지 않는다. 쓰기를 그만두기 위해 글을 쓰는 사람들이 있다"(p. 257). 자신의 행위를 중단시키기 위해 행위를 반복한다는 역설. 불능의 인간은 오히려 자신의 능력을 다 사용해버림으로써, 모든 역량을 소진시키는 행위의 되풀이 속에서 자신을 발견한다.

실현 불가능성의 차원에서, 무능과 불능이 완벽하게 구별되기 힘든 것은 그러므로 당연하다. 따라서 불능은 무능한 행위들의 계열적 증식을 통해 좀더 분명하게 확인되어야 한다. 끊임없이 자신을 소진시키면서, "고갈된 역량의 바깥을 향해"(p. 257) 나아가기를 욕망하는 것. 이것은 실패를 매개로 자기 자신의 탈진을 도모하는 일이다. "그들은 자신의 깨달음을 지속할 만한 기력이 없다. 깨달음이 완전히 소진될 때까지 그들은 앉아 있다"(p. 66). 의미("깨달음")를 유지시킬 기력을 잃고, 모든 것들이 소진되고, 탈진되고, 지쳐버렸을 때에도 여전히 남는 것. 불능은 그러므로 모든 가능성들의 소진 상태에서 비로소 나타나는, 극단적인 수동성과 관련된다.

따라서 불능의 인간에게 실패는 두려운 일이 아니다. 그에게 "두려운 것은 가능이 아니라 전망이다"(p. 73). 전망을 향한 기대와 낙관, 그리고 희망 속에서 불능의 인간은 무능한 인간으로 복귀될 수 있다. 따라서 불능의 인간이 노력할 수 있는 유일한 일은 회복을 지연시키는 일, 무언가를 소모하는 작업의 지속적 반복이다. "한 가지 진심을 담아 전하고 싶은 것이 있다면 그럼에도 저는 하루의 가장 오랜 시간을 책상 앞에서 소모한다는 사실입니다. 그것은 중요한 문제입니다. 자꾸만 책상 앞으로 귀환해 뭔가 조잡한 옹알이를 시도하는 형편이니까요"(p. 289). 그렇게, 그는 부정적 차이를 추구하기보다 이미 존재하는 언어들의 가능한 조합들의 극대화를 선호한다. 역시 문제는 조합들이 가능한 의미를 창출하기 위한 것이 아니라는 점에 있다. 언어의 가능성들을 극대화하는 실험적 조합 속에서, 의미의 가능성이 박탈된다는 역설. 이 역설을 수행함으로써 그는 진정한 의미, 고유한 무언가를 숨기고 은폐하는 대신, 계속해서 소모하는 데 성공한다. "환영의 영토를 벗어나려 했지만 어쩐지 온몸이 탈진한 것처럼 도무지 움직여지지 않는 것이었다. 그는 붙박이였다"(p. 322). 양선형의 소설이 어렵게 느껴진다면 그것은 의미의 난해성 때문이 아니라, 의미의 탈진 현상 때문이다.

3. 문체, 글쓰기-기계의 프로토콜

고유한 것들의 탈진과 역량의 고갈이라는 관점에서 우리가 강조해야 할 것은 양선형 소설 특유의 문체이다. 의심할 나위 없이, 그의 소설을 읽은 독자가 주목하고 긍정할 수 있는 것은 그의 독특한 문체일 수밖에 없다. 그러나 불능과 소모라는 측면에서, 양선형의 문체는 단순히 개성적 스타일style을 지칭하지 않는다. 문체를 스타일로 간주하는 일반적 관점은 작가가 언어를 통해 무로부터 새로운 것을 창조해내는 역량을 소유한 존재라는 환상을 제공한다. 문체를 갖고 있는 작가는 자기만의 고유한 내면과 영혼을 갖고 있는 존재이다. 반면, 양선형 소설의 문체는 그가 소유하고 있는 고유한 무언가를 표식하지 않는다. 스타일로서의 문체가 작가의 개성을 표시하는 고유성의 지표라면, 고유명을 탈각한 불능의 '그'가 전시하는 문체는 오히려 그러한 개인성의 소멸을 증언하는 흔적에 가깝다. 그러므로 박탈된 개성, 개인성의 무화를 드러내는 양선형 문체의 문제적 성격을 조명하기 위해서는 일종의 반복 놀이 그 자체, 즉 자동적 글쓰기écriture가 일어나는 메커니즘을 추적해야 할 것이다.

"그는 다시금 글을 쓰는 사람이 되고 싶었다"(p. 257). 그러나 그가 되고 싶었던 것은 엄밀히 말해 사람이 아니라, 들뢰즈적인 의미의 기계-사람이다. '그'라는 불능의 인간을 통해 수행되는 글쓰기는 "일종의 기계적 반응"(pp. 162~63), 즉 언어를 소모하는 기계장치의 작동을 보여줄 뿐이다. 양선형에게 작가는 글을 쓰는 사람이 아니라, 작동하는 사람이다. 양선형이라는 고유명조차 단지,

그러한 글쓰기 기계장치의 작동을 표시하는 단어에 불과하다. "나는 빗금이다"(pp. 247~48). 그 기계가 벌이는 일은 이런 것이다. "그는 제 필체를 다 써버릴 때까지 이러한 놀이를 되풀이한다"(p. 151). 그는 무로부터 새로운 것을 창조하는 대신 익숙했던 무언가를 끊임없이, 작위적으로 조합하는 것, "형적의 환란을 중지하지 않기 위한 작위의 이동을 모색하는 것"(p. 338), 즉 고유성의 무화를 향해 나아가는 것을 선호한다. 이를테면, 다음 사례들처럼.

신체에 관한 무지는 결정적이다. 그에게도 머리가 있고, 그에게도 절지된 관목(灌木)처럼 딱딱하게 말라붙은 손바닥이 있다. 그는 휠체어 팔걸이에 양 팔꿈치를 맞붙인 채 뭉툭한 손가락을 꼼지락거린다. 그에게도 그런 능력이 있고, 그는 닭의 목처럼 뾰족한 손끝으로 휠체어 바퀴를 도미노의 첫 피스를 쓰러뜨리듯 가볍게 밀어내는 방식으로 여기에서 저기로, 마치 최후의 이주를 달성하듯, 나아갈 수 있다. '문턱'이 존재하지 않는다면 말이다. 그는 상반신 아래서 벌어지는 일들을 모른다. 하반신은 소금에 절인 배추처럼 삭아 있고, 녹아버린 관절은 지나치게 물렁하여 프레스에 틀을 놓고 찍어낸 젤라틴 같다. 세계가 충분히 평평해진다면 좋겠다. 한없이 전진하고 가로지르고 되돌아갈 수 있을 만큼, 그녀의 보살핌이 필요치 않도록, 그렇다면 이미 장애는 제거된 것이다. 그는 구태여 양손으로 바퀴를 밀치지 않아도 될 것이다. 평평한 세계가, 유약을 바른 미끄럽고 유려한 세계가 그가 탄 휠체어를 저절로 끌어갈 것이기 때문이다. (p. 165)

"나는 당신을 없애버릴 작정이야. 나는 당신을 가만히 내버려두지 않을 거야. 당신이 조금이라도 낙관적인 마음을 품게 되면 너절한 믿음과 조작된 위로의 변기통을 향해 그 처연한 미혹의 연못 앞에 엉덩이를 깔고 앉아 멸균된 의료용 시험관에서도 잘만 번식하는 굴지의 영생 사면발니들을 상대로 말더듬이 혓바닥을 날름거리는 머저리가 되면 시트에서 표백제 냄새가 나는 아늑한 호텔 객실 침대에 누워 부어오르는 욕구불만의 깜찍한 거머리들을 상대로 무슨 몽환적인 딸딸이를 시도하는 얼간이가 되면 숙맥의 관능을 세계의 전망으로 이해하는 발기한 수산양이 된다면 나는 이제 그러한 당신을 향해 당신이 꿈에서도 상상하지 못했던 최악의 묘사들을 착불로 부쳐버릴 생각이야. 나는 나를 구조하지 않을 거야. 역겨운 외양간을 자처하고 혹독한 위생을 강제하며 부정의 강박관념 속에서 나를 숙주로 무한히 득실거리고 있는 인공 생체들의 저열한 생식기를 지루하게 살처분할 생각이란 말이야."(p. 228)

인용한 대목들이 작위적으로 느껴진다면, 그것은 단어들이, 개념들이, 비유들이 중심으로부터 사실상 이탈되어 있기 때문일 것이다. 지나칠 정도로 집요하고 과도할 정도로 세밀한 망상적 언어들로 인해 묘사되는 사태가 그것을 재현하는 서술 행위로부터 미끄러져나간다. 의미를 지탱하는 체계의 깊이가 부재하고, 말들의 평면적인 미끄러짐이 가속화되는 양선형의 소설을 구성하는 것은 "녹아버린 관절"로 인해 탈구되어버린 말들이다. 말들의 탈주가 겨냥하고 있는 진정한 목표를 언표화하면, 사실상 이런 선언이 도출된다. "나는 당신을 없애버릴 작정이야." 그러나 그것이 소멸시키고자 하는 것은 다름 아닌 자기 자신의 자아이다. "꿈에서도 상상하지 못했던 최악의 묘사들"은 통제되지 않는 기계처럼 작동하면서, 끝없이 언어의 탈진을, 주체의 고갈을, 즉 자기 자신의 소진을 유발한다. 그러므로 위 대목이 작위적으로 읽힌다면, 그것은 가능한 것들의 조합을 통해 은유의 성립을 끝없이 배반하는 기호들이 환유적 흐름만을 형성하기 때문이고, 그를 통해 끊임없이 의미의 송출을 저해하도록 중심을 비워내는 글쓰기-기계가 작동하기 때문이다. "나는 의미심장함이 없는 망설임이다"(p. 247). 거기에는 해석도 없고 의미화도 없으며, 오직 극단적인 언어의 교환과 그것들의 끝없는 반복적 변주만이 있을 뿐이다.

그는 커튼을 걷고 창밖으로 드러난 세계를 본다. 창밖엔 무엇이 있나. 어떻게 서술해야 폐허의 삐뚤빼뚤한 능선을 온전히 박리할 수 있나. 그것은 물어뜯는다. 나눠서 처분한다. 헐값에 팔아버린다. 그것은 나열하고 그것은 넘어뜨린다. 그것은 잡아 빼면 줄줄이 끌려오는 파열의 포말들이다. 그는 본다. 그녀의 턱밑, 길거리, 야외 변소, 음울한 국공립 초등학교의 먼지 쌓인 청소함들, 판서가 금지된 칠판들, 녹색 안개를 퍼뜨리며 날아가는 공중 로켓, 자물쇠가 빠진 과거와 미래의 조립식 창고들, 망해버린 양장점의 정중한 마네킹, 차단기를 내린 지하 주차장들, 봉안된 납빛 유골들, 옥상에서 발사되는 자축용 축포, 연석을 넘나드는 오토바이들, 나선 뿌리를 더듬는 파란 빛깔의 소년들과 엉덩이가 바닥까지 처진 늙은이들의 무리, 굴종하는 골격들, 어기적거리는 행렬, 망치를 휘두르는 풍향계들, 타액과 음악, 피떡이 된 돌담들과 돌담 난간에 박힌 월담 방지 파편들, 자위용 침실, 사체의 생태에서 폭등하는 능청스러운 사면발니들, 공사장의 가설 숙소, 소녀가 억류된 굴뚝, 오물이 모여드는 저지대, 첨벙거리는 헛것 태양, 부러진 삽자루들, 막 용접된 함석 몽둥이 위에서 서서히 식어가는 깜부기 빛, 색색으로 해어진 정글복들, 뇌 속의 탄환, 누유(陋儒), 누적되는 정욕의 흡혈 거머리들, 고갈, 짓밟힌 잔디들, 목욕하는 갈빗대, 폐기 정유가 흘러드는 구덩이, 웅덩이를 건너뛰는 구겨진 발목의 고무장화들, 손가락을 꼽듯이, 버려진 거치대마다 수북하게 겹쳐진 자전거, 너덜거리는 광고 전단, 비존재의 건더기들, 분뇨, 기흉 발작, 치매, 공황장애에 시달리는 쇠약한 민무늬뱀들, 드럼통, 난파선, 의자가 겁박된 전봇대, 모퉁이를 돌면 나타나는 흥성거리는 술집들과 지퍼를 내린 등짝, 울먹거리며 엎질러지는 혓바닥들, 돌담에 눌어붙은 검질긴 젤리들과 맨홀의 둘레로 삐져나온 싸구려 신(神)의 검은 소맷부리, 대형 병원의 청회색 복도에서 울리는 수다스러운 비명들, 전극이 빠진 의료용 변압기들, 지하에 붙박여 있는 이형(異形) 철근들, 상하수도 시설, 꿈틀거리며 밀려가는 강물의 아무개 살점들, 치아를 살살 녹이는 고형 악취, 생식하는 신체, 분열의 행간에서 찐득하게 새어 나오는 젓갈들, 개들이 탐닉하는 헌신짝, 낙수로 빈속을 채우는 얼빠진 청동상들, 거짓 물체들, 빛을 단속하는 창문과 창문 뒤에서 내다보는 사람들, 내다보지 않는 사람들, 고적한 길거리를 휘청휘청 걸어가는 남자, 남자 앞을 막아서는 헬멧을 쓴 남자들, 번쩍 터지는 외눈박이들, 쫓겨난 흥분, 장착된 성기, 소년의 마른 어깨에서 연이어 미끄러지는 헝겊 가방끈……
소년은 존재하지 않는다. 어머니는 존재하지 않는다. 여자가 존재하지 않고, 남자가 존재하지 않고, 그것들 모두가 존재하지 않고, 밤은 존재하지 않고, 장대에 꿰인 낮, 포로가 된 낮, 마스크를 착용한 낮은 존재하고, 궤멸된 세계는 존재한다. 얻어맞은 세계는 존재한다. 피랍된 세계는 존재한다. 파리한 조각상은 존재한다. 뒤집힌 하늘을 가로지르는 비행기, 열 개가 훌쩍 넘어가는 잘린 발가락들은 존재한다. (pp. 169~71)

소설을 통해 전경화되는 것은 잘려나간 신체 같은 기표들, 그리고 그것들이 발생시키는 어지럼증으로 궤멸되어버린 세계뿐이다. 사정이 이러하기에 우리는 양선형의 문장이 말들의 어지럼증으로 인해 조성된 기표들의 숲이라고 말해야 한다. 그리고 그 "숲은 무주공산이다". 숲을 통제하고, 관리하는 초월적인 주체는 존재하지 않는다. 숲은 작가가 조성한 것이 아니라, 글쓰기-기계에 의해 번성하고 있는 것이다. "숲은 사고실험이다. 숲은 작위의 무한이다" (p. 221). 작위적 조합의 무한을 지향할 때, 양선형 소설의 서사는 이러한 무한을 향해 나아가는 실험적 조합들을 위해서 희생될 수밖에 없다. 그의 소설에서 우리가 신뢰할 수 있는 의미의, 서사의 중심이 부재할 수밖에 없는 것은 필연적이다. 우리가 믿을 수 있는 것은 오직 양선형의 실험적 조합으로서의 문체뿐이다. "부질없는 사고실험에 얼간이처럼 낚인 채 모호한 글쓰기의 명사형 가지치기에 시달리는 그"(p. 244)는 "이율배반적인 회로를 조직하고 있는 것이다"(p. 262). 때문에, 양선형 소설의 문체는 언어적 교란과 착종을 일으키는 회로, 즉 기계의 작동을 가능하게 하는 프로토콜에 가깝다. 그런 프로토콜이 실행되는 과정 속에서 작가는 이른바 기계가 된다. 이제부터 문체는 인격의 상징이 아니라, 비인격을 실행에 옮기는 환유적 회로를 뜻하게 될 것이다.

"딸은 글쓰기에 열심이었다. 타자기를 부서져라 두들기는 제 손가락에만 주의를 기울일 뿐 기계적이거나 임의적으로 밀고 밀리는 웨이터들과 그들 사이에서 우두커니 걸음을 멈춘 그와 청지기를 염두에 두지 않았다. 타자 소리가 간격 없이 이어졌다"(p. 293). 시간적 간격을 허용하지 않는 타자 소리, 끝없이 반복되는 기계적 행위 속에서 소모되는 시간, 철폐된 시간 속에서 발생하는 타자기들의 울림은 그 자체로 양선형의 부서진 문체를 이미지화한다. 그런 의미에서 작가는 단순히 글을 쓰는 사람이 아니라 실험적인 사람이고, 다시 반복하자면, 들뢰즈가 말했던 바대로 기계-사람이다. 기계의 작동을 통해 작동되는 욕망, 그것은 탈주의 욕망이기도 하다. "기계 안에 들어가고 거기서 나가는 것, 기계 안에 있는 것, 기계를 따라가는 것, 기계에 접근하는 것, 기계의 일부가 되는 것, 이 모든 것이 어떠한 해석으로부터도 독립적인 욕망의 상태들이다. 탈주선은 기계의 일부다."[2]

『감상 소설』은 이러한 기계장치 회로를 통해 전개되는 끝없는 의미의 순환과 연쇄들의 불협화음을 보여준다. 왜 이런 일을 반복하는 것일까. 소모와 탈진의 문체가 무언가의 중지를 표현하기 때문일 것이다. "그는 소설의 중지를 표현하기 위한 모형이다. 형태 없는 모형"(p. 249). '모빌 트리', 움직이는 나무는 움직이는 수형도tree graph이지만, 무한히 증식하는 환영의 수형도이자 "식물 기계"(p. 261)이다. "그 음영은 틀림없이 가지치기를 당한 정원의 나

---

2) 질 들뢰즈·펠릭스 가타리, 『카프카: 소수적인 문학을 위하여』, 이진경 옮김, 동문선, 2001, p. 25.

무들이었는데 잠든 사이에 그 부피가 몇 배로, 그리고 보다 혼연한 형세로 부풀어버린 듯했다"(p. 300). 그것은 구조도 아니고 상징도 아니다. "이야기가 아니라 잡음, 기억이 아니라 잡음"(p. 261). 이 잡음을 생성시키는 불능의 회로를 통해, "언어의 비의미적이고 강렬도적인 사용"[3]으로 인해, 언어가 표상으로 기능하기를 멈추고, 지시적 무능성이 새로운 극한의 상태에 진입한다. 글쓰기-기계를 작동시키는 언어적 프로토콜, 그리고 그것을 통해 관류되는 강렬한 욕망은 글쓰기가 전통적으로 의존하고 있는 체계, 수신자와 발신자 사이에서 이루어지는 의미 교환 체계의 곽란을 일으키고, 교환 자체의 불능 상태를 유발한다. 그러므로 우리가 살펴보아야 할 것은 교환 자체의 불능 상태에 내재되어 있는 특수한 가능성, 다시 말해 글쓰기-기계장치가 표현하는 모종의 정치학이다.

4. 글쓰기-기계의 정치학

글쓰기-기계가 되고 싶다는 욕망, 그것은 실험적인 인간, 정치적인 인간이 되고 싶다는 말과 다르지 않다. 양선형의 소설을 통해 우리가 발견해야 하는 것은 그러므로, 글쓰기-기계의 정치학이다. 그러한 정치학의 작동 메커니즘을 이해할 때, 비로소 양선형 소설의 글쓰기-기계 되기의 진정한 목표를 파악할 수 있을 것이기 때문이다.

3) 같은 책, p. 58.

물론, 글쓰기-기계의 정치학은 구체적인 정치, 내용으로서의 정치를 의미하지는 않을 것이다. 그의 글쓰기는 주장하지 않고, 저항하지 않는다. 아울러, 그것은 일반적으로 말해지는 예술의 정치와도 같을 수 없다. 양선형의 글쓰기-기계는 전혀 미학적이지 않은데, 그것은 들뢰즈가 카프카 문학의 정치적 근원을 일컬어 '반미학주의' 또는 '반서정주의'의 태도라고 지칭했던 성격을 공유하고 있다는 차원에서 그러하다. 이미지나 미학적 인상을 추출하는 것이 아니라, 오히려 미학적 은유를 축출함으로써 세계를 장악하려는 것. 그것은 자본주의라는 총체적 사회 기계로 진입하여, 그것을 내파하는 일에 가까울 것이다. 의심할 나위 없이, 글쓰기-기계는 자본주의를 비판하는 내용에 의존하지도 않을 것이다. 오히려 그것은 자본주의의 체계를 답습하고, 모방하고, 그것을 구축하는 작동 원리를 내장함으로써, 그리고 그것의 가속화에 과잉 가담함으로써 기계의 폭주, 오류, 고장을 유발하며, 마침내 자본주의 기계의 재영토화의 폐제를 위한 어떤 출구를 모색한다.

잘 알려진 것처럼, 자본주의라는 기계 체계는 의미라는 가치의 생산을 통해 작동될 수 있다. 이때, 그것을 가능하게 하는 관계는 기본적으로 교환이다. 등가성의 원리에 바탕을 둔 교환은 사물의 사용 가능성과 더불어 시간을 사용 가능한 것으로 대상화한다.[4] 사용 가능성(마르크스적인 의미의 사용가치)은 아직 현실화되지 못

---

[4] 관련하여, 마르셀 모스Marcel Mauss의 지적은 통찰력이 있다. 그는 증여와 교환을 구분하게 하는 근본적인 차이가 시간적 간격의 유무라고 결론 내리는데, 그에 따르면 시간 간격이 극도로 축소된 증여가 곧 교환인 것이다. 그러므로 교환은 시간이 말소된 증여, 즉 시간의 사용을 통한 잠재성의 현실화를 의미한다.

했지만, 충분히 현실화될 수 있는 미래를 향한 전망 속에서 그것의 표식인 가치(교환가치)를 획득한다. 물론, 그것은 실제의 사용가치와 구별될 것이다. 자본에 정체성을 부여해주는 가격, 값이라는 의미 화폐는 교환을 통해 자신의 명목적 가치를 확보하지만, 반복적 교환의 가속화는 오히려 사물의 사용가치와 교환가치의 도착적 전도를 일으키기 때문이다. 이제, 실제로서의 사용가치는 교환가치라는 표시, 기표의 범람 앞에서 정체성의 뒤집힘과 권력의 전도를 강제당할 수밖에 없다. 교환가치라는 이름의 환영, 즉 시뮬라크르가 증식됨으로써 오히려 사용가치에 대한 환상의 이미지가 구축되는 것이다.

"대개의 환영은 피로 때문이다"(p. 125). 여기서 원인과 결과는 동시적이다. 자본주의 기계장치들의 세계에서 피로는 환영의 원인이자, 환영들의 결과이다. 가치라는 환영은 시간을 소모하는 노동의 피로를 매개로 태어나고, 이 환영들은 주체의 피로를 다시 증폭시킨다. 이때 피로는 역량들의 지속적인 과잉 활성화와 관련된다. 우리는 자신의 능력을 극대화하고, 목적에 부합하기 위해 스스로의 육체와 정신을 몰아세움으로써, 세계 안에 편입될 수 있고, 배치될 수 있고, 기계의 부품이 될 수 있으며, 비로소 의미와 가치의 주체가 될 수 있다. 물론, 이때의 주체는 소외된 주체이다. 의미라는 언어의 환영들, 자본주의 기계가 양산하는 시뮬라크르적 가치가 활보하는 세계가 우리에게 피로를 안기기 때문이다. 노동의 극대화, 능력의 포화, 그리고 자기 착취를 토대로 탄생한 주체는 스스로의 역량을 누리고 있다는 착각과 함께 피로를 극복하고 망각한다. 자기 안의 역량을 끊임없이 독려하는 행위는, 피로를 억압하고 배제하는 방식으로 주어진 목적에 충실하게 부합하는 노동을 양산하며, 마침내 주체를 현실태의 억류자들로 포섭한다. 우리가 말들로부터 피로를 느낀다면, 그것은 말이 무력하거나 그것이 실제의 환영에 불과하기 때문이 아니라 교환을 통한 말의 기능과 역량이 최대화되었기 때문이며, 의미라는 환영들의 과잉 속에서 말과 주체가 형해화되었기 때문이다.

자본주의를 비판하고, 그것에 대항하는 예술의 정치를 설명하는 익숙한 공식이 '무용성의 유용성'론으로 수렴되는 것 역시 그러한 맥락에서이다. 현대예술은 예술의 쓸모없음을 사용함으로써 쓸모를 추구하는 세계를 향한 비판을 수행할 수 있다는 오래된 믿음에 의존해왔다. 요컨대, 이것은 일종의 부정성의 미학이다. 부정성의 논리는 거래의 중지, 교환의 거부가 가능하다는 믿음, 즉 외부를 향한 신뢰에 기초한다. 다시 말해, '무용성의 유용성' 역시 무용성과 유용성이라는 부정적 이항 대립에 의존적이다. 그러나 그것은 유용한 것들의 체계 바깥이라는 초월적 외부를 상정한다는 점에서 여전히 바깥에 대한 환상에 근거하고, 자본주의 바깥이라는 영토의 가능성을 믿고 있다는 점에서 기만적이며, 무능한 것들의 가능성을 믿는다는 측면에서 유사-신학적이다(이때 예술은 일종의 초월적 유사 종교로 여겨진다). 문제는 오늘날의 이데올로기가 그 모든 부정성에 대한 사용 방법을 터득하고 있다는 점에서 발생할 것이다. 모든 무용한 것들은 무용한 것들의 가능성을 유용한 것으로 교환시킬 수 있는 자본주의적 기계의 재영토화 앞에서 무력할 수밖에 없다. '새로움'과 '차이'에 대한 현대적 강조는 오히려 욕망의 경제 바깥, 상품이라는 환영들 바깥이 존재하지 않는다는 것을 오

랫동안 증명해왔다. 부정성 역시 거래의 대상이며, 부정성은 곧 긍
정적인 것들의 체계 안에서 어렵지 않게 배제적으로 포섭될 수 있
다. 가능하지 않은 것은 아무것도 없다. 미학의 영역에서 주창하는
새로움이 자본주의적 유혹이나 함정과 구별되기 어려운 이유도 거
기에 있다. 미학적인 것을 내면적인 것, 고유한 것, 새로운 것, 진
정한 것, 심연적인 것, 초월적인 것으로 간주하는 일련의 전통적인
관점이 더 이상 작동하지 않는 이유도 그 때문일 것이다.

그러므로, 우리가 우선적으로 요청해야 하는 것은 문학을 포함
한 모든 예술이 상품일 수밖에 없다는 사실을 인정하는 일이다. 예
술은, 그리고 글쓰기는 교환 체계로 구성된 욕망의 경제 바깥으로
탈출할 수 없으며, 철저히 그 내부에서 자신의 가치를 입증해야 한
다. 같은 맥락으로, 롤랑 바르트는 서사물의 기원에 존재하는 근본
적 욕망에 관해 설명하는 가운데, 그것이 교환의 욕망에 의해 결정
될 수밖에 없다고 말한 바 있다. "서사물은 이야기하고자 하는 욕
망에 의해서가 아니라 교환하고자 하는 욕망에 의해서 결정된다.
그것은 무언가에 상당하는—가치물이고, 표상체이며, 금덩이다."[5]
이야기한다는 것, 글을 쓴다는 것은 기본적으로 교환 관계의 내부
로 진입하는 일이다. 글을 쓴다는 것, 이야기를 한다는 것 역시 이
야기를 통해 무언가를 얻어내려는 욕망의 일환이다.

교환의 부정 대신, 교환의 전략이 더 중요한 이유가 여기에 있
다. 글을 쓴다는 것은 무언가를 욕망하는 것을 의미하며, 이러한
욕망을 위해 자신의 무언가를 내어줌으로써 자신이 목표로 하는

5) 롤랑 바르트, 『S/Z』, 김웅권 옮김, 연암서가, 2015, p. 193.

대상을 얻는 교환 행위임을 뜻한다. 다만, 양선형이 실천하는 글쓰기의 교환, "그 퇴색한 회로의 은행"은 "기계장치의 장식적인 무용성으로 빽빽하게 얽힘 골렘의 형상"(p. 262)으로 조직되어 있기에, 그것은 글쓰기-기계 속에서 살아가는 불능의 인간들로 하여금 교환을 통해 어떤 소모적인 대가만을 얻을 수 있도록 만든다는 점에서 특별하다.

　소설은 삶을 변화시키지 못한다. 삶은 피규어가 아니니까. 나도 그것은 안다. 모를 거라고 생각하지 마라. 글쓰기는 도박장의 망가진 슬롯머신이지. 그것은 아무리 코인을 넣어도 참된 행운, 또한 도저한 불행에도 가까워지지 않는 아둔한 반성이란다. 이제 내겐 코인을 넣는 순간만이 남지. 짤막한 기적. 코인을 움켜쥐는 순간. 코인을 잃는 순간. 꼬리를 자르는 순간의 잘린 꼬리. 아무 일도 일어나지 않음을 분할하는 순간. 공허와 코인을 교환하는 바로 그 순간을 쉽게 망각할 수는 없는 거야. 이러한 순간에 미혹된 작가는 글쓰기를 통해 아무도 찾지 않는 까마득한 종탑을 짓고 엄격한 표정으로 작가를 내려다보는 노름판의 우상을 향해 매일 자정 종을 치는 부질없는 의식을 되풀이하는 것이다. (pp. 261~62)

　글쓰기-기계는 이를테면, "망가진 슬롯머신"이다. 그것과 함께함으로써, 그것을 작동시킴으로써, 그것을 통과함으로써 우리는 무언가를 교환한다. 그러나 글쓰기-기계를 통해 얻을 수 있는 것은 공허의 순간, 혹은 순간으로서의 공허뿐이다. "저를 팔아치우고 받아 든 헐값을 기꺼이 지불할 수 있을 거예요. 그 돈은 저에게 더 이상 헐값이 아닐 테지만, 그래도 헐값은 헐값이겠지요. 그것을 잃어버린 순간 저는 제가 모든 것을 점진적으로 잃어버릴 운명에 처한 듯이 여겨졌어요. 그것은 신호탄 같은 거예요"(p. 22). 여기서도 교환은 전개되지만, 그것을 통해 무언가를 얻기 위해서는 극도의 비효율성을 감내해야 한다. 효율성을 감안할 때, 글쓰기-기계를 통해 얻을 수 있는 것은 아무것도 없다고 해야 할지도 모른다. 우리가 얻을 수 있는 것은 아무것도 없고, 다만 잃는 것, 대가 없는 희생만 있을 뿐이다. 기계를 작동시키는 불능의 인간도 그것을 모르지 않을 것이다. 그럼에도 불구하고, 언제나 패배할 수밖에 없는 도박을 반복하는 것, 그것은 자신이 방금 전 돈을 잃었다는 사실을 망각하는 일이고, 망각을 토대로 "부질없는 의식을 되풀이하는 것"이며, 텅 빈 시간, 즉 역사적 연속성에 절단을 일으키는 '도박자-혁명가'의 시간이라는 벤야민적 알레고리를 상기시키는 행위이다.

요컨대 양선형의 글쓰기-기계는 환영 바깥의 세계, 자본주의라는 시뮬라크르와는 다른 원리를 지향하지 않는다. 오히려 그는 "좌절될 갱생을 끊임없이 모방하는" 소모 행위 속에서, 공허와 허무를 그 대가로 얻는다. 그러나 그 과정을 통해 단순히 공허와 허무만을 얻는 것 역시 아니다. "모든 것이 공허하거나 허무하다는 사실을 자각한다고 해도 용기가 사라지지는 않는다. 오히려 용기는 허무와 부재 속에서 실험되는 것이다. 용기는 허무를 인정하고, 그럼에도 다시 뒤척일 수 있는 움직이는 잿더미가 된다는 것이다"(p. 338). 이 사라지지 않는 용기, 더 정확히 말하면, 모든 것이 소모되는 과정을 통해 비로소 발견되는 용기는 모종의 근본적인 움직임, '움직이는 잿더미'이다. 그것은 불능이 가시화하는 어떤 영역, 자본주의 기계의 탈영토화와 재영토화의 변증법이 작동하지 않는 장소, 다시 말해 단순한 바깥과는 구분되는 의미의 '외부'라는 영역을 교환 내부에서 발견하려는 의식적 소산이다. "사실에 근접하는 글을 쓰고 싶지만 졸지에 부정확한 서술로 사실을 훼손하고 있다. 그러나 사실을 훼손하는 일이란 간혹 사실을 능가하는 일이 되기도 한다"(p. 260). 사실을 훼손한다는 것, 사실을 능가한다는 것은 바깥으로의 도피나 탈출이 아니며, '무용성의 유용성'이라는 변증법적 환상에 의존하는 행위도 아닐 것이다. 오히려 그것은 유용한 것들의 극단적 사용을 통해 발견되는 새로운 무용성, 즉 불능을 가시화한다.

따라서 외부성은 다만, 글쓰기-기계를 작동시키는 불능의 인간이 마련하는 출구 전략, 출구를 향한 또 다른 계열의 환영에 가깝다. "환영은 어떤 의미도 표현하지 않는다. 그것은 꿈도 침묵도 부재도 아니다. 그것은 글쓰기가 산출하는 가능한 어지럼증의 이동이다"(p. 274). 아무것도 쓰지 않는 것이 아니라, 아무것도 쓰지 않는다고 씀으로서, 더 정확히 말하면 아무것도 쓰지 않음을 씀으로서 간신히 모색되는 출구. 그것은 "없지 않음으로 이야기할 수밖에 없는 있지 않음처럼"(p. 173)이라는 이중태, 즉 "아무것도 사유할 수 없음을 차례차례 넘어뜨리는 사유의 계속으로서, 계속에 대한 무참한 굴종"(p. 245)을 경유하여 탐색되는 출구에 다름 아니다. 만약 이러한 출구가 가능하다면, 그것은 주체의 영역을 훨씬 상회할 것이다. 그리고 우리는, 이 이름 없는 영역을 가리켜 '불능의 외부'라고 부를 수 있을 것이다. "해변은 사라지지 않을 것이다. 그것은 바다의 테두리를 아우르는 공간으로서 반드시 존재할 것이다"(p. 20). 그렇지만, 외부를 찾기 위해서는 역설적이게도 바깥이 아닌 내부를 응시하고, 자기 자신을 응시해야 한다. 그리고 그러한 자기 응시를 통해, "그것은 인간의 세계 내부에서 인간을 위협하는 다른 세계"(p. 263), 즉 글쓰기의 근본적인 정치학을 개시한다.

5. 소설의 시뮬라크르

> 문학에는 실제의 작품과 뼈와 살을 가진 문학의 절대적인 만남이 결코 존재하지 않습니다. 작품은, 결국에는 주어지고야 마는, 자기 분신과 결코 만나지 못합니다. 그리고 이런 한에서, 작품은 이 거리, 언어와 문학 사이에 존재하는 이 거리, 우리가 시뮬라크르라 부를 수 있는 일종의 거울 공간, 양분 작용 dédoublement의 공간입니다. [……] 문학의 존재란 존재하지 않습니다. 다만 하나의 시뮬라크르, 문학의 존재 전체인 하나의 시뮬라크르만이 존재할 뿐입니다.
>
> ─미셸 푸코, 「문학과 언어」

글쓰기-기계를 지속적으로 작동시키기 위해서는 그러므로 특별한 이데올로기를 염두에 두어야 한다. 내용과 목적을 잃은 그의 언어적 조합들이 특정한 목표, 즉 욕망을 지니고 있다고 말할 수 있는 근거 역시 그러한 이데올로기에서 마련될 수 있다. 결론부터 말하자면, 양선형의 글쓰기에서 그와 같은 이데올로기적 목표와 욕망을 가리키는 이름이 바로 소설이다. 그가 여전히 소설을 쓸 수 있는 것, 소설 쓰기라는 소모적인 작업에 몰두할 수 있는 것은 소설이라는 단어가 일종의 근본적 이념으로 작용한 덕분일 것이다.

양선형의 글쓰기를 다른 작가들의 작품들과 구분시켜주는 이질적 표지, 그의 텍스트 전역에서 집요할 정도로 빈번하게 언급되는 '소설'(혹은 서술)이라는 단어에 주목하는 것은 그러므로, 거의 필연적이다. 소설가가 인물로 등장하거나, 소설 속의 소설이 서사 전개의 매개가 되는 액자 형식의 작품을 찾기란 어렵지 않다. 그러나 양선형의 텍스트처럼 '소설'이 구체적 대상이나, 서브 텍스트가 아닌 이념 그 자체로 쓰이는 소설은 흔하지 않다. 소설이라는 단어 혹은 기표는, 양선형의 텍스트 전체에 산포되어 있지만, 그것의 구체적 형상을 짐작하는 것이 어려운 이유도 거기에 있다. 그것은 거의 유일하게 제시되는 일종의 당위적 목표에 가깝다. "아무튼 그는 소설을 써야 했다"(p. 263). 그러나 그가 써야만 했던 소설, 그가 기획하고 있는 "머릿속을 맴도는 소설은 내가 직접 쓴 소설보다 월등하게 미쳐 있"어서 우리가 경험적으로 읽고 확인할 수 있는 "소설과 호환되지 않"(p. 74)는다. 그의 "소설은 나아가지 않"(p. 196)는다. 그러므로 양선형의 글쓰기를 통해 확인할 수 있는 소설은, 오로지 이런 불능의 사태로서 제시될 뿐이다. "어떤 막연한 생각으로 소설의 첫머리를 여는 일이 지속되고 있다"(p. 159).

이러한 일련의 상황은 그의 '소설' 역시 일반명사가 아니라는 사실, 불능의 '그'와 마찬가지로 '전환사'의 역할에 충실하다는 사실을 보여준다. 그리고 그것은 소설을 둘러싼 언표들이 말의 기원인 언표 행위의 주체로 소급되지도, 그것의 결과인 언표 주체로 환원될 수도 없다는 점을 암시한다. 전환사로서 소설이 끊임없이 출몰

412

할 때, '인물-화자-서술자-작가' 사이의 경계가 무너지고, 단편과 단편들 사이의 분할선이 해체되며, 궁극적으로는 쓰고 있는 것과 씌어진 것, 쓰고 있는 삶과 씌어진 삶 사이의 관계가 역전된다. 반복하자면, 작가는 작품을, 세계를, 글을 쓰는 사람이 아니라, 글쓰기를 통해 그 자신의 씌어짐을 실험하고 감당하는 사람이다. 이 때 작품은 삶을 다루는 언어적 표상체로 남는 대신, 글을 쓰고 있는 삶을 중단시키는 사태로서 자신을 개시한다.

또한 L은 내가 지금 작성하고 있는 이 에세이, 이 소설, 혹은 이 소설집에 실릴 계획 없는 글쓰기를 위해 내가 통과해야 할 사유의 난맥상이기도 하다. L은 서술의 끓어오르는 증류기 안에서 제 색감을 몽땅 빼앗기고 있는 말린 튤립이다. 벌레를 먹을 수 있는 용기. 눈을 감고 벌레를 씹으며 이것은 벌레가 아니다,라고 스스로를 가만가만 위로해보자. (p. 72)

"이 에세이, 이 소설, 혹은 이 소설집에 실릴 계획 없는 글쓰기"는 우리가 읽고 있는 양선형의 소설집이라는 책과 더불어 책에 포함된 위 대목을 동시에 함축한다. 이와 같은 동시적 지시로 인해 서술자의 목소리와 작가의 글쓰기 사이의 경계가 모호해지는 것은 당연하다. '소설'이라는 언표는 소설이라는 가상적 공간과 그것을 읽고 있는 독자의 실제 현실, 그리고 그것을 창조한 작가의 삶 사이의 분리에 토대하고 있는 소설의 일반적 규약과 문법을 무너뜨린다. 그러나, 그가 전통적인 소설의 관습을 위반하기 위해 인용한 것처럼 고백하고 있는 것은 아닐 것이다. 그가 실험하고 있는 것은 글쓰기라는 행위에 내포된 모호한 성격, 그것이 망각하고 은폐하는 어떤 근본적인 공간이라고 해야 한다.

여기서 중요한 것은 작가가 쓰고자 목표로 제시한 소설(언표 내용)과 그 과정에서 씌어지는 소설(언표 행위) 사이의 간극이다. "간극이 없었다면 삶을 재배치하지도 않았을 것이다. 태엽이 망가지지 않았다면 기계를 훼손하지도 않았을 것이다. 소설이 없었다면 소설을 참칭하는 망국의 새파란 갱도를 향해 제 구실을 망실해버린 누덕누덕한 생식기를 들이미는 일도 없었을 것이다"(p. 220). 이 간극의 성격에 주목하기 위해서는 우선 양선형이라는 작가가 소설이라는 장르를 메타적으로 실험하고 있다고 단순하게 말해서는 안 된다. 상황은 정반대에 가깝다. 작가는 글쓰기를 실험하는 존재가 아니라, 다만 글쓰기가 필연적으로 유발하는 어떤 본질적 간극 속에서 실험되는 존재이다.

같은 맥락에서, 양선형의 글쓰기-기계가 작동함으로써 씌어지는 소설이 실제로는 "소설을 참칭하는"것들에 가깝고, 그 과정에서 작동하는 것이 바로 소설의 시뮬라크르라는 사실을 강조하는 것은 중요하다. "가짜를 탄원하는 가짜의 가짜, 가짜의 가짜를 탄원하는 가짜 소설을 위하여. 이제 그만 두려움을 그칠 것. 제발 그만. 여기 물체와 같은 두려움을 끝끝내 두려워하지도 못하는 네가"(p. 306). 결과적으로 그가 쓰는 것은 '소설'이 아니라 '소설'의 복사물이며, 복사물의 복사물들이라는 파생적 운동들이 중첩되는 공간이 그의 책이다. "그림자가 있다면 그림자의 그림자가 있다. 그림자의 그림자가 있으면 그림자의 그림자의 그림자가, 겹쳐진 그림자들이, 복수의, 두꺼운, 그것은 더 이상 그림자가 아니라 그림자들이 겹겹이 쌓인 책이다"(p. 119). 그러나 여기서 시뮬라크르는 부정되어야 할 환영, 원본의 복제품이자 존재의 위계질서에서 하위에 위치한 가상들을 가리키지 않는다. 소설의 시뮬라크르, 더 나아가 문학의 시뮬라크르는 실제와 가상, 원본과 복제품 사이의 위계질서에 의존하지 않는다. 오히려 문학적 시뮬라크르는 하나의 거대한 이념적 환상, 즉 '문학'이라는 이름의 실재 자체가 하나의 환상이라는 사실을 지시하며, 궁극적으로는 이러한 환상을 향한 욕망, 문학의 자기 욕망에 내재되어 있는 간극이 문학을 문학으로 존재하게 만드는 유일한 원천임을 드러낸다.

이와 관련하여 푸코의 문학에 대한 사유는 유용한 참조점을 제공한다. 그는 문학의 언어적 본질에 관해 논했던 한 강연에서 '문학이란 무엇인가'라는 질문에 내포된 근본적 딜레마에 주목한다. 그에 따르면 문학의 현대적 근원은 문학작품을 통해 수행되는 문학작품의 자기 탐구에 수반될 수밖에 없는 모종의 불가능성과 관련된다. 현대의 작가는 작품을 쓰면서 자신의 글쓰기가 문학에 근접할 수 있기를 소망하고, 자기 자신이 문학이라는 사실을 증명하기 위해 노력하지만, 스스로가 쓰는 작품이 곧 문학 그 자체와 절대적으로 동일시될 수 없다는 사실을 발견해야만 한다. 문학을 문학으로 존재할 수 있게 만드는 초월적 이데아나 메타적인 상위 규율 같은 것이 애초에 부재하기 때문이다. 그러나 여기서 더욱 강조되어야 할 것은 문학을 통해 수행되는 질문, 즉 '문학이란 무엇인가'라는 자기 지시적 탐구를 통해 확인되고 체험되는 간극이 오히려 문학이라는 특수한 담론의 본질적 성격을 구성한다는 사실이다.[6] 작품은 자기 자신에 대한 해명의 요구 속에서 글쓰기를 지속하지만, 그가 발견하는 것은 자신의 이미지가 하나의 환영에 불과하다는 사실, 그리고 자신의 글쓰기 행위가 문학이라는 이름의 환영을 목표로 한 결과라는 사실뿐이다. 그렇다면 문학의 실재란 어디에 존재하는가?

"문학의 존재란 존재하지 않는다." 다만 거울이, 우리 자신의 이미지를 제시하는 장소로서의 거울만이 존재할 뿐이다. 그런 의미에서 문학은 하나의 전체적인 시뮬라크르이며, 모든 현대적 작가들은 거울 앞에 선 주체일 수밖에 없다. 그는 문학의 시뮬라크르, 즉 거울을 통해 자신의 이미지를 현상할 수 있지만, 그 가상의 이미지가 자신이 목표로 한 실제와 같지 않다는 것을 반복적으로 자각해야 한다. "그것은 거울 앞에서 자신이 시도할 수 있는 어떤 낯선 표정을 상기시키려는 사람의 미소였다"(p. 329). 요컨대, 문학작품은 '문학'이라는 거울과 같은 이념과 관계하는 한 언제나 자기자신과 분열되어 있다. 문학이라는 이념과 문학작품의 언어 사이의 메울 수 없는 거리, 이 해소 불능의 간극에 관한 적나라한 경험

6) 문학이라는 담론 체계를 여타의 담론과 구분시켜주는 유일한 요소는 '문학이란 무엇인가'라는 질문과 그것을 해명하고자 하는 욕망이 역으로 작품들을 통해 끊임없이 수행되고 있다는 사실, 그리고 그러한 운동을 통해 문학의 자기 준거가 마련된다는 점이다. 가령, 자연과학의 담론이나 사회과학 등의 담론은 그 자신의 본질에 관한 질문이 그 담론의 본질을 구성하지 않는다. 물론, 모든 담론들이 자기 자신의 정체성과 장르적 한계와 범주를 한정할 수는 있다. 그러나, '화학은 무엇인가?' '경제학은 무엇인가?'를 해명하는 언술들이 해당 장르의 담론 대상을 구성하지는 않는다. 그러나 문학은 기본적으로 '문학이란 무엇인가?'라는 질문 자체를 자신의 요소, 부분, 정체성으로 삼는다. 문학은 어떤 대상을 다루지 않고, 그 자신을 다루는, 선후가 불분명한 역설적인 자기 지시성을 토대로 탄생한다. 이러한 운동 양태는 문학이 언어를 통해 씌어지면서, 궁극적으로는 언어에 대해 질문을 수행하는 담론이라는 매체적 특수성에서도 기인할 것이다.

이 곧 문학이 시뮬라크르라는 사실을 환기한다. 하지만, 정반대로 말할 수도 있을 것이다. 우리가 문학을, 소설을 욕망할 수 있는 것 역시 문학이 하나의 시뮬라크르, 즉 거울로 존재하기 때문이다. 이 거울이 일으키는 양분 작용에 주의할 때, 문학이라는 거울은 비로소 유토피아로 기능하는 대신, 헤테로토피아로서 존재할 수 있다.

유토피아들과 절대적으로 다른 이 배치들, 즉 헤테로토피아들 사이에는 아마도 거울이라는, 어떤 혼합된, 중간의 경험이 있다고 생각한다. 요컨대 거울, 그것은 유토피아이다. 장소 없는 장소이기 때문이다. 거울 안에서 나는 내가 없는 곳에 있는 나를 본다. [……] 하지만 거울이 실제로 존재하는 한, 그리고 내가 차지하는 자리에 대해 그것이 일종의 재귀 효과를 지니는 한 그것은 헤테로토피아이다. 바로 거울에서부터 나는 내가 있는 자리에 없는 나 자신을 발견한다. 내가 나를 거기서 보기 때문이다.[7]

유토피아와 헤테로토피아를 구별하는 푸코의 논법은 흥미롭다. 유토피아로서의 거울이 일종의 초월적 환영을 제시한다면, 헤테로토피아로서의 거울은 "내가 있는 자리에 없는 나 자신", 즉 주체의 부재를 발견하게 만든다. 이 말은 실제로 주체가 존재하지 않는다는 뜻이 아니라, 주체의 존재를 가능하게 하는 토대가 곧 부재라는 의미이다. 다시 말해 헤테로토피아로서의 거울은 문학이라는 시뮬라크르를 통해 글쓰기를 이어가는 주체가 놓여 있는 장소의 성

7) 미셸 푸코, 『헤테로토피아』, 이상길 옮김, 문학과지성사, 2014, pp. 47~48.

격, 즉 언어적 존재로서 인간이 말을 하고 글을 쓴다는 사실 자체의 진정한 성격을 드러내준다. 이를 위해서는 문학의 유토피아, 즉 언어적 기능의 최대화를 통해 조성될 수 있는 유토피아와 '재귀 효과'를 통해 암시되는 장소로서의 헤테로토피아를 분별할 필요가 있다.

　언어의 기능이 시간성에 대한 경험과 깊게 관련 있다는 푸코의 지적은 그런 맥락에서 의미심장하다. "언어의 기능이 시간이라면, 언어의 존재는 공간입니다."[8] 언어의 기능을 사용한다는 것, 기능을 극대화하는 행위는 곧 시간성의 경험과 관련 있다. "로고스로서의 언어가 늘 시간을 보존하고, 시간을 주시하며, 시간 안에서 스스로를 유지하고, 또 자신의 변함없는 주시를 통해 시간을 유지하는 것을 자신의 최고 기능으로 삼아왔다고 말할 수 있을 것입니다."[9] 세계를 재현하는 것, 이야기를 전달하는 것, 서사를 만드는 것은 연대기적 시간을 창조한다는 것을 의미하며, 이를 통해 언어를 사용하고 소비하는 주체의 지속 가능한 동일성을 시간의 사용 속에서 유지한다는 것을 뜻한다. 이 과정은 다분히 유토피아적이다. 언어의 기능을 사용함으로써 세계가 연속적인 시간 속에서 표상될 수 있다는 믿음이 가능하며, 나아가 언어를 통해 "내가 없는 곳에 있는 나", 다시 말해 내가 있어야 할 마땅한 장소의 나에 대한 이념적 환상과 욕망을 생성시킬 수 있기 때문이다.

　반면, 언어의 존재는 공간이다. 언어의 공간은 언어를 통해 표

---

8) 미셸 푸코, 「문학의 언어」, 『문학의 고고학: 미셸 푸코의 문학 강의』, 허경 옮김, 인간 사랑, 2015, p. 186.
9) 같은 책, p. 184.

상되는 나가 하나의 환영에 지나지 않는다는 것, 사실상 나라는 존재가 언어적 시선의 맹점이자, 메울 수 없는 공백에 지나지 않는다는 것을 가시화하는 이미지들을 통해 드러나기 때문이다. 그러나 그와 같은 드러남은 언제나 암시적일 수밖에 없다. 언어 그 자체를 표상하는 언어 바깥의 메타언어가 존재할 수 없듯이, 가상의 이미지는 부재를 직접적으로 표상하는 것이 아니라, 거울의 간극을 통해 표현될 수밖에 없기 때문이다. 문학의 언어, 소설의 언어는 스스로의 역량을 최대화함으로써 어떤 실재로 접근하는 대신, "자신으로부터 가장 먼 곳으로 투신해가는"[10) '사유의 사유', 즉 불능의 사태를 가시화하는 사유의 재귀적 운동을 통해 자신의 근거를 새로운 영역 위에서 드러내야 한다. 언어 그 자체의 토대가 되는 공간, 언어 자체의 공간성, 그러나 언어가 실제로 활보할 수 없는 그 '장소 없는 장소'는 어떤 대상도 가리키지 못하는 방황하는 기호, 익명적 중얼거림, 분명한 방향을 잃어버린 언어, 무언가를 상실했지만 정확히 그 상실의 대상을 기억하지 못하는 말들의 웅성거림을 통해 드러난다. "현기증을 느끼고, 아무것도 할 의욕이 없고, 만지기도 싫고, 그가 그럼에도 여전히 이러한 무감동한 주법을 지속하는 까닭은, 그는 무엇이든 발견하고 채집하기 위해 노력하는 사람"(p. 284)으로 양선형이 고집스럽게 남아 있는 이유는 그 때문이다. 그가 발견하려고 하는 것, 그것은 바로 언어의 공간이라는 외부이다. 그가 끊임없이 말을, 소설을 지속하는 까닭은 그 자신이

---

10) 미셸 푸코, 「바깥의 사유」, 『미셸 푸코의 문학비평』, 김현 엮음, 문학과지성사, 1989, p. 188.

지속을 가능하게 하는 원리이자 장소로서의 그 외부를 발견하기
위해서이다.

　그림자가 있다면 그림자의 그림자가 있다. 그림자의 그림자가 있
으면 그림자의 그림자의 그림자가, 겹쳐진 그림자들이, 복수의, 두
꺼운, 그것은 더 이상 그림자가 아니라 그림자들이 겹겹이 쌓인 책
이다. 낱장들을 엮어 만든 책, 그림자를 읽으면 그림자가 나타나는
책, 그림자들을 무한히 넘기는 방식으로 지속되는 삶. (p. 119)

　양선형의 소설에서 우리가 의미 있게 받아들여야 할 것은 어떤
구체적 사건이 아니라, 소설이라는 시뮬라크르를 욕망하는 글쓰기
가 야기하는 '지속'이라는 사태, 다시 말해 "그림자들을 무한히 넘
기는 방식으로 지속되는 삶"이다. 양선형 소설에서의 지속은 시간
의 연속적 흐름이나, 사건의 구조적 전개를 의미하지 않는다. "그
는 시간의 흐름을 거의 느끼지 못했다. 그러나 시간은 어김없이 계
속되었다"(p. 203). 시간의 중단, 의식의 탈진, 그리고 사유의 불
능 속에서 비로소 발견되고 자각되는 중단의 시간태, 즉 소모되어
버린 시간 속에서도 지속되는 사태가 더 중요하다. 일반적으로 지
속이라는 개념은 특정한 상태가 계속되는 시간적 층위를 가리키지
만, 소설에서의 지속 가능성을 나타내는 징표는 이야기의 진행을
통해 이루어지는 연대기적 경험을 넘어선다. "그러나 그런 일은
일어나지 않고, 지속은 득의만만하고, 그는 미련 같고, 서술은 불
가피하게 자행되는 그의 죽음을 좀처럼 모면하지 못한다"(p. 220).
지속은 아무 일도 일어나지 않는 상태에서 경험되는 무기력함, 권

태, 그리고 불능 속에서 득의만만하게 작용한다. 그리고, 서술 행위의 무능을 거듭 체험하게 함으로써, 언어의 불능을 자인하도록 강요한다. "어떤 막연한 생각으로 소설의 첫머리를 여는 일이 지속되고 있다"(p. 159).

그러므로 불능의 소설적 무대 위에서 일어나는 것은 특정한 사태가 아니라, 지속 그 자체이다. 지속이라는 사태는, 언어가 존재하는 근본적 공간을 드러내기 위한 시간적 책략에 가깝다. 시간 경험(언어의 기능)의 지평을 넘어선 공간적 층위(언어의 존재)에서의 새로운 사태를 체험할 때, 다음과 같은 자각이 가능해진다. "**무한한 현실이 세계 시계를 압도하고 있는 것이다**"(p. 141). 사실상, 지속 안에서 언표 주체는 소외alienation되지 않고, 분리separation된 채로 남아 있다. 정신분석학의 통찰이 보여주듯, 소외가 결여 속에서 주체로 하여금 의미의 노예, 기표의 부역자로 만드는 통과의례라면 분리는 주체를 위한 기표가 충분하지 않다는 것, 즉 주체의 결여(무능)가 아닌 의미 자체의 결여(불능), 타자의 결여를 대면하게 만드는 작업이다. 가능성의 중단, 역량의 발휘가 근본적으로 실패하는 자리에서 '소설의 지속'이라는 사태가 그 모습을 드러내는 것이다.

그것은 우리가 앞에서 명명한 불능의 인간이 처한 상황과 정확하게 공명한다. 무능한 인간은 역량의 회복을 기대할 수 있기에, 여전히 그에게는 시간적 가능성이 남아 있다. 반면, 불능의 인간에게 남아 있는 것은 없다. "그는 의욕이 없다. 빼앗긴 의욕을 되찾을 만한 용기도 없다"(p. 201). 오히려, 그는 남겨진 사물이다. 모든 역량이 제거될 때도 제거되지 않는 무언가가 그를 이 세계의 유폐된 존재로 남긴다. 그가 머무는 장소는 "너비를 측량할 수 없을 만큼 편평하다"(p. 239). 그리고 이곳은 평범한 시공간이 아니다. "거듭 강조하자면 세계는 망해버렸다. 세계는 인간의 것이 아니게 되었다. 왜 세계는 인간을 포기하면서 그를 함께 내버리지 않았나. 말하자면 그는 왜 '아직'도 사라지지를 못하는가." 불능의 인간은 모든 인간적 속성과 역량을 포기할 때조차 파괴되지 않는 무엇, 사라질 수 없는 무엇과 관계를 맺는다. 그 관계로 불능의 인간은 자신이 남겨진 공간을 비로소 가시화한다. "지금, '아직'이 마련한 최후의 휴지(休止) 속으로 그녀가 입장하고 있다"(p. 167). 그러나 '아직'이라는 단어는 시간을 나타내는 부사가 아니다. 시간 부사로서의 아직yet이 부정적으로나마 여전히 실현에 대한 예감의 뉘앙스를 포함하고 있다면, 불능의 인간이 배치되어 있는 '아직'은 영어의 'only'에 해당하는 어떤 유일무이한 무화의 진공 상태, 즉 언어라는 장소에 가깝다.

소설이라는 시뮬라크르와 관계하는 불능의 인간은 새로운 장소인 외부를 발견한다. 그것은 그러나 앞에서도 언급한 것처럼 실제로 존재하는 초월적 공간으로서의 외부, 내부의 이항 대립적 반대항으로서의 바깥이 아니라, 글쓰기-기계의 발화 행위가 무력시키는 사태와 연동되어 있는, 내부의 외부성이다. 그것은 공간이지만, 시간의 완벽한 소멸을 지향하는 과정에서 비로소 나타나는 공간, 그러나 가시성의 빛으로 영원히 밝힐 수 없는 공간, 푸코가 문학의 근원이라고 말했던 '사유의 사유'라는 존재 방식으로 암시되는 어스름한 공간이다. "음영의 사소한 차이, 또는 서술의 어긋난 트릭으로만 간신히 식별될 수 있는 그는 박명의 토대이고 박명의 장소 없음을 결사적으로 사수하는 어스름이다"(p. 238).

이처럼 글쓰기-기계가 작동되기 위해서는, 그리고 그것의 정치학이 발휘되기 위해서는 글쓰기의 대상과 목적을 소멸시키고, 오직 자기 자신만을 목표로 삼아야 하는 것이 불가피하다. 소설을 쓰려는 소설, 글쓰기를 욕망하는 글쓰기.[11] 이것은 욕망을 위한 욕망이라는 자본주의 기계의 자기 목적적 프로토콜과 유사하지만, 오히려 그것을 도착적으로 뒤집어버린 것이다. 이른바, 글쓰기를 욕망하는 글쓰기라는 자기 지시적 구조가 글쓰기-기계의 정치적 프로토콜이다. 그리고 이것은 글쓰기의 경제와 관련하여 롤랑 바르

---

[11] '소설'이라는 단어와 기표가 빈번하게 나타난다는 사실은 양선형의 소설이 일종의 메타소설의 범주에 속한다는 말로 읽힐 수 있다. 분명, 양선형의 소설들에는 메타적 요소가 다분한데, 그럼에도 불구하고 그의 소설을 일컬어 단순히 '소설에 대한 소설'이라고 말할 수는 없을 것이다. 왜냐하면, 그는 '소설'이라는 개념에 관해 논하는 데 실패하고, '소설'이라는 단어를 통해 자신의 쓰기를 정당화하는 언표의 상위 지대, 즉 메타적인 지평을 발견하지 못하기 때문이다. 양선형 '소설'은 대상화될 수 없으며 지시될 수 없는데, 오히려 그 지시적 모호성으로 인해 소설에 대한 욕망과 의지가 극대화된다. 소설을 욕망하는 소설, 글쓰기를 향하는 글쓰기는 일반적인 메타소설의 작동 원리를 부인하는 효과를 지향한다. 글쓰기-기계장치의 소모 행위는 이와 같은 부인을 표현한다. 『감상 소설』에서 양선형의 글쓰기는 이러한 부인을 수행하기 위한 여러 전략을 모색하고 수행하는 것처럼 보인다. 이러한 전략들을 편의적으로 세 계열로 분류할 수 있을 것이다. 1) 이미지 계열: 「해변생활자」 「스나크 사냥」 「표범의 사용」. 여기서는 자신의 글쓰기를 하나의 거대한 공간적 이미지로 전경화함으로써, 불능의 공간, 소진된 공간을 알레고리적 이미지로 제시한다. 2) 목소리 계열: 「생활과 L의 유령」 「모빌 트리」. 가장 일반적인 메타소설(소설에 대한 소설)과 유사한 계열로, 이때 부각되는 것은 서술자의 목소리, 작가의 목소리이다. 여기서 양선형은 상대적으로 소설, 혹은 서술에 관해 직접적으로 대상화하는 발화를 수행하지만, 끝내 그것을 언표화하는 데 실패하는 단계로 진입함으로써 자신의 목소리를 고갈시켜버린다. 3) 욕망 계열: 「수은의 시도」 「종말기 의료」 「사살 없음」 「감상 소설」 「현상 소설」. '소설을 욕망하는 소설'이라는 원리가 가장 두드러지게 나타나는 작품들로, 1)과 2)의 요소들이 중첩되며, 나아가 오직 소모를 향해 전진하는 서사적, 언어적 욕망의 흐름이 상대적으로 중요하게 부각된다.

트가 발견했던 근본적인 진실과도 부합한다. "이야기되는 것은 바로 이것을 '이야기하는 행위이다'. 결국 서사물의 대상은 없다. 서사물은 자기 자신만을 다루고 있다. 서사물은 자기 자신을 이야기한다."[12] 물론, 이때의 자기 자신은 재현과 표상의 대상이 아닐 것이다. 그것은 언어의 맹점이며 글쓰기가 유발하는 근본적인 간극과 분열, 즉 망각을 나타낸다. 나 자신은 애초에 망각되어 있다. 그러나 망각된 자기 자신을 추적하기 위한 과정은 반복적으로, 지속될 수 있다. 그때 소설이라는 이념은 일종의 시뮬라크르로 작동한다. 오직 자기 자신에 대한 욕망 외에는 그 어떤 목적도 허용하지 않는 글쓰기, 소설을 욕망하는 소설이야말로 양선형의 글쓰기-기계를 구축하고, 배치하고, 작동하게 만드는 힘이자, 이념이다.

6. 소설의 정치: 오직 나아가는 것

사정이 이러하기에, 우리는 양선형의 소설이 미학적이라고도, 그것이 새롭다고 말해서도 안 될 것이다. 그는 어떤 아름다운 표상체에 안주하지 않고, 차이라는 부정 변증법의 유혹에도 흔들리지 않는다. 아마도, 그가 기계-되기를 욕망하고 있기 때문에 가능했던 일인지도 모른다. 그러니 양선형의 소설을 읽는 것, 양선형의 소설에 대해 말한다는 것은 무능과 불능의 경계라는 시험대에 진입하는 일과 다르지 않을 것이다. 그의 소설을 읽은 독자가 독해를 곤

12) 롤랑 바르트, 같은 책, p. 361.

혹스러워하는 것 역시 불가피하다. "글쓰기에 돌입하면 자연스레 기분이 나빠져서 마치 나는 내가 도달할 수 있는 가장 최악의 상태와 마주하기 위해 이러한 삽질을 감수하고 있다고 여겨지기까지 한다"(p. 73). 양선형의 소설에 대해 말을 하고 글을 쓰는 단계에 돌입할 때, 우리는 마치 의미 해석이라는 언어적 교환 체계의 무기력, 특히 비평가-독자에게는 최악에 가까운 상태와 마주하기 위해 읽기/쓰기의 '삽질'을 반복적으로 감수하고 있는 것처럼 느낄 수밖에 없다.

그러므로 양선형의 소설을 읽는 것, 그것에 대해 말하는 것, 그것에 대해 쓰는 것은 피로한 일일 수밖에 없다. 시간을 소모하고 탈진시키는 과정은, 결과적으로 시간에서 이탈되어 있고 목적으로부터 탈구되어 있는 말들의 탈주 속에서 자기 자신을 시험하는 일과 마찬가지기 때문이다. 그러나, 소설의 시뮬라크르가 생산되는 것 역시 이러한 피로 안에서이다. "피로가 재활의 의지를 압도한다면?"(p. 179) 더 이상 기능과 목적에 맞는 언어적 사용의 최대치가 아니라 반대로, 목적에 부합하지 않는, 그리하여 의미를 전달할 수 없는 언어 교환의 최대치가 지속된다. 글쓰기-기계의 정치학은 그러므로, 자본주의 기계의 교환 체계 안에 들어감으로써 그것의 파괴와 오류의 산출을 시도한다. 이를 위해서는 교환의 요구에 철저하게 응해야 할 것이다. 그를 위해서는 사용을 부정할 것이 아니라, 일종의 근본주의자처럼 철저하게 언어를 사용해야 할 것이다. "이 혼탁한 점액질 고깃덩어리를 표현하기 위한 환란의 얼개는 그저 비유가 아니라 마치 그의 눈앞에서 벌어지는 실황 자체인 것처럼/서술해야겠지!"(p. 282). 그가 이야기를, 언어를, 서사를, 인물을, 그리고 의미를 부정한다고 오해해서는 안 되는 이유가 거기에 있다. 오히려 그는 그것들을 모두 과도할 정도로 사용함으로써, 언어를 실제처럼 오인함으로써, 그 모든 것을 소모시키고, 고갈시키고, 탈진시킨다. 그의 소설에서 언어와 실제가 분리되지 않는 형상, 언어적 망상과 현실이 구분되지 않는 상황, 그리고 말들이 끝없이 사물처럼 사용되고 있다는 인상을 받을 수 있는 이유 역시 거기에 있을 것이다. "이것은 망상인가 망상이 아닌가. 망상이면 또 어떤가"(p. 175). 작가는 초현실, 환상, 망상 속에 있는 존재가 아니라, 환상과 현실의 경계선을 따라가면서 실험하는 존재이며, 소설을, 예술을, 글쓰기를 실험하는 존재가 아니라, 글쓰기 속에서 자기 자신의 실험됨을 감당하는 존재이다.

"대개 의미가 누락된, 마치 미친 사람의 중얼거림을 그대로 채록해놓은 것 같은 내용"(p. 144)으로 가득한 소설, 소설을 완전히 잿더미 상태로 몰아가는 것 같은 "의식의 삽질"(p. 175)을 따라감으로써 우리가 얻을 수 있는 것은 모든 역량의 고갈 상태, 무차별 상태, 가시적인 가능성들을 끝장냄으로써 발견되는 최종적 피로이다. "그들은 머물기 좋은 피로를 공유하거나 그러한 피로를 서로의 살갗에 부드럽게 발라준다"(p. 327). 자본주의가 파생시키는 무능한 인간은 가치로부터 소외되어버린 자신을 발견할 때, 문득 피로를 느끼고 소외된 자신을 자각한다. 그러나 글쓰기-기계가 야기하는 피로는 소외가 아니라 근본적인 분리에 가깝다. 그리고 분리된 인간, 모든 것이 고갈된 불능의 인간이 기거하는 피로의 공동체는 그 누구도 배제하지 않는다. 그것은 실상 보편적이고, 다른 한편으로는 평등한 세계이다. "그러나 그들은 같은 장소를 바라보고 있는 것이 아니었다. 어스름은 어디에나 있었다. 그것은 그들이 속해 있고 가끔 놀라 뒤돌아보는 거기, 아니면 그들의 위나 아래에, 또는 그들이 호흡하는 어느 장소에나 무정형으로 편재하는 희미한 낙진을 닮아 있었다"(p. 312).

우리는 이렇게 결론 내릴 수 있을 것이다. 양선형의 글쓰기는 어디에나 있다. 익명의 그, 불능의 그는 언어를 사용하는 모든 존재, 글쓰기를 욕망하는 모든 힘이 관통해야 하는 보편적인 간극으로서의 장소 없는 장소이다. 불능의 폭주를 지속하는 글쓰기-기계는 일종의 익명적 집합명사를 가리키고, 문체는 그러한 익명적 복수태들의 활동 흔적을 표식할 것이다. 그것은 구체적이고도 특수한 집단을 표상하지 않고, 다만 집단의 의미를 발생시키는 모든 언어적 집합체의 최저 지점으로 작동한다. 글쓰기의 최저 지점, 즉 불능의 사태를 통해 인간은 마침내 비-주체라는 평등한 지위를 확보한다. 의미의 시뮬라크르들이 권력을 장악하고 있는 압도적인 통치성의 세계 속에서, 불능의 시뮬라크르는 장소 없는 장소로서의 외부를 위한 출구를 향해 "오직 나아가는 것"(p. 36), 즉 글쓰기가 발휘할 수 있는 근본적이고도, 최대의 정치를 표현한다.

희망의 이름

—김애란 소설의 파괴 불가능한 것[1]

"아빠."
"응?"
"저 그거 간직해도 돼요?"
"뭐?"
"미래라는 말."
—「눈물의 과학」

1. 잊을 수 없는 말

"김애란이라는 이름의 '특선'이 예기치 않는 선물처럼 2000년
대 문학에 당도했을 때의 매혹을" 우리는 기억한다.[2] 당시 평단은
이 발랄한 신예 작가의 등장이 예사로운 일이 아니라는 사실을 일
찌감치 직감하고 있었는데, 갓 등단한 작가로서는 이례적으로 빠
르게 묶은 첫 소설집 『달려라, 아비』는 그녀를 향한 문단의 예감이
섣부른 기대가 아니었음을 확인시켜주는 매력적인 말들로 가득했
었다. 인간에 대한 날카로운 이해와 유머러스한 상상력으로 무장

---

1) 이 글에서 다루는 김애란의 작품들은 다음과 같다. 『달려라, 아비』(창비, 2005), 『침
이 고인다』(문학과지성사, 2007), 『두근두근 내 인생』(창비, 2011), 『비행운』(문학과지
성사, 2012), 『바깥은 여름』(문학동네, 2017). 이하 인용하는 작품들의 출처는 본문 내
괄호로 표기한다.
2) 이광호, 「나만의 방, 그 우주 지리학」, 『침이 고인다』, 문학과지성사, 2007, p. 283.

한 그녀의 소설들은 확실히 어딘가 달라 보였다. 가령 표제작 「달려라, 아비」는 기존의 한국 소설이 DNA처럼 체화하고 있던 비극적 엄숙함을 산뜻하게 청산하는 소설사적 이정표로 읽힐 수 있었다. 소설적 어법과 상상력의 새로움을 목말라하는 쪽이나, 현실에 대한 문학의 비판적 소구력을 중시하는 쪽 모두가 김애란을 향한 상찬을 아끼지 않았고, 급기야 "김애란을 사랑하지 않는 것은 도대체 가능한가?"[3]라는 경탄이 회자되기도 했었다. 그리고 불과 2년 만에 출간된 두번째 작품집 『침이 고인다』는 유쾌한 소설적 상상력이 사회학적 성찰성까지 겸비할 수 있다는 것을 보여주면서, 그녀를 향한 문단의 이례적인 신뢰가 정당한 것이었음을 증명해내는 데까지 성공한다. 단 두 권의 소설집으로 김애란은 2000년대라는 문학사적 시간대의 상징적 이름으로 거듭났고, 한국 문학을 이끌어갈 전도유망한 '미래'로 일컬어지기에 이르렀다.

그런데 지금 이 자리에서 새삼 되돌아보고 싶은 것은 한 사람의 평범한 독자로서 김애란의 소설과 함께 웃고 울며 보냈던 우리의 지나간 시간이다. 2000년대에 이르러 동시대 한국 소설을 본격적으로 접하기 시작한 젊은 세대 독자들에게 김애란이 각별하게 받아들여졌던 이유는 무엇일까? 어쩌면 그것은 평단에서 강조하듯 그녀의 작품들이 기존의 한국 소설과 달라서도, 혹은 그녀가 한국 문학의 '미래'를 짊어진 기대주여서도 아니었는지 모른다. 김애란을 잊을 수 없는 이름으로 기억하는 독자들에게 그녀의 이야기들은 오히려 같은 세대의 삶을 더없이 정확하게 비춰주는 '현재'

3) 신형철, 「소녀는 스피노자를 읽는다」, 『몰락의 에티카』, 문학동네, 2008, p. 693.

의 거울에 가까웠다. 우리는 기억한다. 김애란 덕분에 평범하고 초라한 내 삶도 소설이라는 형식으로 이야기될 수 있다는 사실에 신기해하던 지난 시간을. 우리는 알고 있었다. 편의점에서 생필품을 구입하며 삶을 이어가고, 방음조차 되지 않는 좁은 방에서 최소한의 자존감을 지키기 위해 애썼던 일상의 고단함을. 그리고 우리는 함께 느낄 수 있었다. 부모가 마련해준 안전한 가정의 울타리에서 벗어나 정체를 알 수 없는 타자들로 가득한 사회에 내던져졌을 때 가졌던 이십대 초년의 막연한 불안과 공포를. 분명한 이념이 창공의 별처럼 우리가 가야 할 길을 알려주지 못하던 시절, 그녀의 소설은 전망을 제시해주지는 않았지만 우리가 어디쯤 도착했는지 친절하게 알려주는 공감과 연대의 신호 같은 것이었다. 그래서 그녀의 소설을 읽다 보면 마치 이런 소리가 들려오는 것 같았다. "우주먼 곳 아직 이름을 가져본 적 없는 항성 하나가 반짝하고 빛났다. 그리고 어디선가 아득히 '아영아, 내 손 잡아' 하는 소리가 들려왔다"(「자오선을 지나갈 때」, 『침이 고인다』, p. 148).

물론 그녀의 소설이 동세대의 청년들이 겪고 있는 실존적 불안과 미래에 대한 두려움을 전시하거나 반영하는 지점에서 멈춰 있는 것은 아니었다. "나는 지금 이곳을 벗어나기 위해 이곳에 있는 것이다"(「노크하지 않는 집」, 『달려라, 아비』, p. 236). 그녀가 스스로의 삶을 서술하는 이유는 삶이 야기하는 불안과 두려움으로부터 벗어나기 위한 자기만의 길과 방법을 모색하기 위해서였을 것이다. 관련해서 우리가 매료되었던 것은 '말'에 대한 김애란의 다음과 같은 각별한 자의식이었다.

내가 씨앗보다 작은 자궁을 가진 태아였을 때, 나는 내 안의 그 작은 어둠이 무서워 자주 울었다. 그러니까 내가 아주 작았던 시절—조글조글한 주름과, 작고 빨리 뛰는 심장을 가지고 있었던 때 말이다. 그때 나의 몸은 말[言]을 몰라서 어제도 내일도 갖고 있지 않았다.

말을 모르는 몸뚱이가, 세상에 편지처럼 도착한다는 것을 알려준 것은 나의 어머니였다. (「달려라, 아비」, p. 8)

엄마의 자궁 속에 잉태되어 있는 스스로를 가리켜 "말[言]을 몰라서 어제도 내일도 갖고 있지 않"은 존재로 묘사하는 독특한 인식과 상상력은 말에 대한 작가의 자의식과 그녀의 소설 전반에 포진되어 있는 '탄생' 모티프가 긴밀하게 연동되어 있음을 보여준다. 그녀의 화자들은 마치 말을 갖고 싶어 태어난 존재들 같았는데, 그녀의 소설에서 말에 대한 욕망을 가진 사람이 "나는 내가 어떤 인간인가에 대해 자주 생각하는 사람"의 동의어로 여겨질 수 있었던 이유도 거기에 있었다. "나는 말을 줍고 다니는 사람, 나는 나의 수집가, 나는 나를 찌푸린 눈으로 보는 나에게 가장 버르장머리 없는 사람이다"(「영원한 화자」, 『달려라, 아비』, pp. 114~15). 말을 수집하고 다니는 김애란의 화자들은, 말의 세계 속에서 구성되는 자기 자신의 모습을 골똘히 응시하는 사람, 말을 탐구함으로써 자기를 분석하는 사람이었다. 말에 대한 탐구를 경유한 자기 분석의 실천. 이것이 전제되었을 때 우리는 비로소 세상의 어둠과 맞서기 위한 무기를 갖출 수 있을 것이다. 잘 알려져 있다시피 그 무기를 물려준 사람은 그녀의 어머니이다.

어머니가 내게 물려준 가장 큰 유산은 자신을 연민하지 않는 법이었다. 어머니는 내게 미안해하지도, 나를 가여워하지도 않았다. 그래서 나는 어머니가 고마웠다. 나는 알고 있었다. 내게 '괜찮냐'고 물어보는 사람들이 정말로 물어오는 것은 자신의 안부라는 것을. 어머니와 나는 구원도 이해도 아니나 입석표처럼 당당한 관계였다. (「달려라, 아비」, p. 16)

어머니는 좋은 칼이다. 어머니는 좋은 말[言]이다. (「칼자국」, 『침이 고인다』, p. 170)

말은 어떻게 칼의 동의어일 수 있을까? 말의 구조를 해명함으로써 사람들의 욕망을 해부할 수 있기 때문이다. "그녀는 사람들이 A를 그냥 A라고 말하지 왜 C라고 말한 뒤 상대방이 A라고 들어주길 바라는지 이해할 수 없었다"(「그녀가 잠 못 드는 이유가 있다」, 『달려라, 아비』, p. 104). 요컨대 저 이해할 수 없는 말들을 해석하는 일은 말에 감춰진 타인의 욕망을 엿보고 그것을 나의 말로 다시 이해시키는 작업을 의미한다. 말에 대한 김애란의 분석이 앎에 대한 특별한 결론으로 귀결되는 것은 그래서 필연적이었다. "그때부터 나는 무언가를 '안다'라고 말하는 것은 음란한 일이라고 생각하게 되었다"(「달려라, 아비」, p. 16). 앎은 왜 음란한가? 그것은 말에 대한 이해와 더불어 타인의 결핍을 눈치채는 일, 다시 말해 어른들의 비밀스러운 수치를 조망하는 일이기 때문이다. 그렇게 우리는 김애란의 말을 통해 비로소 알 수 있었다. 그 누구의 말도 진정으로 우리를 위로하지 못한다는 것을. 사정이 그러하다면 저 위선적이고 무례한 말들을 정확히 응시하고 개관하는 또 다른 '말'의 힘, 즉 우리만의 '언어'가 요청되어야 한다.

김애란의 좋은 말이 좋은 칼이자, 유머러스한 말이라는 사실이 중요한 것은 그 때문이었다. 그녀의 화자들은 독자를 웃길 만반의 준비가 되어 있는 사람 같았는데, 남을 웃길 줄 아는 사람은 타인이 나에게 무엇을 바라는지 예측하는 사람, 그래서 그 기대를 슬며시 배반하며 예상치 못한 '말'의 상황을 전개시킬 줄 아는 사람을 뜻했다. 이른바 김애란의 유머와 농담은 앎을 실천하는 유력한 형식이자, 자신의 자아를 방어하는 가장 효과적인 방법이었다. "유머를 보이는 사람은 자신을 어른의 위치에 놓음으로써, 자신을 아버지와 동일시하고 다른 사람들은 아이처럼 취급하면서 우월성을 획득하는 것"[4]이라는 프로이트의 지적은 여기서도 유효했다. 요컨대, 그녀의 유머는 자기 연민 없이, 혹은 구원에 대한 헛된 믿음 없이도 자신의 현재를 당당하게 응시하고, 스스로를 남다른 존재로 상상하고 성장시킬 수 있게 하는 힘의 근간이었다. 그녀의 조숙한 화자들에게서 모종의 긍정적 자기애와 자긍심이 발견되는 것은, 그래서 자연스러운 일이었다.

어쩌면 '나는 사려 깊은 사람'이라는 식으로도 나를 말할 수 있을

4) 지그문트 프로이트, 「유머」, 『예술, 문학, 정신분석』, 정장진 옮김, 열린책들, 2007, pp. 512~13.

지 모른다. 나는 따뜻한 사람이지만, 당신보다 당신의 절망을 경청하고 있는 나의 예의바름을 더 사랑하고 있다는 점에서 무례한 사람이다. 나는 오만한 사람을 미워하지만 겸손한 사람은 의심하는 사람이다. 나는 모두가 좋아하는 그림 앞에서 내가 그동안 그것들을 '그다지' 좋아한 것은 아니었다고 생각하는 사람이다. 나는 자신에 대해서는 '당신들이 모르는 내가 있다'고 생각하면서, 타인에 대해서는 언제나 '다른 사람들은 모르지만 나는 다 알고 있다'라고 생각하는 사람이다. (「영원한 화자」, 『달려라, 아비』, p. 117)

이를테면 그녀는 "다른 사람들은 모르지만 나는 다 알고 있다"라고 말할 줄 아는 스스로의 오만함까지도 개관하고 있는 사람이었다. 우리가 그녀를 사랑할 수밖에 없었던 이유는, 그녀의 소설이 자아에 대한 우리들의 욕망을 앞서 실현시켜주는 조숙한 말, 좋은 말이었기 때문인지도 모른다. 비유하자면 그녀는 우리 근처에 있지만, 몇 발짝 앞서 달려가는 사람이었다. 그러면서도 그녀는 독자들이 자기 연민과 비애의 포로가 될 때마다, 힘을 내라는 듯 곁에서 함께 달려줄 줄 아는 러닝메이트 같은 말[言]이었다. 그녀의 말을 우리는 사랑했는데, 그녀의 말을 빌리자면, 당시 우리는 그녀의 말을 사랑할 줄 아는 자신의 모습을 사랑했었는지도 모른다. 경쾌하게 앞서 달려가지만, 그렇다고 너무 빠르게 달리지는 않는 사람. 그녀의 조숙한 뒷모습을 쫓아가다 보면 우리 역시 세상의 비밀에 조금 더 가까이 접근할 수 있을 것 같았고, 그녀처럼 어른들의 세상 앞에서 당당하게 스스로의 삶을 매혹적인 말들로 이야기할 수 있을 거라 희망했다.

2. 무지의 수인

그런데, 우리보다 몇 발짝 앞서 달려가던 김애란의 경쾌한 발걸음에 모종의 변화가 감지되기 시작한 것은 세번째 소설집 『비행운』에 이르러서였다. 『비행운』에 수록된 작품들은 "'지나감'이나 '나아감' 같은 말을 떠올리기조차 무망하게 젊은 세대의 참혹한 현실을 증언"[5]하고 있었는데, 이러한 면모들은 그녀의 소설이 점차 다른 방향으로 전개될 것임을 예고하는 서사적 조짐처럼 느껴졌다. "아무도 내가 죽어가고 있다는 걸 모른다는 고립감. 그리고 그걸 누구에게도 전하지 못한다는 갑갑함"(「너의 여름은 어떠니」, p. 41)을 토로하는 『비행운』의 부정적 현실 인식을 대면해야 했던 독자들은 그녀가 이 시기에 이르러 직면하게 된 새로운 고민이 무엇인지 묻지 않을 수 없었다.

물론 『비행운』에서 나타나는 비애의 정서와 절망적 현실 인식이 갑작스러운 것은 아니었다. 비애와 절망은 일찍부터 그녀의 소설 아래에 흐르던 기본 정서라고 할 수 있거니와 다만 농담과 유머를 통한 앎의 실천이 원활하게 수행될 수 없는 환경에 그녀가 처하게 되었다고 보는 편이 더욱 타당할 것이다. 이러한 변화에 사람들이 주목한 것은 어찌 보면 당연했다. 비평가들은 그녀가 "조숙한 아이들이 바라보았던 세계를 어른의 시야로 확장시"[6]키고 있다고

---

5) 정홍수, 「세상의 고통과 대면하는 소설의 자리」, 『창작과비평』 2012년 겨울호, p. 36.
6) 서영인, 「발랄하게 상상하고 우울하게 인식하라」, 『창작과비평』 2012년 겨울호, p. 459.

평가했고, 한편으로는 "김애란의 서사 세계의 확대, 심화 양상"[7]을 짚어내기도 했다. 김애란은 어른의 세계로 완전히 건너가버린 걸까? 하지만 우리가 그녀의 소설에서 감지되는 변화를 '성장' '성숙' '발전'이라는 긍정적 내러티브로 쉽게 받아들이지 못했던 까닭은 이 시기 그녀의 소설들에 스며들어 있는 비관주의적 정서의 근원이 바로 성장 자체에 대한 회의와 무관하지 않았기 때문이다. 가령, 다음 대목을 보자.

아이들은 산만하고 유치했지만 그 나이 또래다운 재치와 상상력을 발휘하기도 했어요. 한번은 '사람 손가락이 여덟 개라 팔진법을 쓰면 어떻게 될까?'라는 논술 주제를 준 적이 있는데, '주판알이 네 개로 나뉠 거다' '4에서 반올림을 하게 될 거다' '십중팔구가 아니라 칠중육오가 될 거다'라는 식으로 말해 저를 놀라게 했어요. 그럴 때면 애들한테 오히려 제가 배우는 느낌이 들었고요. 또 한번은 '구름 또는 비와 나누는 정이라는 뜻으로, 남녀의 정교(情交)를 이르는 말을 네 글자로 답하시오'란 문제에 '운우지정(雲雨之情)' 대신 '오르가즘'이란 말을 써놓은 바람에 채점하다 음료수를 뿜은 적도 있어요. 학생 중에는 평소에 저랑 한마디도 안 하다 이따금 딸기우유나 초콜릿을 건네고 가는 여중생도, 말수 적고 속이 깊어 언제나 부모님을 걱정하는 남고생도 있었어요. 공부를 하도 한 탓에 수업 중에 코피를 쏟는 아이도, 갑자기 복도로 뛰어나가 토를 하는 아이도 있었고요. 그런데 언니, 요즘 저는 하얗게 된 얼굴로 새벽부터 밤까지

7) 우찬제, 「비행운의 꿈, 혹은 행복을 기다리는 비행운」, 『비행운』, pp. 344~45.

학원가를 오가는 아이들을 보며 그런 생각을 해요.

'너는 자라 내가 되겠지…… 겨우 내가 되겠지.'

(「서른」, 『비행운』, p. 297)

「서른」은 30대에 접어든 시점에 김애란이 직면하고 해결해야 했던 딜레마가 무엇이었는지를 비교적 선명하게 기술하고 있었다. 물론 「서른」의 화자 수인의 편지를 통해 겨우 생존이나마 이어나가는 청년 세대에 관한 세대론적 비관주의를 읽어낼 수 있을 것이다. "너는 자라 내가 되겠지…… 겨우 내가 되겠지"라는 인구에 회자되던 구절을 성장 없는 세대의 현실 인식을 집약적으로 표현하는 말로 읽는 것 역시 가능하다. 하지만 우리에게 중요했던 문제는, 김애란이 돌연 그와 같은 비관주의에 도달하게 된 계기와 경로가 무엇인지를 구체적으로 해명하는 일이었다.

관련해서 강조할 수 있었던 것은 인용한 장면에 등장하는 아이들, 엉뚱하고 말들을 재치 있게 늘어놓으며 '나'의 허를 찌르는 아이들이 기존의 김애란 소설에 등장하는 인물들과 묘하게 닮아 있다는 사실이었다. 그렇다면 아이들을 바라보는 「서른」의 화자 수인은 과거의 김애란을 바라보는 현재의 김애란이 아닐까? 이러한 가설이 가능하다면, 「서른」의 김애란은 『달려라, 아비』와 『침이 고인다』에 등장했던 능청스러운 아이들과 현재의 나 사이의 시공간적 연속성을 반성적으로 검토하는 중이라고 해야 한다.

그 검토가 잠정적으로나마 비관적인 결론으로 귀결되는 원인은 아이들과 나 사이에서 이루어지는 상상적 동일시identification가 초래할 두려움과 긴밀한 관련이 있어 보였다. 서른 즈음의 김애란은 이렇게 회고한다. "그래도 돌이켜 봄. 그때 저는 놀라울 정도로 건강했던 것 같아요. 내가 나를 책임지고 있다는 자긍심 같은 것도 있었고, 이 모든 게 경험과 지혜로 남아 저를 성장시켜줄 거라 믿었거든요"(p. 295). 성장에 대한 믿음의 배반 속에서, 현재의 아이들과 과거의 내가 동일시되는 것은 불가능하다. 현재의 나는 더 이상 과거의 내가 아니기 때문이다.

과거의 나와 현재의 나 사이에 놓인 분열. 그리고 그것을 통해 가시화된 아이들과 나 사이의 간극. 이것이 김애란으로 하여금 성장에 대한 복합적인 문제의식을 떠안도록 만들었던 원인이 아닐까? 이를테면 『비행운』에 이르러 성장이라는 테마는 화자 자신이 어른으로 거듭나는 일에 국한되지 않고, 자라나고 있는 현재의 아이들의 미래까지 포괄하는 과정으로 확장되어야만 했던 것이 아닐까? 이러한 추정이 가능하다면, 이 시기의 김애란은 과거의 나와 현재의 나 사이의 화해를 시도함으로써 아이들의 성장과 나의 성장을 매개할 수 있는 방법과 원리를 모색하는 일에 매진해야 했을 것이다. 그러나 당시 김애란의 소설에서 두 세대의 성장 사이에 놓인 간극을 조화롭게 연결시켜줄 수 있는 방법은 좀처럼 발견되지 않았다. "저는 어떻게 해야 할지 모르겠어요. 제가 어찌하면 좋을지 누구에게라도 물어보고 싶은데, 지금 제 주위에 남아 있는 사람이 아무도 없어요"(p. 317). 아마도 이 같은 토로는 당시 김애란의 현재적 상황과 심정을 가장 정확하게 대변해주는 말이었을 것이다. 과거의 김애란에게 모른다는 사실이 수치를 안겼다면, 현재의 김애란에게 모른다는 것은 두려움과 절망을 강요한다.

「서른」을 지배하는 강렬한 죄의식을 강조해서 읽어야 하는 것도 같은 이유에서이다. 다시 말해, 아이들에 대한 상상적 동일시가 불러일으키는 두려움이 그들에 대한 죄책감과 이어져 있다는 의미이다. 유머와 농담으로 수치를 극복할 수 있었던 기존의 화자들과 달리 수인에게 죄의식을 안기는 원인인 아이들을 제거하기 위해서는 어린 시절의 나까지도 죽음에 이르게 해야 한다. 의미심장하게도 수인은 자신의 옛 학원 제자를 다단계 회사의 합숙소에 밀어 넣음으로써 그곳으로부터 벗어날 수 있었지만, 그 탈출로 인해 죄의식의 감옥에 갇힌 무지의 수인(囚人)이 되어버린다.

『비행운』에 수록된 「벌레들」 역시 이 무지의 감옥에 처한 주체의 절망과 분노를 직접적으로 피력한 작품으로 읽힐 수 있을 것이다. 재개발 구역으로 지정된 퇴락한 지역으로 입주한 젊은 부부의 이야기가 그려지고 있는 이 소설에서 화자인 '나'는 현재 출산을 앞두고 있다. "내심 기다렸던 임신인데도 실망감이 들었다"(p. 59)는 화자의 고백이 암시하듯, 그녀는 경제적으로나 환경적으로 아이의 탄생을 행복한 마음으로 축복해줄 수 있는 상황이 아니었고, 사방에서 시도 때도 없이 출몰하는 끔찍한 벌레들이 그녀와 아이의 미래에 대한 불안감을 계속해서 증폭시키고 있다. "나는 배 위에 손을 얹고 우리의 미래를 생각"(p. 70)하면서 긍정적인 미래를 상상하려 애쓰지만, 미래에 대한 희망을 파괴하는 '장미 빌라'의 현실은 결국 정체를 알 수 없는 망상적 복수심과 증오심으로 나를 몰아가기에 이른다.

나는 자리에 선 채 꿈틀대는 벌레를 똑바로 쳐다봤다. 불현듯 내장 깊은 곳에서 복수심과 증오심이 생생하게 살아나는 느낌이 났다.

눈앞의 벌레가 이 집에 출현한 모든 벌레의 근원, 모든 해충의 우두머리처럼 여겨진 탓이었다. 이 녀석을 죽이고 나면 다른 벌레도 더이상 나타나지 않을 것 같은, 근거 없는 확신이 들었다. (「벌레들」, p. 73)

벌레를 향해 표출되는 화자의 감정을 정당화하는 것은 어떤 망상증적인 확신이다. 지금 눈앞에 보이는 벌레가 "모든 벌레의 근원"이라는 생각이 "근거 없는 확신"이라는 것을 내가 모르는 것도 아니다. 문제는 저 망상이 내가 가질 수 있는 유일한 앎의 형식이라는 확신에서 시작될 것이다. 그리고 그 확신은 아이러니하게도 나를 더욱 절망적인 상황에 처하게 만드는 원인으로까지 작용한다. 벌레에 대한 강박적 살의를 실행에 옮기는 과정에서 나는 결혼반지를 "심연처럼 시커먼 아가리를 벌린"(p. 75) 'A구역'에 떨어뜨려야 했고, 반지를 찾으러 혐오스러운 벌레들이 들끓는 그곳으로 내려가야만 했으며, 급기야 그 끔찍한 공간에서 출산이 시작되어야만 했다.

깊숙한 어둠 속에서 끊임없이 벌레가 기어 나오는 모습이 보였다. 그것도 여러 종류의, 수천 마리도 더 돼 보이는 벌레들이. 믿기지 않는 광경이었다. 전등을 쥔 손이 바들바들 떨렸다. 충격은 곧 공포로 바뀌었다. 벌레들이 행로를 바꿔 일제히 내게 몰려오지 않을까 하는 두려움 때문이었다. [……] 아랫도리에서 칼로 에는 듯한 고통이 전해졌다. 나는 힘주어 콘크리트 조각을 쥐었다. 멀리 보이는 장미빌라는, 모텔과 교회는, 아파트는 여전히 평화로워 보였고, 나는 이 출

산이 성공적일 수 있을지 확신할 수 없었다. (「벌레들」, pp. 79~81)

　김애란의 독자라면 "이 출산이 성공적일 수 있을지 확신할 수 없었다"라는 말에 내포되어 있는 부정적 뉘앙스의 자기 반영성을 발견하기란 그리 어려운 일이 아닐 것이다. 이렇게 물어보자. 『두근두근 내 인생』에서 부모의 정사를 재현하는 한아름의 소설 「두근두근 그 여름」의 낭만적 싱그러움과 앞의 장면에 드리워져 있는 출산에 대한 비관적 분위기는 어떻게 양립 가능할까. 윤재민의 날카로운 지적처럼 이러한 간극은 "아랫세대와 윗세대 양자 사이에 끼어 어떤 방식으로든지 이에 연루되어 살아갈 수밖에 없는 '나'들의 실존적 아포리아"[8]를 대변하는 것처럼 보인다. 출산의 성공을 확신할 수 없는 주체는 다음 세대를 위한 새로운 앎을 준비해야 하는 주체, 그러나 그 앎을 기술할 수 있는 말의 내용과 형식을 미처 찾아내지 못한 주체에 다름 아니다. 새롭게 태어날 아이를 생각하면서, 김애란은 돌연 자신이 모르는 것이 너무 많다는 것을 자각하기 시작한다. 이제 그녀가 확신할 수 있는 앎은 아무것도 없다. 아니, 그녀에게 확신이라고 부를 만한 것이 있다면 그것은 나의 미래, 나아가 아이의 미래를 확신할 수 없다는 사실에 대한 확신뿐이다.
　이처럼 『비행운』에 등장하는 인물들은 하나같이 스스로의 무지를 대면하고 그것의 무력함을 정직하게 고백하는 존재들이다. 그런 의미에서 "이들의 발길이 어디로 향할지 또 어디에 머물지는

---

8) 윤재민, 「너무 많이 아는 아이들을 위한 가족 로망스—김애란론」, 『창작과비평』 2012년 겨울호, p. 422.

아직 예측할 수 없었다"(「호텔 니약 따」, p. 286)는 말은 그 자체로 『비행운』의 인물들에 대한 작가적 자의식과 정확하게 일치하는 말이기도 했다.

그렇다면 '앎의 음란함' 대신 '무지의 뼈아픔'을 정직하게 드러내야 했던 김애란의 화자들에게서 어떤 긍정의 메시지를 찾는 것은 불가능할까? 이런 의문을 품었던 독자들은, 김애란이 『비행운』의 세계에 너무 오래 머물지 않기를 은연중 바라는 독자들이기도 했는데, 그것은 그녀의 이야기들이 무지의 절망 앞에서 패배를 선언하는 길로 나아갈지도 모른다는 모종의 불안을 당시에 느꼈기 때문이었는지도 모른다. 그리고 그녀의 패배는 우리의 패배, 김애란의 작품을 읽어가며 삼십대에 접어든 독자들이 자신의 과거와 현재를 향해 던지는 실패 선언과 다를 바 없었다. 『비행운』에서 묘사되는 현실에 공감하는 자신을 부정할 수 없으면서도, 기어이 『비행운』의 전체적인 메시지와 배치되는 말들을 탐색하려고 한 것도 그 때문일 것이다. 물론, 그것을 구체적인 말의 형태로 발견하기란 쉽지 않았는데, 다만 그녀가 「물속 골리앗」에 남겨두었던 희미한 이미지를 기다림의 형식으로 보존하는 것만이 우리가 할 수 있는 최선의 일이었다.

주위는 조금씩 밝아졌다. 놀랍게도 비가 거의 멎은 듯했다. 이러다 다시 내릴지, 완전히 개일지 알 수 없었다. 이 마을 끝에 뭐가 있을지 모르는 것처럼. 앞으로 내가 어떻게 될지 모르는 것처럼 말이다. [……] 나는 다시 기다려야 했다. 비에 젖어 축축해진 속눈썹을 깜빡이며 달무리 진 밤하늘을 오랫동안 바라봤다. 그러곤 파랗게 질린 입술을 덜덜 떨며, 조그맣게 중얼댔다.

"누군가 올 거야."(「물속 골리앗」, p. 126)

3. 고민의 시차

세번째 소설집이 출간된 직후 발표된 「침묵의 미래」에서 김애란은 곧 사라져버릴 운명 앞에 서 있는 언어를 화자로 내세우고, '소수언어박물관'에서 천천히 죽음을 기다리는 화자들에 관해 서술한다. "이곳 화자들은 중이염이나 관절염, 치매, 백내장 외에도 마음의 병을 안고 살아간다. 그건 말을 향한, 말에 대한 지독한 향수병이다"(「침묵의 미래」, 『바깥은 여름』, p. 142)라는 구절이 집약적으로 표현하고 있듯, 소설을 통해 김애란이 제시하고 있는 종말론적 세계는 곧 말이 병든 세계였다. 언어의 종말과 인간의 종말을 동일시하는 이 작품에서, '미래'라는 단어는 소멸로 결정되어버린 무의미한 시간을 환기하는, 일종의 죽어버린 말에 불과하다.

말과 이야기에 대한 메타적 자의식을 곳곳에서 피력했던 김애란의 이력을 감안할 때 디스토피아적 세계관을 언어의 종말로 표현하는 「침묵의 미래」의 문제의식이 이례적이라고 말할 수는 없을 것이다. 하지만, 이 작품이 당시 독자들에게 다소 낯설게 읽혔던 것은 「침묵의 미래」가 그녀가 써왔던 그간의 작품들 중에서도 단연 관념적이고 모호한 텍스트였기 때문이다. "단체 사진 속에서 점점 흐릿해져가는 유령처럼 모호하게 존재한다"(p. 134)는 구절은 「침묵의 미래」를 구성하는 인물과 서사에도 동일하게 적용될 수 있었는데, 이 같은 사실은 타고난 이야기꾼으로 일컬어졌던 그녀에 관한 여러 물음을 제기하게 만들었다. 종말을 앞둔 '소수언어박물관'은 이야기(혹은 문학)의 미래에 대한 은유가 아닐까? 작가는 이 시기에 이르러 이야기의 가능성 자체에 대한 근본적인 회의에 들어서기 시작한 것일까? 김애란은 단순히 병든 말의 고통을 묘사하는 게 아니라, 이야기로써 말의 병을 앓고 있는 중이 아닐까?

「침묵의 미래」가 가진 모호성과 관념성으로 인해, 작품을 썼을 당시 작가가 품었을 의도와 심정을 정확히 추측하는 것은 쉽지 않다. 하지만 「침묵의 미래」로 이상문학상을 수상하면서 그녀가 남긴 소감은 최소한 당시의 그녀가 이야기를 전면적으로 불신하는 것은 아님을, 다만 서른 전후부터 대면하기 시작한 고민들을 천천히 해결해나가는 과정임을 짐작게 했다. 그녀는 이렇게 적었다.

겨울이다.
눈밭에 난 선배들의 발자국을 따라
걸음을 옮긴다.
발밑으로 전해지는 한기(寒氣)가
복되고 서늘하다.

한 발짝 또 한 발짝
짐작으로 알던 것을 몸으로 익히며
누군가의 보폭을 쉽게 판정하지 않는 법을 배운다.
그 자리에 다른 짐작을 앉힌다.

길 위에 '방향'을 만든 것은
당신의 무게.
혹은 이 걸음과 다음 걸음 사이에 놓인
고민의 시차(時差).[9]

그녀가 써온 작품들을 발자국 삼아 우리 역시 짐작을 앉혀볼 수 있을 것이다. 「침묵의 미래」는 그녀의 다음 발걸음이 도착했어야 할 새로운 말과 이야기 이전의 시간, 어쩌면 『비행운』에서부터 본격적으로 대면해야 했던 고민들을 응시하는 과정에서 발생한 '시차' 같은 작품이 아닐까? 저 걸음의 방법이 구체화되어 있지는 않지만, 가야 할 '방향'에 대해서는 그녀가 어렴풋하게나마 가늠하고 있는 것은 아닐까? 위에서 언급된 계절 "겨울"은 그런 의미에서 세상의 한기에 대해 쓰겠다는 그녀의 의지를, 자신이 미처 알지 못했던 세계로 나아가겠다는 다짐을 드러내는 시간이 아닐까?

멀리서 짐작하건대, 그녀가 이 '고민의 시차'를 극복하는 과정이 쉽지는 않았던 것 같다. 「침묵의 미래」를 발표한 직후 시작한 「눈물의 과학」 연재가 돌연 중단되고, 잠깐 동안이나마 그녀가 침묵의 시간을 통과해야 했던 것도 같은 이유에서였는지도 모른다. 연재를 시작하며 밝힌 바에 따르면, 아마도 그녀는 인류에게 오랫동안 꿈의 상징으로 여겨졌던 "달이 부서지는 얘길 쓰"[10]면서, 완전한

9) 김애란, 「수상소감」, 『침묵의 미래—제37회 이상문학상 작품집』, 문학사상사, 2013, p. 63.
10) 김애란, 「눈물의 과학」, 『문학동네』 2013년 봄호, p. 365.

절망도 섣부른 낙관도 정복할 수 없는 삶을 증명하려 했던 것으로 추정된다. 연재를 지켜보는, 나를 포함한 많은 독자가 기다렸을 것이다. 서로 다른 가정환경과 배경에서 자랐지만, 각자의 아픈 기억 속에서 달이 부서지는 장면을 목격해야 했던 '연우'와 '기우'의 성장담을. 달이 부서지고, 칠흑 같은 암흑이 펼쳐진 절멸의 시간 속에서도 삶이 굳건하게 잔존하고 있음을 증언하는 이야기를. 그리고, 생명의 가능성이 전혀 존재하지 않을 것 같은 "그런 곳을 찾아내, 굳이 그 속으로 뛰어드는 인간들"[11]을 조명하고, 마침내 "미래라는 말"[12]을 건져내는 소설을. 하지만 모종의 이유로, 그녀는 중간에 멈춰 설 수밖에 없었고, 독자들에게 양해를 구해야 하는 지면에 이런 말을 적어두어야만 했다.

연재를 중단하긴 했지만 소설을 포기한 건 아니니
더 나은 원고로 인사드릴 수 있도록 노력하겠습니다.
그리고 그 사이 계속 '부서진 달' 앞에 혼자 있어보겠습니다.
제 팔에 남은 누군가의 악력과 질문, 우정을 떠올리면서요.[13]

어떤 사람들에게는 이 말이 다소 의미심장하게 들리기도 했는데, 왜냐하면 "소설을 포기한 건 아니"라는 그녀의 말이 역설적이게도 그녀가 소설을 포기할지도 모를 어떤 깊은 비관과 절망 곁에 다가선 적이 있다는 고백처럼 들렸기 때문이다. 이것은 오해일까?

11) 같은 글, p. 367.
12) 같은 글, p. 379.
13) 김애란, 「눈물의 과학」, 『문학동네』 2013년 가을호, p. 303.

사정을 알 수 없으나, 소설을 포기한 건 아니라는 말이 그녀 자신을 향해 건네는 다짐이라는 믿음과 함께 우리는 기다릴 수밖에 없었다. 그런데 그녀의 이 고백이 구체적 현실이 되는 것을 확인하는 데에는, 그렇게 오랜 시간이 필요하지 않았다.

4. 파괴 불가능한 것

> 자기 안의 어떤 파괴 불가능한 것에 대한 지속적인 신뢰 없이
> 인간은 살아갈 수 없다. 비록, 파괴 불가능한 것과 그에 대한
> 신뢰가 인간 자신에게 영원히 감춰져 있을지라도.
>
> —프란츠 카프카

2014년 4월 16일, 모두가 알고 있는 그 일이, TV의 생생한 화면으로 중계되어 더욱 믿을 수 없었던 그 비극이 진행되고 있을 때 우리는 각자 어디에서, 무엇을 하고 있었을까? 어느덧 적지 않은 시간이 흘렀고, 그 시기를 떠올리게 하는 장면들은 점차 흐릿해지고 있지만, 당시 우리를 지배하던 압도적인 좌절감을 아직 망각하지는 못했다. 바닷속으로 가라앉은 세월호를 지켜보면서, 우리는 숱한 실패에도 끝내 버리지 않았던 인간에 대한 최소한의 믿음마저 무참하게 폐기되는 광경을 함께 목격했다. 우리는 무능력하고 부도덕한 공권력을 향해 분노했지만, 다른 한편으로는 전염병처럼 확산되던 죄책감이 결국은 우리 자신을 향해 칼날처럼 되돌려지는 것을 막을 수 없었다. "너는 자라 내가 되겠지…… 겨우 내가

되겠지"라는 비관조차 무색하게 만드는 절대적 배반의 시간 속에서, 존재한다는 말은 살아남았다는 말의 동의어였고, 모든 말은 허무와 환멸의 법정 앞으로 소환되지 않을 수 없었다. 고통과 실패를 말하는 이야기들과 미래를 향한 언어들이 무의미한 말에 불과했던 시간 안에서, 김애란은 당시의 충격을 이렇게 적고 있었다.

조문객들이 줄을 선 고잔초등학교 본관에는 '더불어 살아가는 됨됨이가 바른 어린이'란 문구가 크게 적혀 있었다. 평소 같았으면 관대하고 무심하게 지나쳤을 건전한 말들이었다. 한때 크고 좋은 말들을 가져다 아무 때고 헤프게 쓰는 정치인들을 보며 '언어약탈자'라 생각한 적이 있다. 그런데 안산에서 이제는 말 몇 개가 아닌 문법 자체가 파괴됐다는 느낌을 받았다. 어떤 낱말이 가리키는 대상과 그 뜻이 일치하지 못하고 흔들리는 걸, 기의와 기표의 약속이 무참히 깨지는 걸 봤다.[14]

희생자를 추모하기 위해 안산을 찾았을 때 그녀는 돌연 "문법 자체가 파괴됐다는 느낌"을 받았다고 쓴다. 말에 대한 최소한의 "약속이 무참히 깨지는 걸" 목격했다는 그녀의 심정은 말에 대한 완전한 부정을 가리킬 만큼 전면적인 수준에 이르렀을 것이다. 그녀의 말처럼, 인간이 구사하는 모든 말들은 세월호 참사 이후의 시간을 살 수밖에 없었으며, 그 이후의 시간 속에서 우리는 "망가진 문법 더미 위에 앉아 말의 무력과 말의 무의미와 싸"우는 단계와

14) 김애란, 「기우는 봄, 우리가 본 것」, 『잊기 좋은 이름』, 열림원, 2019, p. 263.

절차를 필연적으로 밟아가야만 했다. 그것은 "어떤 말도 바닷속에 가둘 수 없고, 어떤 말도 바로 설 수 없는 상황에서 스스로를 이해시킬 만한 말조차 찾을 수 없"[15]다는 현실을 고통스럽게 재확인하는 것, 그리고 말에 대한 기존의 앎과 믿음을 원점에서부터 재검토하는 과정을 가리켰다. 작가들은 각자의 자리에서 '세월호 이후의 문학은 가능한가?'라는 고민들을 저마다의 방식으로 감당해야만 했는데, 김애란 역시 이 점에서 예외가 아니었다.

김애란의 『바깥은 여름』에 실린 소설들은 세월호 이후의 시간을 살아가고 있었는데, 그것은 소설집에 실린 대부분의 작품이 세월호 참사 이후에 발표되었다는 물리적 사실에 국한되지 않는다. 그녀의 글쓰기가 참사의 직간접적인 영향 아래에 놓여 있다는 사실을 입증하는 것은 다름 아닌, 소설에 등장하는 인물들이다. 사랑하는 존재를 잃은 슬픔 속에서 사는 사람들(「입동」「노찬성과 에반」「어디로 가고 싶으신가요」), 대상에 대한 믿음을 빼앗긴 불안과 직면해야만 하는 인물들(「건너편」「풍경의 쓸모」「가리는 손」) 모두가 세월호 이후에 태어났음을 분명하게 확인시켜준다. 이들은 "없던 일이 될 수 없고, 잊을 수도 없는 일은 나중에 어떻게 되나"(「노찬성과 에반」, p. 45)라는 치명적인 물음을 스스로에게 제시하며, 무효화될 수 없는 파국이 일으킨 일상의 파장 속에 갇혀 있는 자신의 삶을 응시하는 중이다. 소설의 전반적 분위기는 한층 무겁고 우울하며, 비극적이다. 그럼에도 불구하고, 『비행운』과 달리 『바깥은 여름』이 비관주의의 감옥에 갇혀 있지 않다고 말할 수 있었던 것

15) 같은 글, p. 268.

은, 이 시기에 이르러 김애란이 재난 앞에서도 부서지지 않는 삶을 조명하며, 점차 죄의식의 감옥으로부터 바깥을 향해 한 걸음씩 나아가는 것처럼 읽혔기 때문이다. 그리고 우리는, 그녀의 느린 발걸음이 타인의 고통 앞에 서 있는 작가가 택할 수 있는 최선의 응답일지도 모른다고 믿기 시작했다.

이를테면 소설집에 실린 첫 작품 「입동」이 가장 직접적인 응답의 사례에 해당할 것이다. 지난봄 사고로 아들 영우를 잃고 "풍경이, 계절이, 세상이 우리만 빼고 자전하는 듯한"(p. 21) 시공간에 덩그러니 남겨진 부부('미진'과 '나')의 이야기를 읽으며 세월호를 떠올리지 않기란 거의 불가능하다. 불의의 사고로 아이를 잃은 젊은 부부가 등장하고, 이들을 향한 타인들의 폭력적인 말들이 묘사되는 여러 대목에서 참사 유가족을 둘러싼 우리 사회의 미개한 단면이 상기되는 것 또한 당연하다. 물론, 「입동」에는 작가가 참사를 염두에 두고 있음을 보여주는 객관적인 근거는 존재하지 않는다. 그럼에도 불구하고 대부분의 독자들이 이 작품을 읽고 세월호를 떠올렸다면 그것은 작가의 말처럼 "우리의 봄이, 봄이라는 단어의 무게와 질감이, 그 계절에 일어난 어떤 사건 때문에, 봄에서 여름으로 영영 건너가지 못한 아이들 때문에 달라졌다는"[16] 것을, 즉 비극 이후의 시간 속에서 '말' 자체가 속한 의미망이 완전히 변화했다는 것을 알고 있기 때문일 것이다.

그렇다고 해서 작가가, 그리고 소설을 읽고 있는 우리가 '이후'의 실제적 고통 속에서 살아가고 있는 사람들의 마음을 안다고 주

---

16) 김애란, 「점, 선, 면, 겹」, 『잊기 좋은 이름』, p. 250.

장할 수는 없다. 비극 이후 변한 것은 우리들의 말에 대한 감각일 뿐, 그 변화된 감각이 비극의 실재를 이해하게 하는 것은 아니다. 오히려 그 변화된 말의 감각이 철저하게 확인시켜주는 사실은 타인의 고통에 대한 우리의 '무지'이다.

> 많은 이들이 '내가 이만큼 울어줬으니 너는 이제 그만 울라'며 줄기 긴 꽃으로 아내를 채찍질하는 것처럼 보였다.
> ―다른 사람들은 몰라.
> 나는 멍하니 아내 말을 따라 했다.
> ―다른 사람들은 몰라.
> 그러곤 내가 아내 말을 완벽하게 이해하고 있다는 걸 알았다.
> (「입동」, 『바깥은 여름』, p. 37)

위 장면은 타인의 고통에 대해 감히 안다고 자처하는 사람들, 슬픔을 이해한다고 말하는 사람들을 향한 명백한 항의의 메시지를 담고 있다. 나아가, 참사를 겪은 자들 바깥의 모든 사람들을 고통의 방외인, 슬픔의 타자들로 만들어버린다. 고통에 관해 우리는 아는 것이 없고, 아는 것이 없기에 그것을 지시할 수 있는 말 역시 존재할 수 없다. 우리의 말은 타인의 고통 앞에서 무력하고, 무지하다.

하지만 「입동」이 이야기하는 말의 무지는 부부를 향한 타인들의 무심함과 폭력성만을 드러내는 지점에서 그치는 것이 아니다. 그녀가 제시하는 무지는 좀더 다층적인데, 무엇보다 이 사실이 중요하다. 말로 표현할 수 없는 것, 우리가 진정으로 모르는 것은 절망의 낭떠러지 밑으로 추락했던 사람들이 패배하지 않고 다시 삶을 향해 나아가게 만드는 힘의 근원에 대해서도 마찬가지이다. 김애란이 「입동」의 도배 장면을 통해 도달하고자 하는 것 역시 "아내가 일어나는 날"(p. 32)이다. 다가올 겨울을 맞아 벽을 새롭게 단장하던 와중에 예상치 못한 영우의 흔적을 발견하면서, 두 사람은 주저앉은 채, 일어선다.

> ─여기…… 영우가 뭐 써났어……
> ─…… 뭐라고?
> ─영우가 자기 이름……써났어.
> 아내가 떨리는 손으로 벽 아래를 가리켰다.
> ─근데 다…… 못 썼어……
> 아내의 어깨가 희미하게 떨렸다.
> ─아직 성하고……
> ─……
> ─이응하고……
> ─……
> ─이응하고, 아니 이응밖에 못 썼어 ……
> 아내가 끅끅 이상한 소리를 내다 결국 울음을 터뜨렸다. 나는 영우가 제 이름을 쓰는 걸 한 번도 보지 못했다. 이따금 방바닥이나 스케치북에 그림도 글씨도 아닌 무언가를 구불구불 그려넣는 건 알았다. 그런데 제대로 앉거나 가지도 못했던 아이가 어느 순간 훌쩍 자라 '김'자랑 '이응'을 썼다니, 대견해 머리통이라도 쓰다듬어주고 싶었다. (「입동」, pp. 34~35)

과거로부터 발송된 미완성의 편지 같은 영우의 글씨는, 미처 다 쓰여지지 못한 아이의 이름은, 지금 여기에 없는 아이에 대한 기억을 고통스럽게 떠올리게 함으로써 '미진'을 주저앉히고, 울게 만든다. 그러나 주저앉은 것은 '그녀'와 '나'의 삶이 아니다. 영우의 완성되지 못한 이름을 통해 '미진'과 '내'가 그간 잊고 있었던 소중한 기억을 떠올리는 데 이를 수 있기 때문이다.

그날 내가 두 돌도 안 된 영우한테 장난으로 "영우야, 오늘 엄마 생일인데 뭐해줄 거야?"하고 물었어. 그랬더니 영우가 어떻게 했는지 알아? 그 말도 못하던 애가 잠시 고민하더니 갑자기 막 손뼉을 치더라고. 영우가 나한테 박수 쳐줬어. 태어났다고……

(「입동」, p. 36)

'미진'이 회고하는 장면에서, 아직 말을 구사하지 못하는 영우는 그 자신이 하는 행위의 의미도 알지 못한 채, 엄마의 탄생을 축하해주고 있다. 그리고 그것은 도배를 끝마친 후 점차 삶의 편으로 나아갈 부부의 행로에 건네진 아이의 응원으로도 읽힌다. 이른바 영우에 대한 기억 속에서 '미진'과 '나'는 아들로부터 무언가를 증여받는 중이다. 이것은 착각일까? 그럴지도 모른다. 그러나 한층 중요한 것은 도배를 하던 중 우연히 발견한 아들의 흔적으로부터, 자신들이 '살아 있다는 사실 그 자체'에 관한 의미를 재발견하게 되는 두 사람의 어떤 의지일 것이다. 영우가 미처 다 쓰지 못한 자신의 이름, 아직 온전히 말의 세계에 입장하지 못한 아이가 간신히 배우기 시작한 저 말은, 남겨진 부부의 썩어지지 않는 미래와 겹쳐질 때, 비로소 온전한 의미를 얻기 시작한다.

이들을 다시 살게 만든 저 이름의 정체는 과연 무엇일까? 이것은 삶에 대한 긍정일까? 단순히 그렇게 말할 수는 없을 것이다. 사태는 좀더 이중적이다. 주저앉아 울고 있는 아내를 바라보며 "그 순간조차 손에서 벽지를 놓을 수 없어, 그렇다고 놓지 않을 수도 없어 두 팔을 든 채 벌서듯 서 있"(p. 37)는 '나'의 모습은, 김애란이 힘겹게 제시하고자 하는 '일어섬'의 이중성을 형상화한다. 긍정도 부정도 아닌, 아니 그 어떤 말로도 쉽게 환원될 수 없는 삶에 대한 의지는 아이러니라는 형식으로만 간신히 표현형을 얻을 수 있기 때문이다. "아이러니는 신 없는 시대의 부정적 신비주의, 다시 말해서 의미에 대한 일종의 유식한 무지eine docta ignorantia"[17]라는 고전적인 정의는 여기서도 유효해 보인다. 압도적인 절망 속에서도 삶을 이어나가게 만드는 저 근원을 어떤 말로 표현할 수 있을까? 대답하기 쉽지 않다. 그러나 우리가 이 지점에서 확신할 수 있는 것은, 우리가 모른다는 것이, 말로 표현할 수 없는 것이 곧 존재하지 않음을 의미하지 않는다는 사실이다. 말할 수 없는 어떤 것은 말할 수 없음의 형식으로 상기될 수 있다.

기억 속의 영우가 자신이 윗세대인 부모에게 오히려 무언가를 주는 존재로 거듭나고 있다는 사실은 『비행운』과의 근본적인 차이를 보여준다. 아랫세대에 대한 부채감과 죄의식의 언어화가 주된 모티프였던 『비행운』 때와 달리, 『바깥은 여름』의 김애란은 자신이

---

17) 게오르크 루카치, 『소설의 이론』, 김경식 옮김, 문예출판사, 2007, p. 105.

아이들에게서 무언가를 선물 받는 사람일 수 있음을 깨닫는다.

부모도 자식에게 경외감을 느낄 수 있구나…… 네 안의 어떤 것이 너를 그렇게 만드는 걸까. 그중 내가 준 것도 있을까. 만일 그게 내가 준 것도 네가 처음부터 가진 것도 아니라면 그건 어디에서 온 걸까? (「가리는 손」, 『바깥은 여름』, pp. 195~96)

물론, 이것이 아이들의 성장에 대한 전적인 긍정과 순진한 믿음을 의미하지는 않을 것이며, 같은 맥락에서 『바깥은 여름』이 『비행운』을 완전히 부정하는 것 역시 아닐 것이다. 「가리는 손」은 한때 나에게 경외감을 안겼던 자식이, 혐오로 가득한 세계를 살아가면서 점차 천진난만한 '악마성'을 드러낼 수 있다는 사실을 도외시하지 않는다. 「가리는 손」의 '나'는 엄마로서 자신의 아이가 혐오 범죄에 연루되어 있을지도 모른다는 사실을 회피하고 가리고 싶은 마음을, 다시 말해 자식이 어렸을 때 보여주었던 찬란한 '생명력'에 관한 기억으로 방어하고 싶은 마음을 보여준다. 자라면서 친구들로부터 무수히 많은 혐오와 폭력에 노출되었을 '재이'에 대해 엄마가 느끼는 "죄책감과 부끄러움"(p. 203)은 『비행운』에서 피력된 죄의식의 연장선상에 놓여 있다. 아이가 성장하고 마침내 어른의 세계에 진입했을 때 직면하게 되는 또 다른 무지, 알 수 없음 앞에서, 우리가 언제든지 패배할 수 있음을 김애란은 간과하지 않는다.

그럼에도 불구하고 그녀가 끝내 말하고 싶은 것이 패배와 절망이 아니라는 사실은 중요하다. 이를테면 「어디로 가고 싶으신가요」가 『바깥은 여름』의 마지막에 배치되어 있는 작품이라는 것은 그래서 강조될 필요가 있다. 요컨대 『바깥은 여름』이 「입동」으로 시작해, 상실 이후의 삶이 드리운 어두운 그늘을 통과하다가 결국 「어디로 가고 싶으신가요」로 나아가는 경로를 보여주는 것이 단순한 우연으로 간주될 수 없다는 뜻이다.

이 작품 역시 남편 '도경'을 잃은 '명지'의 창백한 날들을 따라가고 있다는 점에서 『바깥은 여름』의 전반적인 분위기를 대변하고 있다. 자신의 어린 제자 지용을 구하려 함께 목숨을 잃은 도경. 그리고 그의 행동을 이해할 수 없고 원망하는 남겨진 자로서의 명지. 허무한 일상으로부터 도피하듯 스코틀랜드로 떠났다가 자신의 일상으로 되돌아오는 명지의 여정을 그리면서, 소설은 다음과 같은 질문들을 통과한다. 대체 무슨 생각으로 도경은 자신의 목숨까지 희생하면서 지용을 구하려 했던 것일까. '차가운 물'로 뛰어들 때 그는 "아주 잠깐만이라도 우리 생각은 안 했을까."(p. 266) 도경은 내가 알던 그 평범하고 싱거운 그 사람과 동일인일까. 도대체 인간이란 어떤 존재인가.

명지는 도경의 행동을 이해할 수 없다. 그리고 자신을 남기고 삶의 건너편으로 떠나버린 그의 선택을 지지할 수도 없다. 그녀가 이해할 수 없고, 지지할 수 없는 것은 도경뿐만이 아니다. 사랑하는 사람을 떠나보낸 후, 삶의 의미를 더 이상 찾지 못하는 내가 "시간이 나를 가라앉히거나 쓸어 보내지 못할 유속으로, 딱 그만큼의 힘으로 지나가게 놔"(p. 234)두면서, 생을 포기하지 않는 이유는 무엇인가. 대답을 알지 못하는 그녀는, 자신의 삶을 지지하지 않는 그녀와 같은 사람이다. 구체적으로 묘사되어 있지는 않지만, 아마도 그녀는 주위의 인간들에게서 어떤 힘도 얻지 못한 채, 고독하게 살아남아 있었을 것이다. 명지가 기억 속 남편처럼 휴대폰 음성 인식 프로그램 시리siri와 싱거운 대화를 주고받으면서 이렇게 묻는 것도 같은 이유에서이다. "인간에 대해 어떻게 생각해요?" 시리는 대답한다. "뭐라 드릴 말씀이 없네요" 아무런 의도나 감정도 담겨 있지 않았을 이 말을 "인간에 대한 '포기'인지 '단념'인지 모를 반응"(p. 238)으로 해석하는 명지의 심정은 인간에 대한 짙은 냉소의 지배를 받고 있다. 그녀는 인간을 모르고, 인간을 믿지 않으며, 앞으로는 인간과 대화하지 않을 것이다.

그러했던 그녀의 허무와 냉소에 균열이 가해지고, 인간에 대한 새로운 해답을 발견하게 된 것은 예상치 못한 편지에서이다. "이제 막 한글을 뗀 아이가 쓴 것처럼 크고 투박한 글씨"로 씌어진 편지, 남편이 끝내 건져내지 못한 지용의 몸이 불편한 누나(지은)의 메시지는 명지를 변화시킨다.

실은 부끄럽게도 오랫동안 생각 못했는데,
꿈에서 지용이를 보고 나서야
권도경 선생님과 사모님이 떠올랐습니다.

저는 지금도 지용이가 너무 보고 싶어요.
사모님도 선생님이 많이 그리우시죠?
그런 생각을 하면……
뭐라 드릴 말씀이 없어요.

이런 말은 조금 이상하지만,

감사하다는 인사를 드리고 싶어 편지를 써요.

겁이 많은 지용이가 마지막에 움켜쥔 게 차가운 물이 아니라
권도경 선생님 손이었다는 걸 생각하면 마음이 조금 놓여요.
이런 말씀드리다니 너무 이기적이지요?
(「어디로 가고 싶으신가요」, p. 264)

　지은의 편지에 적혀 있는 구절('뭐라 드릴 말씀이 없어요')과 시
리의 대답('뭐라 드릴 말씀이 없네요')이 서로 마주서는 장면을 지
켜보면서, 명지는 인간의 불가해함을 증거하는 새로운 말의 내용
과 형식에 관해 자각하기 시작한다. '뭐라 드릴 말씀이 없어요.' 우
리를 절망케 하는 사태 앞에서 사람들은 말을 잃어버리지만, 예상
치 못한 시점에 갑작스레 출현하는 선의의 행동, 그리고 삶에 대한
강력한 의지를 목격했을 때에도 말을 잃는다. 그 선의를 증여받은
주체가 말을 잃는 것 또한 마찬가지이다. 지은이 그러했듯 감사하
다는 말로도, 사죄의 언어로도 담을 수 없는 저 선의에 대해 어떻
게 응답할 수 있을까?
　이 질문 앞에 섰을 때, 인간의 말은 무력함을 고백하고, 인간에
대한 기왕의 지식은 무용함을 토로할 수밖에 없다. 하지만 알 수
없고, 말할 수 없다는 사실이 부정과 허무를 강제하는 것은 아니
다. 마찬가지 맥락에서 알 수 없다고 해서 존재하지 않는 것 역시
아니다. 무지에 대한 앎 속에서 절망했던 『비행운』의 김애란과 달
리, 『바깥은 여름』의 김애란은 마침내, 무지의 형식으로만 전달될
수밖에 없는 인간에 대한 신뢰 위에서, 그 무지를 재해석할 수 있

는 새로운 말의 형식에 도달한다. 여전히 인간을 정의하는 정확한 말을 알지 못하는 명지는, 자신의 삶을 지지하지 않았던 명지와 같은 사람이 아니다.

거기 내 앞에 놓인 말들과 마주하자니 그날 그곳에서 제자를 발견했을 당신 모습이 떠올랐다. 놀란 눈으로 하나의 삶이 다른 삶을 바라보는 얼굴이 그려졌다. 그 순간 남편이 무얼 할 수 있었을까…… 어쩌면 그날, 그 시간, 그곳에선 '삶'이 '죽음'에 뛰어든 게 아니라, '삶'이 '삶'에 뛰어든 게 아니었을까. (「어디로 가고 싶으신가요」, p. 266)

도대체 인간이란 어떤 존재인가? "우리는 알고 있었다. 처음에는 탄식과 안타까움을 표한 이웃이 우리를 어떻게 대하기 시작했는지. 그들은 마치 거대한 불행에 감염되기라도 할 듯 우리를 피하고 수군거렸다"(「입동」, p. 36). 우리는 인간이 어떤 존재인지 알고 있다. 인간은 무례하고, 이기적이며, 타인의 상처를 관람하면서 희열을 느끼는 위선적인 존재이다. 타인의 고통에 대해 잠시 슬퍼하고 기억과 애도를 다짐하지만, 곧 그것을 망각하고 차별과 혐오로 가득한 세상을 자연스럽게 받아들일 것이다. 비극은 반복될 것이고, 그러한 인간들이 살아가는 세상은 앞으로도 지속될 것이다.

그런데, 인간은 불가해하다. 때로 인간은 마치 그럴 수밖에 없다는 듯이, 누군가를 살리기 위해 자신의 목숨을 바치기도 한다. 칠흑과 같은 압도적인 어둠의 한가운데에서도, 생의 불꽃을 꺼뜨리지 않고, 느리게나마 앞을 향해 천천히 걸어 나가기도 한다. 선(善)

을 의식하지 않은 채 선을 실천하며, 그 빛에 의거하여 암흑 속 주
변을 살피고 자발적으로 연대를 모색할 것이다. 그리고 역사가 증
명하듯이, 그저 살아 있다는 단순한 사실을 통해 자신이 패배하지
않았음을 강렬하게 증명할 것이다.

도대체 이런 인간의 이중성에 대해 뭐라고 말해야 할 것인가?
여전히, 그것을 말로 설명하는 것은 불가능해 보인다. 카프카의 신
비한 전언처럼, 인간 내부에 진정으로 '파괴 불가능한 것'이 있다
는 뜻일까? 만약 그것이 존재한다면, 저 형언할 수 없는 것에 뭐라
고 이름 붙여야 할까? 「물속 골리앗」의 '작가 노트'에서 김애란은
이런 말들을 남긴 바 있다.

> 하지만 우리에게 지금 가장 필요한 것 혹은 부족한 것은
> 공포에 대한 상상력이 아니라 선(善)에 대한 상상력이 아닐까.
> 그리고 문학이 할 수 있는 좋은 일 중 하나는
> 타인의 얼굴에 표정과 온도를 입혀내는 일이 아닐까 생각해본다.
> 그러니 '희망'이란 순진한 사람들이 아니라 용기 있는 사람들이
> 발명해내는 것인지도 모르리라.[18]

희망이 용기의 산물이라는 말은 역설적이게도 선에 대한 상상력
이 실천되기 위해서는 수많은 회의와 냉소의 시간을 감당해야 한
다는 의미를 내포하고 있다. 하지만 그것이 있는 한, 다시 말해 인
간이 살아 있는 한, 삶을 송두리째 앗아가는 파국이 펼쳐지더라도

---

18) 김애란, 「잊기 좋은 이름」, 『잊기 좋은 이름』, p. 298.

희망을 향한 우리들의 용기는 부서지지 않을 것이다. 『바깥은 여름』의 인물들이 바로 그 증인들이다.

*

　인용한 위 대목의 같은 지면에서, 김애란은 자신이 가장 좋아하는 소설 속 인물로 『난장이가 쏘아올린 작은 공』의 '신애'를 꼽는다. "한밤중, 수도꼭지 앞에 웅크려 앉아, 간절히 낙수를 기다리는 여자. 난장이를 믿는 여자"[19] 신애, 난장이를 위해 기어이 칼을 들 수 있었던 신애의 숨은 뜻은 신뢰[信]와 사랑(愛)이 아니었을까? "세상에 '잊기 좋은' 이름은 없다."[20] 잊을 수 없는 것은 파괴될 수 없는 것의 또 다른 이름이다. 김애란의 말은 저 파괴 불가능한 것에 대한 신뢰와 사랑을 잊지 않으려는 용기의 상상력일 것이다. 다시 말하자. 희망은 인간 내부의 파괴 불가능한 것을 가리키는, 잊을 수 없는 이름이다. 비록 인간이 그것을 늘 발견하는 것은 아닐지라도, 저 파괴될 수 없는 것에 대한 신뢰 없이 인간은 살아갈 수 없다. 그것을 증언하기 위해 지속적으로 삶의 편으로 뛰어드는 그녀의 인물들에게, 언어의 무력과 위력을 동시에 체감하며 고통스러운 시간을 통과해가고 있을 그녀에게, 말로 담을 수 있는 모든 경의의 마음을 건넨다. 아마도, 전달될 수 있을 것이다.

19) 같은 글, p. 299.
20) 같은 글, p. 300.

동시대성의 증인들

—정지돈의 『모든 것은 영원했다』가 증언하는 시간들

> 하지만 이 사물(유령)은 우리를 응시하는데, 우리는 우리를 보
> 는 이 사물이 거기에 있긴 해도 그것을 보지 못한다. 여기서 유
> 령적인 비대칭성이 모든 반영 작용을 정지시킨다. 이러한 비대
> 칭성은 동시성을 무너뜨리고, 우리에게 몰시간성을 환기시킨
> 다. 우리를 응시하는 이를 우리가 보지 못하는 것, 우리는 이를
> 면갑 효과l'effet de visière라고 부를 것이다.
>
> —자크 데리다, 『마르크스의 유령들』

1. 보지 못한 것에 대한 비전

정지돈의 『모든 것은 영원했다』(문학과지성사, 2020)는 박헌영과
함께 미제 스파이로 몰려 숙청당했던 현앨리스의 아들 정웰링턴
의 알려지지 않은 삶을 이야기하고 있는 소설이다. 전방위적 아카
이빙과 비연대기적인 글쓰기를 바탕으로 전개되는 『모든 것은 영
원했다』에서 우리는 정웰링턴과 그의 주변 인물들, 그리고 그들의
관계로부터 확장되어나가는 다채로운 서사들을 목격하게 된다. 물
론 누군가는 역사적 사실과 픽션의 경계가 무너지고, 대상에 대한
묘사와 작가의 사유가 교차되는 장면들에서 모종의 혼란을 느낄지
도 모른다. 지금 내가 보고 있는 것은 사실인가 허구인가. 내가 듣

고 있는 대화는 소설 속 인물의 말인가, 아니면 작가 정지돈의 생각인가. 소설은 대답하기 어려운 의문들을 계속해서 제기하는 것 같지만, 『모든 것은 영원했다』에서 정지돈이 보고자 하는 것, 그리고 글쓰기를 통해 그가 보여주고자 하는 것은 의외로 분명하게 제시되는 듯하다. 이를테면 소설의 마지막 장에 해당하는 「미래를 전망함」에 이르러 저자는(혹은 소설의 화자는) 다음과 같은 자기 지시적인 문장으로 이를 명시하고 있다.

이 소설은 보지 못한 것에 대한 증언이다. (p. 134)

위 진술은 소설가 정지돈의 관점·시각·목표를 포괄하고, 나아가 그것을 실행하기 위한 소설의 원리를 함축하는 것처럼 읽힌다. 그런데 정지돈 소설의 목표와 전망, 즉 비전vision을 담고 있는 위 문장은 명료한 형식과 별개로 적지 않은 질문들을 파생시킨다. 보지 못한 것, 알지 못한 세계에 대한 증언은 과연 가능한가. 만약 가능하다면 그것은 실제의 기억을 토대로 진행되는 사실의 증언과 어떻게 구별되는가. 소설을 통해 형상화된 정웰링턴과 실존 인물 정웰링턴은 과연 동일인일까. 이러한 물음들에 답하고, 정지돈 소설의 비전을 함께 공유하기 위해서는 결론 형식처럼 제시된 위 문장을 『모든 것은 영원했다』의 종결 지점이 아닌 시작 지점으로 삼아야 한다.

『모든 것은 영원했다』의 비전이 구체적으로 실현되는 과정을 조명하기 위해 작가가 요청하는 특별한 방법과 태도에 주목하는 이유도 거기에 있다. 그는 정웰링턴과 그 주변인들에 관심을 가지게 된 배경과 동기, 더불어 그것을 실천하기 위한 소설적 증언의 원리 또한 상세하게 밝힌다. "보지 못한 것에 대한 증언"은 "가까운 거리의 자료를 토대로" 과거를 상상하고 이야기를 덧붙이는 가운데, "무엇도 추리하지 않"고 "진실을 밝히거나 진실에 다가가려고 노력하지 않"는 행위(p. 134)이다. 하지만 이 문장을 오해해서는 안 된다. 그가 추리하지 않고, 진실을 밝히려 노력하지 않는 것은 진실이 부재하거나 중요하지 않다고 믿기 때문이 아니다. 정지돈이 추구하는 것은 망각된 과거를 복원하거나, 그것을 역사의 희생자들로 애도하지 않으면서도 진실에 도달할 수 있는 다른 길이다.

감동이나 슬픔 등의 카타르시스는 경계의 대상이었고 소설 속에 나오는 인물들의 말과 생각은 흩어져 있는 자료와 이미지, 텍스트가 나와 나의 경계를 경유해서 씌어진 것이다. 그와 그의 친구, 가족들에 대한 짧은 이야기를 쓰기로 결심했을 때 원했던 것은 그들을 생각하는 것이었고 그들을 통해 생각하는 것이었다. (p. 134)

과거를 생각하는 것, 나아가 과거를 통해 생각하는 것은 통상적인 의미의 역사적 기억과 달라야 한다. 이 차이를 가능하게 만드는 지점에서 역사와 픽션의 구분이 정당화되고, 양자 사이의 목표가 근본적으로 구별될 수 있다. 그렇다면 과거를 통해 생각을 전개해나가는 픽션이 도달하는 궁극적인 시간 또는 장소는 어디일까. 이런 질문들에 대답하는 과정에서 우리는 과거에 대한 노스텔지어적 매혹과 『모든 것은 영원했다』의 비전이 분기되는 지점을 발견하게 될 것이고, 보지 못한 것에 대한 정지돈의 증언과 현재에 대한 인식이 연결되어 있는 예상 밖의 장소에 도달하게 될 것이다. 그리고 이러한 장소는 발터 벤야민이 제안했던 다음과 같은 역사가의 과제와 유사한 분위기를 공유하게 될 것이다. "중요한 것은 문학작품들을 단지 그 시대의 맥락에서 기술하지 않고, 문학작품들이 태어나는 시대 속에서 그것들을 인식하는 시대(우리의 시대)를 제시 Darstellung하는 것이다. 바로 이것이 문학을 역사의 도구Organon der Geschichte로 만드는 방법이다. 이를 달성하는 것, 그리고 문학을 단순히 역사학의 재료Stoffgebiet der Historie로 환원시키지 않는 것이 문학사가의 과제이다."[1]

2. 불능을 증언하기

『모든 것은 영원했다』가 증언하는 세계에 진입하기 위해 소설의 중심인물인 정웰링턴의 삶을 분석과 해석의 입구로 삼는 것은 당연해 보인다. 하지만 여기에는 한 가지 중요한 전제가 덧붙여질 필요가 있다. 소설의 전반적인 서사가 정웰링턴이라는 고유명을 중심으로 생성되는 것은 분명하지만, 정작 스토리의 구축 차원에서 그가 이야기의 중심을 차지한다고 말하기에는 충분치 않다. 역사의 무대 한가운데 선 적이 없는 것과 마찬가지로, 총 다섯 개의 장으로 구성된 소설에서조차 정웰링턴은 세계를 이끌어가는 능동적

---

1) Walter Benjamin, "Literary History and the Study of Literature", *Selected Writings: 1931–1934*, Harvard University Press, 2005, p. 464.

인 행위 주체의 모습을 보여주지 않는다. 그의 삶에 드라마틱한 요소가 부재하기 때문일까. 물론 그렇지는 않다. 정웰링턴의 삶은 충분히 파란만장했고, 냉전이라는 새로운 세계 질서가 구축되는 시공간 속에서 선택과 판단을 연속해야만 했던 존재이다. 결과적으로 그는 세계 앞에서 패배했지만, 그저 세상에 수동적으로 휩쓸려버린 인물은 확실히 아니었다. 그가 걸었던 생의 궤적에 비추어 볼 때 그의 삶은 과감하고도 주체적인 포기 위에서 지탱될 수 있었고, 그는 삶에 대한 책임을 스스로에게 부여하려는 노력을 지속할 수 있었다. "정웰링턴은 UCLA 의예과 학생이었고 무난히 중산층의 삶을 영위할 수 있었다. 공산주의자로 살 수도 있었고 히피들 틈에 섞여 반전 시위에 참여할 수도 있었다. 그러나 그는 미국을 떠났다. 모르는 언어를 선택했고 정치적인 이유로 생활의 토대를 버렸다"(p. 141). 그의 선택과 포기에 내포되어 있는 문제성은 냉전 형성기 속에서 그가 남겨놓은 예외적이고 국제적인 이동 경로를 통해서도 충분히 반영될 수 있다. 정웰링턴은 공산주의 혹은 북한이라는 상상의 유토피아로 진입하기 위한 경로를 따르고 그 앞까지 근접했던 인물이다. 하지만 유토피아에 도달하는 데 끝내 성공하지 못했고 결국 체코의 헤프라는, 현실과 유토피아 사이의 알려지지 않은 이상한 경계에 영원히 불시착한 상태에서 스스로 생을 마감한다.

이러한 전기적 사실을 고려할 때, 정웰링턴의 삶은 그 자체로 극적인 재구성을 도입할 수 있는 충분한 조건과 계기를 갖추고 있다. 하지만 정지돈은 동일성과 일관성을 바탕으로 정웰링턴의 선택과 행동에 포함되어 있는 드라마틱한 요소들을 심화하지 않는다. 작가가 추구하는 것은 정웰링턴의 실패와 좌절을 해명하는 연속적 동기를 추측하는 일이 아니라 그것의 좌초가 말해주는 진실들, '중단'이라는 말에 부합하는 사태의 역사적 성격이다. 우선 정웰링턴의 중단은 당대의 정치적 이념과 유토피아적 열망으로부터 근본적으로 이탈할 수밖에 없는 그의 예외적 감수성과 관련 있어 보인다. "그는 단지 자신이 열외자라는 사실을 깨달았을 뿐이다. 이 사회의 구성원이라면 누구나 공감할 만한 문제와 연결된 감수성을 갖지 못한 열외자"(p. 54). 그렇다면 이러한 시대로부터의 이탈 혹은 열외는 자발적 선택이었을까, 아니면 타율적 강제에서 비롯된 불가피한 결과일까. 확실하게 규정하기는 어렵지만, 적어도 정웰링턴의 예외성이 어떤 영웅적인 형상으로 승화될 수 없다고 생각한 작가의 의도는 비교적 분명하다. "그것은 불규칙성도 아니고 우연도 아니며 매혹이나 창조적인 그 무엇도 아니다. 예외는 저주일 뿐이다"(p. 100). 하지만 정웰링턴이 처해 있는 저주로서의 예외는 단지 실패라는 단어로 국한될 수 없다. 실패한 주체는 목표에 도달하지 못한 주체로서 여전히 목적과 의미에 대한 감각의 지배를 받는다. 반면 정웰링턴의 중단은 철저한 무의미성에 접근해 있다. 그의 삶에서 목적과 행위는 어느 순간부터 탈구되기 시작했고, 그의 사상과 성격은 근본적으로 분열되기에 이르렀다. "윌리는 지연된 순간들, 망설임 속에서 편안함을 느꼈다. 무엇을 하고 있지만 무엇도 하고 있지 않는 것, 이동하고 있지만 목적지가 없고 수행하고 있지만 결과가 없는 실험. 오로지 실험을 위한 실험의 목록들. 사람들은 그의 실험이나 사고를 납득하지 못했다"(p. 102).

따라서 정웰링턴의 중단이 지닌 예외적 성격을 탐구하는 일, 그리고 그것을 픽션으로 검토하는 작업은 행동의 층위에서 형성되는 시간적 선후 관계 또는 인과의 논리를 통해 이행될 수 없다. 정웰링턴의 이야기를 선형적으로 재구성하는 일은 그의 예외성을 불가피하게 희생자 내러티브와 승화의 문법에 가둔다. 그것은 마땅히 이루어졌어야 했으나 단순히 '그의 능력이 부족해서', 아니면 '시대적 불운 때문에'라고 말해질 수밖에 없는 환원론적 지평으로 그를 축소시키는 일이다. 반면 정지돈 소설의 관건은 다음을 증명하는 일이다. "유능함이 자신을 증명하는 종류의 능력이라면 불능은 세계를 증명하는 능력이다. 정웰링턴의 불능은 그가 가진 가장 적나라한 능력이었다. 거의 남아 있지 않은 기록과 목소리, 망각으로서 그렇다"(p. 136). 불능이 증명하는 예외적인 세계를 증언하기. 그것은 정웰링턴이 현실화하지 않은 가능성을 상상적으로 가시화하거나 그것을 망각으로부터 구원하는 일과 구분될 것이고, 과거의 실패와 좌절을 애도하는 일과도 구별될 것이다. 같은 맥락에서 정웰링턴이 서사적 행위의 주체가 되지 못했다는 말은 그가 삶의 주체이지 못했다는 의미를 부각시키지 않는다. 정지돈의 비전은 정웰링턴이 중단할 수밖에 없었던 이유를 가시화하되, 그것을 우리와 동일한 시대적 조건으로 전환시키는 데 있다. 정웰링턴의 패배는 한 개인의 패배가 아니라 세계의 패배이며, 오늘날 우리가 직면하고 있는 세계의 패배와도 연동되어 있다.

이러한 지점들은 『모든 것은 영원했다』가 정웰링턴이라는 인물을 복원하고, 그가 몸담았던 시대를 재현하기 위한 텍스트로 규정될 수는 없는 이유이기도 하다. 정지돈이 과거에 대해 생각하는 것은 과거를 통해 생각을 확장하기 위해서이지, 그것의 진정한 의미를 알리기 위해서일 수 없다. 반복하자면 문제는 그의 불능이 세계를 증명할 수 있음을 증언하는 방법을 모색하고, 그것을 가능하게 하는 배경과 세계의 조건을 픽션의 형상으로 사유하는 일이다. "내가 생각한 정웰링턴은 실제의 정웰링턴과 다른 세계에 있다" (p. 158). 그러므로 이 문장은 정지돈이 생각한 (소설 속의) 정웰링턴과 실제 (소설 바깥의) 정웰링턴이 다르다는 뜻에 한정되지 않는다. 실제 정웰링턴을 재현하는 것이 불가능하다는 인식은 『모든 것은 영원했다』의 실질적인 목적과도 거리가 있다. 불가능성에 대해 말하는 행위는 허무와 냉소의 한계에 스스로를 위치시키는 패배주의적 수행성이다. 정지돈의 소설에서 불가능성은 인식의 대상이 아니라, 존재와 인식의 동시적 조건이다. 중요한 것은 불가능성을 조건화한 상태에서 구축되는 "다른 세계"를 보는 것, 그리고 그것을 상상하는 일이다. 정지돈의 소설 세계에서 어떤 대상을 보는 것, 인식하는 것은 그것을 상상하고 구축하는 행위와 별개의 작업일 수 없다.

3. 시대착오anachronism

정지돈 소설의 비전이 과거의 복원에 있지 않다는 사실을 잘 드러내주는 것은 다름 아닌 그의 소설이 구축되는 원리와 방식이다. 이를테면 『모든 것은 영원했다』를 구성하는 다섯 개의 장이 맺고 있는 독특한 관계에 주목해보자. 각각의 독립적인 이야기를 담고 있는 해당 장에는 다양한 사건과 더불어 그것들이 일어난 연도가 표기되어 있는데, 각 장들이 순차적으로 배열되지 않다는 특징을 지닌다. 소설에 기록되어 있는 내용의 일부를 간략하게 정리해보면 다음과 같다.

(1) 「비밀 협력자」: 정웰링턴이 하와이를 떠나 체코에 도착. 미스터 루다를 만나 비밀정보원이 되고, 안나와 만나 가족을 이룸(대략 1948~58).

(2) 「우리는 신세계의 진정한 일부가 되길 갈망한다」: 정웰링턴의 관련 인물들(선우학원, 이경선 목사, 김강-파니아 굴위치, 전경준-송안나)이 서술됨. 이들과 정웰링턴의 만남이 기록(대략 1947~62).

(3) 「사자들은 그를 해치지 않았다」: 정웰링턴과 선우학원의 만남. 헬라네와의 대화 기록. 율리우스와의 면회 서술(1948~50년 전후로 추정).

(4) 「무엇을 할 것인가」: 안나 시점의 서술(1962년 전후). 정웰링턴 관련 인물들의 체포 과정 기록(1945~55에 이르는 시기). 1962~63년의 정웰링턴의 서술.

(5) 「미래를 전망함」: 현재 시점(추정 불가)에서의 화자와 야넥의 만남. 한진을 중심으로 한 모스크바 8진의 행적(1953~57 전후). 카자흐스탄의 도시 크즐오르다에 도착한 한진에 대한 서술(1963).

이처럼 『모든 것은 영원했다』에서 서사는 '과거에서 미래로'라는 연대기적 순서로 결합되지 않고, 소설에 등장하는 각각의 인물,

에피소드, 생각의 파편은 유연하게 봉합되지 않는다. 상황은 거기에서 그치지 않는다. 선형적 시간의 해체는 각 장 사이의 관계뿐만 아니라, 해당 장을 구성하는 더 작은 이야기소들이 배치되는 과정에도 동일하게 적용된다. 기록들은 뒤섞여 있고, 그것들의 배치 양태를 설명할 수 있는 구체적이고도 통일적인 개연성은 부재하는 것처럼 보인다. 물론 소설의 요소들이 서로 무관하다고 말할 수는 없다. 전체적으로 소설의 등장인물들은 정웰링턴이라는 고유명으로부터 파생된 네트워크에 위치해 있고, 재현되는 사건들 역시 동일한 정치적·시대적 배경에 놓여 있다는 점에서 이들은 느슨하게나마 서로 관계를 맺고 있다. 문제는 이들의 연관성을 해명해줄 수 있는 필연적 시간성이 존재하지 않는다는 사실이다. 독립적으로 보이지만, 한편으로 연관되어 있는 이야기소들을 분석 가능한 대상으로 만들어줄 수 있는 유일한 시간적 개념이 있다면 그것은 바로 동시성simultaneity일 것이다.

그러나 서사의 동시적 배치는 독서의 시간과 스토리의 시간을 어긋나게 하는 요소로 작용한다. (주네트가 말한) 스토리의 시간과 서술의 시간 사이의 시차에서 비롯되는 서사적 시간 교란anachrony이 극대화되어 있는 것이다. 독서의 시간은 과거에서 미래로 원만하게 진행될 수 없고, 다음 장면에서 기대되어야 할 이야기나 생각의 편린이 이전 장에서 사후적으로 찾아지거나, 때로는 영원히 발견되지 못하기도 한다. 그렇다고 해서 정지돈의 소설에서 스토리가 축소되고 그것을 전달하는 서술상의 담화적 요소discourse가 강화되어 있다고 말하기도 어렵다. 시간의 탈구를 경험하는 것은 담화적 서술도 마찬가지인데, 정지돈의 생각을 담고 있는 텍스트들 역시 국지적 시간들의 갑작스러운 개입에 의해 중단되고, 예상치 못한 방향으로 확장되며, 일관성과 통일성을 잃은 채 리좀rhizome 적으로 산재되어버리기 때문이다. 소설에서 재현되는 주요 사건들을 소급해서 재정리하는 것은 가능하지만, 설령 그러한 작업에 성공한다고 하더라도 소설의 주된 이야기들은 하나의 단일한 형상으로 복원되지 않고, 저자의 의도를 총체적인 표현 형식으로 복구할 수도 없다. 하지만 거듭 강조해야 할 사실은 『모든 것은 영원했다』가 불러일으키는 시간성의 혼란이 그 자체가 목적이 아니라는 점이다. '과거-현재-미래'의 질서가 해체되고, 그것들이 무질서하게 뒤섞여 있는 현상을 포스트모던적이라고 결론 내릴 수 없는 이유도 거기에 있다. 다시 말하자면 정지돈 소설에서 불가능성은 인식의 대상과 목표가 아니라, 존재와 인식의 동시적 조건으로 작용한다. 관건은 서사가 인식하는 대상의 성격과 그것이 구현되는 원리가 중첩되고 통합되는 방식을 해명하는 일이다.

그런 의미에서 동시성으로 인해 발생하는 서사적 시간 교란 현상과 관련해 정웰링턴이 당대에 경험하고 있는 실존적 위기의 양상이 특별히 분석될 필요가 있다. 따라서 정지돈이 생각하고 있는 정웰링턴에 반영되어 있는 (하지만 여기서의 반영은 원인과 결과, 즉 저자의 의도와 텍스트의 관계로 수렴될 수 없다) 독특한 성격의 소외에 주목하는 것은 중요하다. 왜냐하면 그가 느끼는 소외가 단지 좌절된 목표, 유토피아의 세계에 들어설 수 없는 과거의 역사적 현실에서만 비롯되는 것은 아니기 때문이다. 그가 감당하는 소외는 좀더 전면적인 성격을 지닌다. "정웰링턴의 문제는 자신이 어느 시간대에 존재하는지 모른다는 데 있었다. 그는 현재의 시간에 미래의 시간을 기입했고 미래의 시간을 과거의 시간에 기입했다. 결과적으로 그에게 현재는 거듭 후퇴했고 현재를 깨달을 때면 마비 상태가 되었다"(p. 16). 정웰링턴이 느끼고 있는 낯선 시간 감각, 일종의 마비 상태는 시간 감각 자체의 상실을 가리키는데 그것은 '과거-현재-미래'의 동시적 응축을 가리킨다. 그는 "시간의 구덩이에 빠"(p. 100)져 있고 오히려 "지연된 순간들, 망설임 속에서 편안함을 느꼈다"(p. 102). 정웰링턴은 영원히 계속되는 현재, 혹은 지연되는 현재를 당연한 조건으로 받아들이는 인물이다. 그래서 다음과 같이 고백한다. "김강과 파니아를 만난 것이 올해였는지 작년이었는지 알 수 없었고 선우학원의 마지막 편지를 받은 겨울이 올해 초인지 지난해 말엽인지 알 수 없었다. 이런 착각, 혼란은 흔한 것이다"(p. 100). "윌리는 과거를 기꺼운 마음으로, 투명한 상태로 마주할 수 없었다. 윌리는 기억 속에서 편안함을 찾을 수 없었고 그가 거처할 시간은 존재하지 않았다. 윌리는 현재에 답해야 했다"(p. 104). 그를 시대착오적anachronism인 인물이라고 규정할 수 있다면 그것은 그가 시대로부터 뒤떨어져 있기 때문이 아니라 현재를 과거와 미래를 연결하는 매개로 간주하는 방법을, 다시 말해 미래에 대한 전망의 원리를 결여했기 때문이고, 현재의 무의미성에 영원히 갇혀 있기 때문이다.

하지만 이것을 단순히 상실의 문법으로 해석한다면, 우리는 또다시 익숙한 부정성의 논리로 회귀하게 될 것이다. 무언가를 상실의 대상으로 인식하는 행위는 그것을 회복되어야 할 존재로 전환시킨다. 반면 『모든 것은 영원했다』가 보여주는 서사적 동시성은 정웰링턴이 느끼는 시간성의 부정적 반영에 한정되지 않는다. 여기서 일어나는 반영의 사태는 이중적이고, 상호적이다. 다시 상기하자. "이 소설은 보지 못한 것에 대한 증언이다." 그리고 이때의 증언은 "그들을 생각하는 것", 그리고 "그들을 통해 생각하는 것"(p. 134)의 통합 속에서 가능하다. 그가 보는 것, 그를 통해 볼 수 있는 것은 그를 바라보고 있는 우리 자신이다. 양자역학의 세계가 그러하듯, 『모든 것은 영원했다』에서도 보이는 것과 보는 행위는 서로 무관하지 않다. 보는 행위는 보이는 존재에 영향을 주고, 다시 그것을 바라보는 주체에게 변형을 가한다. 정지돈의 소설은 반영의 논리와 구축의 원리가 구분되지 않는 세계이다. 따라서 정웰링턴이 경험하는 전면적인 소외, 다시 말해 불능의 사태는 그를 바라보는 우리의 세계와 마주할 때 좀더 구체적인 가능성을 확보한다. "내가 생각한 정웰링턴은 실제의 정웰링턴과 다른 세계에 있다"(p. 158). 작가의 생각 속에서, 그리고 작가의 생각을 읽는 독자들의 생각 속에서, '다른'이라는 수식어는 원본(소설 바깥의 정웰링턴)과 복사본(소설 속의 정웰링턴) 사이의 위계적 차이를 강조하는 대신, 새로운 위상학적 차원을 개시하는 가능성을 부여받는다. "웰링턴은 자신의 정신이 속한 다른 세계가 존재한다고 믿었다. 그러므로 나는 떠돌이도 유랑민도 아니다. 돌아갈 곳이 있는 몸이다. 그 말을 들은 헬레나는 전형적인 유대식 사고방식이라고 했다"(p. 53). 하지만 헬레나의 오해와 달리, 정웰링턴의 회귀는 기원origin이라는 과거 시간으로의 유대적 회귀를 가리키지 않는다. 정웰링턴이 되돌아가는 대상 혹은 장소는, 정웰링턴의 생각을 통해 구축되는 우리 자신들의 세계이기 때문이다. 데리다는 과거의 망령이 요구하고, 촉발하고, 명령하는 이러한 귀환 운동의 이상한 재귀성에 관해 다음과 같이 말한 바 있다. "우리에게 요구되는 것(아마도 지령되는 것)은 우리 스스로 장래에 도달하는 것이며, 함께 어울릴 수 없는 것이 개념 없이, 규정의 확실성 없이, 지식 없이, 연접이나 이접의 종합적인 접합이 없이 또는 그 이전에 이러한 독특한 연결하기에 도달하는 그곳에 위치한 이러한 우리에 우리 스스로가 도달하는 것이다."[2] 과거와 현재의 독특한 연결에 도달함으로써 부상하고 구축되는 우리의 세계. 그것을 우리는 동시대성contemporaneity이라고 부를 것이다. 정 웰링턴은 유토피아로서의 미래에 진입하거나 행복했던 과거로 되돌아가는 데 실패했지만, 동시대성이라는 역사적 공간에 정확하게 귀환한 현재의 동시대인이다.

4. 동시대성의 구축

동시대성이라는 개념에 내포되어 있는 역사적 성격을 이해하기 위해서는 그것과 유사한 계열의 역사적 개념들과 구분해야 한다. 우선 그것은 특정한 미래를 상정한 상태에서 고안된 역사적 시간 개념으로서의 근대modern나 현대, 그리고 그로부터 파생된 현재present에 대한 감각과 동일시될 수 없다. 우리는 언제부터 근대가 시작되었는지, 진정한 의미에서의 현대적 기점이 무엇인지 주장할 수 있고, 관련된 논쟁을 이어갈 수 있다. 근대/현대라는 개념의

---

2) 자크 데리다, 『마르크스의 유령들』, 진태원 옮김, 그린비, 2014, pp. 73~74.

이념 속에서 현재는 유토피아-미래로 나아가기 위한 시간적 매개로 기능할 수 있기 때문이다. 현재는 미래로 나아가기 위한 도정이며, 그에 따라 현재는 유의미한 과거의 형식으로 축적되고 기억될 수 있다. 반면 동시대성은 현재를 아우르지만, 고정된 시대를 가리키는 정확한 명칭이 아니다. 동시대가 시작되는 기점은 분명하지 않으며, 그것의 시간적 목표도 지시할 수 없다. 시대 구분을 위한 분명한 기준과 척도가 존재하지 않기 때문이다. 보리스 그로이스는 동시대성의 출현이 과거와 미래의 고정성이 와해되고 해체되는 조건과 환경 위에서 가능하다고 말한다. "오늘날 현재는 더 이상 과거에서 미래로 전환되는 순간에 대응되지 않는다. [……] 오늘날 우리는 미래로 이어지지 않는 현재의 끝없는 재생산에 갇혀 있다."[3] 동시대성은 현재의 지연, 혹은 확장의 형식으로 제시되는 지금 순간의 영원성을 배경으로, 즉 역사의 종언으로 표상되는 목적론적 유토피아의 몰락을 통해 배태된다. 유사한 관점에서, 미디어 이론가 볼프강 에른스트는 확장된 현재extensive present와 지연된 현재delayed present의 이중적 접합으로 발생하는 시간적 상징성의 붕괴가 동시대 예술contemporary art이 처한 시간적 조건이라고 분석한다. "과거, 현재, 미래의 관계로 형상화되었던 시간의 상징적 순서는 그 어느 때보다 두터운 시간의 창으로, 즉 확장된 현재라는 시간 형식으로 응축되어 있다."[4]

정웰링턴이 느끼는 시간 교란, 혹은 시대착오적 감각은 그를 동

3) Boris Groys, "Comrades of Time", *Going Public*, Sternberg Press, 2010, p. 95.
4) Wolfgang Ernst, *The Delayed Present: Media-Induced Tempor(e)alities & Techno-traumatic Irritations of "the Contemporary"*, Sternberg Press, 2017, p. 3.

시대인이라고 부를 수 있는 결정적 근거로 삼아질 수 있다. 동시대인은 시대의 흐름에 편승하는 사람도 아니고, 유행에 민감한 인물도 아니다. 오히려 진정한 의미에서의 동시대인은 이렇게 토로하는 존재에 가깝다. "동시대를 어떻게 사유해야 할지 모르겠다. 무지함이 아닌, 동시대와 내가 멀어지고 있는 감각이다. 하지만 한 번이라도 동시대와 가깝다고 느낀 적이 있는지 모르겠다"(p. 152). 그렇다고 해서 그를 시대에서 뒤처진 존재라고 단순하게 규정할 수도 없다. 동시대인은 시대로부터 이탈한 존재이지만, 그것은 그가 시대로부터 소외된 것에 그치지 않고 예외적으로 분리되어 있다고 느끼기 때문이다.

동시대인은 '과거-현재-미래'로 구성된 당대의 담론적 질서의 시간성에 대한 귀속 불가능성을 주장한다. 이때 동시대인의 예외성이 특정한 주체의 속성으로 환원되지 않는다는 사실은 강조될 필요가 있다. 그는 스스로의 예외성이 자신의 재능이나 영혼의 특별함에서 기원했다고 믿지 않으며, 그 자신이 주변의 특수한 조건과 환경과의 상호작용 속에서 창발emergence되었음을 모르지 않는다. 같은 이유에서 그가 경험하고 있는 분리라는 사태는 새로운 연결을 도모하기 위한 방법론적 전제로 전환될 가능성을 얻는다. 만약 그가 과거에 집착한다면 그것은 그가 과거로 되돌아가고 싶은 존재이기 때문이 아니라, 과거와 현재의 무차별성을 구축하는 존재이며, 서로 다른 '시간성들temporaries'이 '함께con'하는 '동시성의 지평들con-temporaneities'에서 예외적 이접의 장소를 탐구하는 존재이기 때문이다. 그가 미래를 상상하지 못한다면 단지 전망을 상실해서가 아니라, "과거의 활성화되지 않은 잠재성 속에 깃들어 있

는 미래의 유물들"⁵⁾로부터 그것을 되찾기 위해서이다. 동시대인이
추구하는 것은 과거에 대한 향수도, 미래를 향한 혁신과 새로움에
대한 동경도 아니다. 동시대인에게는 지나간 동시대성과 동시대성
으로서의 현재는 사실상 동의어이다.

　과거와 현재의 일치는 그러므로 공존, 병존, 중첩이라는 방식으
로 포개어진 공간성으로 인지되고 표현될 수밖에 없다. 정웰링턴
이 자신의 시대를 이해하기 위한 과정에서 거대한 세계에 대한 다
음과 같은 인식에 도달했던 이유도 그와 무관하지 않을 것이다.
"두 안나는 생김도 다르고 인종도 다르고 체형도 다르고 모든 것
이 다른데 이름은 왜 같은 것일까 물으며 이건 우연의 일치가 아니
고 세상이 더 이상 갈라져 있지 않으며 국제적인 것이 되었다는 증
거 아닐까. 이것은 어떤 종류의 역사적 필연이 작용한 게 아닐까,
백 년 전만 해도 송안나와 안나 솔티소바는 같은 이름을 가질 가능
성이 없었던 것입니다"(pp. 49~50). '안나'라는 고유명으로 연관
된 두 존재 사이의 관계는 '우연의 일치'인가 아니면 '어떤 종류의
역사적 필연'인가. 우연과 필연을 둘러싼 양자택일의 물음은 『모든
것은 영원했다』를 구성하는 중요한 논쟁적 대화 중 하나로, 그것
은 "이상주의자 정웰링턴과 회의주의자 안나의 만남"(p. 19)이라
는 서사의 자기 반영적 알레고리이면서 동시에, 『모든 것은 영원했
다』에 대한 자기 지시적 해명의 문제로도 이어진다.

5) Jacob Lund, *Anachrony, Contemporaneity, and Historical Imagination*, Sternberg
　Press, 2019, p. 27.

모든 소설은 그 형태가 될 수밖에 없는 (필연적인/우연적인) 이유
가 있다. 작가는 어떤 한계에 의해서 그렇게 쓴다. 다시 말해 소설이
특정 형태가 되는 것은 결단이 아니라 포기에서 온다. 그러므로 우
리는 그것이 해낸 것보다 해내지 못한 것을 봐야 한다(*첫 문장에서
괄호 안의 단어 중 적절한 것에 체크하시오). (p. 150)

작가가 제시한 양자택일의 선택지에서 벗어나기 위해 우리는 공
간적 지평으로서의 동시대성 위에서는 우연과 필연이 완벽하게 다
르지 않을 수 있다는 점을 거듭 상기해야 한다. 필연성의 관점(정
웰링턴)에서 현재는 이상적 미래를 위한 매개로 희생되고, 우연성
(안나)의 관점에서 현재는 무정부주의적 회의주의 속에서 어떤 변
화의 잠재성도 지니지 못한 채 무의하게 사라질 뿐이다. 하지만 동
시대성의 공간에서 우연과 필연은 시간적 결합 논리에 따라 나뉘
지 않는다. 우연적 사건이 가능한 필연적 조건들은 (인식될 수 없지
만) 존재할 수 있으며, 그러한 필연적 공간 안에서도 다양한 존재
사이에 발생하는 우연적 연결의 의미를 (존재하지 않는다 하더라
도) 상상할 수 있기 때문이다.[6]

---

6) 우연과 필연의 이분법을 서사적으로 해체하려는 정지돈의 사유는 사변적 실재론
speculative realism 등의 객체 지향적 존재론object-oriented ontology과 유사한 세
계관을 공유하는 것처럼 보인다. 가령 캉탱 메이야수Quentin Meillassoux에 따르면
우연과 필연은 서로 모순되는 원리가 아니다. 이를 이해하기 위해서는 "확률의 개념
과 본질적으로 구분되는 우연성의 개념을 정교하게" 사유해야 하며, 세계를 총체적
대상으로 전제하는 칸트주의적 인식론의 상관주의correlationism를 극복해야 한다.
사변적 실재론에서 세계는 수많은 우연적 사건의 모순적 관계로 구성되며, 전체 형상
을 붕괴시키는 모순과 우연성이 필연적으로 나타날 수밖에 없다. 이러한 조건과 원리
를 설명하는 원리, 즉 '우연성의 필연성'만이 유일하게 지지될 수 있는 필연성이다.

피터 오스본Peter Osborne은 현대 예술에서 동시대성에 내포된 이러한 공간적 지평이 "인간의 사회적 경험에 대한 역사적 인지를 위한 초월론적 조건"[7]에 해당하며, 시간의 복수성 또는 시간들의 혼란스러운 병존을 가능하게 하는 동시대성의 장소성이야말로 예술의 가상적 성격이 활성화될 수 있는 픽션적 토대라고 주장한다. 더 정확히 말하면 동시대성 그 자체가 다양한 유형의 시간들이 동일한 지평에서 이접의 방식으로 절합된disjunctive conjunction 하나의 역설적 공간 단위이다. 그것은 에른스트 블로흐Ernst Bloch가 언급한 '비동시성의 동시성'을 계승하면서 그것을 근본적인 차원에서 더욱 심화한다. 블로흐의 개념에는 여전히 과거의 지속이 지양되고 극복될 수 있으리라는 전망이, 즉 미래에 기반한 연속성에 대한 감각과 믿음이 남아 있다. 반면 오스본의 말처럼 동시대성에서 발견되는 다양한 시간의 이질적 절합은 해소되거나 지양될 수 없고, 특정한 이념이나 형상으로 종합되거나 수렴될 수 없다. 그는 이렇게 말한다. "동시대성에 대한 이념은 이접적인 총체로서의 공간-시간, 또는 지정학적 역사성의 문제를 제기한다. 새로움이라는 시간적 변증법은 역사적 현재에 이와 같은 총체성을 구축하는 기준점으로서의 질적 정의를 부여한다. 그러나 만약 우리가 역사적으로 동시대적이라고 판단할 수 있는 감각에 대해 말하기 위해서는, 동시대성이라는 개념이 미래와 차단된 상태에서, 공간들의 전

<hr />

이에 대해서는 다음 책 참조. 캉탱 메이야수, 『유한성 이후: 우연성의 필연성에 관한 시론』, 정지은 옮김, 도서출판b, 2010.

7) Peter Osborne, *Anywhere or Not At All: Philosophy of Contemporary Art*, Verso, 2013, p. 26.

지구적 변증법에 의해 복잡하게 매개되어야 한다. 동시대성에 대한 픽션이 필연적으로 지정학적 픽션geopolitical fiction일 수밖에 없는 이유가 거기에 있다."[8]

5. 무엇을 볼 것인가

『모든 것은 영원했다』를 구성하는 다양한 인물, 사건, 대화, 생각 그리고 텍스트가 배치되는 원리 역시 그와 같은 동시대성의 공간적 형식과 공명한다. 여기서 소설의 시간성을 수식하는 동시성이 사실상 공간적 원리일 수 있다는 점이 밝혀진다. 정지돈의 소설은 선형성과 개연성으로 포섭될 수 없는 또 다른 위상학적 공간 서사를 구축하는데, 이른바 "모든 곳에서 모든 순간에 동시 접속하고 이동할 수 있는 [……] 공간적 형식"(p. 149)은 소설 속 이야기소들의 독립성을 통해 인지될 수 있다. 마치 동일한 평면에 다양한 이야기가 동등하게 중첩되는 것 같은 풍경을 통해 독자는 어떤 공통성의 지평에 머무는 감각을 부여받는다. 이러한 감각 속에서 이야기들은 서로를 반영하고 되비추는 관계를 형성하지만, 그렇다고 해서 하나의 이야기가 다른 이야기에 종속되거나 환원되지도 않는다. 서술들의 독립성은 짧은 단장들 사이의 단절과 차이, 그리고 불연속성을 심화하는 원인이자 결과인데, 이와 같은 간극의 심화는 소설에 대한 총체적인 형상의 정립을 불가능하게 한다. 지가 베

8) *Ibid*., p. 25.

르토프Dziga Vertov가 선언했던 '무한한 몽타주'의 이념처럼, 하나의 숏에 해당하는 각각의 파편적이고 개별적 단위의 기록들이 전체를 위한 부분으로 존재하지 않고, 그 자체로 고유한 의미와 기능을 보존한다.

물론 여기서 말하는 의미는 단편적인 이야기들에 개별적으로 내재된 것이 아니다. 의미는 발견의 형식으로 탐색되어야 할 은폐된 진리가 아니라, 적극적으로 구축되어야 할 모종의 창발적 효과에 가깝기 때문이다. 이러한 의미 구축을 가능하게 하는 것 역시 저 봉합될 수 없는 기록들 사이의 간극이다. 정지돈의 소설에서 텍스트들 사이의 간극은 의미를 해체하는 동시에 창안하는 장소이다. 그러나 그 장소는 눈에 보이지 않으며, 따라서 재현될 수 없다. 간극은 근본적으로 "존재하지 않는 장소"(p. 61)이다. 하지만 같은 이유에서 그것은 유토피아와 혼동될 여지가 있다. 그러나 '존재하지 않는u' '장소topia'가 여전히 시간성의 논리의 지배를 받는다면, 정지돈이 보고자 하는 보이지 않는 장소는 공간성의 원리에 의해 구축될 수 있다는 점에서 푸코가 말한 헤테로토피아heterotopia에 근접해 있다. 시간적 장소로서 유토피아는 재현될 수 없지만, 공간적 시간으로서 헤테로토피아의 세계에서는 보이지 않는 것이 재현될 수 있다. 그것을 가능하게 하는 것이 바로 텍스트들의 (시간적 결합과 구분되는 의미에서의) '연결'이다. "연결은 내용에서 일어나지 않으며 내용을 설명하는 것은 핵심을 빼놓는 행위다. 텍스트가 매 순간 스스로 재현하도록 해야 한다"(p. 159).

이 연결에 대한 경험과 상상 속에서 『모든 것은 영원했다』라는 이름의 텍스트는 스스로를 재현하기 시작한다. 그리고 이 재현에 대한 체험은 소설의 구성뿐만 아니라 독서의 과정에도 동일하게 적용 가능하다. 통시적인 결합 대신 공시적인 연결을 추구하는 정지돈의 소설은 재현/구축의 동시적 원리 속에서 주관적 역사, 혹은 객관적 기술로서의 역사와 구분되는 다른 픽션적 차원을 개시할 가능성을 확보한다. 상황이 그러하기에 독자는 소설의 처음부터 끝에 이르는 과정을 찬찬히 따라 읽을 수 있고, 원한다면 어떤 입구로든 소설로 진입해 다른 국면들에 도달할 수 있다. 책이 지닌 미디어적 물성을 적극적으로 활용한다면, 독자는 어디에서든지 독서를 중단할 수 있고, 전혀 엉뚱한 지점에서 읽기를 재개할 수도 있다. 텍스트에서 멀리 떨어져 보이는 장면들을 이어 붙일 수 있으며, 때로는 양립 불가능해 보이는 사건들이 마주하는 입체적인 풍경들을 적극적으로 구성하는 것도 가능하다. 눈앞에서 상연되는 인물들의 처지와 상황에 안타까움을 표현할 수 있고, 서로 무관해 보이는 시대 속 인물들의 관계를 비교하고 상상할 수 있다. 그 과정에서 때로는 처음 보는 텍스트 앞에서 이상한 기시감déjà-vu을 체험할 수 있으며, 한 번도 경험하지 않았던 과거를 이미 경험한 것 같다는 착각에 빠지기도 한다. 그러다가 자신이 읽었지만 잊어버렸던 다른 사람들의 텍스트와 정지돈의 텍스트가 구별되지 않는다고 호소할지도 모르고, 그것을 모종의 대화의 형식으로 간주하게 될지도 모른다. 이처럼 다양한 삶과 생각으로 구축된 입체적 오브제와 같은 정지돈의 소설에서 무엇을 볼 것인지 결정하고 선택하는 주체는 독자 자신이다. 물론 그러한 선택 가능성이 온전한 자유와 해방을 의미하지는 않을 것이다. 정지돈의 소설에서 무언가를 본다는 것은 바라봄의 대상과 연루된다는 것을 가리키기 때문이다. 다시 말하자. 보이는 것과 보는 행위는 서로 무관하지 않다. 보는 행위는 보이는 존재에 영향을 주고, 주체는 그 바라봄 속에서 스스로에게 가해진 변형을 받아들인다. 이때 텍스트와 독자의 관계가 역전되기 시작한다. 텍스트가 독자를 대변하는 것이 아니라, 독자가 텍스트의 증인으로 거듭난다.

텍스트의 증인은 자신이 본 것을 증언하지만, 사실상 그것이 증언하는 대상은 눈으로 가시화되지 않는다. 그가 증언하는 것은 특정한 형상이 아니라 그것과 연결된 자기 자신의 한때의 과거(현재화된 과거), 즉 그것을 본 적이 있다는 사실 자체이기 때문이다. "보지 못한 것에 대한 증언"(p. 134)이 소멸된 과거의 실제 형상을 복구하는 대신 증언에 대한 증언, 즉 자기 증언의 시간으로 귀환할 수밖에 없는 이유가 거기에 있다. 『모든 것은 영원했다』의 마지막 장(「미래를 전망함」)이 화자의 현재로 되돌아가는 것은 우연이 아닐 것이다.

그렇다면 주체는 어떻게 자기 자신의 증인이 될 수 있는가. 보리스 그로이스는 현대 예술의 진정한 동시대적 성격은 특정한 시간 속in time에 처하는 것이 아니라, 시간과 함께with time하는 것이라고 말하며 그것은 시간의 문제 또는 위기와 함께하는 것, 즉 시간의 동지comrade of time가 되는 것이라고 주장한다. 그것은 생산과 소비에 기반을 둔 자본주의적 시간 속에 영원히 안착할 수 없는 비생산적인 것, 버려진 것, 무의미한 것을 포함하고 있는 시간, 즉 역사적 내러티브로부터 제외되고 망각되어버릴 수밖에 없는 시간과 동일한 지평에서 함께 하는 작업이다.[9] 이때 그가 동지 또는 전우라고 번역될 법한 전투적인 개념을 사용하는 이유는 망각되어버린 존재들에 대한 연결, 그리고 그로부터 생성되는 자기 반영성을 통해 예술의 정치성이 활성화될 수 있다고 역설하기 위해서이다.

보지 못한 것에 대한 자기 증언 속에서 주체는 그것을 본 자기 자신과 그것을 증언하는 자신 사이의 비동일성도 동시에 본다. 예술에서의 증언의 내용과 증언의 주체는 필연적으로 어긋난다. 과거의 나는 현재의 내가 아니며, 재현된 나는 재현하는 나와 동일시될 수 없다. 우리는 삶과 예술의 일치를 희망하지만 그것이 실현되었다는 망상 속에서 발생했던 무수히 많은 폭력적 사태를 모르지 않는다. 예술이 삶을 지배할 때 우상화된 예술은 일상적 삶을 파괴하게 되고, 삶이 예술을 잠식할 때 예술의 가상성에 내포된 잠재적 역량은 완전히 소진되어버린다. 예술의 정치성은 삶과 예술의 연결을 시도하는 가운데 목격하게 된 양자 사이의 공간적 간극에 대한 증언, 그리고 둘 사이에서 상호작용하는 개입, 즉 주체의 변화를 통해 증명될 수 있다. 히토 슈타이얼은 발터 벤야민을 인용하며 다음과 같이 말한다. "예술만이 그것의 걷잡을 수 없는 돌진을 멈춰 세운다. 왜냐하면, 발터 벤야민에 따르면 삶은 예술의 일부가 아니기 때문이다. 삶은 예술의 바깥 경계선이다. 삶과의 경계를 넘는 작품은 예술이기를 그만두고, 단순히 유사한 것이 된다. 예술은 삶이 작품 속에서 멈춰 서고 중단될 때 삶이 매료당하고 그 '진실함'의 마법이 깨질 때 생긴다. 이 결정적인 개입intervention을 벤야민은 비판적인 힘, 또는 진실의 힘이라고 부른다."[10] 증언의 진실

9) Boris Groys, *ibid.*, p. 94.
10) 히토 슈타이얼, 『진실의 색』, 안규철 옮김, 워크룸프레스, 2019, p. 178.

성은 증언 주체와 내용의 진정성이 아니라 예술의 픽션적 개입으로 발생하는 삶의 일시적 정지를 통해 수행적으로, 정치적으로 증명된다.

김수환은 추천사에서 『모든 것은 영원했다』에 대해 다음과 같이 정확하게 표현한다. "무의미의 감각과 유토피아의 감각을 결합할 줄 아는 사람들이 좀더 많아져야 한다. 내가 늘 신기해하고 또 다행이라고 생각하는 점은, 인간이란 자기가 한 번도 가져보지 못한 것들에조차 그리움을 느낄 수 있는 존재라는 사실이다. 나는 그 능력이 인간다움을 측량하는 중요한 척도 중의 하나라고 주장하고 싶다." 그가 언급한 '자기가 한 번도 가져보지 못한 것에 대한 그리움'은 픽션적 증언이 불러일으키는 (시간이 아닌) 거리 감각이라는 말로도 대리 보충될 수 있다. 삶과 예술, 사실과 픽션 사이의 연결 속에서 형성되는 현재에 대한 거리감, 그것을 통해 삶에 대한 비판적 개입이 일어나고 있음을 수행적으로 증언할 수 있는 사람들이 『모든 것은 영원했다』의 독자-증인이다. 보지 못한 것에 대한 증언은 무엇을 위한 것인가. 예술이 삶을 참칭하고, 삶이 예술을 빙자하는 압도적인 거짓 진실의 세계에서, 나는 정지돈이 바로 그러한 자기 자신의 현재성을 증언하려는 이들을 위해 글을 쓰고 있다고 상상한다. "새로운 독자가. 다른 곳에 있지만 나와 유사한 상황 속에 놓여 있고 하지만 내가 아닌. 그런 사람들이 수없이 많을 것이고 나는 어쩌면 처음부터 그런 사람들을 위해 글을 써왔는지도 모르겠다고 말이다"(pp. 203~04).

6. Post Script

> 현재 한가운데서 친근하게 솟아오른 '과거'는 약간 비현실적인 색깔을 띠고 있다. 그 비현실적인 것들은 몇 걸음 떨어진 거리에서 일종의 환각을 보게 만드는데 사실 그것은 수세기 전의 것이다. '과거'는 그 모습을 완전히 드러낸 채 영혼에게 짓궂게 말을 걸어 마치 묻혀버린 과거에서 죽었던 자가 살아나서 마주할 때처럼 영혼을 깜짝 놀라게 한다. 그럼에도 과거는 그곳에, 우리들 사이에, 가까이, 스치며, 만져지며, 고정된 채 태양 아래에 그렇게 있다.
>
> ―마르셀 프루스트, 「독서에 관하여」

『모든 것은 영원했다』에서 내가 보게 된 것(정웰링턴을 생각하는 소설을 통해서 내가 본 것)은 전체 소설의 공간을 가로지르는 희미한, 또 하나의 상상적 연결선이다. 간헐적으로 모습을 드러내던 화자가 좀더 전면적으로 등장하기 시작한 마지막 장 「미래를 전망함」에서 소설은 "소설을 쓰기 위해 그곳에 간다,라는 행위 그 자체"(p. 136)를 증명하려는 듯, 정웰링턴이 생을 마감한 헤프로 향하는 화자의 모습을 보여준다. 작가를 재귀적으로 반영하는 것 같은 (하지만 실제 정지돈은 아닐 수밖에 없는) 화자는 샹탈 애커만이 말한 "시간"을 보기 위해 체코로 향하지만 정작 해당 공간에서 발견하게 되는 것은 "현실 사회주의가 붕괴하고 자본주의의 물결이 휩쓸기 이전의 공간"으로서의 "동유럽의 풍경"(p. 138)이 아니다. 미디어를 통해 구현된 이미지와 실제 이미지가 다를 것을 충분히 예상했던 화자였기에 그는 그 간극에 크게 실망하는 것 같지는 않다. 하지만 젊은 마르크시스트라는 또 하나의 시대착오적 인물과 주고받는 대화, 그리고 그것에 덧붙여지는 상념들을 감안할 때, 화자가 역사적 과거를 향한 낭만주의적 우울에서 완벽히 벗어난 것처럼 보이지도 않는다. 그로부터 비롯되었을 것으로 짐작되는 수많은 파편적 생각을 따라가다 보면 소설은 정웰링턴에 대한 기억을 간직하고 있는 '이리'의 아버지 '야넥'을 우연찮게 만나는 장면을 보여준다. 그때 화자는 실제 정웰링턴의 근처에 접근했음을 깨닫고 긴장한다. "나와 젊은 마르크시스트는 긴장한 표정으로 야넥 앞에 섰다. 정웰링턴을 아시나요? 그는 고개를 끄덕였다"(p. 192). 그러나 그가 보여준 긍정의 표시는, 그리고 그 앎의 내용은 실망스러운 것으로 밝혀진다. 그가 기억하는 내용은 사실상 정웰링턴이 존재하고 있었다는 사실 자체뿐이며, 그마저도 온전하게 신뢰하기가 어렵다. 앎의 차원에서 정웰링턴에 대한 기억은 추가되지 않고, 야넥과 화자 사이의 대화는 이상하게 엇갈리며, 결과적으로 화자는 정웰링턴에 대한 기존의 무지 상태로 되돌아간다. 오히려 화자의 등장이 야넥에게 오랫동안 망각하고 있던 정웰링턴의 존재를 기적적으로 상기시켰을 뿐, 둘 사이에서 오가는 대화는 정웰링턴을 구체화하는 데 무용하기만 하다. 그렇다면 우리는 갑작스럽게 마주하게 된 야넥이라는 인물을 정웰링턴의 증인이라고 받아들일 수 있을까. 우리가 본 이 장면은 도대체 무엇을 뜻하는가. 사실상 우리는 아무것도 보지 못한 것은 아닐까.

하지만 동시에 우리가 볼 수 있는 것은 야넥과의 만남이 이루어지려는 순간, 화자가 실제 정웰링턴에 대한 증언을 듣게 될 미래의 만남을 마치 지연시키려는 듯, "순차적이지 않은 기억과 생각들이 비처럼 쏟아"(p. 149)지는 장면들이다. 갑작스럽게 1950년대 체코로 유학을 떠났던 북한의 엘리트 청년인 한윤덕, 그리고 그의 사촌형 한진(한대용)의 삶과 그들이 주고받는 편지가 언급되기 시작하는데, 한윤덕이 보낸 해당 편지에는 "정웰링턴의 이름은 나오지 않지만 그로 짐작할 만한 인물"(p. 172)의 그림자가 드리워져 있다. 과연 그 이름 없는 자는 정웰링턴과 동일인일까. 소설은 그 둘 사이의 일치 가능성에 대한 상상만 촉발하고, 다시 한진을 포함한 여덟 명의 모스크바 유학생(모스크바 8진)의 망명 사건과 그를 둘러싼 파편적 과거들에 대한 단속적 기록 혹은 상상으로 이어지다가, 마침내 한진이 자신의 아내 '지나'에게 보낸 편지로 끝이 나버린다. 정웰링턴에 대한 묘사에서 출발해, 짧지만 일상의 소소한 풍경을 아름답게 기록한 한진의 (정웰링턴이 삶을 마감한 1963년에 씌어진 것으로 상상될 수 있는) 글로 끝나버리는 이 예상치 못한 소설의 경로가 의미하는 바는 무엇일까. 한진과 정웰링턴의 관계는 어떻게 설명될 수 있을까. 한진과 정웰링턴은 실제로 만난 적이 있던 걸까.

여기서 나는 정웰링턴에 대한 설명이 시작되는 장소에서 분명 읽었으나 그 의미와 기능을 이해하지 못해 망각해버렸던 소설의 사라진 한 장면을, 정지돈이 스쳐 지나가듯 건조하게 적어두었던 한 대목을 기억하게 된다. "연안파 계열이었던 여덟 명의 청년은 한국전쟁 직후 모스크바 국립영화학교로 유학을 떠났고 숙청을 피할 수 있었지만 북한으로 돌아올 수 없었다. 그들은 망명을 택했고 소비에트의 위성국가로 흩어져 이념을 이어갔다. 그들은 스스로를 모스크바 8진이라고 불렀고 역사의 어느 지점에서 정웰링턴과 마주치지만 서로를 이해할 수 없었다"(p. 13). 그렇다면 그 둘은 만난 적이 있었던 걸까. 그러나 소설 어디에도 그 둘의 만남을 증언 해주는 단서는 존재하지 않고, 오히려 소설 후반부의 진술은 두 인물 사이의 실제 관계를 부정하고, 지워내는 것 같은 인상을 준다. 그렇다면 작가가 말한 "역사의 어느 지점"은 일종의 동시대 역사적 조건에 대한 장소적 비유에 불과한 것일까.

그 사실은 밝혀질 수 없을 것이고, 어쩌면 만남의 실제 성사 여부는 중요한 것이 아닐지도 모른다. 「비밀협력자」의 화자의 말처럼 설령 마주쳤더라도 그들은 서로를 영원히 이해하지 못했을 가능성이 크다. 두 존재의 삶의 이동 경로는 완전히 반대되는 곳을 향하고 있었다. 1950년대의 정웰링턴은 아직 북한이라는 상상의 유토피아를 지향했던 반면, 한진은 정웰링턴이 상상하는 유토피아에 절망해 그곳 바깥으로의 탈출을 시도했다. 그러므로 "역사의 어느 지점"에서 둘이 만났다 하더라도, 그들의 입장에서 그것은 엇갈림과 같은 우연한 조우에 불과했을 것이고, 특별한 의미로 기억될 만한 무언가에 해당하지는 않았을 것이다.

하지만 그것을 바라보는 독자들은, 지나에게 발송된 편지post 형식으로 현재의 우리에게 전달된 한진의 글script을 동시에 읽는다. 이 경우 상황은 조금 변화하게 되는데, 이 변화의 감각은 중요하다. 현재라는 뒤늦은post 시공간에 공개되는 과거의 편지를 통해 지금은 사라져 존재하지 않는 사람들의 대화를 생생하게 엿듣는 것 같은 이상한 체험을 하게 되는 것이다. "편지를 쓰는 동안, 우리는 그 자리에 없을 뿐 아니라, 지금 어떤 상태인지도 모르는 사람과 현재 시제로 대화를 나누다가, 나중에야 서로의 이야기를 읽게 된다"(p. 184). 편지는, 그것을 쓰고 있는 주체의 시간성을 폐기하고, 미래의 알려지지 않은 주체에게 발송되는 글쓰기이다. 편지 속에서 과거의 주체는 현재 시제의 형식으로 미래와 조우할 수 있다. 그렇다면 한진의 편지는 특정한 주체에게만 수신되는 글이 아니라, 전혀 모르는 미래의 누군가에도 개방될 수 있는 동시대적 메시지라는 뜻일까. 그렇다면 그것이 담고 있는 메시지의 내용은 무엇인가.

한진의 편지에 남겨진 문장의 일부는 다음과 같다. "하지만 괜찮소. 조금만 있으면 우리도 행복하게 살 것이오. 비록 당신과 멀리 떨어져서 살고 있지만 나는 항상 우리에 대해서 생각하고 있다오"(p. 207). 편지에 특별한 내용이 담겨 있는 것은 아니며, 이를 통해 한진과 정웰링턴의 연결 가능성에 대한 구체적 실마리를 탐색하기는 여전히 어려워 보인다. 하지만 "연결은 내용에서 일어나지 않으며 내용을 설명하는 것은 핵심을 빼놓는 행위다. 텍스트가 매 순간 스스로 재현하도록 해야 한다"(p. 159). '나'라고 지칭되는 과거의 한진은 행복한 미래를 상상하며, 항상 현재의 우리(지금 시점에서는 과거의 한진 가족)에 대해 생각한다고 쓴다. 그러나 현재 시점에서 한진의 메시지를 읽는 우리는 우리 자신의 시간성과 한진의 현재(과거로서의 현재)를 겹쳐 읽는다. 서로 다른 두 시간이 현재 시제 속에서 중첩되는 순간 체험되는 이상한 감각을 받아들이는 독자들을 통해, 두 시간의 차이는 잠시 폐기되고, '나'와 '우리'라는 대명사가 설정하는 주체의 경계가 일시적으로 해체된다. 폐기와 해체를 통해 출현하는 다른 세계에서 '나'는 과거의 한진을 포함하여 다양한 시간의 존재들을 포괄하고, 마침내 '우리'라는 동시대적 이름을 얻는다. 이때의 '우리'는 경험, 이념, 세대, 정체성

등의 동일성을 토대로 구축된 공동체의 폐쇄성을 넘어선다. 아무리 멀리 떨어져 있다고 하더라도, 상이한 시간성 속에서 존재한다고 하더라도 "여기보다 나은 곳이 있다고 믿는 희망"(p. 141)의 픽션이 사라지지 않는 한, '우리'라는 이름의 익명적 공동체에서 서로가 연결되는 것을 상상하는 일은 여전히 가능하다. 그렇게 한진의 편지는 그것을 읽는 우리의 상상을 통해 정웰링턴이 존재하는 '다른 세계'에 도착할 수 있을지도 모른다. "우리가 행동하고 생각하고 말하는 과정이 교차하며 오가는 무수히 많은 순간에서 아주 가끔 의미가, 무언가 일치되고 연결되는 순간이 탄생하지만 그때가 지나면 그것을 표현할 수단은 사라진다. 그러한 경험은 공유할 수도 없고 전달할 수도 없다. 그렇지만 그런 순간들은 사라지지 않는다. 영원히 남아서 존재하고 있다"(p. 205). 그러한 모든 순간이 영원히 사라지지 않는 픽션의 세계에서, 각자의 우리는 비로소 '우리'라는 이름의 동시대성의 증인들로서 대화하게 될 것이다. 이미 그런 대화를 나눈 적이 있다. 단지 "기억하지 못할 뿐이다"(p. 7).

감사의 말

이 책은 비평가로서 내가 글을 쓰기 시작한 이래 출간하는 첫 단독 저서이다. 무심한 태도를 취하고 싶지만, 복잡한 감회가 들지 않는다면 거짓일 것이다. 책이 늦어지게 된 가장 큰 원인은 나의 게으름에 있겠지만, 한편으로 내 글에 담겨 있는 문제의식이 사람들의 공감을 얻을 수 있을까 두려움이 컸던 것도 사실이다.

나의 습관적 회의와 망설임이 용기로 전환되는 과정에서 적지 않은 사람들의 영향과 도움을 받았다. 우선 문학을 통해 인연을 맺을 수 있었던 여러 동료 작가와 비평가 들에게 고마움을 표현하고 싶다. 어려운 시기에도 글쓰기를 포기하지 않는 이들의 작업을 따라 읽으면서 타인의 삶과 생각을 이해하는 일의 어려움과 기쁨을 동시에 경험할 수 있었다. 은사이신 정과리 선생님, 그리고 선생님 아래에서 함께 문학을 공부한 선후배 동료들에게도 이 자리를 빌려 안부 인사를 건네고 싶다. 지도 선생님께서 마련해주신 드넓은 비평적 터전에서 동료들과 자유롭게 문학을 공부할 수 있었던 시절이 내 글쓰기의 본격적인 출발 지점에 해당한다. 더불어 『문학과 사회』를 매개로 형성된 동인들과의 우정의 시간이 없었다면, 이 책의 분위기는 한없이 우울했을 것이다. 친구들과의 대화 속에서 나의 부족함을 유쾌하게 깨달을 수 있었고, 무엇보다 외롭지 않게 한 시기를 견딜 수 있었다.

이 책에 대한 막연한 생각이 현실화되는 과정에서도 많은 분의 도움이 있었다. 문학과지성사의 최지인 편집장은 책에 대한 기획을 처음 제안하였고, 그것이 실현되는 긴 시간을 인내하며 지켜봐 주었다. 문학과지성사의 편집부 식구들에게도 감사를 전한다. 이들의 섬세한 눈 덕분에 내 글의 모자란 부분들이 조금이나마 메워질 수 있었다. 어려운 여건 속에서도 늘 좋은 책을 출판하기 위해 노력하시는 이광호 대표님과 이근혜 주간님의 고민과 헌신이 없었다면, 아마도 이 책은 출간의 기회조차 얻지 못했을 것이다.

가족들은 언제나 내 글쓰기의 보이지 않는 든든한 배경이다. 비록 몸은 멀리 있지만 누구보다 아들의 첫 책을 기다리셨을 부모님께, 이 책이 잠시나마 기쁨과 위안이 되었으면 좋겠다. 돌이켜보면 책과 음악을 사랑하는 두 분 사이에서 형성된 어떤 분위기가 문학과 예술에 대한 나의 막연한 동경이 시작된 지점이었던 것 같다. 언제나 믿음으로 나를 대해주시는 아버님과 어머님께도 감사드린다. 우리 부부에게 두 분이 보여주시는 희생적인 사랑을 묘사할 수 있는 적당한 말을 아직 나는 찾지 못했다. 그리고, 이 책에 수록된 글들이 쓰어진 시간은 유경과 삶을 함께한 시간과 거의 겹쳐져 있다. 그녀와 함께한 시간 덕분에 좋은 사람이 되기 위한 노력과 글 쓰고 공부하는 과정이 서로 다른 일이 아니라는 사실을 알게 되었다.

최근 들어 미래라는 단어가 조금 다른 의미로 다가오기 시작했다면, 그것은 전적으로 지우의 영향 때문일 것이다. 작년에 태어난 아이가 하루하루 성장해가는 과정을 지켜보면서 시간의 흐름을 구체적으로 감각한다는 것의 놀라움과 즐거움을 배워나가는 중이다. 아이들이 살아갈 세상을 위해 조금이나마 기여하고 싶다는 생각도 품을 정도이니, 작지 않은 변화인 것만은 분명하다. 지우로 인해 앞으로 내가 어떤 변화를 겪게 될지 현재의 나는 짐작조차 할 수 없다. 다만, 아직 씌어지지 않은 내 미래의 글들이 그 변화의 궤적을 정직하게 따라갈 수 있기를 희망해본다.

2022년 3월
강동호